Bibliothek der
phantastischen Abenteuer
Herausgegeben von
V. C. Harksen

Über dieses Buch Acht Jahre nach den Ereignissen des ersten Buchs ist Sybil Barron Collegestudentin und lose, fast gegen ihren Willen, mit dem attraktiven, aber brutalen Studenten Michael Arleon, der ihr hartnäckig nachstellt, befreundet.
Von Tredana weiß sie fast nichts mehr. Aber Leron hat sie nicht vergessen. Für seinen nicht wieder gesund gewordenen Vater regiert er in der Exilstadt Rym Treglad. In der ganzen Anderswelt breitet sich, ausgehend von der Insel Paradon, immer mehr der blutige Kult des Gottes Vazdz aus, der mit Hilfe seiner Anhänger, unterstützt von Ungeheuern und Zauberern, die Königreiche und Herrschaften des Landes in seine Gewalt bringen will. Ihm folgt bereits das Reich Vahn unter König Bodrum, und auch in Tredana hat der falsche König Ddiskeard, Dastras Gemahl, den grausamen Kult eingeführt. Bei den Karabdu zählt der Herrscher Dzildzil, der nach Ajjibawrs Verschwinden die Macht übernommen hat, zu seinen Anhängern.
Gegen ihn verbünden sich Leron, die Bewohner der Insel Melismala, das Meervolk der Dylalyr und Odric von Treclere. Um aber gegen die Männer von Paradon kämpfen zu können, braucht man Schiffe, die man nicht besitzt und darum von den Seemächten Vahn und Tredana kapern will.
In dieser angespannten Situation kehrt Sybil Barron nach Tredana zurück, denn das Schicksal will, daß sich die alte Weissagung erfüllt und sie Lerons Frau wird, damit sie ihm einen Erben für den Thron schenkt.

Über die Autorin Joyce Ballou Gregorian wurde am 5. Juli 1946 in Boston/USA geboren. Die Tochter eines aus Persien geflüchteten Armeniers und einer amerikanischen Mutter begeisterte sich schon früh für Erzählungen von phantastischen Reisen und Abenteuern, für die Volkssagen der väterlichen Heimat und die Kunst des Orients. Nach Schule und College trat sie in das Familiengeschäft, den Teppichhandel, ein, ein Metier, das sie so fasziniert, daß sie zusätzlich Vorträge über Geschichte und Kultur orientalischer Teppiche hält und Kurse darüber veranstaltet. Sie lebt in Lexington, Massachusetts/USA.
Joyce Ballou Gregorians Phantasien gehören zu den schönsten Entdeckungen der letzten Jahre. Es ist selten, daß Sprache, Form und Inhalt einander so vollendet ergänzen wie in ihrer Tredana-Trilogie ›Die zerbrochene Zitadelle‹ (Bd. 2748), ›Das verschollene Schloß‹ (Bd. 2749) und ›Die verfallene Festung‹ (Bd. 2753).

Joyce Ballou Gregorian

Das verschollene Schloß

Roman

Aus dem Amerikanischen
von Waltraud Götting

Fischer Taschenbuch Verlag

Deutsche Erstausgabe
Veröffentlicht im Fischer Taschenbuch Verlag GmbH
Frankfurt am Main, April 1989

Die amerikanische Originalausgabe erschien 1977
unter dem Titel ›Castledown‹ bei Atheneum, New York

Umschlaggestaltung: Die Titelillustration von Claus-Dietrich Hentschel, Konstanz,
zeigt einen Ausschnitt seines Acrylbildes ›Burgberg‹ (1984; 74 × 93 cm)
die Typographie besorgte Manfred Walch, Frankfurt am Main
Gesamtherstellung: Clausen & Bosse, Leck
Printed in Germany
ISBN 3-596-22749-6

Die Hauptpersonen

Sibyl (Sibby) Barron	eine Studentin, durch einen Unfall in die Anderswelt Tredana versetzt
Michael Arleon	ihr hartnäckiger Verehrer, später Söldnerführer in Tredana
Mathon	vertriebener und todkranker König von Tredana, jetzt im Exil von Rym Treglad
Leron	sein Sohn, der für ihn regiert
König Ddiskeard	Usurpator von Tredana
Königin Dastra	seine verbrecherische Gemahlin
Dzildzil	selbsternannter Anführer des Wüstenvolks des Karabdu
Ajjibawr	der echte Fürst der Karabdu
Odric	Herrscher in der Stadt Treclere
Bodrum	König von Vahn, Odrics Vater
Liniris	Sibbys Freundin
Tamaris	Sibbys Tochter von Ajjibawr
Vazdz	der grausame Gott des Krieges und des Feuers

ÜBER DAS SPIEL ›Das verschollene Schloß‹

(aus Milectas ARTEN DES ZEITVERTREIBS, MEISTERWERKE DER GESCHICKLICHKEIT UND GLÜCKSSPIELE)

Das althergebrachte, beliebte Spiel »Das verschollene Schloß« verbindet Geschick und Glück. Zwei Parteien, bestehend aus achtzehn Mann, begegnen sich auf einem in einundachtzig Felder eingeteilten Spielbrett. In ihrem Versuch, *Das verschollene Schloß* zu erreichen, folgen die Spieler einer jahrhundertealten Ordnung. Erstens, der *Angriff*: bei dem jeder Spieler, in der Hoffnung auf den Vorteil der Überrumpelung, seine Männer so gut wie möglich verteilt. Zweitens, die *Gefangennahme*: bei der Männer verloren werden und durch Geschicklichkeit und Klugheit Boden gewonnen werden kann. Drittens, das *Offene Spiel*: eine Zeit der Gefahr, die vom Fall der Würfel bestimmt wird (was man *Schicksalswürfeln* nennt), und in der viele Männer auf dem Außenbrett verloren werden können (was man *Naqrafüttern* nennt). Viertens, die *Belagerung*: eine Zeit der Ermattung, die schließlich zum *verfallenen Schloß* führt. Es sind bestimmte alte Spiele aus dem Besitz von Königen und Prinzen bekannt, die reiche Verzierungen aufweisen. Einige zeigen den Großen Naqra selbst, der sich über das Spielbrett ringelt, während die Kunstfertigkeit, mit der die Figuren aus Schildpatt und Stein geschnitzt sind, auch das wählerischste Auge entzückt. Daß das Spiel aus uralter Zeit stammt, sehen wir bei frühen Geschichtsschreibern wie Skotla, der in seinen Ausführungen das Spiel häufig als Sinnbild für die verschlungenen und verborgenen Wege des Schicksals heranzieht.

Prolog

I

Sibby ging am Fluß spazieren. Sie hatte die Schuhe in der Hand und freute sich über das kurze, abgenutzte Septembergras, das noch fast grün war unter ihren Sohlen. Den ganzen Tag über war es sehr heiß gewesen in Cambridge, aber jetzt in der Dunkelheit, da eine kühle Brise vom Wasser herwehte, fand sie es fast angenehm. Am Himmel stand ein voller, orangefarbener Mond, dessen Spiegelbild im stillen Charles von der sanften Rundung der Weeks-Brücke umrahmt war; Sibby hob die Arme in die Luft, die Schuhe baumelten in ihrer Hand, und sie begann zu singen.

»Ich bat meinen Liebsten, mit mir spazierenzugehn...«

Mike, dessen schwere Stiefel den Boden aufrissen, kam die Böschung heruntergeklettert. »He, Sib, mach schon, sonst kommen wir zu spät.«

»Ein Stückchen spazieren, nur ein Stückchen spazieren...« Sie wies mit ihren Schuhen zum Fluß hin. »Unten am Fluß, wo die Fluten...« Als sie die Zeile beendete, faßte er sie bei der Hand.

»Komm schon, Sib, fang nicht an, herumzualbern. Du weißt doch, daß es um acht anfängt. Zieh die Schuhe an.«

Sibby setzte sich gehorsam nieder und band umständlich einen Schuh. Sie hatte die Gelegenheit zu sprechen versäumt. »Sie sprach, ach Liebster, töte mich nicht, ich bin nicht bereit für der Ewigkeit Licht...«

II

Im Innengarten seines Backsteinpalasts wanderte Leron, unfähig, die kühle, blaue Stille des frühen Morgens zu genießen, ruhelos auf und ab. Es war das achte Jahr des Exils im Norden und das zweite Jahr der Trockenheit. In wenigen Stunden würde die Hitze wieder einsetzen, und in der sengenden Sonne würde sich zeigen, wie rissig der Boden und wie verdorrt das Gras war; der sonnige Tag würde sich mit Staub zuziehen und verdüstern. Leron ließ sich schwer auf eine Steinbank fallen und starrte auf den trockenen Grund eines kleinen, verschnörkelten Brunnens. Bald nach dem Morgengrauen würden die Menschen mit ihren Problemen im Palast vorsprechen, und dann mußte er bereit sein.

Das Gesicht in die Hände gestützt, sank er noch tiefer in sich zusammen, und als er gedankenverloren durch die Finger blickte, sah er den Brunnen wieder gefüllt, tief und braun in der Farbe des Spätsommers. Und während er im zunehmenden Licht der aufgehenden Sonne vor sich hin döste, veränderten sich unmerklich Umrisse und Schatten. Er sah im Wasser sein eigenes dunkles Spiegelbild und über seinem Kopf von Lichtstreifen durchzogene kleine Wellen. Der Mond stand noch tiefer, groß und voll, und die Reflexion seines Lichts auf dem Wasser war vom gleichmäßigen Rund eines Brückenbogens durchbrochen. Leron, der jetzt fast eingeschlafen war, beobachtete das Mädchen, das singend am Flußufer spazierenging. Der Mann, der sie unterbrach, war ein Eindringling, und Leron hob erzürnt den Kopf, um ihn fortzuschicken. Diese Bewegung weckte ihn, und als er sich streckte und erhob, zerfiel der Traum in Stücke und zog sich in seine Erinnerung zurück. Er ging ins Haus, um mit seinem Vater, dem alten König, und Dansen, dem Gelehrten, zu frühstücken.

DANSEN DER GELEHRTE

Die Geschichte der Könige von Tredana: Mathon Brotgeber

Auszug

...Prinz Leron und seine Begleiter gelangten sicher zu der Insel im gefrorenen See, wo Dastra von ihrer widernatürlichen Mutter gefangengehalten wurde. Von dort wurde sie durch günstige Fügung gerettet und zu einer der unseren erklärt, und keinem von uns kam es damals in den Sinn, daß die Zeit uns zu erbitterten Feinden machen würde. Doch kurze Zeit später trieben Simirimias Macht und die Gewalten der Natur unser Grüppchen auseinander, Prinz Leron wurde von uns gerissen, und das Kind Sibby und ich blieben in der Wüste zurück. Hauptsächlich dank der überaus großzügigen Hilfe von Ajjibawr, dem Karifen aller Karabdu, gelangten wir in Dastras Begleitung sicher nach Tredana zurück, wo wir Gannoc und Mara, die auf getrenntem Wege unversehrt heimgekehrt waren, freudig begrüßten. Doch der Verlust des Prinzen und unserer anderen Kameraden lastete schwer auf uns. Und hier kann man sehen, wie sorgfältig Ddiskeards Pläne vorbereitet waren, denn er war es, der als erster darauf drängte, Leron für tot zu erklären, um so (wie er sagte) jeden Grund für einen Kampf zwischen Tredana und Treclere aus der Welt zu schaffen. Dem stimmten wir, wenn auch schweren Herzens, zu; doch das Kind Sibby war nicht einverstanden und zog aus, den Prinzen auf eigene Faust zu retten. Sie verließ, glücklichen Umständen zufolge, die Stadt just an dem Tage, als Ddiskeard den ersten Schritt zum Thron hin machte, indem er den König durch Drogen um den Verstand bringen ließ und so die Regentschaft an sich brachte.

Als das Kind im darauffolgenden Herbst zurückkehrte, befand sich der Prinz in seiner Begleitung, und sie brachten die Nachricht von der Vernichtung Simirimias und aller ihrer Werke in Treclere, sowie von der Begründung einer neuen Ordnung durch Odric, den verstoßenen Sohn Bodrums, Herr über Vahn und einstmals treuer Vasall der Mächtigen Königin. Überdies brachten sie die Wahrheit über Sibbys Herkunft mit und enthüllten, daß sie eine Cousine des Prinzen, die Tochter seines Onkels Armon, ist. Der König wurde, wenn auch in beklagenswertem Zustand, aus seiner qualvollen Lage befreit, und wir brachen auf, um neu zu beginnen, wie die folgenden Aufzeichnungen zeigen werden. Auf dieser zweiten Reise in den Norden geschah es, daß das Kind Sibby uns, ebenso plötzlich wie sie gesandt worden war, wieder genommen wurde, unweit der Stelle, an der sie ursprünglich aufgetaucht war.

Der Angriff

I

Die Audienzen hatten den ganzen Vormittag in Anspruch genommen, und als Leron nun mit Mariti durch den Garten ging, fühlte er sich zum erstenmal an diesem Tag entspannt. Er setzte sich auf eine Bank unter einen von der anhaltenden Dürre gezeichneten Baum und spielte gedankenverloren mit den Figuren auf einem *Das verschollene Schloß*-Brett, das in seinem Schatten aufgestellt war. Die kleine Mariti war den Weg hinuntergelaufen; jetzt kehrte sie, drei blaue Walistas mit hängenden Köpfen in der Hand, zu ihm zurück. »Für dich«, sagte sie stolz. »Von Mariti.« Leron hob sie auf die Knie und begutachtete die welkenden Blüten. »Vielen Dank, mein Liebling. Nie hat ein Herr oder ein Prinz ein wohlgemeinteres Geschenk bekommen.«

Er legte die Blumen zur Seite und nahm einen aus Schildpatt geschnitzten Springer zur Hand. »Wie nennt man das?« fragte er, und Mariti verbarg ihr Gesicht an seinem Arm. »Pferd«, kam undeutlich die Antwort, und Leron drückte sie beifällig an sich. »Fast«, sagte er. »Und das?« Sie lugte zu dem Quarzkönig hin, und ein breites Lächeln überzog ihre Miene. »Mathon!« »Nein, Mathon ist der richtige König. Der hier ist nur aus Stein.« Er stellte die Figuren auf das bemalte Spielbrett zurück, und Mariti benannte fehlerfrei die Türme in den vier Ecken und die Felder, auf die er nacheinander deutete. In dem Ozean, der das Spielfeld umgab, wand sich ein phantasievoll gemaltes Seeungeheuer, dessen Namen zu nennen Mariti sich weigerte. Sie drückte statt dessen das Gesicht wieder fest an Lerons Arm und blickte nicht mehr auf, bis sie die Schritte ihres Vaters auf dem Weg hörte, worauf sie auf die Füße sprang und ihm entgegenlief. Gannoc beugte sich hinunter und hob sie hoch, dann trat er zu Leron und nickte ehrerbietig.

»Ich habe das Mädchen geschickt, Euch zu holen, und als Ihr nicht kamt, war ich sicher, daß Mariti Euch statt dessen in den Garten gelockt hat. Ein Schiff nähert sich dem Hafen und müßte bei Anbruch der Nacht da sein. Es ist ein merkwürdiges Schiff und nicht aus Vahn. Dansen glaubt, daß es vielleicht aus Melismala kommt. Das wäre wahrhaftig ein Schiff, auf das er schon lange wartet.«

»Und auch noch länger warten wird, fürchte ich. Der gute Dansen; ich glaube, er erwartet, daß uns das Seevolk und die geflügelte Gesellschaft ihre Botschafter schicken.« Gannoc strich sich lächelnd über seinen zerzausten Bart.

»Bis wir wissen, ob das Schiff in freundlicher Absicht kommt oder nicht, habe ich Bogenschützen postiert, die im Namen Eures Vaters die Hafeneinfahrt überwachen. Außerdem habe ich Befehl gegeben, daß sich Boote bereithalten sollen, das Schiff in den Hafen zu eskortieren.«

»Gut gemacht. Gannoc, du regelst alles so vorzüglich, daß ich mir ganz überflüssig vorkomme.«

»Herr!«

»Achte nicht auf meine Worte. Ich bin in niedergeschlagener Stimmung. Es wird vorübergehen.«

»Darf ich offen sprechen? Die Niedergeschlagenheit würde vielleicht schneller vergehen, wäret Ihr weniger streng mit Euch selbst. Gibt es hier so viel zu tun, daß Ihr Euch nicht die Zeit nehmen könnt, auszureiten, zu jagen oder des Abends einmal zu tanzen? Wollt Ihr so Eure Jugend vertun?«

»Was soll ich denn machen?« Lerons Stimme war so laut, daß Mariti erschrocken aufblickte. »Wenn die Leute den Weg hierher auf sich nehmen, um sich im Exil niederzulassen, verdienen sie dann nicht ein besseres Los, als es ihnen in Tredana zuteil war? Was würde das für einen Eindruck machen, wenn ich zur Jagd ritte, während die Bauern der Trockenheit ihren Lebensunterhalt abtrotzen?«

»Die Trockenheit ist nicht Eure Schuld.«

»In Tredana herrscht keine Trockenheit: Und daß die Menschen hier sind, ist in gewissem Sinne meine Schuld.«

»Herr, wir sind aus eigenen Stücken hierhergekommen, wie Ihr wohl wißt. Und da wir nun einmal allein im Exil sind, warum haltet Ihr Euch von denen fern, die gern Eure Freunde sein würden?«

»Es sieht dir nicht ähnlich, so ausweichende Reden zu führen. Freunde? Ich nehme an, du meinst eins dieser jungen Mädchen, auf die du und Mara so wenig feinfühlig mein Augenmerk gelenkt habt.«

Gannoc rückte Mariti auf seinem Arm bequemer zurecht und erhob sich. »Vielleicht habt Ihr lange genug gewartet. Ihr müßt Euch doch darüber klar sein, daß sie nicht wiederkommt.« Er räusperte sich. »Dansen hat einen Plan zur Bewässerung entwickelt, schwierig und kostspielig durchzuführen, wie er sagt, aber der Erfolg ist sicher. Er würde Euch gern seine Aufwartung machen, wenn es Euch paßt.«

Leron erhob sich ebenfalls und strich Mariti über die Wange. »Ich werde zu ihm gehen. Er ist in der Bibliothek? Sehr gut – ich sehe dich heute abend im Hafen.« Er schritt rasch zum Palast zurück, und Gannoc folgte ihm, Mariti auf den Schultern, mit einem Kopfschütteln.

In der Bibliothek füllte Dansen die Ränder einer Handschrift sorgsam mit Notizen. Trotz des warmen Wetters trug er sein gewohntes Gewand aus braunem Samt, dessen weite, bestickte Ärmel er zurückgeschoben hatte, um das Pergament nicht zu verschmieren. Ein Windhauch zauste den Haarkranz, der aus seiner kleinen, enganliegenden Kappe hervorschaute. Leron schloß die Tür leise hinter sich und sah Dansen eine Weile zu, bevor er sprach. Dansen sprang erschrocken auf.

»Mein Herr, verzeiht mir. Ich habe Euch nicht hereinkommen gehört.« Leron winkte ab und setzte sich. »Fahr bitte fort. Gannoc hat mir deine Nachricht überbracht. Ist dir etwas Neues eingefallen in bezug auf unseren Wassermangel?«

»Ich habe in diesem Papier, der Abschrift eines Dokuments aus der Regierungsepoche Arleons, die zur Zeit Eures Großvaters entstanden ist, etwas gefunden. Ja, Arleon, mein Herr, ich habe keinen

Zweifel am Alter des Dokuments. Wie Ihr wißt, versammelte er in Tredana viele gelehrte Personen, die nach dem Fall Treglads heimatlos waren.«
Leron sah Dansen über die Schulter und betrachtete die Zeichnungen und Beschreibungen vor ihm. »Ich sehe den Tunnel, der von den Bergen herunterführt, aber wie soll er gebaut werden?«
»Es ist schwierig, aber nicht unmöglich. Seht Ihr, hier sind in regelmäßigen Abständen Gruben eingelassen...« Während Dansen auf die Skizze deutete, fiel Lerons Blick auf ein anderes Papier, das in Dansens Handschrift beschrieben und mit geheimnisvollen Kreisen und Linien bemalt war. Er hörte Dansens Bewässerungsplänen mit halbem Ohr zu, dann tippte er auf das andere Blatt. »Ist das ein Teil des Systems?« Dansen zuckte nervös zusammen. »Nein, nein, mein Prinz, bloß ein Experiment. Im Augenblick noch ein Spielzeug, aber später vielleicht einmal eine Waffe.«
»Eine Waffe? Ich sehe weder eine Schneide, noch irgendeinen Mechanismus.«
»Aber das ist ja das Schöne daran! So einfach! Vielleicht funktioniert es allerdings nicht!« Dansen lächelte und deckte das Papier mit seinen anderen Aufzeichnungen zu. »Wenn ich meine Experimente beendet habe, zeige ich es Euch, aber nicht früher. Ich will nicht, daß Ihr mich auslacht. Aber wenn es funktioniert, zeige ich Euch, wie eine Handvoll Sand, mit Hilfe von Feuer zu einem runden Glas geformt, wiederum Feuer erzeugen kann und zwar mit nichts weiter als der Sonne. Sand zu Feuer.«
»Sehr gut, ich werde warten, bis du den Beweis erbringst. Aber du weißt, daß ich dich nicht auslachen würde, Dansen. Ich vertraue deinem Urteil.«
Dansen nahm seine Worte lächelnd und mit einem Nicken auf, doch gleich darauf schüttelte er den Kopf. »Nein, mein Prinz, das tut Ihr nicht. Ihr würdet nicht hier in der Bibliothek sitzen und Euch unterhalten, wenn Ihr daran glauben würdet, daß das Schiff aus Melismala kommt.« »Dansen, ich vertraue deinem Urteil, aber Träumereien sind etwas anderes.«
»Träumereien, mein Prinz? Ich bin ein Mann der Wissenschaft,

der Vernunft. Ihr wißt, daß selbst Arbytis Achtung hatte vor Ginas' Fähigkeiten. Als die Spieler das letzte Mal hier waren, las sie mir die Zukunft, und ich sah ein wahres Bild dessen, was sein wird. Das sind keine Träumereien.«

»Dansen, wie viele Jahre hältst du nun schon Ausschau, um Erlandus' Geschichten von den Menschen, die am Meeresgrund leben oder sich mit Flügeln in die Lüfte schwingen, zu bestätigen? Ist es nicht möglich, daß das Bild nicht gezeigt hat, was sein wird, sondern was nach deinem Wunsch sein soll? Als wir vor neun Jahren unsere Reise antraten, hattest du Gannoc und mir den Kopf so mit Geschichten gefüllt, daß wir die kleine Sibby für eine Art Fremdwesen hielten, als wir sie am Strand fanden.« Er lachte wehmütig. »Vielleicht hast du recht. Erhalte dir deinen Glauben. Ich werde nicht mehr lachen. Vielleicht kommt das Schiff aus dem fernen Land wirklich zuletzt zu uns gesegelt.« Leron erhob sich. »Wie dem auch sei, wir sehen uns heute abend am Hafen. Solltest du mich vorher brauchen, ich bin bei meinem Vater.«

Am Abend stand Leron mit Gannoc und ein paar bewaffneten Männern auf einer kleinen Landzunge, die den Hafen überblickte. Wenige Minuten später trat Dansen zu ihnen, gefolgt von einem jungen Schreiber, für den Fall, daß sich etwas Bemerkenswertes ereignen würde.

Leron hatte seinen Vater überredet, im Palast zu bleiben, denn Mathon hatte sich nie richtig von den Qualen erholt, die ihm der Usurpator Ddiskeard mit Hilfe seiner Ärzte angetan hatte, und die Jahre des Exils waren gekennzeichnet von einem zunehmenden Kräfteverfall.

Sie beobachteten das Schiff, das im blauen Zwielicht des Sommers klar funkelte. Meer und Himmel bildeten einen makellosen Hintergrund für sein großes weißes Segel. Es war ein langes, tief im Wasser liegendes Schiff, das rundum mit flackernden Laternen behängt war. Wie Gannoc gesagt hatte, unterschied es sich deutlich von den Schiffen aus Vahn mit ihrem hochgezogenen Heck und fuhr in flacherem Gewässer. Es kam nah ans Ufer heran, bevor der

Anker geworfen wurde. Die Begleitboote näherten sich ohne Zwischenfälle, und schon bald kehrten die ersten mit den Besuchern an Bord zurück.
Gannoc ging langsam zum Wasser hinunter, kehrte aber gleich darauf eilends und außer Atem zurück. Bevor er Leron Bericht erstattete, wandte er sich mit einer tiefen Verneigung und einer Miene, in der sich die gutgelaunte Bitte um Verzeihung ausdrückte, an Dansen. »Dansen, nimm mich als Narren in deine Geschichte auf. Dieses Schiff kommt geradewegs aus Apadan, der Hauptstadt von Melismala, und es bringt uns eine Friedensbotschaft vom dortigen Rat.«
Leron zog eine Augenbraue hoch und warf Dansen einen Blick zu. »Mein Lieber, ich werde mich ein anderes Mal bei dir entschuldigen. Im Augenblick scheint es dienlicher, die Gäste zu begrüßen.«
Auf der kleinen Hafenmole stand das erste Grüppchen, das an Land gegangen war, mit stolz erhobenen Köpfen. In der zunehmenden Dunkelheit waren sie nur undeutlich zu sehen, doch Leron konnte Gesichter mit ausgeprägten Zügen, dunklen Haaren und heller Haut erkennen. Ihr Anführer war ein Mann in mittleren Jahren namens Talyas, der seine Begleiter sogleich in korrekter, aber von einem leichten Akzent gefärbter Sprache vorstellte. Leron begrüßte die Ankömmlinge im Namen des Friedens und führte sie in die Stadt zurück.
Im hohen Audienzsaal des Palastes bot Leron seinen Gästen Platz, und Gannoc entfernte sich, um Erfrischungen zu besorgen. Dansen setzte sich an seinen eigenen Tisch bei Lerons Stuhl, Feder und Pergament bereit, den Kopf aufmerksam schiefgelegt. Talyas trat vor und deutete auf seinen Begleiter, den ein Kapuzenumhang fast vollständig verhüllte. »Hier«, sagte er, »sicher vor den Blicken der Unwissenden und Neugierigen, stelle ich Euch eine Abgesandte des alten Volkes der Dylalyr, vor. Zwischen unseren Rassen herrscht seit jeher Freundschaft, und unser Blut hat sich über zahllose Generationen hinweg vermischt. Arrod wird für ihr Volk sprechen, so wie ich für das meine.«

Arrod warf mit einer unwilligen Bewegung den Umhang zurück, so daß er zu Boden glitt und in Falten um ihre schmalen Füße lag; Dansen sog hörbar die Luft ein und erhob sich halb vom Tisch: denn die Dylalyr waren das Seevolk, über das der große Gelehrte Erlandus vor vielen Jahren geschrieben hatte. Arrods hochmütige Augen waren direkt auf Leron gerichtet, während sie so vollkommen nackt da stand, ihr Körper weißer als Milch oder Marmor und unverkennbar der einer Frau, wenn auch weniger entwickelt als der eines zwölfjährigen Menschenkindes. Das Haar, das ihr auf die Schultern herabfiel, war von so tiefdunklem Grün, daß es fast schwarz wirkte, ebenso wie die Augen: die einzigen Male auf ihrer makellos glatten Haut waren eine grüne Linie auf den Schultern, wo der Saum ihres Leinenumhangs zu schwer aufgelegen hatte, und die dünnen Schlitze am Halsansatz, die mit jedem Atemzug bebten. Leron nickte ehrerbietig, sein Puls raste.

»Prinzessin, Ihr seid willkommen. Ich habe nicht geglaubt, daß ich je einen Vertreter Eures edlen, alten Volkes mit eigenen Augen sehen würde.«

Arrod erwiderte sein Nicken mit anmutiger Würde, und ihre farblosen Lippen verzogen sich zu einem leisen, lieblichen Lächeln. »Wir sind froh, daß wir angekommen sind, obwohl wir den Grund, der uns hierhergetrieben hat, bedauern.« Sie warf Talyas einen Blick zu. »Aber darüber reden wir später.« Talyas nickte.

Während sie noch sprach, kam Gannoc, von Küchendienern gefolgt, herein, und der Tisch wurde mit den verschiedensten Köstlichkeiten überhäuft. Gannoc zuckte bei Arrods Anblick zusammen, beherrschte aber seine Züge und sagte einem der Diener etwas ins Ohr. Im Nu kehrte der Mann mit einer Platte frischgefangener Fische zurück, die so geschickt angeordnet waren, als sei roher Fisch die gewohnte Speise in Treglad. Die Platte wurde zu den anderen gestellt, und Arrod lächelte, als sie es sah, und machte eine kleine erfreute Handbewegung. Leron konnte Dansens flehender Miene nicht mehr widerstehen und führte ihn, indem er ihn am Ärmel faßte, zu Arrod hinüber, die die kleinen Fische anmutig und mit augenscheinlichem Genuß ganz verzehrte.

»Herrin«, sagte er, »erlaubt mir, daß ich Euch den gelehrtesten Mann unseres Reiches vorstelle, einen Mann, der meinem Herzen nahesteht. Er hat sich lange Zeit eingehend mit Eurem Volk beschäftigt, und ich weiß, daß er sich nichts sehnlicher wünscht, als mit Euch zu sprechen.« Arrods Blick wanderte von Leron zu Dansen, den sie mit kühler Freundlichkeit betrachtete. »Es ist mir ein Vergnügen, mit Euch zu sprechen«, sagte sie. »Was wollt Ihr von uns wissen?« Dansen öffnete den Mund, um zu sprechen, aber er brachte keinen Ton heraus: wahrscheinlich zum erstenmal in seinem Leben hatte es ihm vollkommen die Sprache verschlagen.

Die Neuigkeiten, die die Abordnung brachte, gaben Leron einiges zu denken. Jenseits des Meeres hatten Vazdz' Anhänger, ebenso wie auf dem Kontinent, an Macht gewonnen, und zahlreiche Länder hatten einen Umsturz der alten Herrschaftsformen erlebt. Zuerst berichtete Leron den Gesandten aus Melismala von der Errichtung der Ränkeherrschaft in seiner eigenen Stadt Tredana und in der Wüste unter den Karabdu und darüber, daß sein Freund Odric in Treclere durch die Entfernung und eine feindliche Streitmacht von jedem vernünftigen Bündnis abgeschnitten war. Die Melismalaner hörten ihn mit ernster Miene an, und schließlich ergriff Talyas für sie das Wort und erklärte, daß ihre eigene Geschichte in engerer Verbindung mit dem Festland stand, als sie angenommen hatten.

Während Talyas sprach, machte sich Dansen eifrig Notizen. »Unsere Heimat ist eine Gruppe dicht beieinanderliegender Inseln mit zahlreichen hübschen Häfen und kleinen Buchten, und das Klima ist das ganze Jahr über mild. Das Leben entwickelte sich bei uns mit unbeschwerter Freude, und seit altersher haben sich die Seewesen nicht gefürchtet, aus dem Wasser zu uns heraufzusteigen und sich von Zeit zu Zeit mit den schwerfälligen Menschen an Land zu vermischen. Einige von uns, vielleicht die Unternehmungslustigeren, bauten vor langer Zeit Boote und machten sich damit auf die Suche nach Abenteuern. Viele von ihnen gingen auf der großen Insel Paradon, fünfhundert oder mehr Meilen genau nördlich von uns, an Land. Auf Paradon fanden sie weniger

freundliche Bedingungen vor, es war dort rauher und unwirtlicher, und sie bauten Städte, und die Gruppen bekämpften sich untereinander. Einen Teil der Insel konnten sie nie für sich urbar machen, einen Landstrich, der unter Nebelschleiern und Rätselhaftigkeit verborgen war, und an diesen Ort kam Vazdz vor nunmehr etwa dreitausend Jahren, als er feststellte, daß das Festland seinen Absichten nicht wohlgesonnen war. Er brachte das Gebiet, das wir Inivin nennen, in seine Gewalt, seine Macht wuchs, und von Zeit zu Zeit sandte er seine Diener, die Moraganas, aus, die Menschen in Angst und Schrecken zu versetzen und sie zu unterwerfen. Damals begannen die Bewohner von Paradon, ihn anzubeten, anfangs aus Furcht, später, weil sie Gefallen daran fanden. Und so gedieh Vazdz in seinem Königreich Inivin bis zu jenem Tag vor tausend Jahren, als die Zweifaltige Göttin gespalten wurde und die Göttin Simirimia Vazdz anrief, die Macht wieder zu ergreifen und gemeinsam mit ihr die Göttin Rianna und alle, die im Tempel Ornat ihre Gebetsstätte hatten, zu vernichten. Seit jener Zeit ist er Jahr um Jahr ein wenig mächtiger geworden, und heute beten ihn nicht nur die drei tyrannischen Herrscher des Festlandes an, wie Ihr berichtet habt, sondern auch die sieben grausamen Kriegsfürsten von Paradon. Was er hier anrichtet, habt Ihr uns gesagt, was er uns antut, werden wir gleich erzählen.
Wir Melismalaner waren berühmt für unseren Honig: Vazdz hat die Bienen fortgelockt, und sie kehren nicht mehr wieder und umschwärmen unsere Insel. Wir Melismalaner waren berühmt für unseren Wein: Vazdz hat die Trauben vertrocknen lassen, so daß sie hart und grün und zu nichts mehr zu gebrauchen sind. Wir Melismalaner waren berühmt für unser Öl: aber jetzt trägt der zählebige Olivenbaum keine Blüten mehr. Jedes Jahr kommen sie von Paradon herüber, brandschatzen unsere Dörfer und verwüsten unsere Felder. Und wenn sie uns ausgeplündert haben, schikken sie Gesandte mit der Botschaft: ›Erkennt Vazdz an, schließt euch uns an, dann erobern wir die ganze Welt.‹ Aber wir wollen die Welt nicht erobern; wir wollen nichts weiter, als in Frieden zu leben.«

Als Talyas geendet hatte, erhob sich Arrod und stellte sich neben ihn. Ihre leicht gewölbten Brüste hoben und senkten sich vor Erregung, und die schmalen Schlitze an ihrer Kehle bebten vor Zorn und Verzweiflung. »Es ist so, wie Talyas berichtet, denn ich habe mit eigenen Augen gesehen, was in jedem Frühjahr geschieht: sie kommen von Paradon gesegelt, um die Küsten von Melismala zu zerstören. In Vazdz' Namen führen sie auch gegen uns, die Dylalyr, und gegen unsere Diener und Freunde, die Mahiva, die Fische, die atmen, Krieg. Von ihren Schiffen aus werfen sie mit Speeren nach den Mahiva, wenn sie spielen, und kein Mitleid gebietet ihnen Einhalt: wenn es das Unglück will, daß ihnen einer der unseren in die Hände fällt, dann peinigen sie ihn aufs grausamste, bis ihn der gnädige Tod ereilt, denn Vazdz hat ihnen, wie sie sagen, erklärt, die Dylalyr seien keine Menschen und müßten wie Tiere behandelt werden. Das hat er ihnen gesagt, weil er weiß, daß ein so altes Volk wie wir nie dazu verführt werden kann, ihn anzubeten. Ich habe selbst gesehen, was sie mit uns tun, denn mein eigener Bruder ist ein Opfer ihrer Grausamkeiten geworden. Sie überwältigten ihn, als er im Mondschein am Strand lag und schlief. Sie stachen ihn mit ihren Dolchen, um zu sehen, welche Farbe sein Blut hat, und peinigten ihn mit Feuer, um herauszufinden, ob er schreien würde; und als er schließlich starb, lachten sie und rätselten herum, ob er schnell verfaulen würde wie ein Fisch.«
Während sie sprach, zitterten ihre Lippen, und sie preßte die Hand auf ihren pulsierenden Hals. »Darum haben wir allen, die Vazdz anhängen, unerbittliche Feindschaft geschworen, und wir werden uns ihm und seinen Anhängern widersetzen, sei es allein oder gemeinsam mit Euren Leuten, wenn Ihr Euch dazu entschließt.« Sie war nicht allein mit ihrer Gefühlsregung, als sie diese Worte sprach: Leron sah, daß Dansens Hand beim Schreiben stockte und sein Mund voller Entrüstung zusammengepreßt war.

Noch in derselben Nacht rief Leron Dansen und Gannoc zu sich und bat sie, freiheraus zu sagen, was sie von der Sache hielten. Dansen hielt seinen Becher locker in der Hand und starrte in die blutrote Flüssigkeit darin; Gannoc stellte seinen beiseite und sagte mit lebhafter Stimme: »Herr, es kann keine Frage sein, daß den Melismalanern unser uneingeschränktes Wohlwollen gehört. Ihre Ziele und unsere Ziele, sowie die unserer Verbündeten, stehen allesamt den Plänen Vazdz' und seiner Anhänger im Wege. Es geht hier nicht um die Beweggründe. Das Geheimnis liegt im Wie, nicht im Warum, und da sind wir ratlos. Wie können Menschen, selbst Könige, ja, ein ganzes Bündnis von Königen, einen Gott vernichten?«

Leron seufzte. »Dieser Krieg, wenn es zum Krieg kommen sollte, wird keiner sein, den man mit Flaggen und Markierungen abstekken kann. Ein günstig gefallener Würfel kann uns den Sieg ebensogut bringen wie irgendeine Streitmacht.«

Dansen sah die beiden nachdenklich an. »Denkt noch einmal nach, mein Prinz. Es sind Vazdz' Waffen, vielmehr die seiner Verbündeten, die uns Sorgen bereiten. Seine größte Macht liegt in den Menschen, nicht in Dämonenwesen. Wir dürfen die Moraganas oder auch den Naqra nicht außer acht lassen, aber wir sollten uns durch sie auch nicht allzusehr beunruhigen lassen.«

Gannoc blickte auf. »Was weißt du von den Moraganas? Ich habe ihren Namen heute zum erstenmal gehört.«

Leron nickte. »Ich ebenfalls.«

Dansen lächelte. »Ich hatte Angst, ihr würdet alle meine Ratschläge als Phantastereien in den Wind schlagen, wenn ich sie erwähnen würde. Welche Aussichten hatte ich, euch die Moraganas zu erklären, da ihr nicht einmal an die Dylalyr glaubtet?«

»Friede, Dansen.« Leron hob verzeihungheischend die Hände. »Vergib uns. Wir werden nie wieder zweifeln.«

»Ich werde Euch beim Wort nehmen. Also gut. In meinen Schriften ist tatsächlich die Rede von den Moraganas, und ohne allzu leichtgläubig oder kleinherzig scheinen zu wollen, muß ich sagen, daß sich in mir immer stärker die Befürchtung regt, daß die Trokkenheit, unter der wir gegenwärtig leiden, ihr Werk ist. Die Hitze ist ihre schärfste Waffe. Sie gehören zu den ältesten Dienern Vazdz', gewaltige Vogelwesen mit bronzenen Leibern und kupfernen Flügeln. Sie stoßen nur zu, um anzugreifen, und sie greifen nur an, um zu töten. Wo sie sind, ist die Erde verdorrt, es wächst nichts mehr, und kein Wasser fließt: Sie bringen Hitze, Fäulnis und entsetzliche Verheerung, und sie streifen so frei durch die Lüfte, wie der Große Naqra das Meer beherrscht.«

Leron schüttelte den Kopf. »Heute ist ein Tag, der an den Grenzen unserer Glaubensbereitschaft gerüttelt hat. Die Dylalyr kommen aus Melismala, die Luft ist erfüllt von Bronze- und Kupferungeheuern, und jetzt kommt auch noch der Naqra aus unseren Kindheitsängsten geschwommen, um uns zu bedrohen. Ich habe beim Spiel *Das verschollene Schloß* oftmals die Würfel gerollt und einen Mann an den Naqra verloren, aber es wäre mir nie in den Sinn gekommen, daß er sein Opfer einmal leibhaftig fordern könnte. Vielleicht kommen unsere nächsten Besucher aus Zanida, wo es keine Sonne geben soll und wo die Menschen angeblich schwarz sind und nichts als Eis und Schnee essen.«

Gannoc lachte, aber Dansen schüttelte den Kopf. »In den meisten dieser alten Legenden steckt ein Quentchen Wahrheit; wenn man nur wüßte, wo man danach suchen sollte. Ich hoffe nur, daß die Legende die monströsen Diener Vazdz' schlimmer gemacht hat, als sie es in Wirklichkeit sind.« Mit leiser Stimme deklamierte er:

»Wasserjäger, Panzerträger,
Läufer auf dem Meeressand, heimlicher
Wanderer an Land,
Kiemen und Füße, Zähne, Schwingen,
Nenn mir den einen, der alles hat von diesen Dingen.«

Leron unterbrach ihn lebhaft. »Laßt uns also die Ungeheuer den Spielen und Kinderliedern überlassen und hoffen, daß sie uns nicht behelligen. Wie sieht es mit dem militärischen Gesichtspunkt aus? Ich liebe Odric wie einen Bruder und könnte mich mit ihm verbünden, wenn nicht das kleine Hindernis der Entfernung und der feindlichen Streitkräfte zwischen uns wäre. Wir können uns gegenseitig keine Hilfe bieten.«

»Im Augenblick vielleicht nicht, aber wenn Ihr eine Seeflotte hät-

tet, und er könnte eine Hafenstadt nördlich von Vahanavat erobern, sähe es schon viel günstiger aus.«
»Das ist wahr. Aber ich glaube nicht, daß wir mit unseren Schiffen so weit segeln können, und wir haben nicht das nötige Holz, um größere zu bauen.« »Mein Prinz, Ihr setzt mich in Erstaunen!« Dansen stieß die Worte ungeduldig hervor, und Leron fühlte sich um zehn Jahre zurückversetzt in seine Jahre als Dansens Schüler. »Die Schiffe gibt es bereits, nämlich die der Kaufleute und Sklavenhändler von Vahn. Sie müssen nur in unseren Besitz gebracht werden. Ein solches Unternehmen müßte meiner Meinung nach ganz nach Clerowans Geschmack und Können sein. Laßt Euch durch ihn und seine Bande die Flotte besorgen. Durch Herrard sendet Ihr, wenn er das nächste Mal kommt, eine Nachricht an Odric und erklärt ihm Euren Plan. Dann könnt Ihr Bodrum in seiner Stadt besiegen, heimlich Männer im großen Wüstenhafen an Land gehen lassen und sogar bis nach Melismala segeln und den guten Leuten dort helfen. Ich hatte nicht gedacht, daß Ihr so einfallslos sein könntet.«
Leron grübelte eine Weile nach und schwenkte den Wein in seinem Becher, bis er überschwappte und auf den Rand seines Ärmels floß. Er betrachtete den mattroten Fleck, der in das grobe Leinengewebe einsickerte, und begann endlich zu sprechen. »Dansen beschämt mich mit der Breite seiner Vorstellungskraft. In den vergangenen Monaten haben sich meine Sorgen zu sehr auf diese Stadt allein beschränkt. Dennoch halte ich es im Augenblick für das beste, den Melismalanern und dem Seevolk keine Hilfe zu versprechen. Ruhig, Dansen. Aber wir werden ihnen zusagen, daß wir ihnen, wenn wir über Schiffe verfügen, eines zu Hilfe schicken werden. Denn ohne Schiffe können wir wahrhaftig die Welt versprechen und sind nicht einmal in der Lage, eine Handvoll Staub zu geben. Das Kapern von Schiffen müßte sicherlich in Clerowans Macht stehen und ihm Vergnügen bereiten.« Die beiden anderen erklärten sich einverstanden und zogen sich bald darauf in ihre Gemächer zurück.
Am nächsten Morgen frühstückte Leron mit seinem Vater und

Dansen, der es sich zur Gewohnheit gemacht hatte, dem alten König, während er aß, Geschichten und Gedichte aus den frühen Zeiten von Tredana oder den letzten Tagen des alten Treglad vorzulesen. Als Dansen las, belebten die Bilder einen Traum in Lerons Erinnerung, und sein Blick wanderte über die gebeugten Schultern seines Vaters hinweg zur Fensterbrüstung, die von der Sonne beschienen war.

Er hatte im Traum einen Fluß im Mondlicht gesehen. Zu beiden Seiten schwarze Bauwerke von phantastischer Höhe und Gedrängtheit, von tausend winzigen Lichtern erleuchtet. Sibby hatte, ihre Schuhe in der Hand, am Flußufer gestanden und gesungen, und er hatte sie beobachtet und sich ihr so nah gefühlt, daß er sie berühren zu können glaubte. Aber sie hatte sich abgewandt, und er konnte ihr nicht folgen; der Wunsch, sie aufzuhalten und zum Reden zu bringen, war von so verzweifelter Dringlichkeit, daß Leron erschrak.

»Verflucht schön!« rief Mathon aus. Der alte König wischte sich lebhaft den Mund und den weißen Bart ab und schlug auf den Tisch, um seinen Worten Nachdruck zu verleihen. »Verflucht schönes Gedicht. Fast wie in alten Zeiten, was? Dansen, ich will verdammt sein, wenn ich je einen Menschen gesehen habe, der so viel aus diesen alten Geschichten machen kann. Lies uns den Kehrreim noch einmal vor. Du weißt schon, ›Korallenmauern, *di-dum, di-dum*‹.«

Dansen kehrte pflichtschuldig zu der genannten Stelle zurück, und Mathon lauschte mit zur Seite geneigtem Kopf. Sein Bart hob und senkte sich auf seiner massigen Brust, die sich, gemeinsam mit seinen Händen, im Rhythmus der Verse bewegte. Leron betrachtete seinen Vater liebevoll, und als Dansen am Ende angelangt war, erkundigte er sich arglos: »Gibt es nicht Verse, die von den Dylalyr handeln? Du solltest uns einen davon vorlesen, denn mein Vater trifft heute mit den Abgesandten zusammen, so daß es überaus passend wäre.«

Dansen errötete. »Es gibt tatsächlich Verse, deren Richtigkeit sich

durch die jüngsten Ereignisse aufs glücklichste bestätigt haben. Hier ist ein von Brydeni übersetzter, auf den ich heute nacht gestoßen bin, ein Heldengedicht über die Kriegskunst in den alten Tagen, als die Dylalyr noch hitziger waren als heutzutage.«
Während Dansen las, betrachtete Leron ihn eingehend und bemerkte die wechselnden Gefühle in seiner Miene. Er hatte sich nie Gedanken darüber gemacht, in welchem Alter Dansen sein mochte, aber jetzt fiel ihm auf, daß er gerade erst in die mittleren Jahre gekommen und in Herzensangelegenheiten noch überaus empfänglich war. Als Dansen geendet hatte, erhob sich Leron, ergriff die Hand seines Vaters und drückte sie kurz an die Lippen. »Ihr müßt mich jetzt entschuldigen. Ich habe Mariti eine Stunde im Garten versprochen. Ich sehe euch beide zur vereinbarten Stunde im Ratssaal.« Während er die Tür hinter sich schloß, hörte er Dansen, der erneut ›Korallenmauern ...‹ deklamierte. Mathons tiefere Stimme fiel in das Gedicht ein.

Aus den PROPHEZEIUNGEN DER ZANIDAI
ausgesprochen von Shirkah, König von Zanida, in dem Jahr, in dem er von seinem Bruder Gorga hinterhältig gefangengenommen und in Ketten nach Vahn geschickt wurde.

Der Falsche König am Östlichen Meer
wird finden den Wahren König an seiner Tür
Der Falsche König im Süden wird sicher sein
bis er vom Wahren König umworben wird zum Schein
Der Falsche König im Norden sich Herrscher heißt
bis der Wahre König seine Ketten zerreißt
Der Falsche König im Westen befiehlt
bis der Wahre König den Narren spielt
Mit dem Falschen König der Vogelfrei'n
wird die Lüge wieder Wahrheit sein.

II

Vier Tage, bevor es Zeit für die Gesandten aus Melismala wurde, in ihre Heimat zurückzukehren, wanderte Leron, unfähig zu schlafen, auf den Hügel vor der Stadt und blickte auf die kleine, von Dansen so wunderbar geplante Ansiedlung hinunter. So früh am Morgen war alles still. Doch dann fiel sein Blick auf eine Gestalt, die vom Hafen heraufkam, und als sich der Mann näherte, erkannte er, daß es Dansen war. Das Gesicht des Gelehrten war vom Schlafmangel blaß, und er hatte dunkle Schatten unter den Augen, aber seine Miene war von träumerischem Entzücken gezeichnet, und der Saum seines Gewandes naß vom Meerwasser. Hinter ihm im Hafen sah Leron etwas Weißes in den bewegten grünen Wellen aufblitzen. Er betrachtete die langsam voranschreitende Gestalt Dansens, der ihn bereits dauerte wegen der bevorstehenden Trennung.

Doch bald darauf wurden diese Überlegungen in den Hintergrund gedrängt. Als Leron in den Palast zurückkehrte, trat Gannoc zu ihm und berichtete, daß Herrard in großer Eile mit Nachrichten eingetroffen war. »Er war zu hungrig, um Eure Rückkehr abzuwarten, und steht Euch jetzt im kleinen Speisesaal zur Verfügung.«

Herrard machte Anstalten, sich zu erheben, als sie den Raum betraten, doch Leron winkte ihm, sitzenzubleiben. Der Neuankömmling war ein großer, kräftiger Mann, und das Mahl, das Gannoc ihm vorgesetzt hatte, wäre für zwei Menschen von weniger ungewöhnlichen Ausmaßen zu reichlich gewesen. Wenn auch seine Kleidung Spuren der Reise und ihrer Strapazen aufwies, so sah er selbst doch wie gewöhnlich munter und ausgeruht aus; Dansen leistete ihm bereits beim Frühstücken Gesellschaft.

Während sie ihr Mahl beendeten, überflog Leron die offiziellen Botschaften von Odric in Treclere. Dann bat Leron Herrard, der seine vom langen Reiten steif gewordenen Beine ausstreckte und es sich im Sessel bequemer machte, um weitere Einzelheiten. »Wie geht es in Treclere? Sind die Leute noch zufrieden mit dem von ihnen gewählten Herrn?«

»Im großen und ganzen ja. Die Stadt ist stark, und es herrscht fröhliche Stimmung. Dann und wann werden Spitzel entdeckt, die zweifellos in Bodrums Sold stehen, und mit ihnen verfährt Odric stets zu gütig, indem er sie mit barschen Botschaften nach Vahn zurückschickt. Ihr wißt ja, daß Bodrum sich strikt weigert, Odric als seinen Sohn anzuerkennen; nun, in dieser Hinsicht gibt es eine interessante neue Entwicklung, die in dem Brief nicht erwähnt ist.« Er lächelte spöttisch und machte eine wirkungsvolle Pause. »Wie Ihr wißt, führt Odric ein wenig das Leben eines Gesetzlosen; und wenn ich ihn besuche, reiten wir hin und wieder zum Vergnügen zu den unterschiedlichsten Unternehmungen aus. Vor etwa sechs Monaten überfielen wir eine Handelskarawane, nahmen die Männer gefangen und konfiszierten die Waren. Stellt Euch unser Erstaunen vor, als wir merkten, daß es sich bei zwei jungen Männern in Gesellenkleidern um Kerys und Varys, die beiden Prinzen von Vahn, handelte. Ihr seid ihnen, glaube ich, in Mindo'ila begegnet, als sie noch Kinder waren. Sie waren im Begriff, auf den Befehl ihres Vaters hin nach Vahanavat zurückzukehren. Odric hätte sie weiterziehen lassen, aber nein, sie hatten Gefallen gefunden an dem Abenteuer, und der Gedanke, das Hofleben wieder aufzunehmen, erschien ihnen trostlos. Also drohten sie Odric, gewisse Geheimnisse auszuplaudern, sollte er sie zurückschicken. Sie wußten natürlich ganz genau, daß er sie zu sehr liebt, um ihnen Kummer zu bereiten, und so weilen sie immer noch in Treclere. Es geht das Gerücht, daß Bodrum sie aus Angst vor Verrat bereits für tot erklärt hat.«

Leron senkte den Blick wieder auf Odrics Brief. »Er erwähnt nur Getreide. Ich wünschte, wir könnten Handel treiben. Wir werden hier eine kümmerliche Ernte haben: ich fürchte, noch ein Winter

nur mit Kaninchen und Fischen, und wir haben noch mehr Krankheiten und Kräfteverlust als im letzten Jahr.«
Herrard nickte. »Als ich heute morgen in die Stadt kam, wurde ich von einem Strolch begrüßt, der mir riet, nur im Norden zu bleiben, wenn ich mir das Essen abgewöhnt hätte, andernfalls wäre es besser, ich würde zu Hause bleiben. Er sprach wie ein Landstreicher.«
»Das müßte Alwyn gewesen sein. In Sundrat wurden ihm wegen Aufwiegelei die Ohren abgeschnitten, und er sagt, als nächstes wäre seine Hand drangewesen. Da ihm das sein Gewerbe im Süden, nämlich die Taschenräuberei, unmöglich gemacht hätte, geht er lieber hier einer ehrlichen Arbeit nach. Was lese ich da von einer Flotte?«
»Odric hat vor ein paar Monaten ein Schiff erobert, das jetzt in einem leicht zu verteidigenden Hafen im Norden liegt. Es war ein Sklavenschiff, das angelegt hatte, um Wasser aufzunehmen, und wie es der Zufall wollte, befand sich Odric mit einigen Männern ganz in der Nähe in den Bergen. Einem seiner Männer gelang es, sich zu den Gefangenen zu schleichen, und mit ihrer Hilfe brachten sie das Schiff in ihre Gewalt. Es ist von ansehnlicher Breite und fast dreißig Meter lang.«
»Dann hat Treclere also das erste Schiff. Das fügt sich gut in unsere Hoffnungen und Pläne. Was ist mit den Sklaven?«
»Sie sind froh über die gewonnene Freiheit und haben sich in Treclere niedergelassen. Drei von ihnen stammen aus Zanida und gerieten dort in Bürgerkriegszeiten in Gefangenschaft: ihre Haut ist von so dunklem Braun, daß sie schwarz wirkt.«
Dansen blickte neugierig auf. »Sind sie wirklich so dunkel? Erlandus ist sehr unbestimmt in seinen Beschreibungen.«
»Sie unterscheiden sich von uns wie ein Rappe vom Rotfuchs, und sie bringen es fertig, in einem eisbedeckten Land zu leben, in dem jede weniger geschickte Rasse dem Untergang geweiht wäre. Es gibt dort kein Holz, sondern sie bauen riesige Hallen aus Eis und kleiden sich in Tierfelle; die Kälte ist so groß, daß die Wände der Hallen gefroren bleiben, auch wenn sie darin ein Feuer entfachen.

Trotz der Unwirtlichkeit ihres Landes sind sie ein gebildetes Volk und berühmt für ihre Fertigkeiten und Zauberkräfte; ich hoffe, daß ich mehr über ihre Geschichte erfahre, wenn ich nach Treclere zurückkehre. Ihr Land hat kürzlich ein ähnliches Schicksal erlitten wie das unsere, denn der rechtmäßige König ist von seinem Bruder hintergangen und in Ketten, die durch Zauberkraft unzerreißbar gemacht wurden, nach Vahn in die Gefangenschaft geschickt worden. Die drei Männer aus Zanida wagen es nicht, zurückzukehren, solange Gorga anstelle ihres wahren Königs Shirkah an der Macht ist. Und nun berichtet mir von Euren Seefahrerplänen.«
»Wir hatten die Absicht, Odric zu raten, sich um einen Hafen und, wenn möglich, ein Schiff zu bemühen. Außerdem wollten wir Clerowan nahelegen, für uns zum Piraten zu werden und einige ausgewählte Schiffe aus der Flotte von Vahn in seine Gewalt zu bringen, so daß wir eine Seemacht wären.«
»Ich glaube, in diesem Punkt ist Euch Clerowan ebenso zuvorgekommen wie Odric. Ich habe von den Spielern gehört, daß er auf dem Wasserwege nach Rym Treglad zu kommen gedenkt und daß er sich gegenwärtig in Sundrat ein Schiff besorgt, das seinen Anforderungen genügt.«
»Wahrhaftig? Dann hat er unsere Gedanken gelesen. Als er das letzte Mal hier auftauchte, brachte er uns zwanzig Pferde aus den Stallungen bei Sundrat, die einst meinem Vater gehörten, mit. Er sprach lediglich von Überfällen zu Pferde und unbedeutenden Scharmützeln mit Ddiskeards Männern, die er der Lächerlichkeit preisgab.«
Herrard lachte. »Er hat sich offenbar nicht sehr verändert. Ich habe eine Botschaft für ihn, die ich Euch hierlassen werde, für den Fall, daß er bald, wie beabsichtigt, mit dem Schiff eintrifft. Adaba Tayyib, ein mächtiger Häuptling der Karabdu, der sich in einer Aufwallung von Leidenschaft vom früheren Karifen lossagte, hat nunmehr dem Heiligen Vorleser Dzildzil den Rücken gekehrt. Er hat sich wegen seiner Raubzüge mit Dzildzil überworfen, denn ihm wurde der Befehl übermittelt, den Vertrag zwischen Vahn und den Wüstengebieten einzuhalten und Bodrums Untertanen höf-

lich zu behandeln. Der Tayyib war der Meinung, daß er Dzildzils Befehl befolgte, wenn er auf höfliche Weise Zoll einforderte, statt die Leute unumwunden auszurauben. Der Heilige Vorleser war anderer Meinung. Der Tayyib war natürlich schon immer ein Halunke, aber der frühere Karif wußte mit ihm umzugehen.«

»Und dieser Tayyib schickt Clerowan eine Botschaft?«

»Ja, er bietet ihm eine Erneuerung der Freundschaft an. Ich werde sie Euch, wie gesagt, hierlassen.«

»Ich frage mich, wie er es aufnehmen wird.«

Herrard zuckte die Achseln. »Dazu kann ich nichts sagen. Ich bin nur der Überbringer. Und ich überbringe auch eine weitere Botschaft für Euch, mein Prinz, eine Botschaft, die dringlich und nur für Eure Ohren bestimmt ist.« Er warf Gannoc und Dansen einen Blick zu, und die beiden Männer entfernten sich. »Sie kommt von Ginas.« Leron sah ihn fragend an. »Vor ein paar Wochen«, begann Herrard, »begegnete ich auf meinem Weg von Treclere hierher zufällig den Spielern, die unterwegs waren nach Sundrat und Tredana, wo sie eine Saison lang auftreten wollen. Ginas war höchst erfreut, mich zu sehen, denn sie war im Begriff gewesen, einen Boten zu Euch zu schicken, und wußte, daß ich schneller und zuverlässiger hierhergelangen würde als einer ihrer Leute.«

»Warum so eilig? Die Spieler waren vor kaum zwei Monaten hier in Rym Treglad.«

Herrard senkte den Blick auf seinen Krug und sagte bedächtig: »Es ist eine heikle Angelegenheit. Ginas weissagt jetzt, da sich die wahren Karten in ihren Händen befinden, öfter aus dem Buch Ornat. Oftmals fragt sie nach Neuigkeiten über Euch und Euer Schicksal oder danach, wie die Dinge in Tredana liegen. Insbesondere hat sie sich mit der Frage der Thronfolge beschäftigt.«

»Ddiskeard ist kinderlos.«

»Was auch ein Glück ist, denn nach Euren eigenen Gesetzen würde sein Kind die Thronfolge antreten, wenn es vor dem Eurigen geboren wird.«

»Ich kann immer noch mit gutem Gewissen den Usurpator stürzen und seinem Kind ein besseres Reich bereiten.«

»Wohl wahr, dennoch war die Kälte, die zwischen Dastra und Ddiskeard herrscht, von großem Nutzen für Euch. Nur geht jetzt das Gerücht, daß sie Euch nicht vergessen kann und daß Ihr Euch aus Sehnsucht nach ihr nicht verheiratet.«
Leron blickte erzürnt auf und war erleichtert beim Anblick der spöttischen Fältchen um Herrards Augen. »Mein Vetter und Dastra passen vorzüglich zusammen.« Herrard nickte. »Wie ich schon sagte, war die Kälte zwischen dem Paar ein Glück und von großem Vorteil für Euch. Aber das wird nicht länger so sein. Ginas sieht in den Karten, daß Dastra in diesem Jahr ein Kind gebären wird. Und sie hat außerdem gesehen, daß manche Euch für den Vater halten werden.«
»Durch welche Zauberei? Wir sind glücklicherweise weit voneinander entfernt.«
»Ich weiß es nicht. Aber Ginas, die darauf bedacht ist, Euch in dieser und in anderen Angelegenheiten zu helfen, hat noch mehr gesehen. Eure andere Verwandte, die so lange für uns verloren war, ist jetzt ganz nah.«
»Sibby?« Leron spürte, wie ihm das Blut in die Wangen stieg. »Nah? Das mußt du mir erklären.«
»Ich kann nicht. Ginas sagt nur, daß sie nah ist und gerufen werden kann. Das zu tun, hat sie bereits alle Vorbereitungen getroffen. Ihr habt die Weisung, Euch auf einer bestimmten Lichtung in den Wäldern nördlich von Sundrat, die Euch bekannt, den meisten Augen aber verborgen ist, mit den Spielern zu treffen. Dort wird Sibby wieder auftauchen, und wenn Euch Euer zukünftiges Glück und das Eures Reiches am Herzen liegt, sollt Ihr sie dort in der Nacht des nächsten Vollmondes treffen.«
»Herrard, du weißt, daß mich nichts glücklicher machen könnte als die Rückkehr meiner süßen Cousine. Aber warum zeigt ein solches Glück eine so ernste Miene? Und wie soll ich Sundrat in so kurzer Zeit erreichen?«
»Ginas sagte, Ihr würdet auf dem Wasserwege kommen, erklärte sich mir aber nicht näher.«
»Herrard, wie konnte sie das wissen? Es befindet sich eine uner-

wartete Gesandtschaft aus Melismala hier. Zum erstenmal seit der Gründung von Rym Treglad liegt ein großes Schiff im Hafen. Gerade zur rechten Zeit, um mich zu meinem Treffen in Sundrat zu bringen.« Herrard war verblüfft, doch er schüttelte warnend den Kopf. »Mein Prinz, ich möchte hier eine Mahnung zur Vorsicht einbringen, die nicht von einem Herrscher, Häuptling oder Seher kommt, sondern von einem, der weitgereist ist, viel gesehen hat und Euer ergebener Freund ist – kurz gesagt, von mir selbst. Es ist offensichtlich, daß Ginas ein Bündnis zwischen Euch und Eurer Cousine Sibby erwartet. Nein, laßt mich aussprechen. Ihr habt, durchaus verständlich, eine tiefe Zuneigung genährt und scheint wie die Spieler zu glauben, daß es sich im Leben so schön fügt wie in einem Bühnendrama. Aber wenn Sibby zurückkehrt, wird sie kein Kind mehr sein. Eine Frau, und mehr noch, die Tochter sowohl von Simirimia als auch von Eurem Onkel Armon. Ich habe die Kräfte gesehen, die sich in ihr regten, als sie noch ein Kind war. Ich glaube nicht, daß sie sich fügsam Ginas' Plänen unterwerfen wird, gleichgültig, wie sehr sie Euch mag. Die Spieler beschäftigen sich zu gern mit dem Schicksal, glaube ich.« Leron nickte zwar, war aber mit den Gedanken anderswo.

Am nächsten Tag sprach Leron mit Gannoc, der höchst erstaunt war darüber, daß der Prinz, nur um des geplanten Zaubers einer Spielerin willen, nach Sundrat zu reisen gedachte. Lerons eigene Zweifel machten ihn um so verschlossener gegen Gannocs Einwände. Der Haushofmeister hatte sich eben entfernt, als Dansen den Raum betrat und Leron aufgeregt am Arm faßte.

»Prinzessin Arrod hat mir erzählt, daß Ihr die Absicht habt, sie die Küste hinunter zu begleiten. Kann das wahr sein?«

Leron runzelte die Stirn. »Werden meine Pläne schon in der ganzen Stadt herumposaunt?« Dansen errötete. »Nein, nein, mein Prinz. Sie hat nur mit mir darüber gesprochen. Aber wenn es wahr ist – sehe ich, daß es Zeit ist, Euch etwas zu enthüllen, was ich in den vergangenen Monaten für mich behalten habe.«

»Und das wäre?«

»Ein paar Worte, die Ginas mir sagte, als die Spieler das letzte Mal in Rym Treglad waren.« Er wandte den Blick ab und strich umständlich einen seiner Samtärmel glatt. »Sie sprach, wenn auch sehr zurückhaltend, von den Dylalyr zu mir; und dann sagte sie etwas, das mir so unwahrscheinlich vorkam, daß ich jeden Gedanken daran verwarf. Sie hielt mir eine Seite aus dem Buch Ornat vor die Augen und sprach folgende Worte ...« Seine Stimme zitterte kaum merklich.

»Dansen, der Gelehrte, lernt doch am Schluß,
worin die größte Stärke liegen muß,
Dansen, der Gelehrte, aus bittrem Erleben
lernt, was dem Vergessen anheimgegeben,
nicht eine Lektion aus eigenem Geleit,
denn jenseits ihrer Grenzen liegt die Weisheit:
zu brennen wie Feuer, wie Wasser rinnen,
eine Reise zur fernsten Insel beginnen.

Und das Bild, das das Blatt zeigte, war ein blauer Kreis auf gelbem Grund, das Sinnbild für die Weisheit des geschlossenen Kreises, des Tempels Ornat.«
»Und sie hat es nicht weiter erklärt?«
»Sie sagte nur, es würde alles klar sein, sobald der Prinz die Stadt verlassen hätte. Und nun fahrt Ihr fort, und wir haben die Menschen von den Inseln kennengelernt und ihnen versprochen, zu helfen, wenn es in unserer Macht steht. Erinnert Ihr Euch an meine Zeichnungen, die Ihr neulich gesehen habt? Ich glaube, jetzt wird meine Waffe funktionieren. Von einem Schiff aus benutzt, könnte sie eine ganze Hafenstadt zerstören; von Land aus benutzt, könnte sie Schiffe auf dem Meer in Flammen setzen. Sie könnte die Rettung bedeuten für Melismala, ebenso wie für unser Tredana.«
»Es klingt furchterregend. Wann wirst du sicher sein, ob sie funktioniert?«
»Ganz bestimmt, wenn Ihr aus Sundrat zurückkehrt.«
Leron hob mit einem Ruck den Kopf. »Du weißt also, warum ich fahre?«

»Nein, nein. Nur, daß Ihr aufgrund einer Botschaft, die Ihr erhalten habt, nach Sundrat reisen müßt.«

»Die Botschaft stammt von Ginas. Sie besagt, daß meine Cousine Sibby beim nächsten Vollmond in Sundrat sein wird. Ginas hat die Absicht, sie hierher zurückzurufen.«

Dansen lächelte erfreut. »Wenn sie es sagt, dann glaube ich ihr, denn mir hat sie höchst zutreffend geweissagt. Mein Prinz, ich freue mich sehr für Euch. Und es wird schön sein, das Kind wiederzusehen – nicht länger ein Kind allerdings! –, bevor ich fortgehe.«

»Bevor du fortgehst? Ich verstehe dich nicht.«

»Mein Herr – wenn die Waffe fertiggestellt ist, werde ich sie, wie mir von Ginas geweissagt wurde, selbst zu den Inseln im Osten bringen. Wir haben dem Inselvolk versprochen, ein Schiff zu schicken.«

»Ja, aber Dansen! Du bist doch kein törichter Jüngling, der aus reinem Vergnügen den Tod herausfordert. Du wirst hier zutiefst geliebt und gebraucht.«

Dansen sah ihn an und zwinkerte mit den Augen. »Darf ich vermuten, Herr, daß Ihr Worte wiederholt, die Ihr erst kürzlich von Gannoc zu hören bekamt?«

Leron lachte. »Dem Sinn nach, ja.«

»Mein Prinz, Milecta hat es in seinen *Maximen* sehr treffend ausgedrückt: ›Der kluge Mann sammelt Wissen, der Weise forscht danach.‹ Es gibt vieles im Leben, das zu wissen mir bis vor kurzem nichts bedeutet hat.«

»Und jetzt?«

»Jetzt brenne ich geradezu darauf, es zu lernen.« Dansen blickte auf, und Leron legte ihm lächelnd den Arm um die Schultern. »Dansen, mein Lieber, du mußt natürlich tun, was du für richtig hältst. Ich bitte dich jedoch inständig, von diesen ›fernsten Inseln‹ glücklich zu uns zurückzukehren.«

»Mein lieber Prinz, ich werde mich darum bemühen.«

Die folgenden drei Tage waren ein Durcheinander überstürzter Reisevorbereitungen. Auf Gannocs Anraten hin entschloß sich Leron, seinem Vater nichts von seiner Reise zu erzählen, denn Mathon neigte in seinem geschwächten Zustand dazu, sich Sorgen zu machen. Gannoc war überzeugt, daß sie ihn mit irgendeiner Geschichte von einem Jagdausflug ablenken konnten. Wie Leron zurückkehren würde, war eine andere Frage, und Gannoc war ganz und gar nicht erfreut über das in seinen Augen unverantwortliche Vertrauen in das Schicksal, daß sich irgendein Beförderungsmittel schon finden würde.

»Clerowan befindet sich zur Zeit in Sundrat. Wenn alles andere fehlschlägt, kann ich gefahrlos mit seiner Bande zurückkehren.«

»Oder mit ihnen gefangen und aufgehängt werden«, entgegnete Gannoc verdrießlich.

Aber später am Kai war Gannoc ruhig und gefaßt und nahm den Amtsring mit vollendeter Haltung von Leron entgegen. Er küßte dem Prinzen die Hand, umarmte ihn dann herzlich und bat ihn, bald in die Heimat zurückzukehren. Lerons Abschied fiel ebenso herzlich aus, doch seine Aufmerksamkeit richtete sich immer gespannter auf den eindringlichen Salzgeruch in der Luft und das Meer, das sich so einladend flach bis zum Horizont erstreckte. Die Abschiedszeremonien und Ermahnungen waren schließlich beendet, und es kam zu guter Letzt der Augenblick, in dem Leron vom Meer aus auf seine Stadt zurückblicken konnte. Sie war klein und wirkte unbedeutend, aber er verspürte eine tiefe Liebe, jetzt, da er sie verließ.

Erst als Leron einige Meilen nördlich von Sundrat allein am Ufer stand und dem sich entfernenden Schiff nachschaute, wurde ihm klar, wie töricht dieses Unternehmen war. Aber eine halbherzige Verwegenheit ergab keinen Sinn; Sundrat lag weniger als eine Stunde entfernt. Er schulterte sein kleines Bündel und machte sich auf den Weg.

Der nächste Tag war der Zeitpunkt, den Ginas für ihr Treffen in den Wäldern genannt hatte. Um sich die Zeit des Wartens zu vertreiben, machte sich Leron zu dem alten Gasthof vor den Stadtmauern auf, wo er sich, wie er annahm, unter den zahlreichen Gästen sicher fühlen konnte und von wo aus man einen guten Überblick über den Hafen hatte. Er war neugierig, zu erfahren, wie viele Schiffe aus Vahn im Hafen lagen. Auf dem Weg den Hügel hinauf hielt er inne und blickte hinunter zu den Fischern, die mit ihren Netzen, dunkel abgehoben vom Blau des Wassers, hantierten. Die kleinen Fische blitzten silbern in der Sonne. Drei große Schiffe, Sklavenhändler und Kaufleute, lagen weit draußen in der Hafeneinfahrt vor Anker. Eins davon gefiel ihm besonders gut, ein hochbordiges Schiff mit leuchtend roten Segeln und grünem Schnitzwerk, das er nicht genau erkennen konnte. Es war ein schönes Schiff, bestens geeignet, von Clerowan gekapert zu werden. Er würde es in *Rianna* umbenennen, und es würde das Flaggschiff seiner Flotte werden. Er mußte über seine eigene Großspurigkeit lachen und setzte seinen Weg hügelaufwärts fort. Der Gasthof war, trotz der harten Zeiten, so gut besucht wie immer. Drei Bretter des Spiels *Das verschollene Schloß* waren im Hof aufgebaut; Zuschauer wie Spieler wetteten lärmend um kleine Summen, und das Bier aus den großen Eichenfässern floß in Strömen. Niemand beachtete Leron, als er ruhig einen Krug bestellte und sich an der Mauer, die den Hafen überblickte, niederließ. Die Spieler an dem Brett, das ihm am nächsten war, waren in abenteuerliche Lumpen gekleidet, ein Gemisch aus zerfetztem Samt und schmutzigen Leinenflicken. Einer der beiden war ein junger, hellhäutiger Mann, dessen eine Hand bandagiert war; der andere hatte eine verwegen aussehende schwarze Augenklappe. Er war dunkelhäutiger als der junge Mann, hatte einen kräftigen Körperbau und breite Schultern und ein volles, humorvolles Gesicht. Seine Tunika war auf groteske Weise mit Samtflicken ausgebessert, und die Risse in seinem Umhang waren mit Blumen bestickt. Ein Freund mit bandagiertem Fuß blickte ihm, auf eine knorrige Krücke gestützt, über die Schulter und beobachtete das

Spielbrett mit undurchdringlichem Ausdruck. Leron hörte, das Gesicht über seinen Krug gesenkt, ihrer Unterhaltung zu. Abgesehen von Alwyn waren das die ersten Landstreicher, denen er begegnete.

»Noch fünf Dunyas auf Dick. Er wird *Das verschollene Schloß* erreichen, und zwar bald, ihr werdet sehen.« Zwei weitere Landstreicher hatten sich zu den dreien gesellt und musterten das Spielbrett. »Oho, der Tag muß noch kommen. Dann werden Dornen zu Butter, und der König kommt auch noch zurück: Landstreicher reiten auf Pferden und jagen die Königsknechte zur Tür hinaus. Fünf Dunyas auf den Mogler.«

Der Mann mit der Augenklappe, offensichtlich Dick, blickte in gespieltem Zorn auf. »Ich werde dafür sorgen, daß du für diese Treulosigkeit eine Windgondel von Vahn herruderst. ›Der Tag muß noch kommen‹, sagt er. Wann hättest du je Geld verloren, wenn du auf Großmaul Dick gesetzt hast?«

»Gestern erst«, gab der andere zurück.

»Ich bin das Risiko zu früh eingegangen, das war alles. Achtet auf Großmaul Dick, Freunde, gebt euer Geld mit vollen Händen, dann braucht ihr kein Seil um eure Hälse, keine Kette an euren Klauern, kein Eisen an euren Hüpfern und keine Leere in euren Taschen zu befürchten.« Der lahme Bettler hinter ihm lachte auf. »Ich bin ein so wahrheitsbesessener Ganove wie jeder hier, aber ich vertraue dir eher mein Schwert an, als daß ich Silber opfere.« Großmaul Dick lachte, doch in diesem Augenblick fiel der Blick des lahmen Bettlers über das Spielbrett hinweg auf den Eingang des Gasthofs, und er erstarrte.

Zwei gepanzerte, helmbewehrte Königsknechte standen dort. Sie ließen die Blicke über die Menge schweifen, dann stolzierten sie herein und riefen lauthals nach Bier. Als zwei weitere Königsknechte auftauchten und sich zu den ersten an einen benachbarten Tisch setzten, senkte sich Schweigen über die zuvor lärmende Gruppe der Landstreicher. Das Schankmädchen eilte, zwei Krüge in jeder ihrer kräftigen Hände, herbei, sie zu bedienen, und sie

nahmen das Bier entgegen ohne ein Wort des Dankes und ohne Anstalten zum Bezahlen zu machen.
Großmaul Dick winkte das Mädchen herbei, als sie den Tisch der Königsknechte verließ, und brach das Schweigen.
»Streck das Faß, Mädchen, füll unsere Humpen mit süßem, braunem Bier, daß es schäumt. Hier am Tisch gibt es gutes Geld.« Sie brachte die Getränke, und er bezahlte sie von den Münzen, die auf dem Tisch lagen. Dann hob er eine weitere auf und fügte sie zu der Handvoll hinzu. »Ich zahle auch für den König, da seine Diener heute knapp bei Kasse zu sein scheinen.«
Sie lächelte nervös und eilte ins Innere des Hauses zurück. Die Königsknechte blickten langsam von ihren Krügen auf und sahen sich dann an. Der lahme Bettler versuchte, seinen Freund zum Schweigen zu bewegen, aber Großmaul Dick schüttelte seine Hand von der Schulter ab und nahm einen tiefen Schluck. Dann stellte er den Krug ab und hob eine der Figuren vom Spielbrett auf. Es war der König. »Kennt ihr schon meine neuesten Verse?« erkundigte er sich in beiläufigem Plauderton. »Es fehlt ihnen an Feinheit, aber so passen sie bestens zum Thema.

Nach Tredana ging ich ein Faß zu trinken, und nicht zu wenig,
da sah ich in seiner verflucht schwarzen Maske den König.«

Er bedachte seine Freunde mit einem liebenswürdigen Lächeln, und Leron erkannte erst jetzt, daß er ziemlich betrunken war. Am Tisch der Königsknechte entstand eine leichte Unruhe, als Großmaul Dick fortfuhr:

»Nach Tredana kam ich abzusahnen in der Menschen Fülle,
da sah ich den schwarzen König in seiner verflucht schwarzen Hülle.«

Einer der Königsknechte sprang auf und zog sein Schwert. »Wenn das kein Fang ist. Das ist Großmaul Dick mit der Augenbinde!« Die anderen zogen ebenfalls die Schwerter, und Großmaul Dick lehnte sich auf seinem Stuhl zurück. Er schob die Augenklappe auf die Stirn hoch, blinzelte mit dem freigelegten Auge und nickte fröhlich, während die anderen Landstreicher, mit Ausnahme des Moglers und des Lahmen, diskret in der Menge untertauchten.
»Die Königsknechte sind also Literaturfreunde.« Großmaul Dick lächelte seinem lahmen Freund zu. »Du bist ein Lügner, Humpler, du hast mir erzählt, sie könnten nicht lesen. Vielleicht kann es einer von ihnen dem König beibringen. Dann kann er meine Gedichte selbst lesen, die seine Diener so verärgern.« Er lächelte den Königsknechten wohlwollend zu. »Vielleicht laßt ihr es mich diesmal in aller Öffentlichkeit zu Ende sagen. Ihr wißt schon, das eine, in dem es heißt:

Wo ist der gütige König, sprich
dem so gut stand die goldene Kron'
dem die Vögel des Schicksals öffneten sich
und der adelte den tredanischen Thron
mit einer höchst...«

Einer der Königsknechte trat mit seinem Schwert auf ihn zu, und Dick kletterte mit erstaunlicher Geschicklichkeit auf die Tischplatte. Die zarten Spielfiguren gingen unter seinen Füßen zu Bruch. Er breitete die Arme aus. »Ich hatte noch nie Gelegenheit, den Refrain aufzusagen, und das ist mein Lieblingsstück.« Aus vollem Halse deklamierte er:

»Ein jeder Prinz ist dem Tode geweiht.
Doch davor ist schließlich keiner, der atmet, gefeit.
Zornig oder ärgerlich? Flucht, weint oder kriecht davon verstohlen,
der Wind wird uns alle in jedem Fall holen.«

»Die Königsknechte werden dich noch eher holen!« Der Anführer der Männer sprang vor, und Großmaul Dick nahm die Waffe, die der Humpler ihm hinhielt, und wehrte den Soldaten schwankend, aber wirkungsvoll ab. Im Kampf nahm er seinen Krug und trank daraus, und der Schweiß lief ihm in Strömen über das unverändert lächelnde, gerötete Gesicht. »Meine Grabschrift ist bereits geschrieben, ihr macht mir also zusätzliche Arbeit, meine Freunde, wenn ihr mich nicht für den Strick leben laßt. Vielleicht bleibt mir keine Zeit, sie umzuschreiben.« Er stach seinen Gegner in die Schulter und wirbelte herum, als die drei anderen mit gezogenen Schwertern näherkamen.

»Für mich, Großmaul Dick, kam zu spät das Glück.
Geboren in Sundrat, ist's mein Geschick,
daß die Helfer des Königs von Seiles Gericht
knüpfen auf diesen Esel mit ganzem Gewicht...«

Der Mogler hatte einen Dolch in der Hand, hielt sich aber, vermutlich in Erwartung eines Zeichens, das zu geben Großmaul Dick zu betrunken war, im Hintergrund. Der Humpler hatte seine Waffe bereits eingebüßt. Aus der Schulterwunde blutend, hob der Anführer der Königsknechte sein Schwert, das er fallen gelassen hatte, auf und versuchte, dem Mogler in den Rücken zu gelangen. Bevor der noch die Gefahr erkannt hatte, handelte Leron, ohne nachzudenken. Er fiel dem Königsknecht in den Arm, und der Mogler schlug ihm mit seinem Dolch das Schwert aus der Hand. Der Humpler warf seine Krücke beiseite, nahm das zu Boden gefallene Schwert an sich und eilte Großmaul Dick zu Hilfe. Leron und der Mogler entwaffneten einen zweiten Mann und machten auch ihn kampfunfähig. Jetzt sahen sich Großmaul Dick und der Humpler je einem Gegner gegenüber, und der Kampf dauerte nicht lang. Schon bald lagen vier Königsknechte besinnungslos am Boden.

Großmaul Dick sprang schwerfällig vom Tisch und wischte sich die Stirn. Er nahm das Bier, das ihm das Schankmädchen brachte, mit einer tiefen Verneigung entgegen, trank es in einem einzigen

Zug und rückte seine Augenbinde wieder über dem Auge zurecht. »Zeit, wieder loszutippeln, Freunde, bevor die Burschen hier aufwachen.« Er wandte sich zu Leron um und streckte ihm die Hand entgegen. Leron nahm sie und verzog unwillkürlich das Gesicht, so fest packte der andere zu. Großmaul Dick schlug ihm lachend auf die Schulter. »Nicht schlecht, mein Junge, nicht schlecht. Diesen Gefallen wird dir Großmaul Dick nicht vergessen. Du mußt mir nur sagen, wem ich ihn schuldig bin.«

Eine verwegene Idee begann sich in Lerons Gedanken zu formen, und er grinste breit, als er die Frage beantwortete. »Unsere schlafenden Freunde hier werden mich auch nicht vergessen«, erklärte er. »Kann ich mit euch kommen und ungestört mit euch reden?«

Großmaul Dick schob ihn mit einem Achselzucken auf das Tor zu. »Rasch jetzt und frischauf marschiert. Wir werden eine Musik finden, zu der es sich besser für dich singen läßt.« Die restlichen Landstreicher sammelten sich um sie, und sie eilten zur Straße hinaus, auf die Schuppen zu, die sich um die unteren Stadtmauern drängten, die Armenviertel von Sundrat. Großmaul Dick summte unbekümmert Verse, die er wahllos im Gehen zusammenfügte, vor sich hin, und Leron schüttelte verwundert den Kopf.

DIE RUHMREICHE GESCHICHTE DER WOHLTÄTIGEN REGENTSCHAFT VON DDISKEARD; KÖNIG VON TREDANA, STATTHALTER VON VILLAVAC, HERR DER ÖSTLICHEN MEERE UND BESCHÜTZER DES WAHREN GLAUBENS...

Auszug

Als König Ddiskeard, um den Wohlstand des Reiches zu erhalten, in seiner Weisheit die Armenhäuser schloß, die wie Egel das edle Blut von Tredana ausgesogen hatten, und als er mit gutem Grund aufzeigte, in welcher Weise eben diese Krankenhäuser, Obdachlosenasyle, Siechenheime und andere Höhlen des Müßiggangs zu Brutstätten der Unzufriedenheit und der Aufsässigkeit gegen die

Königsherrschaft geworden waren, da begannen einige dieser Schurken, die sich so jäh ihres Unterhalts beraubt sahen, sich gegen das Leben unseres gütigen Herrn zu verschwören, Schurken, die eine Vorliebe haben für Phantasiekostüme, mit denen sie das Mitleid in der Brust ehrlicher Bürger zu wecken beabsichtigen, und für eine noch phantastischere Sprache, die ihnen Geheimhaltung und Verschworenheit sichert, und sie hätten wohl bald schon das Königreich überrannt und auf ihren räuberischen Spuren Zwietracht und Vernichtung gesät, hätte nicht unser König in seiner erhabenen Weisheit ihren Anführer, einen gewissen ›König Krummhals‹, zum Schweigen gebracht und dadurch viele, die dasselbe Schicksal fürchteten, nämlich den Tod durch die Schlinge oder das Beil, zumindest aber lebenslängliche Rudersklaverei auf einem Handelsschiff, von ihrem verräterischen Tun abgelenkt.

In jüngster Zeit beobachten wir jedoch den Aufstieg eines anderen vielfachen Verräters; gleichzeitig vermehrt sich die Zahl der Landstreicher und somit ihre Möglichkeiten, Aufruhr zu stiften und erneut eine noch endgültigere und furchtbarere Strafe auf sich zu ziehen.

III

Die Sturmpassage ging zu Ende, und die Musik verklang. Der Kapitän sprach, Viola antwortete.

»Und was soll ich nun in Illyrien machen?
Mein Bruder ist ja in Elysium.
Doch wär' es möglich, daß er nicht ertrank:
Was denkt ihr, Schiffer?«

Sibyl, die unter ihrer unbequemen Maske schwitzte, räusperte sich und blinzelte in den dunklen Theaterraum. »War das gut zu hören?« Irgendwo in der Dunkelheit mußte der Regisseur genickt haben, denn die Bühnentechniker brachen plötzlich ihre Probearbeit ab. »Hier hinten ist die Tonstärke in Ordnung. Vergiß nur nicht die Stellen, die wir markiert haben – und sprich morgen nicht leiser.« Sibyl nickte.

Richard nahm seine Malvolio-Maske ab, schlenderte zu ihr hinüber und schlang seinen langen Arm um ihre Schultern. »Wollen wir einen Bissen essen gehen, Liebste? Oder hast du dich mit Caliban verabredet?« Sibyl lachte verhalten, während sie ihre Maske löste. »Ja, wir gehen zu Alan. Kommst du nicht auch? Ich dachte, wir könnten ihn überreden, die Idee mit den albernen Masken fallenzulassen.«

Richard schüttelte den Kopf, und in diesem Augenblick war von draußen das tiefe Brummen von Mikes Motorrad zu hören, das noch einmal kurz aufbellte und dann abbrach. »Wenn man vom Teufel spricht. ›Grollend steht er vor der Tür.‹ Du solltest dich lieber beeilen. Wer weiß, wenn er uns hier zusammen findet, verpaßt er mir vielleicht eine.« Er grinste ihr zu und wandte sich ab, um beim Aufrollen eines Kabels zu helfen, das sich über die Bühne

schlängelte. Sibyl sprang hinunter, nahm ihre Jeansjacke von der vordersten Sitzreihe und drehte sich ungeduldig noch einmal um. »Richard...« Er sah zu ihr hinunter, und seine Züge wurden weicher. »Also gut, Liebes, ich werde kommen.«
Als Sibby die eigenartig flachen Backsteinstufen vor dem Theater hinunterstolperte, erstarb das Lächeln in ihrem Gesicht. Mike rutschte ungeduldig auf seinem Motorrad hin und her; er erweckte es mit einem Tritt auf den Anlasser wieder zum Leben, und sie kletterte, sorgsam darauf bedacht, nicht mit den Jeans, die an dieser Stelle bereits versengt waren, den Auspuff zu berühren, auf den Sozius. Sie legte den Kopf schief, damit er ihren Helm befestigen konnte. Er war mit Sternen und einem Bild von Super Chicken verziert. Er stopfte ihr Haar grob darunter fest und gab ihr einen kurzen, trockenen Kuß. »Wie geht's meinem Mädchen?« erkundigte er sich. Sie lächelte flüchtig.
Sie brausten donnernd durch die Tunnel Richtung Broadway, die Schnellstraße zum Central Square. Mike raste die ganze Strecke über gelbe Ampeln dahin und schaffte die letzte Kreuzung mit aufheulendem Motor gerade noch vor dem kreuzenden Verkehr. Sibyl klammerte sich fester an Mike, und er lachte. »So ist's recht, halt dich fest, Baby.« Er legte sich schwungvoll in eine Kurve und bog in die Straße ein, die zum Central Square führte. Er verlangsamte die Maschine mit kurzen, gefühlvollen Bewegungen, fegte dann vor einem silbernen Linienbus auf die andere Seite und kam mit einem Ruck vor dem dreistöckigen Gebäude zu stehen, in dem Alan seine Party feierte.
Während Mike seine Maschine vor dem Eingangspodest festkettete, ging Sibyl ins Haus. Daran, daß auf zwei Plattenspielern dieselbe Doorsplatte in voller Lautstärke und leicht zeitverschoben lief, erkannte sie, daß die Gäste schon reichlich bekifft sein mußten. Alle, die an der technischen Probe nicht hatten teilnehmen müssen, waren schon früh zu der Party gekommen. Die Tür auf dem dritten Treppenabsatz stand offen, und die Rauchschwaden bildeten Muster um die schwache Glühbirne im fensterlosen Flur.

Es waren viele Menschen in dem Raum, so viele, daß es unerträglich heiß war. Und es wurden immer noch eine ganze Menge erwartet. Lynn, Sibyls Zimmergenossin, saß auf dem Sofa und rauchte kichernd mit Alan einen Joint. Sibyl nahm sich einen Plastikbecher mit saurem Rotweinpunsch und schlenderte zum Fenster hinüber, wo sie die Stirn gegen die kühle Glasscheibe lehnte. Der Text und die Melodie aus den Lautsprechern dröhnten in unerträglichen Synkopen in ihrem Kopf. »Bri-brich du-durch z-zur an-anderen Sei-seite...«
In dem dunklen Fenster spiegelte sich fern und winzig das Partygeschehen. Sie schloß hastig die Augen, aus Angst, sie würden ihr wieder einmal einen Streich spielen. Die Schule hatte erst vor einem Monat wieder begonnen, und schon war alles wieder so schlimm wie eh und je. Selbst das schwere Unterrichtspensum und die endlosen Proben schützten sie nicht davor. Kaum ließ ihre Vorsicht einen Augenblick nach, kaum begannen ihre Gedanken zu schweifen – schon geschah es! Wie ein schlecht geschnittener Film tauchte flackernd eine Wahnvorstellung auf. Am Morgen hatte es sie in Sanders' Unterricht erwischt, der Saal war zur Seite geglitten, und einen Augenblick lang hatte sie sich an einem anderen Ort befunden. Zuerst war der Vortrag leiser geworden und verstummt. Als sie daraufhin den Blick hob, hatte sich die Gewölbedecke gedehnt und im Schatten flackernden Fackellichtes verdunkelt. Sie war umgeben von Fremden in merkwürdigen Gewändern, Fremde, die ihr doch vertraut schienen. Aber bevor sie sie eingehender betrachten konnte, verschwanden sie aus ihrem Blickfeld, und die Vorlesung dröhnte ihr wieder in den Ohren. Kein Wunder, daß sie in zwei Kursen aufzuholen hatte. Wahrscheinlich würde sie mitten auf der Bühne versagen und das Stück ruinieren. In diesem Falle würde es ihr leid tun, daß sie für die Rolle der Viola das Haar kurzgeschnitten hatte.
Sibyl trank mit einem Seufzer den letzten Schluck Punsch. Warum sollte sie sich Gedanken um verrückte Visionen machen, da sie doch verrückt genug war, mit Mike zu gehen. Er stand an der Tür und unterhielt sich mit zwei Freunden über Vergaserpro-

bleme. Sie wandte den Kopf ab, damit er ihren Blick nicht einfing. Sie hatte keine Lust, lächelnd an seiner Seite zu stehen, während er fortfuhr, über Vergaser zu diskutieren. Jemandes Freundin zu sein, war wirklich zu albern. Auf der anderen Seite des Fensters war es dunkel und still. Wahrscheinlich stürzten sich darum manche Menschen hinaus, in der vagen Hoffnung, es könnte eine Tür sein. Brich durch zur anderen Seite, brich durch zur anderen Seite...

»Wo ist Caliban, Liebste? Hast du ihn irgendwo in eine Grube fallen gelassen?«

»Das müßte eine Mechanikergrube gewesen sein. Nein, er ist irgendwo an der Bar.« Richard nahm ihr den Plastikbecher aus der Hand, gab ihr eine Schüssel mit ungesalzenen Cashewkernen und rohen Blumenkohlröschen und setzte sich neben sie auf die Fensterbank. Er legte ihr ein ledernes Notizbuch auf die Knie. »Ein Buch voller Unsinn unter dem Schuh, ein Teller mit Blumenkohl, Nüsse und du...« Sibyl nahm das Buch freudig zur Hand. »Wo habe ich es verloren? Ich dachte, es sei in meiner Jackentasche.«

»Es lag vor der Bühne auf dem Boden. Als ich es aufschlug und das ganze Sanskrit darin sah, wußte ich, daß es dir gehören muß.«

»Ich lerne erst im nächsten Jahr Sanskrit. Das ist nur ein altes Tagebuch, das ich heute auf dem Buchbasar entdeckt habe. Es lag in einem Stapel von Gedichtbänden. Ich wollte es zuerst weglegen, aber dann habe ich zu lesen begonnen.«

Sie strich mit den Fingern über das genarbte Kalbsleder. »Es hat mich an etwas aus meiner Kindheit erinnert.« Richard warf ihr einen neugierigen Blick zu. »Wie hast du es gelesen?« Sie lachte. »Von links nach rechts, genau wie Sanskrit.«

Er strich sich mit einer Geste komischer Verzweiflung das Haar aus der Stirn, und Sibyl fuhr, jetzt mit ernsterer Miene, fort: »Die Schrift ist eigenartig, aber es muß wohl eine Art Schönschrift sein. Wahrscheinlich konntest du es im Theater nicht genau erkennen. Hier, sieh es dir noch einmal an.« Richard schüttelte den Kopf. »Was meintest du damit, als du sagtest, es erinnert dich an etwas aus deiner Kindheit?« Sibyl berührte den blauen Glasring, der an einer Schnur um ihren Hals hing. »Du weißt doch, daß ich diesen Ring immer zu Proben und Prüfungen und ähnlichen Dingen trage? Er gehört zu einer Phantasie, die ich habe, seitdem ich ein Kind war. Es geht darin um ein besonderes Land. Ich habe ihm den Namen eines Ortes gegeben, den ich einmal in einer alten Reisebeschreibung gesehen habe. Tredana. Das ist mein Ring aus Tredana. Ich habe viele Geschichten darüber erfunden, aber ich habe den Namen nie wieder gedruckt gesehen, bis ich in diesem Buch hier las. Darum hat es in mir so eigenartige Gefühle ausgelöst. Wenn ich heute abend nach Hause komme, fange ich an, das ganze Buch mit der Schreibmaschine abzutippen. Ich hatte schon angefangen, zu glauben, ich hätte auch den Namen erfunden.«

Sie beugten sich über das Tagebuch, aber in dem schwach beleuchteten Raum hoben sich die mit zartbrauner Tinte verschnörkelt gemalten runden Buchstaben kaum von den modrig riechenden, verblichenen Seiten ab. Ein Schatten fiel auf die beiden, und Richard sagte: »Michael Arleon, nehme ich an?« Mike faßte Sibyl mit hartem Griff am Oberarm. »Komm mit in die Küche. Alan liest aus der Hand. Er will dir aus deiner lesen.«

Am Küchentisch stellte sich Mike hinter sie und legte ihr die Hände auf die Schultern, während Alan ihre Hand mit dem üblichen Satz über Schwingungen und mediale Begabung nahm. »Ich bin vielleicht verrückt«, dachte sie, »aber blöd bin ich immerhin nicht.« Doch als sie Mikes Hände auf ihren Schultern spürte, war sie sich auch dessen nicht ganz sicher.

»Viola, meine Liebe. Oder bist du Sebastian?« Alan betrachtete erst ihre rechte Hand, dann die linke und folgte den Linien mit dem Zeigefinger. »Na, das ist ja toll. Wenn das keine passende Rollenbesetzung ist. Zwei Lebenslinien, phantastisch. Ich wette, du bist verrückt.« Sibyl sah ihn verwirrt an, und das Blut stieg ihr in die Wangen. Alan fuhr unbekümmert fort: »Siehst du, hier?« Er deutete auf den Anfang der beiden Linien, die im Bogen um die Handballen verliefen. »Zuerst ist sie einfach, dann doppelt, dann wieder einfach, und schließlich doppelt bis zum Ende. Die erste Linie verläuft sich vollkommen.«

Mike beugte sich über ihre Schulter, und sein Atem streifte ihren Halsausschnitt. »Wie heißt es doch gleich? Im Alter von achtzehn Jahren verschieden? Du hast einiges zu leben...« Sibyl zog ihre Hände zurück und warf den Kopf in den Nacken. »Ich bin enttarnt, das ist alles. Kein Doppelleben mehr. Äußerlich eine schlichte Bäuerin, insgeheim die Nemesis des Sheriffs von Nottingham.« Mike, die Hände immer noch auf ihren Schultern, lachte zerstreut, und Sibyl mußte plötzlich an sich halten, um ihn nicht zu schlagen. »Hör zu, Alan, ich weiß, daß du dich noch mehr anstrengst, aber du bist immer noch nicht der Beste. Haben wir nicht eine Verabredung mit einer echten Wahrsagerin?«

»Mit einer Hexe, Süße, gib dich nur nicht mit der zweiten Wahl zufrieden. Aber das ist erst um zehn Uhr dreißig.« Sibyl warf einen Blick auf ihre Uhr. »Ich weiß, was sie sagen wird, wenn wir hinkommen. ›Sie sind unpünktlich und lei-eiiichtgläubig!« Alan sah auf seine Uhr und stieß einen Fluch aus. »Wir können es noch schaffen, wenn wir uns beeilen.« Als Mike sie durch das Wohnzimmer zog, sah sich Sibyl suchend um, aber Richard war verschwunden. Sie holten Lynn, eilten die Treppe hinunter und zwängten sich in Alans alten VW.

Als sie am Kenmore Square anlangten, war es noch nicht allzu spät. Lady Carrie wohnte im Erdgeschoß eines Backsteinhauses, und während sie warteten, daß ihnen die Tür geöffnet wurde, rümpfte Sibyl die Nase über den abgestandenen Zwiebelgeruch im Treppenhaus. Sie hatten sich alle angewöhnt, Alans neue Leidenschaft mit Vorsicht zu genießen, aber dennoch fand sie den Gedanken an eine Hexe aufregend.

Ein großer, dunkelhäutiger Mann öffnete die Mahagonitür einen Spaltbreit, gleich darauf zog er sie weit auf und schob schwungvoll einen Vorhang aus Plastikperlen, der im Wege war, beiseite. Mit dem weichen Akzent Westindiens hieß er sie willkommen. Er wirkte groß und eindrucksvoll, trotz seiner leuchtend grünen, mit Münzen und Flitter besetzten Satingewänder. »Ich bin Smaragd Lord, der Hexenmeister. Seid heute abend hier willkommen.«

In der gemütlichen Wohnung häufte sich bunter Tand, es gab ab-

getretene geblümte Teppiche und gerüschte Lampenschirme aus Plastik. Der hohe alte Marmorkamin erhob sich schmucklos weiß inmitten eines Durcheinanders von Plakaten und bunten Zeitungsausschnitten. Am Spiegel darüber tanzte eine billige Girlande ausgeschnittener Halloween-Skelette. Im Kamin brannte ein niedriges Feuer, und in einem tiefen Sessel daneben kauerte, eingehüllt in einen langen Fransenschal, Lady Carrie. Die kleine Katze zu ihren Füßen trug ein Flohhalsband aus gelbem Plastik.
Smaragd Lord wies ihnen eine Gruppe hölzerner Klappstühle, die im Halbkreis angeordnet waren, trat zu seiner Frau und legte ihr die Hand auf die Schulter. Sie war sehr alt und winzig klein, hatte weiße Haare und rote Wangen und klare blaue Augen. Sie nickte den Gästen, die befangen Platz nahmen, lächelnd zu. Lynn und Alan waren mit einem Schlag völlig nüchtern.
»Nun, meine Lieben«, sagte sie munter, »wir sind sehr neugierig heute abend, das steht fest. Smaragd Lord, dreh das Licht dunkler, sei so lieb. Reich den Teller herum, mein Lieber, und sammel das Silber ein.« Jeder legte einen Vierteldollar auf das kleine Häufchen, und Lady Carrie schüttelte wehmütig den Kopf. »Es ist nicht mehr so, wie es war, wißt ihr. Seitdem es die neuen Münzen gibt, ist es nicht mehr dasselbe. Es ist nicht soviel Silber in diesen Münzen, wie ich in den Zähnen hatte. Nun ja, wir tun, was wir können.«
Smaragd Lord stellte den Teller auf ihre Knie, und sie schloß die Hände darüber und sammelte sich einen Moment lang mit geschlossenen Augen. Dann nickte sie und murmelte: »Ja, ja, es sind Kräfte da, mehr, als man erwarten sollte. Der Mond erklärt natürlich einiges, aber dennoch...« Sie schlug die Augen auf und lächelte wieder. »Smaragd Lord, zeig ihnen ein bißchen Feuerzauber. Ich halte es für das beste, die Tafel vorzubereiten.«
Sie schob einen Haufen Papiere von dem niedrigen Tischchen neben ihrem Sessel, und darunter kam eine bunt bemalte Ouija-Alphabettafel zum Vorschein. Sie war in rote und schwarze Felder unterteilt wie ein Backgammon-Brett. Sibyls Interesse verwandelte sich in Gereiztheit, als Lady Carry die Platte, die mit Abalo-

nenintarsien verziert war, sorgfältig zu polieren begann. Wozu war sie, um alles in der Welt, bloß hierhergekommen? Antworten, natürlich. Jetzt würden sie vermutlich die Bekanntschaft eines Schwindlers aus dem neunzehnten Jahrhundert machen, der seine Strafe als Gelenkter in zweitklassigen Séancen verbüßte.
Während Lady Carrie mit ihren Gerätschaften hantierte, nahm Smaragd Lord mit bloßen Händen ein Scheit aus dem Feuer und strich sich damit über Arme und Gesicht. Während er so das Feuer liebkoste, sprach er mit leiser, ein wenig lispelnder Stimme. »Ich weiß jetzt, was ihr denken. Ihr denken, was dieser junge Mann machen, heiraten diese alte Dame da?« Er lachte und schüttelte den Kopf über ihre Dummheit. »Aber ihr nicht kennen Hexenmeister, und auch nicht verstehen Feuer. Ich dreimal so alt wie Lady Carrie. Aber ich haben Glück. Ich wachsen auf mit Zauberei. Mein Vater war ein Zauberer. Lady Carrie hier aufwachsen, in Cambridge, Massachusetts, niemand hier kennen Zauberei. Sie werden alt, dann stellen fest, daß sein Hexe. Zu spät, versteht ihr? Aber sie lernen viel, sehr kluge Dame.« Mit einem Lachen warf er das Scheit in die Flammen zurück.
Sibyl warf Mike einen verstohlenen Blick zu. Er hatte sich mit aufmerksamem Blick vorgebeugt. Er war entschlossen, ihren Tricks auf die Schliche zu kommen, auch wenn alles noch so echt aussah. Plötzlich unterbrach ein Seufzer von Lady Carries Platz Sibyls Gedankengänge. Die alte Frau hatte den Kopf in den Nacken gelegt, und ihre Hände ruhten locker auf der Tafel. Smaragd Lord deutete auf Alan und veranlaßte ihn, seine Hände, zum Beweis des Vertrauens, ebenfalls auf das Brett zu legen. Einige Augenblicke lang verharrten sie so, die alte Hexe mit zurückgelegtem Kopf, bewegungslos. Dann setzte sich der Anzeiger in Bewegung. Zuerst beschrieb er weite Kreise, schwungvolle Bögen wie auf einem Übungsblatt für Kalligraphen. Dann hielt er inne, blieb bei bestimmten Buchstaben stehen und ruckte so rasend schnell vor und zurück, daß Smaragd Lord der Botschaft kaum folgen konnte.
»Komm heim komm komm Mondtochter eile komm Ginas hier Ginas komm . . .«

Smaragd Lord warf Alan einen Blick zu. »Dieser Ginas. Du ihn kennen?« Doch Alan schüttelte den Kopf. Smaragd Lord wandte sich an die anderen Anwesenden. »Jemand hier kennen Ginas? Vielleicht er wählen falsche Nummer.« Er lachte, und seine Zähne blitzten weiß auf. Dann bewegte sich der Anzeiger wieder in gereizten Bögen und Stößen.

»Vollmond Vollmond komm sofort heim Ginas Ginas Ginas...«

»Kennen keinen Ginas hier. Wen du wollen?« »Komm Tredana Tredana komm komm...« Sibyl warf Smaragd Lord einen bestürzten Blick zu, das Herz hämmerte ihr im Halse. Woher wußte er von Tredana? Gedankenlesen? Oder mehr? Sie sah zu Alan und der Hexe hinüber und überlegte, welche Frage sie stellen sollte. Aber Alan war ungeduldig. »Laßt uns etwas anderes versuchen. Das klappt nicht. Könnten Sie nicht Karten legen, oder so etwas?«

Smaragd Lord lächelte, aber Lady Carrie war immer noch, die Augen geschlossen, die Hände schlaff, in tiefer Trance. Smaragd Lord beugte sich vor und schrie ihr ins Ohr: »Frag, wen er wollen. Wer dieser Ginas? Wen er wollen?« Der Anzeiger setzte sich mit kurzen, entschlossenen Stößen in Bewegung. Er beobachtete ihn und wandte sich dann lächelnd zu den Anwesenden um. »Dreimal selber Name. Jemand hier heißen Sibby?« Sibyl warf Alan einen erbosten Blick zu, aber er schien ebenso überrascht wie alle anderen.

Als sie zu Alan zurückkehrten, hatte sich die Party aufgelöst. Sein Zimmer war kalt und dunkel, und es roch unangenehm nach Wein- und Speiseresten und Rauch. Von der Stereoanlage tönte leise Mozarts *Kleine Nachtmusik* zu ihnen, und Richard saß zusammengekauert in einem Sessel am Fenster und las in *Der Sturm*. Er blickte mit fröhlicher Miene auf, als sie eintraten. »Da seid ihr ja. Alan, wie wäre es hiermit im Frühjahrstrimester?« Er lächelte Mike zu. »Ich habe ein paar großartige Ideen zur Besetzung.«

Lynn schaltete die Lichter ein, und Alan legte die Hand über die Augen. »Warum tut ihr mir nicht alle den Gefallen und schwört der Zauberei bis morgen ab. Wenn *Was Ihr Wollt* etwas wird, können wir uns an einem anderen Stück versuchen.« Mike faßte Sibyl am Arm. Es war ein schmerzender Griff, und sie wich heftiger zurück als zuvor. »Sachte, Mike. Ich hätte gern Kaffee.« Alan drückte die Hände an die Schläfen. »Fühlt euch wie zu Hause. Macht nur nicht zuviel Krach. Sibyl, es wird ein langer Tag morgen. Geh früh zu Bett, und vergiß nicht, Jungen zehren an deinen Kräften.« Er zog sich in sein Zimmer zurück und schloß die Tür.

In der Küche zündete Sibyl die Gasflamme unter einem Wassertopf an und stöberte Alans Pulverkaffee in einem alten Mayonnaiseglas auf. Als sie die Becher ins Wohnzimmer trug, saß Lynn zwischen einem mürrisch dreinblickenden Mike und einem leutseligen Richard. Sie nahm ihnen gegenüber Platz. Richard nahm seinen Kaffeebecher, dann reichte er ihr das Tagebuch zum zweitenmal und schüttelte den Kopf. »Es ergibt immer noch keinen Sinn für mich.«

Sibyl öffnete das Buch und hielt es ins Licht. Die Seiten waren dünn und abgegriffen und mit wirren Zahlenkolumnen und bleistiftgeschriebenen Rechnungen bedeckt. Sie betrachtete die rätselhafte Einleitung und las laut:

27. Inst. Wir haben eine Sache von großer Kraft im Buch des gefallenen Tempels Ornat gesehen. Die mondhelle Stadt, Treclere, stand triumphierend hoch über der Zerbrochenen Zitadelle, Treglad, und auch die Stellung der Runden Sonne, die Tredana symbolisiert, war untergeordnet. Dann ertönte die Wahrheit des Gottes Vazdz aus dem Munde unserer Schwester Anne, die uns von den Moraganas und dem Naqra erzählte und davon, wie sie allen zu Hilfe eilen, die an Ihn glauben. Keine Hilfe gibt es jedoch für uns, die wir fern von unserer Welt unrettbar verloren sind. Wie lange, oh Vazdz, müssen wir in der Verbannung ausharren? Wann wird sich das Tor zur Heimat wieder auftun?

Mike blickte fragend auf. »Was ist das überhaupt? Tredana? Das hat die alte Dame doch auf ihrem Brett buchstabiert.«
Richard wandte sich, ohne seine Worte zu beachten, an Sibyl. »Bist du sicher, daß Tredana das Wort ist, das du als Kind gesehen hast?« Sibyl nickte. »In einem Reisebericht. Es war darin auch von Treclere die Rede. Daran erinnere ich mich jetzt. Ich weiß nicht, warum es mir im Gedächtnis geblieben ist. Vielleicht, weil ich ansonsten nie etwas davon gesehen habe.« Lynn strich behutsam über das Buch. »Vielleicht ist es ein Land, das nicht mehr existiert. Eine afrikanische Kolonie oder ein Ort an der ostindischen Küste. Das Buch sieht ja auch so aus, als wäre es hundert Jahre alt.«
Mike nahm ihr das Notizbuch aus der Hand und schlug es auf. »Laß mal sehen.« Etwas war mit blaßblauer Tinte auf die Innenseite des Buchdeckels gedruckt. Er hielt es unters Licht und stieß einen überraschten Pfiff aus. »Schau dir das an. Es kommt aus dem Haus meines Onkels Harris, oben auf dem Hügel. Du hast früher in der Nähe gewohnt, Sib. Siehst du?« Er deutete auf den Stempel, und sie konnten erkennen, daß es ein Name und eine Adresse war, beides teilweise verblaßt. »Das heißt Orleon Lodge, Otis Street, West Newton. Viele unserer Bücher haben diesen Stempel. In der Widener-Bibliothek besaß er noch mehr Bücher. Sibs Vater hat das Grundstück für meinen Vater verkauft, als Harris vor fünf oder sechs Jahren starb. Hat eine Eigentumsanlage darauf gebaut und ein Vermögen damit verdient, nachdem er das Haus abgerissen hatte. Die meisten seiner Bücher waren wirklich merkwürdig – es gab dort eine Art okkulte Vereinigung. Die Leute verschwanden eines Tages aus dem Haus und wurden nie wieder gesehen. Alle Kinder waren dabei, als die Bulldozer anrückten – dachten bestimmt, es würden Skelette gefunden oder so etwas. Aber es gab nur eine Menge Schutt. Himmel, war das ein Staub. Der ganze Hügel war damit bedeckt.«
Sibyl nickte. »Ich erinnere mich noch. Der Keller sah aus, als wäre er viel zu klein, um ein so großes Haus zu tragen. Daher stammt also dieses Buch.« Sie schüttelte den Kopf und lächelte Richard zu. »Dort habe ich auch das andere Buch gesehen. Ich bin in das Haus

eingedrungen, als es leerstand. Wahrscheinlich ist es einfach nur irgendein albernes spiritistisches Zeug. Wahrhaftig keine Zauberei.« Sie ließ das Tagebuch auf den Tisch fallen, zog ihren Ring hervor und betrachtete ihn mit gerunzelter Stirn.

Richard tätschelte ihr gutmütig das Knie. »Vergiß Tredana. Morgen mußt du in Illyrien sein. Es wird nicht leichter sein, wenn du die ganze Nacht aufbleibst. Noch eine Tasse Kaffee, dann sollten wir alle nach Hause gehen.« Er half ihr, aufzustehen, und schob sie zur Küche, wo er mit der freien Hand das Gas anzündete, während er sie mit der anderen stützte. Kopfschüttelnd sagte er: »Du siehst vollkommen fertig aus. Warum trennst du dich nicht von diesem ungehobelten Flegel?« Sibyl machte eine hilflose Bewegung, und Richard schüttelte wieder den Kopf. »Aber, aber. Du bist müde, aber doch nicht hilflos. Letztes Jahr hast du dich nicht benommen wie ein Fußabtreter.« »Letztes Jahr war ich auch nicht verrückt. Mike ist so gewöhnlich. So normal. Ich dachte, es würde vielleicht auf mich abfärben.«

»Gott bewahre. Er ist ungefähr so normal wie ich und nicht annähernd so nett. Jetzt setz dich einmal hin und hör dem Onkel gut zu.« Richard hielt, das Mayonnaiseglas halb geöffnet in der Hand, einen Augenblick inne. Als er fortfuhr, war seine Stimme ernst und ohne eine Spur von Geziertheit. »Ich will es dir ganz offen sagen. Was hast du davon zu erwarten?« Sibyl zog, unfähig, zu antworten, die Schultern ein. Richard maß den Kaffee sorgsam ab und goß Wasser darüber. »Ich weiß, warum du dich mit Mike abgibst. Er läßt dir keine Zeit, nachzudenken. Aber das ist etwas, das dir kein anderer abnehmen kann.« Sibyl nahm die dampfenden Becher und kehrte, Richards Blicken ausweichend, ins Wohnzimmer zurück.

Als sie von Alan aufbrachen, war es spät. Richard hob schweigend die Hand zum Gruß, während er Lynn in seinen klapprigen kleinen Fiat half, um sie zum Wohnheim zurückzufahren. Mike sagte ebenfalls nichts, und Sibyl schwang sich wie im Traum hinter ihm auf das Motorrad und legte die Arme so leicht wie möglich um seinen muskulösen Körper. Er war ein solcher Widerling, und doch so anziehend. Sie drehte den Kopf zur Seite und schloß die Augen gegen den Fahrtwind. Warum mußte Richard immer die Wahrheit sagen? Noch dazu am Abend vor der Premiere. »O Zeit, entwirren mußt das du, ich nimmermehr, der Knoten ist zu fest, ihn zu lösen mir zu schwer ...«

Das Motorrad kam mit einem Ruck zum Stehen, und Sibyl schüttelte benommen den Kopf. Sie befanden sich vor Mikes Wohnhaus in der Massachusetts Avenue.

»Mike, nein! Ich will heute nacht nach Hause. Ich muß mich ein bißchen ausruhen. Morgen werden die Kritiker da sein und all das.« Mike löste die Kette von seiner Taille und machte sich mit zuckenden Kiefermuskeln daran, seine Maschine anzuketten. »Hör zu, Mike, ich habe gesagt, ich will nach Hause.« Sie setzte sich, jetzt hellwach, in Bewegung: es war nicht ganz eine Meile bis zum Wohnheim, zehn, höchstens fünfzehn Minuten. Mike holte sie ein und packte sie am Arm. Sie hatte bereits blaue Flecken von seinem harten Griff, und der leichte Schmerz versetzte sie in unbändigen Zorn. Sie riß sich los. »Mach das nie wieder!« Sie fühlte, wie sie mit dem Rücken gegen einen Laternenpfahl gedrängt und, trotz ihrer Größe, gezwungen wurde, in Mikes wütendes Gesicht aufzublicken.

»Was ist los mit dir, Sib?«

»Ich will einfach nur meine Ruhe haben, das ist alles. Wir reden morgen darüber.« »Aber ich will nicht meine Ruhe haben. Wohin gehen wir also jetzt?« »Ich gehe jetzt, so ist das. Was war ich doch für ein Idiot, deine Jeans zu flicken, deine Jacke zu stopfen, dir Kaffee zu kochen und auf deinem Motorrad herumzufahren. Wir könnten ebensogut verheiratet sein!«

Mike beruhigte sich plötzlich. »Das ist es? Du willst heiraten? Warum hast du das nicht gesagt?«

»Nein! Ich ...« stammelte sie, empört über seine Anmaßung, jedoch aus irgendeinem Grund darauf bedacht, die Zurückweisung nicht allzu hart erscheinen zu lassen. Sie fand ihren Mut wieder. »Nein. Ich will einfach nur allein sein.« Sie löste sich von ihm und sah aus den Augenwinkeln, daß er die Hand nach ihr ausstreckte.

Blitzschnell wirbelte sie herum und hob die Faust zwischen sich und ihn. »Wenn du mich jetzt anrührst, Michael Arleon, wirst du es für den Rest deines Lebens bereuen. Das ist nicht der richtige Zeitpunkt für Muskeleinsatz.« Sie machte auf dem Absatz kehrt und rannte, tränenblind vor Zorn, die Massachusetts Avenue hinunter.

»Endlich frei, endlich frei, o mein Gott, endlich bin ich frei.« Sie schüttelte den Kopf und wischte sich mit dem Handrücken über das Gesicht. Warum hatte sie ihm nicht einen netten, höflichen Brief geschrieben? Er konnte nichts dafür, daß er so war, wie er war. Sie war ohnehin selbst schuld. Schließlich hatte sie immer gewußt, wie er war.

Nun, es war vorbei. Nicht mehr Sibby Barron und ihre verrückten Beziehungen. Nur noch die verrückte Sibby Barron und nichts weiter. Sie atmete tief durch und bog in eine Seitenstraße, eine Abkürzung zur Garden Street, ein.

Ihre Schritte hallten in klarem, leisem Echo in der Stille der Nacht wider. Spielerisch beobachtete sie ihren Schatten, der sich an den Straßenlaternen vorüber selbst verfolgte, nach vorn schoß, zusammenschrumpfte und wieder vorauseilte, im schwachen Mondlicht blaß, aber bestimmt. Dann bekam ihr Schatten Gesellschaft, und sie hörte hinter sich eilige Schritte und die Stimme eines Menschen, der sie aufforderte, stehenzubleiben. Mike? Nein, er trug Stiefel. Dieser Schritt war leichter und schneller.

Ohne sich auch nur umzudrehen, fiel sie in Laufschritt und hastete in der Mitte der schmalen Gasse auf die weit entfernte große Kreuzung zu. Sie war sicher, daß sich dort ein Polizist befinden würde, da eine Woche zuvor in der Nähe ein Mann erstochen worden war. Erstochen? Sie rannte schneller und versuchte, um Hilfe zu rufen, war aber zu sehr außer Atem. Obwohl ihr klarwar, daß es töricht war, bog sie in ein kleines Gäßchen ein, von dem sie wußte, daß es im rechten Winkel um ein paar Häuser verlief und dann auf die Hauptstraße mündete. Als sie in die Schatten eintauchte, hörte sie ein leises Rufen. »Komm her, komm.« In der Finsternis stieß sie mit dem Fuß gegen eine Kiste, die aus einem Müllhaufen herausragte, strauchelte und fiel mit Händen und Knien auf das steinige Pflaster. Sie schloß die Augen und wartete. Niemand berührte sie. Doch ein kalter Wind pfiff durch die Gasse, und sie öffnete schaudernd die Augen.

Sie befand sich in einer anderen Straße. Irgendwie hatte sie sich vollkommen verirrt. Der Mond stand tiefer am Himmel, alles schien heller und klarer, die Luft kälter und der Wind schärfer als zuvor. Ein Knie blutete, und sie hatte sich die Handflächen aufgeschürft. Wie war sie hierhergekommen?

Sie strich über die fensterlose Mauer, die sich neben ihr erhob, und sie war aus Lehmziegeln, die unter ihren Fingern abbröckelten; die Straße, in der sie niedergestürzt war, war ungepflastert und tief gefurcht.

Es war beängstigend still. Sie hörte Grillen zirpen. Und roch es nicht nach Hühnern? Zögernd lief sie zum Ende des Gäßchens und versuchte zu begreifen, was geschah. Dann hörte sie eilige Schritte und laute Stimmen in der Dunkelheit hinter sich. »Wohin ist sie gelaufen?« »Hier entlang. Komm schnell.«

Sie wagte nicht, stehenzubleiben und herauszufinden, ob sie nach ihr suchten. Noch immer völlig verwirrt, rannte sie auf die Straße hinaus und bog nach rechts ab auf eine Häusergruppe zu, die ihr, wie sie hoffte, ein Versteck bieten würden. Als sie die mondhelle offene Straße überquerte, rief eine Stimme hinter ihr: »Halt, im Namen Ddiskeards, des Königs von Tredana.«

Sie lief noch schneller. Tredana. Wie um alles in der Welt hatte sie es je vergessen können?

DER ZAUBERER ALS SURREALIST

Gedicht
von Sibyl Barron
(nachgedruckt aus *Der Literaturbote*, Harvard-Radcliffe)

Vier Könige, Kelch, Schwert, Münze, Speer, unaufhörlich
meine Deutungen durchziehen und Umkehr mich lehren.
Die düsteren Warnungen in langen Litaneien wiederkehren,
die die Karten um ihrer selbst willen sprechen, nicht für mich.
Seht, der Surrealist deutet mit seinem Stab
mit geschlossenen Augen nach Norden, Süden, Ost und West.
Nur keine Bange, Zigeunerprinzessin, da sich ahnen läßt,
daß den Weg du kennst, über den führt der Viere Trab.

Sie reiten über den Sand ins eigene Geschick
und rufen, such nicht den, dem die Karten gelten,
sie sagen wahr für dich: doch gleich Alice zerfetz'
dein Tarot ich in der Luft. Für Zigeunermusik
ist kein Platz hier am Ufer der Höllenwelten.
Geh, ruf die Karten an, beeindrucke sie mit deinem Geschwätz:
Schafft, o Könige, jeden Herrn zurück ins eigne Quartier;
denn wo das Schicksal Pförtner spielt, ist ein Klopfen an der Tür.

IV

Aus der Nähe betrachtet, erwiesen sich die Gebäude, die die Straße, auf der Sibyl sich befand, zu beiden Seiten säumten, als große, quadratische Häuser. Zwischen den ersten beiden hielt sie inne und drückte sich an die nächstgelegene Mauer, denn genau vor ihr war ein scharfes Flüstern zu hören.

»Was war das?« »Die Kerkerfänger sind heute nacht draußen. Solange die Flinkhaxen in der Stadt sind, schwärmen die Kerkerfänger aus und helfen uns bei der Landstreicherei.« »Nicht das, nicht das. Ich dachte, ich hätte auf der Königsstraße eine Schnüffelnase gesichtet.« »Ich bezweifle, daß sie noch einen schicken, nachdem wir einem den Schädel eingeschlagen haben, so wie den anderen dreien. Man sollte meinen, daß eine Schnüffelnase nicht so dumm ist, zu nächtlicher Stunde und all dem in die Landstreicherstadt zu kommen. Unser Großmaul Dick werden sie nicht kriegen wie den alten Krummhals.«

Die beiden flüsternden Gestalten verschwanden in einer Lücke zwischen zwei Häusern. Verwundert und mißtrauisch wartete Sibyl noch einen Augenblick ab, bevor sie es wagte, weiterzugehen. Weder in Tredana noch in Treclere oder Vahn hatte sie je zuvor etwas dergleichen vernommen. Ein paar Schritte weiter hielt sie wieder inne; jeder Gedanke an die Wachsoldaten, die sie verfolgten, war mit einem Schlag vergessen. Das Dunkel um sie herum war von Atemgeräuschen erfüllt. Von leisem Atmen.

Als sie näher hinsah und ihre Augen sich allmählich an die Dunkelheit gewöhnten, begann sie die Menschen zu erkennen, die in den Schatten kauerten. Am Straßenrand, an Mauern und Häuser gedrückt, schliefen sie, so zusammengesunken in ihren Kleidern, Lumpen und Deckenfetzen, daß nur ihr Atem, ihr Gemurmel und ihre ruhelosen Bewegungen sie verrieten. Irgendwo wimmerte ein Säugling und verstummte wieder. Die Stadtmauern, die schwer und dunkel im Mondlicht aufragten, vor sich, die Luft um sie herum erfüllt von unangenehmen Gerüchen, bewegte sich Sibyl besorgt und vorsichtig weiter.

Die hohen Stadtmauern waren von einem kleinen Lichtrechteck durchbrochen; es rührte von einer offenstehenden Seitenpforte in der Nähe des mächtigen, verschlossenen Holztores her. Die Wachsoldaten waren sorglos gewesen. Sibyl zögerte einen Augenblick, dann eilte sie, einen kleinen Angstlaut unterdrückend, als sie geduckt an der flackernden Fackel im Torbogen vorbeilief, hindurch. Im Innern der Stadt waren die Straßen mit Kopfstein gepflastert und fielen, in der Mitte erhaben, zu beiden Seiten in Abflußrinnen ab, und die großen steinernen Gebäude standen dicht beieinander. Die zusammengedrängten Grüppchen Armer und Verzweifelter schienen merkwürdig fern von diesen ehrwürdigen schlafenden Straßen zu sein. Sibyl überkam mit einemmal eine tiefe Müdigkeit, und sie fragte sich, wo sie ungefährdet Schlaf finden würde.

Irgendwo zu ihrer Linken wieherte ein Pferd, und in Ermangelung eines besseren Vorzeichens bog sie in ein schmales Gäßchen ein, das in diese Richtung führte. Ein Stall würde ihr Schutz für die Nacht und wärmendes Stroh oder Heu bieten.

Der Hof, den sie so erreichte, stand voller Karren und Wagen, und an einem Seil auf der gegenüberliegenden Seite waren Pferde angepflockt. Plötzlich war sie hellwach und von Erleichterung erfüllt. Sie hatte gewußt, daß sie nicht unwiderruflich in die Irre geraten war. Ginas hatte sie gerufen, genau, wie es die Hexe auf ihrer Tafel gelesen hatte. Und hier war sie nun, inmitten der Wagen der Spielleute. Ein kleines Fenster mit zugezogenem Vorhang war erleuchtet, und auf diesen Wagen ging Sibyl jetzt zu. Sie zögerte nur einen Augenblick und musterte den bemalten Eingang, dann stieg sie die Stufen hinauf und klopfte leise an den hölzernen Türrahmen.

»Komm nur herein.«

Sibyl schob den Samtvorhang beiseite und warf einen Blick in den Innenraum. Es war wahrhaftig der Wagen von Ginas, der Anführerin der Spieler. Ihre Knie wurden schwach vor Erleichterung, doch die alte Frau sah ihr ungerührt entgegen. Ihr langes, weißes Haar schimmerte im Lampenschein, und ihr Kristallring war von blauem Licht erfüllt. »Du bist gekommen«, sagte sie. »Aber wo ist Liniris?« »Liniris?« Sibyls Erstaunen war offenkundig, und Ginas erhob sich rasch und umfaßte Sibyls Rechte mit beiden Händen. »Wenn du uns ohne Hilfe gefunden hast, so ist das sicherlich ein gutes Zeichen. Aber ich bin in Sorge um Liniris. Sie war es, die dich gerufen hat, und sie hätte dich hierherführen sollen.«

Sibyl schloß die Augen und dachte einen Moment lang nach. Sie war unendlich müde und ließ sich bereitwillig auf eine Bank hinunterdrücken. »Ich weiß nicht, wie ich hierhergekommen bin«, erklärte sie. »Ich meine, von der Anderwelt. Ich bekam eine Botschaft von dir, daß ich kommen sollte, aber ich verstand sie nicht. Ich hatte alles von dieser Welt vergessen. Dann stürzte ich in meiner eigenen Welt und fand mich hier wieder. Ich habe dabei auch eine Stimme gehört, die mich rief. Vielleicht war es Liniris. Ich befand mich vor den Stadttoren, und es waren Soldaten in der Nähe, darum lief ich davon und fand den Weg hierher. Wo immer wir hier auch sind.«

»Du befindest dich hier in Sundrat. Ohne Zweifel haben die Soldaten Liniris einen solchen Schrecken eingejagt, daß sie geflohen ist und auf einem geheimen Weg irgendwann zurückkehren wird. Wir dürfen uns bei Nacht nicht außerhalb der Stadtmauern aufhalten, und diejenigen, die einem Erlaß des Königs zuwiderhandeln, werden hart bestraft. Ich bezweifle, daß Liniris weiß, daß ihre Bemühungen Erfolg hatten.«

»Warum habt ihr mich gerufen? Wie habt ihr das gemacht? Und was ist überhaupt geschehen? Da draußen gehen furchtbare Dinge vor. Wie lange ist Ddiskeard schon König? Wo ist Leron? Und Mathon?«

»Seit du uns verlassen hast, sind acht Jahre vergangen. Viel Schlimmes hat sich seither ereignet. Leron und sein Vater sind

immer noch im Exil, in Sicherheit. Du bist gerufen worden, weil du gebraucht wirst. Doch die Erklärungen haben Zeit. Du darfst nicht so bleiben, wie du gekleidet bist. Ich habe Kleider für dich, wie wir sie tragen, und du mußt dich umziehen, auch wenn es nur zum Schlafen ist. Die Königsknechte reißen uns aus den Betten, wenn es ihnen Spaß macht.«
Ginas hob den Deckel einer Holztruhe und zog ein langes, grünes Gewand mit tiefem Ausschnitt und weiten Ärmeln hervor. Sibyls Jeans und ihr Flanellhemd wurden zusammengerollt und gut versteckt, und Ginas half ihr mit einer Bemerkung über ihr kurzgeschnittenes Haar, das Kleid über den Kopf zu ziehen. Als sie das Gewand zurechtzupfte, taumelte Sibyl vor Müdigkeit. Ginas sagte mit weicherer Stimme: »Du hast eine weite Reise hinter dir und mußt jetzt schlafen. Ich werde aufbleiben und auf Liniris warten. Deine Fragen können noch ein paar Stunden warten. Hier hinten ist Platz für dich.«
Hinter einem Vorhang im Hintergrund des Wagens verbarg sich eine geräumige Kiste, die mit süß duftendem Stroh gefüllt und mit Decken ausgelegt war. Zu müde, sich zu waschen oder Fragen zu stellen, war Sibyl beinahe eingeschlafen, bevor Ginas sie zudecken konnte. Sie rollte sich auf der Seite zusammen und schloß die Hand um ihren Ring aus blauem Glas. Ihr fiel jetzt wieder ein, daß Ajjibawr, der Karif, ihn ihr in der Wüste geschenkt hatte. Sie würde sich morgen nach ihm erkundigen. Und nach den anderen.
Als sie am nächsten Morgen erwachte, war das Lager neben ihr angenehm gewärmt, obwohl sie allein war. Sie setzte sich auf und begann das Stroh aus ihrem Haar zu zupfen, als der Vorhang zurückgezogen wurde und ein dunkelhäutiges, hübsches Mädchen in goldbesticktem rotem Kleid auf sie herunterlächelte. »Du bist wach, sehr gut. Unser Frühstück ist fertig.«
»Bist du Liniris?«
»Ja.«
»Ich bin froh, daß du sicher zurückgekommen bist.«
»Es ist verwunderlicher, daß du allein hierhergefunden hast.

Warte, ich helfe dir.« Mit geübtem Griff schnürte sie das Mieder von Sibyls Kleid und strich es um die Schultern glatt. »Du siehst wahrhaftig aus wie eine von uns. Abgesehen von deinem Haar. Ich werde dir heute morgen ein paar Kunststücke beibringen; aber zuerst das Essen.«
Auf dem Tisch gab es warme Milch in Schalen, Brot und Käse. Der Anblick und der Duft weckten angenehme Erinnerungen in Sibyl, und sie nahm erfreut Platz. Doch während sie noch aßen, erhob sich draußen im Hof Lärm, und schwere Schritte waren zu hören. Gleich darauf betrat jemand die Eingangsstufen des Wagens, daß der ganze Raum bebte, ein Klopfen ertönte im Türrahmen, und eine tiefe Stimme rief: »Im Namen des Königs!« Der Vorhang wurde beiseite gerissen, und zwei Männer, die sich in dem niedrigen Eingang bücken mußten, betraten den Raum. Sie trugen Kettenpanzer und waren bewaffnet. Der Hauptmann musterte sie mit schmalen Augen.
»Ha! Eine von eurer gerissenen Hexenbrut hat das Königsgesetz übertreten. Sie hat meinen Männern eine muntere Mondscheinjagd geliefert. Wißt ihr, was das zur Folge haben kann?«
Ginas nickte ruhig. »Man hat es uns gesagt. Aber wo ist die Gesetzesbrecherin?«
»Sie ist unserer Verfolgung durch Geschicklichkeit und im Schutze der Dunkelheit entkommen, und das ist gut für sie. Aber merk dir das, Alte: Deine Leute dürfen nur dann in unsere Städte kommen und ihrem Gewerbe nachgehen, wenn sie die Gesetze des Königs befolgen. Wir können es uns nicht leisten, milde mit denen umzugehen, die sich bei Nacht auf den Straßen herumtreiben, solange Schurken wie Clerowan, der Weiße, sich auf ihren Raubzügen befinden. Das ist nicht auf die leichte Schulter zu nehmen.«
»Wir wollen nur die Leute unterhalten, und unsere Haut ist uns lieb und teuer. Wir haben keine Sehnsucht danach, unsere Köpfe über den Stadttoren aufgespießt zu sehen. Wir werden uns an eure Gesetze halten.«
»Es wäre ein leichtes, die Gesetze zu ändern, und dann würdet ihr die Nächte draußen vor den Toren verbringen, zusammen mit den

Taschendieben, den Halsabschneidern und dem anderen Gesindel, das in dem Pestloch haust.«
»Ich habe gesagt, wir werden uns an die Gesetze halten.«
»Dann sorg dafür. Wir werden euch im Auge behalten.«
Sie machten kehrt und gingen hinaus, und als ihre Schritte über dem Hof verhallten, brach Liniris in fröhliches Gelächter aus. »Wirklich eine muntere Jagd. Ich glaube nicht, daß sie heute jemandem etwas tun. Und wie sie gekeucht haben beim Laufen!«
»Vergiß nicht, daß unser Leben in ihren plumpen Händen liegt. Ihretwegen sind deine Eltern nicht mehr. Du mußt leben, damit unser Geschlecht nicht untergeht; ebenso wie die Tochter von Simirimia und Armon, die wahre Hellseherin, die gerufen wurde, damit sich ihr Schicksal erfüllt.«
Sibyl unterbrach sie. »Welches Schicksal? Du hast mir immer noch nichts erklärt. Und was ist mit meinen Freunden? Was ist mit ihnen geschehen?« – »So vieles ist geschehen – wie soll ich das alles erzählen? Ddiskeard, dem du damals begegnet bist, ist König geworden, ein kleiner Schritt von der Regentschaft, die ihm vor acht Jahren, als du zum erstenmal hier warst, übertragen wurde. Mathon Brotgeber hat er, wie Leron zuvor, für tot erklären lassen. Der wahre König und sein Sohn halten im Exil in Rym Treglad Hof, und in ihrer Gesellschaft befinden sich Dansen, der Gelehrte, Gannoc und Mara und andere, die du kennst.«
»Was ist Rym Treglad?«
»Die Stadt, die Leron auf den Ruinen der alten Zitadelle erbauen ließ. Viele Krieger sind dort zu ihm gestoßen, aber er ist noch nicht stark genug, um zuzuschlagen. Und Meddocks Volk, das früher in der Gegend lebte, ist weiter nach Norden gezogen und hat kein Interesse mehr daran, sich mit Außenstehenden einzulassen. Ihr und unser wahrer Freund und Leiter, Arbytis, liegt noch im Schlaf.«
»Ist Odric noch in Treclere?«
»Er hält die Ordnung dort aufrecht, jedoch ständig belagert und bedrängt, denn sein Vater Bodrum hat sich mit Ddiskeard und Dzildzil gegen ihn, sowie gegen Leron, verbündet. Es ist die

Schiffsflotte von Vahn, die Sundrat und Tredana zu Reichtümern verhilft und die Lagerhäuser füllt, an denen du bei deiner Ankunft in der Stadt vorübergekommen bist. Sundrat war nicht immer so, wie du es jetzt vor dir siehst. Jenseits der Mauern lag eine schöne Grasebene, die Felder der königlichen Gehöfte, auf denen die wohlgenährten, gepflegten Pferde weideten, und dahinter die prächtigen Wälder. Jetzt ist dort eine Bärengrube, und in den Schatten der überquellenden, verbarrikadierten Lagerhäuser schlafen die enteigneten Bauern, die hinausgeworfenen Dienstboten, die gebrandmarkten Diebe und Betrüger, verstümmelte und geblendete Verbrecher und Kranke, die auf die Straße gesetzt wurden, nachdem auf Befehl des geizigen Königs Krankenhäuser und Asyle ihre Pforten geschlossen hatten.«

»Wer ist Dzildzil? Warum können die Karabdu Odric nicht helfen?«

»Dieser Dzildzil ist jetzt der Anführer der Karabdu; sie sind das gefügige Werkzeug von Vahn und ebenso fanatisch wie je in den alten Zeiten. Aus der Wüste dürfen wir keine Hilfe erwarten.«

Plötzlich setzte draußen Musik ein. Liniris sprang auf. »Sie fangen an! Und ich habe dir deine Rolle nicht erklärt! Komm jetzt mit, deine Verkleidung nützt dir nichts, wenn du nicht weißt, was du zu tun hast.« Ginas nickte. »Es gibt noch vieles zu sagen, aber jetzt ist keine Zeit dafür. Geh mit Liniris.«

In der Tür blieb Sibyl, die Hand um den blauen Glasring geschlossen, noch einmal stehen. »Aber das mit den Karabdu verstehe ich nicht. Wie kann Dzildzil ihr Anführer sein? Was ist aus dem Karifen geworden?«

Ginas lächelte wehmütig. »In dem Jahr, als du von uns gingst, wurde der Karif von seinem eigenen Volk abgesetzt und gemeinsam mit seinen treuen Schwertkämpfern erschlagen.«

Sibyl hob den Ring in die Höhe. »Er war mein Freund. Ajjibawr – der Karif. Er hat mir ein Pferd geschenkt. Und diesen Ring. Ich dachte – ich dachte, ich würde ihn wiedersehen.« – »Nicht in dieser Welt, mein Kind. Er ist wieder vereint mit der Wüste.«

Sibyl überließ Liniris ihre Hand. Sie wurde die Stufen hinunter auf den Hof gezogen und hinter die hohe Holzbühne geführt, wo sich die Spielleute auf ihre erste Vorstellung vorbereiteten. Sibyl hatte nicht das Bedürfnis, weitere Fragen zu stellen.

Während sie Liniris' Anweisungen lauschte, verschmolzen ihre beiden Welten miteinander. Hier wie in Cambridge mußte sie Kostüm und Maske tragen, hatte eine Rolle auswendig zu lernen und einen Text zu sagen. Die Dialoge waren ihr fremd, nicht aber die Handlung. Das Stück, das sie aufführten, war eine häufig im Herbst gespielte Posse mit einem König und seiner Königin, einem Jüngling und seiner Braut und einem umherziehenden Ritter namens Clerowan. Sie hatte nur ein paar Zeilen zu lernen, doch die Bühnenregie war kompliziert, und Sibyl mußte sich auf die zahlreichen Abgänge und Auftritte konzentrieren. Sie hatte keine Zeit, über die Neuigkeiten, die sie erfahren hatte, nachzudenken; doch an diesem Tag war sie dankbar für die Maske, die ihr kummervolles Gesicht vor der Menge verbarg.

Zwischen den Vorstellungen wurden die Zuschauer von Straßenmusikanten unterhalten. Bis zum Mittag hatte sie mindestens drei Balladen von dem Gesetzlosen, der sich Clerowan, der Weiße, nannte und von dem ihr Stück handelte, gehört. Die Balladen vermittelten den Eindruck, daß es sich bei ihm um eine Mischung aus Robin Hood, Lancelot und dem Einsamen Rächer handelte. Er war ein Kämpfer aus Rym Treglad, und wann immer die Königsknechte außer Hörweite waren, bezeichneten ihn die Sänger als den ›rechten Arm des wahren Prinzen‹. Wenn sie sich dagegen in der Nähe befanden, war er ein Dieb und Geächteter.

Das Können der Spieler war groß. Immer, wenn Sibyl Pause hatte und zusehen konnte, vergaß sie alles andere neben dem Spiel. Die Akteure waren wahre Künstler der Improvisation und konnten jeden Zwischenfall zu ihrem Vorteil wenden. An diesem Morgen brach ein Tisch, der vom langen Gebrauch wacklig geworden war, zusammen, als sich die Königin eben daransetzte, worauf sich die Schauspieler gute zehn Minuten lang mit einem kindischen Ablenkungsmanöver befaßten und versuchten, Tänzer auf die Bühne zu schmuggeln, die den Tisch reparieren sollten, bevor die Königin das Unglück bemerkte. Am Ende der Szene kauerte einer der Tänzer, in stiller Verzweiflung vor sich hin weinend, unter der Tischplatte, während die Königin, ohne jeden ersichtlichen Grund, geistesabwesend sämtliche Bühnenrequisiten auf dem Tisch auftürmte. Schließlich ging sie ab, und in dem Augenblick, als ihre Röcke durch den Vorhang rauschten, brach, zum Entzücken Sibyls und aller Zuschauer, das ganze wacklige Gebilde in sich zusammen.

Was das Stück selbst betraf, so nahm sich Shakespeares Illyrien dagegen wie ein harmloser, ruhiger Ort aus. Der Schlußchor ging ihr den ganzen Tag nicht mehr aus dem Sinn:

Den Platz in der Schänke tauschen wir in Eile,
denn tanzen muß jeder für eine Weile
zwischen dem Sonnenaufgang
und dem Abend, wenn der Tanz vorbei:
König und Königin, Mädchen und Mann
es finden zueinander die richtigen zwei;
nur der Ritter, der abseits steht
ist allein, wenn der Tanz zu Ende geht.

Am Nachmittag vermehrte sich die Menge im Hof um etwa zwanzig Seeleute von einem Handelsschiff. Die Kleidung der Leute aus Vahn war Sibyl vertraut, und als der Kapitän auf die Bühne zuschlenderte, erinnerte er sie so sehr an Odric, daß sie ihn insgeheim ein paar Minuten lang beobachtete. Er war von derselben gedrungenen Gestalt, hatte einen langen kastanienbraunen Bart und Augen, die von schweren Lidern überschattet waren; doch in seiner Miene lag keine Spur von Humor, und seine Männer, so hart sie auch wirkten, wichen ehrerbietig vor ihm zurück. Zusätzlich zu den üblichen goldenen Ohrringen trug er an jedem Handgelenk einen handbreiten silbernen Armreif.

Eine Zeitlang stand er, die Hände hinter dem Rücken verschränkt und die Beine weit gespreizt, vor der Bühne und sah der Vorstellung der Spieler zu. Ein Bodenakrobat erregte seine Aufmerksamkeit, und zur allgemeinen Verwunderung zog er einen Armreif ab und warf ihn, anstelle der üblichen kärglichen Münzen, dem jungen Mann zu. Dann schweifte sein Interesse ab, und er wandte sich ab, um sich etwas zu Trinken zu holen. Doch später am Nachmittag tauchte er wieder auf, beobachtete eine Weile die Vorstellung und machte dann auf dem Absatz kehrt und schritt auf Ginas' Wagen zu. Wenige Augenblicke, nachdem er im Innern verschwunden war, kehrte er, gefolgt von Ginas, wieder zurück. Sie blieb einen Moment lang stehen und blinzelte im hellen Sonnenlicht, dann winkte sie Sibyl und Liniris zu sich.

»Es wird uns große Ehre zuteil«, sagte sie mit merkwürdiger Stimme. »Kapitän Delgar gefallen unsere Darbietungen. Er befiehlt eure Anwesenheit beim Festmahl heute abend, bei dem er einige Kaufleute dieser Stadt an Bord der *Prinzessin Damar* Kurzweil bieten wird. Seine Matrosen werden euch hinbringen und wieder nach Hause begleiten.«

Sibyl und Liniris verneigten sich bescheiden, und der Kapitän nickte ihnen mit dunklen, ausdruckslosen Augen zu. »Gebt euch Mühe, dann werdet ihr belohnt. Bis heute abend also.« Er wandte sich ab, und seine Matrosen folgten ihm gehorsam in zwei Reihen, als er sich entfernte. Ginas faßte Sibyl am Handgelenk und zog sie mit sich in den Wagen. »Diese Anordnung gefällt mir nicht. Aber es ist unmöglich, sie zurückzuweisen; Delgar ist ein persönlicher Gast des Statthalters, von dessen Duldung unser Aufenthalt in Sundrat abhängig ist.« Sibyl lockerte die enge Verschnürung ihres Mieders und setzte sich. »Wir gehen nicht weit fort. Sicher ist alles in Ordnung.«

»Sei auf der Hut und wäge deine Worte sorgfältig ab. Dein Akzent ist immer noch fremdartig. Sprich nur, wenn du gefragt wirst, und dann sag wenig. Morgen sind wir fort und in Sicherheit, und du wirst einem Freund begegnen, sofern er meine Nachricht rechtzeitig erhalten hat.«

»Welchem Freund?«

»Dem, um dessentwillen du gerufen worden bist. Deinem Vetter, dem Prinzen.«

Bei diesem Satz straffte sich Sibby überrascht. »Was willst du damit sagen?«
Ginas blickte an ihr vorbei und antwortete nicht direkt auf ihre Frage. »Wir werden uns bald in Rym Treglad in Sicherheit befinden, doch so lange wollte ich nicht warten. Die Karten haben schlechte Vorzeichen offenbart. Darum habe ich Herrard, den Wanderer, mit einer Botschaft für Leron in den Norden nach Rym Treglad geschickt. Je früher ihr beiden vereinigt seid, um so besser ist es.«
Sibyl warf ihr einen mißtrauischen Blick zu. »Als ich Leron das letzte Mal sah, war ich zwölf Jahre alt. Ich würde mich sehr freuen, ihn wiederzusehen. Aber ich habe im Augenblick nicht vor, mich mit irgend jemandem zu vereinigen – nicht, wenn du das meinst, was ich glaube.«
Ginas zog die Brauen hoch. »Die Zeit für eure Verbindung steht unmittelbar bevor. Der Lauf der Sterne ist nicht aufzuhalten. Wenn Ddiskeard zuerst ein Erbe geboren wird, ist Leron für immer vom Thron verdrängt.«
Für kurze Zeit zu verwirrt, um zu sprechen, erhob sich Sibyl schließlich. »Du hättest dir einige Schwierigkeiten ersparen können«, sagte sie endlich, »wenn du dich, was meine Person betrifft, vergewissert hättest, bevor du mich hierher zurückbrachtest. Ich fürchte, es warten ein paar Überraschungen auf dich.«
Ginas zuckte die Achseln. »Es ist, wie du wohl weißt, dein Schicksal. Du bist aus dem Geschlecht der wahren Träumer.«
Sibyl lachte auf. »Es gibt einige Dinge, Ginas, die würde ich nicht eimal im Traum tun, und dein kleines Arrangement ist eines davon. Du wirst sehen.«
Ginas nickte. »Ja, das werde ich.«
Die Matrosen kamen noch vor Einbruch der Dunkelheit, um sie zum Schiff zu bringen. In der zunehmenden Abenddämmerung sahen sie die Königsknechte am Werk, die die Menschen grob unter Schlägen und Flüchen hinausdrängten, um die Straßen zu räumen, bevor die Tore geschlossen wurden. Die Seeleute aus Vahn wurden jedoch selbst von den Königsknechten mit Achtung be-

handelt, und sie gelangten unbehelligt in den Hafen. Dort lag an einem von mehreren aneinandergereihten hölzernen Piers ein kleines Boot von der *Damar*, lang und schmal und von sechs teilnahmslosen Ruderern angetrieben. Das Boot schob sich, der langsam einsetzenden Ebbe folgend, fast lautlos in das ruhige, plätschernde Wasser. Sie waren bereits mehrere hundert Meter vom Ufer entfernt, als Sibyl, zum erstenmal von einer gewissen Unruhe gepackt, bemerkte, daß die Ruderer an ihre Bänke gekettet waren.

Liniris entging ihre Überraschung nicht. »Wußtest du das nicht? Alle diese Handelsschiffe sind gleichzeitig auch Sklavenschiffe. Es ist ihre gewinnbringendste Ware.« Sibyls Blick wanderte von den ausdruckslosen Gesichtern der Ruderer zu der rotschimmernden Küstenlinie, die jetzt weit hinter ihnen lag. Ihr war plötzlich trotz der kühlen Meeresbrise heiß.

Die Worte des Matrosen, der sie an Bord empfing, dienten auch nicht ihrer Beruhigung. Die *Prinzessin Damar* war ein hochbordiges Schiff mit tiefroten Segeln, und der Mann ließ eine Strickleiter vom Deck zu ihnen hinunter. Sibyl blickte von dem dicken, gedrehten Ankertau, das grün und glitschig aus dem dunklen Wasser vor ihnen aufstieg, in das Gesicht des Matrosen hinauf. Er lächelte in das Boot hinunter, und seine Worte galten seinen Kameraden. »Sicher über das Wasser, wie ich sehe. Vielleicht sind ihre Kräfte doch nicht so groß, wie manche Männer befürchten.« Die anderen Matrosen lachten.

An Bord kam ihnen Salama, der Maat, entgegen. Sibyl stellte erstaunt fest, daß er ein Karabdu war, mit heller Haut, blauen Augen und sandfarbenem Haar, wenn auch Sonne und Meer sein Gesicht rot gegerbt und sein Haar weißlich ausgeblichen hatten. Er hieß sie mit unerwarteter Höflichkeit an Bord willkommen und wies sie stolz auf die schönen Linien des Schiffes hin.

Auf beiden Seiten des Schiffes reihten sich Kabinen aneinander, und die Kapitänskajüte erstreckte sich quer über den hohen Heckaufbau; ein kleines eigenes Deck bildete das Dach. Von dort aus führte Salama sie durch eine schmale Luke in den geräumigen, niedrigen Laderaum hinunter. Er war von süßem, staubschwerem Geruch erfüllt, und es türmten sich darin Fässer, Kisten und Krüge, große, wachsversiegelte Tongefäße, Teppichstapel und Ballen feinster Stoffe. Salama deutete, von echtem Stolz erfüllt, um sich. »Hier seht ihr die Reichtümer Vahns und seiner Verbündeten, die Erzeugnisse dieses Kontinents und anderer, ferner Orte und verschwiegener Inseln. Es sind Goldstoffe darunter, feiner als ein Spinnengewebe und doch schwerer als Kettenpanzer, kompliziert ausgearbeitete Teppiche, so fein, daß sie durch ein Nadelöhr passen würden, jedoch fest genug, hundert Jahre Benutzung zu überdauern, Seidenstoffe aus der Wüste, Weine aus dem fernen Loresta, Öl aus Mindo'ila. Wertvoll, wertvoll, all diese Waren, aber die wertvollste Ladung ist die unter euren Füßen. Habt ihr schon einmal von einem schwarzen Mann gehört? Oder einem gelben?«

Liniris' Augen weiteten sich vor Erstaunen, und Salama lächelte liebenswürdig, während er den Matrosen, die ihn begleiteten, ein Zeichen gab. »Öffnet die vordere Luke«, sagte er, und zwei der Männer befolgten augenblicklich seinen Befehl. Sie waren bis zur Taille hinunter nackt, und ihre Rückenmuskeln traten hervor, als sie die schwere Falltür anhoben. Sie fiel zurück, und der Gestank, der von unten heraufstieg, erfüllte den Laderaum wie ein giftiges Gas. Sibby, die sich an Beschreibungen von Sklavenschiffen in ihrer eigenen Welt erinnerte, wurde flau im Magen. Sie und Liniris traten, einem Zeichen Salamas folgend, vor und spähten in die Ruderkammer, das Gefängnis der Sklaven, hinunter.

Die Männer dort unten waren nackt an ihre Bänke gekettet, und einige von ihnen waren wahrhaftig, wie Salama angekündigt hatte, schwarz oder gelb, wenn auch die meisten die vertrauten Gesichtszüge der Menschen aus Tredana, Vahn oder der Wüste aufwiesen. Sie waren dort, wo das Eisen scheuerte, von schrecklichen Wunden gezeichnet, und Arme und Rücken waren vom Rudern schmerzhaft verkrampft. Einige hatten Spuren von getrocknetem Blut auf dem Rücken, und einer zumindest, der schwerfällig den Kopf hob, als sich die Luke öffnete, war auf der

Stirn gebrandmarkt worden. Ausnahmslos waren sie abgemagert und schmutzig.

»Diese Ladung hier ist zahm wie ein Pferd, das für den Pflug abgerichtet wird, und gleichzeitig treiben die Männer unser Schiff in Zeiten der Flaute voran. Einige von ihnen sind Verbrecher, andere wurden im Ausland gekauft. Die Starken überleben und erzielen hohe Preise auf dem Markt von Tredana und Vahanavat. Seht ihr den schwarzen Riesen dort? Im eisigen Norden war er einst ein Fürst, aber der neue König verkaufte ihn in Ketten an uns. Ja, Hakma, wir sprechen von dir.«

Der Mann, auf den Salama deutete, saß trotz seiner Ketten aufrecht da; das schöngeschnittene Gesicht ausdruckslos, den Blick nach innen gerichtet, den Mund fest verschlossen, reagierte er nicht auf Salamas höhnische Stimme.

Salama genoß den Anblick noch einen Moment lang, dann kehrten sie dem Gefängnis den Rücken, und er führte sie zu ihrer Umkleidekabine auf dem Oberdeck. Es war eine kleine, enge Kajüte, doch es gab Wasser darin, und man hatte ihnen Handtücher bereitgelegt. Während sie den Gestank der Ruderkammer abwuschen, bemerkte Liniris: »Ich werde erst wieder frei aufatmen, wenn wir sicher an Land sind.«

Sibyl nickte zustimmend. »Wenn es nur eine Möglichkeit gäbe, die Leute dort unten zu befreien.«

Liniris schüttelte den Kopf. »Es ist unmöglich. Und dies hier ist nur eines von vielen Schiffen. Vahn hat eine große Flotte, und jetzt bauen sie auch für Tredana Schiffe.«

Als Sibyl Liniris' Seidenmaske befestigte, zitterten ihre Hände in hilflosem Zorn.

Salama führte sie zum Speisesaal des Kapitäns und machte an der Tür kehrt. Es war ein großer, niedriger Raum, dessen Fenster auf drei Seiten offenstanden und die kühle Meeresbrise hereinließen. Sie betraten ihn durch einen Privatgang, der seine beiden anderen Gemächer abtrennte. Die vielen, leise pendelnden Laternen verliehen dem Raum einen Hauch von Festlichkeit. Etwa zehn bis zwölf Gäste hatten sich um Delgars Tisch versammelt, der dicht an der gegenüberliegenden Wand stand, so daß davor Platz für die Darbietungen blieb. Sie waren noch mit Essen beschäftigt. Der Tisch war schwer beladen mit silbernen Tellern, Weinfäßchen und Speisen aller Art. Ein Äffchen kletterte, an einem Silberhalsband angekettet, schnatternd und stibitzend zwischen den Tellern herum; die Gäste aßen hemmungslos und nahmen dabei die Finger zu Hilfe, tranken in großen Zügen, lachten und wischten sich die Lippen und rülpsten voller Zufriedenheit.

Delgar winkte Sibyl und Liniris zu. »Fangt nur an, fangt nur an. Wir sehen euch zu, keine Angst.« Die strenge Gestalt des Nachmittags war nicht mehr in ihm zu erkennen, und er hatte die Wahrheit gesagt, denn obwohl er und seine Gäste mit Essen und Trinken fortfuhren, folgten sie doch der Darbietung aufmerksam. Sibyl als Königin sprach die ersten Verse, und der bohrende Blick des Kapitäns machte sie so verlegen, daß sie ins Stottern kam und den Blick abwenden mußte.

»Der Gasthof still und dunkel lag
da alles frönt der Ruhe Lust
und ich mußt legen mein königlich Haupt
auf seine düstre Brust ...«

Delgar befeuchtete sich die Lippen; Sibyl, deren Gesicht unter der Maske erhitzt war, wandte sich dem anderen Ende des Tisches zu. Dort hob sich ein Mann von der Gruppe der anderen ab, und im Verlauf der Vorstellung kehrte ihr Blick ein zweites und ein drittes Mal zu ihm zurück. Er beobachtete sie nicht weniger verstohlen; wieder errötete sie unter der Maske und wandte den Blick ab. Er hatte ein schmales, irgendwie vertrautes Gesicht mit hohen Wangenknochen und einem schmalen Mund. Seine leuchtend blauen Augen standen in überraschendem Gegensatz zu seinem dunklen, glattrasierten Gesicht und seinem schwarzen Haar. Ihr fiel nicht ein, an wen er sie erinnerte.

Als er später am Abend das Wort ergriff, versetzte ihr seine Stimme einen weiteren Ruck des Wiedererkennens, das sie nicht einordnen konnte. Er schlug mit leiser Stimme vor, den Darstellerinnen einen Augenblick Ruhe und ein wenig Erfrischung zu gönnen, und Delgar stimmte ihm leutselig zu. Sibyl war um Liniris' willen froh, denn sie hatte einige Male von den Bewegungen des Schiffes den Halt verloren und war trotz der Brise, die durch die offenen Fenster hereinstrich, erhitzt. Als Liniris herbeikam, um neben Sibyl Platz zu nehmen, stolperte sie wieder, und auch Sibyl auf ihrem Stuhl verspürte einen Ruck. Es folgte ein weiterer Stoß, und Liniris hob plötzlich den Kopf und lauschte mit erschrockenem Gesichtsausdruck. Sibyl hörte jetzt ebenfalls hin, und sie zerdrückte die Seidenmaske zwischen den Händen, als ihre Ohren widerstrebend das Geräusch deuteten, das sie hörten. Sie blickte zu Delgar hinüber, der sich vom Tisch abgestoßen hatte und, eine Hand an den Augen, in dröhnendes Gelächter ausgebrochen war.

»Freunde, Freunde«, brüllte er. »Unsere Vögel haben die Schritte des Jägers vernommen, aber ich fürchte, zu spät.« Die Meeresbrise trug unverkennbar das Klatschen von Ruderschlägen von draußen herein.

Das Sklaven-A B & T
wie es auf den Sklavenschiffen von Vahn gesungen wird

A ist der Anker, den wir hochziehn
B ist die Bilge, aus der wir trinken in des Tages Mühn
T ist die Tortur, der wir ausgeliefert sind
und K ist der Kapitän, der uns antreibt vor dem Wind.

Müde, müde rudern wir, müde sind wir sehr
Keiner an Land ist wie der Sklave auf dem Meer
An seine Bank gekettet, ans Ruder gefesselt wir ihn sehn
Hab Mitleid, o Sklaventreiber, und laß ans Ufer ihn gehn.

D ist der Doppelte Ruderschlag
Dd ist der Ddimry, der uns die Richtung zeigt jeden Tag
S ist der Strick, an dem wir sie hängen sehn wollen
und F ist das Fieber, das uns niederwirft in den Dollen.

(Chor)

V steht für Vahn, das uns legt in die Ketten der Tyrannei
C ist das Chaos der Winde, das setzt unsere Ruder frei
H ist der Hilfsmatrose, wie schnell seine Schläge gehn
G ist die Gossenbrühe, in der unsere Füße stehn.

(Chor)

P ist die Peitsche, unseren Rücken zeichnen ihre Striemen
M ist das Metall, in dem wir erschlaffen an den Riemen
L ist die Lasche, die unsere Ketten hält fest
Z ist der Zerif, der auf dem Mast sich niederläßt.

(Chor)

U steht für Unfreie, die wir jetzt sind
R steht für Ruder, mit dem wir unseren Meeressarg treiben geschwind
N ist der Naqra, der lauert in der Unterwelt
wenn W, die Welle, unser Kerkerschiff drohend niederhält.

(Chor)

Jetzt hab ich gesungen mein A B & T
Keiner an Land wie der Sklave auf See
Wenn ihr mehr hören wollt, E I O & J
Singt es selbst, denn mehr weiß ich nicht, das beschreibt unsere Not.

Müde, müde rudern wir, müde sind wir sehr
Keiner an Land wie der Sklave auf dem Meer
An seine Bank gekettet, ans Ruder gefesselt wir ihn sehn
Hab Mitleid, o Sklaventreiber, und laß ans Ufer ihn gehn.

V

Leron saß mit gemischten Gefühlen in der kleinen, niedrigen Kaschemme, umringt von Landstreichern, die sich in ihrem unverständlichen Singsang unterhielten. Es herrschte schummriges Licht und ein drückender Gestank; Großmaul Dick trank, während seine Gefährten die Geschichte des vorangegangenen Kampfes erzählten; einer der Männer hatte Leron einen Metallkrug in die Hand gedrückt, der aber so verschmiert und verkrustet war, daß er es kaum über sich brachte, ihn aus Höflichkeit an die Lippen zu setzen. Unter den Anwesenden befanden sich einige Frauen, die in ebenso abenteuerliche Lumpen und Fetzen gekleidet waren wie die Männer.

Als die Erzählung beendet war, schmiegte sich ein dralles Mädchen mit tief ausgeschnittener Bluse an Lerons Arm und lächelte ihm aufmunternd zu. Er erwiderte das Lächeln unsicher. Dann schüttelte Großmaul Dick den Kopf, rieb sich die Augen und setzte den Krug mit einem dumpfen Schlag ab. »Mulsie, Süße, wir brauchen dein Zimmer.« Das Mädchen löste sich von Leron, und Großmaul Dick winkte Leron, ihm zu folgen. Gemeinsam mit dem Mogler und dem Humpler stiegen sie eine gewundene Treppe neben der Feuerstelle hinauf. Mulsies Zimmer war karg eingerichtet mit einer Matratze und einer zerlumpten Decke darauf. Großmaul Dick verschloß die Tür hinter ihnen mit einem hölzernen Bolzen. Sein Gesicht war noch immer gerötet, aber seine Augen blickten jetzt hellwach, und seine Aussprache war klar und deutlich. Das schmale Fenster hinter seinem Rücken gab den Blick frei auf eine dunkle Lücke zwischen zwei Gebäuden. Großmaul Dick machte eine auffordernde Handbewegung. »Sprich dich aus. Sofern diese Wände je Ohren hatten, sind sie alle längst abgeschnitten.«

»Ich kenne einen Mann, der seine Ohren verloren hat. Der einzige Landstreicher, den ich bis heute gekannt habe. Sein Name ist Alwyn.«
»Er hat seine Ohren allerdings verloren. Sie wurden ihm auf dem Hauptplatz von Sundrat abgeschnitten. Ich war dabei. Aber Alwyn ist jetzt fern von Sundrat.«
»Er befindet sich in Rym Treglad.«
»Und woher willst du das wissen?«
»Ich komme von Rym Treglad. Vielleicht sollte ich besser sagen, ich wurde geschickt. Wir wußten, daß es hier im Süden Gefahren gibt, nicht aber, wie schwierig die Dinge wirklich liegen. Ich sehe, daß es schwer sein wird, meinen Auftrag auszuführen – ich bin hier zu sehr ein Fremder, und Fremde fallen leicht auf.«
Großmaul Dick bohrte sich mit dem Daumennagel zwischen den Schneidezähnen und sah aus dem Fenster. »Was für eine Art von Auftrag soll das denn sein, mit dem du aus Rym Treglad hierherkommst?«
»Ich reise im Auftrag des Prinzen. Mehr darf ich nicht sagen.«
Großmaul Dick spuckte auf den Fußboden. »Soviel für deinen Prinzen! Wärmt sich an seinem Feuer im Norden, während wir in den Straßen von Sundrat verhungern.«
Leron spürte, wie ihm die Röte in die Wangen stieg. »Das ist einer der Gründe, warum ich hier bin. Es ist die Rede von einer Rückkehr. Ihr würdet das nicht begrüßen?«
»Vor acht Jahren hätte ich es vielleicht begrüßt, auch vor sechs Jahren oder vieren. Worauf wartet er denn noch, dein Prinz? Fürchtet er seinen Vetter so sehr, daß Ddiskeard erst völlig verfaulen muß, bevor er sich aus dem Schutz seiner kleinen Stadt im Norden herauswagt?«
»Wir wußten nicht, daß der Schwindler krank ist.«
»Krank? Er vefault bei lebendigem Leib. Jeder in Sundrat weiß das. Dein Prinz sollte noch ein paar Spione ausschicken, bevor er seine Rückkehr plant. Aber er braucht keine übergroße Treue für Ddiskeard zu befürchten.« Bei diesen Worten lachte der Humpler laut auf, und der Mogler lächelte. Großmaul Dick musterte bedau-

ernd den leeren Krug, den er mit heraufgebracht hatte, und stellte ihn auf den schmalen Fenstersims. »Warum hast du Alwyn vorhin erwähnt?«

»Weil er mein Freund ist, und ich dachte, vielleicht auch der eure.«

»Und wie hat dich dieser Freund genannt?«

Leron schwieg einen Augenblick verwundert, bevor er Großmaul Dicks Frage verstand. »Er nannte mich Fittichmann; ich dachte, er hätte es erfunden. Hat der Name etwas zu bedeuten?«

Der Mogler lachte, doch Großmaul Dick brachte ihn mit einem Blick zum Schweigen. »Es hat etwas zu bedeuten. Er hat dir einen Namen gegeben, aber kein Zeichen?«

»Kein Zeichen, nein.«

Großmaul Dick rülpste und starrte eine Weile ins Leere. Dann zitierte er ohne Zögern:

»Drei Federn weisen aus den Freund,
zwei Finger stellen den Fremden dar,
Weizen bezeichnet das gastliche Haus,
Beeren bedeuten Gefahr.«

Er hustete und wischte sich mit der Hand über den Mund. »Ich mußte es für dich übersetzen: wir verzichten auf unsere Phantasiesprache nur für Fremde wie dich.« Er zog seine Kappe ab und strich die gebogenen Federn, die daraufgenäht waren, glatt. »Wir werden dir drei geben, bevor du gehst. Halt deine Finger so, wie ich es dir zeige, wenn du nicht sicher bist. Jeder Teil des Weizens, Halm, Korn oder Spreu, gilt, wenn man ihn an der Tür, an einem Fenster oder an einem versteckten Ort unten an der Treppe findet. Und sieht man Beeren an eben diesen Stellen, hält sich der kluge Mann besser fern.« Er nickte dem Mogler zu. »Sorg dafür, daß der Fittichmann seine Federn bekommt. Und vielleicht will er seine Kleidung ein wenig verändern, bevor er sich der Stadt Sundrat wieder nähert.« Er verabschiedete sich mit dem geheimen Zeichen der Landstreicher von Leron und ließ ihn mit den anderen beiden allein zurück.

Eine knappe Stunde später betrat Leron Sundrat; eine Bandage war im Innern des Schuhs unter seinem Spann so verknotet, daß er hinkte. Das war ein alter Trick des Humplers, der das Hinken überzeugend wirken ließ. Der Mogler hatte seine Kleider einer kunstvollen Behandlung unterzogen, und er hatte eine Segeltuchmütze im Austausch gegen seinen guten wollenen Umhang erhalten. Drei zerzauste Federn baumelten an einer Kupferbrosche, die an seiner Schulter festgesteckt war.
Ginas erwartete ihn erst am Abend im Schutz der Wälder außerhalb der Mauern von Sundrat, aber Leron konnte der Versuchung nicht widerstehen, sich auf Umwegen der Stadtmitte zu nähern, wo die Wagen der Spieler beisammenstanden und die Bühne aufgebaut war. Als er sich langsam voranschleppte, immer wieder innehaltend, um sich überzeugend auf den groben Stock, den er sich geschnitten hatte, zu stützen und sein Bein auszuruhen, nahm er die Einfachheit der Kleider und die Armseligkeit der aufgebauten Marktstände wahr; selbst die Gemüseverkäufer schienen nur wenig Ware anzubieten zu haben.
Trotz der gefährlichen Natur seines Besuches konnte Leron nicht umhin, über die Kunst der Spieler zu lachen. Ihm hatten ihre Vorstellungen immer, schon seit den Tagen seiner Kindheit, gefallen; heute brach ein Tisch auf der Bühne zusammen, und die Possen, die die Darsteller trieben, damit die Königin den Zwischenfall nicht bemerken sollte, waren großartig. Doch es wimmelte überall von bewaffneten Männern, Königsknechten und Schiffsoffizieren, und Leron entfernte sich bald, so unauffällig wie möglich unter das Volk gemischt.
Gegen Mittag hatte Leron genug von Sundrat gesehen. Vor den Toren folgte er ein Stück weit der Hauptstraße, bis zu einem Pfad, der über rauhes Weideland, auf dem ein paar Schafe grasten, den Hügel hinunter zum Hafen führte. Den ganzen Nachmittag über saß er geduckt, vor Wind und Blicken geschützt, mit dem Rücken an eine Mauer gelehnt und wärmte sich in der Sonne.
Unten lief ein Beiboot des Schiffes, das er am Morgen bewundert

hatte, in den Hafen ein. Wenn nur Clerowan sich in der Stadt aufgehalten hätte, dann hätte man sein Augenmerk auf diese Beute lenken können. Man hätte die unglücklichen Ruderer befreit, und das Schiff wäre ein schöner Anfang für eine Flotte. Das Boot machte am Pier fest, und der Kapitän stieg, umringt von seinen laut aufstampfenden Matrosen, die die Hände am Schwertgriff hatten, den Hügel hinauf zur Stadt hin. Mit einem Lächeln stellte sich Leron vor, er würde zum Boot hinuntereilen, zum Schiff hinausrudern und damit fortsegeln. Aber das überließ er wohl lieber Abenteurern wie Clerowan. Er selbst hatte heute abend eine Verabredung, die er, selbst um den Preis eines solchen Schiffes willen, nicht versäumen wollte.

Bevor Leron in der Abenddämmerung den Hafen verließ, war das Boot noch dreimal zum Schiff und wieder zurückgerudert worden und hatte zuletzt ein kleines Grüppchen vom Ufer mit der einsetzenden Ebbe hinausgebracht. Während sich Leron träge erhob, drehte der Bug des Schiffes in die Strömung, und lange Ruder senkten sich ins Wasser, als es langsam Fahrt aufnahm. Am Fuße der Anhöhe stehend, sah Leron ihm nach, und als er sich dem Wald zuwandte, durchfuhr ihn plötzlich ein unerklärliches Gefühl des Verlustes.

Zwischen den Bäumen war es bereits wesentlich dunkler, und bevor Leron die Lichtung erreicht hatte, war die Nacht vollkommen hereingebrochen. Ein wenig abseits von der freien Fläche setzte er sich an einer geschützten Stelle hinter Buschwerk nieder und holte seine Vesper aus Brot und Käse hervor, die ihm die Landstreicher mitgegeben hatten. Der Mond würde erst in ein paar Stunden aufgehen.

Das Brot war trocken, und er kaute gemächlich darauf herum. Jetzt, da der festgelegte Zeitpunkt der Zusammenkunft näher rückte, nahm eine immer größere Erregung von ihm Besitz, und er konnte kaum noch einen Bissen hinunterbringen. Der Mond war noch nicht vollständig aufgegangen, als er im Gebüsch ein lautes Rascheln, gefolgt von heftigem Fluchen, vernahm. Leron richtete sich ganz langsam und vorsichtig auf, wich zurück und drückte

sich mit dem Rücken an einen Baumstamm. Ein schwacher Lichtschein schimmerte von der Lichtung herüber, und Leron konnte erkennen, daß der Neuankömmling groß und kräftig gebaut war. Er schien ganz in Leder gekleidet zu sein, doch das war nicht deutlich auszumachen.
»Verflucht! Wo, zum Teufel, bin ich?«
Leron sog hörbar den Atem ein. Der Akzent des Fremden klang ebenso vertraut, wie seine Worte seltsam waren. Der andere hörte, allein auf der Lichtung, plötzlich ein Geräusch und drehte sich hastig der Richtung zu, aus der es kam. Unvermittelt baumelte in seiner Hand ein schweres Stück Kette, das er offensichtlich um die Taille getragen hatte. Der Mondschein hatte ein wenig an Helligkeit zugenommen, und Leron konnte jetzt sehen, daß er in schwarzes Leder und schwere Stiefel gekleidet war. Es war kein Laut mehr zu hören, und der Fremde stieß ein leises, erleichtertes Lachen aus und befestigte die Kette wieder da, wo sie hingehörte. Lerons instinktiver Griff um den Dolchgriff lockerte sich ein wenig.
»Verdammt! Wie bin ich bloß hierhergekommen? Wie ist aus diesem stinkenden Fluß ein ganzes verfluchtes Meer geworden? Und wo zum Teufel bin ich?«
Der Fremde trat zu einem Baum, legte die Hand an seinen Stamm und starrte in die Krone hinauf, als hätte er noch nie etwas dergleichen gesehen. Dann zuckte er die Achseln, überquerte hastig die Lichtung und verschwand in den Büschen. Nachdem er gegangen war, verhielt sich Leron noch einige Minuten still. In ihm machte sich allmählich das Gefühl breit, daß nicht alles so glatt verlaufen würde, wie es in Ginas' Absicht lag. Er wußte jetzt, warum ihm der Akzent des Fremden so vertraut vorgekommen war. Es war Sibbys Akzent. Ginas hatte doch sicherlich nicht mehr als einen Menschen aus Sibbys Welt herbeigerufen?
Es verging noch eine Weile, und auf der Lichtung war es jetzt viel heller. An dem kleinen Stück Himmel, das zwischen den Baumkronen sichtbar war, tauchte nun ein schmaler Streifen des fahlweißen Mondes auf. Bald würde er das Himmelsfleckchen ausfül-

len. Während er noch ungeduldig wartete, ertönte ein leises Rascheln, und eine zweite dunkle Gestalt betrat die Lichtung. Aber diesmal war es kein Fremder, und Leron löste sich eilig aus dem Schatten der Bäume.

»Ginas!«

Sie wandte sich langsam und würdevoll um. Die schwarze Kapuze war über das weiße Haupt zurückgeschoben, und der Ring an ihrer Hand schimmerte.

»Ihr seid hier, mein Prinz – ich danke Euch für Euer Vertrauen.«

Leron neigte flüchtig den Kopf vor ihr. »Ich glaube, mich hat eher die Hoffnung getrieben, zu kommen, als das Vertrauen. Ich wagte nicht, an den Erfolg deines Unterfangens zu glauben.«

»Prinz, es gab nie Zweifel am Erfolg. Es war nicht schwer, sie herbeizurufen.« Leron blickte an Ginas vorbei, doch sie war allein. Er sah sie verwundert an.

»Ja, es war zu leicht, sie kam, wie meine Kräfte mir plötzlich verrieten, gestern nacht, ein wenig früher, als es in meinen Plänen vorgesehen war.«

»Sibby ist hier? Wo?« Er mußte sich, plötzlich benommen und mit hämmerndem Herzen, halt suchend an einen Baum lehnen.

»Sie ist bei uns in der Stadt, als eine von uns verkleidet, und wird morgen mit uns weiterziehen und dich hier treffen.«

»Ich dachte, sie würde heute nacht hier sein.«

»Das war auch meine Absicht, doch sie hat heute mit meiner Enkelin Liniris getanzt, und die beiden wurden aufgefordert, heute nacht vor ein paar Edelleuten aufzutreten. Wir konnten es nicht ausschlagen.«

»Ich verstehe.« Er lachte. »Und vielleicht habe ich sie sogar gesehen. Ich habe mich heute vormittag nach Sundrat hineingewagt und ein Stück des Schauspiels miterlebt. Sie ist größer als Liniris, trägt ein grünes Kleid?«

Ginas nickte, und Leron mußte grinsen. »Ich kann es kaum glauben. Sie ist hier, ich habe sie gesehen und wußte es nicht.«

»Es ist nicht so einfach, mein Prinz. Das ist der Grund, warum ich mit Euch reden wollte, warum ich Euch bat, hierherzueilen und unsere Reise nach Rym Treglad nicht abzuwarten. Ich hatte Erfolg, ja, aber es gibt vieles, was mir Sorgen bereitet.«

Ginas ging zu einem gefällten Baum und setzte sich auf den Stamm. Sie überlegte sich schweigend ihre Worte, und Leron machte es sich zu ihren Füßen bequem. »Die Sterne passen nicht, mein Prinz, die Karten verkünden kein günstiges Schicksal. Oh, eine Verbindung steht Euch schon bald bevor, aber die Freude ist überschattet. Und überall soviel Verrat, soviel Enttäuschung, Betrug von innen wie von außerhalb. In allen Folgen sind die Könige umgedreht, und ich kann nicht erkennen, welche Könige gemeint sind, die wahren oder die falschen. Und auch der ungebrochene Kreis, Ornat selbst, liegt umgekehrt.«

»Ginas, ich verstehe dich nicht. Ich kenne die Karten nicht.« Sie legte ihm eine Hand auf die Schulter. »Das braucht Ihr auch nicht. Aber es gibt Worte, die ich viele Jahre lang in meinem Herzen bewahrt habe, und die deutlich von Gefahren künden. *Die Moraganas in der Luft, der Naqra im Meer, das Menschengeschlecht an Land, bedrohten die Tochter des Mondes sehr...*« Sie sprach die Worte mit einem leichten Kopfschütteln. »Es ist eine lange, uralte Prophezeiung, und es ist nichts Gutes daran. Prinz, vor uns liegen viele Hindernisse.« Zum erstenmal an diesem Abend lachte sie. »Und Eure Cousine ist nicht das geringste davon. Sie ist jetzt eine erwachsene Frau, und vielleicht ist sie Euren Worten geneigter als meinen.« Leron errötete. »Wo tritt sie heute abend auf?«

»An Bord eines Handelsschiffes aus Vahn, für einen gewissen Kapitän Delgar und seine Gäste. Sie werden erst spät in der Nacht vom Schiff zurückkehren und haben einen besonderen Passierschein, der ihnen Einlaß in die Stadt verschafft. Ich habe meine eigenen Wege.«

Leron spürte, wie sich sein Magen plötzlich verkrampfte, und er hob mit einem Ruck den Kopf. »Vom Schiff, hast du gesagt? Es lag heute nur ein einziges großes Schiff im Hafen.«

»Das ist es, die *Prinzessin Damar*. Sie sind in der Abenddämmerung hinausgefahren.«
Leron erhob sich und wandte das Gesicht ab, damit Ginas den Ausdruck darin nicht sehen konnte. »Dann ist es kein Wunder, daß deine Karten dir merkwürdig schienen. Ich habe gesehen, wie dieses Sklavenschiff heute mit Einsetzen der Ebbe ausgelaufen ist. Inzwischen ist es auf hoher See.«

Gannoc
aus seinem persönlichen TAGEBUCH

Unser Prinz war erst zehn Tage fort, als ich des Nachmittags zu meinem Entsetzen Rauch aus dem Palast aufsteigen sah und den angstvollen Ruf ›Feuer‹ vernahm. Ich befahl einigen Dienern, Wasser aus der Zisterne herbeizuholen und befeuchtete darin außerdem einen Teil unserer schwersten Decken und Kissen. Es erwies sich, daß das Feuer in Dansens Privaträumen ausgebrochen war und sich glücklicherweise auf einen einzigen Bereich beschränkte, wo ich den Gelehrten antraf, der, unter Mißachtung der Gefahren für seine eigene Person, bemüht war, bestimmte Aufzeichnungen und Instrumente in Sicherheit zu bringen. Ich zog ihn mit Gewalt fort und wälzte ihn, in eine feuchte Decke gewickelt, auf dem Boden, bis die Flammen in seinen Kleidern und seinem Haar gelöscht waren, und ich war höchst verwundert, in seinem Gesicht nicht Schrecken oder Entsetzen zu finden, sondern eher einen Ausdruck höchsten Triumphes.
Später zeigte er mir inmitten der Asche einen Glasbrocken von der Form einer flachen Schale und erklärte, daß er allein mit diesem Hilfsmittel das Feuer entzündet und niemals erwartet hätte, daß es so rasch und so heiß brennen würde. Stell dir, so sagte er, ein Glas von der gleichen Form vor, aber so groß, daß es die Hitze der Sonne auf große Entfernung konzentrieren kann. Man könnte damit Schiffe auf dem Meer und Städte aus weiter Ferne vernichten. Selbst wenn, so wandte ich ein, wo könnte ein solches Glas hergestellt werden? Man muß nur im Sand nach Glas suchen, sagte er,

und mit den Karabdu ins reine kommen. Angesichts der Abwesenheit des Prinzen beließen wir es dabei, und ich flehte ihn an, den Palast bei seinen zukünftigen Forschungen zu verschonen, aber wenn ich jetzt über die Sache nachdenke, bekomme ich Angst bei der Vorstellung vom Gebrauch einer so furchtbaren und weitreichenden Waffe.

Die Gefangennahme

I

Sibyl war wütend. Sie erhob sich und trat ans Fenster, wo sie, wie erwartet, den Hafen in weiterer Ferne liegen sah als zuvor. Mit zusammengebissenen Zähnen und geballten Fäusten wandte sie sich an den Kapitän. »Was ist das für ein alberner Trick? Sag deinen Männern, sie sollen umkehren.«

Delgar hatte das Äffchen mit einer Hand gestreichelt. Er zwinkerte dem Seemann an seiner Seite zu und lachte. »Du wirst mich netter darum bitten müssen. Komm her«, hier klopfte er sich aufs Knie, »komm her, und bitte mich noch einmal.«

»Du kannst mich sehr gut von hier aus hören.« Ihre Hand ertastete den Glasring, der sich unter ihrem Mieder verbarg, und sie wickelte den Riemen, an dem er hing, um ihre Finger, während sie sprach und sich dabei den Kopf zermarterte, was sie als Waffe benutzen konnte. Sie hatte gewußt, daß er ein Sklavenhändler war. Was hatte sie eigentlich erwartet? Sie sah die blauen Augen des schmalgesichtigen Mannes auf sich gerichtet, und ihre Wut brach aus ihr hervor. »Nehmt euch in acht«, rief sie. »Der Zorn der Spieler wird schwer auf euch lasten! Wollt ihr vor eurer Zeit sterben?«

Zu ihrer Genugtuung zuckten der Kapitän und seine Männer, einen Augenblick lang von Aberglauben überrumpelt, zurück, doch gleich darauf verengten sich die schwerlidrigen Augen des Kapitäns, und er machte Anstalten, sich zu erheben. »Die Spieler werden sich etwas Besseres einfallen lassen müssen als das«, bemerkte er. »Ich habe schon bessere Tricks von dem Pavian hier gesehen.« Damit warf er dem Äffchen einen Bissen zu. »Und jetzt, komm her. Ich werde dich nicht noch einmal freundlich darum bitten.«

Sibyl ballte die Fäuste so fest, daß sich ihre Fingernägel schmerzhaft in die Handflächen bohrten. Keine Waffe, kein Fluchtweg, keine Hilfe – ihr war übel vor unbändigem Zorn. Schmort in der Hölle, dachte sie langsam bei sich, das Höllenfeuer soll euch allesamt verschlingen. Sie blieb, eine bebende Faust halb erhoben, stehen, wo sie war, und in dem Augenblick, als sie die Männer in Gedanken verfluchte, schlingerte das Schiff ein wenig zur Seite. Die schwere Lampe über dem Tisch geriet trotz ihres ausgeklügelten Gegengewichts ins Schwingen, und ein unvermuteter Schwall brennenden Öls ergoß sich über den Tisch, flammte hoch auf und verlosch dann. Der Kapitän wich mit einem wütenden Fluch zurück und preßte sein verbranntes Handgelenk an die Lippen, während der blauäugige Mann schweigend mit den Fingerspitzen über die verletzte Stelle in seinem schmalen Gesicht strich.

Nach einer kurzen Stille ergriff der Kapitän wieder das Wort. »Die Rache der Spieler ist höchst dramatisch, aber es fehlt ihr an Kraft.« Er gab den beiden Matrosen, die an der Tür standen, ein Zeichen, worauf sie hinter Sibyl und die in Tränen aufgelöste Liniris an ihrer Seite traten. »Sie sollen herkommen.« Einer der Matrosen berührte Sibyl zaghaft am Rücken, um sie vorwärts zu schieben. Sie spürte die Angst, die von seiner Hand ausging, und eine Welle der Kraft ging plötzlich durch sie hindurch. Sie erhob noch einmal die Hand, spreizte den kleinen Finger ab, wie sie es bei Simirimia beobachtet hatte, und rief in Gedanken die Mächte des Feuers und der Rache auf des Kapitäns Haupt herab.

Das Feuer gehorchte ihr. Die Lampen flammten brüllend in einer heißen Rauchwolke auf und verkohlten die leuchtend bunt bemalte Decke; die Kerzenflammen blähten sich rot auf, und ihre kleinen Zungen vereinigten sich zu einer Mauer aus Licht und Hitze. Der Kapitän und seine Matrosen wichen vor dem Ansturm der Flammen zurück.

Sibyl war, als wäre ihr der Atem stehengeblieben. Ihr Herz und ihre Kehle waren wie zugeschnürt, während sie die Flammen gegen ihre Feinde anlodern ließ.

Dann trat der Mann mit dem schmalen Gesicht durch das Feuer

hindurch vor und ging auf sie zu. Er packte sie mit hartem Griff am Arm und sah ihr in die Augen. »Ein hübscher Trick, meine Liebe, aber er paßt besser auf die Bühne als hierher.« Sie war so überrascht, daß ihre Aufmerksamkeit nachließ, und die Flammen verloren an Kraft. Er nickte lächelnd. »So ist es besser. Komm jetzt ruhig mit.« Er zog sie am Arm, worauf Sibyl ihn, hochmütig angesichts ihrer neuentdeckten Kräfte, in Gedanken voller Verachtung verfluchte. Er stieß einen leisen Schmerzensschrei aus, lockerte aber nicht seinen Griff. Als er sprach, geschah es leiser als zuvor, so, als seien sie unter sich. »Spar dir diese Kraft für deine Feinde.« Als er sich gleich darauf an Delgar wandte, betrachtete Sibyl ihn genauer.

»Kapitän«, begann er mit seiner spröden Stimme. »Du schuldest meinem Freund Mindra und mir noch etwas aus der Partie, die wir gestern abend gespielt haben. Laß uns beide versuchen, ob die beiden Wildkatzen nicht zu zähmen sind, dann betrachten wir uns als quitt. Wenn dann noch eine Vergeltung der Spieler folgt, so trifft sie unser Haupt, nicht das deine.« Er blickte mit einem boshaften Lächeln auf Sibyl hinunter. »Ich glaube nicht, daß für dieses Vorhaben brennende Lampen oder Kerzen erforderlich sind.«

Obwohl ihm der Schreck noch in den Gliedern saß, lachte der Kapitän, dann schüttelte er den Kopf. »Aber Mindra liegt krank unten in der Kajüte.«

»Weißt du eine bessere Medizin?«

Nachdenklich entgegnete der Kapitän: »Ich bin wahrhaftig geneigt, dir zuzustimmen, Freund Ziliman. Ich bin ein vernünftiger Mensch, und die Verluste beim *Verschollenen Schloß* gestern abend lagen mir schwer auf der Tasche. Aber diese Mädchen scheinen mir nicht einsichtig zu sein; und du weißt, daß sie in guter Verfassung sein müssen, wenn wir sie in Tredana abliefern, sonst tritt mein Käufer vom Vertrag zurück.«

»Aber Kapitän, sehe ich aus wie ein gewalttätiger Mann?«

»Nein, nein.« Sein Blick wanderte von Sibyl zu Liniris, die noch immer von Tränen geschüttelt war. »Nehmt sie heute nacht, dann sind wir quitt. Aber nur eine Nacht. Es war eine anstrengende

Reise, und ich sehne mich nach – ich sehne mich nach einem Hafen.«
Ziliman verneigte sich mit einem leisen Lächeln. »Eine Nacht paßt mir ausgezeichnet und wird Mindra von allen eingebildeten Gebrechen heilen.« Er gab den Matrosen, die hinter den beiden Frauen standen, ein Zeichen, und Sibyl mußte diese stolze Geste gegen ihren Willen anerkennen. Mit wachsender Verwunderung sah sie ihn an, als er ihre Handgelenke hart umfaßte und sich zu ihr herunterbeugte. Sein schmaler Mund berührte ihre zusammengepreßten Lippen ganz flüchtig, und sie spürte seinen Atemhauch, als er ihr leise zuflüsterte: »Du mußt dich jetzt wehren.«
»Nimm deine Hände von mir«, rief sie laut, und als er den Griff lockerte, riß sie eine Hand los und versetzte ihm einen Schlag ins Gesicht. Er zuckte, leichte Belustigung in den Augen, ein wenig zusammen und rief die Matrosen zu Hilfe.
»Bringt die beiden nach unten«, befahl er, worauf Sibyl an den Armen gepackt und weggezogen wurde, gefolgt von Liniris, die halb ohnmächtig war vor Angst. Ziliman nickte dem Kapitän ein letztes Mal zu und ging hinter ihnen her.
Auf dem Weg durch die dunklen, schwankenden Schiffsgänge nahm Sibyl kaum etwas wahr, bis sich vor ihr eine Tür öffnete und sie grob über die erhabene Schwelle in eine kleine Kabine gestoßen und der Riegel hinter ihr vorgeschoben wurde. Sie blieb einige Minuten allein, dann öffnete und schloß sich die Tür erneut.
Der Mann, der die Gefangenen für sich gefordert hatte, blieb an der Tür stehen, zog eine kleine Dose aus dem Gürtel und ließ sie aufschnappen. Er sog den Schnupftabak tief ein, nieste und rieb sich mit der ihr altvertrauten Geste die Nase mit dem Finger. Dann steckte er die Dose in den Gürtel zurück, zuckte die Achseln und zog eine Augenbraue hoch. »Es ist leichter, auf ein Königreich zu verzichten, als auf den Tabak. Wußtest du, daß ich mich auf dem Schiff befinde?«
Sibyl schüttelte, unfähig zu sprechen, den Kopf.
»Dann ist es nur gut für dich, daß ich gestern abend gegen den Kapitän gespielt und gewonnen habe. Mach dir keine Sorgen um

deine Freundin. Ich habe sie bei Osmin zurückgelassen, der im Augenblick viel zu schwach ist, um ihr einen Schrecken einzujagen. Ich habe ihr geraten, ihm eines über den Schädel zu geben, wenn er allzu gut erholt scheint und sie belästigt.« Er betrachtete sie prüfend.

»Warum so blaß?«

»Ich – man hat mir gesagt, du wärest tot.«

»Hast du das vom Prinzen erfahren?«

»Nein, von Ginas, der Spielerin. Ich – ich bin gerade erst hier angekommen.«

Er nickte. »Ginas hat sich nicht ganz geirrt. Ajjibawr, der Karif, ist wahrhaftig schon seit vielen Jahren tot.« Als sich Sibyl, die plötzlich die Erschöpfung zu spüren begann, auf die Koje sinken ließ, trat er an den Tisch und schenkte Wein aus einer Karaffe ein. Er schloß ihre Finger um den Kelch und lächelte. »So laß uns auf ein unerwartetes Wiedersehen trinken. Ich dachte mir, daß du es sein müßtest, war aber erst sicher, als ich den Ring sah. Ich war gerührt, daß du dieses unbedeutende Andenken aufgehoben hast.«

»Ich komme mir dumm vor, daß ich dich nicht erkannt habe. Die Farbe verändert dich nicht so sehr.« Er warf einen Blick in den kleinen Messingspiegel an der Wand und rieb sich mit einer Hand über das Kinn. »Dennoch hoffe ich, daß sie wieder abgeht. Sonst kommst du in Rym Treglad mit Clerowan, dem Braunen, statt dem Weißen an.«

»Clerowan?«

»Nicht mehr Ajjibawr, wie ich schon sagte. Clerowan, der Weiße, steht zu deinen Diensten, und besser ich, als der Kapitän. Daß du hier bist, beeinflußt in gewisser Weise meine Pläne. Ich bin mit ein paar Freunden hier auf dem Schiff, um es umzulenken und sicher nach Rym Treglad zu bringen. Jetzt müssen wir ein wenig früher handeln als beabsichtigt.«

»Und die Sklaven befreien?«

»Natürlich. Ich habe bereits Freundschaft unter den Gefangenen geschlossen. Es ist ein Zanidai darunter, der in den Norden zurückkehren und seinen gefallenen König rächen will. Würdest du uns gern helfen?« Sibyl nickte, und Clerowan sagte nachdenklich. »Natürlich, das Schiff wird schließlich für den Prinzen eine wichtige Beute sein.« Sibyl warf ihm einen mißtrauischen Blick zu. »Es wundert mich, daß Ginas nicht wußte, daß du noch am Leben bist. Ihr beide habt sehr ähnliche Vorstellungen.« Er hob fragend die Augenbraue. »Ihr scheint alle ganz begierig darauf zu sein, mich mit Leron zu vereinigen. Ginas hat ihn sogar nach Sundrat kommen lassen. Wenn er ihre Nachricht erhalten hat, ist er inzwischen dort.« Clerowan schüttelte den Kopf. »Tollkühn, aber nicht verwunderlich. Warum willst du ihn nicht sehen?«

Sibyl stiegen Zornestränen in die Augen, und sie setzte ihren Kelch heftig ab. »Es ist nicht so, daß ich ihn nicht sehen will. Aber man behandelt mich hier mehr wie ein Kind früher mit zwölf. Warum durfte ich damals meine eigenen Entscheidungen treffen?«

Clerowan zuckte die Achseln. »Damals warst du keine Frau.«

Sibyl sprang auf. »Es tut mir leid. Ich dachte, wir könnten weiterhin Freunde sein. Aber vielleicht ist das nicht möglich, jetzt, da ich nur eine Frau bin und kein Kind.«

Er hob besänftigend die Hand. »Ich wollte dir die Gedanken der anderen erklären. Ich bin nicht mehr der Karif, der das Leben anderer lenkt und ordnet; ich habe die Annehmlichkeiten der Unabhängigkeit kennengelernt. Ich würde sie dir nicht absprechen. Wollen wir also Freunde sein?« Die straffe Haut an seinen Schläfen bildete kleine Fältchen, als er sie anlächelte, und Sibyl wandte hastig und mit laut klopfendem Herzen den Blick ab. Sie nickte, und Clerowan lachte. »Und nun zu unserem kleinen Problem mit dem Schiff. Es ist ein Jammer, daß du nicht mehr von Simirimias Kräften hast. Wie groß ist die Kraft, die dir zur Verfügung steht?«

»Ich weiß nicht recht. Ich weiß nicht einmal, wie es eigentlich passiert?«

»Wenn dies hier die Kajüte des Kapitäns wäre, und er wäre hier mit dir, was glaubst du, wie es dann sein würde?«

Sibyl lachte. »In Flammen.«

»Könntest du die Aufmerksamkeit des Kapitäns ein paar Minuten, im höchsten Fall eine Stunde, ablenken, während ich unter Deck alles regele?«

»Sicher. Was hast du vor?«

»Ich reise jetzt seit ungefähr vier Monaten auf diesem widerwärtigen Sklavenschiff, und meine Pläne stehen bereits fest. Die Ruderer unter Deck sind bereit und vom Mut der Verzweiflung erfüllt. Ich glaube nicht, daß die Matrosen nennenswerten Widerstand leisten, wenn sie nicht vom Kapitän aufgehetzt werden. Wir brauchen, um gegenwärtig zuzuschlagen, nichts weiter als ein paar Schlüssel und Waffen: Hakma, der Zanidai wartet nur auf mein Wort. Doch wir müssen uns um den Kapitän kümmern, und er ist nur allein, wenn sich eine Frau in seiner Kajüte befindet. Ich frage dich also noch einmal, wie gut kannst du dich auf deine Kräfte verlassen?« Sibyl zuckte die Achseln. »Ich bin sicher, ich kann seine Aufmerksamkeit ablenken. Ich hoffe nur, daß ich nicht das ganze Schiff niederbrenne.«

Clerowan betrachtete sie mit ernster Miene. »Es wird klappen, wenn du ebensoviel Kraft wie Stolz von der Königin geerbt hast. Wir sollten heute nacht losschlagen. Wenn ich dich jetzt zum Kapitän bringe, so wird er schläfrig, betrunken, erfreut und überrascht sein – eine Hilfe sowohl für deine Aufgabe, wie auch für unser Vorhaben.« Er musterte sie kritisch. »Ich kann dich nicht so zu ihm bringen, wie du bist; es wird ihn mißtrauisch machen, wenn du keine Kampfspuren trägst.« Ohne Vorwarnung packte er sie an der Schulter und grub ihr die Finger tief ins Fleisch. Unwillkürlich wich sie zurück, und der Stoff riß ein Stückchen ein. »Gut«, sagte er, indem er sein Hemd am Hals öffnete. »Schnür dein Mieder neu.« Im Korridor umfaßte er ihre Handgelenke mit schmerzhaftem Griff und trieb sie vor sich her. »Ekel und Angst«, flüsterte er ihr zu, als sie sich der Tür des Kapitäns näherten.

Der Matrose, der Wache stand, warf ihnen einen verwunderten Blick zu. »Ein Geschenk für den Kapitän«, sagte Clerowan mit boshaft verzogenem Mund. Der Matrose ging hinein, und als er

zurückkehrte, winkte er sie hinein und zog sich diskret in den Außengang zurück.
Delgar saß, auf Kissen gestützt und eine Karaffe in der Hand, mit gerötetem Gesicht auf seinem Bett. Sibyl wurde mit solcher Macht in den Raum gestoßen, daß sie auf die Knie stürzte. »Ein Geschenk«, wiederholte Clerowan, indem er die Tür mit einer Hand hinter sich schloß. »Wir hatten eine ganz unterhaltsame Zeit miteinander, aber nicht zum Werte von dreihundert Krahs. Der Feuertrick war das äußerste, was sie an Widerstand zu bieten hat, fürchte ich. Willst du sie heute nacht haben gegen eine nur teilweise Rückerstattung der Schulden?«
Delgar musterte schwer atmend Sibyls entblößte, gezeichnete Schulter. Dann brach er in Gelächter aus und reichte seine Karaffe weiter. »Vazdz sei Dank, daß ich kein solcher Kleinkrämer bin. Ich zahle dir die Hälfte der Schuld, die ich vorher beglichen hatte, einverstanden?« Clerowan nickte und nahm einen Schluck aus der Karaffe, um den Handel zu besiegeln. »Einverstanden. Wie ich schon sagte, ist wenig zu befürchten, aber ich warne dich, du wirst eine feste Hand brauchen.« Er nickte noch einmal und entfernte sich, ohne zurückzublicken. Als sich die Tür hinter ihm schloß, wurde Sibyl plötzlich von einer Welle der Besorgnis erfaßt. Dann erhob sich Delgar, und ihr blieb keine Zeit mehr zum Nachdenken.
Sibyl wich zur gegenüberliegenden Wand zurück, doch Delgar hatte keine Eile. Er nahm noch einen Schluck aus der Karaffe und lachte, als sie sich weigerte, ebenfalls daraus zu trinken. »Sag mir«, begann er schließlich, »wird der Zorn der Spieler auf Zilimans Haupt niedergehen oder auf das meine? Oder wird er uns vielleicht beide treffen?« Er trat einen Schritt vor, schwankte ein wenig und stützte sich mit einer Hand ab. »Komm, sag mir, wie eure Rache an uns aussieht.« Er streckte die Hand nach ihr aus, doch sie konnte ihm ohne Mühe ausweichen. Langsam, Schritt für Schritt, umkreisten sie sich in der engen Kabine. Sibyl spürte eine eigenartige Ruhe; kein wilder Zorn hatte sie bis jetzt übermannt.

Delgar machte plötzlich einen unerwarteten Satz auf sie zu und packte sie an den Haaren. Bevor sie sich losreißen konnte, hatte er ihr mit offenen Lippen ein paar sabbernde Küsse auf den Hals gedrückt, und die Wut, die sie erwartet hatte, stieg, angespornt von dem Ekel angesichts seines Geruchs und seiner Berührungen, schlagartig in ihr auf. Fluchend stieß sie ihn mit dem Knie von sich, und er taumelte zurück und ließ sich schwer auf die Kante seines Bettes fallen. Einen Augenblick lang herrschte Schweigen, in dem nur sein keuchender Atem zu hören war, dann sprang er erneut auf sie zu. Sie wich ihm mit einer schnellen Bewegung aus, doch er bekam den Saum ihres Ärmels zu fassen und zerriß den Samt mit einem heftigen Ruck. Sie war erstaunt, festzustellen, wie sehr ihr seine Blicke auf ihrer bloßen Haut zuwider waren.

Sie umkreisten einander wieder, als von draußen der laute, warnende Ruf eines Mannes hereindrang. Delgar wandte sich lauschend um, und Sibyl gab eilends vor, zu straucheln, während sie ihm auswich. Delgar vergaß den Lärm und warf sich auf sie. Sie wälzte sich atemlos und mit schmerzenden Gliedern herum und versuchte, sich hochzudrücken, doch er war zu schwer. Im Gang vor der Kabine war eine heftige Unruhe entstanden, Rufe, Schläge und Geräusche eines Handgemenges waren vernehmbar, doch Delgar, der sich unbeholfen bemühte, die Arme um sie zu schlingen, achtete nicht darauf. Während sie versuchte, sich unter seinem Gewicht hervorzuwinden, spürte sie, wie ihre Kraft zurückkehrte, und sie stieß ihn gleichzeitig mit den Händen und der Macht ihres Willens zurück. In der Kabine verbreitete sich Hitze und gleißendes Licht, und Delgar fiel, die Hände an den Kopf gepreßt, nach hinten. Sibyl richtete sich auf und blickte in verächtlichem Zorn auf ihn hinunter. Als er die Hand nach ihrem Kleid ausstreckte, beugte sie sich vor, ergriff seinen schweren silbernen Armreif, der auf dem Tisch lag und versetzte ihm einen heftigen Schlag hinter das Ohr. Sein Kopf fiel schlaff zurück, und er blieb ausgestreckt auf dem Boden liegen, nur von den Bewegungen des Schiffes ein wenig hin und her geschaukelt. Sibyls Atemzüge wurden ruhiger, und die Lampen verloschen.

Nachdem sie sich vergewissert hatte, daß er nicht so bald wieder aufstehen würde, stieß sie ein leises, erleichtertes Lachen aus, setzte sich auf die Bettkante, massierte ihre schmerzenden Glieder und wischte sich den Hals sauber. Draußen waren noch immer gedämpfte Geräusche zu hören, aber sie hatten merklich nachgelassen. Sibyl ging zur Tür und spähte in den Gang hinaus. Es war kein Matrose zu sehen. Sie zögerte und warf dann einen Blick auf den besinnungslosen Delgar zurück. Was, wenn er wieder zu sich kam? Sie fand ein paar Stoffstreifen in seiner Truhe und band ihm die Hände, so gut sie konnte, mit vielen Knoten. In der Truhe befand sich außerdem ein kleiner, scharfer Dolch, und mit diesem bewaffnet, trat sie in den Korridor hinaus.

Auf dem Hauptdeck schien alles ruhig zu sein. Eine große Gestalt tauchte, schwarz und gewaltig, aus der Dunkelheit auf, und Sibyl wich erschrocken gegen die Wand zurück. Dann lächelte der Mann, und sie erkannte, daß es Hakma, der Zanidai war, in jeder Hand einen Dolch. Gesprengte Ketten baumelten um seine Hand- und Fußgelenke. »Man hat mich geschickt, dich zu holen«, sagte er mit tiefer, volltönender Stimme. »Unser Freund Clerowan hat mir gesagt, wo du bist. Wie geht es dem Kapitän?«

»Ich habe ihn gefesselt, aber ich glaube nicht, daß es lange hält. Ist das Schiff in unseren Händen?«

»Sie hatten keine Chance gegen uns. Viele sind getötet worden, und unsere Gefangenen liegen nun unten in dem Käfig, den sie für uns gemacht haben. Delgar wird ihnen dort Gesellschaft leisten bis zum Tag der Abrechnung. Warte.«

Er schob sich leise an Sibyl vorbei, und als er wieder erschien, hatte er sich Delgar über die breiten Schultern geworfen. »Komm mit und begrüß unsere anderen Freunde; heute ist ein Freudentag.«

Sibyl folgte ihm durch den Korridor und in den Laderaum hinunter. An den Wänden entlang waren Lampen entzündet worden, und zwischen den Ballen lagerten die Männer, die noch vor wenigen Stunden Sklaven gewesen waren, einige verwundet, einige krank oder völlig erschöpft, alle aber glücklich und lachend, geschmückt mit Goldstoffen und Samtbahnen. Die Weinfässer waren angezapft worden, und überall waren Speisereste verstreut. Das Äffchen des Kapitäns kletterte, von seinem Halsband befreit und das Maul voller Leckerbissen, ausgelassen herum. Die gute Laune erhielt durch Delgars Anblick einen Dämpfer, doch der Zanidai schob sich ungerührt an den Männern vorüber, öffnete die Luke ohne Mühe und ließ den Kapitän von seinen Schultern in die Öffnung hinuntergleiten. Dann wandte er sich lächelnd zu den anderen um. »Wenn er sich im Fall den Hals bricht, erspart er uns die Mühe. Aber wo ist mein Schwertbruder?«

Ein alter Mann ergriff mit sorgenvoller Stimme das Wort. »Nachdem du gegangen warst und wir glaubten, es wäre vorbei, stach ihn Salama mit einem kleinen Messer, das er versteckt bei sich trug, nieder. Zwar erschlug er Salama seinerseits, aber die Stichwunde hat sich schwarz gefärbt und ist merkwürdig. Er ist zu dem Spielermädchen gegangen, um zu sehen, ob sie sich mit Heilkräutern auskennt.« Hakma stieß einen Fluch aus und wandte sich mit einem beruhigenden Blick an Sibyl. »Um ihm Schaden zuzufügen, bedarf es anderer als eines Mannes wie Salama. Aber wir müssen uns um ihn kümmern. Eßt und seid fröhlich, meine Brüder; aber diejenigen unter euch, die einmal Seeleute waren, haltet euch bereit, mit uns zusammen Kurs zu setzen nach Rym Treglad und in die Freiheit. Wir dürfen uns nicht zu nah ans Ufer zurückwagen.« Während er sprach, sah er einige Männer vielsagend an, und sie nickten. Dann nahm er Sibyl bei der Hand und führte sie zu Clerowans Kabine.

Liniris stand über das Bett gebeugt und preßte einen abgerissenen Stoffetzen fest auf die Wunde des Verletzten; um ihre Füße häuften sich zahlreiche zerknüllte, rotgetränkte Stofflappen. Sie hob besorgt den Kopf, und als der Druck ihrer Finger nachließ, schoß ein Blutschwall aus einem Stich an Clerowans Seite, nicht weit unterhalb des Armes. Seine Augen waren geschlossen und seine Lippen blutleer. Sibyl betrachtete ihn einen Augenblick lang hoffnungslos, dann drückte sie den Lappen auf, während Liniris die zerrissene Tunika auseinanderschob, um die Wunde besser freizulegen. Sie war nicht sonderlich groß, doch die Ränder waren schwarz und verhärtet und ließen sich nicht zusammenfügen. Sibyl konnte keine Stelle finden, an der sie eine Aderpresse hätte anlegen können, und jedesmal, wenn sie den Lappen hob, quoll das Blut von neuem hervor.

»Warum ist die Wunde schwarz?«

Liniris schüttelte den Kopf. »Es ist nicht normal. Ich fürchte, irgendein Gift.« Sibyl blickte auf Clerowans Gesicht hinunter, das totenbleich war unter der Farbe, und sie sah, wie mühsam er um Atem rang. Der Schatten des Lampenlichts, der auf seinen Zügen lag, brachte sie auf einen Gedanken. »Können wir sie ausbrennen?« Liniris drückte ihr einen sauberen Lappen in die Hand und nahm ihr den durchtränkten ab. »Womit?« fragte sie. Doch Hakma hatte bereits seinen Dolch hervorgezogen und hielt ihn in die Flamme. »Es ist eine Chance«, sagte er, doch dann schüttelte er den Kopf. »Die Lampenflamme ist nicht heiß genug.« Sibyl sah die Flamme ruhig an und versuchte, die Kräfte, die ihr im Zorn zur Verfügung standen, durch den Willen allein heraufzubeschwören. Die Muskeln in ihren Kinnbacken verkrampften sich. Lange Zeit nichts: nur der gequälte Ton von Clerowans keuchenden Atemzügen. Dann glühte die Flamme auf, wurde heller und heißer, loderte nicht entfesselt hoch, sondern brannte ruhig und gleichmäßig, bis der Dolch darin hellrot leuchtete. Sie streckte die Hand aus. »Ich werde es tun«, erklärte sie, und er reichte ihr wortlos den Dolch.

Als Liniris zur Seite trat, um ihr Platz zu machen, schoß das Blut wieder hervor. Sibyl biß sich auf die Lippe und drückte die Klinge fest auf die schwarz verfärbte Wunde. Ein zischendes Geräusch war von Brandgeruch begleitet, und als Clerowan vor Schmerzen aufschrie, liefen ihr die Tränen die Wangen hinunter. Aber sie hielt den Dolch noch einen Augenblick auf die verletzte Stelle, und als sie ihn schließlich fortnahm, war da, wo das Fleisch hart und verfärbt gewesen war, nur noch eine blattförmige Brandwunde. Sie wandte sich an Liniris. »Es ist jetzt weich. Kannst du

das tun, was getan werden muß?« Liniris nickte bebend. »Ich brauche Seidenfaden und Nadeln dazu.«
Der Zanidai nickte, und als sich die Tür hinter ihm schloß, fühlte sich Sibyl plötzlich von Schwäche übermannt und sank neben Clerowan auf das Bett. Doch sie half, Clerowan stillzuhalten, während Liniris die Wunde geschickt vernähte, und als Liniris schließlich eingeschlafen war, hielt sie die ganze Nacht über Wache an seinem Bett und wechselte von Zeit zu Zeit das kühlende Tuch auf seiner Stirn.
Als sie endlich selbst einschlief, war es fast Morgen, und sie hatte noch nicht lange geschlafen, als sich das Schiff plötzlich zur Seite neigte und sie zu Boden geschleudert wurde. Benommen versuchte sie, sich aufzurichten, doch in diesem Augenblick legte sich das Schiff mit einem Ruck auf die andere Seite, und sie stürzte gegen die Wand. Alle Balken des Schiffes schienen sich unter lautem Knarren zu biegen, dann brüllte draußen der Sturmwind auf, und das kleine Fenster wurde von einem grellen Lichtblitz erleuchtet. Die ganze Kabine war von zuckendem weißen Licht erfüllt, und der darauffolgende Donner grollte über das Schiff hinweg.
Sibyl zog sich zum Bett hinüber und bemühte sich, Clerowans leblosen Körper daran zu hindern, zu Boden zu gleiten. Selbst mit Liniris' Hilfe war es fast ein aussichtsloses Unterfangen. Das Schiff warf sie von einer Seite zur anderen, und schon bald drang ein Wasserschwall unter der Tür hindurch in die Kabine und umspülte kalt die Beine der beiden Frauen, die auf dem Boden knieten. Zwischen den rasch aufeinanderfolgenden Blitzen war es in der Kabine stockfinster, und das Tosen des Unwetters stürmte betäubend auf sie ein. Die Zeit verstrich, und wäre Clerowan nicht gewesen, hätte sich Sibyl am liebsten der Gewalt des Sturmes überlassen. Sobald der Lärm ein wenig nachließ, hörten sie die Rufe der Männer an Deck, doch es waren keine beängstigenden Geräusche der Zerstörung zu vernehmen, kein Splittern von Holz, kein Brechen der Masten. Nichts als die gewaltige Wut des Sturmes und die betäubenden Donnerschläge. Es drang immer

noch Wasser in die Kabine ein und zog sich wieder zurück, doch es stand nie höher als ein paar Zentimeter darin.
Endlich kamen die Blitze seltener und weniger grell, und der Donner grollte in weiterer Ferne. Bebend verlangsamte das Schiff seine rasende Fahrt vor dem Wind, und die Wellen klatschten wieder an die Bordwände, anstatt wütend darüber hinwegzurollen. Die Kabine füllte sich mit dem grauen Licht der Morgendämmerung, und Sibyl lächelte Liniris zu. »Ich glaube, wir haben es geschafft.« Liniris richtete sich mühsam auf. »Aber wohin hat es uns verschlagen?« Sibyl zuckte die Achseln. »Ich weiß es nicht. Bleibst du bei ihm, Liniris? Ich gehe hinaus an Deck und sehe, was ich herausfinden kann.«
Sibyls langes Gewand schleifte unangenehm in dem feuchten, dunklen Gang, aber am Ende des Korridors lag ein Schimmer auf dem Wasser, und draußen an Deck sah sie einen Sonnenstreifen über den niedrig dahinfegenden Wolken. Das Deck war übersät mit einem Gewirr von Tauen und Segeltuch, beschwert mit Holzklötzen, die mit Hilfe von Äxten aus Balken herausgehauen worden waren, denn die Segel waren eingeholt worden, als der Sturm über sie hereingebrochen war. Jetzt waren einige Männer emsig damit beschäftigt, neue Streben zu befestigen, während andere Wasser ausschöpften.
Der Zanidainer lächelte Sibyl entgegen und stützte sie, als sie über ihren Rocksaum stolperte. »Es sind wahrhaftig seltsame Stürme, die Ruave über diesen Gewässern zusammenbraut. So viel Licht und Lärm und doch kein Regen. Und wir sind nach Nordnordost getrieben worden, als befänden wir uns nicht im Herbst, in dem die Winde südwärts blasen. Wie geht es Clerowan?«
»Er schläft immer noch. Gibt es eine Möglichkeit, herauszufinden, wo wir sind?« Er deutete zur Kapitänsbrücke, wo ein Mann mit einem glänzenden Messingddimry stand und in die neu erstrahlte Sonne äugte. »Meladin, früher einmal Navigator bei der Flotte von Vahn, wird versuchen, unseren Kurs zu bestimmen. Aber wer, außer Vazdz oder Ruave, könnte sagen, wie schnell und wie weit wir abgetrieben wurden?«

Die Segel wurden in ihrer neuen Takelung aufgezogen und flatterten naß und schwer. Sibyl sah einen Augenblick lang zu, dann fragte sie: »Wer ist Ruave?« Hakma warf ihr einen erstaunten Blick zu. »Ruave ist aus dem Stamm der Großen Mutter und befiehlt über die Stürme, die ihr Besitz sind. Das ist eine wohlbekannte Tatsache in meiner Heimat, wenn nicht auch in Tredana.«

Später am Tag, als Sibyl bei Clerowan saß, der noch immer in tiefem, bewußtlosem Schlaf lag, stattete Osmin, der unter dem Namen Mindra gereist war, der Kabine einen Besuch ab. Bei ihrer letzten Begegnung war er ein stolzer junger Krieger mit fünf Frauen und zwölf Pferden gewesen, einer der treuesten Leibwächter des Karifen. Jetzt war sein Haar, das er damals in Zöpfen getragen hatte, kurz geschnitten und mit grauen Strähnen durchzogen. Sein Gesicht war schmal und gefurcht, und die hellen blauen Augen lagen tief in ihren umschatteten Höhlen. Er hatte die Hände nervös verschlungen und ergänzte nun, ohne den Blick von Clerowans stillem Gesicht zu wenden, das, was Sibyl bereits erfahren hatte, erzählte ihr davon, wie der Karif acht Jahre zuvor eine Versammlung einberufen hatte, um über den neu entstandenen Fanatismus zu beratenschlagen. Während er von dem feigen Überfall derer, denen der Karif vertraut hatte, berichtete, stiegen ihm die Tränen in die Augen; denn bei diesem Überfall war sein Schwertbruder getötet worden, Ab'Bakr, der auch Sibyls Freund gewesen war, und der den Karifen mit seinem eigenen Leib geschützt hatte. An dieser Stelle unterbrach Osmin seine Erzählung und blickte mit einem Kopfschütteln auf Clerowan hinunter. »Damals trug er auch eine tödliche Wunde davon; ein Schwert durchbohrte ihn, und ich brachte ihn, wie einen Leichnam auf meinen Sattel geschnürt, in Sicherheit. Aber damals lag er nicht so bewegungslos da wie jetzt. Ich fürchte, an der Klinge war ein Gift, das das Feuer nicht vernichten konnte.«

Der Morgen des zweiten Tages war sehr ruhig und klar. Während sie, ohne zu wissen, wo in der eintönigen Weite des Ozeans sie sich befanden, langsam Fahrt machten, sichtete Meladin am Horizont einen winzigen Punkt, der sich bald als rasch näher kommendes Schiff von der Bauart von Vahn erwies. Beunruhigt bewaffneten sich die erst kürzlich befreiten Männer. Das nahende Schiff war nicht größer als die *Damar*, hatte aber eine größere Besegelung, und es war offenkundig, daß sie ihm weder entkommen, noch ihm ausweichen konnten. Sibyl ließ Liniris bei Clerowan in der Kabine zurück und begab sich, angespannt vor Besorgnis, entschlossen zu den anderen an Deck.

Der Bug des anderen Schiffes sah aus wie ein grinsendes Ungeheuer, und als seine bemalten Kiefer durch die grünen Wellen schnitten, konnten sie deutlich erkennen, was in seinem aufgerissenen Maul an einem Seil hing: ein menschlicher Schädel. Der Zanidai an Sibyls Seite stieß, die Hand am Schwert, einen lauten Schrei aus und ging so plötzlich in die Knie, daß sie glaubte, einen Speer oder Pfeil zwischen seinen Schultern entdecken zu müssen. Er hatte den Schrei jedoch aus Freude, nicht aus Schmerz ausgestoßen, und er wurde vom anderen Deck erwidert, denn es befanden sich keine Männer aus Vahn an Bord. Befreite Sklaven wie sie selbst standen dort, immer noch gezeichnet von Ketten und Mißhandlungen, und an ihrer Spitze eine mächtige, dunkle Gestalt, größer noch als Hakma, der einen goldenen Reif in seinem schwarzgelockten Haar trug. Der Zanidai war mit einem freudigen Lachen wieder auf die Füße gesprungen. »Das ist Shirkah«, erklärte er endlich, und in seinen Augen standen Freudentränen. »Es ist Shirkah, unser König, und er trägt keine Ketten mehr.«

Die Schiffe legten sich längsseits nebeneinander, und Shirkah kam in einem kleinen Boot herüber. Er umarmte Hakma, den er in seiner Begeisterung in die Luft hob, dann wandte er sich Sibyl zu, verneigte sich höflich und hielt ihr seine große, doch zart und vorsichtig zupackende Hand hin. Sie hatten erst wenige Worte gewechselt, als Hakma seinen König am Arm nahm. »Unser Zusammentreffen ist vielleicht glücklicher, als Ihr vermutet«, sagte er.

»Erzählt uns später von Euren Taten. Jetzt wird als erstes Eure Heilkunst benötigt. Clerowan, der Weiße, liegt, vergiftet von einer feindlichen Klinge, unten in seiner Kabine. Mit seiner Hilfe haben wir dieses Schiff erobert.« Shirkah sagte etwas zu den Männern, die ihn an Bord begleitet hatten, dann folgte er Hakma und Sibyl zu der Kabine, an deren zwei Meter hoher Tür er sich bücken mußte, um nicht anzustoßen.
Liniris blickte ihnen erstaunt entgegen und trat zur Seite, als Shirkah neben dem Lager auf die Knie ging. Unter Shirkahs dunkelhäutiger Hand wirkte Clerowan trotz der Farbschicht auf seinem Gesicht so bleich, daß unmöglich noch Leben in ihm zu sein oder Blut in seinen Adern zu fließen schien. Shirkah schüttelte den Kopf. »Laßt uns allein«, sagte er. »Ich werde tun, was ich kann.« Seine Stimme war tief und beruhigend. Sibyl ließ sich hinausziehen, und sie warteten schweigend im Gang, während die Minuten verstrichen. Dann ging die Tür auf, und Shirkah trat mit schweißglänzendem Gesicht heraus. »Er wird heute nacht zu sich kommen«, erklärte er. »Stört ihn jetzt nicht.« Sibyl zwang sich, von Liniris' kaltem Händedruck ermutigt, den anderen auf das Deck hinaus zu folgen.
Draußen wehte eine frische Brise, und Shirkah sagte, die Hand auf Hakmas Schulter gelegt: »Ruave hält Wort. Sie wird uns eilends nach Westen der Heimat entgegentreiben.« Er bemerkte Hakmas Gesichtsausdruck und lächelte. »Es steht außer Zweifel, denn ich habe selbst mit ihr gesprochen. Das war nicht lange, nachdem sich unsere Matrosen gegen ihren eigenen Kapitän aufgelehnt und seinen Kopf, wie ihr sehen könnt, am Bug des Schiffes aufgehängt hatten, als Warnung für diejenigen, die ihm möglicherweise folgen würden. Während ihrer blutigen Auseinandersetzungen liefen wir vor einer Insel auf Grund, und diejenigen, die an Land gingen, kehrten nicht zurück. In Abwesenheit eines Wachposten, befreiten wir uns, indem wir die Halterungen aus den Wänden rissen und uns die Ketten um die Taillen schlangen. Wie merkwürdig und still es an Deck war, kein einziger Matrose in Sicht. Und die Insel sah sehr friedlich aus, und nichts verriet, daß es

Ruaves Heimat war und sie, grausam von den Moraganas belagert, eine Gefangene des Vazdz.«
Hakma schüttelte verwundert den Kopf. »Ich würde es nicht glauben, wenn ich es aus dem Munde eines anderen Mannes hörte.«
»Ich ebensowenig«, pflichtete Shirkah bei. »Ich will euch jetzt nicht mit der ganzen Geschichte langweilen. Genug für den Augenblick, daß Ruave wieder frei ist und ihre Stürme zur Küste schicken kann, damit die lange Dürre dort ein Ende hat. Und indem ich sie befreite, verlor ich die Ketten, in die mich mein Bruder gelegt hatte. Wirst du mich nach Zanida zurückbegleiten? Es gibt dort eine Krone wiederzuerobern.« Hakma beugte das Knie, und Shirkah legte ihm lächelnd die Hand auf die Schulter.

Den ganzen Tag über hielten sich die Schiffe dicht beieinander, und Shirkah blieb an Bord der *Damar*, wo er sich mit Hakma unterhielt und Pläne schmiedete für ihre Rückkehr nach Rym Treglad und von dort aus nach Zanida. Sibyl in ihrer Ruhelosigkeit schenkte Shirkahs Erzählung wenig Aufmerksamkeit, so ungewöhnlich und aufregend sie auch war. Er hatte den Angriff der Moraganas vereitelt, indem er ihre sonnenhellen Augen mit glänzend polierten Spiegeln von seinem Schiff abgelenkt hatte; die Hitze ihres Angriffs hatte die bronzenen Spiegel in seinen Händen ebenso wie die Ketten um seine Handgelenke geschmolzen, während die gleißende Helligkeit des zurückgeworfenen Lichts sie gezwungen hatte, kreischend zu ihrem Meister Vazdz zurückzukehren und ihm die Nachricht von ihrer Niederlage zu überbringen. Es war eine spannende, in ergreifend einfachen Worten erzählte Geschichte, doch Sibyl hörte zu, ohne darauf einzugehen, und vor Einbruch der Nacht kehrte sie in die Kabine zurück, in der Clerowan noch immer in tiefem Schlaf lag. Trotz Shirkahs Versicherung schien er unverändert. Seine anhaltende Hilflosigkeit rührte sie so sehr an, daß sie ihm mit einer Hand sacht über das Gesicht strich. Die geschlossenen Augen öffneten sich langsam, und sie wich erschrocken zurück. Er schien etwas sagen zu wollen, doch gleich darauf fielen ihm die Augen wieder zu. Sie stand tief über ihn gebeugt und lauschte, als Liniris die Kabine betrat. Sibyl lächelte ihr zu. »Er hat die Augen geöffnet. Ich sah, daß er mich erkannt hat. Jetzt weiß ich, daß alles gut wird.« Liniris erwiderte mit zweifelnder Miene ihr Lächeln.

DAS LIED VON SHIRKAH
von HAKMA, dem Getreuen, komponiert, nachdem er in die Sklaverei verkauft worden war

Shirkah, König von Zanida, gekleidet für die Jagd
einen starken Bogen in der Hand und einen geraden beinernen Pfeil
ein scharfes Messer sicher an der Seite, sein Speer wohl geschliffen
begierig auf die Jagd

Shirkah, König von Zanida, tötete den grauen Seehund
Shirkah, König von Zanida, tötete des Walroß
Shirkah, König von Zanida, tötete den braunen Elch
und nährte sein Volk

Shirkah, König von Zanida, kundiger Jäger
wurde er gejagt und in die Falle getrieben und ergriffen
ein scharfer Schmerz schärfer als von Pfeilen durchbohrte
sein starkes Herz
Verrat brachte ihn zu Fall

Keinen Wolf gibt es der ihn so hätte gerissen
Keinen Bären gibt es der ihn so hätte zerschunden
Keine Eule gibt es die ihn so hätte geschlagen
Herr von Zanida
Weit fort hat man den Bären der Berge geschleppt
Verloren wartet das Land Zanida willkommen zu heißen
in der Heimat mit Feuer und Gesang den edlen Shirkah,
König von Zanida.

II

Spät in der Nacht, als Sibyl, den Rücken ans Bett gelehnt, auf dem Boden saß, kratzte Liniris leise an der Tür. Sie hielt einen bedeckten Becher in den Händen, und als Sibyl den Deckel hob, erfüllte ein köstlicher Duft den kleinen Raum.

Liniris lächelte nervös. »Es sind Blüten und Kräuter darin. Ich habe sie unter den Schiffsvorräten gefunden. Meine Großmutter hat mir beigebracht, wie man diesen Trank bereitet. Du wirst dich danach viel besser fühlen.«

Sibyl trank einen Schluck und nickte. »Ich merke es bereits.« Sie streckte sich. »Jetzt fühle ich mich nicht mehr so steif.«

»Möchtest du, daß ich die Wache für dich übernehme?«

Sibyl schüttelte den Kopf. »Morgen ist es noch früh genug. Mir macht es nichts aus, die Nacht über Wache zu halten. Ich hoffe nur, daß Shirkah recht hatte. Ich verstehe nicht, wie er eine Veränderung bewirken konnte.«

»Die Zanidai sind berühmt für ihre Heilkunst.«

»Ich hoffe, ihr Ruhm ist wohlbegründet.«

Nachdem Liniris gegangen war, ließ Sibyl den Kopf wieder gegen das Lager sinken und fiel schließlich in einen leichten Schlummer. Eine sanfte Berührung in ihrem Gesicht weckte sie in der Dunkelheit. »Sibby.« Es war ein leises, rauhes Flüstern. »Nein, laß das Licht aus. Meine Augen sind ebenso schwach wie der Rest meines Körpers. Wie lange geht das schon so?«

Sie richtete sich auf die Knie auf und beugte sich über sein Gesicht. »Nur ein paar Tage. Du wurdest vergiftet. Aber jetzt wird alles wieder gut. Wir sind auf dem Weg nach Rym Treglad. Trink das hier, es wird dir guttun.« Sie hielt ihm Liniris' Gebräu an die Lippen, und er trank in durstigen Zügen. Dann lehnte er sich auf ihren Arm zurück und hörte zu, als sie ihm leise von dem Kampf, seiner Verwundung und der Ankunft von Shirkah und seinem Schiff erzählte.

»Die Wunde war schwarz, schwarz und verhärtet?«

»Ja, und wir konnten die Blutung nicht stillen.«

»Das ist ein Gift aus der Wüste. Pfeilmacherwurzel nennen wir es, denn es wird auch als Klebstoff zum Befestigen der Federn an einem Pfeil benutzt. Salama gehörte einem Stamm von Waffenmachern an. Einer der ersten, die abfielen. Wie habt ihr die Wunde behandelt? Es ist ein tödliches Gift.«

»Ich habe die Wunde ausgebrannt. Danach warst du bis zur heutigen Nacht bewußtlos. Shirkah hat dich heute nachmittag besucht und gesagt, du würdest dich erholen. Ich weiß nicht, was er getan hat.«

In der Dunkelheit der Kabine konnte sie nur mit Mühe sein Lächeln erkennen, als er ihr antwortete. »Die Kunst der Zanidai ist ein Geheimnis. Aber wenn der König sagt, daß ich gesund werde, so glaube ich ihm, auch wenn es meinen anderen Sinnen noch so unglaubhaft erscheint.« Bald darauf war er wieder eingeschlafen, und sein entspanntes Gesicht war auf Sibyls Arm gesunken.

Sie war müde und sehnte sich ebenfalls nach Schlaf, doch es war unmöglich. Unmöglich deshalb, weil er neben ihr lag. Anfangs war sie so schläfrig, daß sie die Richtung ihrer Gedanken nicht bemerkte. Doch dann wurde sie sich des Verlangens, das sich ihres Körpers ungestüm bemächtigte, bewußt, und sie war mit einem Schlag hellwach, zutiefst erschrocken und beunruhigt. Seine Hand ruhte locker auf ihrer Hüfte, und das Gewicht brannte sich durch ihren Hüftknochen bis ins Rückenmark. Sie wandte den Kopf ab und zwang sich, langsam und gleichmäßig durchzuatmen. Du wirst jetzt schlafen, sagte sie leise und entschlossen zu sich, du bist eine dumme Gans, und du wirst jetzt schlafen. Doch der innere Aufruhr der Bemühung, ruhig zu bleiben, sich von ihm fernzuhalten, gleichmäßig zu atmen, sich nicht dichter an ihn zu schmiegen, machte es ihr unmöglich. Schließlich zog sie sachte den Arm unter seinem Kopf hervor und wich zurück. Arme und Beine taten ihr weh, und ihr war schwindelig, als sie aufstand. Es war ihr nicht einmal möglich, im selben Raum mit ihm zu bleiben; sie schlüpfte hinaus, setzte sich in den Korridor und lehnte sich an die Tür. Nie zuvor hatte sie so sehr das Gefühl gehabt, daß ihr Körper nach seinen eigenen Gesetzen lebte. Sie ließ den Kopf zurücksinken und schlief schließlich in dieser unbequemen Haltung ein.

Liniris stolperte bei Sonnenaufgang über sie und half ihr auf die steif gewordenen Beine. Der Wunsch, in die Kabine zurückzukehren, war immer noch so stark, daß sie sich entschlossen abwandte und Clerowan Liniris' sachkundiger Pflege überließ. Allein in ihrer Kabine, schlief sie mehrere Stunden lang fest. Während sie sich wusch und ankleidete, versuchte sie, sich in Erinnerung zu rufen, was in der Nacht zuvor genau geschehen war. So sehr sie sich auch bemühte, sie konnte keine Erklärung für ihre plötzliche Leidenschaft finden. Was, wenn sie ihn in der vergangenen Nacht umarmt hätte, und er wäre erwacht? Sie bürstete sich die kurzen schwarzen Locken und betrachtete mürrisch ihr Spiegelbild. Paß auf, was du tust, forderte sie die Sibyl im Spiegel auf, sonst machst du einen großen Narren aus dir selbst und verlierst einen Freund.

Am Abend löste sie Liniris ab, und das Mädchen berichtete, daß Clerowans Gesundheitszustand sich zusehends besserte. Die Wunde war geschlossen und sah normal aus; er hatte mit Appetit gegessen und sogar, von Osmin gestützt, einen Spaziergang an Deck gemacht. Liniris war besorgt über Sibyls Blässe und bereitete ihr noch einmal das besondere Gebräu der Spieler. Sibyl nahm einen tiefen Schluck und fühlte sich danach ebenso erfrischt wie in der Nacht zuvor. Sie aß das Mahl, das für sie gerichtet worden war, dann nahm sie Liniris' Becher und ging in Clerowans Kabine hinunter. Der Knoten, den sie im Magen spürte, ließ sie ahnen, daß ihr Schwierigkeiten bevorstanden.

Er saß, in die Kissen gestützt, im Bett, eine Lampe auf dem Tisch neben ihm, und hatte auf der Decke über seinen hochgezogenen Knien verschiedene Karten vor sich ausgebreitet. Er begrüßte sie freundlich, aber auf seinem Gesicht lag ein so verschlossener Ausdruck, daß Sibyl schuldbewußt errötete und sich fragte, ob er vielleicht ihr Geheimnis kannte. Die Gefühle der letzten Nacht waren in unverminderter Stärke wieder da, jedoch in dem hellen Licht, in dem sie jetzt stand, leichter zu beherrschen. »Ich bringe dir wieder etwas von Liniris' Trank mit«, sagte sie. Er blickte kurz auf, dankte ihr und vertiefte sich dann wieder in die Karten.

Sibyl sah, wie auch ihm die Röte in die Wangen stieg, und sie wich erschrocken und verwirrt einen Schritt zurück. Unsinn, sagte sie sich, das ist der Lampenschein, dann fuhr sie laut fort: »Ich bin froh, dich so erholt zu sehen. Ich hatte ein schlechtes Gewissen, daß ich dich gestern nacht alleingelassen habe, aber ich war so – so müde, und ich dachte, du würdest sicher nichts mehr brauchen. Liniris sagt, du warst oben an Deck.« Himmel, dachte sie, was schwätze ich für ein dummes Zeug? Geh und laß ihn in Ruhe. Närrin!

Doch während sie so redete, errötete er wieder, und sie erkannte deutlich, daß es weder dem Lampenlicht, noch ihrer regen Phantasie zuzuschreiben war. Er faltete die Karten, die Reihenfolge und Richtung aller Falzungen sorgsam aufeinander abstimmend, langsam zusammen und vermied es, ihr in die Augen zu sehen. »Ich war nicht sicher, ob du hinausgegangen warst oder nicht. Es muß eine der Auswirkungen des Giftes in der Wunde sein. Ich habe sehr lebendige Träume.« Er schob die Karten in ihre Lederhülle, legte sie beiseite und nahm den Becher, um davon zu trinken. Es gab keinen Stuhl in der Kabine, und Sibyl hockte sich unbehaglich vor die Truhe.

»Ich habe dir noch nicht dafür gedankt, daß du geholfen hast, mir das Leben zu retten. Es ist zwar nicht mehr das, was es einmal war, aber dennoch bin ich nicht bereit, darauf zu verzichten.« Sibyl sagte nichts darauf. Er tippte auf die Karten. »Wir sind beträchtlich in südwestlicher Richtung vom Kurs abgekommen, aber Shirkah meint, wir können es in zwei Wochen bis Rym Treglad schaf-

fen. Die Mannschaft ist mit Begeisterung bei der Sache, aber es fehlt ihr an Erfahrung. Was hast du für Pläne in Rym Treglad?«
Sibyl hob schulterzuckend die Hände. Sie war so nervös, daß ihr Augenlid zu zucken begann und ihr Atem stoßweise ging. Er schwätzt genauso wie ich, dachte sie. Warum?
Clerowan fuhr fort: »Ich möchte, daß du weißt, daß ich immer dein Freund bin, was immer auch geschieht. Du sollst nicht das Gefühl haben, du könntest dich nirgendwo hinwenden, wenn Ginas oder sonst jemand versucht, dich zu bedrängen. Dennoch meine ich, daß du in Gannoc und Mara und Dansen, dem Gelehrten, nützlichere Freunde finden wirst als in Clerowan, dem Wanderer.«
Seine Bescheidenheit schien nicht gespielt zu sein, und Sibyl warf ihm einen scharfen Blick zu. »Eines mußt du mir sagen«, bat sie ihn und war erleichtert, daß ihre Stimme ganz normal klang. »Warum spielst du die Rolle des Clerowan auf diese Weise? So – so bescheiden? Mir ist nie ein Mensch begegnet, der weniger Bescheidenheit kannte als Ajjibawr, der Karif.«
Er sah sie überrascht an, dann begann er gegen seinen Willen zu lachen. »Ein wahrer Todesstoß. Das hat mich vor dir noch niemand zu fragen gewagt. Willst du es wirklich wissen?« Sibyl nickte. »Sag mir, wie alt bist du jetzt?«
»Achtzehn.«
»Achtzehn. Ich war achtzehn, als ich Karif wurde. Das ist mehr als zwanzig Jahre her. Ich besiegte den alten Karifen, meinen Vetter, im Zweikampf. Er machte Geschäfte mit Vahn und hatte es sich zur Gewohnheit gemacht, seine Feinde in Ketten zu Bodrum bringen zu lassen. Dieses Verfahren gefiel mir nicht, und es wurde abgeschafft in meiner Zeit als Karif. Nachdem ich ihn getötet hatte, nahm ich seine Frau unter meinen Schutz und heiratete sie noch im selben Jahr. Sie war damals fast vierzig und eine sehr kluge Frau.« Er griff nach seiner kleinen Schnupftabakdose, nahm eine Prise und fuhr fort: »Ungefähr zwei Jahre später kam Halila eines Tages zu mir, als ich im Frühjahr Jungpferde zuritt.

Ich war gerade zornig auf einen Grauen. Das müßte der Großvater des Pferdes gewesen sein, das ich dir geschenkt habe. Ah, er war ein stolzer Kerl und sehr störrisch. Ich konnte ihm kaum einen Riemen umlegen. Sobald man ihn berührte, stieg er kerzengerade in die Luft oder tänzelte wiehernd und um sich schlagend im Pferch herum. Halila liebte es, ihn zu beobachten, und sie fragte mich, warum ich so versessen darauf sei, ihn zu bezwingen. Es gab andere Pferde, die besser geeignet waren für den Sattel. Ich weiß noch wie heute, wie ich den Hengst anstarrte, den Rücken ebenso starr durchgedrückt wie er und mit zusammengebissenen Zähnen. ›Ja, er ist schön‹, sagte ich zu ihr, ›aber er wird noch schöner sein, wenn er gelernt hat, den Nacken ein wenig zu beugen.‹ Halila sah mich an und lachte, und dann sagte sie, so sanft wie immer: ›Er ist genau das richtige Pferd für dich, mein Gemahl.‹ Erst am Abend wurde mir der Sinn ihrer Worte klar...« Er lachte bei dieser Erinnerung, dann warf er Sibyl mit leicht hochgezogener Augenbraue einen Blick zu. »Das graue Pferd hat gelernt, den Nacken zu beugen, und als ich Clerowan wurde, beschloß ich, es ebenfalls zu lernen; allerdings fürchte ich, daß der Erfolg mehr im Kopf, als im Herzen ist.«

Sibyl lächelte. »Ich habe nie verstanden, warum Bescheidenheit so erstrebenswert sein soll.«

»Immerhin wird sie allgemein als Tugend betrachtet. Und da wir schon von Tugend sprechen – ich glaube, du solltest lieber gehen.« Er stellte die Schnupftabakdose umständlich auf den Tisch zurück und wich dabei ihrem Blick aus. »Nein, es liegt nicht an dir. Aber ich bin heute nacht nicht ganz ich selbst.« Während er das sagte, schlingerte das Schiff ein wenig, und die kleine Dose rutschte über den Tisch und fiel zu Boden. Seine und Sibyls Hand griffen im selben Augenblick danach, und ihre Gesichter waren nur wenige Zentimeter voneinander entfernt. Sie spürte, wie er erbebte und erwog flüchtig, sich rasch zurückzuziehen; doch statt dessen schloß sie die Augen, und als seine Lippen die ihren berührten, verharrte sie reglos die langen, von Schauern erfüllten Minuten, die nun folgten. Ihr Herz hämmerte immer noch unbändig, als sie

sich voneinander lösten und sinnlose, verlegene Worte der Entschuldigung stammelten, die in beklommenem Schweigen verklangen.
Er ergriff als erster das Wort. »Bist du sicher, daß du gestern nacht gegangen bist?«
»Ich hatte Angst – nicht vor dir, sondern vor meinen eigenen Gefühlen.«
»Wenn du es sagst, glaube ich dir. Aber ich war ebenfalls völlig überrumpelt von meinen Gefühlen, und ich war nicht ganz sicher, was passiert war. Ich bin immer noch der Meinung, daß du besser gehen solltest. Vielleicht sind unsere Gefühle an Land ganz andere.«
Sibyl erhob sich und nickte, unfähig, einen klaren Gedanken zu fassen, aber anstatt zur Tür zu gehen, fand sie sich plötzlich am Bettrand sitzend wieder und legte die Hand auf seine. Er sah sie nicht an, doch seine Hand bebte; ihr Herz hämmerte zum Zerspringen, und der Moment der Unentschlossenheit zog sich endlos lange hin. Sie seufzte tief auf und wandte das Gesicht ab, Tränen stiegen ihr in die Augen, und sie war immer noch unfähig, zu sprechen. Er streckte den Arm aus und drehte die Lampe herunter, dann legte er die Arme um sie. Eine Weile lang klammerten sie sich aneinander und wiegten sich sanft mit der Bewegung des Schiffes, dann küßten sie sich; und als sie ihn später in der Nacht Ajjibawr nannte, hatte er keine Einwendungen dagegen.

Am nächsten Morgen schlenderte Sibyl müßig auf das Deck hinaus. Das Dach der Kapitänskajüte bildete ein kleines Privatdeck, das auf drei Seiten von einer Reling abgeschlossen und mit Bänken gesäumt war; hier setzte sich Sibyl nieder und träumte mit geschlossenen Augen in der Sonne vor sich hin. Die Luft war ungewöhnlich mild und angenehm auf ihrem Gesicht, und die Brise, die über ihre bloßen Arme strich, bereitete ihr Wohlbehagen. Sie schlug die Augen nicht auf und sagte nichts, als Liniris leise die Stufen heraufkam und sich neben sie setzte, bis ein plötzliches Aufwallen von Freude sie veranlaßte, ganz leise zu singen.

»Sibyl, bist du nicht ungeduldig, in Rym Treglad anzukommen?«
Sibyl dachte über die Frage nach, dann ließ sie sich gegen die Reling zurücksinken und reckte die Arme in die Sonne. »Wenn es nach mir ginge, könnte das Schiff ewig so weitersegeln«, sagte sie, der Wahrheit entsprechend. Dann begann sie wieder zu singen: »Kommt her, all ihr schönen Jungfrauen und lernt von mir.«
»Sibyl, du mußt mir zuhören! Bist du nicht ungeduldig, den Prinzen zu sehen?«
»Liniris, ich bin nicht in der Stimmung, irgend etwas ungeduldig zu erwarten. Ja, ich werde froh sein, ihn zu sehen. In Ordnung?« Sie schloß, vor sich hin summend, die Augen.
»Es tut mir leid. Aber ich dachte, du wärest vielleicht – du wärest jetzt vielleicht verliebt. Es tut mir leid.«
»Leid? Es muß dir nicht leid tun. Es ist vollkommen richtig, du hast hundertprozentig recht. Und wenn man bedenkt, daß ich erst vor ein paar Tagen noch wild entschlossen war, ein Leben allein zu beginnen. Ein andermal, vielleicht.«
Liniris sprang auf. »Es ist unmöglich. Ich meine, du machst Witze, nicht wahr? Du willst mich auf den Arm nehmen.« Ihre Stimme klang so erregt, daß Sibyl die Augen öffnete.
»Nein, ich will dich nicht auf den Arm nehmen«, erklärte sie, jetzt ernsthafter als zuvor. »Und was ist unmöglich?«
»Nichts, aber ich dachte, nach der letzten Nacht – oh, ich weiß, daß ich die richtigen Dinge hineingetan habe, Mädelsüß, Gallapfel, Geißklee – meine Großmutter kann sich nicht geirrt haben!« Plötzlich verstand Sibyl, und sie brach in Gelächter aus. »Oh, Liniris! Du hast versucht, mich mit Kräutern zu berauschen! Es ist doch so, oder nicht? Ein besonderer Trank, damit ich Vernunft annehme? Habe ich recht?«
Liniris setzte sich wieder und schlug die Hände vors Gesicht. »Ich wußte, daß es nicht richtig war. Aber meine Großmutter hat es mir erklärt. Sie hat gesagt, es würde alles in Ordnung bringen, und du würdest nicht mit deinem Schicksal hadern. Es war alles nur zu deinem Glück gedacht.«

Sibyl wurde von heftigem Gelächter geschüttelt. »Oh, Liniris, Liniris. Ist dir denn nie der Gedanke gekommen, daß zumindest Leron hätte in der Nähe sein müssen, wenn der Trank wirkte? Ich bin sicher, deine Großmutter wollte, daß wir ihn beide trinken.«

Liniris blickte sie zweifelnd an. »Vielleicht, aber sie hat gesagt, du würdest Leron eine gute Frau durch den Trank, also habe ich es versucht...«

»Liniris, ich habe deinen Trank beide Male mit Ajjibawr geteilt!« Sie erhob sich und räkelte sich wohlig in der Sonne. »Weine nicht. Ob es nun den Lauf der Dinge verändert hat oder nicht, jetzt ist es zu spät.« Aber Liniris hatte ihr Gesicht in den Händen vergraben und blickte nicht auf, als sie ging.

An diesem Tag war ihr und Ajjibawrs Verhalten im Beisein der anderen von ernster Höflichkeit geprägt, und sie achteten darauf, daß sich nicht einmal ihre Hände berührten. Doch beim Abendessen mit Hakma und Osmin in der Kapitänsmesse begegneten sich ihre Augen über dem Wein, und um Ajjibawrs Mund zuckte es, als er seinen Kelch abstellte. »Vielleicht erweist du mir später am Abend die Gunst«, sagte er mit einem Anflug von Boshaftigkeit in den Augen, »eine Partie *Das verschollene Schloß* mit mir zu spielen. Es wird Zeit, daß du es lernst.« Sibyl nickte und sah, daß Hakma und Osmin ein verständnisvolles Lächeln wechselten. Sie sagte jedoch nichts, sondern wünschte ihnen lediglich höflich eine gute Nacht, als sie sich wenig später vom Tisch erhoben.

Das dicke Glasfenster in Ajjibawrs Kabine stand offen und ließ die Meeresbrise herein, und Sibyl stand davor und blickte in den Sonnenuntergang, während er das Brett aufstellte und ihr die Grundzüge erklärte. Kupferfarbene Lichtstreifen bildeten eine Straße, die von der Sonne am Horizont zum Schiff führte; die Sonne war zu einem aufgeblähten Ballon flammender Farbenpracht aufgedunsen, die plötzlich im Meer verlosch, so daß der Himmel dunkel zurückblieb. So viele Sonnenuntergänge auf hoher See sie auch in der letzten Zeit beobachtet hatte, überraschte

es sie doch immer noch, wie sehr sie sich von einem Sonnenuntergang an Land unterschieden. In der Dunkelheit fröstelte sie plötzlich ein wenig, und sie wandte sich vom Fenster ab. Die Lampe warf einen warmen gelben Lichtkreis um den Tisch; Ajjibawr stand ein Stückchen dahinter im Schatten.
»Da gibt es ein Problem«, bemerkte Sibyl schließlich.
»Ja?«
»Ich weiß nicht, wer zuerst am Zug ist.«
»Im Spiel ist es einfach: Schildpatt vor Stein.«
»Und sonst?«
»Wie du sagst, ein Problem.« Er wartete, bis Sibyl einen Schildpatt-Krieger zwei Felder weitergerückt hatte, dann zog er auf einer Seite mit einem Quarz-Speerträger nach. Während sie über den nächsten Zug nachdachte, bemerkte er in beiläufigem Ton: »Es geschieht nicht oft, daß ich so überrascht bin wie in der vergangenen Nacht.«
Sibyl biß sich auf die Lippe und schob einen zweiten Krieger nach vorn. »Wenn du eine Erklärung haben möchtest, ich glaube, ich habe heute eine gefunden.«
Er wagte sich mit seinem Speerträger noch weiter in feindliches Gebiet hinein, dann blickte er auf. »Eine Erklärung?«
Sie berichtete die Sache mit Liniris, und sein Mund verzog sich belustigt. Er nahm eine Prise Schnupftabak und betrachtete prüfend das Spielfeld. »Natürlich«, sagte er, »ich hätte merken müssen, daß wir im Bann eines Zaubers waren. Welchen anderen Grund könnte es geben?« Er sah zu, wie sie ihre Männer in Stellung brachte und kam von links mit einem Springer ins Spiel. »Im übrigen«, fuhr er fort, »fällt mir auf, daß dieser Trank eine bemerkenswert lang anhaltende Wirkung hat.«
Die leichte Verkrampfung, die sich unter Sibyls Herzen bemerkbar gemacht hatte, löste sich, und ein Lächeln legte sich über ihr Gesicht. Sie blickte in seine strahlend blauen Augen auf, deren Pupillen von einem so merkwürdigen gelben Ring umgeben waren. »Ja, *Das verschollene Schloß* ist ein faszinierendes Spiel. Aber ich kenne ein besseres, bei dem beide gewinnen können.«

Ajjibawr beugte sich vor und nahm ihre Hand. »Ich ebenfalls. Wollen wir sehen, ob es dasselbe ist?«
Sie schmiegte sich an ihn und hob ihm das Gesicht zum Kuß entgegen. »Es gibt ein paar Unterschiede«, gab sie zurück, »aber sie gleichen sich gegenseitig aus.«

Sibyl erwachte spät in der Nacht. Der eigenartige Schimmer von Sternenlicht, das vom Meer zurückgeworfen wurde, erfüllte die Kabine und tanzte über ihnen, als befänden sie sich unter Wasser, nicht darüber. Ihr Blick fiel auf ihre Schildpatt-Krieger, die in ihrem unvollendeten Vormarsch stehengeblieben waren. Ajjibawrs Springer stand allein auf der gegenüberliegenden Seite des Kreises, und ihr kleiner, geschnitzter Admiral lag, achtlos umgeworfen, auf der Seite. Sie wandte sich Ajjibawr zu. Sein Kopf ruhte schwer auf ihrer Schulter, doch um nichts in der Welt hätte sie ihn fortgeschoben. Clerowan, der Weiße: wahrhaftig hell schimmerte sein Gesicht im Sternenlicht auf ihrer dunklen, sonnengebräunten Haut. In der vagen Hoffnung, ihn zu wecken, schmiegte sie sich noch dichter unter seinen schweren Arm, doch er murmelte nur etwas vor sich hin und lag dann wieder still. Sie schlief ein; und bevor die Sonne aufging, war er es, der sie weckte.
Später am Morgen erhoben sie sich und kleideten sich ohne große Eile an. Sie wuschen sich gegenseitig, und zum erstenmal schauderte es Sibyl nicht vor dem kalten Wasser in dem kupfernen Waschgeschirr der Kajüte. Ajjibawr küßte sie zärtlich auf den Nacken und drückte dann voller Übermut den Schwamm über ihrem Rücken aus; sie sprang zur Seite, und als er versuchte, sie einzufangen, prallten sie gegen den Tisch und warfen die Spielfiguren zu Boden. Sibyl half ihm, die Figuren wieder aufzuheben und stieß einen leisen Schrei aus, als ihr Blick auf den kleinen Stein-Springer fiel, dessen Kopf abgebrochen war. Ajjibawr nahm es auf die leichte Schulter. »Die Steinfiguren brechen oft, denn sie sind sehr spröde. Der Schildpatt ist weniger hart, aber haltbarer, weil er nur absplittert.« Dennoch schien es ihr ein schlechtes Vorzeichen und beunruhigte sie mehr, als sie zugeben wollte.

Die folgenden Tage vergingen wie im Fluge. Doch dann kam, im Anschluß an zwei Wochen ruhigen Wetters, eine leichte Brise auf, die stetig zunahm, bis bei Einbruch der Nacht Windstöße von wechselnder Heftigkeit die Segel blähten. Das Knirschen der Takelage über ihnen wurde immer lauter, und das Segeltuch dröhnte und flatterte. Hakma blickte besorgt zum Himmel auf. »Ruave ist allzu großzügig mit ihrem Wind. Wenn sie uns hier auf Grund treibt, sind wir viele Tagesmärsche südlich von Rym Treglad.«
Sibyl blinzelte in den Westen. »Auf Grund?«
»Ja, es deutet einiges darauf hin, daß wir nur wenige Meilen von der Küste entfernt sind. Wenn der Wind nicht wäre, würde ich mich aus Angst vor Untiefen weiter nördlich halten. Aber der Wind und die Flut machen das unmöglich.«
Eine Stunde vor Sonnenuntergang, der Himmel war inzwischen tiefschwarz, verloren sie das andere Schiff aus den Augen; es regnete so heftig, daß das Meer unter dem Geprassel flachgeklopft wurde. Eine Zeitlang brauste das Schiff dahin und mitten in den Sturm hinein. Das Beängstigendste an dem Unwetter war die Dunkelheit, so vollkommen blind in rasender Geschwindigkeit vor dem Wind hergetrieben zu werden. Sibyl und Liniris befanden sich in ihrer Kabine, während draußen die Matrosen sich mit Mühe auf den Beinen hielten, als sich das Schiff plötzlich mit einem knirschenden Ruck zum Bug hin neigte, so daß sie zu Boden geschleudert wurden und mit ihnen sämtliche nicht befestigten Gegenstände in der Kajüte. Gleich darauf setzte ein heftiges Schlingern und Schütteln ein, das stürmische Meer riß und zerrte an dem Schiff und mühte sich, es zum Kentern zu bringen.
Ajjibawr tauchte dunkel und triefnaß in der Tür auf und hielt sich am Rahmen fest, um nicht das Gleichgewicht zu verlieren. »Wir sind auf Grund gelaufen. Eine Sandbank, keine Felsen. Das Schiff ist unversehrt, könnte aber schon bald auseinanderbrechen, wenn der Sturm nicht nachläßt.« Er zog Sibyl auf die Füße, dann Liniris. »Sorg dafür, daß Liniris sich so kleidet wie du, schnell. Umhänge nicht vergessen. Wir lassen ein Boot zu Wasser.«

Er schloß die Tür hinter sich, und Sibyl zwang die sich sträubende Liniris, ihr beschmutztes Gewand auszuziehen und eine gegürtete Tunika anzulegen. Sie zog zwei Umhänge und einen Dolch aus der Truhe, dann öffnete sie unter großer Anstrengung die Tür und kämpfte gegen die sich aufbäumenden Stöße des gestrandeten Schiffes an. Ajjibawr nahm jede von ihnen an einem Arm, und gemeinsam arbeiteten sie sich durch die wasserüberfluteten Schiffsgänge. An Deck fiel der Regen in so dichten Strömen, daß er wie eine undurchdringliche Wassermauer war, und der kalte Wind trieb ihn ihnen in Wellen entgegen, die denen des Meeres an Heftigkeit nicht nachstanden.

An der Reling blickte Sibyl hilflos auf die wild peitschende Leiter hinunter. Ajjibawr, dem es kaum gelang, sich in dem Tosen des Sturmes Gehör zu verschaffen, schrie ihr ins Ohr: »Ich lasse zuerst dich hinunter, dann Liniris. Im Boot sind Ruder befestigt, und es ist mit einem langen Tau angebunden. Wenn sich das Schiff auf die Seite legt oder auseinanderzubrechen beginnt, trennst du es durch und stößt dich ab. Es gibt noch andere Boote an Bord, keine Angst.«

Sie setzte an, zu widersprechen, doch er zog sie an sich und küßte sie stürmisch; sein Gesicht war so kalt und naß wie das Meer, und sie schmeckte nichts als Salzwasser. Dann drehte er sie entschlossen um und befestigte ein Seil unter ihren Achseln. Als er sie über die Reling hob, schwankte er leicht, drückte sie noch einmal an sich und ließ sie dann ein Stück in die Tiefe fallen. Sie bremste ihren Fall, indem sie sich an der Strickleiter festklammerte, und als sie in dem wild hüpfenden Boot angelangt war, streifte sie die Schlinge über den Kopf ab, und er zog sie mit einem Ruck außer Sichtweite. Wenige Augenblicke später wurde Liniris heruntergelassen, eine dunkle Gestalt in der Finsternis. Sibyl half ihr, die Schlinge abzustreifen, die gleich darauf wieder hochgezogen wurde.

Ihre einzige Verbindung zum Schiff war jetzt ein schweres Tau, das zum Deck hinaufführte: als sie es mit der Hand prüfend abtastete, spürte sie, daß von oben Leine gegeben wurde, denn es lokkerte sich merklich. Plötzlich war das Schiff viel weiter entfernt.

Sibyl zog den Dolch heraus und machte sich bereit, das Tau durchzutrennen, doch sie konnte das Schiff kaum gut genug erkennen, um seinen Zustand zu beurteilen. Sie wurden heftig hin und her geworfen, das Tau abwechselnd straff gespannt und lose durchhängend. So hastig sie auch schöpften, das niedrige Boot füllte sich ebenso schnell wieder mit Regen und Meerwasser.
Das Boot befand sich jetzt jenseits der Sankbank, landeinwärts von dem gestrandeten Schiff, und es zerrte und zog, um mit den Wellen an Land zu stürmen. Sibyl bemühte sich angestrengt, zu erkennen, was auf dem Schiff vor sich ging. Das Tosen des Windes und des Meeres wurde von einem berstenden Geräusch übertönt, das von dem Schiff herüberdrang, und sie setzte die Klinge entschlossen an das dicke, gedrehte Tau. So glitschig, wie das Messer war, schien es Sibyl schier unmöglich, das Seil damit zu durchtrennen. Während sie noch, weinend und fluchend vor Hilflosigkeit, daran sägte, wurde das Tau plötzlich schlaff in ihrer Hand, und der Teil der Schiffsreling, an dem es befestigt gewesen war, ragte, umschlungen von dem freigerissenen Seil, aus der Dunkelheit auf. Es waren keine anderen Spuren des Schiffbruchs zu sehen, aber es blieb auch keine Gelegenheit mehr, danach Ausschau zu halten, denn augenblicklich schoß das Boot los und begann seinen rasenden Wettlauf mit dem Sturm.
Sibyl und Liniris klammerten sich, außerstande, mehr als sich selbst im Boot zu halten, an den Bordwänden fest. Der Regen hatte nachgelassen, und die Wellen schlugen jetzt höher; das Boot glitt mächtige Wasserberge hinauf und stürzte in unvorstellbar tiefe Täler hinunter. Dann wurden die Berge allmählich ein wenig flacher, die Abgründe weniger tief, der Wind flaute ab, und vom Regen blieb nur noch ein dünner Sprühnebel. Die Sonne stieg über dem Sturm auf, ein fahler, diffuser Lichtschein im Osten. Sibyl taten von der Anstrengung des Festhaltens alle Gieder weh. Sie versuchte, sich ein wenig zu strecken und wurde im selben Augenblick von einem heftigen Schlag auf den überspülten Boden des Bootes niedergeworfen. Sie waren wieder auf Grund gelaufen, diesmal auf Stein; ihr Bootsrumpf war zersplittert und füllte sich

rasch mit Wasser. Doch selbst in dem dichten Nebel konnte Sibyl erkennen, daß die Steine quadratisch behauen und gleichmäßig aufgeschichtet waren; es war eine von Menschenhand gebaute Kaimauer.

Ins Wasser geschleudert, strampelte sie sich zu den Steinen hin und warf den schweren Umhang hinauf, um sich dann wieder zu Liniris umzuwenden, die offenbar nicht schwimmen konnte. Sibyl kämpfte sich, behindert durch ihre Kleider, durch das aufgewühlte Wasser und faßte, vorsichtig und darauf bedacht, ihren um sich schlagenden Armen auszuweichen, nach Liniris' Haaren. Es waren nur wenige Schritte bis zur Mauer, doch sie war völlig erschöpft, als sie sie erreichten, und Liniris war nicht soweit bei sich, daß sie sich aus eigener Kraft auf die Mauer hätte ziehen können. Sibyl hustete und würgte und trat verzweifelt Wasser. Sie hatte nicht mehr genug Kraft, um Liniris hochzustemmen. Sie tauchte mit dem Kopf unter und mühte sich, ihren nassen Gürtel mit einer Hand zu lösen, während sie mit der anderen Liniris' Haar festhielt. Es dauerte eine Ewigkeit, dann war er endlich offen. Sie tauchte ganz unter, knotete ihn um Liniris' Gürtel, nahm das andere Ende in die Hand und stieß sich dann, ihre letzten Kraftreserven zusammennehmend, nach oben und der Steinmauer entgegen. Es blieb ihr keine Zeit, Atem zu schöpfen. Sie stemmte ihre Füße auf und zog an dem Gürtel, bis ihre Schultermuskeln zu bersten schienen und der schlaffe Körper auftauchte. Schließlich lag Liniris zitternd über ihren Knien und erbrach Meerwasser.

Viele Minuten lang klammerten sie sich an die Mauer und umarmten einander fest in tiefer Erleichterung. Im zunehmenden Licht zeichneten sich im Osten weiße Umrisse ab. In der geschützten Bucht jenseits der Wellenbrecher lag eine Fischerflotte, zahlreiche kleine, blau und weiß gestrichene Boote, sicher vor Anker. Sie kamen ihr vertraut vor. Ihr Blick wanderte zu der Stadt weiter, die sich auf einem felsigen Berg hinter dem Hafen erhob.

Das Schloß war von stattlichen Ausmaßen, und seine unzähligen kleinen Glasfenster schimmerten gelb in der Morgensonne. Eine Reihe farbiger Punkte säumte die Mauern, ob es allerdings Fahnen oder uniformierte Wachposten waren, konnte Sibyl aus der Ferne nicht erkennen. Doch selbst auf diese Entfernung erkannte sie die Stadt. »Liniris«, sagte sie, »ist dir klar, wo wir sind?« Liniris schüttelte den Kopf. »Wir waren wohl *wirklich* ein wenig ab vom Kurs«, erklärte Sibyl. »Wir sind in Tredana!«

DANSEN, DER GELEHRTE
Die Geschichte der Könige von Tredana: Mathon Brotgeber
Auszug

Mit tiefer und fortdauernder Traurigkeit muß ich nun von den letzten Geschehnissen in Mathons Regierungszeit berichten, die sich im 40sten Jahr seiner Herrschaft und im 62sten Jahr seines Lebens ereigneten. Wenn er sich auch nie ganz von dem Verrat und der Mißhandlung durch Ddiskeard, den falschen König, erholte, so waren, wie ich gezeigt habe, diese Jahre, die er im Exil verbrachte, doch nicht ohne Arbeit und ohne Lohn. In diesem ereignisreichen Jahr geschah es, daß Prinz Leron nach Sundrat abberufen wurde und die Stadt Rym Treglad zum estenmal seit ihrer Erbauung verließ; in den folgenden Wochen sagte Mathon nicht viel zu der langen Abwesenheit seines Sohnes, in dem Glauben, er sei erst ein paar Tage fort. Am Ende begann er jedoch, immer häufiger seinen Namen zu rufen und bekam schließlich einen Wutanfall, als man seinen Fragen wieder und wieder auswich. Er befahl einem Stalljungen, sein Pferd zu satteln und ritt erbost Richtung Westen davon, ohne Zweifel davon überzeugt, daß er sich in Tredana befand und dies der Weg war, der zum königlichen Sommerpalast führte. Dem Stallknecht fiel nichts besseres ein, als dem König zu gehorchen, und er war aufs äußerste eingeschüchtert, als ihm Sentell, der Kammerherr des Königs, erklärte, daß auf Anweisung des Prinzen selbst dem König in diesen vergangenen acht Jahren Pferde verboten waren.

Sentell und Gannoc ritten dem König gemeinsam nach, und nicht weit von der Stadt fanden sie ihn, im Staube liegend, das Pferd nahbei, denn es war ein junges, noch nicht ganz zugerittenes Tier, das erst kurz zuvor aus Sundrat gebracht worden war. Sie hoben ihn sanft und vorsichtig auf und brachten ihn in den Palast zurück, doch man konnte nichts für ihn tun, außer seine Schmerzen zu lindern und ihm zu trinken zu geben, denn etwas in seinem Hals oder Rücken war gebrochen. Gannoc berichtete mir, daß der König, als er an seinem Bett stand, plötzlich die Augen aufschlug und in befehlendem Ton nach dem Spiegel verlangte, der an der Wand hing. Und als der treue Diener ihm den Spiegel vorhielt, blickte er lange eingehend hinein, dann schloß er die Augen, ließ sich in die Kissen zurücksinken und sagte: »Ich habe den Tod gesehen. Er ist nicht schrecklich.« Und ein wenig später fuhr er fort: »Zu viele Jahre habe ich zum Sterben gebraucht. Ihr müßt mir vergeben.« Und noch ein wenig später: »Grüß mir meinen Sohn.« Es dauerte viele Minuten, bis Gannoc erkannte, daß er tot war. Dann rief er uns alle herbei, damit wir unserem lieben Herrn die Hand küssen konnten, denn er war in glücklicheren Tagen ein gütiger König gewesen, und einen gerechteren Herrn hätte man sich nicht wünschen können. Nicht lange danach begruben wir ihn voller Trauer und mit dem Gedanken daran, wie schwer es für Leron sein würde, nach Hause zu kommen und zu erfahren, daß sein Vater tot und er selbst ohne sein Wissen schon seit einigen Wochen König war. Damals wußten wir natürlich noch nicht, daß Leron nicht nach Rym Treglad zurückkehren würde.

III

Als Leron Tredana erreichte, fegte ein Sturm, begleitet von heftigen Regenfällen, vom Meer her über das Land. Ungeachtet Ginas' Warnungen vor drohender Gefahr, reiste er, als Sänger verkleidet, mit ihrer Truppe, trug eine Harfe bei sich, wie schon acht Jahre zuvor, und ein Zehntagebart bedeckte seine Wangen. Als die Spieler am Tor anlangten, wurden sie eilends in einem schmalen, zu beiden Seiten von hohen Gebäuden gesäumten Gäßchen zusammengepfercht. Der Zugang zu dem Gäßchen wurde von zwei Königsknechten bewacht, die mürrisch und frierend mit ihrem durchnäßten Panzer aus Leder und Kettenwerk auf ihre Speere gestützt standen. In Ginas' Wagen sah Leron zu, wie sie, taub für das wütende Prasseln des Regens auf dem gerundeten Holzdach, die Karten legte. Obwohl das Gäßchen ihnen Schutz bot, schüttelte der Sturm die Karren der Spieler.

Sie spürte seine Unruhe und beantwortete, ohne von ihren Karten aufzusehen, laut die Fragen, die sie erriet. »Morgen wird es möglich sein, in Erfahrung zu bringen, ob die *Damar* im Hafen eingetroffen ist und ihre Ladung gelöscht hat. Heute abend können wir nichts mehr tun. Beruhigt Euch, Prinz.« Aber Leron rutschte nervös auf seinem Platz herum. Endlich wieder zu Hause in Tredana und eingepfercht wie ein Schaf am Rande der Stadt. Vielleicht war die *Damar* bereits eingelaufen, hatte ihre Waren abgeliefert, die Sklaven verkauft und war wieder davongesegelt. Auf dem Weg nach Tredana hatten ihn die Erfordernisse des Reisens selbst vom Grübeln abgehalten. Das und die Aufregung darüber, verkleidet und möglicherweise in Gefahr zu sein. Aber jetzt befand er sich sicher in Tredana und hatte keine Ahnung, welches Schicksal Sibyl ereilt hatte.

Zwanzig Minuten saß er, den Kopf in die Hände gestützt, untätig da, dann sprang er auf. Der Regen hatte ein wenig nachgelassen, aber der Wind blies mit unverminderter Stärke. Er griff nach seinem Mantel, und Ginas hob erstaunt den Kopf. »Wohin, mein Prinz? Wir dürfen bis morgen früh nicht hier hinaus.«
Leron schob seinen rechten Arm durch den schmalen Schlitz und ordnete die Falten auf der Schulter. »Vom Schloßhügel aus kann ich den Hafen überblicken. Zumindest genug, um zu erkennen, ob ein großes Schiff wie die *Damar* vor Anker liegt. Und wenn ich kein Schiff sehe, so gibt es Orte, wo ich Neuigkeiten über einen Sklavenverkauf erfahren kann.« Er steckte die Feder sorgfältig mit der Brosche fest.
Ginas erhob sich von ihrem Platz. »Nein, das dürft Ihr nicht tun! Ihr werdet nicht unbehelligt von hier fortkommen, und Ihr dürft Euch nicht auf diese Weise in Gefahr bringen.« »Betrachte es einfach so, daß ich mich dafür entschieden habe, die Schicksalswürfel rollen zu lassen, anstatt, vom Feind umringt, dumm herumzusitzen. Wer weiß, vielleicht führt es mich sogar ins Schloß selbst. Ich frage mich, ob sie oben Wachen postiert haben.« Auf ihren fragenden Blick hin deutete er hoch über seinen Kopf. »Oben, auf den Dächern der Stadt. Es ist nicht das erste Mal, daß ich in Tredana heimlich bei Nacht hinausgehe.« Sie streckte die Hand aus, als wollte sie ihn aufhalten, und er nickte hochmütig zu ihrem Tisch hin. »Leg du die Karten für mich aus, Ginas. Du wirst als erste wissen, ob ich sicher wiederkehre.«
Er lachte über ihren schockierten Blick und schlüpfte zur Tür hinaus. Auf der obersten Stufe blieb er stehen und horchte nach den Soldaten in der Dunkelheit, doch es drang kein Laut vom Zugang des Gäßchens her. Er sprang lautlos auf das Kopfsteinpflaster hinunter, das zentimetertief unter Wasser stand und ging ebenso leise zum Rand des Wagenplatzes. Der Schuppen auf der Rückseite hatte ein steiles Ziegeldach, das vier Meter über dem Boden endete; das angrenzende Gebäude war wesentlich höher. Indem er sich mit Rücken und Füßen an den Wänden abstützte, wand er sich zum Rand des Daches hinauf, dann stemmte er die Füße gegen das

höhere Gebäude und schob sich so rücklings auf das schräge Ziegeldach hinauf. Die Ziegel waren regennaß und fühlten sich glitschig an, doch schließlich saß er, noch immer unentdeckt, rittlings auf dem Firstbalken. Jetzt konnte er erkennen, daß das höhere Gebäude ein Lagerhaus war. Wenn er erst auf dessen ausladendes Dach gelangt war, so würde der Weg bis zur Ecke der Hauptstraße offen vor ihm liegen, denn die Lagerhäuser waren stets in Blocks von fünf oder sechs Gebäuden errichtet. Und jetzt zahlte es sich aus, daß er sein Schicksal in die Hand genommen hatte. Von einem Balken, der aus dem steinernen Gesims eines großen, zum Entladen von Waren bestimmten Fensters herausragte, hing ein Seil herunter. Er reckte sich gefährlich nach oben und verlor beinahe den Halt auf dem schlüpfrigen Dach. Dann stieß er sich, einen bösen Sturz in Kauf nehmend, ein letztes Mal kräftig ab, bekam das Seil erst mit einer Hand zu fassen und gleich darauf, bevor es ihm unter dem Ruck seines Gewichts entglitt, mit der zweiten. Das Seil war glitschig und naß, und es schien ihm eine Ewigkeit, bis er einen sicheren Halt gefunden hatte und sich daran zu dem Balken hocharbeiten konnte. Von dort bis zum Rand des Daches war es nur ein kleines Stück: und immer noch war kein Alarm geschlagen worden. Die Lagerhäuser waren sehr geräumig gebaut und hatten flache Dächer, und Leron huschte rasch voran, in Dunkelheit und Regen gelegentlich strauchelnd, jedoch sicher vor einem Sturz oder der Entdeckung von der Straße aus. Die vertrauten Umrisse der steinernen Schornsteine, der bleigefaßten Dachrinnen und kunstvollen bronzenen Wetterfahnen milderten seine Sorgen beträchtlich. Er war wieder zu Hause und ebenso frei wie damals, als er sich mit sechzehn heimlich bei Nacht aus dem Schloß geschlichen hatte.
Am Ende des Blocks warf er sich flach auf die Ziegel und spähte vorsichtig auf die Straße hinunter. Er wußte jetzt genau, wo er sich befand: die Straße unter ihm, die er würde überqueren müssen, führte durch einen überdachten, umfriedeten Marktplatz. Das war eine brauchbare Brücke zur anderen Seite hinüber. Er wandte sich nach rechts und sprang von Gebäude zu Gebäude dem Verlauf der Straße nach. Zwar waren die Häuser von unterschiedlicher Höhe,

doch sie standen so dicht beieinander, daß ihm das Vorwärtskommen keine Schwierigkeiten bereitete. Der Marktplatz war noch genauso, wie er ihn in Erinnerung hatte; angrenzend an die Gebäude zu beiden Seiten, nahm er die gesamte Breite der Straße ein. Bei Tage, wenn er geöffnet war, waren die Passanten gezwungen hindurchzugehen, bei Nacht hatte man keine andere Wahl, als einen anderen Weg einzuschlagen – oder, wie er es vorhatte, über das Dach zu klettern.

Das holzgezimmerte Dach des Marktes war uneben und in unregelmäßigen Abständen von Lüftungslöchern unterbrochen; das, was er vom Lehm- und Mörtelwerk erkennen konnte, war rissig und glitschig. Er ging vorsichtig auf die Knie und legte sich gleich darauf flach, denn er hörte das Klappern von Pferdehufen von der Straße her. Als es sich in einer Seitenstraße verlor, erhob er sich wieder auf Hände und Knie und kroch eilig auf die soliden Dächer auf der anderen Seite zu. Plötzlich blitzte in einer der zahlreichen kleinen Lüftungsöffnungen ein Licht auf, und er erstarrte. Langsam schob er den Kopf darüber und legte ein Auge an das Loch. Direkt unter sich sah er das Licht deutlich, die Oberseite einer runden Laterne, die nach allen Seiten hin verhängt war. Sie warf ein wenig Licht nach oben, die Männer, die sie umstanden, blieben dagegen völlig im Dunkel.

Als erstes vernahm er eine vertraute Stimme, sie gehörte dem Fremden aus dem Wald vor Sundrat. Es konnte kein anderer sein.

»He, kommt schon. Ihr seht doch, daß ich allein bin. Ich bin in gutem Glauben hierhergekommen. Wer von euch ist der Anführer?«

Eine zweite, ebenfalls vertraute Stimme, antwortete ihm.

»Warum bist du gekommen?«

»Spielt keine Spielchen mit mir. Euch gefallen die Gesetze des Königs nicht besser als irgendwem sonst. Ich habe euch ein Angebot vom Hauptmann der Wache zu überbringen. Also, wer ist hier der Boß?«

»Die Kerkerfänger hindern uns nicht an unseren Schnäppchen und Diebereien.«

»Nun, paßt lieber auf, sonst endet ihr alle in einem dieser Sklavenschiffe. Also, wer von euch ist dieses Großmaul Dick?«
Ein Zipfel der Lampenhülle wurde gelüftet, und in dem schmalen Lichtstreifen erkannte Leron einen vertrauten bestickten Umhang über kräftigen, breiten Schultern. Mit flatternden Lumpen und Fetzen verneigte sich Großmaul Dick schwungvoll zu dem ledergekleideten Fremden hin. »Hier bin ich. Ein Kettling hat die Überrumpelungsnummer einmal bei einem meiner Männer versucht; er ist ganz in feinste Leinwand gehüllt und mit Steinen an den Füßen zum Wasser zurückgekehrt.«
Von unten war ein metallisches Kratzen zu hören, und gleich darauf blitzte eine kurze, schmale Klinge in Großmaul Dicks Hand auf. »Jetzt sag mir deine Botschaft, bevor ich dir die Gurgel aufschlitze.« Ein Lichtblitz zuckte auf schwirrendem Metall, und der Dolch flog in die Dunkelheit hinaus. Eine schwere, tödliche Eisenkette baumelte, wie Leron es schon einmal an ihm gesehen hatte, von der Hand des Fremden. Großmaul Dick machte keine Bewegung. »Bist du für den Krieg oder die Grube ausgebildet? Na, egal.« Seine Männer packten den Fremden an den Armen, und einer brachte Großmaul Dick seinen Dolch zurück. »Warum so schweigsam?« fragte er. »Willst du unter vier Augen singen?« Der andere nickte, und Großmaul Dick gab seinen Männern ein Zeichen mit der Hand.
Gehorsam verschwanden sie in der Dunkelheit, und Großmaul Dick blieb allein mit dem Fremden in der Mitte des Raumes zurück, beide Gesichter jetzt im Schein der Laterne zu ihren Füßen sichtbar für Leron, der über ihnen kauerte. »Also, was willst du von den Landstreichern? Ich werde auf die Phantasiesprache verzichten. Schau!« Er hob die Arme hoch, und die Lumpen warfen abenteuerliche Schatten. »Es ist kein Samt darunter. Nur Fetzen. Du kannst offen mit mir reden.«
»Du könntest Samt tragen oder was auch immer, wenn du mit dem Hauptmann und seinen Leuten zusammenarbeiten würdest.«
Großmaul Dick warf den Kopf in schallendem Gelächter in den Nacken. »Die Hunde und die Katzen sollen also zusammen jagen?

Sag deinem Herrn, daß die Landstreicher am liebsten ihrer eigenen Wege gehen.«
»Er könnte dafür sorgen, daß es sich für euch lohnt.«
»Und was sollen wir tun, damit es sich für ihn lohnt?«
»Augen und Ohren offenhalten und ihm bestimmte Leute, die er euch nennt, zeigen. Nicht mehr.«
»Ich bin durch königliche Verfügung ein Geächteter; würde ich mir dadurch die Freiheit erkaufen?«
»Ja.«
»Leicht gesagt, junger Mann. Dein Hauptmann wird bessere Beweise bringen müssen als das Wort eines namenlosen Boten. Ich könnte den wahren Prinzen in Ketten zum falschen König bringen und dann zum Dank dafür doch an den Galgen gebracht werden. Ihr werdet ein besseres Lockmittel für den alten Fuchs hier brauchen.«
»In einer Woche kann ich eine vom König unterzeichnete Versicherung bringen. Mein Hauptmann hat morgen eine Audienz bei ihm.«
»Dann wird dir also in weniger als einer Woche einer meiner Männer sagen, wohin du zu kommen hast. Er wird dich an diesen Beeren an deinem Hut erkennen.« Mit einem Kichern reichte Großmaul Dick dem anderen etwas. »Aber ich sage dir schon jetzt, ich war mein ganzes Leben lang ein wüster Diebser und Schnickel-Schnackler, und ich bin nicht versessen darauf, es im Dienst eines Königs zu beenden, der Gedichte nicht leiden kann.« Mit einem Lachen machte er eine Handbewegung zu den Halbschatten hin, und gleich darauf war er wieder von seinen Männern umringt. »Rühr dich nicht, bevor wir verschwunden sind, sonst lebst du nicht mehr lange genug, es zu bedauern. Und jetzt aufgepaßt, kommt.«
Es drangen nur wenige Geräusche nach oben, doch die Halle leerte sich rasch. Der Bote der königlichen Wachen wartete einige Minuten lang geduldig mit seiner verhüllten Laterne, dann ging er zur Tür und verschwand. Leron wartete ebenso geduldig, bevor er sich weiterschob und zu der gegenüberliegenden Dächerreihe hin-

aufzog. Er lächelte zufrieden vor sich hin in dem Wissen, daß er so etwas wie Freunde in Tredana hatte. Es waren noch einige Stunden bis zum Morgen, doch es war bereits heller geworden, und der Wind hatte nachgelassen; ein kalter Nieselregen hatte die Sturmgüsse abgelöst. Er eilte, sichereren Fußes jetzt in dem Halbdunkel, auf das Schloß zu.

Auf dem hohen Dach des alten Kontors, das an die Schloßmauern angrenzte, blieb Leron stehen und blickte in die Dunkelheit hinaus. Er war überzeugt, daß er in einer Stunde den ganzen Hafen deutlich würde erkennen können, und daß die Dämmerung ihm dennoch genügend Deckung für seine Rückkehr zu den Spielern bieten würde. Es war sehr still, abgesehen von ein paar schlaflosen Hähnen, die sich launisch über den Morgen unterhielten. Der Geruch des Meeres war ihm schmerzlich vertraut: eine Brise, die in den ersten zwanzig Jahren seines Lebens durch das Fenster seines Schlafgemachs hereingeweht war. Mit geschlossenen Augen versuchte er sich vorzustellen, er befände sich auf einem seiner Jugendabenteuer, und ein Lächeln der Vorfreude überzog sein Gesicht.

Das Tor des alten Obstgartens lag weniger als sechs Meter vom Rand des Gebäudes entfernt, auf dem er stand. Er blickte sich nach allen Seiten um, dann turnte er leichtfüßig vom Dach auf den Vorbau, von dort auf die Mauer und hinunter auf den Weg und bog um die Ecke.

Der Obstgarten lag verlassen und unbewacht da, wie er gehofft hatte. Die verwilderten alten Bäume waren zu häßlichen, unförmigen starrenden Knorrengebilden zurückgeschnitten worden, und den Boden dazwischen hatte man von Unkraut befreit und in ordentlich gepflegten Kieswegen angelegt. Leron trat behutsam auf die Steine, um keine Spuren in dem weichen Rasen zu hinterlassen. Es schien unmöglich, daß der Geheimgang so lange hatte unentdeckt bleiben können.

Er schob die Zweige eines kleinen Aprikosenbaumes, die flach über der Öffnung angebunden waren, beiseite: dahinter war die Mauernische noch immer unverschlossen. Sie war teilweise mit

Schutt, zerbrochenen Töpfen und Geröll gefüllt. Er kletterte über den kleinen Hügel und stellte fest, warum der Gang nicht von den Gärtnern erforscht worden war. Auf der einen Seite war eine Backsteinmauer durch die andauernde Feuchtigkeit eingestürzt, und die Trümmer füllten den schmalen Winkel, an dem der Tunnel seinen langen Anstieg durch die dicken Schloßmauern begann, fast vollständig aus.

Leron schob sich vorsichtig und mit den Füßen zuerst hindurch. Auf der anderen Seite gab es zwar frische Luft, aber kein Licht. Er tastete sich mit einer Hand an der feuchten Mauer entlang vorwärts und zählte lautlos die Stockwerke während seines Aufstieges. Bei der fünften Kehre hielt er inne und bog dann ohne das leiseste Geräusch um die Ecke. Hier war der Gang mit Licht gesprenkelt, das durch das durchbrochene Steinwerk der Bank im königlichen Schlafgemach, hinter dem sich das Tunnelende verbarg, drang. Und er nahm nicht nur Lichtschein wahr, sondern auch Stimmen. Leron näherte ein Auge vorsichtig einer kleinen Öffnung und blickte in den Raum.

Im unruhigen Schein der flackernden Fackeln, die in Haltern an der gegenüberliegenden Wand steckten, schritt Dastra durch den Raum und schwang dabei ungeduldig ihre üppigen Röcke mit geballter Faust zur Seite. »Haltet um Himmels willen Euren Mund«, rief sie böse aus, worauf eine wimmernde Stimme zu Lerons Linker etwas stammelte und dann verstummte. »Pfui! Wenn ich Euch sehe, wird mir schlecht. Seid froh, daß ich Euch überhaupt besuchen komme.« Sie fuhr herum und klatschte nervös in die Hände. »Dieser Gesandte aus Vahn wird um eine Audienz bei Euch bitten, soviel weiß ich. Aber bei Gott, Ihr werdet den Mund halten, Sire, sonst werde ich dafür sorgen, daß Ihr wünschtet, Ihr hättet geschwiegen. Ihr werdet nie wieder einen Besucher empfangen.« Die sprachlose Stimme wimmerte und brachte einen Laut hervor, der offenbar beschwichtigend gemeint war. Dastras Augen verengten sich und sie streckte den Zeigefinger nach dem unsichtbaren anderen aus. »Keine Tricks mehr! Ich werde den Edelmann

Gizmir hereinführen, Ihr werdet nicken, wenn er spricht, und ich rede für Euch. Es ist eine reine Formalität, nicht mehr. Sein Herr, König Bodrum von Vahn, interessiert sich nicht für Euren Gesundheitszustand. Ihn interessiert lediglich der Zustand Eures Reiches. Ist das klar?« Wieder antwortete ihr die beflissene, erbärmliche Stimme. »Ausgezeichnet.« Dastra zog sich zur Tür zurück. Der Fackelschein schimmerte in ihrem silbrigen Haar und meißelte ihre stolze Gestalt in sinnliche Schatten.
Dann wurde Leron in seinem engen Versteck durch eine elende Gestalt verdeckt, die zuvor zusammengesunken auf dem Boden gelegen hatte und sich jetzt aufrichtete, ein schmächtiger, schwarzgekleideter Mensch. Seine Hände steckten in schwarzen Seidenhandschuhen, sein Kopf war unter einer Kapuze, sein Gesicht hinter einer Maske verborgen. Er kroch auf die Königin zu und hob flehentlich eine behandschuhte und verkrüppelte Hand. Dastra schritt auf die Tür zu. »Immer ruhig, mein Herr«, sagte sie mit einem verächtlichen Zucken in den Mundwinkeln. »Ich werde Euch die Diener Eurer Majestät hereinschicken.« Sie entzog ihren Rock seinen tastenden Händen mit einem heftigen Ruck, schlüpfte zur Tür hinaus und schloß sie fest hinter sich. Die schwarzgekleidete Gestalt wiegte sich weinend auf den Knien und umklammerte den Kopf mit den Händen. Leron erkannte den Ring seines Vetters, der im Lichtschein aufblitzte.

Während Ddiskeard mühsam versuchte, sich aufzurichten, ging die Tür wieder auf, und zwei junge Männer betraten den Raum. Sie hoben den eingefallenen König unter den Armen hoch und trugen ihn zu einem gepolsterten Sessel, der mit Riemen ausgerüstet war, ihn zu halten. Ddiskeards Lippen waren bleich und bluteten, und seine Augen wirkten fahl in seinem dunkel maskierten Gesicht. Die Maske schien an manchen Stellen mit der Haut verklebt zu sein. Er wurde im Sessel festgeschnallt und alleingelassen, und bald legte sich sein Wimmern und Schluchzen. Sein Kopf fiel zur Seite; er war eingeschlafen und atmete geräuschvoll mit offenem Mund.

Angewidert trat Leron den Rückweg durch den Geheimgang in der Mauer an. Draußen war es fast taghell. Er eilte um die Ecke und kletterte auf das Dach, von wo aus er kein einziges Schiff im Außenhafen sehen konnte. Hinter der Fischerflotte erkannte er ein paar Gestalten, dort, wo sich die Wellen brachen, Fischer zweifellos, deren Boot gekentert war. Sie würden es jedoch schaffen, sich zu Fuß an Land zu retten. Er schob den Gedanken an ihre Schwierigkeiten beiseite und eilte über die allmählich trocknenden Ziegeldächer zurück. Vielleicht würde die *Damar* heute im Hafen einlaufen.

Während Leron über die Dächer kletterte, ging die Sonne vollends auf, und die Spieler waren bereits unterwegs zum Hauptplatz. Er hörte ihre Musik, bevor er sie sehen konnte, lugte aus dem Schutz eines efeubewachsenen Schornsteins hervor und landete mit einem wohlgezielten Sprung in ihrer Mitte, als sie gerade durch eine Wegbiegung den Blicken der Königsknechte entzogen waren. Er schob sich durch die Gruppe der Spieler nach vorn, holte Ginas ein und zwinkerte ihr zu. An der ersten Straßenkreuzung begegneten ihnen berittene Königsknechte, die ihnen befahlen, an die Mauer zurückzuweichen und die Straße freizumachen. Auf wohlgenährten, glänzenden Pferden, die in der frischen Herbstluft dampften, kreisten sie alle Passanten ein und drängten sie dicht zusammen, um einem feierlichen Zug Platz zu machen.

Leron zog sich ganz an die Mauer zurück und reckte den Hals, um über die Köpfe hinwegzusehen. Er konnte gerade noch die kegelförmigen Hüte und die goldenen Ohrringe der näherkommenden Reiter erkennen: Soldaten aus Vahn. Zwanzig Männer ritten dem Botschafter voraus, zwanzig weitere folgten nach. Ihre Pferde waren mit Bändern und funkelndem Staatsgeschirr geschmückt. Der Edelmann Gizmir – denn das mußte der Gesandte sein – war ein beleibter Mann, ebenso kräftig gebaut wie Bodrum. Leron konnte sein Gesicht nicht deutlich erkennen, doch er sah, daß er einen Bart vom gleichen Kastanienbraun wie Bodrum selbst hatte. Ohne Zweifel irgendein enger Verwandter des Königs. Vier Packpferde, die schwer mit Geschenken beladen waren, bildeten den Abschluß der Prozession. Leron folgte Gizmirs Gestalt mit den Augen und fragte sich, ob ein harter und gerissener Händler aus Vahn das Bündnis für lohnend halten würde, wenn er erst die Bekanntschaft des schwarzverhüllten Königs gemacht hatte. Ein übermächtiges Verlangen, Zeuge ihrer Zusammenkunft zu sein, überkam ihn. Er hatte sich bisher im höchsten Maße unvernünftig benommen und war dennoch mit heiler Haut davongekommen. Als daher der Haushofmeister des Palastes am Nachmittag zu den Spielern kam, um Musiker für das abendliche Bankett anzuheuern, ergriff Leron diese glückliche Gelegenheit ohne Zögern beim Schopf. Er würde noch einmal auf die Karte des Schicksals setzen und hoffen, daß er damit wieder einen Schritt vorankam.

Als Leron mit seiner Harfe zwei weitere Spieler zum Palast begleitete, lag nur ein einziges Schiff am Kai. Es war ein reich verziertes Boot, zweifellos das Schiff des Gesandten Gizmir. Am Tor nahm sie der Haushofmeister in Empfang und führte sie, anstatt in den Großen Saal, einen vertrauten Gang hinunter zu einem kleinen Speisesaal im Nordturm. Leron strich leicht über den steinernen Kopf einer Hundestatue, wie er es schon Hunderte von Malen gemacht hatte, als ihn der barsche Verweis des Haushofmeisters zur Vorsicht gemahnte. »Laßt das sein, mein Herr! Benehmt Euch, sonst geht es hinunter in die Spülküche mit Euch.«
Er führte sie in den Speisesaal und erklärte ihnen, daß sie später in der Küche essen und am Feuer ein Lager bekommen würden. Sie nahmen ihre Plätze in einer Ecke ein und begannen zu spielen. An dem kleinen Kaminfeuer saß Dastra beim Abendmahl, ihr gegenüber der Edelmann Gizmir. Abgesehen von den Dienstboten, waren sie allein, es fehlte sogar der übliche leere Stuhl, der die Abwesenheit des Königs symbolisierte. Dastra hatte beim Eintreten der Spieler nicht aufgeblickt; sie saß dicht zu ihrem Gast hinübergebeugt und sah ihm mit ihren großen, leuchtenden Augen eindringlich ins Gesicht. Gizmir dankte es ihr von Zeit zu Zeit mit einem etwas zerstreuten Lächeln. Sein Hauptinteresse schien dem überladenen Teller vor ihm zu gelten. Mit einer Hand strich er

unaufhörlich über den Kelch, aus dem er zwischen den Bissen tiefe Züge nahm, und jedesmal, wenn der Weinpegel darin ein wenig gesunken war, fuchtelte er dem Mundschenk damit unter der Nase herum. Mit der anderen Hand schaufelte er freizügig Brocken Fleisch und Brot in den Mund und wischte sich gelegentlich mit dem Handrücken die Krumen aus dem glänzenden Bart. Unter den Augen hatte er kleine Fettpölsterchen, aber er war dennoch ein gutaussehender Mann, kräftig gebaut und stark wie ein Stier. Schließlich stieß er einen tiefen Seufzer aus, stellte widerstrebend den Kelch ab und schob sich ein wenig vom Tisch zurück, um seinem Bauch bequemen Platz zu schaffen. Leron schlug die Harfe leiser an und bemühte sich mit höflich niedergeschlagenen Augen, das Gespräch zu belauschen.

»Ein annehmbares Mahl, Eure Majestät. Um Eure Tafeln hier im Osten ist es besser bestellt, als man hört. Ein Jammer, daß ich mir die Mühe gemacht habe, so viele Eßwaren mitzubringen. Nun ja, nach einer so widerwärtigen Reise würde alles munden. Mußten eins der Pferde essen – ist in der Schlinge gestorben.« Leron war starr vor Erstaunen, und nicht allein wegen der Grobheit der Worte. Gizmirs Stimme war ihm wohlbekannt. Er hob ungläubig den Blick, während Dastra zur Antwort ansetzte. Sie hatte in vertrauter Weise die Augen niedergeschlagen und sich näher an ihren Gast herangeschoben. »Wir werden unser Bestes tun, um alle Eure Wünsche zu befriedigen, mein Herr, und Euren Besuch hier ebenso erfolgreich wie unterhaltsam zu gestalten.«

Gizmir betrachtete sie von Kopf bis Fuß und musterte unverhohlen ihre bloßen Arme und Schultern. Dastra errötete, schien aber keineswegs unglücklich über sein Interesse. Gizmir nahm wieder einen tiefen Zug aus dem Kelch, rülpste herzhaft und sagte, dicht an ihr Ohr geneigt, leise zur Königin: »Dürfte ich vorschlagen, daß wir mit zukünftigen Schiffsladungen einige unserer Handwerker und Intarsienschreiner entsenden? Dieser Saal könnte leicht verschönert werden. Die Decke ist hoch genug, sie könnte auf einfache Weise elegant gestaltet werden – ein passender Rahmen für Euch.« Dastra errötete wieder und zuckte leicht zusam-

men. »Ein Jammer«, fuhr er fort, »daß ich nicht weitsichtig genug war, ein paar Musiker zu Eurer Unterhaltung mitzubringen. Dann hättet Ihr wirklichen Gesang hören können und ausgezeichnetes Spiel. Besser für Euch geeignet als diese – zugegebenermaßen reizende – Unterhaltung.«
Leron spürte, wie ihm das Blut in die Wangen stieg und senkte den Blick wieder auf seine Harfe. Wie harmlos war dagegen sein eigenes Abenteuer. Odric! Odric, in der Verkleidung eines Gesandten seines Vaters, beleidigte ungerührt jene, die ihn freudig einen Kopf kürzer gesehen hätten, hätten sie geahnt, wessen Kopf es war. Bevor er einen bewußten Entschluß fassen konnte, nahmen ihm seine Finger die Entscheidung ab. Erinnerungen an ihre erste Begegnung entlockten den Saiten eine Melodie, die von den anderen Spielern mit großer Freude am Improvisieren ausgeschmückt wurde. »Die Saat ist gesät und die Jahreszeiten vergehn...«
Selbst überrascht, wandte sich Leron von der Melodie ab und anderen Tonfolgen zu, aber Odric hatte sein eigenes Lied unfehlbar erkannt. Er drehte seinen mächtigen Leib ein wenig und blickte sich scheinbar gleichgültig um, doch Leron spürte seinen von schweren Lidern verschleierten Blick auf sich ruhen. »Das sind einige von Euren berühmten Spielern, nicht wahr? Man sieht sie nie in Vahanavat, so weit westlich kommen sie nicht. Sie sind nicht ungeschickt, das merke ich, auch wenn ihre Kleidung merkwürdig ist. Gut, der Bursche, sehr gut!« Er machte eine beifällige Handbewegung, und Leron, wütend darüber, daß die Aufmerksamkeit auf ihn gelenkt wurde, beugte den Kopf noch tiefer über die Harfe und fuhr fort, zu spielen. Aus den Augenwinkeln konnte er sehen, daß Odric strahlte vor Freude über seine Anwesenheit und ebenso über seine Verwirrung.
Dastra war offensichtlich ahnungslos. Sie warf den Spielern nur einen kurzen Blick zu, dann richtete sie das Wort wieder an den Gesandten. »So findet doch etwas in unserem Reich Euren Gefallen?« fragte sie geziert, worauf Odric nickte und ihren Arm tätschelte. »Ja, diese Melodie zum Beispiel. Sehr klar, sehr anmutig.«

Sie murmelte leise eine Erwiderung, und Leron erkannte, daß sich ihm in dieser Nacht keine Gelegenheit bieten würde, mit Odric zu sprechen. Es war ohne Zweifel die Absicht der Königin, sich ihren Gast zum engen Vertrauten zu machen, und Odric würde sich wahrhaftig als Diplomat erweisen müssen, wollte er sich ihr entziehen.

Während Leron das dachte, nahm Odric einen Schluck Wein und lehnte sich zurück. »Wird uns der König noch heute abend Gesellschaft leisten, oder wartet er bis morgen? Es gibt da einige Angelegenheiten von politischem und geschäftlichem Interesse, die bedauerlicherweise, äh, Vorrang haben müssen.« Dastra versteifte sich kaum merklich. »Er ist unpäßlich, mein Herr, wie ich Euch schon sagte.« Sie lächelte. »Morgen ist noch Zeit genug für diplomatische Verhandlungen.« Sie beugte sich wieder zu ihm hin, aber Odric kam ihr nicht entgegen. »Wenn Ihr mich dann entschuldigen würdet, Madame ...«

Dastra begegnete kühl seinem Blick und legte ihm ihre zarte, aber starke Hand auf den Arm. »Morgen, mein Herr, ist früh genug. Ihr werdet am Vormittag genügend Zeit haben, Eure Gedanken zu ordnen, bevor Ihr am Nachmittag mit dem König zusammentrefft. Aber heute nacht kann ich nicht so unhöflich sein, Euch die Tür zu weisen.« Odric zuckte gleichmütig die Achseln, blickte an der Königin vorbei zu Leron hinüber, lächelte und zuckte noch einmal die Schultern. »Morgen früh also. Abgemacht.« Leron bekundete mit einem unmerklichen Nicken seine Zustimmung, als der Haushofmeister, auf ein heimliches Zeichen der Königin hin, zur Tür hereinkam und die Spieler hinausdrängte. Dastra blickte, wie bei ihrer Ankunft, nicht auf, aber Odric winkte großspurig und dankte ihnen für ihren Dienst. Seine andere Hand war fest in Dastras Griff.

So schlief Leron also endlich wieder unter seinem eigenen Dach; und es war wärmer in der Küche, als es in den großen Schlafgemächern des Königs je gewesen war. Beim Morgengrauen gestattete man ihnen, zu ihren Wagen in der Stadt zurückzukehren, und am späteren Vormittag mischte sich Leron unter die Menge und eilte zum Hafenkai hinunter. Er hatte die Harfe unter den Arm geklemmt, damit Odric sich für ihn verbürgen konnte, falls er angehalten wurde.

Das Schiff aus Vahn war mit bunten Flaggen geschmückt und der Rumpf mit glänzender Farbe und Blattgold bedeckt. Der Wachposten, der ihn hineinführte, war ein Jüngling von ungefähr achtzehn Jahren, und er kam Leron irgendwie bekannt vor, aber er vergaß ihn schnell, als die glänzend polierte Holztür mit ihren schweren Messinggriffen lautlos hinter ihm zuschwang und er mit Odric allein war.

Odric kam hinter dem Tisch hervor und breitete einfach nur die Arme aus. Leron fiel ihm in die Arme und hatte das Gefühl, ihm würde die Luft abgedrückt. Es war eine Erleichterung, als Odric ihn bei den Schultern nahm und von sich schob und ihn mit einem ungläubigen Kopfschütteln betrachtete. »Ihr verrückter junger Narr! Was macht Ihr hier in Tredana? Ist Euch Euer Hals nichts wert, daß Ihr ihn so leichtfertig riskiert?« Bei diesen Worten warf Leron den Kopf in den Nacken und lachte aus vollem Halse. Odric fiel in sein Gelächter ein. »Ich weiß! Ihr wolltet gerade dasselbe zu mir sagen.« Er drückte Leron auf eine Bank hinunter und ließ eine Hand auf seiner Schulter ruhen. »Dies ist ein glückliches Zusammentreffen, mein Freund. Und ein lohnendes, wenn wir mit heiler Haut davonkommen.«

»Wenn ich meinen Kopf behalte, will ich mit der Haut nicht kleinlich sein. Aber was ist mit Euch? Ich möchte wetten, daß Ihr in der vergangenen Nacht zumindest Eure Tugend verloren habt.«

»Die Wette würdet Ihr verlieren. Die Dame hat etwas an sich, das einem das Blut in den Adern gefrieren läßt. Ich fürchte, der Edelmann Gizmir war eine Enttäuschung für sie, und noch dazu ein ungehobelter Trunkenbold. Mein nächster Schritt wird sein, in meine Entschuldigung irgendeine tödliche Beleidigung einfließen zu lassen.«

»Ich schließe daraus, daß es nicht Eure Absicht ist, das Einvernehmen mit Tredana zu sichern?«

Wieder lachte Odric. »Nein, ich werde sie bis aufs Blut beleidigen. Das schien mir der einfachste Weg, um das verderbliche Bündnis zwischen Vahn und Tredana zu zerreißen; eine Möglichkeit, zu der mir ein gütiges Schicksal verhalf, als es uns das Schiff des echten Gizmir in die Hände fallen ließ. Der Bruch müßte ohne Blutvergießen und unwiderruflich zu vollziehen sein.«

»Wenn man von Eurem Blut absieht, natürlich.«

»Besser so, als in Treclere zu sitzen und zu warten. Vielleicht ist Euch schon aufgefallen, mein lieber Freund, daß das Leben eines Prinzen keinen Deut aufregender ist als das eines Liederdichters, es sei denn, er sorgt selbst dafür.«

Leron lächelte reumütig. »Dagegen kann ich im Augenblick nichts sagen, zumindest nicht mit der Harfe auf dem Rücken. Aber glaubt Ihr, daß ein paar Beleidigungen diesen Zweck erfüllen?«

»Ein paar? Nein. Aber ich habe in Bodrums Namen eine Liste von Forderungen gefälscht, die kein Land je schlucken würde. Ich nehme an, daß ich damit Erfolg haben werde. Und nun erzählt mir ein wenig von Euch.«

Odric hörte Lerons Bericht aufmerksam zu und unterbrach ihn von Zeit zu Zeit. »In einem Punkt kann ich Euch behilflich sein. Ich habe eine Liste vom Hafenmeister. Das Schiff von Kapitän Delgar ist von Sundarat her schon lange überfällig. Niemand hat es gesichtet, seit es vor zwölf Tagen den dortigen Hafen verlassen hat.«

Leron erbleichte. »Meint Ihr, der Sturm?»

Odric drückte ihm beruhigend die Schulter. »Nein, nein. Ich habe das Unwetter in diesem kleinen Boot ganz bequem überstanden, und die *Damar* ist ein großes und berühmtes Schiff. Vielleicht gab es irgendwelche glücklichen Zwischenfälle? Nach dem, was ich von Delgar gehört habe, ist jede Andeutung einer Verspätung bei ihm ein hoffnungsvolles Zeichen. Er ist gewöhnlich ebenso pünktlich wie gnadenlos. Wenn er kommt, kann ich seine Pläne jedenfalls ein bißchen durcheinanderbringen.«

»Ich wage es kaum zu hoffen.«

»Ihr müßt. Mehr können wir im Augenblick nicht tun. Aber ich

habe große Achtung vor den Fähigkeiten Eurer kleinen Cousine.«
»So klein nun auch nicht mehr, Odric. Alt genug, um sie in Sorge zu sein, wenn sie sich in Delgars Gewalt befindet. Und soweit ich gehört habe, ist sie noch schöner als Simirimia.«
Odrics Miene wurde ernst. »Vielleicht hat sie nicht nur das Aussehen von ihr geerbt, sondern auch etwas von ihrer Macht.« Er erhob sich, trat ans Fenster und blickte zum Schloßberg hinauf. »Was wird mich wohl heute nachmittag bei der Audienz erwarten?«
Als Leron ihm die Szene zwischen König und Königin beschrieb, die er belauscht hatte, zog Odric voll Widerwillen die Schultern ein. »Im Palast herrscht eine Krankheit, die schlimmer ist als die faulige Verwesung, die den König befallen hat. Es ist eine Grausamkeit dort, die mir Angst machen würde, wäre ich leicht zu verängstigen. Die letzte Nacht war schwieriger, als Ihr Euch vielleicht vorstellen könnt. Nie hatte ich weniger Lust am Liebesspiel. Ich glaube nicht, daß der nächste Mann, den sie in ihrer Gewalt hat, so leicht davonkommt.«
»Glaubt Ihr, daß Ihr heute nacht Schwierigkeiten haben werdet?«
»Möglich. Allerdings andere als gestern, das steht fest. Sie hat nichts mehr für den Edelmann Gizmir übrig. Aber vielleicht entschließt sie sich, mich in Ketten legen und für die Feierlichkeiten auf dem Heiligen Berg vorbereiten zu lassen.« Offensichtlich scherzte er, hielt aber inne und erklärte seine Worte, als er Lerons verwunderten Gesichtsausdruck bemerkte. »Ich hatte natürlich vergessen, daß Ihr nicht vertraut seid mit den Bräuchen in Vahn, die unglückseligerweise inzwischen auch in Tredana Einzug gehalten haben. Seht Ihr, Vazdz huldigt man am besten mit Blut und Feuer, und je teurer das Blut erkauft ist, um so besser. Mir sind bereits Gerüchte zu Ohren gekommen, wonach man anläßlich der diesjährigen Feierlichkeiten über die paar Schafe und weißen Pferde hinausgehen wird. Aber ich bezweifle, daß sie mir die Kehle durchschneiden wird, zumindest in aller Öffentlichkeit. Es ist ein-

facher, das Bündnis aufzukündigen und mich im Hemd nach Hause zu schicken, oder irgendeine derartige Geste.«

Leron war dennoch nicht wohl bei dem Gedanken. »Ich muß heute nachmittag zu den Spielern zurückkehren, aber heute nacht werde ich wieder in den Palast kommen. Über die Dächer ist es nicht gefährlich. Wenn Ihr dann in Schwierigkeiten geratet, erfahre ich es vielleicht. In jedem Fall treffe ich Euch morgen vormittag wieder hier, wenn es Euch recht ist.«

»Das ist nicht nötig. Ihr habt Kerys draußen gesehen, oder nicht? Er hat darauf bestanden, mich hierher zu begleiten. Ich kann ihn unter irgendeinem Vorwand zu den Spielern schicken, um Euch zu holen. Begebt Euch nicht um meinetwillen in Gefahr.«

»Keine Bange, mir gefällt es, aus der Höhe der Dächer hinunterzublicken.« Leron seufzte. »Das vermittelt ein kurzfristiges Gefühl von Macht.«

An diesem Nachmittag fand das erste der Herbstfeste auf dem Heiligen Berg statt. Leron konnte nach einiger Mühe endlich alle sechzehn Strophen der neuesten Clerowan-Ballade auswendig, aber vor den wenigen Zuhörern in der Menge lohnte es sich nicht, sie zu singen. Ohne ein richtiges Publikum verloren die Spieler die Lust an ihren Vorstellungen. Sie brachten ihr kleines Schauspiel zu Ende und gingen zu akrobatischen Darbietungen, Wahrsagereien, nichtssagenden Liedern und harmlosen Ratespielen über. Zwei oder drei schlenderten sogar zum Heiligen Berg hinüber, um sich die feierlichen Rituale anzusehen, aber Leron schloß sich ihnen nicht an. Ginas hatte ihm mehr über die Großen Opferungen erzählt, und er glaubte nicht, daß es ihm Spaß machen würde, zuzusehen, wie weiße Hähne enthauptet und Stieren oder Pferden die Bäuche aufgeschlitzt wurden. Er fand die Lust der Menschen daran beunruhigend.

Er saß auf der Treppe vor Ginas' Wagen, hielt die Harfe locker auf den Knien und zupfte die Tonleiter hinauf und hinunter, bis Ginas ihn mit scharfer Stimme aufforderte, aufzuhören. Er blickte überrascht in ihre düsteren Augen auf.

»Ihr kehrt heute abend in den Palast zurück?«
»Das habe ich vor.«
»Es wäre besser, Prinz, Ihr würdet es nicht tun.«
»Odric ist wie ein Bruder für mich.«
Sie hielt Leron den schweren Samtvorhang auf, zog dann die hölzerne Falttür zusammen und ließ den Bolzen zufallen. »Setzt Euch.«
Leron gehorchte, und Ginas trat an ihren Tisch, drehte die Lampe ein wenig höher, so daß es im Raum nach Öl roch, stützte sich dann mit den Händen auf den Tisch und senkte den Kopf. »Mein Prinz, Ihr hättet niemals kommen dürfen. Besser gesagt, ich hätte niemals nach Euch schicken dürfen. Der Fehler liegt bei mir, ebenso wie andere Fehler auch – Ihr seid hier in wohlbekannte Gefahren gebracht worden und meine Liniris und Eure Cousine an anderem Ort in unbekannte. Ich habe mich da eingemischt, wo ich mich damit hätte begnügen sollen, zu beobachten.«
»Es wurde dir gesagt...«
»Nichts! Ich habe gelernt, studiert, gelesen, aber die Entscheidung, zu handeln, lag bei mir. Ich wollte das Schicksal günstig beeinflussen.«
»Du hast Sibby hierhergebracht.«
Ginas machte eine verzweifelte Handbewegung und setzte sich. »Ja, und mit welchem Erfolg? Und wer kann sagen, ob sie nicht ohnehin gekommen wäre? Vielleicht ist ihr Schicksal, ebenso wie ihre Abstammung, nicht nur das einer Sterblichen.«
»Ginas, sprich offen mit mir. Warum verlierst du jetzt den Mut? Hast du etwas in der Zukunft gesehen, das ich wissen müßte?«
»Ich verliere den Mut, weil ich nichts sehen kann. Die Karten verschließen sich mir. Das Große Buch Ornat schweigt unter meinen Händen.«
Leron blickte von ihren eingesunkenen Augen zu dem gläsernen Ring an ihrer Hand. »Kannst du darin nichts sehen?«
Sie drehte den Ring am Finger, hielt ihn gegen das Licht und nickte. »Zu vieles, zu viele Bilder und zu wenige Antworten. Ich sehe Feuer auf dem Meer und an Land, Gefahren in den Bergen,

den Wäldern und im Wasser. Ich habe Euch als König und in Ketten gesehen und Ströme von Blut überall.«
»Solange ich noch nicht König bin, brauchen wir uns um die Ketten doch keine Sorgen zu machen.«
Ginas schüttelte den Kopf. »Ich wollte es Euch eigentlich nicht erzählen, ohne Beweise in den Händen zu haben. Heute morgen habe ich von Rym Treglad geträumt, und eine Stimme sagte: ›Der Regen ist gekommen, und der alte König ist nicht mehr.‹«
Leron legte umständlich die Harfe auf den Boden und preßte die Hände gegen die Knie. »Ein Traum?«
»Ein Traum, aber ich schwöre« – hier legte sie die Finger an die Kehle –, »daß die Stimme die Wahrheit sprach.«
»Dann kann er niemals mehr nach Hause kommen.« Leron sprang auf und wandte sein in tränenlosem Schmerz verzerrtes Gesicht ab. »Wenn ich sowohl meinen Vater als auch Sibby verloren habe, so sei versichert, daß ich Odric nicht im Stich lassen werde. Wenn ihm Gefahr droht, dann gehe ich am besten jetzt gleich. Ich werde zu dir zurückkommen, wenn ich kann.«
Leron schnallte seinen Dolch vom Gürtel ab und steckte ihn in seinen Stiefel, nahm seinen Umhang herunter und ging hinaus. Er schaffte es, ungesehen in den Obstgarten zu gelangen, ohne auf die Dächer ausweichen zu müssen. Als er ein kleines Stückweit in die einsamen Tiefen des Geheimgangs eingedrungen war, fiel er auf Knie und Hände nieder und beweinte endlich den Tod seines Vaters.
Als er sich schließlich vom Boden aufraffte, war sein Gesicht schmutzverschmiert. Die heiße Stirn an die feuchtkalte Mauer gelehnt, blieb er noch einen Augenblick lang stehen, dann wischte er sich mit dem Ärmel über das Gesicht, schüttelte den Kopf und begann seinen langsamen Aufstieg. In der Schlafkammer des Königs mußten die Vorhänge zugezogen sein, denn es drang kein Lichtschein durch den geheimen Tunnelausgang, und er konnte kaum bis zum Bett sehen. Seines Vaters Bett. Leron schob leise die Verkleidung beiseite und zog sich in den Raum hinauf; hinter ihm schloß sich die Tür ebenso lautlos wieder.

Der Raum war nicht leer. Auf dem vorhanglosen, kahlen Bett lag, ein armseliges, schwarzes Häufchen, der maskierte, eingefallene König und hatte die Hände vor sein seidenverhülltes Gesicht gepreßt, als wollte er sich vor Schlägen schützen. Acht Jahre zuvor hatte Mathon dort gelegen und an den Auswirkungen von Ddiskeards Ränken und Giften gelitten; aber dies hier war schlimmer. Er lauschte auf die flachen, schnellen Atemzüge und fragte sich, ob Dastra sich die Mühe machen würde, ihn zu der Audienz zu wekken, oder ob sie ihre Rache an Gizmir selbst verübte. Er überlegte, ob er sich auf die Suche nach Odric machen sollte, doch das laute Klicken eines Schlüssels, der im Schloß gedreht wurde, überraschte ihn. Es war zu weit zu der Bank und dem Geheimversteck, und keine Vorhänge verhüllten das Bett. Er sprang hastig in den schmalen Wäscheschrank, der in die Wandverkleidung am Kopfende des Bettes eingelassen war und flehte inständig, daß er nicht voll sei. Offensichtlich war schon seit längerem kein Bettzeug mehr an den König verschwendet worden. Er war leer und staubbedeckt. Gerade als er den Schrank zuzog, hörte er, wie die große Tür zum Gang aufgestoßen wurde. Dastras Stimme klang undeutlich an sein Ohr; er öffnete die Tür vorsichtig einen Zentimeter und konnte jetzt besser verstehen. Eine tiefere Stimme antwortete ihr, nicht Odrics.

»Und dies hier ist unser hoheitlicher König, ein entzückendes Abbild von Huld und Macht, findest du nicht? Fürchtest du dich noch immer davor, es zu tun?« Ihre Stimme erhob sich zu einem schrillen Kreischen bei den letzten Worten und flaute dann wieder zu einem erfreuten und kehligen Gemurmel ab. »Ah, mein Süßer, du bist jetzt schon mein König. Und wirst noch mehr sein...« Sie lachte auf, und Leron konnte der Versuchung nicht widerstehen, die Tür noch einen Zentimeter weiter zu öffnen und das Auge an den Spalt zu drücken.

Dastra stand vor dem Bett und blickte, das offene Haar eine Silberkaskade auf ihrem Rücken, darauf hinunter. Sie trug ein hauchdünnes seidenes Unterkleid und hing an dem muskulösen Arm eines großen, jungen Mannes. Er stand mit bloßen Armen und

Beinen, die Tunika offen bis zur tiefgegürteten Taille, die freie Hand auf die Hüfte gestützt, hochmütig, sonnengebräunt, breitschultrig und mit weit gespreizten Beinen da. Der Fremde aus dem Wald vor Sundrat, der Unterhändler mit den Landstreichern, nicht länger in Leder gekleidet.
Dastra ließ seinen Arm los und beugte sich über ihren Gatten, so daß ihr Haar sein Gesicht streifte. Ddiskeard zuckte zusammen und murmelte etwas, dann erwachte er und streckte bei ihrem Anblick begehrlich die Hände nach ihr aus. Sie stieß ihn verächtlich zurück, doch er stemmte sich wieder hoch, nahm ihr Handgelenk in beide Hände und versuchte, es zu küssen. Sie sog scharf den Atem ein, worauf ihr Gefährte sie aus Ddiskeards Griff befreite und ihm dann einen schweren Schlag mit dem Handrücken versetzte. Der König stieß einen dünnen, vogelgleichen Schrei aus und fiel weinend in seine Kissen zurück. Aber der junge Mann ließ noch nicht von ihm ab. Er hielt ihn mit einer Hand an der schmächtigen Schulter fest aufs Bett gedrückt und schlug ihn einige Male heftig ins Gesicht. Die Haut unter der Maske mußte wohl sehr empfindlich sein, denn der König keuchte und schrie und zuckte hilflos mit den Händen durch die Luft, bis er schließlich bewußtlos in sich zusammensackte. Leron umklammerte den Türgriff so krampfhaft, daß seine Knöchel weiß hervortraten.
Dastra klatschte lachend in die Hände. »Oh, Michael! Du bist wunderbar. Du wirst es also tun?« Sie schmiegte sich wieder an seinen Arm. »Für mich?« Michael hob sie auf, trug sie zur Bank hinüber und küßte sie dabei, begleitet von ihren leidenschaftlichen Seufzern, auf Gesicht und Hals. »Für uns beide«, entgegnete er, indem er sie niedersetzte.
Jetzt saßen sie auf Lerons einzigem Fluchtweg und befanden sich deutlicher in seinem Blickfeld. Dastra hatte sich ein wenig von Michael entfernt und putzte sich, ordnete ihr Haar um die Schultern und wiegte ihren schlanken Körper vor und zurück. »Heute um Mitternacht werden wir also frei sein: Ich reite auf der weißen Stute zum Heiligen Berg hinauf und werde Blumen im Haar haben. Du kannst mir beim Ankleiden helfen, wenn du willst. Man

wird den Mörder meines Königs vor meinen Augen verbrennen, und das Blut der Mähre wird sich mit der Asche vereinigen, um den Altar zu reinigen.« Sie warf laut lachend den Kopf in den Nakken, und Michael zog sie an sich und küßte sie auf den Mund. »Ich glaube, es war gut, daß ich gestern zu dieser Audienz kam«, bemerkte er, und sie fügte hinzu: »Noch besser ist es, daß du heute wiedergekommen bist.«
Michael ließ seine Hände über ihren Rücken gleiten und blickte über ihre Schulter zum Bett hinüber. »Wen werden sie bei ihm finden?« Sie sah ihn verschlagen an. »Den Mörder? Er ist bereits hier und wartet auf eine Audienz. Ein Fremder. Die Wachen werden ihn hereinlassen und den Schlüssel umdrehen... und ich werde ihn hier mit seinem Opfer finden.« Sie legte nachdenklich den Kopf auf die Seite. »Ob ich ohnmächtig werden sollte?«
»Ruf einfach um Hilfe. Ich komme mit den Wachen.« Sie machte einen Scherz, und beide lachten, eng aneinandergeschmiegt, dann schob Dastra ihn fort. »Wir sollten uns wirklich beeilen. Darf ich zuschauen? So etwas habe ich noch nie gesehen.«
»Da gibt es nichts zu sehen«, erklärte Michael mit einem Schulterzucken. Er erhob sich, trat ans Bett und dann, kaltblütiger und schneller, als Leron es je für möglich gehalten hatte, zog er die hilflose Gestalt an seine Brust, legte dem König einen Arm um den Kopf, stemmte ihm ein Knie in den Rücken und brach ihm das Genick. »Wie ein Huhn«, sagte er und grinste Dastra an. Sie sah ihn mit erhitzten Wangen und schaudernd an. »Ist es geschehen?« rief sie. Er nickte, belustigt über ihre Erregung. Sie stieß Ddiskeard mit der Hand an, und der Leichnam rollte ein wenig auf dem Bett zur Seite; sie lachte, küßte Michael in leidenschaftlicher Dankbarkeit und ergriff seine Hand. »Ich muß mich ankleiden. Komm mit in meine Gemächer. Der Gesandte aus Vahn wird bald heraufgeschickt werden, und ich darf nicht allzu lange danach erscheinen.« Sie zog Michael hinaus, und sie schlossen die Tür hinter sich.
Leron wischte sich den Schweiß aus dem Gesicht. Nie war ihm Rache verlockender erschienen. Er erwog kurz, zum Geheimgang

hinüberzueilen und dort auf Odric zu warten, doch das Risiko schien ihm zu groß. Also harrte er die folgenden, langen Minuten aus und vermied es dabei, den Blick auf das kaum zerwühlte Bett zu richten. Bald konnte er draußen im Gang Schritte hören, dann ging die Tür mit einem Klicken auf, und Odric trat ein und blinzelte in die vorhanggedämpfte Dunkelheit. Der Diener hinter ihm sagte ein paar Worte, nickte dann ehrerbietig, zog sich zurück und schloß die Tür. Diesmal wurde der Schlüssel leiser im Schloß gedreht als zuvor, und Leron bezweifelte, daß Odric das Geräusch gehört hatte. Odric trat ans Bett und wich dann erschrocken zurück. In diesem Augenblick flog die Tür des Wandschranks auf, und Leron trat, den Finger warnend an die Lippen gelegt, daraus hervor.

Er faßte Odric an den Schultern. »Keine Zeit für Erklärungen. Sie haben Ddiskeard umgebracht, und ihr Plan ist es, dich bei ihm zu finden, um dich zu vernichten. Hier!« Er zog ihn zum Fenster und drückte auf die Schnappvorrichtung. Dann schob er Odric zu der Tunnelöffnung hin. »Geht Ihr zuerst. Ich komme nach.« Odric schwang sich mit erstaunlicher Behendigkeit durch den schmalen Einstieg, stolperte dann über die unsichtbare Stufe und richtete sich wieder auf. Bevor Odric noch ganz im Tunnel unten war, hörte Leron, daß der Schlüssel sich wieder im Schloß drehte. Er blickte sich verzweifelt um. Die Außentür begann sich bereits zu öffnen. Er schob Odric das letzte Stückchen in den Tunnel hinein, dann schloß er die Verkleidung hinter ihm und flog quer durch den Raum, um sich hinter der sich öffnenden Tür zu verbergen.

Er konnte gerade noch bremsen, bevor er gegen die Wand prallte, und auf der anderen Seite der schweren Holztür war es ganz still. Leron konnte sich vorstellen, wie Dastra dort stand und nach ihrem Opfer Ausschau hielt. Sie trat, eine Hand in schlimmer Befürchtung leicht erhoben, ein paar Schritte weiter in den Raum. Sobald sie die Tür freigegeben hatte, drückte Leron sie mit der Schulter zu und stürzte sich in dem Augenblick, als sie sich umdrehte, auf sie. Er packte sie an der Kehle, und sie kratzte nach seinem Gesicht, doch er drückte sie zum Fußende des Bettes zurück und blickte sich nach irgend etwas um, womit er sie hätte fesseln und knebeln können. In ihren Augen war nichts als eine leise dämmernde Erkenntnis. Er steckte die Hand in den Stiefel, um seinen Dolch herauszuziehen, sie mit dem Griff niederzuschlagen und dann zu fliehen, doch in diesem Augenblick krachte etwas auf seine Hand herunter, und der Dolch flog durch den Raum. Seine Rechte war nicht mehr zu gebrauchen, und er wollte sich umsehen, aber ein zweiter mächtiger Schlag schien direkt hinter seinen Augen zu bersten. Er sank in die Knie und stürzte nach vorn, als die Kette in Michaels Hand ein drittes Mal auf ihn herabsauste und ihn diesmal im Genick traf.

LIED
von Großmaul Dick (in Tredana verboten)

Wo ist der gütige König, sprich
dem so gut stand die goldene Kron
dem die Vögel des Schicksals öffneten sich
und der adelte den tredanischen Thron
mit einer höchst merkwürdigen Figur
ganz schwarz verhüllt, einen diamantenen Ring
und Krone nannte er sein eigen nur?
Wo ist der König, dem es also erging?

Wo ist dieser Gesell, sag an
der Reichtum wollte bringen
blickt' in das Glas, sah einen Mann
wo anderen nichts gewahr von diesen Dingen?
Einst streifte in müßiger Kurzweil
mit seinem Gefolge er durch die Stadt
Jetzt tanzt er auf einem schwankenden Seil
weder Seil noch Schritte zu eigen er hat.

Doch ob König, Prinz oder Gemeiner
Sklave, Freier oder Wandersmann
die Musik zu unserm Tanz nennt keiner

für Anfang und Ende gibt's keinen Plan
So, Brüder der Straße, wacht und singt
rüttelt die Eisen, denn etwas fürwahr
Ddiskeard bald zum Zittern bringt
so schwarz wie sein Gewand stets war.

Ein jeder Prinz ist dem Tode geweiht.
Doch davor ist schließlich keiner, der atmet, gefeit.
Zornig oder ärgerlich? Flucht, weint oder kriecht davon
verstohlen
der Wind wird uns alle in jedem Fall holen.

IV

Als Sibyl und Liniris das Ufer erreichten, hatten sie blaue Lippen und zitterten vor Kälte. Ihre schweren, durchnäßten Umhänge boten zwar ein wenig Schutz gegen den Wind, waren aber ungemütlich klamm. Die beiden Frauen hatten überhaupt kein Gefühl mehr in den Füßen. Sibyl rieb sich das Salz aus den Augen und von den Lippen und streckte den Arm aus, um Liniris, die sich kaum noch auf den Beinen halten konnte, zu stützen. Weiter unten am Strand waren ein paar Männer damit beschäftigt, ihre Boote zu warten und die Ausrüstung für den Fischfang dieses Tages vorzubereiten. Einer hob grüßend die Hand und kam herübergeeilt, ein dunkelhäutiger Mann mittleren Alters mit graudurchzogenem Kraushaar. Seine Stimme war voll und ein wenig rauh.

»Ihr habt euer Boot am Deich verloren, stimmt's?« Sibyl nickte nervös. Sie waren nicht in der Verfassung, ihr Heil notfalls in der Flucht zu suchen. »Ein böses Pech. Ihr seid wohl nicht aus der Gegend hier?«

»Nein, von weiter küstenaufwärts.«

»Ah, aus einem der Dörfer natürlich. Ihr armen Kerle. Wird euch euer Herr verprügeln, weil ihr sein Schiff ruiniert habt?«

Sibyl sah ihn verständnislos an, und plötzlich überlief sie eine Welle der Erleichterung. Liniris' langes Haar war unter ihrer Kapuze verborgen; Sibyl hatte zwar ihre Kapuze abgezogen, doch ihre Locken waren nur ein paar Zentimeter lang, und beide trugen sie Männerkleidung. Sie beantwortete seine Frage mit einem Nikken, schlug die Augen nieder und drückte Liniris' Arm, um sie am Reden zu hindern.

»Diese Herbststürme sind tückisch. Er hatte kein Recht, zwei so junge Leute wie euch bei diesem unsicheren Wetter hinauszu-

schicken. Das nächste Mal werdet ihr euch bestimmt erinnern, wo die Hafeneinfahrt ist, darum möchte ich wetten. Viele von uns lernen es auf die harte Weise. Kommt mit mir, ihr holt euch ja den Tod, wenn ihr hier im Wind stehenbleibt. Wir haben ein Frühstück auf dem Feuer. Etwas Warmes.«
Die Fischer, die mit ihren eigenen Sorgen beschäftigt waren, drängten die Fremden nicht, zu reden. Ihr Gastgeber hieß sie, sich dicht ans Feuer zu setzen und versorgte sie großzügig mit Wurst, geröstetem Brot und heißem Würzbier. Erst als sie fertig gegessen hatten, begann er wieder, ihnen Fragen zu stellen. »Wie weit ist euer Weg zu Fuß nach Hause?« Sibyl sah ihn verständnislos an, und ihre Gedanken überschlugen sich. Sie hatte keine Ahnung, wo sich die Fischerdörfer befanden. Diesmal ergriff Liniris, zum erstenmal an diesem Morgen, das Wort. »Wir sind aus Crommerton. Zehn Meilen ungefähr.« Sibyl senkte den Kopf über ihren Krug und dankte Liniris im Geiste.
»Ah, Crommerton. Das ist nicht das erste Mal, daß euer Dorf Pech hat. Wenn ich mich recht erinnere, habt ihr vor wenigen Monaten erst zwei Männer verloren.«
»Stimmt«, sagte Liniris, die mit ungewohnt rauher Stimme und etwas vernuscheltem Dialekt sprach. »Vater und Sohn, wurden an Land gespült, als wären sie Treibholz.« Sie schüttelte, wie in trauriger Erinnerung, den Kopf, und Sibyl erinnerte sich jetzt erst, daß Liniris' Gewerbe die Schauspielerei war. Die Spieler mußten wohl auf ihrem Weg nach Sundrat durch Crommerton gekommen sein.
»Dann schlägt er euch vielleicht gar nicht, sondern ist froh, euch lebend wiederzusehen.«
Liniris zuckte zweifelnd die Schultern und hielt ihre kalten Hände über das Feuer. Sie waren sehr klein und feingliedrig, und sie zog sie hastig unter die Falten ihres Umhangs zurück. Jemand rief ihrem Helfer etwas zu, und er sprang eilig auf die Füße. »Wir sind beladen und fertig zum Auslaufen. Paßt auf euch auf, ihr beiden. Wenn ihr geht, werft einfach Sand über die Glut. Und wenn ihr je wieder Hilfe braucht, dann fragt irgendwen hier nach Nicca, das

bin nämlich ich. Viel Glück.« Er wehrte ihren Dank ab und rannte zu seinem Boot hinunter, das von zwei weiteren Fischern an Land gehalten wurde.

Als alle Boote hinter der Gischtlinie verschwunden waren, begann Liniris zu kichern. Sibyl fiel in ihr Lachen ein, und so ging es wohl mehrere Minuten lang. Sibyl fand als erste ihre Fassung wieder. Sie blickte Liniris an. »Wohin sollen wir von hier aus gehen?«

»Meine Leute sind vermutlich noch in Sundrat oder auf dem Weg nach Rym Treglad. Wir werden fast zwei Wochen brauchen, um Sundrat zu Fuß zu erreichen, und bis dahin sind sie viel weiter nördlich.«

»Wie lange dauert es zu Pferde?«

»Sieben, acht Tage.« Liniris ordnete ihr wirres Haar unter der Kapuze. »Aber wir haben keine Pferde.«

Sibyl erhob sich und bürstete den Sand aus ihren von den Flammen erwärmten Kleidern. »Liniris, hier in Tredana sind wir in Gefahr, stimmt's? Wir müssen herumschleichen wie Verbrecher. Also, laß uns eben Verbrecher sein. Oder, um es genauer zu sagen, Pferdediebe.«

Liniris blickte zu ihr auf. »Aber was ist, wenn wir erwischt werden?«

»Dann wären wir auch nicht schlimmer dran als jetzt. Ich weiß, wo sich die Ställe des Königshauses befinden. Oder zumindest, wo sie sich früher befanden. Mein Pferd war dort einmal untergebracht. Ich finde, wir sollten alles auf eine Karte setzen.«

Liniris sah sie verständnislos an. »Wie meinst du das?«

»Je besser die Pferde, um so schneller der Ritt und um so früher erreichen wir den sicheren Schutz von Rym Treglad. Schau her, sie haben ein paar Würstchen dagelassen.« Liniris' Umhang hatte eine tiefe aufgenähte Tasche auf der Innenseite, in die Sibyl die Essensreste hineinstopfte. Dann deckten sie das Feuer zu, wie Nicca es ihnen gesagt hatte. Sibyl spähte blinzelnd auf das Meer zu den jetzt winzig kleinen Booten hinaus. »Ich hoffe«, sagte sie, »wir können es ihm eines Tages zurückzahlen.«

Es war Sibyls Einfall, ganz dreist auf das Ziel ihrer Unternehmung

zuzugehen und um eine Anstellung in den Ställen zu bitten. Liniris hatte Bedenken, aber je länger Sibyl über die Sache nachdachte, um so zuversichtlicher wurde sie. »Ich kann nicht glauben, daß in dieser Welt die Dinge so anders sind. Bei uns gibt es immer zu wenige Leute, die die Pferde pflegen und die Ställe sauberhalten. Wenn wir so tun, als wären wir Ausreißer, die zu allem bereit sind, wenn es nur mit Pferden zu tun hat, dann wette ich, daß sie uns einstellen, zumindest für ein paar Tage. Es wird den eigentlichen Stallburschen Gelegenheit geben, ein bißchen auszuspannen. Du kennst dich doch ein wenig mit Pferden aus, oder? Du müßtest es zumindest.«
Liniris nickte. »Ja, sicher. Allerdings habe ich sie noch nie selbst versorgt. Ich hoffe nur, sie sind nicht allzu groß.«
Zu jedem anderen Zeitpunkt wären Sibyls Pläne vielleicht fehlgeschlagen, doch der Stallmeister war krank, und die Stallburschen kamen ihren Pflichten bereits kaum noch nach. Als die beiden Mädchen in den Stallungen ankamen, war gerade ein Streit im Gange, zwei Stallknechte, die sich darüber beklagten, daß sie die Opferfeier auf dem Heiligen Berg versäumen würden. Der Stellvertreter des Stallmeisters hieß die beiden Fremden unter Tränen der Erleichterung willkommen. Er schickte die widerspenstigen Knechte fort und erklärte den Neuankömmlingen umgehend ihre Pflichten. Sie konnten im Heuschober schlafen, sich an der Pumpe waschen und in der Dienstbotenküche, drei Türen weiter, nächtigen. Hier befand sich das gehäckselte Stroh, da der Hafer, dort die Gerste; das spelzige Heu für dieses Pferd, und das gute grüne, pollenfreie für jenes; das Huföl, die Körpersalbe, die Wickelbandagen für Fesseln und Schwanz, die Bürsten, Hufkratzer, Kämme, Scheren und dünnen Seidenläppchen zum Trockenreiben. Sibyl war von alldem entzückt, Liniris jedoch war offensichtlich sprachlos über das Ausmaß der Arbeit, die auf sie zukam. Sie erbleichte ein wenig, als sie den Mistberg sah, den dreißig Pferde in einer einzigen Woche produzierten, und wog eine der quadratischen Schaufeln zweifelnd in der Hand. Ihre erste Aufgabe war, wie konnte es anders sein, das Ausmisten.
Sibyl wartete, bis der stellvertretende Stallmeister außer Hörweite

war, dann zog sie Liniris in die Kammer, in der die Pflegeutensilien aufbewahrt wurden. »Setz die Kapuze ab«, sagte sie. »Du wirst jetzt gleich dein Haar verlieren.« Liniris widersprach nicht, denn sie erkannte die Notwendigkeit dieser Entscheidung. Doch als glänzende Locken blauschwarzen Haares um sie herum auf den rauhen Ziegelboden fielen, auf den sie sich niedergehockt hatte, quollen Tränen zwischen ihren Fingern hervor. Sibyl schnippelte noch ein wenig um die Ohren herum, dann zauste sie die traurigen Überreste mit den Fingern. »So wird es gehen«, erklärte sie. »Aber ich wünschte, es gäbe eine Möglichkeit, uns Bärte wachsen zu lassen.« Liniris versuchte zu lachen, doch es fiel ihr schwer. Sibyl hob die längsten Strähnen auf und flocht sie zu einem Zopf zusammen. »Steck das in die Tasche. Du kannst es einmal deinen Kindern zeigen – wenn wir lange genug leben, um welche zu bekommen.« Liniris trocknete die Augen und nickte, dann betraten sie den ersten Stall und machten sich an die Arbeit.

Bei Einbruch der Nacht hatten Liniris und Sibyl Blasen an den Händen. Während sie die Boxen reinigten, ließ Sibyl Liniris das jeweilige Pferd im Hof herumführen, vorgeblich, um es auf ein mögliches Lahmen oder wundgescheuerte Fesseln zu überprüfen, in Wirklichkeit aber, um die bestgängigen Pferde auszuwählen. Viele waren eindeutig ungeeignet, aber ungefähr acht Tiere hielt Sibyl für einigermaßen brauchbar. Unglücklicherweise war keines davon in besonders durchtrainierter Verfassung, und sie befürchtete, daß sie Schwierigkeiten haben würden, den Ritt durchzuhalten. Als sie es sich in dem süß duftenden gelben Stroh für die Nacht bequem gemacht hatten, schlug Liniris vor, sie sollten die Stadt verlassen und Pferde von der Weide stehlen. Sibyl schüttelte den Kopf. »Erstens werden wir dort sicherlich kein Geschirr finden, und ich weiß zwar nicht, wie es mit dir steht, aber mir gefällt die Vorstellung, ein paar Wochen lang ohne Sattel zu reiten, überhaupt nicht.« Liniris warf ihr einen entsetzten Blick zu. »Und zweitens haben wir auf diese Weise die Möglichkeit, etwas über die Pferde, die wir stehlen, in Erfahrung zu bringen. Dadurch ist die

Chance, zu entkommen, größer. Möchtest du auf den Rücken eines hübsch anzusehenden Pferdes klettern und feststellen, daß noch nie jemand darauf geritten ist?« Eilig gestand Liniris ein, daß Sibyls erster Plan der beste war.
Sie schmiegten sich wärmesuchend aneinander und breiteten die beiden Umhänge über sich, und Sibyl war froh, daß sie die erste Nacht fern vom Schiff nicht allein verbringen mußte.

Der Tag begann sehr früh. Die Pferde verlangten bald nach Anbruch der Morgendämmerung nach ihrem Frühstück, und Sibyl und Liniris stolperten durch den Hof und trugen Wasser und Heuballen zu den anderen Stallknechten hin. Liniris war den Tränen nahe, als sie sah, daß die makellos sauberen Boxen vom Vorabend alle wieder beschmutzt waren. »Wie haben sie das geschafft?« fragte sie erbost, und Sibyl brach in Gelächter aus. Ihre sorgfältige Arbeit gefiel dem Stallmeister, der den Ställen einen kurzen Besuch abstattete, und er wies seinen Stellvertreter an, ihnen zu zeigen, wie man einige der Pferde bewegte. Darunter befanden sich, wie Sibyl mit Befriedigung sah, vier der Tiere, auf die ihre Wahl gefallen war. Gegen Nachmittag hatte ihre Begeisterung allerdings nachgelassen. Sie konnte keine Möglichkeit erkennen, die Pferde ohne Schwierigkeiten aus dem Stallgelände hinauszubringen. Es konnte Wochen dauern, bevor man sie ihnen außerhalb der Übungskoppel anvertraute. Sie war bereits entschlossen, Liniris ihre Bedenken mitzuteilen, als sich ihnen eine großartige Gelegenheit bot.
Es gab zwei weiße Pferde in den Stallungen, eine Zuchtstute von ungefähr zwölf Jahren und einen älteren Hengst, der in verdrießlichem Hochmut in einer besonders befestigten Box am Ende des Hofes stand. Die Stute war ein muskulöses und gutgebautes, nicht sehr großes Tier mit rundem Bauch und riesigen dunklen Augen. Sie wurde am Nachmittag ihrer Obhut übergeben, mit dem Auftrag, sie makellos sauber zu putzen; sie banden sie zwischen den Übungspfosten fest und brachten mehrere Stunden damit zu, sie einzuseifen und abzuschrubben.

Je weiter der Nachmittag voranschritt, um so sympathischer wurde Sibyl das Tier. Es hatte die angenehme Angewohnheit, den Kopf auf die Schulter seines Pflegers zu legen und sanft gegen seinen Hals zu atmen. Auf Streicheln reagierte es mit eifrigen Stößen seines schweren Kopfes und schien mit geschlossenen Augen vor sich hin zu träumen, als sie seine lange seidige Mähne entwirrten und kämmten. Nachdem Sibyl die Hufe der Stute gesäubert hatte, ölte sie sie ein und stutzte an den Fesseln vorsichtig ein wenig überstehendes Fell.

Als sie aufsah, begegnete sie dem lächelnden Blick des stellvertretenden Stallmeisters. Er hielt einen Klumpen weißer Kreide in der Hand. »Wenn sie trocken ist, mußt du die dunklen Flecken hiermit überdecken. Es darf kein Fleckchen an ihr zu finden sein, Befehl von der Königin selbst. Sie wird sie brauchen, heute abend, weißt du, für die Opferzeremonien. Armes altes Mädchen.« Mit diesen Worten legte er der Stute die Hand auf die Stirn – Sibyl hatte einen Augenblick lang geglaubt, er spräche von der Königin. Liniris blickte entsetzt von dem glänzenden Schwanzhaar auf, das sie eben zu Zöpfen flocht. »Sie wird doch nicht geopfert werden?«

»Nicht mit den gewöhnlichen Opfertieren zusammen, nein. Die Königin wird auf ihr den Berg hinaufreiten, wißt ihr, und dann nehmen sie ihr Blut, um die Masse daraus zu machen. Zur Reinigung des Landes, wißt ihr.«

Diesmal war Sibyl sicher, daß er nicht die Königin gemeint hatte, obwohl sie diese Möglichkeit vorgezogen hätte. Sie legte der kleinen Stute schützend die Hand auf den Hals. »Sie soll demnach getötet werden? Heute abend?«

Der Stallbursche nickte und reichte ihr die Kreide. »Wenn es dieser hier wäre, könnte ich es verstehen.« Er deutete mit dem Daumen zu der Box des Hengstes hin. »Würde Ihre Majestät gerne auf ihm sehen. Danach müßte er getötet werden, o ja. Aber es muß eine Stute sein, wißt ihr. Jammerschade, im vierten Monat trächtig, wie sie ist.«

Sibyl überlegte krampfhaft. »Müssen wir der Königin heute abend helfen, sie begleiten, meine ich? Wie gut reitet sie?«

Der Stallbursche lachte. »Das ist nichts für unsereinen heute abend. Da sind nur die hohen Herrschaften gefragt. Sie geloben heute abend dem Thron ihre Treue. Die Königin wird sich auf dem alten Mädchen gut halten. Aber ich will euch was sagen, bei dem Lärm und alldem auf den Straßen solltet ihr vielleicht bis an den Berg mitgehen. Nehmt ein anderes Pferd mit, dann könnt ihr zu zweit zurückreiten.« Sybil warf Liniris einen zufriedenen Blick zu.

Als sie der Stute Bandagen anlegten und ihr eine Decke überwarfen, damit sie sauber blieb, schlang Liniris die Arme um ihren glänzenden weißen Hals und schmiegte sich daran. »Sybil, wenn ich wochenlang auf einem Pferd reiten soll, dann muß es dieses sein. Ich habe mich entschieden.«

Sibyl steckte den letzten Zopf der geflochtenen Mähne fest. »Ja«, pflichtete sie bei, »ich glaube auch, daß sie es sein sollte. Wir wollen sie hineinbringen und den alten Knaben hier putzen.«

Liniris' Blick wanderte zu der Box des Hengstes hinüber. »Den? Den können wir nicht nehmen! Er ist bösartig, und außerdem ist er zu alt.«

Sibyl schüttelte den Kopf. »Er hat immer noch eine Menge Schwung. Irgendwie habe ich das Gefühl, daß es nützlich sein könnte, heute nacht mit zwei weißen Pferden unterwegs zu sein.«

Als sie das Pferd hinausführten, war Sibyl drauf und dran, ihren Entschluß wieder zu ändern. Der Hengst war mager, sein Widerrist kantig, seine Knochen standen ein wenig zu spitz hervor, sein Hals war unnachgiebig aufgereckt, doch er hatte große, schimmernde Augen, stolz aufgerichtete Ohren und setzte die Füße trotz der geschwollenen Fesseln vom zu langen Stehen im Stall mit anmutiger Leichtigkeit auf. Als er die Witterung der anderen Tiere aufnahm, hob er den Kopf ein wenig, und als sie ihn über Kreuz an den Pfosten angebunden hatten, waren sein kräftiger Hals stolz gereckt und seine großen Nüstern vor Aufregung gerötet.

Er überließ sich ihrer Pflege mit einer Haltung überlegener Gleichgültigkeit und hob die Hufe unaufgefordert, einen nach dem anderen, damit sie sie sauberkratzen konnten. Die gelben Flecken und der verkrustete Schmutz wurden abgewaschen, und sein Fell begann in der Sonne zu glänzen. Er hatte wesentlich edleres Blut in den Adern als die Stute, war aber schlimmer als sie vernachlässigt worden. Seine Vorderläufe zeigten wulstige Erhebungen von vergangenem Lahmen auf, und über Brust und Flanken zogen sich kreuz und quer die Spuren eines Unfalls oder von Schlägen. Zwei Stallburschen kamen heraus, um ihnen zuzusehen, wie sie ihre Pflegearbeit beendeten.

»Wirst du auf ihm reiten, jetzt, da er hübsch und sauber ist?«

Sibby, die gerade den eingefallenen Bauch des Pferdes striegelte, blickte von ihrer Arbeit auf. »Das würde ich schon, wenn ich die Erlaubnis hätte.«

Der Stallbursche stieß lachend seinen Gefährten an. Der andere sagte: »Achte nicht auf ihn. Das Pferd eignet sich nicht dafür, geritten zu werden. Der König hat es vor acht Jahren als Staatsgeschenk zu seiner Krönung bekommen. Das beste aus der Wüste. Vor der Krankheit des Königs wurde es eine Zeitlang zur Zucht eingesetzt. Die Königin interessiert sich nicht für die Pferdezucht, und darum steht es jetzt untätig herum.«

Sibyl betrachtete den Hengst genauer und versuchte, sich vorzustellen, wie er mit etwas mehr Fett und Muskeln auf den Knochen und vielleicht einer etwas anderen Färbung ausgesehen hätte. »War er damals dunkler?«

»Ja, er war wirklich sehr schön, ein ganz dunkles Grau. Nur an der Mähne und am Schwanz hatte er die Farbe verändert, und vielleicht ein wenig um die Augen herum. Es ist ein Jammer, daß sie so hell werden.«

»Ein Geschenk aus der Wüste – von Dzildzil?«

»Das beste Pferd, das aus der Zucht des Karifen erobert wurde, als sie ihn töteten. Ich habe gehört, daß Dzildzil ihn bei einer Prozession durch die Wüstenhauptstadt reiten wollte. Als er sich davon ein wenig erholt hatte, schenkte er ihn unserem König. Laß dir von mir einen guten Rat geben und begnüg dich damit, ihn zu waschen.«

Sibyl wartete, bis sie sich davongetrollt hatten, dann wandte sie sich triumphierend an Liniris. »Das ist sein Pferd, Ajjibawrs! Ich hatte einmal ein Fohlen von ihm. Nun, damit wäre die Sache entschieden. Du nimmst deine Stute, und ich nehme diesen hier.«
Liniris schüttelte den Kopf. »Aber du kannst ihn nicht reiten.«
»Sie können ihn nicht reiten. Aber ich weiß etwas, das sie nicht wissen. Mubassa, Ajjibawrs Stallmeister, hat mir beigebracht, auf meinem Fohlen zu reiten. Alle Pferde, die er ausbildete, reagierten auf ein bestimmtes Zeichen mit dem Knie. Komm, laß uns einen Sattel holen und sehen, ob ich recht habe.«
Das alte Pferd hielt geduldig still, als Sibyl ihm ein dickes Schaffell auflegte, um seinen knochigen Rücken zu schonen. Die meisten der Sättel waren ausgesprochen klobig. Sie wählte den leichtesten aus, und er straffte sich ein wenig, als sie ihn an seinen Platz legte und die Gurte festzog. »Ich weiß, alter Junge, es ist lange her.« Sie suchte ein Zaumzeug aus und hielt es ihm zur Begutachtung hin: er schnüffelte daran, dann senkte er gelassen den Kopf, öffnete bereitwillig das Maul für die Trense und hielt den Kopf geduldig gesenkt, während sie die Riemen festzog. Dann kaute er versuchsweise auf der Trense herum, bevor er wieder still stand. Er schien unheilverkündend ruhig. Liniris hielt besorgt die Zügel, als Sibyl sich anschickte, aufzusitzen.
Sibyls Magen tat einen Satz, als sie den Fuß in den Steigbügel schob und sich dann, vorsichtig darauf bedacht, das Pferd nur soviel zu berühren wie unbedingt notwendig, leicht in den Sattel. Sie ließ sich kerzengerade im Sattel nieder, mit locker gespreizten Beinen und ruhigen Händen, und das alte Pferd blieb ebenso ruhig stehen. »Wenn ich mich recht erinnere«, sagte sie, an Liniris gewandt, »ist ein bestimmter Druck mit dem linken Knie für das Pferd das Zeichen, sich aufzubäumen, und wenn man dann die Schenkel zusammenpreßt oder die Fersen einsetzt, bockt es. Auf diese Weise waren nach Ajjibawrs Meinung seine Pferde vor Diebstahl sicher. Er sagte, wer es herausbekäme, verdiente einen Preis.« Sibyl spannte die Wadenmuskeln an der Flanke des Pferdes ganz leicht an. Dieser Hauch einer Bewegung reichte aus, und es

fiel in einen gleichmäßigen Trott, den Kopf geneigt, den Schwanz gestreckt.
Anfangs knackten seine Gelenke ein wenig, als er seine Runden auf dem Stallhof drehte, dann wurden seine Muskeln von der Anstrengung warm, und sein Atem beruhigte sich. Er hielt an, als Sibyl, die die Zügel kaum angerührt hatte, ihr Gewicht nach hinten verlagerte. Sie tätschelte ihm glücklich den Hals und versteifte sich dann plötzlich, als die beiden Stallknechte wieder auftauchten. Sie war der Meinung, daß sie sich kaum bewegt hatte, doch die Veränderung reichte aus, daß das alte Pferd zur Seite wich und gereizt schnaubte. Rasch schob sie das linke Knie nach vorn und drückte es sanft gegen seine linke Schulter. In bereitwilligem Gehorsam stieg er auf die Hinterhufe und wieherte begeistert, worauf sie sich an seinen Hals warf und, bemüht, es wie einen Sturz aussehen zu lassen, zu Boden sprang. »Du verrückter Kerl«, rief sie, indem sie ihn heimlich mit der Hand am Hals liebkoste. »Warum hast du das getan?« Die Stallburschen, die sie schreckensstarr beobachtet hatten, gingen lachend weiter. »Es wird gehen mit ihm«, sagte sie, an Liniris gewandt, während sie dem Pferd den Sattel abnahm und es dabei streichelte und viel Aufhebens um es machte. »Und ich muß meine Reitkünste verbessern, sonst breche ich mir den Hals.«
Sie beendeten ihre Arbeit beizeiten und versteckten dabei unbekümmert die Gegenstände im Stroh, die ihnen auf ihrem Ritt in den Norden von Nutzen sein würden. Obwohl er durch sein Gewicht eine Belastung sein würde, schaffte Sibyl einen Krug mit Öl beiseite, mit dem sie die Pferde unterwegs einreiben konnten. Wenn sie sich dann im Staub wälzten, würden die Pferde nicht mehr weiß sein. Als Waffen wählten sie zwei schwere Hufschaber aus, die eine scharfe, gebogene Spitze hatten. Dann eilten sie davon, um ein verfrühtes Abendessen einzunehmen.

Auf dem Rückweg zu den Stallungen versuchte es Sibyl mit einer Abkürzung durch eines der Seitensträßchen. Die Außengebäude rund um den Palast bildeten ein Gewirr von Straßen, Höfen und

Sackgassen. Der Weg, den sie eingeschlagen hatten, verlief in tückischem Bogen und führte nicht zu den Ställen, sondern wand sich zwischen hohen Mauern davon fort. Liniris wollte umkehren, doch Sibyl eilte halsstarrig weiter, überzeugt, daß sie auf dem richtigen Weg waren. Plötzlich erweiterte sich das Sträßchen zu einer breiten, von hohen Bäumen gesäumten Allee. Sibyl blickte sich erstaunt um. »Hier war ich schon einmal. Wir sind auf der anderen Seite des Schlosses. Hier muß irgendwo ein Obstgarten sein, in dem Leron ... Liniris, geh zu den Ställen zurück. Du hattest recht, wir müssen den Weg zurückgehen, auf dem wir gekommen sind. Ich hole dich wieder ein. Ich will nur etwas überprüfen. Bitte!«
»Sibyl, wir müssen uns für die Nacht vorbereiten.«
»Ich weiß, ich weiß. Ich komme gleich nach, ich verspreche es.« Sie eilte auf die verlassene Straße hinaus und lief im Schatten der Häuser dahin, bis sie plötzlich in einem dunklen Torweg verschwand, während Liniris mit sinkendem Mut kehrtmachte.
Im Obstgarten angekommen, blieb Sibyl stehen. Sie wußte nicht genau, wo sich die Öffnung des Geheimganges befand. Vielleicht war das Risiko, danach zu suchen und sich zu überzeugen, ob er noch zugänglich war, zu groß. Sie bemerkte eine Bewegung zwischen den Bäumen, zog sich in die Schatten zurück und verhielt sich ganz still. Dann war hinter ihr ein leises Geräusch zu vernehmen, und kräftige Hände legten sich um ihren Hals. Sie warf sich mit ganzem Gewicht zurück und trat gegen die Beine ihres Angreifers, doch während sie sich noch wand und wehrte, ließ der andere sie so unvermittelt los, daß sie um ein Haar gestürzt wäre. »Ihr seid entkommen! Das ist ja wunderbar! Aber wie? Ich habe Euch niedergeschlagen und gefesselt gesehen!«
Jetzt war es an ihr, überrascht zu sein. Sie legte die Hände an ihre schmerzende Kehle und versuchte, zu sprechen.
Der andere legte ihr den Arm um die Schultern und zog sie in den Schatten zurück. »Mein Freund, mein Freund, verzeiht mir! Aber ich war so sicher, daß Ihr wirklich gefangen seid, daß ich gar nicht auf den Gedanken gekommen wäre – ich habe Euch für einen Königsknecht gehalten.«

Seine Stimme kam ihr bekannt vor. Sie räusperte sich und brachte ein heiseres Krächzen hervor. »Odric?«

»Und nicht mehr Gizmir, das steht fest. Was sollen wir jetzt tun?«

»Odric, erkennst du mich nicht?«

»Prinz, was redet Ihr da?« Seine Hand streifte ihre glatte Wange, und Odric trat plötzlich erschrocken zurück und packte ihre Schulter mit festem Griff. »Du bist nicht Leron. Wer bist du? Woher kennst du mich?«

»Odric, laß mich los.« Der Schmerz trieb ihr die Tränen in die Augen, und sie zitterte. »Ich bin es, Sibby. Was tust du hier? Freust du dich denn nicht, mich zu sehen? Wo ist Leron?«

DIE RUHMREICHE GESCHICHTE DER WOHLTÄTIGEN HERRSCHAFT DES DDISKEARD, KÖNIG VON TREDANA, STATTHALTER VON VILLAVAC, HERR DER ÖSTLICHEN MEERE UND HÜTER DES WAHREN GLAUBENS... Auszug

Nun war es in jenen Tagen, bevor Ddiskeard großmütig die schwere Pflicht auf sich nahm, seinem Volke Beschützer und Führer zu sein, daß in der Stadt Tredana die Verehrung Vazdz' unbekannt war und daß man die Jahreszeiten gedankenlos vergehen und die Jahre wechseln ließ, ohne die Versöhnungsgaben und Sühneopfer zu bringen, die notwendig sind, um die fortdauernde Fruchtbarkeit des Landes und die Wohltaten von Regen und Ernte zu sichern, wodurch viel Kummer und Leid, Hunger und Mißernte hätte entstehen können, hätte nicht Vazdz in seiner Gnade ein Einsehen gehabt und das Korn reifen lassen, denn er sah ohne Zweifel in seiner Allwissenheit voraus, daß der Tag kommen würde (und wir alle haben ihn erlebt), an dem der Herbst in Tredana mit den angemessenen Ritualen begangen würde in den heiligen Tagen der Großen Opferfeiern, auf dem Heiligen Berg in würdigem und frommem Glanze ausgerichtet.

Kein Mensch lebt heute in Tredana, der nicht selbst die Wahrheit der großen Lehre des Vazdz gesehen hätte, die da lautet, daß kein Geschenk besser geeignet ist, der Erde zu gefallen und ihre Ernte zu sichern, als das Blut eines unschuldigen Tieres, vermischt mit dem Herzblut eines Ungläubigen.

V

Als Leron, von Schmerzen gepeinigt, die Augen aufschlug, fiel sein Blick als erstes auf Dastras Gesicht. Er schloß die Augen und öffnete sie wieder, aber es wollte nicht verschwinden. Sie saß mit einem leisen Lächeln da; und das bleierne Gefühl war nicht ausschließlich den Nachwirkungen der Schläge zuzuschreiben, sondern es rührte im gleichen Maße von den Ketten und Handschellen her, mit denen er gefesselt war.

»Mein Prinz ist an meine Seite zurückgekehrt. Höchst ungestüm. So mörderisch in seiner Liebesglut. Ich könnte eigentlich ganz zufrieden sein, wenn ich nur wüßte, wie der Trick funktioniert hat. Wo ist Gizmir?«

»Tausend Meilen von hier«, erwiderte Leron wahrheitsgemäß. Zu seiner Linken entstand eine gereizte Bewegung, doch er wagte nicht, den Kopf zu drehen, aus Angst, wieder das Bewußtsein zu verlieren. Dastra hob beschwichtigend die Hand. Sie setzte sich mit rauschenden Spitzen Leron gegenüber und legte ihm die Hand auf das schmerzende Knie. »Es nützt dir wenig, zu lügen«, sagte sie. »Du brennst heute nacht, was immer du auch sagst. Aber ich kann mit dem Priester sprechen. Er könnte dir ein rasches Ende zusichern, bevor die Flammen hochschlagen, wenn du jetzt redest.«

Leron betrachtete sie kalt. »Ich habe nichts weiter zu sagen, als daß ich jede Gefahr auf Erden auf mich nehmen würde, um Euch in das Inselgefängnis zurückzubringen, aus dem ich Euch einst törichterweise befreite. Aber ich werde Euch noch ein wenig mehr verraten – der Edelmann Gizmir war niemals hier. Es ist eine Frage der Verkleidung, und Ihr habt Euch durch seine Maskerade an der Nase herumführen lassen.«

»Das ist unmöglich! Er hatte einen Nacken wie ein Stier und einen mächtigen Bart! Außerdem hatte er überhaupt keine Zeit dazu.«
Michael trat aus dem toten Winkel zu Lerons Linker und legte Dastra die Hand auf die Schulter. »Es macht keinen Unterschied. Hör zu, nach allem, was du mir erzählt hast, ist er besser zum Mörder geeignet als der andere Kerl. Wenn alles vorbei ist, können wir den Raum versiegeln lassen und seine Geheimnisse vergessen.«
»Vielleicht sollten wir ihm erklären, daß der König tot ist.«
Leron blickte mit bitterer Miene auf. »Ja, ich weiß. Wie ein Huhn.« Er war überzeugt, daß sein Handgelenk gebrochen war und wunderte sich lediglich, daß sein Genick den Schlag heil überstanden zu haben schien. Er versuchte, seinen Kopf ein Stück weiterzudrehen, doch der Schweiß brach ihm aus, und er gab seine Bemühung auf.
Dastra sah Michael bestürzt an, der gleichgültig die Achseln zuckte. »Wird niemandem mehr etwas erzählen nach der heutigen Nacht.« Er beugte sich vor, faßte Leron mit einer Hand am Kinn und riß seinen Kopf hoch. »Warum siehst du uns nicht in die Augen, he?« Leron biß sich auf die Zunge, um einen Schmerzensschrei zu unterdrücken, nur seine kettenbeschwerten Hände schnellten ein Stück von den Knien hoch.
Dastra beobachtete die beiden Männer mit zufriedenem Blick. »Heute abend werden viele Menschen da sein. Edelleute, Grundbesitzer und Mitglieder des Hofstaates, alle eidlich verpflichtet, zu kommen und Vazdz und der Krone Treue zu geloben. Es könnte keinen günstigeren Zeitpunkt geben. So sehen sie alle mit eigenen Augen die Verwerflichkeit des falschen Prinzen, der sich in den Palast schleicht, um mörderische Rache zu üben. Und wäre nicht mein Wächter gewesen, mein überaus treuer Wächter, so hätte dieser Dolch in meiner Brust gesteckt!«
Leron schloß müde die Augen und riß sie gleich wieder auf, als Michael seinem Kinn einen neuerlichen Stoß versetzte.
»Ihr seid heute abend sehr mutig«, bemerkte Leron leise und warf

Dastra einen geringschätzigen Blick zu. »Aber das habt Ihr ja bereits bewiesen.«

Diesmal war es Dastra, die ihn schlug, und sie mußte wohl mehrmals zugeschlagen haben, denn er verlor gleich darauf das Bewußtsein und erwachte erst viel später am Abend wieder.

Das zweite Mal kam er davon zu sich, daß man seinen Kopf in Eiswasser tauchte und ihm kalte Tücher in den Nacken legte. Bevor er die Tatsache, daß man ihm die Ketten an den Hand- und Fußgelenken gelöst hatte, zu seinem Vorteil nutzen konnte, schnappten sie bereits wieder zu, und er stellte fest, daß er neu eingekleidet war mit einer weißen Tunika und einer schwarzen Kniehose. Die schweigenden Diener, die erstaunlich sanft mit ihm umgingen, rasierten ihn und schnitten ihm die Haare. Derjenige, der das Rasiermesser geführt hatte, beendete sein Werk mit einem Spritzer Veilchenwasser, und Leron mußte beinahe lachen. Er glaubte nicht, daß der liebliche Duft lange anhalten würde im Rauch des Opferfeuers.

Als nächstes wurde Leron jäh auf die Füße gezogen und in den Korridor hinausgeschleppt. Die Ketten waren so schwer und hatten zwischen seinen Füßen so wenig Spiel, daß es ihm selbst mit klarem Kopf schwergefallen wäre, zu laufen. Unten im Hof stand wartend ein Ochsenkarren, der mit Tannenzweigen und Garben aus Weizen, Hafer und Gerste geschmückt war. Die Ochsen waren schneeweiß und schimmerten im Fackelschein. Ihre langen Hörner waren rot bemalt worden, und um ihre sanften, gleichmütigen Gesichter waren Girlanden gewunden. Leron wurde auf die Ladefläche geworfen, und ein Königsknecht kettete seine Handgelenke an den kurzen Pfosten hinter seinem Rücken. Der Wagen war von einer berittenen Wache umringt, und die Pferde begleiteten den langsamen Trott der Ochsen mit gereiztem Stampfen und Scharren. Sie zockelten über das Kopfsteinpflaster auf die Straßen hinaus, die von Fackeln hell beleuchtet waren. Es waren viel weniger Menschen unterwegs, als Leron angenommen hätte. Offensichtlich hatte man ihnen verkündet, wer er war. Er blickte unverhohlen in ihre Gesichter hinunter, da es ohnehin zu spät war für Angst

und Sorge und konnte überall eher Bestürzung und Mitleid entdekken als Haß. Es fielen einige böse Worte, ein paar Wurfgeschosse flogen durch die Luft, aber es ereignete sich nichts, das die Wut des Volkes angestachelt hätte. Ein kleiner Stein prallte gegen seine Schulter, und gleich darauf sah Leron, wie eine dunkle, zerlumpte Gestalt dem Werfer den Arm auf dem Rücken festhielt. Es trieben sich zahlreiche Landstreicher in den Straßen herum in dieser Nacht, und nicht nur, um lange Finger zu machen. Wo immer eine aufgebrachte Bemerkung zu hören war, verstummte der Sprecher schnell wieder; und Leron sah das dunkle Lumpenmuster der Landstreicher, das sich durch die bunte Menge zog. Es war eine unbedeutende Gunst, aber Leron war dankbar dafür.
Mindestens eine Stunde dauerte ihre Kriechfahrt durch die gewundenen Straßen, dreimal länger, als ein Mensch zu Fuß gebraucht hätte. Schließlich passierten sie das Stadttor und näherten sich dem Heiligen Berg, auf dem sich zu Mathons Zeit ein hübscher Garten mit Rosenbüschen und Olivenbäumen befunden hatte. Hier, außerhalb der Stadt, wimmelte es von bewaffneten Männern, aber es waren keine Königsknechte darunter. Diese hier gehörten zu dem üblichen Gefolge eines herrschaftlichen Hauses, Leibwächter der Edelleute und Grundbesitzer, die heute abend angereist waren, um ihr Treuegelöbnis abzulegen. Die meisten dieser Bewaffneten waren so vertieft in ihre Spiele und Plaudereien, daß sie nicht einmal den Kopf hoben, als der Karren vorüberrumpelte.
Der Mond war gänzlich verschwunden. Selbst der leiseste silberne Lichtschimmer war vom Himmel gewichen. Über ihm war nur noch klare, schwarze, ferne Weite, durchsetzt mit winzigen Lichtpunkten, die den langen Weg in ihre Tiefen anzeigten. Es wehte eine leichte, kühle Brise, und die halbkahlen Bäume raschelten. Leron blickte, von einem Schwindel ergriffen, auf und hatte das Gefühl, in den Himmel zu stürzen. Dann kreuzte ein Schwaden von Fackelrauch den Weg des träge dahinziehenden Karrens, und er schüttelte seine Betäubung ab. Er überprüfte, die Arme völlig verkrampft in den losen Ärmeln seines Hemdes, zum erstenmal seine Handfesseln, aber es war sinnlos.

Unerschütterlich setzten die Ochsen einen behäbigen Fuß vor den anderen, zu langsam, um den Takt ihrer Schritte zu zählen, aber so unbeirrbar, daß keine Hoffnung auf einen Halt bestand. Aufwärts und aufwärts, um eine Wegbiegung und schließlich, unmerklich zuerst, kam das Gespann doch zum Stehen. Sie befanden sich auf dem abgeflachten Gipfel des Berges, oberhalb einer dunklen, erwartungsvollen Menge, unweit der Scheiterhaufen aus grünen Tannenzweigen, die mit Holzscheiten rund aufgeschichtet waren. Ganz in der Nähe erhob sich, am Rande der ebenen Fläche, ein niedriger, dunkel gefleckter Marmorsockel. Die Ochsen wurden aus dem Geschirr befreit und in die Dunkelheit davongeführt; Leron stand so aufrecht, wie es ihm seine Fesseln erlaubten und ließ den Blick ausdruckslos über die Menge schweifen. Offensichtlich blieb ihm nichts mehr, als zu sterben, und das konnte ebensogut mit Würde vollbracht werden.

Mißtönend brachen die Klänge von Hörnern und Holzblasinstrumenten über die Menge herein. Die berittene Wache zog sich zurück, und Leron stand allein auf seinem Karren, als die Vorhut der eintreffenden Prozession auf halbem Wege zum Berggipfel auftauchte. Ein Priester in dunklem Kapuzenumhang trat aus der Dunkelheit, um sie willkommen zu heißen. Er hob die Hände, und sogleich verstummte das leise Geraune in der Menge. Schrille Flötentöne und Trommelschläge hallten durch die Luft, als die Parade, Männer und Frauen mit Efeugirlanden geschmückt, am Rande des Opferplatzes auftauchte. In ihrer Mitte trippelte ein weißes Pferd anmutig dahin, Mähne und Schwanz mit dunklen Bändern geflochten, die im Fackelschein grün wirkten. Dastra saß, in ein langes weißes, enganliegendes Gewand gekleidet, das Haar mit Blüten aufgesteckt, im Damensitz auf seinem Rücken. Bei jedem Schritt läuteten die Silberglöckchen an ihren Hand- und Fußgelenken leise.

Ein mit einem Kapuzenumhang verhüllter Stallbursche stand am Kopf der Stute und hielt sie reglos in der Mitte des freien Platzes, während Dastra, hochmütig und von wunderbarer Schönheit, den Blick über die Köpfe der Menge schweifen ließ. Der Priester schritt

an ihr vorüber, hob wieder die Hände und begann zu sprechen. Lerons Gedanken hatten sich selbständig gemacht. Es fiel ihm schwer, sich auf die Anrufung des Vazdz, auf die Bitten um Regen, Sonne und eine reiche Ernte, zu konzentrieren. Wenn ich schon getötet werden muß, damit es Regen gibt, dachte Leron mit einem Anflug von Verärgerung, hätte das ebensogut in Rym Treglad geschehen können, wo er wirklich gebraucht wird. Jetzt erhob Dastra ihren schlanken Arm und ergriff das Wort. Heute nacht würden die Anwesenden ihr allein das Treuegelöbnis ablegen müssen, denn der König hatte sein Leben für sein Volk hingegeben. Bei diesen Worten erhob sich ein Gemurmel, und sie hob Schweigen gebietend ein zweites Mal die Hand; die kleinen Glöckchen bimmelten. Doch, fuhr sie fort, man würde Vazdz das Blut des Mörders darbieten und so dem Land Wohlstand und Gedeihen sichern. Es war kein gewöhnliches Blut, das sie Vazdz opferten, sondern das Blut des falschen Prinzen, Sohn des Mathon Brotgeber, dem letzten der gottlosen Könige. Macht sei mit Vazdz!
Zwei Königsknechte banden Leron von seinem Pfosten los und stießen ihn, für die Menge gut sichtbar, vor. Was immer ihr Glauben an Vazdz wert ist, dachte er, meine gegenwärtige Hilflosigkeit genügt, mich für immer in Mißkredit zu bringen. Dastra deutete auf ihn und auf den Scheiterhaufen. »Er wird eine mächtige Flamme zum Himmel entfachen«, rief sie. »Vazdz wird erfreut sein.«
Sie ließ sich in ihrem gepolsterten Sattel zurücksinken und sah Leron einen langen, triumphierenden Augenblick ins Gesicht. Ihre Miene veränderte sich jedoch schlagartig ins Lächerliche, als die fromme Mähre den Kopf hochwarf und schnaubte. Der Stallbursche machte eine Handbewegung, worauf das Pferd den Kopf schüttelte, als wollte es etwas Störendes loswerden und sich dann unerwartet aufbäumte und noch einmal den Kopf schüttelte. Dastra klammerte sich am Hals des Tieres fest, verlor dann das Gleichgewicht und purzelte zu Boden. Leron warf lachend den Kopf in den Nacken. Das Schicksal meinte es doch ein wenig gut mit ihm.

Dastra war kaum aus dem Sattel gerutscht, als aus der Ferne Hufschlag herüberschallte und ein zweites weißes Pferd aus der Dunkelheit auftauchte. Es hatte den kräftigen, kantigen Hals eines Hengstes und trug den wehenden Schweif stolz über den Rücken erhoben. Es preschte um die Gruppe herum, kam an Lerons Seite mit rutschenden Hufen zum Stehen, bäumte sich mit einem schrillen Hengstschrei fast senkrecht auf und stand dann reglos da.
Leron sah den Reiter mit einem ungläubigen Ausdruck, der sich in den Gesichtern der Menge widerspiegelte, an. Dort saß sein Ebenbild, wie er in Schwarz und Weiß gekleidet, die dunklen Augen groß vor Zorn. Der Reiter blickte von der Menge verächtlich auf Dastra hinunter, die sich in ihrem Schreck noch nicht wieder vom Boden aufgerappelt hatte. »Wenn Vazdz' Macht auf solche Huren angewiesen ist«, rief er mit lauter Stimme, »dann sage ich: nieder mit Vazdz' Macht!« Der Reiter deutete mit dem Finger auf den Scheiterhaufen, und Sekunden später war ein knisterndes Geräusch zu hören, eine Rauchsäule stieg auf, und Flammen züngelten empor. »Heute nacht wird nichts als Holz brennen. Wenn Vazdz irgendwelche Klagen hat, soll er sich an uns wenden.« Das Pferd bäumte sich wieder auf, und der Reiter wandte sich, in den Steigbügeln aufgerichtet, wieder der Menge zu. »Ich spreche im Namen von Leron, dem wahren König. Ihr seid heute nacht gekommen, um Treue zu geloben. Wollt ihr euch hinterhältigen Thronräubern und blutigen Ritualen beugen? Der König steht vor euch, der Augenblick der Entscheidung ist gekommen.«
In der Menge entstand Bewegung, und ein Raunen erhob sich. Nervös gezogene Schwerter und Dolche blitzten im Fackelschein auf. »Steckt eure Waffen weg! Wir sind keine Mörder! Wer gehen will, der gehe jetzt unbehelligt; aber von morgen an ist euer Leben und euer Hab und Gut verwirkt durch euren Verrat.«
Unten lag ein spürbares Zögern in der Luft, und Leron, der seine Fesseln verfluchte, wünschte sich sehnlichst eine wenn auch noch so kleine Schar von Männern, die denen, die sich ihm anschließen

wollten, den Weg zeigen würden. Er spürte eine leichte Berührung an seinem Rücken und hörte ein lautes Klicken; die Handschellen fielen zu Boden, und gleich darauf folgten die Fußfesseln. Er senkte den Blick und erkannte Großmaul Dick, der, einen Dietrich in der Hand, am Boden kniete.

Der Landstreicher neigte den Kopf, und Leron nahm dieses Gelöbnis entgegen, indem er ihm die Hand auflegte. Darauf grinste der ältere und sagte: »Ich kann Euch im Augenblick kein Schwert anbieten, aber dieses kleine Häkchen hat sich als ganz brauchbare Waffe erwiesen. Ich hatte Euch von Anfang an in Verdacht«, fügte er mit einem Lächeln hinzu. »Heute nacht werden wir auf Euren Sieg trinken.« Dann rief er mit dröhnender Stimme in die Menge: »Tretet vor, meine Schönen, und zeigt euch eurem König.«

Unten entstand raschelnde Bewegung, und an allen Ecken und Enden des Gedränges erhoben sich Hände und Stimmen. Der Reiter auf dem weißen Hengst sprang zu Boden und hielt Leron den Steigbügel hin. »Es ist Ajjibawrs Pferd«, rief er ihm dabei zu. »Laß die Beine locker, sonst wirst du schlimmer abgeworfen als Dastra.« Auf dem Boden stehend, erwies sich, daß der fremde Reiter einige Zentimeter kleiner war und schmalere Schultern hatte als Leron, der sich jetzt mit der unversehrten Hand auf ihn stützte, sich in den Sattel schwang und dann ungläubig in das breit lächelnde Gesicht des anderen hinunterblickte. Aus der Menge erhob sich ein lauter Ruf, und Leron hob die Arme hoch über den Kopf. Der Scheiterhaufen stand mittlerweile in lodernden Flammen, und der Lichtschein warf hart zuckende Schatten über die Anwesenden. Unten steigerte sich das Rufen zu Jubelgeschrei, und Schwerter wurden zum Gruß erhoben.

»Mein Volk«, rief Leron, »ich werde euch den Treueschwur einzeln abnehmen. Es sei, wie meine Cousine gesagt hat. Ihr könnt jetzt gehen, wenn es euch gefällt, wenn ihr aber bleibt und mir Treue gelobt, ist es mir lieber. Meine Rückkehr wird nicht von blutiger Vergeltung gezeichnet sein. Wir werden dafür sorgen, daß die falschen Könige auf dem ganzen Kontinent verjagt werden und die schmerzliche Vergangenheit tief begraben wird.« Eine stämmige Gestalt schob sich durch die Gruppe der Landstreicher, die sich schützend um Leron versammelt hatte, und er beugte sich hinunter und legte ihm die Hände auf die Schulter. »Ich stelle euch meinen Freund und Verbündeten vor, Odric, der wahre Thronfolger von Vahn und König von Treclere. Er und der Karif Ajjibawr, der nicht, wie alle glaubten, den Tod gefunden hat, unterstützen uns; zweifelt ihr da noch an unserem Sieg?« Während er sich in den Steigbügeln aufstellte, um ihren Beifall entgegenzunehmen, zweifelte er selbst nicht daran. Er sah sich nach Sibby um, sie ebenfalls vorzustellen, doch weder von ihr noch von Dastra war auch nur das geringste zu sehen.

SENDSCHREIBEN
von ADABA TAYYIB, Mekrif der Karabdu
an BODRUM VIII., König von Vahn

Ihr, der Ihr das Firmament mit Eurer sonnengleichen Gegenwart erleuchtet, erlaubt Eurem geringsten und niedrigsten Bittsteller, Eure erhabenen Gedanken zu stören. Ich sende diesen Brief durch einen Boten, der Euch wohlbekannt ist, einen, der durch ein beklagenswertes Unglück seine gesamte Karawane in der Wüste verloren hat (so groß ist die ehrfurchtgebietende Macht des Vazdz). Wir haben ihn mit einem Pferd und Nahrung versehen (wofür wir keine Gegenleistung erwarten), damit er Euch diese Nachricht sicher und bequem überbringen kann.

Oh, mächtiger König, Euer untertänigster Sklave drängt Euch aufrichtig, Ihr möget kein Bündnis eingehen mit dem Heiligen Vorleser Dzildzil in seiner Wüstenhauptstadt, denn zwischen den fernsten Winkeln seines Landes und den Grenzen des Euren liegen viele Tagesritte Sandwüste, und nicht alle dort sind, ebenso wie bedauerlicherweise die Bewohner der Meeresküste, vielleicht Euren Zielen freundlich gesonnen. Tatsächlich ist die plötzliche Verbreitung einer anstößigen Gottlosigkeit unter den Karabdu Anlaß zu großer Verwunderung und unmöglich in Zaum zu

halten. Denn die Karabdu sind wie eine Wolke ohne feste Gestalt, wenn man sie angreifen will, könnten aber, wie ebendiese Wolke, in ihrem Innern einen Blitz verborgen halten, mit dem sie Euch niederstrecken.
Möge Vazdz Euch die Augen öffnen, und mögen diese Worte gelesen werden, wie sie geschrieben wurden.

Das Offene Spiel

I

Als die beiden Schiffe sich Rym Treglad näherten, ging Ajjibawr an Deck, damit ein bekanntes Gesicht den Hafenmeister begrüßte und ihn von ihren friedlichen Absichten überzeugte. Selbst aus dieser Entfernung konnte er erkennen, wie sehr das Land im Laufe des Sommers ausgedörrt war; die Regenfälle der letzten Tage hatten die Erde mit einer glänzenden Schicht überzogen, die rissig und zernarbt war wie die gesprungene Glasur eines alten Tellers. Etwa hundert Meter vom Ufer entfernt erreichten sie flaches Gewässer, gingen vor Anker und machten die Boote bereit, um an Land zu rudern. Während sie noch damit beschäftigt waren, legte ein Boot vom Kai ab und kam ihnen entgegen. Meladin, der Navigator, der mit den anderen an Deck stand, erkannte in dem Ankömmling einen alten Freund wieder und rief:

»Alwyn, Alwyn! Was treibst du hier in Rym Treglad? Begleite sie alle und rudere zünftig, es sind hohe Tiere an Bord dieser Windgondel.«

Das Boot legte längsseits an, und der Mann, der Alwyn genannt wurde, blickte erfreut auf. »Meladin, wahrhaftig. Ich seh' noch, wie sie dich vor vielen Monaten in Eisen wegschleppten, und hier kommst du und steuerst eine prächtige Windgondel heim, so briggsam, wie man sich's nur wünschen kann.«

Meladin unterbrach ihn und deutete auf Ajjibawr. »Nicht nur vor dem Wind, sondern an der Seite von Clerowan, dem Weißen. Das mach' mir einmal nach!«

Alwyns Augen weiteten sich, und er starrte Ajjibawr mit offenem Mund an. »Clerowan, der Weiße! Und ausgerechnet heute von allen Tagen kam am Morgen ein Freund von dir in die Stadt und hat sich überall nach Neuigkeiten von dir erkundigt.«

Ajjibawr warf Osmin einen erstaunten Blick zu und runzelte die Stirn. »Ein Freund? Was ist das für ein Freund?«

»Er nannte sich selbst Tayyib und wollte dich sehen.«

»Adaba?« Ajjibawr ließ die Reling los, und seine Hand entkrampfte sich. »Ist das möglich?«

Osmin zuckte die Achseln. »Bei einem Tayyib ist alles möglich.« Er lächelte, und Ajjibawr mußte das Lächeln gegen seinen Willen erwidern.

Sie ließen das erste Boot zu Wasser, und Ajjibawr stieg mit Osmin und zwei Matrosen ein, während Hakma an Bord des Schiffes blieb, um die Landgänge und das Entladen der Fracht zu überwachen. Alwyn war vorausgerudert, und als Ajjibawrs Boot das Ufer erreichte, hatte sich ein Häuflein Neugieriger versammelt. Während Alwyn ihnen half, das Boot an Land zu ziehen und im Gleichgewicht zu halten, erklärte er, daß er bereits einen Boten mit der Nachricht von Clerowans Ankunft zum Tayyib gesandt hatte.

Ajjibawr wartete, bis auch Shirkahs Boot das Ufer erreicht hatte, dann gingen sie gemeinsam auf die Stadt zu. Auf dem ersten kleinen Platz blieben sie beim Klang einer Stimme, die ihnen entgegendröhnte, daß die Fahnenstangen an den Häusern wackelten und ein Schwarm von Vögeln in der Sonne aufgescheucht wurde, stehen.

»Ajjibawr likKarif! Adaba Tayyib wannamat!« Eine mächtige Gestalt kam über den Platz auf sie zugeschritten, gefolgt von einigen Männern, die alle in die leuchtend roten, blauen, grünen und weißen Seidengewänder der Wüste gehüllt waren. Wie immer trug der Tayyib sein ungekämmtes, angegrautes Haar schulterlang und offen; für einen karabdinischen Mekrif war er erstaunlich dunkelhäutig, ohne Zweifel die Folge der häufigen Überfälle seiner Vorfahren auf die Dörfer außerhalb der Wüste. Er fiel schwer vor Ajjibawr auf die Knie, blickte unter dichten, grauen Augenbrauen durchtrieben zu ihm auf und ergriff seine Hand zum Kuß. Ajjibawr wich stirnrunzelnd einen Schritt zurück und sprach den Tayyib an, allerdings ausdrücklich nicht in der Sprache der Karabdu.

»Nicht mehr Karif, Adaba. Und manche behaupten, durch dein Betreiben. Niemand kniet vor Clerowan, dem Weißen. Deine Reise war umsonst, wenn die Nachricht, die du bringst, für den Karifen bestimmt ist, nicht für Clerowan. Steh auf.«
Adaba erhob sich, von zweien seiner Söhne gestützt, schwerfällig. Tiefe, verschmitzte Linien zeichneten sein Gesicht, und er schüttelte den Kopf. »Für einen einfachen Mann klingt dieser Clerowan ebenso stolz wie einst unser Karif.«
Ajjibawr lächelte widerwillig. »Das ist richtig, o Schlange. Aber ich habe die Wahrheit gesagt. Erzähl mir deine Neuigkeiten, aber erwarte keine Hilfe von mir.«
Adabas Blick wanderte über die kleine Gesellschaft, und als er Osmin erkannte, begrüßte er ihn mit einem Nicken, bevor er sich Ajjibawr wieder zuwandte. »Ich spreche hier, weil meine Nachricht dringend ist, und ich spreche schnell, weil ebenso dringend eine Antwort vonnöten ist. Es war vor vier Monaten, und ich hielt mich in den nördlichsten meiner Zelte auf, als mir die Neuigkeit zu Ohren kam, daß eine große Karawane aus Vahn unterwegs war, die Botschaften und Waren von Bodrum, den die Pest holen soll, an Dzildzil (hier spie er verächtlich aus) mitführte.«
Ajjibawr fiel ihm ins Wort. »Erzähl uns die ganze Geschichte ein andermal, o Tayyib. Im Augenblick nur das Allernötigste.«
Adaba zuckte die Achseln und winkte unbekümmert mit der Hand ab. »Es soll so sein, wie du sagst, o Karif. Die Nachricht, die mich aus dem Tal der Könige erreichte, war einfach genug: eine Aufforderung, zu kommen und meine vielfältigen Übergriffe gegen den Heiligen Vorleser und seine Leute zu erklären. Ich beauftragte also den Stamm meines Brudersohns, die nördliche Grenze des Landes zu bewachen und schickte Killallas Stamm, das westliche Ufer zu verteidigen; dann versammelte ich die zehn alten Stämme des Graslandes um mich, und gemeinsam ritten wir zum Tal. Aber leider fliegen die Neuigkeiten in diesem Land noch schneller als meine braune Stute, und wir wurden in dem Tal eingeschlossen. Ich unterhielt mich also mit einem, der seit langem mein Freund ist und erfuhr durch ihn, daß auf Ersuchen des tredanischen Kö-

nigs hin (den die Pest und viele andere Krankheiten treffen soll) bereits ein Heer aufgebrochen war, sich mit der tredanischen Streitmacht zu verbünden und sich unter ihr Kommando zu stellen. Also ließ ich die Sippen meiner Verwandten an den Ausgängen des Tales zurück, schlich mich mit nur zehn Männern so heimlich und schnell an Dzildzils (er spuckte aus) Truppen vorbei, wie du dir nur denken kannst und kam hierher. Sie warten an der Grenze des tredanischen Reiches auf Ddiskeards Heer. Doch ich hatte mir in den Kopf gesetzt, daß vieles erreicht werden könnte, wenn der Karif jetzt, solange die Streitmacht des Heiligen Vorlesers verstreut ist, zurückkehrt und die kleine Flamme, die ich entzündet habe, zu einer mächtigen Feuersbrunst anfacht, die den Sand wieder reinbrennt.« Er hielt mit einem Lächeln inne. »Und da ich gehört habe, daß ein gewisser Clerowan mich zum Karifen führen könnte, bin ich, wie du siehst, hierhergekommen.«

Als Adaba seine Rede beendet hatte, trat Osmin aufgeregt vor und reichte ihm die Hand. Er wandte sich mit glücklicher Miene zu Ajjibawr um und zögerte, als er den unbewegten Ausdruck in seinem Gesicht bemerkte. Leise sagte Ajjibawr: »Das Land möchte also wieder einen Karifen haben? Um seine Verräter und die Mörder seines Schwertbruders zu retten? Sollen sie mit Dzildzil fertigwerden, wie es ihnen beliebt. Sie haben ihn selbst gewählt.«

Adaba schüttelte den Kopf. »Sie waren unwissend, und sie haben es bereut; einige mußten ihren Fehler mit dem Leben bezahlen. Der Mekrif Gandana starb vor dem Tal durch die Hände von Dzildzils Männern, und er starb, dir wieder treu ergeben, mit deinem Namen auf den Lippen.« So drängend hatte Adaba gesprochen, daß er sogar vergessen hatte, bei der Erwähnung von Dzildzils Namen auszuspucken. Als Ajjibawr immer noch schwieg, fuhr Adaba mit schlauer Miene fort: »Es steht mehr auf dem Spiel als nur die politische Macht. Die Witwe Halila wurde auf Befehl des Heiligen Vorlesers gezwungen, ihr Lager zu verlassen. Sie befindet sich gegen ihren Willen im Tal, und es heißt, daß er sie unaufhörlich bedrängt, ihn zu heiraten, um so seine Macht bei denjenigen zu stärken, die nicht ganz überzeugt zu sein scheinen;

insbesondere bei ihrem eigenen Stamm, den Shibayi, die er fürchtet.«
Ajjibawr sah ihn ungläubig an. »Das ist unmöglich.«
Adaba senkte den Blick, schüttelte aber nachdrücklich den Kopf. »Nein, Karif, es ist wahr. Meinst du nicht, daß die Zeit für eine Rückkehr reif ist? Dein junger Freund, der Prinz, würde ein Bündnis mit den Wüstenvölkern ganz sicher willkommen heißen.«
Ajjibawr gab Osmin ein Zeichen, und dieser trat gehorsam näher. »Ich muß mit Shirkah den Haushofmeister Gannoc aufsuchen, um zu sehen, was wir tun können, um die Ereignisse der vergangenen Wochen zu entwirren. Bleib du beim Tayyib; und wenn er seine Zunge versiegeln kann, erzähl ihm von unseren jüngsten Erlebnissen, wenn du willst. Ich werde später zu euch stoßen.« Dann wandte er sich mit strenger Miene an Adaba. »Du kannst jetzt gehen. Wir unterhalten uns noch über die Sache.« Adaba verneigte sich ehrerbietig und bemühte sich mit wenig Erfolg, seinen heimlich triumphierenden Blick zu verbergen; dann zog er Osmin zu sich und seinen Männern, und sie entfernten sich schweigend.
Bevor Shirkah und Ajjibawr dem Palast wesentlich näher gekommen waren, wurde das große Haupttor geöffnet, und Gannoc eilte, gefolgt von Dansen, dessen Kappe in der Eile verrutscht war, heraus. Sie umarmten sich gleich auf der Straße, und Dansen, der überglücklich war, Shirkahs Bekanntschaft zu machen, murmelte atemlos: »Genau wie Herrard gesagt hat.« Ajjibawr, dessen Hand auf Gannocs Schulter lag, warf ihm einen freudigen Blick zu. »Herrard? Mein Bruder Rassam ist hier? Er kommt schnell voran für einen so alten Mann.« Herrard erschien im Tor, begrüßte Ajjibawr freundschaftlich in der Sprache der Karabdu und sah ihn dann ernst an: »Nicht älter als du, mein Blutsbruder. Das Gewicht von vierzig Sommern wiegt wahrhaftig am schwersten in dieser Jahreszeit, wenn der Sommer vergeht.« Dann ging er höflich zur Sprache der anderen über, begrüßte Shirkah mit Hochachtung, und schließlich kehrten die fünf Männer gemeinsam in den Palast zurück.

Ajjibawr faßte kurz die Geschichte seiner Reise an Bord des Sklavenschiffes zusammen und erzählte, warum er gezwungen gewesen war, seine Pläne umgehend in die Tat umzusetzen. Daß Sibby gekommen, jedoch nicht mit Leron zusammengetroffen war, beunruhigte Gannoc zutiefst; daß sie und Liniris verschwunden waren, schien ein ebenso bedrückendes Vorzeichen. Ajjibawr erzählte alles mit äußerlich beherrschten Gefühlen, war sich aber dennoch im klaren darüber, daß er mehr mitteilte, als in seiner Absicht lag. Er überließ es Shirkah, von den weiteren Einzelheiten der Reise zu berichten. Der Zanidai sprach, zu Dansens besonderem Entzücken, kurz von Ruave und ihrer Befreiung. Sosehr sich die Bewohner von Rym Treglad über den Regen freuten, begeisterte es sie doch noch mehr, zu hören, daß die Moraganas vorübergehend außer Gefecht gesetzt waren. Sie unterbreiteten den Gästen nun ihrerseits ihre Pläne und berichteten von den Beschlüssen der Ratsversammlung.

Gannoc wandte sich an Dansen. »Möchtest du etwas über deine Waffe sagen?«

Dansen ging nicht direkt auf die Frage ein, sondern richtete das Wort an Ajjibawr. »In der Stadt hält sich ein Mann auf, der sich Tayyib nennt. Hast du mit ihm gesprochen?«

»Ja.«

»Wenn der Karif in die Wüste zurückzukehren und dort ein Heer aufzustellen gedenkt, dann könnte er etwas für uns tun, das den ganzen Verlauf der bevorstehenden Kämpfe beeinflussen würde.«

Ein trockenes Lächeln spielte um Ajjibawrs Lippen. »Komm schon, Dansen, du hast die Sitten der Karabdu zu genau studiert. Sprich deutlich.«

Dansen blickte zum Fenstersims hinüber, der von der Nachmittagssonne beschienen wurde und erhob sich. »Ich werde es zuerst demonstrieren.« Er nahm ein Stück Papier in die eine und eine Linse in die andere Hand, trat ans Fenster und hielt beides in die Sonne. Im Nu stand das Papier in Flammen, und Dansen steckte seinen versengten Finger mit einem Aufschrei in den Mund. »Die

Wirkung ist so plötzlich, daß es mich immer wieder überrascht«, erklärte er, mit einem verlegenen Seitenblick auf Gannoc.
Ajjibawr zog eine Braue hoch. »Als Kinder spielten wir in der Wüste häufig solche Spiele mit Glasscherben.«
»Das ist der springende Punkt, ihr habt Glas im Überfluß. Wir dagegen nicht. Im kleinen Ausmaß ist es ein Spielzeug, ein Spielzeug für Kinder und verträumte Studenten. Aber ich habe Berechnungen für eine große Linse angestellt« – hier machte er eine weitausholende Handbewegung –, »die die Sonnenkraft viele hundert Meter weit, über große Entfernungen hinweg, bündeln kann. Und nur in der Wüste finden wir die Schmelzöfen, das Material und das Wissen, das zu ihrer Herstellung erforderlich ist.«
Ajjibawr nickte bedächtig. »Wer würde meinen Handwerkern zeigen, was sie zu tun haben?«
Herrard hob die Hand ein Stückchen vom Tisch. »Dansen hat mir alles genau erklärt, und ich habe seine Aufzeichnungen und Zahlen abgeschrieben. Wenn es überhaupt zu machen ist, so tue ich es. Nicht umsonst haben wir einst gemeinsam studiert.«
»Dann scheint es in vieler Hinsicht das beste zu sein, wenn Ajjibawr von den Toten aufersteht.« Er seufzte müde. »Dennoch möchte ich die anderen Angelegenheiten nicht unerledigt lassen.«
»Viele deiner Männer sind hier in der Stadt, Clerowans Männer. Gibt es einige darunter, denen du besonders vertraust? Sie könnten so schnell wie jeder andere in den Süden gelangen und in Sundrat nach Leron suchen, um ihm zur Seite zu stehen. Außerdem hätten sie ebenso gute Möglichkeiten, die Lage in Tredana zu erkunden, wie jeder andere auch.«
Ajjibawr warf Dansen einen wohlwollenden Blick zu. »Dansen, ich verneige mich vor deiner Weisheit. In meiner Begleitung befindet sich Osmin, dem ich traue wie meinen eigenen Augen. Er wird wissen, was zu tun ist; und wenn Hilfe gebraucht wird, ist er so geschickt wie kein anderer.« Er warf Dansen einen Blick zu, um sich seiner Zustimmung zu vergewissern, und der Haushofmeister nickte mit sichtbar erleichterter Miene. »Es ist eine ausge-

zeichnete Idee. Ich kann in der Nacht nicht ruhig schlafen, wenn ich an die Gefahr denke, in der sich unser König befindet.«

»König?«

»Mathon ist schon seit einigen Wochen tot.«

Ajjibawr neigte zum ehrenden Gedenken kurz den Kopf. »Es war eine gnädige Erlösung für ihn, aber die Neuigkeit wird schwer auf den Schultern unseres jungen Freundes lasten.« Die anderen nickten bedrückt. Dann wandte sich Dansen an Shirkah, der bei ihnen saß und schweigend zuhörte. »Wie seid Ihr in die Fänge von Vahn geraten?« erkundigte er sich.

Shirkah lächelte wehmütig, während er die Geschichte vom Verrat seines Bruders erzählte. »Jetzt habe ich kein anderes Ziel, als in den Norden heimzukehren und die Angelegenheit mit meinem Bruder zu regeln; wenn das getan ist, stehen euch meine Männer und alle Schiffe, die wir in unsere Gewalt bringen können, zur Verfügung.« Er streckte erst Dansen, dann Gannoc die Hand hin. Als Gannoc einschlug, sagte er lächelnd: »Ihr habt einen Bruder verloren, aber vor dir siehst du diejenigen, die deine Blutsbrüder sein wollen.« Shirkah bedachte ihn darauf mit einem breiten Lächeln.

DIE BALLADE VON CLEROWAN, DEM WEISSEN UND DEN KÖNIGSKNECHTEN VON SUNDRAT

(wie sie in den nördlichen Provinzen von Tredana gesungen wird)

Zu Beginn des Frühlings trug es sich zu,
Als zu Pflügen sie fingen an,
Da sandte der König wohl hundert Mann,
Zu fangen den Tapferen Clerowan.

Der grausame Gwillam führte die Schar,
Und es sprach dieser Hauptmann sodann:
»Bevor noch ein Monat geht und kommt,
Hab' ich den Kopf von Clerowan.«

»Bevor noch ein Monat geht und kommt,
Wird um Gnade er flehen mich an.«
Und fort in die Felder eilten sie,
Zu fangen den Tapferen Clerowan.

Clerowan stand auf in der Früh,
Nahm zwei seiner Männer mit sich,
Er fing ein Lamm von zehn Monaten ein
Und schmauste gar königlich.

Und als sie so saßen bei ihrem Mahl,
Kam ein Bote eilig gerannt:
Flieh, o flieh, mein geliebter Meister,
Die Königsknechte, sie sind im Land.«

Der Grausame Gwillam ritt herbei,
Und sein Blick verfinsterte sich,
Als die drei armen Männer beim Mahl er sah,
Die da tranken gar königlich.

»Ach, Gnade, Gnade«, rief Clerowan,
Hab Gnade mit uns drei'n hier...«
»Keine Gnade«, rief der Grausame Gwillam zurück,
Hängen müssen Diebe wie ihr.«

Clerowan lächelte heimlich
Und winkte mit der Hand,
Gleich um den Grausamen Gwillam herum
Die Bande der Gesetzlosen stand.

Fort in die Berge eilten sie,
Und fluchend in seinem Schreck
Dachte der Hauptmann an neunzig Mann,
Nicht zwanzig Meilen weit weg.

Und als in den Bergen sie angelangt,
rief Clerowan die Seinen heran:
»Nun sagt mir, meine Tapferen alle,
Was fang' mit den Zehnen ich an?«

»Ach, Gnade, Gnade«, rief Gwillam,
Und Clerowan lächelte dazu.
»Zwei Stunden ist's her, da sang ich dies Lied –
Welche Gnade hattest denn du?«

»Du kamst, meinen Kopf zu holen,
Zwischen Blumen, die sprießen und blüh'n ...
Warum sollt' ich, o Tapferer Gwillam,
Mit deinem dich lassen zieh'n?«

»Ach, Gnade«, schrie Gwillam wieder,
»So schone doch mein Leben.«
Da lachte der Tapfere Clerowan laut,
Und man sah sein Messer ihn heben.

»Wir wollen nicht, Gwillam, dein Leben,
Und nicht deinen Kopf«, sagte er.
»Doch wenn du ein wenig tanzen kannst,
Erfreut's mich und die Männer sehr.«

So tanzte er in Panzer und Helm
Volle drei Stunden er scherzte
Für die Männer des Tapferen Clerowan:
Die lachten, bis es sie schmerzte.

Zurück zum König reitet er,
Durch grünbestellte Felder voran,
Und im Schutze seiner hundert Mann
Verflucht er unseren Clerowan.

II

Die Ausführung der Pläne wurde unverzüglich in Angriff genommen; und obwohl es Osmin zutiefst widerstrebte, Ajjibawr allein ziehen zu lassen, fügte er sich mit guter Miene. Adaba sah Osmin nach, als er im Gefolge von sechs Männern davonritt und nickte beifällig. »Die Bakra sind ehrenwerte Leute. Dieser hier hat nichts anderes im Sinn, als für dich zu leben und zu sterben. Er wird seine Sache nicht schlechter machen, als du selbst es könntest. Ich habe den Kopf des Mörders seines Bruders ein paar Jahre lang aufgehoben, in der Absicht, dir damit eine Freude zu machen; aber es ist jetzt keine großartige Trophäe mehr.« Ajjibawr blickte überrascht auf. »Du hast Ab'Bakr gerächt?«

»Sein Mörder hat keine Woche mehr gelebt. Ich hätte ihn dir überlassen, aber du hattest der Wüste den Rücken gekehrt.«

Ajjibawr nickte nachdenklich. »Und nun kehre ich zurück.« Er ergriff Dansens Hand. »Wenn Leron heimkommt, erhält er selbstverständlich offizielle Nachricht von mir. Aber ich verspreche dir, daß du deine große Linse noch vor dem Frühjahr bekommst. Es war eine glückliche Flut, die dich vor neun Jahren an meine Ufer spülte.«

Dansen blickte lächelnd zu ihm auf und sah dann zu Adaba und seinen ungeduldigen Söhnen hinüber. »Ihr brecht so bald auf? Bleibt ihr nicht einmal über Nacht?«

»Ich war acht Jahre fort, und nun kann ich es nicht erwarten, in die Heimat zurückzukehren.« Eine leichte Röte überzog Ajjibawrs Wangen. »Du würdest mir eine Ehre erweisen, wenn du eine weitere Botschaft für mich weitergibst«, sagte er, und Dansen nickte zuvorkommend. »Du kannst deiner damaligen Gefährtin ausrichten, daß sie, wenn wir uns wieder begegnen, einen wirksameren

Talisman haben kann als einen gläsernen Ring; und ein Heim in der Wüste, wenn sie es wünscht.« Dansen nickte wortlos, und Ajjibawr wandte sich mit hochgezogener Braue zu Adaba um. »Ich nehme an, wir reiten?«
Adaba lächelte bedächtig. »Ja, wir haben immer noch Pferde in der Wüste; und es sind ein paar schnelle Läufer darunter.«
Seine Söhne eilten in ein Gäßchen zwischen zwei Gebäuden, und als sie zurückkamen, führten sie einige unruhige, zum Aufbruch gerüstete Pferde mit sich. Eines überragte die anderen ein Stück, ein heller Brauner mit hohen schwarzen Fesseln. Ajjibawr erkannte ihn und lachte. »Und welcher Narr reitet den Donnerblitz?«
Adaba hob entschuldigend die Hand. »Nicht ich, o Karif. Aber er hat Manieren gelernt, seit du ihn das letzte Mal geritten hast; und du selbst hast gesagt, daß er der schnellste aus dem Gestüt der Tayyib ist.«
Ajjibawr imitierte seine Handbewegung. »Und wenn wir nicht anhalten müssen, geht alles gut?«
Adaba reichte ihm schweigend ein Tuch, und während Ajjibawr es in den gewohnten Falten um den Kopf schlang, saßen Adabas Söhne auf, und er selbst nahm Donnerblitz am Zügel. Ajjibawr zuckte die Achseln und schwang sich leichtfüßig auf den Rücken des Pferdes. Es stieß ein schrilles Wiehern aus, versuchte sich auf der Hinterhand aufzubäumen und biß den Tayyib, der die Zügel fahrenließ, in den Arm. Ajjibawr blieb ungerührt sitzen und verzog nur den Mund zu einem kleinen Lächeln. »Gute Manieren, wahrhaftig. Bete zu allen Göttern, daß deine übrigen Worte mehr Wahrheit enthalten als deine Geschichte von den Manieren dieses Pferdes.« Er drehte sich im Sattel um, hob grüßend die Hand in Dansens Richtung, und dann erhob sich eine dichte Staubwolke zwischen ihnen und verhüllte ihren Aufbruch.
Die Pferde der Tayyib wurden hauptsächlich auf Ausdauer gezüchtet, weniger auf Schnelligkeit; eine notwendige Eigenschaft für Wegelagerer wie sie, die immer bereit sein mußten, den längeren Atem zu haben als irgendwelche aufgebrachten Verfolger. So

vertraut ihm auch die Prahlereien der Tayyib waren, konnte Ajjibawr doch nicht umhin, die weiten Strecken, die sie zurücklegten, anerkennend zur Kenntnis zu nehmen. Zwischen den nördlichen Zelten der Tayyib und der Stadt Rym Treglad lagen mehr als siebenhundert Meilen schwierigen Geländes; sie benötigten für die Strecke weniger als zwei Wochen bei Tagesritten von nicht mehr als zehn Stunden. Gegen Ende ihrer Reise erbot sich Ajjibawr, Donnerblitz zu kaufen, doch Adaba schüttelte lachend den Kopf. »Ich werde ihn dir zum Geschenk machen, wenn du möchtest, o Karif. Aber er taugt nur für weite Entfernungen. Laß ihn nur ein wenig ausruhen, dann würde selbst ich zögern, ihm einen Sattel aufzulegen.«

»Dann war die Geschichte von den Manieren, die er gelernt hat, also gelogen?«

»Nein, o Karif, nein, nein. Vergiß nicht, er ist fast zwei Wochen gelaufen, um Rym Treglad zu erreichen. Sein Benehmen bessert sich immer, wenn er unterwegs ist.« Ajjibawr verlagerte das Gewicht nach hinten und ließ die Zügel ein wenig lockerer, und Donnerblitz, der die Nähe der Heimat witterte, die nur noch wenige Meilen vor ihnen lag, tat einen gewaltigen Satz und gab im Sturm das Tempo für ihren Endspurt zum Lager vor.

Der älteste von Adabas Söhnen war vom Lagerplatz der vergangenen Nacht vorausgeritten, und nun hatte sich das ganze Dorf zur Begrüßung versammelt. Zum erstenmal seit acht Jahren erblickte Ajjibawr wieder die flatternden Seidenstoffe in kräftigem Rot und Blau, Grün, Gelb und Orange vor den sanft verschleierten Umrissen der Wüste; das Funkeln der Sonnenstrahlen auf erhobenen Schwertern und goldbestickten Gewändern; die anheimelnde dunkle Ansammlung niedriger, einladender Zelte. Als sie haltmachten, sprang ein Grüppchen von Männern herbei, um ihnen die Pferde abzunehmen. Alte Krieger knieten mit Tränen in den Augen nieder, und junge Männer, die den Karifen nie gesehen hatten, warfen sich mit ausgestreckten Armen vor ihm in den Sand. Ajjibawrs Blick wanderte stolz über ihre große Zahl, dann bedeutete er ihnen mit einer Handbewegung, sich zu erheben. Einer fiel

ihm besonders ins Auge, ein schlanker, hochmütiger Jüngling, der sich nur zu bereitwillig von den Knien erhob und dem Karifen sein Schwert ohne erkennbare Demut darbot. Ajjibawr warf Adaba einen Blick zu. »Ist das einer von deinen?« Adaba rief den Jungen herbei, worauf Ajjibawr das angebotene Schwert würdevoll entgegennahm und mit einem zustimmenden Nicken zurückgab. »Mein eifrigster Leibwächter, o Karif. Ein Feuerschlucker, ein Vernichter meiner Feinde. Sein Name ist Shadith.« Der Junge schien erfreut über die lobende Beschreibung, sagte aber nichts, sondern wartete nur, bis Adaba ihm das Zeichen gab, zurückzutreten. Ajjibawr nickte beifällig. »Du kannst dich glücklich schätzen.«
Sie hatten während der Reise nur das Nötigste gegessen, und Adaba hatte es sich in den Kopf gesetzt, ihn gleich am ersten Abend dafür zu entschädigen. Während sein Leibwächter parfümiertes Wasser, Handtücher und kostbar gewirkte, bestickte Kleider brachte, ließ Adaba seinen Gast mit erstaunlichem Feingefühl allein, damit er sich waschen, rasieren und ankleiden konnte. Eigentlich war es üblich, daß ein Karif stets in allem bedient wurde, aber Adaba kannte Ajjibawr und seine Eigenheiten gut. Er stellte ihm sein eigenes Zelt zur Verfügung und entfernte sich, um die Vorbereitungen für das Festmahl zu überwachen.
Draußen vor dem Zelt prasselten die hohen Feuer hellrot in der grellen Nachmittagssonne. Adaba lag sich gerade mit dem Koch in den Haaren, entdeckte Ajjibawr aber sogleich und machte eine kaum merkliche Handbewegung. Augenblicklich war der junge Leibwächter zur Stelle, das gewaltige Schwert auf geheimnisvolle Weise gegen ein rundes Messingtablett vertauscht, auf dem Tassen und ein Töpfchen mit starkem, süßem Kaffe standen. Er machte Anstalten, niederzuknien, doch Adaba schlenderte herbei, goß selbst Kaffee in eine der Tassen und kniete nun seinerseits nieder, um ihn dem Gast darzubieten, nicht, ohne sich dabei nach allen Seiten umzusehen, ob die Geste auch von allen bemerkt wurde. Bevor er die Tasse entgegennahm, neigte sich der Karif zu dem Älteren hinunter und legte ihm die Hand auf die Schulter. »Der Mekrif der Tayyib kniet also in seinem eigenen Lager?«

Adaba deutete mit einer unbestimmten Bewegung über die Schulter. »Ich knie eigentlich eher für sie als deinet- oder meinetwegen. Jeder weiß, daß ich nie vor Dzildzil in die Knie gegangen bin.«
Ajjibawr half ihm auf die Füße, und sie tranken ihren Kaffee im Stehen. Dann machte Adaba mit Ajjibawr einen kurzen Rundgang durch das Lager. Von den mehr als dreihundert Menschen, die unter seiner direkten Obhut standen, waren fast vierzig leibliche Söhne des Tayyib, die Frucht von achtundzwanzig Ehen, die er im Laufe von fünfunddreißig Jahren geschlossen hatte. Vierzehn seiner Frauen waren noch am Leben, und er hatte öffentlich geschworen, nie wieder eine in sein Zelt zu nehmen, es sei denn, es wäre seine letzte. »Mein Gelöbnis macht mich wählerischer«, erklärte er. In seinem Lager hatte er fast die Hälfte seiner Streitmacht versammelt, die anderen waren in Schlüsselstellungen verteilt, wo sie die Bewegungen von Dzildzils Männern beobachten konnten.
Abseits vom Lager hatte er einen gepflegten Komplex von Stallungen und Koppeln anlegen lassen. Es war der sauberste Bereich des ganzen Lagers, und Ajjibawr äußerte sich anerkennend darüber, während sie den gerade entwöhnten Fohlen zusahen, die miteinander herumtollten, sich mit den Nüstern anstießen und gegenseitig bissen, um dann wieder jämmerlich nach der abwesenden Mutter zu schreien. Adaba nickte stolz. »Die vergangenen Winter waren hart, und so manche gute Zuchtstute verlor ihr Füllen vor der Zeit durch die Infektionen, die im Lager grassierten. In diesem Winter werden wir darauf achten, daß niemand hierherkommt, außer den Pferdeknechten.« Er legte dem Karifen lächelnd die Hand auf den Arm. »Sag mir«, bat er den anderen, »habt ihr in eurem Lager Rennen für die Jungpferde veranstaltet?«
»Für die gerade entwöhnten? Nein. Wie stellt ihr das an?«
Adaba hob die Hand und lächelte. »Das wirst du heute abend sehen. Es ist ein schöner Sport und zeigt uns frühzeitig, welche Tiere unsere Aufmerksamkeit verdienen.«

Als sie ins Lager zurückkehrten, war die Abenddämmerung fast hereingebrochen, und das Mahl war bereitet. Adaba wies Ajjibawr ein niedriges Sitzpolster an, während alle anderen sich auf die Erde hockten. Nach seiner Anordnung hatte man ein Lamm mit Hühnern und die Hühner wiederum mit Gemüse und Butterklümpchen gefüllt; er zerteilte das Tier schwungvoll mit einem Zweihandschwert, worauf sich die Füllung über die Platte ergoß. Dann reichte er Shadith das Schwert und deutete auf den Kopf. Trotz seiner scheinbar spärlichen Muskeln trennte der junge Mann den Hals des Tieres mit einem mühelosen Schlag durch, und Adaba suchte sorgsam Augen und Hirn heraus und reichte sie Ajjibawr auf der Spitze seines Dolches hinüber. Mit derselben Waffe deutete er auf Shadith. »Siehst du? Er versteht seine Kunst, wie ich schon sagte, er ist gefährlich.« Ajjibawr nickte, dann widmeten sie dem Essen ihre ganze Aufmerksamkeit.

Als die Reste auf den Platten den Gazellenhunden, die ungeduldig an ihren Leinen gezerrt hatten, vorgeworfen waren, war die Nacht vollends hereingebrochen. Ajjibawr ließ sich bequem in seine Polster sinken, und jemand reichte ihm Kaffee. Er nahm eine Prise Schnupftabak und nieste voller Behagen. Adaba leerte geräuschvoll seine kleine Tasse, hielt sie seinen Dienern entgegen und klapperte damit auf der Untertasse, damit sie ihm nachschenkten. »Womit kann ich dem Karifen eine Freude machen? Mit einem Rennen oder einer Geschichte?«

»Mit einer Geschichte. Jetzt, da ich gegessen habe, kann ich vernünftiger denken. Die Methode, mit der ihr die Füllen zum Laufen bringt, ist ganz klar. Mit deinen Geschichten verhält es sich jedoch nicht immer so, und das Ende ist nie so deutlich zu erkennen wie die Stute, zu der das Fohlen hinläuft. Laß uns also eine Geschichte hören.«

Adaba lachte glucksend. »Also schön. Ich habe eine gute Geschichte zu erzählen, die du noch nicht kennen wirst, da du schon so lange von der Wüste fort bist.« Er rückte sich auf seinem Platz bequemer zurecht und räusperte sich.

»Letztes Jahr geschah es, daß der Frühling verspätet kam; auf den

Schnee folgte Regen, der kein Ende nahm; am Rande des ewigen Sandes lag alles in Schlamm und Verwüstung, und in den Herzen der Männer regte sich die Sehnsucht nach dem Zeichen, das ihnen sagt, daß der Sommer doch noch kommt. Das galt sowohl für die Soldaten aus Vahn als auch für die Karabdu, aber vielleicht mehr noch für Männer aus Vahn, da sie als Soldaten fern von der Heimat und in einem fremden Land waren. So setzte sich denn einer ihrer kühnen Hauptmänner mit Namen Howanis, der in vergangenen Jahren großen Ruhm zur See gesammelt hatte, wie auch jetzt an Land, in den Kopf, zu heiraten, ein starker Mann mit seinem Schwert, der erbarmungslos Steuern einzog und darauf achtete, daß Bodrums Verbündete in der Wüste sich an seine Gesetze hielten. Das ist nichts Besonderes, denn viele hegten denselben Wunsch. Ich selbst war im letzten Frühjahr versucht, mir eine weitere Frau zu nehmen. Doch dieser Howanis wollte ein Mädchen der Karabdu zur Frau nehmen, und es gab keine einzige Familie, die bereit war, seine Werbung anzunehmen. Bis dann ein Mann aus meinem Lager seine jüngste Tochter zu Howanis brachte, der darauf einging und sich sogar mit dem hohen Preis einverstanden erklärte, der von der Familie verlangt wurde. Vielleicht hält man in Vahn ein mageres Kind für schön; wer kennt die Wege eines fremden Herzens? Oder vielleicht war es ihr gelbes Haar. Jedenfalls wurde das Bündnis geschlossen, und Howanis hieß die hellhaarige Tochter der Karabdu freudig in seinem Zelt willkommen. Aber bevor der Morgen graute –« Ein Rascheln in den Reihen der Zuhörer lenkte Adaba ab, und eine Stimme murmelte etwas über einen Schrei; der Tayyib bedankte sich für die Richtigstellung und nahm seine Erzählung wieder auf. »Wie gesagt, er hieß sie in seinem Zelt willkommen; und als wenig später ein leiser Schrei ertönte, dachten sich diejenigen, die Howanis und seine Gewohnheiten kannten, nichts dabei. Doch kurz bevor der Morgen graute suchten ihn seine Diener auf, um ihm von einem Pferd zu berichten, das in der Nacht gestohlen worden war, und sie fanden seinen Körper, der höchst eigenartig aussah, da ihm der Kopf fehlte; es war keine Waffe in der Nähe und keine Spur von der Frau. Nicht lange danach geschah es, daß Howanis' Kopf zurückkam, bei Nacht ins Lager geschleudert von einem berittenen Krieger, der die Heere von Vahn mahnte, sich vor der Macht der Wüste, so gering sie sie im Augenblick einschätzen würden, in acht zu nehmen. Und den Sommer über kam es immer wieder vor, daß Soldaten aus Vahn einem einsamen Krieger begegneten, der sie mit gezogenem Schwert ausraubte, ihnen die Pferde und die Waffen stahl und sie mit derselben Botschaft zu Fuß nach Hause schickte.« Adabas Stimme war träger geworden. »Diese Geschichte hat kein Ende. Aber ich bin überzeugt, daß wir es noch erleben werden, daß sich die Worte bewahrheiten.«

Ajjibawr nahm noch eine Prise Schnupftabak und rieb sich, nachdem er geniest hatte, leicht mit dem Finger am Nasenflügel. »Und die Soldaten von Vahn haben in dieser Angelegenheit keine Nachforschungen betrieben, und niemand hat sich an dich, den Mekrifen des Stammes, gewandt und Wiedergutmachung verlangt?«

Adaba breitete beschwichtigend die Hände aus. »Nein, nein, das habe ich nicht gesagt, o Karif. Aber selbstverständlich kamen sie stehenden Fußes und verlangten, ich solle ihnen Howanis' Mörderin ausliefern. Ich erklärte ihnen, daß sie vollkommen unabhängig durch die Wüste streift und sich meiner Kontrolle ebenso entzieht...«

»Wie du früher der meinen?«

»So ist es, Karif.«

Adaba lächelte. »Jedenfalls lag es nicht in meiner Macht, sie auszuliefern. Aber ich habe ihnen etwas gesagt, was ihnen nicht gefallen hat. Sie fragten, was ich in bezug auf diese Verbrecherin zu unternehmen gedächte, und ich antwortete ihnen...« Er hielt inne und lachte, die Hand an der Kehle. »Und ich antwortete ihnen, ich würde sie in mein Zelt holen, wohin sie gehört, sollte ich sie je erwischen. Wenn ein Mann nicht einmal die jüngste Tochter seines eigenen Gefolgsmannes haben kann, wen soll er dann nehmen?«

Ajjibawr zog eine Augenbraue hoch. »Ja wahrhaftig, wen?«

Er sah sich um, und sein Blick fiel auf den jungen Leibwächter des Mekrifen, der mit überkreuzten Beinen und geradem Rücken auf

dem Boden saß, das blanke Schwert über den Knien, das schmale, helle Gesicht mit dem Rahmen goldblonder Zotteln beherrscht von stolzen, blauen Augen. »Du kannst dich wirklich glücklich schätzen, daß du einen so meisterhaften Schwertkämpfer zum Leibwächter hast.« Adaba nickte stolz, dann flüsterte er Ajjibawr hinter vorgehaltener Hand zu: »Sie ist glücklicher, wenn man sie für einen Jüngling hält, und ich bin ein alter Mann. Ich tue so, als wüßte ich es nicht, und das spart mir viel Ärger. Abgesehen davon macht es mir Spaß.«
Ajjibawr legte Adaba eine Hand auf den Arm. »Also wartet der alte Wolf zur Abwechslung einmal ab?« Adaba streckte sich gähnend und deutete damit an, daß es Zeit war, schlafen zu gehen. Während sich die anderen achtungsvoll entfernten, beugte er sich wieder zum Karifen hinüber und flüsterte ihm leise ins Ohr: »Karif, du weißt, daß ich für die Art, wie du dein Leben führst, wenig übrig habe; wenn die Männer dazu bestimmt wären, allein zu leben, hätte sie die Natur doch nicht mit –« Ajjibawr hob die Hand in gespielter Abwehr, und Adaba zuckte die Achseln. »Ich bin jedoch in einem Alter, in dem es geraten scheint, jeden Schritt sorgfältig zu überlegen. Also überlege ich heute sorgfältig. Und morgen soll das Schicksal entscheiden.«

DIE LEHREN UND DER TOD DES MARAJ

bezeugt und wiedergegeben von Mumar, dem Frommen (Übers. Rassam)

Während des ersten Jahres des Wiederaufbaus drang die Nachricht ins Tal, daß ein Mann von Wüstenstamm zu Wüstenstamm zog, Vazdz' Wort lehrte und die Menschen aufforderte, dem Heiligen Vorleser zu gehorchen, und Dzildzil erfreute die Kunde von diesem Mann, der Maraj hieß, und lobte das heilige Beispiel, das er allen Menschen gab. Er lud Maraj ein, seine Lehren im Tal zu verbreiten, und in den ersten vier Jahren der Herrschaft des Heiligen Vorlesers kam und ging Maraj als hochgeachteter Mann, und viele Menschen versammelten sich um ihn, wenn er sprach.

Aber die Zeit verging, und Maraj wurde mager und ungepflegt, das Haar wuchs ihm auf die Schultern hinunter, und seine Kleidung wurde fadenscheinig und geflickt; der Staub der Straße bedeckte sein Gesicht, und sein Blick war stets nach innen gerichtet. Und er sprach in Rätseln zu den Menschen, verdrehte ihnen die Köpfe und stieß häufig in aller Öffentlichkeit Anklagen gegen Vazdz hervor. Und als einige weise Männer zu ihm gingen und eine Erklärung von ihm forderten, da lachte er ihnen ins Gesicht und rief: »Ich habe die wahrhaftige Offenbarung Gottes, und es wird mich in euren Augen zum Ausgestoßenen machen.«

Nicht lange danach wurde er tatsächlich mit dem Bann belegt und ins Gefängnis geworfen, wo er, den Berichten seiner Wärter zufolge, die Nächte mit Gebeten und Tränen, die Tage mit Fasten und Meditation verbrachte. Und in der Nacht vor seinem Prozeß hörte man ihn beständig ein Wort wiederholen, und das lautete: »Täuschung.« Doch am Morgen lautete das Wort, das er im Munde führte: »Wahrheit.« Und in dem Prozeß sagte er: »Rettung wird nur dann kommen für die Karabdu, wenn sie auf dem Rücken der Pferde bleiben und die Mauern vergessen, die sie einschließen; aber sie müssen auch ihre Narrenehre vergessen, was ihnen viel schwerer fallen wird.« Man fragte ihn: »Was ist das für eine Narrenehre?« Worauf er antwortete: »Das ist der Glauben, es sei falsch, einem Feind zu vergeben.« Und auch als fast die Hälfte der Strafe, die aus tausend Schlägen bestand, vollzogen war, bereute er nicht seine zahlreichen Gotteslästerungen und irregeleiteten Lehren. Doch der Henker, der Reue erwartet hatte, hielt nicht mit der Bestrafung inne und schlug ihm am Ende den Kopf ab, wie Dzildzil es befohlen hatte.

Und es beunruhigte viele Menschen, die Zeugen dieser Vorgänge waren, daß er seine Sünden nicht bereut hatte und daß man ihn sogar auf dem Weg zum Richtplatz in seinen Ketten singen und tanzen sah. Auf diese Weise verbreitete sich bald das Gerücht, ein anderer sei an seiner Statt getötet worden oder er sei von den Toten auferstanden und ähnliche Geschichten, die es nicht wert sind, wiederholt zu werden, so töricht sind sie.

III

Am nächsten Morgen kam ein Bote in das Lager gesprengt und störte ihr Frühstück, indem er sich Adaba vor die Füße warf. Auch er war ein junger Mann, den Ajjibawr nicht erkannte, einer, der acht Jahre zuvor noch ein Kind gewesen sein mußte; doch das scharf gerittene, schweißnasse Pferd war unverkennbar aus seinem eigenen Ziliman-Gestüt, und der junge Mann erkannte ihn plötzlich wieder. Er warf sich ein zweites Mal in den Sand, und Adaba beugte sich zu ihm nieder. »Der vierte Sohn deines Zuchtmeisters Mubassa. Mubassa wurde getötet, weil er lachte, als Dzildzil von deinem Grauen, dem er in die Gefangenschaft gefolgt war, abgeworfen wurde; seine vier Söhne haben nur das eine Ziel, dir zu folgen und ihr Fleisch und Blut zu rächen.«
Ajjibawr bedeutete dem jungen Mann, sich zu erheben, und betrachtete ihn prüfend. »Mubassas vierter Sohn – dann mußt du Masala sein.« Der Jüngling nickte. »Keiner von Mubassas Söhnen würde ein dreijähriges Pferd so scharf reiten, es sei denn, er hätte wichtige Neuigkeiten zu überbringen. Wie lautet deine Botschaft?«
Das Gesicht des jungen Mannes verzog sich zu einem breiten Lächeln. »Es sind wahrhaftig wichtige Neuigkeiten, o Karif. Die besten, die es in den letzten acht Jahren gegeben hat. Der König von Tredana ist tot, seine Frau hat mit ein paar Gefolgsleuten die Flucht ergriffen, und Leron ist in einer feierlichen Zeremonie zum König gekrönt worden und hat die Treueschwüre zahlreicher mächtiger Fürsten entgegengenommen.«
Ajjibawr sprang auf, und Adaba warf ihm einen triumphierenden Blick zu. »Dann ist es also soweit, o Karif.«
Ajjibawr lachte stolz. »Wo eben noch vier falsche Könige waren,

sind es nur noch drei. Wie lange, glaubst du, werden wir brauchen, bis wir sie auf zwei verringert haben?«
Adaba schob seinen Teller weg und erhob sich ebenfalls, indem er sich mit seiner fettglänzenden Hand über den drahtigen grauen Bart strich. »Ein kurzer Ritt zum Tal und vielleicht ein Scharmützel von zwei Tagen dort. Masala, brauchst du Ruhe, oder reitest du mit?« Der erschöpfte Bote lehnte kraftlos an der Flanke seines Pferdes, doch er richtete sich sogleich stolz auf und warf dem Sprecher einen gekränkten Blick zu. »Du bekommst ein frisches Pferd aus meinem Stall und reitest mit meinem Leibwächter. Shadith, zeig ihm alles. Geht und trefft eure Vorbereitungen: Wir brechen noch in dieser Stunde auf.«

Als die beiden, gefolgt von dem entkräfteten Pferd, davoneilten, sah Adaba Ajjibawr mit einem breiten Grinsen an. »Kein Wunder, daß dir soviel an Donnerblitz gelegen war. Die Ziliman-Zucht braucht offenkundig frisches Blut. Er ist nicht einmal die Hälfte der Strecke geritten, die wir zurückgelegt haben.« Ajjibawr lächelte, sagte aber nichts darauf, sondern klopfte nachdenklich auf den Griff seines Dolches. Adaba sah ihn durchdringend an. »Du willst also nicht reiten? Worauf willst du warten? Osmin wird Sundrat bald erreichen, wenn er nicht schon dort ist, und die Neuigkeiten erfahren. Zweifellos wird er mit dem neuen König sprechen, der sich auf ein Bündnis mit uns verlassen wird. Wir müssen zuschlagen, bevor Dzildzil seine Streitkräfte wieder zusammenzieht!« Er spuckte geräuschvoll aus.
Ajjibawr schüttelte den Kopf. »Wir müssen mit Scharfsinn vorgehen, nicht mit Gewalt. Ich habe kein Verlangen, die Hälfte der Karabdu niederzumetzeln, um die andere Hälfte zu erhalten.«
»Aber es sind Verräter, Karif! Und ihre Stämme sind nicht vertrauenswürdig!«
»Der Karif darf für keinen Stamm besondere Liebe oder besonderen Haß hegen, außer, wenn es sein eigener ist. Nein, ich habe einen Plan, und es ist deine Shadith, die mich darauf gebracht hat. Ich glaube, ich kann das Tal betreten, ohne Verdacht zu erregen,

wenn du mir dabei hilfst.« Er legte Adaba den Arm um die Schultern. »Bei deiner großen Familie, Mekrif, hast du doch sicher ein paar Kleider übrig, die ich tragen kann? Frauenkleider?« Er erklärte Adaba sein Vorhaben, und der alte Krieger brach in begeistertes Lachen aus und schickte eilends seine Diener aus, den Wünschen des Karifen nachzukommen.

Sie brachen, wie Adaba gesagt hatte, noch in derselben Stunde auf, und Karif und Mekrif ritten Seite an Seite an der Spitze, dicht gefolgt von zwei Männern, die die Fahnen der Stämme Tayyib und Ziliman trugen. Die glückliche Fügung wollte es, daß sie unterwegs keinem Menschen begegneten, weder Soldaten aus Vahn noch Stammesangehörigen der Karabdu, und am Abend des dritten Tages schlugen sie ihr Lager in einem schmalen Hohlweg, unweit der Wüstenhauptstadt, aber einigermaßen sicher vor unliebsamer Entdeckung, auf.

Sie saßen über einer Partie *Das verschollene Schloß*, als der junge Masala befangen zu ihnen trat und sich verneigte. »Es gibt noch eine weitere Botschaft, die ich vergessen hatte, weil ich sie nicht verstand. Außerdem habe ich zwar berichtet, daß der falsche König tot ist, nicht aber, daß dem Gerede der Leute nach die Königin seine Mörderin ist.«

Ajjibawr sah Adaba mit hochgezogener Braue an. »Ich habe dir ja von dem Besuch der Dame in der Wüste erzählt, nicht wahr? Da siehst du, daß ich nicht übertrieben habe.« Er wandte sich wieder an Masala. »Und wie lautet die andere Botschaft?«

»Vielleicht verstehst du die Bedeutung. Der Überbringer der Botschaft sagte: ›Die Tochter Simirimias ist, im Bündnis mit Leron, zurückgekehrt.‹ Doch es ist wohlbekannt, daß Simirimia von Treclere eine erbitterte Feindin Tredanas war.«

Ajjibawr lachte laut auf vor Erleichterung, und Adaba warf ihm einen forschenden Blick zu. Er erklärte: »Um nach ihrem Verbleib zu forschen, habe ich Osmin nach Sundrat und Tredana geschickt. Sie war außerdem, gemeinsam mit Dansen und Dastra, vor neun Jahren bei mir zu Gast.« Er wandte sich wieder an Masala. »Dein Vater hat ihr geholfen, das Pferd einzureiten, das ich ihr geschenkt hatte. Sie hegt keine Feindschaft gegen Tredana. Und wenn sie dort das rettende Ufer erreicht hat, dann werde ich mir nicht länger Sorgen um sie machen. Offensichtlich ist ihre Macht noch größer, als ich annahm.« Nachdem Masala sich entfernt hatte, blickte er versonnen lächelnd auf das Spielbrett hinunter und fühlte sich plötzlich um Jahre jünger und leichter ums Herz.

Adaba warf ihm einen schlauen Blick zu. »Dann hast du also in den vergangenen acht Jahren doch nicht ausschließlich das Leben eines Einsiedlers geführt?« Er wartete die Antwort nicht ab, sondern wandte sich ernsthaft dem Spielbrett zu und betrachtete prüfend sein steinernes Heer, als würde er wahrhaftig damit in die Schlacht reiten. Zögernd spielte er mit einem Admiral, zog dann mit einer gemurmelten Entschuldigung die Hand zurück und schob statt dessen einen Springer vor die Reihe der anderen. Ajjibawr schüttelte warnend den Kopf. »Der Tayyib ist heute abend unvorsichtig.« Er verstellte dem Springer unbewegt den Rückzug und lächelte. »Das bedeutet Belagerung für mich.«

Adaba sprang auf, lief um das Brett herum und begutachtete das Spielfeld über die Schulter des Karifen hinweg. Er prüfte jede Möglichkeit zum Rückzug oder Gegenangriff und erkannte, daß ihm alle Wege abgeschnitten waren. »Belagerung? Das ist ein Turmfall für dich, o Karif.« Er zuckte die Achseln und setzte sich wieder auf seinen Platz. »Es ist gut, daß du zurückgekommen bist, und wäre es nur, um mich am ständigen Gewinnen zu hindern.«

Er gab einem Diener ein Zeichen, worauf dieser schweigend das Brett entfernte und die Figuren vorsichtig in das passende Reiseetui legte. »Du verläßt uns also morgen, wie geplant?«

»Ich gehe, wie geplant, und ebenfalls wie geplant wirst du hierbleiben und nicht so töricht ausreiten wie der Springer, den du gerade geopfert hast.«

Adaba nickte. »Ich werde hierbleiben, aber nur drei Tage. Wenn du bis dahin nicht zurückgekehrt bist, dann halte nach einem Retter Ausschau.«

Am nächsten Morgen kleidete sich Ajjibawr mit Hilfe der gutgelaunten Adabas an, der sich mit der Anordnung von Frauengewändern wesentlich besser auskannte als er. Mit etwas Puder färbte er Ajjibawrs helles Haar noch grauer, als es ohnehin schon war, und betrachtete sorgenvoll die Schläfen, wo es beträchtlich kahl geworden war. »Bei Frauen lichtet sich im Alter selten das Haar, Karif. Und ich kann mir auch nicht vorstellen, daß sie, wie stiefmütterlich auch vom Schicksal bedacht, so rauhe Wangen haben könnten.«

Ajjibawr strich sich über das Kinn und verzog das Gesicht. »Ich vertraue darauf, daß kein Mann Gelegenheit haben wird, sie zu streicheln«, entgegnete er trocken. »Und ich werde nicht versäumen, mich zu rasieren.«

Adaba warf Ajjibawr ein schweres Wolltuch über den Kopf, steckte sorgsam die längeren Haarsträhnen fest und kreuzte die Enden des Schals sittsam über der Brust. »Vergiß nicht, darauf zu achten, daß deine Ärmel sich nicht zu weit zurückschieben. Es gibt nicht viele alte Frauen, die Narben vom Schwertkampf auf den Unterarmen haben.«

Ajjibawr lachte und musterte dann stirnrunzelnd die goldenen Haare auf seinem Handrücken. Adaba erbot sich, sie abzurasieren, aber das ging Ajjibawr zu weit. »Ich werde die Aufmerksamkeit der Leute nicht auf mich ziehen. Ist der Korb fertig?«

Adaba nickte und öffnete einen großen Hausiererkorb, der gefüllt war mit Spitzenborten und Stickereien, Fischbeinkämmen und geschnitzten Spiegelrücken aus Vahn, Fläschchen mit Fischtran, der zur Herstellung von Duftessenzen notwendig war, und anderen, aus Adabas zahlreichen Haushalten geplünderten Gegenständen. Er nannte ihm kurz die handelsüblichen Preise der Waren, und Ajjibawr vertraute sie alle seinem Gedächtnis an. Dann schnallte er sich das ganze Bündel auf die Schultern und zog sich, gebeugt unter dem Gewicht, das Tuch hoch ins Gesicht. Adaba schüttelte den Kopf. »Vielleicht sollte ich doch nur zwei Tage warten.«

Ajjibawr straffte sich und schüttelte den Kopf. »Drei Tage, du Schelm. Ich bin sicher, daß die Verkleidung ausreicht für diejenigen, die keinen Verdacht hegen.«

Als Ajjibawr das Tal erreichte, war er tatsächlich unter seiner Last gebeugt. Zusammengekauert saß er in dem unbequemen Packsattel des unansehnlichen weißen Maultiers, das Adaba für ihn ausgesucht hatte. »Wenn der Karif als Hausierer verkleidet in die Stadt reiten muß, dann sollte er es auf einem Maulesel tun. Aber nimm wenigstens einen weißen«, hatte Adaba gesagt. Die Wachen am äußeren Zugang zum Tal blickten nicht auf, sondern winkten ihn nur ungeduldig durch, und bald darauf war der schmale Durchgang, der in das Tal führte, vom Widerhall seiner Hufschläge, zurückgeworfen von den hohen Felswänden, die sich weit oben fast zu berühren schienen, erfüllt. Hier hatte sich nichts verändert; der festgetretene Weg, der leichte Geruch nach nassem Stein, den die Felswände ausströmten, das unveränderlich düstere Licht; Ajjibawr straffte sich ein wenig und sog die vertrauten Gerüche ein. Dann weitete sich der kleine Lichtkreis vor ihm zu einem hohen Dreieck und gab schließlich, als er näherkam, einen eingeschränkten Blick auf die gewaltige Weite des Tals frei.
Alle Beschreibungen in Adabas Lager hatten es nicht fertiggebracht, ihn auf den Anblick des wiederaufgebauten Tals vorzubereiten. Die weite Ebene, die ein kleines Stück unter ihm lag, war bedeckt mit dicht zusammengedrängten Gebäuden von größtenteils gedrungener, einfallsloser Bauart, die in hellen Schattierungen von Blau und Grün unregelmäßig gestrichen waren. Selbst auf diese Entfernung war der Gestank der Stadt so durchdringend, daß Ajjibawr zurückwich und sich das Tuch über das Gesicht zog.
Schließlich trieb er das Maultier, das träge vor sich hin döste, an, worauf es den steinigen Weg zu den nächstliegenden Häusern hinuntertrottete. Auf der anderen Talseite, wo das gewaltige, in den Fels gehauene Abbild Vazdz' und die Grabstätten der neun Könige die Bergwand schmückten, leuchtete es bunt; offenbar hatte man den Felsen mit Fahnen behängt. Vor den groben Mauern, von denen Dzildzils Palast in der Mitte der Stadt umgeben war, hatte man einen Markt aufgebaut; eine schmale Wasserrinne verlief quer über den kleinen Platz und verschwand unter den Palastmauern. Das Wasser stank faulig, und ein feiner weißer Staub lag wie eine

Mehlschicht auf allem. Ajjibawr breitete seine Waren mit gesenktem Kopf, die Augen und Ohren jedoch weit offen, im Schatten eines kranken, staubüberzogenen Baumes aus. Gegen Mittag stellten einige Brot- und Fleischverkäufer kleine Feuerschalen auf und brieten Lammfleischspieße; Ajjibawr erstand einen davon sowie eine Tasse Kaffee, wobei er eine gelungene Vorstellung der mißmutigen Alten gab, indem er die Münzen eine nach der anderen mit zitternden Fingern abzählte.
Sein Mittagessen blieb jedoch nicht ungestört. Plötzlich gellten schrille Hornstöße durch die Luft, und die Tore in der Palastmauer flogen auf. Hastig wurden die Waren eingesammelt, und die Händler gaben den Weg frei, als drei fahlgoldene Pferde mit grotesk hochgezügelten Köpfen eine leichte Kutsche auf den Hof hinauszogen. Drei berittene Leibwächter begleiteten das Gespann, einer auf jeder Seite und der dritte als Nachhut, und die Gruppe schlug eine breite Bresche auf dem kleinen Platz.
Ein Mann, der neben Ajjibawr Tonwaren verkauft hatte, packte ihn am Ärmel und zog ihn aus dem Weg, gerade, als der Zug um die Ecke bog und in einer Seitenstraße verschwand. »Vorsicht, Mütterchen, sonst wirst du überfahren.« Ajjibawr bedankte sich mit zitternder Stimme und niedergeschlagenen Augen. Ein anderer Händler lachte. »Überfahren oder zum Palast geschleppt. Ich wette, es ist kein altes Weib in der Stadt sicher, solange die Witwe Halila seinen Antrag ablehnt.« Der Händler mit den Tonwaren stellte seine Töpfe umständlich wieder auf, indem er mit dem Ärmel den Staub von der blauen Glasur eines jeden abwischte. »Aber, aber, mein Freund, hüte deine Zunge. Wir befinden uns im Schatten des Palastes. Und es ist schließlich nicht so, als wäre das Interesse des Heiligen Vorlesers für die Witwe persönlicher Natur.« Der andere gab eine spöttische Antwort, und der Nachmittag begann sich mit einem schweren Schleier von Staub und Hitze auf sie niederzusenken.
Eine Zeitlang saß Ajjibawr schweigend, schweißgebadet unter seinen schweren Frauenkleidern, da. Er verkaufte einer jungen Frau, an deren Röcken drei oder vier Kinder hingen, einen Spiegelrük-

ken aus Elfenbein und machte ihr einen besonders günstigen Preis, weil sie so abgehärmt aussah. Ihm wurde mit der Zeit klar, daß Adabas Handelswaren viel edler waren als der Krimskrams, der im allgemeinen auf einem Basar verkauft wurde. Es war eher die Art von Waren, die in den besseren Vierteln der Stadt an der Haustür gehandelt wurden. Natürlich. Er beugte sich über seine Auslage und packte alles mit übertriebener Vorsicht in seinen Korb, dann stemmte er das Bündel keuchend auf den kräftigen runden Rücken des weißen Maultieres hinauf. Sein Nachbar hob zum Abschied die Hand und beeilte sich, das schattige Plätzchen, wo der Esel angebunden gewesen war, in Beschlag zu nehmen.

Es war nicht schwer, das bessere Viertel der Stadt zu finden. Die Häuser waren durch umfriedete Gärten voneinander getrennt, und grüne Pflanzen lugten über hohe Mauern; an den mächtigen Häuserfronten befanden sich Fenster mit fein ziselierten Läden, und zu jedem der verriegelten Tore führten Wagenspuren hin. »Edle Waren, seltene Öle, Schildpattschnitzereien...« er hustete und versuchte es noch einmal mit höherer Stimme. »Seltene Öle, Essenzen, Schild...« Ein Fensterladen wurde über ihm aufgestoßen.

Ein hübsches Mädchen mit hellblondem Zopf, der ihm über die Schulter fiel, beugte sich hinaus. »Ich versuche gerade, Rosenessenz zu machen«, sagte sie. »Hast du ein Öl, das den Duft bindet?«

Er kramte in seinem Korb und zog eines von Adabas Fläschchen hervor. Im Kopf überschlug er einen Preis, der den Verlust beim Verkauf des Spiegelrückens wieder wettmachen würde. »Ah, meine Liebe«, sagte er, und ein boshafter Schalk regte sich in seiner Brust, »ich habe es tatsächlich, in Vahn destilliert und so rein wie deine reizende junge Wange. Aber es kostet dich etwas. Drei Goldkrahs habe ich dafür bezahlt, was ich mir nur mit Mühe leisten konnte. Aber ich gebe es dir für nur einen halben Krah mehr.«

Das Mädchen machte eine ungeduldige Handbewegung und nickte dann. »Also gut, Alte. Zeig es mir.« Sie streckte die Hand nach unten, und Ajjibawr tat so, als würde er sich, gebeugt, wie er war, nach Kräften hinaufrecken. »Es ist zu hoch für eine alte Frau, schönes Kind. Du wirst herunterkommen müssen, mein Liebchen.« Das Mädchen zog die Fensterläden zu, und einen Augenblick später stand es, eine Seidenbörse in der Hand, in der Tür. Es nahm das Fläschchen, zog den Korken heraus und schnupperte prüfend daran. »Ja, das ist das Öl.« Das Mädchen öffnete seine Börse. »Hier sind dreieinviertel Krah, mehr als genug, wie du wohl weißt.«

Ajjibawr biß sich auf die Unterlippe, um nicht laut loszulachen. »Dann wirst du einer alten Frau eine Bitte nicht verübeln, meine Liebe? Es erfreut mein Herz, ein so frisches, hübsches Ding zu sehen wie dich. Gib mir einen Kuß auf die Wange, dann frieren meine alten Knochen vielleicht nicht so sehr, wenn ich mich heute abend schlafen lege.« Das Mädchen warf ihm einen verwunderten Blick zu, dann beugte es sich ungnädig vor und hauchte einen flüchtigen Kuß auf seine Wange. Die junge Frau duftete köstlich. »Bitte sehr.« Sie steckte das Fläschchen vorsichtig in ihre Börse und zuckte zusammen, als plötzlich Trompetenklänge ertönten. »Wenn du noch andere Öle zu verkaufen hast, geh zur Witwe Halila«, sagte sie in freundlicherem Ton als zuvor. »Ihre Dienerinnen stellen viele Essenzen aus Gartenpflanzen her und kaufen die verschiedensten Öle.«

»Aber welches ist ihr Haus, meine Liebe?«

»Das dort drüben, wo jetzt die Kutsche des Heiligen Vorlesers gerade abfährt.«

Er bedankte sich bei ihr und lenkte den Esel unter Mühen zum Ende der Straße herum. Dort waren die Torflügel aufgezogen worden, und die drei fahlgoldenen Pferde tauchten auf. Sie setzten geziert die Hufe und schlugen mit den seidigen weißen Schweifen. Ihr Köpfe waren so hoch gegurtet, daß sie sie nur unter Anstrengung drehen konnten, und der Kutscher fluchte, als er das Gefährt in Ajjibawrs Richtung herumlenkte. Ein Wagenrad rutschte von der Straße ab in den schmalen Rinnstein, und der Heilige Vorleser, der hinter dem Kutscher stand, wurde gegen die Seitenwand des

Dreispänners geschleudert. Er schien in wütender Stimmung zu sein, denn er nahm seinen Elfenbeinstab mit Goldspitze und begann damit den Nacken und die Schultern des Kutschers zu bearbeiten. Sie schwankten in einer dichten Staubwolke an Ajjibawr vorüber, und einen Augenblick lang konnte er Dzildzil, hoch über ihm in der Kutsche, deutlich sehen. Der Herrscher war ein junger Mann, nicht älter als dreißig, mit hellem, fast weißem Haar und hervorquellenden hellblauen Augen; er hatte einen breiten vollen Mund. Er war von Kopf bis Fuß in Goldstoffe gekleidet, hatte weißgoldene Sandalen an den Füßen und einen schweren goldenen Armreif am rechten Handgelenk; der Kutscher, auf den er noch immer einschlug, trug eine weiß und golden gestreifte Baumwolltunika. Sie ratterten vorüber, und Ajjibawr drängte sich, den Ärmel zum Schutz gegen den Staub vor das Gesicht gehalten und fasziniert von der zügellosen Wut des Heiligen Vorlesers, dicht an die Mauer. Offensichtlich war die Witwe Halila auch diesmal eine zustimmende Antwort schuldig geblieben. Er nahm das Maultier am Halfter und setzte sich zu ihrem Haus hin in Bewegung.

DIE ANNALEN DES DZILDZIL
Chronik des Jahres Sieben . . . Auszug

Es erwies sich, daß diejenigen, die durch Marajs Lehren zur Ketzerei verleitet worden waren, sich nach seiner Hinrichtung im Jahre Vier nicht vollständig von ihren Bräuchen lossagten, obwohl es in der Öffentlichkeit keinen Hinweis auf ihre Existenz gab. Doch im Jahre Sieben kam die Wahrheit durch Vazdz' Hand ans Licht, als ein junger Mann vom Stamme der Shibayi versuchte, den Heiligen Vorleser während seines öffentlichen Gebetes anläßlich der Herbstopfer zu töten. Er wurde entdeckt und keine sechs Meter von der Stelle, an der der Heilige Vorleser kniete, mit einem Dolch in der Hand von der Wache ergriffen. Als man ihn verhörte, gab der junge Mann zuerst keinen Grund für seine Handlungsweise an, gestand jedoch auf nachdrückliches Drängen hin, daß es in der Stadt noch immer eine Gruppe von Menschen gab, die überzeugt waren, daß Marajs Worte über Vazdz der Wahrheit entsprachen; diese elenden Ungläubigen hatten, den Angaben des jungen Mannes zufolge, beschlossen, daß Dzildzil durch den Tod aus seinem hohen Amt entfernt werden müßte, hatten ihn bekehrt und zum Schweigen verpflichtet und ihn durch kunstvolle Ränke dazu gebracht, nach ihrem Willen zu handeln. Kurz nach diesem Geständnis hauchte der Jüngling sein Leben aus, nicht ohne vorher seinen Fragern bereitwillig die Namen dieser ›Marajiten‹ genannt zu haben, die bald darauf ergriffen und auf Befehl des Heiligen Vorlesers öffentlich hingerichtet wurden. Und mit großer Freude sahen die Menschen, daß ihre Stadt von diesem verderblichen Einfluß gereinigt wurde und daß die Ketzereien des Maraj verschwanden, als hätte es sie nie gegeben.

IV

Minutenlang stand Ajjibawr vor Halilas Haus und fand nicht den Mut, zu handeln. Als er endlich seine Waren anpries, geschah es mit belegter Stimme, und er hatte nicht die geringste Mühe, sie zittrig klingen zu lassen. Seine Sorge war jedoch unnötig, denn als die Läden geöffnet wurden, kam nur eine Dienerin ans Fenster, die sich nach seinen Waren erkundigte und ihn recht höflich aufforderte, am nächsten Tag wiederzukommen. Er nickte bescheiden und zog weiter.

Am Abend, als er sich, zum Schutz vor der nächtlichen Kälte in seinen Schal gehüllt, an den schlafenden Esel gelehnt hatte, ging er im Geiste noch einmal all die unbeantwortbaren Fragen durch, die Halila stellen würde. Nun gut, wenn sie ihn nicht zu sehen wünschte, war es ein leichtes, zu gehen, und wenn er erst wieder Karif war, würde er dafür sorgen, daß sie in Ruhe gelassen wurde. Er fiel in einen unruhigen Schlaf und erwachte im Morgengrauen.

Das Maultier labte sich zum Frühstück bequem an den Gräsern und Dornenbüschen auf der Gemeindeweide, doch Ajjibawr brach mit leerem Magen auf. Er zog seine Gürtelschärpe fester zu, um seinen leeren Magen zu beschwichtigen, und hielt, in der Hoffnung auf eine Tasse Kaffee, auf den Marktplatz zu. Nach Essen war ihm nicht zumute. Auf dem Markt herrschte große Aufregung; die Menschen standen dicht gedrängt bis zu den Mauern und warteten auf eine Nachricht aus dem Palast, die das Gerücht bestätigen sollte, daß vor dem Talzugang eine Schlacht tobte. Ajjibawr hörte die Neuigkeit mit Sorge. Adaba hatte versprochen, drei Tage lang in seinem Versteck zu bleiben, aber wer sonst sollte sich mit Dzildzils Streitkräften vor den Toren der Stadt eine Schlacht liefern? Endlich wurde das Tor geöffnet, und einer von Dzildzils Hauptleuten, deutlich zu erkennen an seiner goldenen Uniform, erschien. Seine behandschuhte Rechte lag auf der Schulter eines schlammverschmierten Kriegers, dessen Gesicht von einem dünnen Schwertschnitt gezeichnet war, die andere hob er, um die Menschen zum Schweigen zu bringen.

»Liebes Volk, treue Untertanen des Heiligen Vorlesers in diesem achten Jahr der friedlichen Unterwerfung unter Vazdz' Willen. Ich habe heute glorreiche Nachricht für euch.« Ajjibawr zog sich in die Menge zurück und packte die Zügel des Maultiers mit festerem Griff. »Wir hatten ein Scharmützel vor den Toren der Stadt, und obwohl es den gottlosen Halunken gelang, zu entkommen, konnten wir drei Männer töten und einen gefangennehmen. Und dieser Gefangene ist ein Mann, der unrühmlich in die Annalen der Wüste eingegangen ist, der in dem halben Jahrhundert seines unnützen Lebens keinem Herrn treu war. Hier ist der Mann, der das Pferd dieses verruchten Verbrechers zu Fall gebracht hat: Talal, tritt vor!« Der Krieger trat unter den Jubelrufen der Menge vor. »Und hier ist der Gefangene, der berüchtigte Tayyib!«

Ajjibawr unterdrückte ein verzweifeltes Stöhnen und griff unwillkürlich nach einem Schwert, das nicht vorhanden war. Hilflos in seiner hinderlichen Verkleidung mußte er mit ansehen, wie sein Freund von verächtlich blickenden Wachsoldaten mit auf den Rükken gefesselten Armen fortgeschleppt wurde. Adabas Gesicht war von Schlägen verquollen und schwarz verfärbt, ein Auge zugeschwollen, sein Bart verkrustet vom Blut, das ihm aus Mund und Nase lief. Unter den Augen der Schaulustigen baute sich Talal großspurig vor ihm auf und schlug noch einmal zu. Beim ersten Schlag reagierte Adaba nicht, doch beim zweiten wand er sich aus dem Griff des Soldaten und trat dem jungen Mann so heftig gegen das Knie, daß er um ein Haar gestürzt wäre. Umgehend warfen sich Talal und der Wachsoldat auf ihn und bearbeiteten ihn, bis er fast bewußtlos in seinen Fesseln hing.

Das Tor des Palastes füllte sich wieder mit Menschen. Einige Wachsoldaten, die eine große Gruppe alter Männer auf die Straße

hinaustrieben, tauchten auf. Die meisten der Alten hielten krampfhaft ihre losen Kleider zusammen, einige waren an den Armen von Schlägen gezeichnet, und ihre Gesichter wirkten verwirrt. Wieder gebot der Hauptmann der Menge mit erhobener Hand Schweigen. »Uns ist zu Ohren gekommen«, rief er, »daß ein gefährlicher Verräter, der mit eben jenem Tayyib unter einer Decke steckt, sich bereits in einer Verkleidung in der Stadt aufhält. Ihr guten Leute, mißtraut jedem, dem ihr begegnet. Seht euch jeden genau an: wer diesen getarnten Krieger entdeckt, verdient eine goldene Belohnung aus den gnädigen Händen des Heiligen Vorlesers selbst.«
Ajjibawr knirschte in ohnmächtigem Zorn mit den Zähnen und zermarterte sich das Hirn, wie er eine Waffe an sich bringen oder dem Tayyib helfen konnte. Wenn sie bereits die alten Männer überprüften, würde es nicht lange dauern, bis sie auf die alten Frauen kamen. Er zog am Halfter des störrischen Maultiers und versuchte, sich durch die dichtgedrängte Menge hinauszuschlängeln. Vielleicht würde er in Halilas Haus Hilfe finden. Er hatte den Rand des Gedränges fast erreicht, als die Leute zurückwichen und er erneut feststeckte. Reiter trabten auf den Marktplatz, eine kleine Gruppe von sechs Leuten, und über ihren Köpfen flatterte das Banner von Vahn. Sie trugen den schweren Lederharnisch ihres Landes, der über und über mit glänzenden Metallplättchen benäht war, hatten hohe Fellhüte auf den Köpfen und goldene Ringe in den Ohren. Der Anführer trieb sein Pferd mit den Sporen an, hob hustend von dem dichten Staub die Hand und sprach mit heiserer Stimme.
»Die Nachricht von eurem Sieg hat uns erreicht«, sagte er. »Wir sind gekommen, den Gefangenen nach Vahn zu bringen. Schon lange hegt Bodrum den sehnlichen Wunsch, den Kopf des Tayyib über seinem Tor aufgespießt zu sehen.«
Der Hauptmann der karabdinischen Wache blickte finster zu ihm auf. »Warte, dann kannst du seinen Kopf mitnehmen und brauchst dich nicht mit der Bewachung eines Gefangenen auf dem Weg zu belasten.«

»Bodrum wünscht, ihm den Kopf eigenhändig abzuschlagen. Wir haben den Befehl schon seit vielen Monaten.«
»Zu dumm, daß ihr ihn dann nicht selbst gefangen habt.«
»Ihr seid uns aufgrund des Vertrages unterstellt, darum geschieht alles, was eure Leute vollbringen, in Bodrums Namen.«
Der Hauptmann aus Vahn riß sein Pferd ungeduldig auf der Stelle herum und zog, während es sich drehte, sein Schwert. »Bringt uns unseren Gefangenen«, rief er, und der karabdinische Wachhauptmann schickte sich wütend an, seinem Befehl Folge zu leisten. Einen Augenblick lang konnte Ajjibawr genau in das Gesicht des Anführers aus Vahn blicken, und er erkannte unter der dunkel bemalten Haut und den dunkel gefärbten Haaren voller Schrecken Shadith. Ein Hoffnungsfunke blitzte in ihm auf und erstarb wieder, als er in die Gesichter der anderen blickte und sah, daß sie genau das waren, was sie zu sein schienen, nämlich Söldner aus Vahn. Adaba wurde in seinen Fesseln nach vorne gestoßen, und Shadith setzte ihm die Spitze ihres langen Schwertes an die Schulter und schob ihn gegen die Wache zurück.
»Liegt der alte Hund also doch endlich an der Leine.« Sie ließ die scharfe Spitze über sein Gesicht zucken, hob eine blutverkrustete Haarsträhne damit an und ließ sie wieder fallen. »Wenn der Befehl meines Königs nicht wäre, könnte ich seinen Kopf jetzt gleich nehmen, oder vielleicht ein Auge.« Sie strich ihm mit der Schwertspitze über die verquollene Wange, glitt damit gekonnt zum Augenlid hoch und ließ sie dann auf seine Brust fallen, die sich unter schweren Atemzügen hob und senkte. »Wir haben so manche alte Rechnung zu begleichen, er und ich. Ich glaube, das wird ein vergnüglicher Ritt nach Vahanavat. Wer ist der tapfere Mann, der ihn gefangen hat?« Talal trat stolzerfüllt vor. »Du kannst mit uns kommen, wenn du willst. Mein König wird dich freudigen Herzens belohnen.« Talal warf seinem Hauptmann einen fragenden Blick zu, und der andere nickte. Shadith gab einem ihrer Männer ein schroffes Zeichen, und er führte ein Packpferd heran, auf dem Adaba grob festgebunden wurde, die Füße unbequem unter dem Bauch des Tieres verschnürt. Sie bedachte seine qualvolle

Lage mit einem Lächeln, und als er ihr gerade in die Augen blickte, lachte sie lauthals, daß ihre weißen Zähne blitzten. Sie reizte ihn wieder mit der Schwertspitze. »Du wirst erfahren, was es heißt, nach den Fersen von Vahn zu schnappen. Kommt.«

Talal kletterte auf den Rücken des Pferdes, das man ihm gebracht hatte, und gleich darauf machte der kleine Trupp kehrt und trabte davon. Adaba schaukelte hilflos mit den Bewegungen seines Pferdes vor und zurück. Der Hauptmann, der sich um seinen Triumph und um seinen Gefangenen gebracht sah, blickte dem Grüppchen in wütender Verwirrung nach, ging dann durch das Tor hinein und schloß es hinter sich. Langsam löste sich die Menge auf, und verschlafene Ruhe senkte sich wieder über den Marktplatz.

Ajjibawr wußte nicht, was ihn mehr bewegte, die Gefahr, in der sein alter Freund schwebte, oder der unvorstellbare Verrat, den er mit angesehen hatte. Oder vielleicht doch kein Verrat. War die Geschichte von Hauptmann Howanis nur eine Erfindung, ein Trick, um sich Adabas Vertrauen zu erschleichen? Zweifellos hatte sie ihn zu dem Kampf in der vergangenen Nacht verführt und außerdem Ajjibawrs Anwesenheit in der Stadt verraten. Der alte Wolf vom Stamm der Tayyib, verraten und überwältigt von einem Mädchen von sechzehn Jahren. Was für eine Abrechnung würde das sein, wenn er die Männer des Tayyib um sich versammelte und ihm zu Hilfe eilte. Mehr denn je scheute er vor der Begegnung mit Halila zurück, aber um des Tayyib willen war keine Zeit zu verlieren: er würde eine Waffe benötigen, bevor er die Stadt verließ. Und was immer sie sagen würde, es hatte nichts mit dem zu tun, was Shadith getan hatte. Es konnte keinen Verrat zwischen ihnen geben. Er bog in die Straße ein, in der sie wohnte, und zwang sich, an ihr Fenster zu treten, wo er leise an den Laden klopfte. Er wurde geöffnet, nachdem er ein zweites Mal geklopft hatte.

Dieselbe Dienerin wie am Vortag streckte den Kopf heraus, eine freundlich blickende Frau, die er nicht kannte. Sie lächelte. »Wir hatten gehofft, daß du wiederkommst. Öle sind knapp in diesem Jahr, und viele unserer Extrakte sind vorbereitet. Es gibt soviel Gesindel, das die Warensendungen von Vahn ausraubt. Warte einen Augenblick, ich komme hinunter.« Gleich darauf war sie am Gartentor. »Führ dein Tier herein und bind es an dem Ring an. Dort gibt es Heu und Wasser. Und dann folge mir.« Im Garten war es kühl, die Sonne schien erst ab Mittag oder noch später herein. Gepflegte weiße Kieswege wanden sich zwischen Blumenbeeten, hohen, schön gewachsenen Büschen und späten, welkenden Rosen, die an den Mauern festgebunden waren, hindurch. Er zurrte das Maultier an einem wassergefüllten Steintrog fest, und es begann sogleich hungrig am Heu zu zupfen. Nachdem Ajjibawr seinen Korb losgebunden hatte, folgte er der Dienerin durch den Garten, eine breite, flache Treppe hinauf und durch eine hölzerne Schiebetür auf die hohe Veranda, die die gesamte Gartenseite des Hauses einnahm.

In der Mitte des Raumes befand sich ein großer runder Brunnen mit breitem Steinrand, der etwa einen Meter hoch war. Wasserblumen schwammen darauf, und unter der Oberfläche huschten schillernde Fische umher. Auf einem niedrigen Tisch neben der Gartentür standen zahlreiche Flaschen und Krüge; darüber hingen an Fäden Sträuße getrockneter Blumen und Kräuter, die ihrer Destillation harrten. Der Raum war kühl und von einem süßen Duft erfüllt, und Ajjibawr erinnerte sich mit einem Schlag der merkwürdigen Mischung scharf riechender Kräuter, die Halilas ureigensten Duft ausgemacht hatte. Als er seine kleinen Fläschchen aufbaute, zitterte seine Hand. Er hörte leise Schritte hinter sich und drehte sich unwillkürlich um.

Halila schritt langsam durch den Raum, ließ sich auf dem Brunnenrand nieder und strich ihr tiefdunkelblaues Gewand zurecht. Ein zarter Schleier von derselben Farbe fiel ihr vom Scheitel bis zur Taille; das Haar, das darunter hervorsah und ihr Gesicht rahmte, war vollkommen weiß. Sie faltete die Hände im Schoß und sah ihn mit ihren unverändert dunkelblauen Augen an; eine alte Frau, aber so schön wie nie.

»Du bringst Waren aus Vahn?« erkundigte sie sich, und Ajjibawr nickte benommen. Er spürte, daß ihm die Röte ins Gesicht stieg. »Du brauchst nicht so erschrocken zu schauen«, sagte sie. »Wir fragen nicht nach ihrer Herkunft. Uns genügt es, daß sie am Ende trotz der Gefahren beim Transport ihr Ziel erreichen. Was hast du hier?« Ajjibawr beschrieb, indem er die verschiedenen Fläschchen hochhielt, ihren Inhalt, und Halila nickte schweigend. Sie betrachtete ihre getrockneten Blumen, stellte einige Berechnungen im Kopf an und nickte dann, nachdem sie ihre Wahl getroffen hatte, der Dienerin zu. »Bring diese Fläschchen in die Vorratskammer und achte darauf, daß sie gut verstaut werden. Dann bring mir meine Schatulle.« Die Frau nickte und entfernte sich. Als sie allein waren, wandte sich Ajjibawr ab.

»Zeig mir deine anderen Waren«, forderte ihn Halila auf. »Was hast du an Schildpatt?« Ajjibawr zog einen hübsch geschnitzten Kamm hervor, den wundervoll ausgearbeitete Schiffe und Seeschlangen zierten, und hielt ihn ihr zur Begutachtung hin, ohne ihr allzu nah zu kommen. Sie nahm ihn mit ernster Miene und hielt ihn ins Licht.

»Seltsam«, sagte sie, »wie die Dinge aus unserer Vergangenheit wiederkehren und unsere Gegenwart stören. Ich könnte schwören, daß dieser Kamm einmal Shalimi Mekriva, der dritten Frau des Tayyib und vor nunmehr fünf Jahren verstorben, gehört hat. Hast du sonst noch etwas? Was ist mit diesem Ring?«

Ajjibawr strich über den silbernen Doppelfaden, den er am kleinen Finger der linken Hand trug. »Der ist nicht zu verkaufen. Es ist ein Geschenk.«

»Ich dachte, eine Hausiererin würde alles verkaufen?«

»Alles, was zu verkaufen ist. Aber dieser Ring wurde mir vor zweiundzwanzig Jahren am Vorabend meiner Hochzeit geschenkt, und Treue ist unverkäuflich.«

Halila senkte den Blick auf ihre Hände und drehte ihren eigenen Silberring am Finger. »Vielleicht, weil es keine Käufer dafür gibt?«

Er spreizte die Hände. »Vielleicht ist es so, wie du sagst.«

Bevor Halila etwas darauf erwidern konnte, stürmte ein junges Dienstmädchen herein. Es blieb stehen, als sein Blick auf Ajjibawr fiel, und sah ihre Herrin mit großen Augen an.

Halila lächelte. »Es ist schon gut, mein Kind, du kannst offen reden.«
»Gnädige Frau, es gibt wieder Neuigkeiten vom Tayyib.« Ajjibawr hob mit einem Ruck den Kopf. »Er wurde nach Vahn geschleppt, wie wir hörten, aber es war ein Hinterhalt! Der Mann, der ihn gefangengenommen hatte, Talal, ist gerade, auf ein Pferd gebunden, zurückgebracht worden. Es heißt, sie haben ihm die Hand abgeschlagen und ihm eine Nachricht an den Kleidern befestigt. Darauf steht, daß ihm die Hand abgehauen wurde, weil er damit den Tayyib geschlagen hat. Und daß die Schuld erst beglichen ist, wenn sie ihm den Kopf in gerechtem Kampf abgeschlagen haben.«
Halila lächelte trocken. »In gerechtem Kampf. Vermutlich heißt das, wenn er gelernt hat, das Schwert mit der linken Hand zu führen.« Sie schüttelte den Kopf und entließ das Mädchen mit einer Handbewegung. »Geh jetzt, Kind, und plaudere nicht zu laut über diese Dinge.«
Die Dienerin ging hinaus, und Halila sah Ajjibawr ins Gesicht. »Es gibt also doch noch Treue.« Sie hielt ihm den Kamm hin. »Bring das dem Tayyib zurück. Wenn er noch eine Weile zu leben hat, wird er ein weiteres Brautgeschenk brauchen.«
Ajjibawr fiel vor ihr auf die Knie und barg sein Gesicht in den Armen, die auf dem Brunnenrand lagen. Halila brach das kurze Schweigen. »Hast du wirklich geglaubt, ich würde dich nicht erkennen? Ich habe dich schon erkannt, als ich gestern aus dem Fenster sah, um meinem Besucher nachzuschauen, und eine alte Frau erblickte, die einem törichten Mädchen einen Kuß stahl.« Sie lachte. »Ein solches Risiko für eine so armselige Belohnung.«
»Ich kam schon gestern an dein Fenster.«
»Gestern fühlte ich mich nicht stark genug, dir zu begegnen.«
Ajjibawr blickte auf. »Hattest du Angst davor?«
»Ja.«
»Ich auch.«
»Natürlich.« Sie strich ihm sanft mit der Hand über die Wange. »So rauh für eine alte Frau.«

Er küßte ihre Hand und hielt sie in der seinen. »Darin bist du mit dem Tayyib einer Meinung. Wie ist es dir ergangen in den letzten acht Jahren?«
Halila legte die freie Hand auf seine. »Zuerst nicht schlecht. In meinem Lager war es immer angenehm, frisches Wasser und gutes Gras und vieles, womit ich mich beschäftigen konnte. Und von Zeit zu Zeit Nachricht von Clerowan, dem Gesetzlosen, die mich aufgemuntert hat. Aber als ich gezwungen wurde, in die Stadt zu ziehen, war das Leben nicht mehr so angenehm. Ich mache mir nichts aus der Stadt; hier gibt es nur einen kleinen Garten, in dem ich etwas tun kann, und natürlich erreichten mich keine Nachrichten mehr.«
»Ich habe weiterhin Nachrichten gesandt und mich gefragt, warum ich nie eine Antwort erhielt. Ich habe erst vor drei Wochen erfahren, warum, als ich in Rym Treglad mit Adaba zusammengetroffen bin.«
»Du hast die Strecke in drei Wochen zurückgelegt? Es waren acht Jahre. Warum plötzlich diese Eile?« Sie berührte sanft seinen Nakken. »Hast du nach all den Jahren doch noch gelernt, dich ein wenig zu beugen?« Er richtete sich auf und sah sie an, dann nahm er ihr Gesicht in die Hände und küßte sie. »Mein Hals ist so starr wie immer. Aber es gab so viele Zeichen, daß selbst ein Narr wie ich sie nicht übersehen konnte. Würde es etwas nützen, wenn ich jetzt sagen würde, ich hätte nie gehen sollen?« Sie neigte sich vor und drückte seinen Kopf an ihre Brust. »Nein, das würde nichts nützen. Hast du vergessen, worum ich dich gebeten habe, als du fortgingst? Ich habe dich gebeten, mich, die durch dich einst verwitwet war, nicht noch einmal zur Witwe zu machen.«
Als die Dienerin mit der Schatulle zurückkehrte, saßen Halila und ihr Gast ein Stück entfernt voneinander am Brunnenrand. Sie zählte die Münzen ab und reichte sie ihm, dann wies sie die Dienerin an, sie bis zum Mittag nicht mehr zu stören. »Diese Frau ist von weit her gekommen. Breite ihr eine Decke im Garten aus, damit sie sich ausruhen kann, bevor sie weiterzieht.« Die Dienerin nickte und ging hinaus, und Ajjibawr warf Halila einen verwun-

derten Blick zu. »Kannst du deinen eigenen Dienstboten nicht trauen?«

»Nicht allen. Viele sind mir vom Königshaus zur Verfügung gestellt worden.«

»Wie oft belästigt dich dieser Dzildzil eigentlich?«

»Er besucht mich fast täglich, jedenfalls seit einigen Wochen. Aber er belästigt mich nicht. Er redet, hört zu und geht am Ende, indem er schwört, daß er mich am nächsten Tag umstimmen wird. Es ist nur eine unbedeutende Störung meiner Ruhe.«

»Er hat dich nicht bedroht?«

»Nicht so, daß es mir Angst gemacht hätte. Du kannst es selbst hören, wenn er heute kommt.«

»Ich habe eine bessere Idee.« Ajjibawr nahm ihre Hand. »Schick die Dienstboten, denen du nicht traust, unter einem Vorwand aus dem Haus. Dann laß mich deinen Platz einnehmen. Ich habe im Lager des Tayyib interessante Gerüchte gehört. Ich glaube, ich kann eine Vereinbarung mit dem Heiligen Vorleser treffen, die seinen Untergang bedeutet.«

Halila lächelte, schüttelte jedoch den Kopf. »Das würde ich mir gern ansehen, aber es ist unmöglich.«

»Es ist möglich.« Er zog einen Zipfel ihres Schleiers über ihr Gesicht. »Die Witwe Halila wird in schicklicher Tracht auftreten und zur Abwechslung einmal die Augen niederschlagen und sittsame Reden führen. Jedenfalls wird es am Anfang so aussehen.« Er küßte sie auf die Stirn. »Beeil dich und ruf die Dienstboten. Wir haben vielleicht nicht mehr viel Zeit. Und du müßtest mir noch beibringen, wie ich sitzen muß. Adaba war nicht in der Lage, mir zu erklären, was ich mit den Armen anfangen soll. Sie sind mir immer im Wege.«

Die Witwe Halila empfing den Heiligen Vorleser an diesem Nachmittag auf ihrer langen, hohen Veranda, deren Fensterläden gegen den hellen Sonnenschein geschlossen waren. Das spärliche Licht fiel in schmalen Streifen auf den polierten Steinboden, und die Dame saß in einem geschnitzten, mit elfenbeinernen Intarsien

verzierten Sessel in der Nähe des Brunnens. Wie gewöhnlich betrat Dzildzil den Raum und nahm mit gespreizten Beinen und hinter dem Rücken verschränkten Händen ihr gegenüber Aufstellung. Er verharrte in Schweigen, bis das junge Dienstmädchen Kaffee eingeschenkt und die Tassen auf das kleine Messingtablett gestellt und sich dann mit einer Verneigung entfernt hatte. Er nahm die Tasse ungeduldig zur Hand. »Habt Ihr es Euch seit gestern überlegt?«
Die Witwe blickte heiter in die Tiefe des Wassers, die Tasse stand unberührt auf dem Brunnenrand neben ihr. »Nicht frei wir von den Ketten der Gedanken sind, wir wären denn die Vögel im Wind«, zitierte sie mit leiser Stimme und ließ ein paar Brotkrumen ins Wasser fallen.
Dzildzil nahm in seinem Sessel Platz. »Ihr braucht mir keine Geschichte vorzutragen. Es gibt Gelehrte genug in meinem Palast.«
Sie blickte auf. »Aber war es nicht Euer eigener Namenspatron Dzildzil, der geschrieben hat: ›Die Wüste hat Krieger hervorgebracht, so zahlreich wie der Sand: nun ist es Zeit, Weise zu nähren, so zahlreich wie die Sterne‹? Wie viele Weise umgeben Euch, mein König?«
Dzildzil setzte seine Tasse ab. »Ich bin nicht in der Hitze und im Staub des Nachmittages hierhergekommen, um mich über Philosophie zu unterhalten. Ich bin gekommen, um mir eine Antwort zu holen.«
»Es gibt keine Antworten, außer der endgültigen Antwort. War es nicht auch der erste Dzildzil, der geschrieben hat: ›Frauen sollen einen nehmen, der älter ist als sie‹?«
»Habt Ihr diese Lehren befolgt, als Ihr den letzten Karifen heiratetet?«
»Er hatte meinen Mann getötet, und ich war nicht an das Witwenleben gewöhnt. Aber ich habe für meine Torheit bezahlt, denn hat nicht der erste Dzildzil auch gesagt: ›Wer den Samen sät, muß auch auf die Ernte vorbereitet sein‹? Ich würde mir einen ruhigeren Menschen wünschen, sollte ich mich wieder verheiraten.«

»Ich bin nicht wie der letzte Karif.«
»Das ist wahr.«
Die Witwe Halila bröckelte noch ein wenig Brot in den Brunnen. »Aber die letzten Karifen hatten immerhin eine Tugend. Sie nahmen nie in ihrem Leben eine andere Frau, solange sie lebten, und von beiden wurde ich mit Respekt behandelt.«
»Sie haben vielleicht dem Namen nach keine anderen Frauen genommen, wohl aber in Taten. Aber sie hätten Eure Familie ebensowenig beleidigt wie ich. Selbst der Heilige Vorleser bringt den Shibayi Respekt entgegen.« Hier machte er eine Pause. »Aber so sehr ich sie auch respektiere, glaubt nicht, daß ich sanftmütig zusehe, wie Ihr hier behaglich vor Euch hin lebt und Euch meinen Wünschen widersetzt. Ihr habt selbst gesagt, Ihr seid eine alte Frau. Wollt Ihr Eure letzten Jahre angenehm verbringen oder nicht?«
Die Hände der Witwe Halila ballten sich auf ihrem Schoß. »Was habe ich für Annehmlichkeiten, verglichen mit Euch, mein König? Es gibt jüngere Frauen in meinem Stamm, die den Antrag des Heiligen Vorlesers mit Freuden annehmen würden.«
»Aber sie waren nicht mit einem Karifen verheiratet, und das gleich zweimal. Die Verbindung mit mir wird Euch wieder an die Macht bringen.«
»Sie wäre auch für Euch nicht ohne Vorteil, mein König.«
»Das habe ich nicht bestritten. Ich werde Eure Wünsche so weit wie möglich respektieren, wenn wir erst verheiratet sind und Eure Familie mir Treue geschworen hat.«
»Meine Familie und die Familie meiner Familie. Die Großen Shibayi. Sie wurden nie in die Hauptstadt eingeladen, mein König. Wie sollten sie also einen Treueschwur ablegen?«
»Wenn Ihr mir Euer Jawort gebt, dann dürfen sie kommen und es bezeugen.«
»Also gut, mein König, Ihr sollt es haben, unter dieser und einer weiteren Bedingung.«
Dzildzil schwieg einen Augenblick. »Ihr seid also endlich einverstanden?«

»Ruft meine Familie hierher, und ich werde vor ihnen und vor dem ganzen Volk aufstehen und den öffentlich zum Mann nehmen, der der Herrscher aller Karabdu ist. Und ich werde ihm das Siegel seiner Würde überreichen, wie es meine Familie immer getan hat. Meine andere Bedingung ist leicht zu erfüllen. Damit um so mehr Menschen teilnehmen können, wenn wir unser Bündnis schließen, möchte ich, daß die Zeremonie nicht in der Stadt, sondern unter dem großen Abbild des Vazdz vorgenommen wird.«
Dzildzil erhob sich. »Ich freue mich, daß Ihr zur Vernunft gekommen seid. Es war mir keine angenehme Vorstellung, eine Frau in Euren ehrwürdigen Jahren bestrafen zu müssen. Wie bald könnt Ihr bereit sein?«
»Sobald die Shibayi in der Stadt versammelt sind.«
»Ausgezeichnet. Ich werde Euch benachrichtigen lassen, wenn es soweit ist.« Er nickte ihr zu und ging hinaus.
Kaum war die Tür hinter dem Heiligen Vorleser zugefallen, da schleuderte die Witwe Halila mit einem wütenden Ausruf ihren Schleier zu Boden. Das Tablett mit den Kaffeetassen wäre möglicherweise gefolgt, hätte nicht in diesem Augenblick die echte Halila den Raum betreten und ihm besänftigend die Hand auf den Arm gelegt. »Ruhig, mein Lieber. Er war doch ganz liebenswürdig heute.«
»Womit hat er dir sonst gedroht?«
»Auf höchst lächerliche Weise. Er hat mir, die ich weder kochen noch putzen kann, angedroht, mich als Dienstmagd in den Palast zu holen.«
»Wenn er am Leben bleibt, werde ich ihn als Stallburschen einsetzen, und du kannst ihm die Befehle erteilen.«
»Dann wird es deinen Pferden nicht besser ergehen als ihm.« Er lachte und legte ihr den Arm um die Schultern. »Du hast meine Wut verdorben.« Er zog sie fester an sich und schmiegte sein Gesicht in ihr duftendes, weiches Haar. »Wir werden Sieger sein, du und ich. Wenn Dzildzil etwas in die Wege leitet, bevor ich mit dem Tayyib alle Vorbereitungen getroffen habe, wird dir sicher etwas einfallen, wie du die Sache hinauszögern kannst, bis ich wieder da

bin. Es dürfte allerdings nicht länger als ein paar Tage dauern. Ich bezweifle, daß er alle Stämme der Shibayi so schnell zusammentrommeln kann.«
Sie nickte und sog dann scharf den Atem ein, als er die Arme fester um sie schloß. Er ließ sie hastig los, und sie lächelte. »Es ist nichts – ein kleiner Schmerz unter dem Herzen. Ich werde ihn nicht mehr lange haben.« Sie stieß ihn zurück. »Du mußt dich umziehen und gehen, bevor die Dienstboten zurückkommen.«
Eilig legte Ajjibawr wieder seine ursprüngliche Verkleidung an und trat aus dem kühlen Haus und Garten in die flimmernde Hitze der Straßen hinaus. Er winkte Halila, die ihm aus dem vergitterten Fenster nachsah, flüchtig zum Abschied und schlug dann den Weg zum Talzugang ein. Am Ende des Passes stand jetzt ein großer, bewaffneter Wachposten, doch er wurde ohne Schwierigkeiten durchgelassen. Gegen Abend war er ein gutes Stück vom Tal entfernt, und bevor die Nacht ganz hereingebrochen war, hatte er den Rand des schmalen Hohlweges erreicht.
Ein Wächter hielt ihn mit barschen Worten auf, und er antwortete ebenso barsch: »Wo warst du, als man deinen Herrn gefangengenommen hat?« Der andere sprang vom Pferd und ergriff die Zügel seines Maultiers. »Bist du es, Karif? Es war wirklich nicht unsere Schuld. Er hörte einen kleinen Trupp vorüberkommen und schwor, daß er ihn völlig ausrauben würde. Der Zufall wollte es, daß er und seine Leute auf eine Kompanie Soldaten gestoßen waren. Aber er ist unversehrt wieder zurückgekehrt. Hast du es nicht gehört? Er ist hier und erwartet dich!«
»Ich habe es gehört.«
Er zog seine unbequemen Kleider aus und schnürte das Bündel auf den Maulesel. »Bring das Tier weg. Ich werde mir dein Pferd ausleihen.« Nur mit seiner langen Tunika bekleidet, schwang er sich in den Sattel und genoß freudig die Berührung der frischen Abendluft auf seinen bloßen Armen, während er langsam die sandige Böschung hinunterritt. Als er das Lager erreichte, rannten zwei Jungen, die ihn entdeckt hatten, zu Adabas Zelt, um ihm die Neuigkeit zu überbringen. Kaum war er abgestiegen, stand der

Tayyib im Zelteingang und breitete die Arme zur Begrüßung weit aus. »Du bist zur rechten Zeit bekommen, Karif.« Seine Stimme hallte durch das stille Lager. »Heute nacht feiern wir meine Hochzeit.«
Ajjibawr warf den Kopf in den Nacken und lachte, dann wandte er sich dem Wächter zu, der mit dem Maultier auf sie zu trottete. Er kramte in dem Hausiererkorb herum und zog schließlich den Schildpattkamm hervor. »Halila bat mich, dir das zurückzugeben. Sie sagte, wenn du noch eine Weile lebst, würdest du bald wieder ein Brautgeschenk brauchen.«
Adaba nahm ihn entgegen, und als er sich wieder dem Zelt zuwandte, bemerkte Ajjibawr, daß er von den Schlägen lahmte, und auch sein Gesicht war noch geschwollen und von dunklen Flecken gezeichnet. Doch sein Lachen war laut und herzlich wie immer. »Das ist ein schöner Kamm. Ich erinnere mich gut daran. Aber die Braut hat nicht mehr Haare als ein Knabe. Aber was soll's, sie kann ihn für den Schwanz ihres Pferdes benutzen.« Er zog Ajjibawr ins Zeltinnere und wies einen Diener an, dem Karifen angemessene Kleidung zu bringen. Er half ihm, sie anzulegen, und schob ihn dann in den nächsten Raum, in dem auf einem langen schmalen Teppich ein Festmahl aufgebaut worden war. Shadith stand neben der kohlengefüllten Feuerschale, immer noch wie ein Jüngling gekleidet, heute jedoch sehr festlich in ein langes blaues Hemd aus weicher Baumwolle, das von einem goldbestickten Gürtel zusammengehalten wurde. Zum erstenmal, seit Ajjibawr sie kannte, lag ein breites Lächeln auf ihrem Gesicht, und als er ihre Hände nahm und ihr seinen Segen wünschte, indem er sie auf die Stirn küßte, errötete sie und schlug verlegen die Augen nieder.
Adaba sah sie voller Stolz an. »Du hättest sehen sollen, wie sie heute morgen ihre Rolle gespielt hat. Ihr Verstand kann sich mit ihrem Mut messen!«
»Ich habe es gesehen.« Adaba und Shadith warfen ihm einen erstaunten Blick zu. »Ich war unter den Schaulustigen und habe den scheinbaren Verrat verflucht.« Adaba hob eine Braue, verzog

jedoch gleich darauf das Gesicht vor Schmerz und betastete vorsichtig seine Verletzungen. »Ich muß gestehen, daß ich auch einen Moment lang Zweifel hatte. Die Männer, die sie anführte, gehörten nicht zu uns.«

»Das habe ich auch gesehen.«

»Sie nahm sie gefangen, unmittelbar, nachdem man mich überwältigt hatte, und hielt ihren Hauptmann als Geisel hier fest, um sich ihres Wohlverhaltens zu versichern. Sie hat ihre Vorstellung aufrechterhalten, bis wir uns in sicherer Entfernung von der Stadt befanden, und als sie dann ihr Schwert zog, dachte ich, nun würde mein Kopf in den Sand rollen wie so viele andere durch meine eigene Hand. Aber nein, sie schnitt meine Fesseln durch, und als Talal Anstalten machte, seine Klinge zu ziehen, trennte sie ihm fein säuberlich die Hand ab und sagte, das sei die Strafe dafür, daß er mich damit geschlagen hätte.« Er warf ihr einen stolzen Blick zu und schüttelte bewundernd den Kopf. »Morgen werden wir uns wieder unserem Feldzug zuwenden, aber heute ist alles zu Ehren der treuesten Leibwächterin und letzten Frau des Tayyib ausgerichtet.«

Sie setzten sich also und speisten, und Adaba ließ Sänger und Tänzer kommen. Er bat Shadith um Verzeihung, daß die Darbietungen so ärmlich ausfielen, und versprach ihr ein schöneres Fest nach der Rückkehr in sein Lager. Sie redete ihrerseits nicht viel, sah ihn aber von Zeit zu Zeit mit einem solchen Ausdruck glühender Verehrung an, daß es Ajjibawr betroffen machte.

Am Ende, als der Kaffee gebracht worden war und die Feuer heruntergebrannt waren, berührte Ajjibawr leicht den Ärmel des Tayyib. »Ich will dich heute nacht nicht mit Gesprächen über politische Dinge behelligen. Aber es gibt einiges, das du wissen mußt, worüber wir uns dann morgen unterhalten können.« Er beschrieb in kurzen Worten die Lage in der Wüstenhauptstadt und erläuterte seinen Plan, Dzildzil eine Falle zu stellen. »Wir müssen Halilas Leuten eine Nachricht zukommen lassen, bevor sie von Dzildzil zusammengerufen werden. Außerdem würde ich gern mit einigen

von diesen Marajiten reden, von denen ich gehört habe, denn ich habe das Gefühl, daß wir uns die religiöse Spaltung zwischen ihnen und dem Heiligen Vorleser zunutze machen können. Mit ihrer und der Shibayi Hilfe können wir Ausgang und Eingang des Tales öffnen und deine Männer hereinschleusen, bevor Dzildzil es auch nur merkt.«
Adaba nickte. »Ich habe nicht allzuviel übrig für diese Marajiten mit ihrem Geschwätz über Vergebung, Fasten und Buße. Aber sie könnten sich als nützliches Werkzeug erweisen. Es ist gut, daß die Shibayi zusammengerufen werden. Der Heilige Vorleser hat einmal den Versuch gemacht, ihre Macht zu brechen. Nun werden sie helfen, ihn zu stürzen. Dzildzil wird sich noch wünschen, er hätte die Kariva in Frieden gelassen und nicht versucht, über seinen Stand hinaus Ruhm zu erringen.« Er lächelte Shadith zu. »Und vielleicht werde ich für meine Tollkühnheit auch noch zu büßen haben.«
Er nahm den Hochzeitsbecher, der in der Mitte der Festtafel bereitstand, und trank daraus, dann setzte er ihn an ihre Lippen. Sie legte ihre Hände über seine und leerte ihn mit zurückgelegtem Kopf. Er nickte beifällig. »Du weißt schon, wie es ist, einem Mann den Kopf abzuschlagen. Heute nacht werde ich dir zeigen, wie man ihm das Herz raubt.« Er zog sie hoch, nickte Ajjibawr höflich zu und führte Shadith, ohne die anderen weiter zu beachten, in die innere Kammer des Zeltes.

DIE ODE VON ADABA TAYYIB

Hier in diesen sandigen Hügeln, wo wir unser Lager
aufschlugen,
zügelte ich mein Pferd und rief mir die Jahre in
Erinnerung:
die Orte, an denen unsere Zelte standen und unsere
Kochstellen brannten,
sind verödet und vom Wind verweht, übrig nur schwarze
Aschenkreise.

Einst war hier lärmendes Leben, die Stimmen der Schafe und
Ziegen,
der Pferde, die morgens hungrig nach Gras riefen, und der
weinenden Kinder,
aber der Sand erinnert sich nicht unser, wir sind fort, als
wären wir nie gewesen.
Wir ziehen über das Land so leicht wie der Wind,
und wie vom Wind bleibt keine Erinnerung, daß es uns auch
nur gegeben hat.
So wird auch mein Leben fortwehen, ein leeres Zelt verlassen.

Es gibt keinen Trost in diesen Hügeln für einen alten
Mann:
Die jungen Mädchen mit ihrem sonnengleichen Haar
strahlen anderswo.
Mirar mit ihren roten Lippen und den drei Söhnen ist nicht
mehr,
und ihre Söhne haben eigene Söhne, eigene Zelte und
Pferde.
Shalimi, die ich raubte bei Nacht, indem ich ihren Vater
niederritt
und ihre Brüder sorglos verwundete – lachend zahlte ich
ihren Preis,
sandte ihnen gestohlenes Gold, während wir aus einem
Becher tranken –,
auch sie ist nicht mehr. Und Yahir, die Sklavin aus Vahn, die
Tänzerin,
die ihren Herrn allein weiterziehn ließ und mich das Singen
lehrte,
aber meine Stimme ist gebrochen und rauh wie der Wind,
und sie ist tot.

Zahllos wie die Sterne bescheinen sie unseren Weg,
während wir rastlos wie Kometen wandern und keinen
Winkel des Himmels

unser Heim nennen können: wozu brauchen sie einen alten Mann
mit Zelten und Herden und Kindern, die sie um sich versammeln?
Hier in diesen sandigen Hügeln, wo wir unser Lager aufschlugen,
zügelte ich mein Pferd und fragte mich, wer meinen Fortgang beweinen wird.
Das Schwert, das mir so sicher in der Hand liegt? Der Steigbügel, der sich gewöhnt hat
an den Druck meines Fußes? Vielleicht das gescheckte Pferd
das am Brunnen trinken und unbeachtet weiterwandern wird
wenn mir der Tod seine Zügel aus der Hand genommen hat.

V

Der Hochzeitstag des Heiligen Vorlesers zog klar und blau herauf, und als es heiß zu werden begann, hatte sich bereits eine große Menschenmenge, in aufgeregter Vorfreude auf diesen Festtag beladen mit Körben voller Brot und Weinschläuchen, versammelt. Sie ließen sich am Fuße der mächtigen Statue des Vazdz nieder, die mehr als sechzig Meter hoch in einer in die Felswand des Tales gehauenen Nische stand. Die Flügel, die sich zu beiden Seiten des Kopfes ausbreiteten, glänzten, ebenso wie die Flamme, die er in der einen Hand, und die runde Krone, die er in der anderen hielt, in ihrer erneuerten Vergoldung. Das Gesicht, das vor Jahren schmucklos gewesen war, bedeckte jetzt eine Maske aus purem Gold, auf das in schwarzer Schrift die wichtigsten Lehren des Vazdz, wie sie vom ersten Heiligen Vorleser aufgezeichnet wurden, gemalt waren. Während die Menschen der Ereignisse harrten, drehte der Wind, und der dumpfe Geruch der Stadt wehte herüber. Schwer bewaffnet säumte die Königliche Garde auf reglosen Pferden die Versammlung und beobachtete mißtrauisch die große Zahl der Shibayi, die Dzildzils Einladung gefolgt waren.
Schließlich erschien der Heilige Vorleser in seinem Dreispänner; man half ihm, auszusteigen, und er stand stolz aufgerichtet in der Sonne, den kurzen Amtsstab in der Hand. In einer der Felsspalten hinter ihm, wo eine Treppe im Innern des Berges zu einem Verbindungsweg zur Wüste hinausführte, tauchte die Witwe Halila nur in Begleitung einer alten, schwarz gekleideten und dicht verschleierten Frau auf. Sie selbst trug goldene Gewänder, wie der Heilige Vorleser sie angewiesen hatte: sie schwankte ein wenig, als sie an seine Seite trat, und ihre Begleiterin faßte sie am Arm, um sie zu stützen.

Nun konnte man Dzildzil eine leidenschaftliche Rede über Vazdz' Werke und den unvermeidlichen Erfolg derer, die seinem Willen folgten, halten hören. Zu guter Letzt kam er auf den Zweck zu sprechen, der sie alle zusammengeführt hatte. Halila vom Stamme der Shibayi, die klügste und edelste aller Frauen, zweimal Kariva aller Karabdu, hatte seine Werbung erhört und fiel nun in ihren Jubel ein. Er schloß die Finger um Halilas Handgelenk und zog sie nach vorn, damit sie erst Vazdz und dann seinem obersten Diener, dem Heiligen Vorleser Dzildzil huldigen konnte. Er deutete würdevoll auf das Kissen, auf dem sie niederknien sollte, und Halila blickte unter den erwartungsvollen Augen der Menge lange darauf hinunter. Ein Windstoß hob ihren Schleier und bauschte ihn hinter ihr auf, und ein leichter Rauchgeruch wehte fast unbemerkt über die Menschen hinweg. Sie zögerte noch einen Augenblick, dann spie sie verächtlich auf das Kissen und wandte sich der Menge zu, in deren Mitte das Klirren von Metall vernehmlich wurde, als die Shibayi ihre Schwerter zogen. Diejenigen, die keine Waffen trugen, wichen eilig und unter ängstlichem Stoßen und Schieben zurück. Dzildzil war zuerst starr vor Schreck, dann hob er den Stab, um die alte Frau damit niederzustrecken. Der Stab wurde ihm aus der Hand geschlagen, und als er herumfuhr, sah er, daß Halilas Begleiterin jetzt ganz in Weiß gekleidet und in Wahrheit ein Mann war, der schwere schwarze Umhang lag in einem Häufchen um seine Füße. Der Heilige Vorleser schrie nach seiner Leibwache, doch zwischen ihm und seinen Beschützern befand sich die kopflose Menge. Ajjibawr streckte die Hand aus, packte ihn am Ohr und drehte es so lange herum, bis er tief gebeugt stand, und so zerrte er ihn an Halilas Seite vor die Menge. Halila hob beide Hände, und augenblicklich trat atemlose Stille ein, so daß ihre Stimme bis zum allerfernsten Zuhörer getragen wurde.
»Ihr seid gekommen, um mich dem Führer der Karabdu huldigen zu sehen. Ich werde euch nicht enttäuschen. Der Karif Ajjibawr, Mekrif der Ziliman, ist aus dem Exil zurückgekehrt. Die Kunde von seinem Tod war falsch. Nun riecht den Gestank der Stadt dort hinten und entscheidet euch. Wollt ihr leben, wie diese Kreatur es

wünschte« – damit zeigte sie auf Dzildzil, der sich immer noch in Ajjibawrs unerbittlichem, erniedrigendem Griff wand – »oder in Freiheit und Weite, wie es unsere Vorfahren getan haben?«
Ajjibawr warf Dzildzil zu Boden und neigte den Kopf, um Halilas Kuß auf die Stirn zu empfangen. Die Shibayi brachen in Jubelgeschrei aus und hoben ihre Schwerter: die Klingen blitzten im Licht, und einige der königlichen Leibwächter steckten nervös ihre Waffen weg und stiegen aus dem Sattel. Die anderen drängten sich dichter zusammen, sahen sich jedoch unsicher suchend nach Verstärkung aus den Reihen von Dzildzils Soldaten um. Sie sahen eine Bewegung zwischen den Mauern der Stadt und jubelten nun ihrerseits, denn ein kleiner Trupp kam unter Dzildzils gold-weißem Banner von dort geritten; über der Stadt selbst war die Luft merkwürdig dunkel.
In diesem Augenblick erhob sich ein Brausen und Dröhnen von Hufschlägen, das von den Felswänden hinter ihnen widerhallte, und eine Armee quoll aus dem Berg hervor wie das Wasser einer Quelle, die ans Licht drängt, Reiter um Reiter kamen sie, Tayyib, Killala, Ziliman, Männer von allen großen Stämmen, und riefen mit erhobenen Schwertern den Namen des Karifen. Der rückwärtige Zugang zum Tal war einem Eroberungsheer geöffnet worden, während sich Dzildzils Truppen in weiter Ferne auf ein Bündnis mit Tredana vorbereiteten.
Das einfallende Heer schwärmte in zwei langen Flügeln zu beiden Seiten des Karifen aus, die Männer in leuchtend bunten Gewändern, die Pferde nervös tänzelnd. Bei diesem Anblick trat die gesamte Königliche Leibwache in dichter Formation, die Blicke verzweifelt auf die ferne Verstärkung gerichtet, die sich von der Stadt her näherte, den Rückzug an. In diesem Augenblick tauchte am gegenüberliegenden Zugang des Tales ein weiteres Heer auf und sprengte durch das Tal. Ein Teil der Männer bahnte sich einen Weg durch die Stadt, ein anderer schwärmte aus, um Dzildzils kleinen Trupp einzukreisen. Einer der Leibwächter setzte mit dem Mut der Verzweiflung auf seinem gescheckten Pferd über das Knäuel der Kämpfenden zu seinen Füßen hinweg und griff mit hocherhobe-

nem Schwert den Karifen an. Ajjibawr erwartete ihn gelassen, duckte sich dann unter dem Schlag, packte den Mann am Fuß und zog ihn mit einem Ruck zu Boden. Gleich darauf hielt er das Schwert des Leibwächters in der Hand und schwang sich in den Sattel seines Pferdes. Es drehte sich gereizt auf der Stelle und hätte um ein Haar den erbärmlichen Dzildzil zu Tode getrampelt, der die Arme um den Kopf geschlungen hatte und reglos am Boden lag. Ajjibawr hob sein Schwert, und seine Leute jubelten ihm zu. Er trieb das Pferd in kleinen seitlichen Trippelschritten zu Halila hinüber, beugte sich nieder und hob sie vor sich in den Sattel, als wäre sie ein junges Mädchen. Als sie beide sicher auf dem Rücken des Pferdes saßen, wandte er sich an die Menge. Eine schwarze Rauchsäule stieg von einem Viertel der Stadt auf.
»Seht hinter euch«, rief er mit lauter Stimme. »Der Palast brennt bereits, und der Rest der Stadt folgt noch vor Einbuch der Nacht. Wir sind Karabdu und benötigen keine Dächer zwischen uns und dem Himmel; und keinen Schutz von der Gnade Vazdz'. Und seht vor euch in die Berge.« Er machte eine weitausholende Handbewegung, und alle konnten sehen, daß die zahlreichen Höhlen und Spalten in den verwitterten Felsen mit dunkel gekleideten Menschen gefüllt waren. »Auch das sind eure Brüder, die Dzildzil einen nach dem anderen ermordet hätte, die Anhänger Marajs, denen ich das Tal versprochen habe. Sie benötigen die Stadt nicht, die ihnen ohnehin die Tore gewiesen hat. Nehmt aus euren Häusern mit, was ihr braucht, aber schnell: Das Tal wird bis zum Einbruch der Nacht geräumt sein, und keine Mauer, kein Dach und kein Tor werden stehenbleiben und die Sonne des morgigen Tages begrüßen. Ihr alle habt einmal einem Stamm angehört, kehrt jetzt zu ihm zurück. Die Karabdu werden wie Menschen leben, nicht wie Vieh.«
Die Menschen wurden von Aufregung ergriffen und eilten lärmend zur Stadt zurück, wo Adabas Männer Stellung bezogen hatten, um einen geordneten Rückzug zu sichern. Sobald ein Haus von Mensch und Tier geräumt war, brannten sie es nieder. Die letzten von Dzildzils Männern wurden gefesselt, und der Heilige

Vorleser selbst wurde unter Heulen und Zähneklappern von dem jungen Masala auf die Füße gezerrt, so daß er aufrecht vor dem Karifen stand.
Ajjibawr blickte kalt aus dem Sattel auf ihn hinunter. »Ich habe dich meiner Frau als Stallbursche versprochen. Masala, sieh zu, daß er sicher gebunden ist, und zeig ihm seine Pflichten, wenn wir ins Lager zurückkehren. Er wird lernen, zu arbeiten, und zweifellos wird Vazdz ihm seine Leiden mit vielen weisen Sprüchen erleichtern, die er ihm direkt ins Ohr flüstert, wie er es sich die vergangenen acht Jahre über sehnlichst gewünscht hat.« An Halila gewandt, sprach er mit sanfterer Stimme: »Möchtest du etwas aus deinem Haus mitnehmen?«
»Ich brauche nichts. Werden meine Dienstboten ins Lager gebracht?«
»Selbstverständlich.«
»Dann bin ich bereit zum Aufbruch.«
Gemächlich trabten sie über die steinige Ebene, und als sie auf gleicher Höhe mit den ersten Gebäuden der Ansiedlung waren, hoben die Reiter, die dort Wache hielten, grüßend ihre Speere und Schwerter. Auf der anderen Seite stießen sie auf Adaba, der die Zerstörung der Stadt aufmerksam beobachtete. Zu seiner Rechten saß Shadith, ein Schwert in der Hand, im Sattel.
Adaba überließ es seinen Leuten, das Werk zu vollenden, und lenkte sein Pferd neben das Ajjibawrs. »In einer Woche, o Karif, können hier zwei hundertköpfige Armeen in beiden Richtungen aneinander vorbeireiten.«
»Das ist gut. Aber wir werden unsere Heere nicht noch einmal hierherbringen. Ich habe den Anhängern Marajs das Tal übergeben, wie ich es gesagt habe. Sie werden nicht zulassen, daß Städte gebaut werden oder Armeen durchziehen. Solange sie hier leben und arbeiten, können wir sicher sein, daß das Tal frei ist von jeder Verderbtheit. Wer bewacht den Taleingang?«
»Deine eigenen Leute, Karif, die Ziliman. Sie sind wenige an der Zahl, aber sie haben mehr Grund zum Zorn als alle anderen. Sie haben bereits ein Lager für dich und Halila aufgeschlagen.«

»Wirst du uns morgen dort besuchen? Es gibt noch vieles zu bereden.«
»Morgen also.« Als sie die Felsöffnung erreichten, salutierte Adaba und lenkte sein Pferd zu der brennenden Stadt zurück, während Ajjibawr sein Tier in gemächlichem Schritt den felsigen Hang hinauftrieb. In der Dunkelheit des Bergtunnels zog er Halila fester an sich, und sie wandte sich plötzlich mit einem Seufzer zu ihm um und schmiegte ihren Kopf an seine Schulter. »Ich habe so oft davon geträumt«, sagte sie, »dachte aber nicht, daß ich es noch erleben würde. Ist die Stadt wirklich verschwunden?«
»Bei Anbruch der Nacht vollkommen, ja. Laß ein paar Jahreszeiten darüber hinweggehen, dann wird das Tal wieder ein angenehmer Ort sein.«
»Ich werde mit Freuden so sterben, wie ich geboren wurde, frei und ohne Mauern um mich herum.«
»Das gilt auch für mich, wenn meine Zeit gekommen ist, aber das wird für uns beide nicht so bald sein.«
Halila wand sich ein wenig in seinen Armen. »Dem natürlichen Lauf der Dinge nach müßte es für mich zwanzig Jahre früher sein als für dich; aber ich fürchte, so lange habe ich nicht mehr Zeit.« Er hielt die Zügel mit dem linken Arm, mit dem er sie umschlungen hatte, hinter ihrem Rücken. Sie nahm seine rechte Hand und führte sie zu ihrer linken Körperseite. »Ich werde bei lebendigem Leibe zu Stein. Es hat hier begonnen« – sie berührte ihre Brust –, »und in wenigen Monaten ist aus einem kleinen Punkt ein Knoten, so groß wie meine Hand, geworden. Das war vor einem Jahr. Mittlerweile ist die ganze Seite angegriffen, und auf der rechten Seite fängt es auch an manchen Stellen an. Ich weiß nicht, wie lange es noch dauert, bis es das Herz erfaßt. Ich kann den linken Arm nicht mehr gut bewegen; jeden Morgen wache ich mit Schmerzen auf, und abends lege ich mich mit Schmerzen schlafen. In der Stadt gefangen, hätte ich mir einen leichten Tod bereitet, hätte ich nicht am Leben bleiben wollen, um noch einmal mit dir zu sprechen und zu sehen, wie du deinen rechtmäßigen Platz wieder einnimmst. Und nun haben sich meine Wünsche erfüllt.«

Ajjibawr riß jäh an den Zügeln, worauf das Pferd stehenblieb und protestierend den Kopf hochwarf. Unter seiner Hand war ihre Seite steinhart, wie sie gesagt hatte, und strahlte eine unnatürliche Wärme aus. Sie stöhnte unter seiner leichten Berührung auf, und er zog erschrocken die Hand zurück und legte sie ihr liebkosend auf den Nacken. Minutenlang saßen sie so da, ihr Gesicht an seinen Schultern, das seine in ihrem Haar. Endlich hob er ihr Gesicht und küßte es, und dann trieb er das Pferd mit einem leichten Druck seiner Knie an. »Was möglich ist, wird getan werden«, sagte er, und sie ritten in den Sonnenschein am Ende des Tunnels hinaus.
Dort hielten die Krieger der Ziliman Wache, und als sie ihren Mekrifen sahen, warfen sie jubelnd ihre Speere in die Luft. Ajjibawr trabte heran, sie nahmen um ihn herum Aufstellung, und ein junger Mann schob sich an seine Seite, verneigte sich tief im Sattel und sagte mit breitem, offenen Grinsen: »Wir haben nicht weit von hier das Lager aufgeschlagen. Alles ist zur Zufriedenheit des Karifen bereitet.«
Ajjibawr nickte und überließ sich der Führung des jungen Mannes. Sie überquerten einen schmalen Streifen weichen Sandes und kletterten einen niedrigen Hang hinauf, hinter dem sich ein tiefes Tal verbarg, auf dessen Grund es Wasser und Bäume gab. Ein großes Zelt war ein wenig abseits von den anderen aufgestellt und der Boden darum mit Teppichen ausgelegt worden; ein Mahl war bereits in Vorbereitung. In der Mitte des Lagers hielt Ajjibawr an und ließ Halila sacht vom Pferd gleiten. »Besorgt mir für morgen ein besseres Pferd als diesen Schecken und eine sanfte Stute für Halila. Wenn wir hier im Lager kein ruhiges Tier haben, gebe ich euch die Erlaubnis, eins aus der Herde der Tayyib zu stehlen.« Der junge Mann grinste und verneigte sich gehorsam, dann nahm er die Zügel von Ajjibawrs Pferd. Am Zelt erwartete sie Halilas jüngste Dienerin, noch atemlos von ihrem wilden Galopp auf dem Pferd eines der Krieger. Sie bedurfte keiner Aufforderung, sich ihrer Herrin anzunehmen, und Ajjibawr ließ die beiden Frauen allein zurück.

Als er aus dem Zelt trat, wurde er von einem vertrauten Gesicht begrüßt. Es war Emr, einst einer seiner Leibwächter. Emr verneigte sich, als wären nicht all die Jahre vergangen, seitdem er dem Karifen zuletzt gedient hatte, und führte ihn herum, um ihm zu zeigen, wie das Lager für Menschen und Tiere angelegt war. Während er Ajjibawr die Anordnung der Dinge erläuterte, nickte der Karif beifällig. »Sehr gut. Wir werden ein paar Tage hierbleiben, bis wir alles Nötige mit dem Tayyib geklärt haben; danach müssen wir zu den südlichen Ufern reiten und die Wiederherstellung der großen Glasschmelzöfen dort veranlassen. Vorher wird unser Freund, Rassam der Wanderer, zu uns stoßen; er überwacht die Arbeiten an den Schmelzöfen.«

Emr nickte, ohne Fragen zu stellen.

»Die Kariva Halila und ich wünschen heute abend nicht in der Öffentlichkeit zu speisen. Laßt das Festmahl stattfinden wie geplant, aber sorg dafür, daß uns unsere Speisen in das Zelt gebracht werden. Wie viele Hunde haben wir hier?«

Emr zählte rasch an den Fingern ab. »Zehn Hündinnen, die für die Jagd abgerichtet sind, zwei Rüden und siebzehn Welpen.«

»Such die größte und sanfteste der Hündinnen aus, eine mit geraden Hinterläufen und einfacher Zeichnung. Sie ist für die Kariva bestimmt, triff deine Wahl also dementsprechend und bring sie heute abend in mein Zelt.«

Emr nickte wieder und begleitete ihn schweigend zum Zelt zurück, wo er einen jungen Mann anwies, mit gezogenem Schwert am Eingang Wache zu halten, während er sich entfernte, um die Wünsche des Karifen auszuführen.

Im Zelt sprach Ajjibawr mit der jungen Dienerin, die still im Vorraum saß. »Du kannst jetzt gehen. Ich kann mich um die Wünsche der Kariva kümmern.«

Das Mädchen entgegnete schüchtern: »Sie schläft, Karif.«

»Es ist gut. Ich werde sie nicht stören. Hast du Schlafpulver für sie?« Das Mädchen schüttelte den Kopf. »Dann sprich mit Emr und sag ihm, er soll etwas davon mitbringen, wenn das Essen serviert wird. Und nun geh.« Das Mädchen eilte hinaus, und er zögerte einen Augenblick, bevor er den Vorhang zum Innenraum hob. Halila schlief unruhig, auf die rechte Seite gedreht. Ihr weißes Haar, das über das Kissen ausgebreitet lag, war nicht viel heller als einst, als es noch in hellem Goldblond geglänzt hatte; ihr Gesicht war glatt, bis auf ein paar feine Linien um die Augen. Die dünne Wolldecke war in ihrem unruhigen Schlaf heruntergeglitten; Ajjibawr zog sie ihr vorsichtig über die Schultern und wandte sich dann hastig ab, damit seine Tränen nicht auf ihr Gesicht fielen und sie weckten.

Am Abend erschien Emr und beaufsichtigte die Diener, die im Vorraum schweigend ein einfaches Mahl servierten, während Halila immer noch schlief. Dicht bei Fuß folgte ihm eine große, schöne Hündin mit glänzendem Fell, das unregelmäßig dunkelgrau und schwarz gefleckt war. Ihr schmaler, edler Kopf reichte ihm bis zur Taille, und sie bewegte sich im Zelt anmutig, den Schwanz sittsam unter dem hohen, gebogenen Rücken eingezogen. Ajjibawr befahl ihr durch ein Heben der Hand, sich niederzulegen, worauf sie ein Ohr mit einem Ausdruck der Wachsamkeit aufrichtete und sich dann in würdevoller Haltung gehorsam niederließ. Er nickte. »Du hast gut gewählt.« Emr verneigte sich und folgte den Dienern hinaus.

Als Halila erwachte, wollte sie zwar nichts essen, doch er nötigte sie, ein wenig Wein zu trinken und das Schlafpulver zu nehmen, das Emr mitgebracht hatte. Die Hündin wurde hereingerufen, damit sie sie begutachten konnte, und das Tier lief augenblicklich zu ihr und schnupperte an ihrer ausgestreckten Hand. Es warf Ajjibawr einen kurzen Blick zu und trottete dann um Halila herum, legte sich mit einem Seufzer der Erleichterung neben ihr auf den Boden und schob seinen schmalen Kopf unter ihre Hand. Gleich darauf war die Hündin eingeschlafen, und Halila streichelte lächelnd ihr weiches Fell, ohne viel zu sagen. Ajjibawr ließ sich in die Kissen zurücksinken, damit sie sich an ihn lehnen konnte, brach sorgsam ein großes, rundes Fladenbrot in kleine Stücke, die er in den Weinkelch tauchte und ihr in den Mund schob. Sie lachte über seine Besorgtheit, ließ es aber über sich ergehen, und auf diese

Weise verzehrten sie gemeinsam fast das ganze Brot; doch plötzlich schluchzte Halila auf und wandte das Gesicht ab, schlug die Hände vor die Augen und weinte bitterlich.
Ajjibawr stellte in seiner Bestürzung den Kelch so heftig ab, daß sich sein Inhalt unbeachtet über den Teppich ergoß. »Was ist los? Ich wollte dich nicht zwingen.« Halila schüttelte den Kopf. »Es ist die Erinnerung«, sagte sie mit erstickter Stimme und drückte ihr Gesicht in das weiche Fell der Hündin.
Er drehte ihr feines Gesicht zu sich hin. »Ich habe es nie vergessen. Bei unserer Hochzeit hast du mich mit eigenen Händen gefüttert, und ich dachte in meiner Unschuld, daß es im Leben nichts Aufregenderes geben könnte. Ich wurde sehr bald eines Besseren belehrt, wie ich mich erinnere.« Sie lächelte, und er wischte ihr mit dem Zipfel seines Ärmels die Tränen aus den Augen. »Du hast mir das Leben gezeigt, als ich jung war. Vielleicht ist es jetzt an der Zeit, daß ich den Rest der Lektion lerne. Ich weiß heute, daß nichts ewig dauert. Sei wieder meine Lehrerin und zeige mir, wie man es gut zu Ende bringt.« Bei den letzten Worten versagte ihm die Stimme, und er lehnte sich tiefer in die Kissen, damit sie bequemer an seiner Seite ruhen konnte. Das Schlafpulver zeigte seine Wirkung, und sie war bald wieder eingeschlafen, doch Ajjibawr lag den größten Teil der Nacht wach.

Am nächsten Morgen ging Ajjibawr früh hinaus und ließ Halila, die noch in unruhigem Schlaf lag, allein zurück, um im ersten Licht des Tages einen Rundgang durch sein Lager zu machen. Die Hündin folgte ihm leichtfüßig dicht auf den Fersen. So kam es, daß er der erste war, der noch vor den Wachposten die Gestalt sah, die aus der Ferne herangaloppiert kam, verschwommen in dem merkwürdig geschichteten Licht des Morgens, bis Mann und Pferd endlich so nah gekommen waren, daß Formen und Farben klar zu erkennen waren. Es war Rassam der Wanderer auf einem grobknochigen Rappen; und als sein alter Freund im Näherkommen den Karifen erkannte, der ihm erwartungsvoll entgegenblickte, richtete er sich in vollem Galopp in den Steigbügeln auf, warf die

Arme in die Luft und brach in Jubelgeschrei aus wie ein junger Krieger. Er warf sich vom Pferd, bevor er noch richtig zum Stehen gekommen war, schlang seine Arme um Ajjibawr und hob ihn vor Freude fast vom Boden. Die Hündin wich verwundert zurück.

»Es ist vollbracht! Ah, mein Bruder, dich wieder als Karif zu sehen, erleichtert mein Herz um die Hälfte seiner Last.«

»Wie hast du die Neuigkeit erfahren? Wann bist du ins Wüstenland zurückgekehrt?«

»Ich bin erst gestern an Land gegangen und habe diesen elenden Gaul in einem Dorf an der Küste erstanden. Als ich in der Nähe des Tales vorüberritt, kreuzte einer von den Söhnen des Tayyib meinen Weg, rauchgeschwärzt und erfüllt von den Neuigkeiten deiner Taten. Er war es, der mir den Weg zu deinem Lager gezeigt hat. Er sagte mir auch, daß Dzildzil am Leben ist.«

»Wenn ihn die Pferde noch nicht zu Tode getreten haben. Komm und sieh selbst.« Sie gingen zu den Koppeln hinüber, wo Masala, der schon lange auf den Beinen war, das Füttern und Striegeln seiner Herde überwachte. Ajjibawr reichte ihm die Zügel von Rassams linkischem, schweißnassem Pferd. »Der Möchtegernkönig soll sich um das Tier kümmern. Es muß eine Stunde bewegt und gründlich gestriegelt werden. Wenn es schläft, kannst du ihm einen Fächer geben, damit er die Fliegen verscheucht.«

Masala grinste und verneigte sich dann mit ernster Miene. »Es sei, wie du sagst, o Karif.« Er nahm ehrerbietig die Zügel und winkte Dzildzil mit einer knappen Kopfbewegung zu sich.

Sie sahen eine Weile zu, dann legte Ajjibawr den Arm um Rassams Schultern. »Komm frühstücken. Der Kaffee ist fertig, und es ist sicher der beste, den du seit Monaten getrunken hast. Ich weiß, daß du viele Neuigkeiten bringst, und ich bin neugierig darauf.«

Sie aßen schweigend und lehnten sich dann mit ihrem Kaffee zurück. Rassam atmete begeistert durch, machte es sich an dem gepolsterten Sattel bequem, der seine Rückenstütze bildete, und ließ den Blick über das erwachende Lager schweifen. »Von einer solchen Heimkehr habe ich immer geträumt«, sagte er, »aber oftmals sah es so aus, als würde es nie wahr werden. Ein Morgen in der Wüste – Pferde, Hunde und starker süßer Kaffee. Wenn ich dich jetzt bloß noch überreden könnte, deine Hunde ebenso umsichtig zu züchten wie deine Pferde ...« Ajjibawr legte der Hündin die Hand auf den Kopf, worauf sie sich aus ihrer ohnehin schon würdevollen Haltung zu einer noch anmutigeren ausstreckte und ihn mit der Nase am Bein anstupste.

»Wir sind mit unseren Hunden sehr zufrieden.«

»Aber sie sind voller Übermut. Erinnerst du dich nicht an meinen Süßmaul? Das war ein Hund. Intelligent!«

Ajjibawr lächelte. »Unsere Hunde haben lange Beine und scharfe Augen, sie sind treu, einfühlsam und voller Freude an der Jagd und der Musik der Schnelligkeit. Es bleibt einfacheren Hunden überlassen, schlau zu sein.«

»Schon gut. Ich weiß, daß ich dich niemals überzeugen werde. Du hast natürlich die großen Neuigkeiten aus Tredana gehört?«

»Nur in aller Kürze, daß unser junger Freund Leron den Thron seines Vaters bestiegen hat.«

»Das ist wirklich nicht viel. Die Geschichte ist wesentlich interessanter.«

Rassam beschrieb die Ereignisse in Tredana, wie man sie ihm dort berichtet hatte, und Ajjibawr lachte lauthals mit zurückgeworfenem Kopf vor Begeisterung, als der andere ihm die Szene auf dem Heiligen Berg schilderte. »Ich wünschte, ich hätte dabeisein können!«

»Du bist nicht ganz unbeteiligt, Karif. Das Pferd, das Sibby aus den Stallungen des Königs stahl, war dein alter Grauer, vor Jahren ein Geschenk von Dzildzil an Ddiskeard.«

»Mein Stallmeister Mubassa wurde von Dzildzil wegen dieses Pferdes umgebracht. Es war eines der besten, die ich je hatte. Ich bin froh, daß sie es reitet. Es geht ihr gut, sagst du?«

Rassam nickte. »Es geht ihr gut, und sie war froh, zu hören, daß dein Schiff sicher in Rym Treglad gelandet ist.«

Ajjibawr schwieg einen Augenblick lang nachdenklich. »Als nächstes müssen wir einen Rat der Könige einberufen, denn der Winter wird bald gekommen und gegangen sein, und im Frühjahr werden wir gegen Vahn reiten. Wo hält sich Odric gegenwärtig auf?»

»Er wartet in Tredana auf Nachricht aus der Wüste.«

»Ich werde noch heute einen Boten losschicken, der ihnen allen Nachricht überbringt.«

»Wenn die Karabdu die Mitte halten, könnte eine vereinigte Seeflotte der Tredaner und der Zanidai versuchen, Vahanavat einzunehmen.«

»Die Zanidai? Wie steht es denn um Shirkah?«

»Gut. Er hat seinen Bruder geschickt überrumpelt und den Aufstand niedergeschlagen. Es ist eine gute Geschichte, die du dir bei Gelegenheit einmal anhören mußt. Er hat die Absicht, mit einem der kleineren Schiffe von Vahn ein paar Familien weiter in den Norden zu bringen, Leute, denen er immer noch nicht trauen kann: Dort will er sie, gut ausgerüstet mit Vorräten, aber ohne Boot und Bauholz, zurücklassen, und sie sollen ein Fischerdorf gründen, zu dem er zweimal im Jahr seine Schiffe schickt. Ein weiteres kleines Schiff hat er mir zur Verfügung gestellt und nur die *Damar* behalten, um damit nichtsahnende Schiffe aus Vahn, sofern sie ausgeschickt werden, in seinen Hafen zu locken. In Tredana ging ich überaus vorsichtig an Land und ließ das Schiff, nachdem ich meinen Freunden dort begegnet war, für Leron zurück, der sich so sehnlichst wünschte, wenigstens ein stattliches zu besitzen; er schickte mich mit einem schnellen kleinen Segelboot auf den Weg, das mich an die südliche Küste brachte, und hier bin ich nun.«

»Was gibt es Neues von Osmin und meinen Männern?« Rassam seufzte. »Nichts bis jetzt. Dieser Hauptmann Gwillam, derselbe, der Clerowan wohlbekannt war, ist noch nicht besiegt. Er streift mit seiner Hundertschaft Soldaten im Norden von Tredana frei umher, und vielleicht mußte Osmin einen Umweg machen, um ihnen aus dem Weg zu gehen.«

»Osmin kennt sich aus mit Gwillams Schlichen. Ich bin sicher, daß er sich unversehrt durchschlagen wird.«

Er legte den Kopf lauschend zur Seite, und hinter ihm hob die Hündin den Kopf von den Pfoten und blickte mit ihren grauen Augen auf. »Es kommen viele Reiter auf uns zu. Entweder werden wir angegriffen, mein Freund, oder der Tayyib kommt, wie ich ihn gebeten habe. Er ist früh fort aus seinem Lager für einen frischvermählten Mann.«
Rassam sah erstaunt auf. »Schon wieder?«
»Diesmal ist es ein bißchen anders.« Als er Rassam die Geschichte von Shadith zu Ende erzählt hatte, war auch Adaba in Begleitung von fünfzig Männern eingetroffen.
Shadith war nicht, wie gewohnt, auf ihrem Platz an seiner Seite, und Ajjibawr erkundigte sich nach ihr. Adaba winkte mit der Hand in die Richtung, aus der sie gekommen waren. »Sie kommt ein wenig langsamer nach und bringt dir ganz besondere Gefangene mit, o Karif.« Darauf begrüßte er Rassam herzlich, ließ sich schwer zwischen ihnen auf den Boden fallen und nahm eine Tasse Kaffee. Er schüttelte seufzend den Kopf. »Erst jetzt«, sagte er, »merke ich, was es heißt, alt zu sein.« Er ging nicht weiter auf das Thema ein, doch Rassam blickte Ajjibawr mit hochgezogener Braue an, und beide lächelten.
Hinter ihnen teilte sich der Vorhang, und Halila trat ins Sonnenlicht hinaus. Bevor Ajjibawr sich erhoben hatte, hatte Adaba sich umgewandt und sie gesehen. Ein breites Lächeln legte sich auf sein Gesicht, und er erhob sich eilig vor ihr auf die Knie und faßte die Hand, die sie ihm reichte. »Kariva!« sagte er und küßte sie. »Willkommen hier im Wüstenland. Jedes Jahr, wenn ich dich sehe, bist du noch schöner geworden.«
Sie neigte sich zu ihm und legte ihm liebevoll die Hand auf den Kopf. »Und jedesmal, wenn ich dich sehe, hast du dich neu verheiratet. Es war gut, daß ich deinen Antrag abgelehnt und den früheren Karifen geheiratet habe, auch wenn sich herausstellte, daß er ein Lump war.«
»Wenn nicht mein Gelübde wäre, würde der Antrag immer noch gelten.«
»Was ist das für ein Gelübde?«

»Mit Shadith habe ich meine letzte Frau geheiratet. Hätte ich dich allerdings vor fünfundvierzig Jahren geheiratet, so hätte es vielleicht keine andere Frau in meinen Zelten gegeben.«
»Möglich.« Halila lachte und wandte sich einem niedrigen Stuhl zu, den ein Diener für sie herbeigebracht hatte. »Aber dann hättest du nicht dieses Heer von Söhnen.«
Bevor sie sich setzen konnte, mußte sie noch die Begrüßung der Hündin über sich ergehen lassen, die versuchte, ihr die langen Vorderläufe auf die Schultern zu legen. Sie lächelte, hob jedoch abwehrend die Hand, und das Tier ließ sich gehorsam und mit einem tiefen Seufzer der Enttäuschung auf alle viere fallen. Dann reichte Halila Rassam die Hand und hieß ihn freundlich willkommen, legte zuletzt für einen kurzen Moment ihre Hand auf Ajjibawrs und ließ sich von ihren Dienern das Essen bringen. Sie war in ihre Lieblingsfarbe Blau gekleidet, und abgesehen von den dunklen Ringen unter ihren Augen merkte man ihrem heiteren Gesicht kein Zeichen von Schwäche oder Schmerzen an.
Adaba hörte sich Rassams Neuigkeiten aufmerksam an und schüttelte mißbilligend den Kopf, als er hörte, daß Dzildzil in den Stallungen beschäftigt wurde. »Schlag ihm den Kopf ab, und fertig, Karif. Du kannst es dir nicht leisten, ihn in dir eitern zu lassen wie eine Wunde.« Er wandte sich an Rassam. »Merk dir meine Worte. Wir werden es bereuen, wenn wir Dzildzil am Leben lassen.«
Ajjibawr macht eine ungeduldige Handbewegung. »Ich kann ihn nicht kaltblütig töten. Er wird jammern und schreien.«
»Ja, und er wird dir außerdem die Kehle aufschlitzen, wenn sich ihm eine Gelegenheit bietet. Du hast damals nicht gezögert, den alten Karifen zu töten.«
»Das war in einem fairen Kampf. Er hat mir eine Wunde von der Schulter bis zur Hüfte beigebracht, bevor ich ihm den Kopf abschlug.«
»Dann gib Dzildzil ein Schwert, wenn es dich glücklicher macht.«
»Und soll ich vielleicht darauf hoffen, daß er ohne mein Zutun

hineinstürzt? Ich bezweifle, daß er weiß, an welchem Ende man es hält.«
Adaba schnaubte verächtlich, und Halila brach das darauffolgende Schweigen. »Der alte Wolf hat recht, mein Gatte. Wenn du es nicht selbst tun willst, so gibt es andere, denen er den Blutpreis schuldet. Er hat Masalas Vater getötet: überlaß ihn also seiner Rache.« »Wenn er sterben muß, dann muß ich es selbst tun, denn ich stehe stellvertretend für alle Karabdu, und so wäre der Blutpreis bezahlt. Wir werden uns später darüber unterhalten.«
Adaba brummelte zustimmend vor sich hin, dann hörte er plötzlich Hufschläge näherkommen und lächelte. »Das muß Shadith sein. Jetzt wirst du meine Überraschung sehen. Der König von Tredana wird sich bald einem wesentlich schwierigeren Problem gegenübersehen, als du es jetzt hast.« Er kicherte geheimnisvoll und erhob sich, als Shadith, gefolgt von zwei weiteren Leibwächtern, herankam. Sie gab ein stolzes Zeichen mit der Hand, worauf die jungen Männer hinter ihr mit sanfter Gewalt eine völlig aufgelöste Gefangene vorschoben, die sich ihren Griffen wütend entwand und die Hände hob, um sich die Haare aus dem Gesicht zu streichen.
Ajjibawr erhob sich bedächtig und nickte. »So hat Euch das Schicksal also zu den Zelten der Karabdu zurückgeführt.«
»Das Schicksal! Mein Begleiter und ich wurden von Wegelagerern überfallen! Ich verlange, vor den Heiligen Vorleser gebracht zu werden! Er wird dafür sorgen, daß wir mit der angemessenen Höflichkeit behandelt werden.« Ajjibawr bemühte sich, das Zucken um seine Mundwinkel zu beherrschen, und wandte sich, in seinem Ärmel nach der Schnupftabakdose suchend, an Adaba. »Würdest du es für klug halten, ihr so früh am Morgen eine Audienz bei seiner Heiligkeit zu gestatten? Er ist so beschäftigt mit seinen Pflichten.« Er fand das Döschen, schnippte den Deckel auf, nahm eine Prise und nieste. Dastra erkannte plötzlich, wen sie vor sich hatte, und ihre Augen weiteten sich vor Schreck. Sie blickte entsetzt von einem zum anderen. »Aber der Karif – ist tot.« Ajjibawr machte eine leichte, spöttische Verbeugung vor ihr. »Ihr dürft

nicht alle Gerüchte glauben. Geschichten fliegen schneller über die Wüste als der Wind über den Sand. Mir ist sogar zu Ohren gekommen, daß der Usurpator von Tredana von seiner eigenen Königin ermordet wurde.«

Dastra stand reglos da, doch ihre großen blauen Augen weiteten sich vor Schreck, und Tränen begannen ihr über die Wangen zu laufen. Adaba musterte sie mit kaltem Mißfallen. »Du wirst dem König viele Sorgen ersparen, wenn du ihr ebenfalls den Kopf abschlägst«, bemerkte er endlich, und Dastra wich, diesmal in blankem Entsetzen, zurück.

Ajjibawr schüttelte den Kopf. »Er würde es mir nicht danken, auch wenn es zu seinem größten Vorteil wäre. Er ist kein Kind der Wüste.« Er wandte sich an Shadith. »Sorg dafür, daß sie nicht entkommen kann. Eine der Dienerinnen meiner Frau wird sich um sie kümmern, solange sie unsere Gefangene ist.« Er warf Halila einen fragenden Blick zu, und sie nickte. »Wo ist dieser Begleiter, den sie erwähnte?«

Shadith deutete zu den Pferden zurück. »Er ist noch ohnmächtig von einem Schlag auf den Kopf. Wir haben ihn auf ein Pferd gebunden.«

»Ausgezeichnet. Dann bringt ihn auch sicher unter, so daß er nicht fliehen kann, und wir schicken ihn ebenfalls nach Tredana zurück.«

»Es sei, wie du sagst, Karif.« Sie trieb ihre Gefangene fort, und Adaba sah ihr mit liebevollem Ausdruck nach. Er wandte sich an Halila. »Verstehst du jetzt?« fragte er, und sie lächelte.

Noch am Vormittag wurden die Botschaften geschrieben, die nach Tredana geschickt werden sollten; dann wurden erste Pläne für eine Ratsversammlung geschmiedet, an der Vertreter von Tredana, dem Wüstenland und Treclere teilnehmen würden. Sie kamen überein, die Nachricht von Shirkahs siegreicher Rückkehr nach Zanida streng geheimzuhalten, damit Vahn weiterhin unbesorgt Schiffe in den Norden entstandte. Rassam hatte Dansens Skizzen und Entwürfe mitgebracht und hielt sich bereit, am nächsten Tag zur Südküste aufzubrechen, wo er die Wiederinbetriebnahme der Schmelzöfen überwachen würde. Am Nachmittag schickten sie den Boten auf den Weg, danach kehrte Ajjibawr allein in sein Zelt zurück, um sich Gedanken darüber zu machen, was aus Dzildzil werden sollte. Halila gesellte sich zu ihm und legte ihm ihre kühlen Hände auf das Gesicht.

»Vor acht Jahren hättest du keinen Augenblick gezögert«, sagte sie. »Vor acht Jahren hatte ich noch nie die Wüste verlassen. Ich habe den Nacken gebeugt, aber mein Herz scheint irgendwie verändert.«

»Du lernst deine Lektionen ohne weitere Hilfe von mir.« Er legte den Arm um sie, und so standen sie eine Weile schweigend aneinandergeschmiegt da. »Keine Schmerzen?« erkundigte er sich, und sie schüttelte den Kopf. »Keine«, antwortete sie. Obwohl er wußte, daß es gelogen war, drang er nicht weiter in sie.

Beim Abendessen unterhielt er sich mit Adaba und teilte ihm mit, daß Dzildzil am nächsten Morgen sterben würde. Sie überlegten, ob sie ihn darauf vorbereiten sollten, doch Adaba war dagegen. »Laß den elenden Kerl seine letzte Nacht in Frieden verbringen.« Ajjibawr lachte freudlos. »Er wird sie ruhiger verbringen als ich.« Nach dem Abendessen machten sie es sich bequem und lauschten einer von Adabas zahllosen Geschichten, die ihnen durch die Tatsache, daß sie sie nunmehr fast ein Jahrzehnt nicht vernommen hatten, nur um so schmackhafter gemacht wurde. Um sie herum senkte sich friedliche Stille über das Lager.

Es war fast Schlafenszeit, als ein Schrei von den Ställen herüberdrang und hastige Laufschritte durch die Dunkelheit hallten. Einer von Adabas Leibwächtern warf sich vor ihnen auf die Erde. »Die Gefangenen! Sie sind geflohen!« Sie sprangen auf, und Adaba packte den Mann an den Schultern. »Welche Gefangenen? Was ist mit Shadith?«

»Sie ist verwundet, Mekrif. Sie sind alle drei entkommen.« Adaba stieß den Mann mit einem Fluch von sich und rannte, von Ajjibawr und Rassam gefolgt, zu den Ställen hin.

Dort war alles in Aufruhr, ein Durcheinander von Fackeln und schwingenden Laternen. Masala lag sterbend auf dem Boden, einen Dolch im Rücken; Ajjibawr zog seinen Kopf in seinen Schoß, doch der junge Mann konnte nicht sprechen und hustete Blut. Ganz in der Nähe stand Adaba und hielt die bewußtlose Shadith in den Armen; ihr helles Haar war blutgetränkt von einer tiefen Stirnwunde. Dastra war verschwunden und Dzildzil ebenfalls. Nach dem, was sie an Einzelheiten in Erfahrung bringen konnten, hatte sich Dastras Begleiter befreit und den anderen zur Flucht verholfen. Adaba hielt Shadith in tiefer Verzweiflung an sich gedrückt und wiegte sie in seinen Armen. »Ich werde ihnen eigenhändig die Köpfe abschlagen«, brüllte er, »und sie den Ratten und Vögeln zum Fraß überlassen.«

Masala kam in Ajjibawrs Armen zu sich. »Mach dir keine Sorgen, Karif«, brachte er mit kaum hörbarer Stimme hervor. »Sie haben den Schwarzen des Wanderers gestohlen und den elenden Schekken, auf dem du gekommen bist. Die beiden schlechtesten Pferde weit und breit. Ich weiß, daß ihr sie einholen werdet ...« Er lachte. »Sie hätten kein Messer gebraucht. Ich hätte ihnen diese beiden freiwillig gegeben ...« Er lachte noch einmal auf, hustete noch mehr Blut und verstummte. Als kein Zweifel mehr daran bestand, daß er tot war, ließ Ajjibawr ihn sanft zu Boden gleiten. Shadith hatte sich in Adabas Armen nicht bewegt, und Ajjibawr ließ feuchte Tücher für ihre Stirn bringen. Dann rief er vier Leibwächter zu sich und befahl ihnen, sofort loszureiten. »Versucht, die Frau lebend zurückzubringen, wenn ihr könnt«, sagte er. »Mit den anderen könnt ihr nach Belieben verfahren.« Sie salutierten und sprengten davon. Er wandte sich an Emr. »Begrabt den Jungen, wie es sich gehört. Wir kümmern uns in meinem Zelt um Shadith.«

Mit schweren Schritten stiegen sie den Hang hinauf und trugen Shadith zum Zelt. Dort angekommen, sahen sie, daß auch sie eine Dolchwunde hatte, jedoch hoch in der Schulter. Rassam half Halila, die Wunde zu verbinden, während sich Ajjibawr bemühte, den Tayyib zu trösten. Doch dem alten Mann liefen die Tränen ungehemmt über die Wangen, und seine Hände krampften sich immer wieder hilflos um den Griff seines Schwertes. »Da siehst du«, sagte er schließlich, »was dabei herauskommt, wenn man die Hunde verschont. Den Feind muß man töten, und fertig!« Ajjibawr sah zu, wie Halila ein blutgetränktes Tuch von Shadiths Stirn hob und gegen ein frisches austauschte. »Ja«, erwiderte er endlich, »ich sehe es. Und mach dir keine Sorgen – das nächste Mal werden wir nicht übertrieben gnädig sein.«

ÜBER DEN TOD

aus den Lehren Marajs (in der Übersetzung Rassams)

In allen Sternen der Nacht,
in reuigen Tränen des Schmerzes,
in den Sorgen alles Lebendigen
konnte dir unsere Schwäche nicht entgehen;
hast du unsere Krankheit gesehen:

Ungeduldig, das Rennen zu beginnen
kehren wir das Gesicht in den Wind;
keine Zeit bleibt, die Strecke zu gewinnen
zwischen unserem hastigen Aufbruch
und dem ersehnten Ziel.

Kein Vorteil am Anfang
kann das Ende verändern: keine Geschicklichkeit oder Kunst
kann daran rütteln, was geschrieben steht:
sporn dein Pferd nur an, laß es laufen, so schnell es kann
beim letzten kurzen Rennen dann
gewinnt kein Reitersmann.

Die Belagerung

I

Eine Woche nach den Ereignissen auf dem Heiligen Berg wurde Leron im Großen Saal des Schlosses von Tredana zum König gekrönt. Es war eine Woche gewesen, in der eine Fülle von Einzelheiten zu beachten, tausend und eine Entscheidung zu treffen waren. Als erstes mußte die Frage der Loyalitäten geklärt werden. Dann galt es, in den Sumpf der öffentlichen Ämter einzudringen. Die Steuerlisten waren in abgrundtiefer Unordnung, und die Erhebungsunterlagen, strotzend von Auslassungen und Manipulationen, waren in einem erbarmungswürdigen Zustand. In allen diesen Angelegenheiten erwies sich Odric als verläßlicher Ratgeber, und Leron hörte ihn nur ungern davon reden, daß er bald nach Treclere zurückzukehren gedachte.

Man hatte eine Botschaft nach Rym Treglad gesandt, aber es würde Wochen dauern, bevor Gannoc in Tredana erwartet werden konnte. Nicht allein, daß es dort vieles zu regeln geben würde; dazu kam die Gefahr der Reise selbst, da sich immer noch einige Dastra ergebene Truppen in der Gegend nördlich von Tredana herumtrieben, insbesondere Gwillam und seine Hundertschaft.

Vielleicht wäre Leron nicht so einsam und bedrückt zumute gewesen, hätte er Sibby – Sibyl, wie sie sich jetzt nannte – besser verstehen können. Als sie an jenem ersten Abend zurückgekommen war, nachdem sie Dastra gesucht hatte, da hatte er sie zu sich herumgeschwenkt, und sie hatten sich lachend auf dem Hügel umarmt. Sie war fast so groß wie er, und er würde niemals vergessen, welch ein herrliches Gefühl es gewesen war, sie in den Armen zu halten. Allein in seinem Schlafgemach, seufzte Leron und betrachtete mißmutig den Goldreif, den man ihm erst vor so kurzer Zeit auf den Kopf gesetzt hatte. Es war unwahrscheinlich, daß er

Gelegenheit haben würde, sie noch einmal so zu spüren. Sie war jetzt so fern, als wäre sie nie zurückgekommen. Aber der Schaden war nicht wiedergutzumachen. Endlich verstand er die Wahrheit in einem Lied, das er oftmals gedankenlos gesungen hatte.

Ich habe die weißen Arme einer Frau im Mondschein gesehn,
und nun kann ich keine Nacht mehr in wohliger Ruhe begehn.

Leron warf den Ring auf sein schmales, leeres Lager und trat in den leeren Gang hinaus.

Unten im kalten Vorzimmer des Großen Saales warteten einige Männer, die dem König ihre verschiedenen Anliegen vortragen wollten, in respektvollem Schweigen. Leron nickte ihnen höflich zu, ging aber mit einem so unverkennbar abweisenden Gesichtsausdruck an ihnen vorüber in den offenen Hof, daß niemand wagte, das Schweigen zu brechen. Die Spieler hatten inzwischen ihre Wagen im Innern der Palastmauern aufgestellt, doch Leron hielt nicht einmal inne, um mit ihnen ein paar Worte zu wechseln, wenn er auch das Lächeln von Ginas' Enkelin erwiderte. Ein hübsches Kind, allerdings standen ihr die kurzen Haare nicht so gut wie Sibby – Sibyl. Nicht, daß Sibyl ihm aus dem Weg gegangen oder hochmütig gewesen wäre. Sie war eine große Hilfe gewesen und hatte ihre Stimme im Rat klug eingesetzt – eine verläßliche Freundin in jeder Hinsicht. Leron stellte fest, daß er eine finstere Miene aufgesetzt hatte und glättete rasch seine Gesichtszüge. Er hatte sich ohne Ziel auf seinen Spaziergang begeben, als aber der Hauptmann der Palastwache an ihm vorübereilte, hielt er ihn kurz hinter dem Tor auf.

Der Hauptmann salutierte. »Meine Männer halten unten ein paar Gefangene fest, Fischersleute, die beschuldigt werden, Schmuggel betrieben und mit den Händlern von Vahn geheime Absprachen getroffen zu haben. Ich war gerade auf dem Weg zum Verhör.«

Leron schloß sich ihm an. »Ausgezeichnet. Ich komme mit und sehe es mir an.«

Unten auf dem schmalen Sandstreifen des Hafens stand eine Gruppe von Männern bei einem Netzgewirr zwischen zwei langen Fischerbooten, die erst kürzlich angelegt hatten. Die drei Fischer standen mit finsterer, herausfordernder Miene dicht beieinander und überhäuften die unbewegten jungen Soldaten, die sie bewachten, mit Vorwürfen. Ihr Anführer, ein untersetzter Mann mit dunkler Gesichtsfarbe, wandte sich dem herannahenden Hauptmann erbost zu: »Sag uns, wo ihr diese Geschichten gehört habt. Das möchte ich gerne wissen. Ich und die Männer hier, wir fischen seit dreißig Jahren in diesen Gewässern, und nie ist ein Sterbenswörtchen darüber gefallen, daß wir etwas anderes tun würden als fischen. Sag mir, wer uns beschuldigt.« Er wandte sich an seine Gefährten. »Ich gehe jede Wette ein, daß es Dikrat oder sein Vater war. Seit wir in seine Netze gegangen sind, hat er es auf uns abgesehen.«

Plötzlich entdeckte er Leron, und seine Miene hellte sich auf. »Wo habt ihr denn den aufgetrieben? Das ist einer der Burschen, von denen ich euch erzählt habe. Einer der Spione, denen ich angeblich von dem Dampfer aus Vahn heruntergeholfen habe. Frag ihn, er wird dir erzählen, wie ich ihm ein Frühstück gegeben habe. Mach den Mund auf, Junge, erzähl dem Hauptmann, was wirklich passiert ist.«

Der Hauptmann warf Leron einen verwirrten Blick zu, und Leron, der das Gefühl hatte, etwas schwer von Begriff zu sein, erkundigte sich: »Um was geht es hier überhaupt?«

»Diese Männer sind beschuldigt worden, zwei Spione von einem Schiff aus Vahn an Land geschleust zu haben. Ich weiß nicht, was er mit den letzten Worten gemeint hat...« Der Fischer schüttelte den Kopf und fuhr sich mit der Hand durch seine dichten, ergrauenden Locken. »Sag es ihm, erklär dem Hauptmann, wie es war.«

»Freund, ich weiß nicht, wovon du sprichst.«

»Hat der Schiffbruch deinen Geist so verwirrt, daß du vergessen hast, wie du an meinem Feuer getrocknet, und von meinem Frühstück gespeist wurdest?«

Der Hauptmann trat verärgert einen Schritt vor. »Sprich gefälligst nicht in diesem Ton!«
»Ich rede, wie es mir gefällt, wenn mir dieser Junge ins Gesicht sagt, ich sei ein Lügner.«
Leron legte dem Hauptmann die Hand auf die Schulter. »Immer mit der Ruhe.« Dann wandte er sich an den Fischer. »Ich weiß weder wer du bist, noch habe ich dich jemals gesehen. Vielleicht findest du eine andere Antwort auf die Fragen des Hauptmanns.«
»Die Wahrheit war für mich noch immer gut genug. Aber vielleicht ist sie dir fremd.«
Der Hauptmann schaltete sich wieder ein. »Sprich nicht so mit dem König!«
»Ein König ist das? König jetzt? Das ist mir ein seltsamer König, der sich selbst als Fischerjunge aus Crommerton bezeichnet.«
Plötzlich brach Leron in lautes Lachen aus, und beide, Fischer wie Hauptmann, sahen ihn verwundert an. »Wann war das, als diese beiden Burschen an deinem Feuer gegessen und sich getrocknet haben?« erkundigte er sich. »War das am Morgen nach dem schweren Sturm, vor zehn Tagen?«
»Richtig.«
Leron wandte sich zu dem Hauptmann um. »Dann muß das ein Fischer sein, dessen Hilfsbereitschaft mir bereits zu Ohren gekommen ist. Er hat einer meiner Verwandten geholfen, die mir sehr ähnlich sieht. Heißt du Nicca?« Der Fischer nickte verwirrt, jedoch ein wenig beschwichtigt. Leron richtete das Wort wieder an den Hauptmann. »Wer hat die Beschwerde gegen Nicca vorgebracht?«
»Ein anderer Fischer, ein gewisser Dikrat, der schwor, es sei die reine Wahrheit.«
Leron nickte und reichte dann Nicca die Hand. »Ich bin Leron, der neue König. Ich danke dir, daß du meiner Cousine so freundlich geholfen hast. Was immer du in Zukunft fängst, mach dir nicht die Mühe, es auf dem Markt anzubieten, sondern komm direkt in meine Küche damit. Ich verspreche, daß es dir immer abgekauft

werden wird, und zwar zu einem guten Preis. Und sag Dikrat, er soll sich mit seinen Beschwerden in Zukunft direkt an mich wenden.«

Nicca beugte sich verlegen über seine Hand, dann schlugen sich die Fischer gegenseitig auf den Rücken, wiederholten ihre Dankesworte und hatten es eilig, fortzukommen. Als sich Leron und der Hauptmann zum Gehen wandten, konnten sie Niccas warme, rauhe Stimme deutlich hören. »Das war jetzt wirklich eine komische Geschichte. Aber er ist ein anständiger Kerl, der da. Gerechtigkeit muß sein.«

Leron legte dem Hauptmann die Hand auf die Schulter. »Es ist eine schwere Aufgabe, ich weiß, aber sei stets vorsichtig, wenn Leute Beschwerden gegen ihre Nachbarn vorbringen. Wenn diejenigen, die die Macht haben, dem Gerede allzu bereitwillig Glauben schenken, dann kommen zu viele Gerüchte auf. Man darf keinen Menschen vorschnell verurteilen, und wenn die Beweise noch so erdrückend scheinen.« Der Hauptmann war offensichtlich überrascht, machte jedoch eine ergebene Verbeugung, und Leron unterdrückte einen ungeduldigen Seufzer. Er lobte den Mann für seine Treue und Verläßlichkeit und begab sich zum Schloß zurück.

Am Abend im kleinen Speisesaal, nach einem gemeinsam mit Odric, Kerys und Sibyl verbrachten Mahl, beschrieb Leron den nachmittäglichen Zwischenfall. Er schüttelte düster den Kopf. »Werden sie alle versuchen, alte Rechnungen zu begleichen, indem sie meinen Männern Gerüchte zutragen?«

Odric zuckte die Achseln. »Wenn es so ist wie in Treclere, wird es eine Weile so gehen, ja. Nach ein paar Monaten haben sich die Wogen geglättet, sie haben sich daran gewöhnt, daß du an der Macht bist, und das Leben geht wieder seinen gewohnten Gang.«

Leron stützte das Kinn in die Hände. »Wir werden Gesetze ausarbeiten müssen. Wir können es nicht zulassen, daß wegen jeder Kleinigkeit die Macht des Thrones beschworen wird. Es müßte doch Möglichkeiten geben, Zwistigkeiten routinemäßig und gerecht zu schlichten.«

Sibyl lächelte ihm zu. Sie saß mit untergeschlagenen Beinen in dem großen Sessel, der dem Feuer am nächsten war, und auf ihrem Schoß schlief eine braune Katze, die sie aus der Küche gelockt hatte. »Das war nett, was du Nicca wegen der Fische gesagt hast. Ich hatte gehofft, daß er irgendeine Belohnung erhalten würde. Ich hätte früher an ihn denken sollen.«

Odric kicherte. »Ich würde einwenden, daß er ein Narr sein muß, euch verwechselt zu haben, hätte ich mich nicht desselben Irrtums schuldig gemacht. Wenn ich euch aber jetzt hier zusammen vor mir sehe, ist die Ähnlichkeit zwar immer noch groß, aber alles andere als verblüffend.«

Leron legte den Kopf zur Seite und betrachtete Sibyl prüfend. »Von meiner Mutter und Sibyls Vater wurde dasselbe gesagt. Bruder und Schwester schienen sich wie ein Ei dem anderen zu gleichen, wenn sie getrennt waren, wenn man sie jedoch zusammen sah, war der Unterschied deutlich.«

Sibyl musterte ihn aufmerksam. »Wenn ich dich ansehe, ist es, als würde ich in einen Spiegel blicken. Aber die Person, die hinter dem Gesicht steckt, ist eine fremde.«

Unter ihrem steten Blick errötete Leron und wandte sich an Odric. »Wann habt ihr vor, nach Treclere zurückzukehren?«

»Ich habe schon ein schlechtes Gewissen, weil ich so lange fortgeblieben bin. Irgendwann in den nächsten Tagen. Ich kann Kerys hier zurücklassen, er soll die Nachrichten aus der Wüste und die Ergebnisse Eurer Beratung mit den Karabdu abwarten. Dann kann er mir in dem Schiff, das Herrard hergebracht hat, folgen. Meladin, der Navigator, scheint einiges dazugelernt zu haben seit er sich zu der Zeit, als Sibyl an Bord war, so sehr täuschte. Im Frühjahr kann ich Euch die *Damar*, beladen mit meinen Männern, herschicken.«

Kerys, der sich den ganzen Abend in düsteres Schweigen gehüllt hatte, nickte mürrisch, und Odric warf ihm einen ärgerlichen Blick zu. »Kalla wartet sicher sehnsüchtig auf dich, ob du nun in zehn

Tagen zurückkehrst oder in zwanzig. Was machen zehn Tage schon für einen Unterschied?«

Kerys sprang wütend auf. »Das verstehst du nicht!« stieß er mit belegter Stimme hervor und stürzte zur Tür.

Sie fiel krachend hinter ihm ins Schloß, und Odric seufzte schwer. »Nein, das verstehe ich wirklich nicht. Er hat kurz vor unserer Abfahrt plötzlich eine heftige Leidenschaft für das Mädchen entdeckt, und nun kann er von nichts anderem mehr sprechen. Wenn sie ihm nicht treu bleiben will, können zehn Tage kaum einen Unterschied machen.«

Leron sagte nichts darauf, empfand aber insgeheim Mitleid mit dem Jungen. Dann fragte Sibyl, über die Katze gebeugt, deren Bauch sie eingehend streichelte, in beiläufigem Ton: »Was glaubt ihr, welche Nachricht wir aus der Wüste erhalten werden?« Ihre Wangen waren gerötet von der Hitze des Feuers.

»Sicher eine gute«, entgegnete Leron. »Adaba Tayyib ist ein hervorragender Krieger und hätte Clerowan nicht zu Hilfe geholt, wäre die Zeit nicht reif gewesen für seine Rückkehr in die Wüste. Wenn wir das nächste Mal von Clerowan hören, ist er sicher wieder Karif und Ajjibawr. Die Wüstenstreitmacht wird eine große Hilfe sein im bevorstehenden Feldzug gegen Vahn.« Odric nickte zustimmend, und Sibyl setzte sich im Sessel bequemer zurecht und wiegte dabei die Katze, um sie nicht zu wecken.

Plötzlich öffnete sich die Tür mit einem klickenden Geräusch, und Kerys stand bleich im Raum. »Da ist... da ist ein Bote gekommen...« stammelte er und trat zur Seite, als zwei Wachsoldaten hereinkamen, die einen kräftig gebauten Mann in Kettenpanzer und ledernem Beinschutz an den Armen zwischen sich führten. An seinem Gürtel baumelte ein schwerer Beutel aus fleckigem, grünem Stoff.

Leron erhob sich langsam, und Odric folgte seinem Beispiel. Der Krieger machte sich frei und trat mit anmaßend verzogenem Mund vor. »Ich komme unter der weißen Flagge von Gwillam. Wenn ihr darauf aus seid, Unterhändler zu ermorden, dann sterbe ich, ohne zu reden.«

Leron hob die Hand. »Es steht dir frei, zu sprechen und dann zu gehen.« Der andere lachte, daß seine Zähne blitzten. »Gut gesagt, ich bringe ein Geschenk von meinem Herrn, das seinem früheren Besitzer nur wenige Meilen nördlich von hier abgenommen wurde, und zwar in gerechtem Kampf.« Er nestelte an der Schnur, mit der der Beutel verschlossen war. »Er befahl mir, euch dies zu geben und zu sagen, daß noch viele andere folgen werden.« Er hatte das Bündel von seinem Gürtel gelöst und hielt es jetzt, den Augenblick genüßlich in die Länge ziehend, mit einem kehligen Lachen in die Höhe. »So nehmt denn den Kopf von Clerowan, dem Weißen: Wie die Heerführer, so werden auch ihre Armeen fallen.«

Das Letzte brachte er in einem feierlichen Singsang hervor und schüttelte seine abscheuliche Last aus der Tuchhülle, so daß sie mit einem dumpfen Ton zu Boden fiel, wo sie noch eine Weile hin und her rollte, bevor sie still lag. Fäulnisgeruch breitete sich aus, und sie sahen einen Moment lang blutige Haut, blonde Haare und ein weit aufgerissenes blaues Auge, dann hatte Leron das schwere Tuch vom Tisch gerissen und darüber geworfen.

Sibyl war im Sessel vornübergesunken und hatte mit einem erstickten Schrei die Hände vors Gesicht geschlagen. Die Katze sprang entrüstet zu Boden, wo sie sich niederließ, sich die Schulter leckte und ihre Fassung rasch wiedergewann, während Leron zu dem Boten trat. Er versetzte ihm einen so wuchtigen Schlag ins Gesicht, daß er gegen die Wachsoldaten taumelte und Blut aus seiner Lippe quoll. »Diese Antwort kannst du Gwillam bringen und ihm sagen, er weiß, wohin er sich wenden muß, wenn er die ganze Botschaft haben möchte. Und nun mach, daß du fortkommst, bevor dir jemand die Zunge abschneidet.« Einer der Wachsoldaten packte ihn am Arm und zog ihn zur Tür hinaus, während der andere, auf ein Zeichen von Leron hin, das Tischtuch samt dem Ding, das es bedeckte, vom Boden aufhob und seinem Kameraden folgte.

Leron drehte sich zu den anderen um und sah, daß sich Odric haltsuchend schwer auf die Rückenlehne seines Sessels gestützt hatte.

Die Katze kam und schnüffelte mit halboffenem Maul und weit aufgerissenen Augen an der Stelle, an der der Kopf gelegen hatte. Ihre Nackenhaare sträubten sich, und sie machte eilig kehrt und lief aus dem Raum. Sibyl hatte sich nicht gerührt. Er trat zögernd an ihren Sessel und ließ sich auf die Knie fallen. Zuerst verharrte sie schweigend in ihrer zusammengesunkenen Haltung und wiegte sich vor und zurück; dann blickte sie auf, und als sie Lerons Tränen sah, begann sie ebenfalls zu weinen. Er schlang die Arme um sie, und sie klammerte sich, das Gesicht an seinem Hals vergraben, an ihn. Sie zitterte am ganzen Leib, und sein Hals war naß von ihren Tränen. Bald konnte er nicht mehr sagen, ob er um den Tod eines Freundes weinte oder aus Mitgefühl mit ihr. Er hätte in diesem Augenblick überhaupt nichts mit Bestimmtheit sagen können, außer, daß er sie in den Armen hielt und daß er nicht die Absicht hatte, sie ohne weiteres wieder freizugeben.

Odric verschob seinen Abschied von Tredana um weitere zehn Tage und blieb bis zu Lerons Hochzeit. Die Feier sollte ganz einfach vonstatten gehen, ein Austausch des Gelöbnisses in kleinstem Kreise im Schloß. Später sollte eine öffentliche Hochzeitsfeier stattfinden, aber Leron setzte, mit Rücksicht auf Sibyls Wünsche, keinen Zeitpunkt dafür fest.

Wenige Tage vor der Hochzeit entdeckte Odric zwischen den Instrumenten der Spieler eine Baraka, und es gelang ihm, Sibby mit seinen albernen Scherzen und Liedern zum Lachen zu bringen. Leron verstand ihre anhaltende Niedergeschlagenheit nicht, und ihre Reaktion auf Odrics Possen nahmen ihm eine schwere Last von der Seele. Auch Liniris schienen seine Faxen zu gefallen. Leron sah sie oft in Sibyls und Odrics Gesellschaft, und manchmal saß auch Kerys, immer noch mit finsterer Miene, bei ihnen. An diesem Abend versuchte Odric, ein Lied über die Landstreicher zu erfinden, hatte aber Schwierigkeiten, über die erste Strophe hinauszukommen.

Ein Tippel-Tappel Schammel-Schummel,
Börsen-Mopser ritt ohne Arg,
sah 'nen Steuereintreiber hoch zu Roß
sah das Geld, das er bei sich verbarg.

Er saß mit ausgestreckten Beinen in einem tiefen Sessel, und in seinen riesigen Händen wirkte die Baraka klein; Sibyl und Liniris hatten es sich in seiner Nähe auf dem Fußboden bequem gemacht, beobachteten aufmerksam sein Fingerspiel und erbaten sich von Zeit zu Zeit das Instrument, um es selbst auszuprobieren. Leron stand an der Tür und beobachtete die drei eine Weile lang, bis Odric aufblickte und Sibyl sich mit einem Lächeln zu ihm umwandte.

»Du solltest dir eine Harfe besorgen«, sagte sie. Leron schüttelte bedauernd den Kopf. »Dafür ist im Augenblick noch keine Zeit.«

»Nun, dann besorg eine für mich.« Lachend machte er kehrt, um diejenigen zu empfangen, die mit ihm reden wollten. Aber am nächsten Nachmittag ließ er nach einem Instrumentenbauer schicken und gab eine Harfe in Auftrag, die bis zum Hochzeitsmahl mit besonderen Einlegearbeiten versehen und besaitet sein sollte.

Am nächsten Abend, es war der Vortag der Hochzeit, hatte Odrics Gedicht Fortschritte gemacht.

»Ach, weh mir«, sagte da der Mopser,
»Beraubt bin ich von meinen Werten allen.«
Der Steuereintreiber mit scharfem Blick
sagt': »Wo hat man dich denn überfallen?«

»Bei den drei Bäumen dort im Tal,
gibt's Schrecken ohne jede Zahl.
Halt an dein Pferd, steck weg den Ring,
und verbirg, wenn du hast, dein Geld zumal.«

Liniris war, auf seine Bitte hin, mit Kerys spazierengegangen, und Sibyl saß allein zu Odrics Füßen. Leron setzte sich in den Sessel gegenüber, und Sibyl lehnte sich an seine Beine zurück. Er legte ihr die Hand auf das lockige Haar. »Ich weiß jetzt, wie es ausgeht«, bemerkte er. »Aber selbst ein noch so feiger Steuereintreiber würde es sich zweimal überlegen, ob er sein Geld unter den Augen eines Landstreichers und Taschendiebes verbirgt.«
Odric zupfte an den Saiten und kaute nachdenklich an seinem Bart. Sibyl lachte und legte Lerons Hand auf ihren warmen, weichen Nacken. »Vielleicht hatte sich der Landstreicher als altes Weib verkleidet.«
»Das«, entgegnete Odric, »kommt nur in Balladen vor. Hier dagegen ist es wie aus dem Leben gegriffen, und er wird sich auch als Steuereintreiber verkleidet haben.« Darüber lachten sie alle, und Odric reichte Leron die Baraka hinüber.
Befangen entlockte er dem Instrument, mit dessen Griffen er nicht vertraut war, ein paar Tonfolgen. Dann nahm Sibyl die Baraka und spielte und sang, während er mit den Fingerspitzen ihren Hals und ihre Schultern leicht berührte und die leisen Schwingungen des Liedes in ihrem Körper spürte.

»Einst hatt' ich einen Liebsten, nun hab' ich keinen mehr...
Einst hatt' ich einen Liebsten, nun hab' ich keinen mehr...«

Sie hatte ein eigenartig trauriges Lied ausgesucht, und die Melodie hatte einen so schwermütigen Klang, daß ihm die Tränen in den Augen brannten. Als es beendet war, legte sie die Baraka weg, und Leron beugte sich zu ihr hinunter, schlang die Arme um sie und schmiegte seinen Kopf an ihre Schulter. Ein Klicken von der Tür her sagte ihm, daß Odric ihn rücksichtsvoll mit Sibyl alleingelassen hatte.
Nach einer Weile drehte sie den Kopf ein wenig, und er küßte sie; sie küßten sich so lange, daß Leron glaubte, er müßte das Bewußtsein verlieren, wenn er sich noch länger so über sie beugte, so daß

er sich sachte neben ihr auf den Boden gleiten ließ. So war es bequemer, und er konnte sich am Sessel anlehnen. Er zog sie fester in seine Arme, und als er sie wieder küßte, strich sie ihm mit der Hand scheu über den Arm, die Schulter und das Gesicht. Schließlich löste er seine Lippen von ihrem Mund, drückte sie fest an sich und begrub sein Gesicht an ihrem Hals. Einige Minuten lang verharrte er so wie betäubt, dann erinnerte er sich an den Ring in seiner Tasche. Mit bebenden Fingern suchte er danach.

Sibyl, die still an ihn geschmiegt lag, merkte zuerst nicht, daß er ihn in ihre Hand gleiten ließ, öffnete dann aber auf sein Drängen die Finger und hielt ihn in die Höhe. Im Dämmerlicht des Raumes füllten sich die sieben großen, grobgeschliffenen Diamanten mit einem wunderbaren Schimmer. Sie waren in Form einer sechsblättrigen Blüte angeordnet, der Wüstenrose. Der Ring hatte einst seiner Mutter gehört, und Leron hatte ihn voller Freude in der Schatzkammer des Palastes entdeckt. Er war zu klein für Sibyls Ringfinger, doch sie streifte ihn über den kleinen Finger und umarmte Leron dann wortlos.

Später begleitete er sie durch den Korridor zu ihrer Tür, öffnete sie für sie und schob sie liebevoll hinein. »Schließ sie besser zu«, sagte er. Sie brach in helles Gelächter aus und verweilt noch mit zerzaustem Haar im Türrahmen. Ihn verlangte danach, sie noch einmal zu küssen, er zog sich jedoch statt dessen ein wenig zurück. »Morgen können wir sie gemeinsam verschließen.« Sie sah ihn, wieder ernster geworden, an, dann drückte sie die Tür zu, und er hörte, wie der Riegel ins Schloß glitt. Allein in dem dunklen Gang, warf er in stillem Überschwang die Arme in die Luft, streckte sich dann wohlig und ging leise zu Bett.

Gratulanten, die man auch von der einfachsten Feier schlecht fernhalten konnte, wurden für den Nachmittag in den Palast gebeten, in der Hoffnung, daß sie bis zum Abendessen verschwunden sein würden. Gewaschen und gekämmt und mit größter Sorgfalt gekleidet, empfing Leron sie höflich im Großen Saal, wartete dabei aber ungeduldig darauf, daß Sibyl kam und die Gäste endlich wieder gingen.

Die Meisterin Gemarta, die schon bei Mathon Küchenvorsteherin gewesen war, diente nun auch Leron, merklich älter, aber immer noch stets freundlich und ebenso geschickt und kunstfertig im Bereiten von Gebäck und gebratenem Fleisch. Sie hatte weit mehr zubereitet als die einfachen Speisen, um die er sie gebeten hatte, und die lange Tafel bog sich unter einer phantasievollen Vielfalt von Speisen in Form von Vögeln und anderen Tieren. In der Tischmitte war ein gebratenes Schwein aufgebaut, das auseinandergeschnitten und in seiner knusprigen Haut so wieder zusammengefügt worden war, daß es bei der bloßen Berührung mit einem Messer bereitwillig auseinanderfallen würde; an den Stirnseiten des Tisches standen tiefe, mit Gewürzwein gefüllte Silberschalen. In einer Ecke des Saales spielte und sang eine Gruppe von Spielern, bunter gekleidet denn je. Ginas, die in ihrer Nähe stand, entdeckte Leron, nahm ihrer Enkelin einen bedeckten Kelch aus der Hand und trat zu ihm.

»Heute ist ein großer und glücklicher Tag, o König. Ihm zu Ehren habe ich ein besonderes Geschenk für Euch vorbereitet.« Leron lächelte sie an und blickte sich dabei über die Schulter suchend nach Sibyl um. »Du hast meine Cousine zu uns zurückgebracht. Welches Geschenk könnte größer sein?«

»Keines, o König. Aber ich habe einen besonderen Trank nach einem alten Kräuterrezept bereitet, der ein langes und glückliches Leben sichern soll.« Sie reichte ihm den Kelch, und Leron konnte ihn nicht ausschlagen, ohne unhöflich zu scheinen. Er nahm ihn, und in dem Augenblick, als er den süßen Trank auf den Lippen spürte, entdeckte er endlich Sibyl, die durch das Gedränge der Gäste auf ihn zukam, und leerte den Kelch eilig. Er gab ihn Ginas mit einem gemurmelten Dank zurück und streckte Sibyl die Hände entgegen.

Sibyl trug ein langes, enganliegendes Kleid aus aschgrauer Seide; die Zofe hatte versucht, Kaskaden aus winzigen weißen Blüten in ihrem Haar zu befestigen, doch sie rutschten ihr in den Nacken hinunter, und sie wirkte so noch jünger, als sie war. Als sie lächelnd nach seiner Hand faßte, fiel ihr Blick auf den Kelch in Ginas' Hand, und ihre Augen weiteten sich. »Was ist das?« rief sie drohend. »Wieder einer deiner Zaubertränke? Wie kannst du es wagen, dich noch einmal in unsere Angelegenheiten zu mischen?«

Ginas richtete sich stolz auf, doch Sibyl überragte sie immer noch. Sie stand, eine Hand ans Herz gepreßt, mit bebenden Nasenflügeln und plötzlich überhaupt nicht mehr jung, in erhabener Haltung da. »Jetzt ist Schluß!« sagte sie schließlich. »Schluß! Verstehst du? Keine Einmischung mehr! Du bist hier nicht willkommen.«

Leron drückte ihren Arm, und sie wandte sich zu ihm um und reichte ihm auch ihre zweite Hand. »Bitte«, sagte sie mit weicherer Stimme, »ich werde dir heute abend alles erklären. Aber hör jetzt nicht auf sie; wir sind frei, wir müssen nicht tun, was sie sagt.«

Ginas sah Sibyl kalt an und verschloß den leeren Kelch wieder mit dem Deckel. »Ihr werdet also heute abend alles erklären?« Sie sprach die Worte mit so merkwürdig herausfordernder Stimme, daß Sibyl sie stolz musterte. »Selbstverständlich. Aber ich würde von einer Person, die so geübt ist im Manipulieren anderer, nicht erwarten, daß sie so etwas wie Ehrgefühl besitzt.«

Ginas wich zurück, und Liniris nahm sie am Arm. Leron wollte sie um eine Erklärung bitten, doch der Ausdruck in Sibyls Augen brachte ihn davon ab, und er zog sie ohne Rücksicht auf die Anwesenden fester an sich. »Was ist los, mein Herz? Du darfst doch heute abend nicht weinen.« Sie antwortete ausweichend, mit einer Handbewegung zu den Gästen. »Wie lange werden die Leute noch hier sein?« »Eine Stunde, vielleicht zwei, nicht länger...« Er legte ihr den Arm um die Schultern und führte sie in die Richtung, in der er Odric erspäht hatte. Sie benahm sich den Gratulierenden gegenüber höflich und gefaßt, und hätte Leron sie nicht im Arm gehalten, so wäre ihm nicht einmal die Vermutung gekommen, daß sie zitterte. Ihm wurde allmählich ebenfalls weich in den Knien.

Odric hob grüßend seinen Becher, und Kerys, der heute weniger griesgrämig war als gewöhnlich, schüttelte Leron in aufrichtiger Freude die Hand und raffte sich dazu auf, Sibyl auf die Wange zu küssen. Seine Miene überschattete sich wieder, als Odric sie am Kinn tätschelte und ihr einen deftigen Kuß auf die Lippen drückte. Das Schwein in der Tischmitte war bereits auseinandergenommen worden, und in dem Maße, in dem die Speisen abnahmen, verschwanden auch die Gäste. Sibyl bemerkte plötzlich, daß die höflichen Dienstboten die Gäste aufs Freundlichste hinauskomplimentierten. Sie warf Leron einen verblüfften Blick zu, und er grinste sie verschmitzt an. Dankbar an ihn geschmiegt, drückte sie seine Hand.

»Ich liebe dich wirklich«, sagte sie.

Leron zog die Augenbraue hoch. »Es ist schon gut«, sagte er und zog ihren Arm um seine Taille. Dann nickte er Odric und Kerys zu. »Wir sehen uns später. Morgen.« Schwungvoll schob er sie durch eine Seitentür hinaus und schloß die Tür hinter dem Lärm im Saal.

Sie sagte nichts, als er sie die Treppe hinauf in die kleine runde Turmkammer führte, die warm in gelben Kerzenglanz getaucht war. Es duftete nach Rauch, getrockneten Kräutern und Orangen, die, aus Vahn importiert, einen großartigen, exotischen Mittelpunkt auf dem kleinen Tisch bildeten. Er rückte ihr den Stuhl zurecht und begann, ihr das Abendessen zu servieren. Als sie erstaunt zu ihm aufblickte, lächelte er. »Keine Dienstboten mehr bis morgen früh. Ich stehe zu deiner Verfügung.«

Sie legte ihre Hand auf seine. »Dann, bitte, nichts zu essen. Vielleicht später. Ich kann jetzt nichts essen.«

Er nickte. »Ich bin auch nicht sehr hungrig.« Er berührte den Hochzeitskelch. »Dies hier muß allerdings getrunken und Worte müssen gesagt werden.«

Wieder hielt sie ihn zurück. »Laß mich meine Worte erst sagen. Danach kannst du wegen des Kelches entscheiden.« Sie setzte sich auf das niedrige Sofa am Feuer und streckte die Hand nach ihm aus. Er ließ sich neben ihr nieder. Schweigend blickte sie eine Weile in die Flammen, dann lehnte sie den Kopf an seine Schulter.

»Ich werde am Anfang beginnen«, sagte sie, und dann erzählte sie ihm mehr darüber, wie sie nach Sundrat gekommen war, als ihm bisher bekannt war.

Während sie die Geschichte vor ihm entrollte, entrang sich Leron ein tiefer Seufzer der Erleichterung, und er zog sie fester an sich. Er unterbrach sie nur ein einziges Mal. »Liniris dachte, sie würde mir helfen?« »Ja. Oh, ich weiß nicht, ob sich dadurch etwas geändert hat. Wahrscheinlich nicht. Ich – ich wollte nur meine eigenen Entscheidungen treffen.«

Sie schwieg einen Augenblick, dann nahm sie zögernd den Faden der Erzählung wieder auf und brachte sie zu Ende. Leron drückte ihr die Lippen auf die Stirn. »Ich danke dir«, sagte er schließlich. »Ich dachte mir, daß es so gewesen sein muß, wußte aber nicht, wie ich dich fragen sollte. Er war ein guter Mensch und ein Held. Es ist nicht verwunderlich, daß du ihn geliebt hast. Als Freund habe ich ihn auch geliebt.«

Er kicherte plötzlich unzusammenhängend, und sie sah ihn verwundert an. »Ich glaube, der Trank beginnt zu wirken.« Er löste die herunterhängenden Blumen aus ihrem Haar und küßte sie erst aufs Ohr, dann auf den Hals. »Er hat mich wehrlos in seinem Griff – wie ich dich in meinem!« Es dauerte eine Weile, bis sie sich auf seinen plötzlichen Stimmungswechsel eingestellt hatte, und sie sträubte sich einen Moment lang gegen den verlangenden Druck seiner Arme, überließ sich ihm dann aber unvermittelt doch.

Seine Lippen hatten den Weg über ihr Gesicht zu ihrem Mund gefunden, als sie sich plötzlich freimachte. »Der Hochzeitskelch«, erinnerte sie ihn. Er folgte ihrem Blick zum Tisch nicht, so eingehend war er mit den winzigen Knöpfen beschäftigt, mit denen ihr Kleid im Nacken verschlossen war.

»Er hält sich bis morgen«, sagte er endlich. Darauf nahm sie sein Gesicht zwischen ihre Hände und drückte ihm die Lippen auf den Mund.

Am Morgen fielen ihm seine Worte ein, und er wagte sich unter den Decken hervor und huschte durch die kalte Morgenluft. Mit dem Kelch zurück in der Behaglichkeit des Bettes, weckte er Sibyl sanft und lächelte in liebevollem Entzücken auf sie hinunter. In der Wärme der Decken schmiegte sie sich an ihn, ohne die Augen aufzuschlagen, bis er die kühle silberne Wand des Kelches an ihre bloße Schulter drückte. Sie fuhr mit einem Protestschrei in die Höhe, und er nahm den Deckel mit einer formvollendeten Verbeugung von dem Kelch. »Ich glaube, es ist an der Zeit, daß wir die Sache amtlich machen«, bemerkte er.
Sie streckte sich und sah ihn mit verschlagenen Augen an. »Ich dachte, das hätten wir schon.«
»Nein. Wir haben die Reihenfolge der Feier irgendwie umgekehrt.«
Er trank aus dem Kelch und hielt ihn ihr dann an die Lippen. Sie nahm einen tiefen Schluck und stellte das Gefäß auf den Boden. Dann legte sie ihm die Hände auf die Schultern. »Ist es jetzt amtlich?« Er nickte, und sie lächelte. »Wir sollten lieber ganz sicher gehen.«
»Also gut. Wie ich schon sagte, ich stehe zu deiner Verfügung. Aber erwarte nicht, daß ich mich immer so bereitwillig füge.« Sie warf den Kopf in den Nacken, und er küßte sie an eben der Stelle, an der das Lachen in ihrer Kehle perlte. An diesem Morgen kamen sie zu spät zum Frühstück.

OKTOBERGEDICHT
von Sibyl
Geschrieben in Tredana

Blutwarm die Erde unter meinen Füßen
ist schwarz geronnen. In jedem Frühling
sprießt Grün hervor, entfaltet sich der Sonne.
Ich aber will den Frühling nicht beachten
hab' keine Blätter die zu entfalten sich bemühen
keinen Wunsch, zu wachsen und zu blühen.

Lieber sitz' ich und beschau die Sonn,
die emsig über den Himmel huscht und Blätter zaubert hervor
und mischt sich in den alten Reigen sodann
und unter jeder grinsenden Maske
lauert ein tief betrübter Tor.

II

Zu der Zeit, als Leron und Sibby heirateten, war es noch kalt, doch wenige Tage später setzte das warme Wetter ein, das als karabdinischer Sommer bekannt war. Der grauverhangene Himmel wich einem strahlenden Blau, das so wolklenlos war wie im Juni; der Obstgarten war mit heruntergefallenen Äpfeln übersät, und süßer, fauliger Geruch erfüllte die Luft um den Palast. Die Bäume, die die Gartenmauern säumten, leuchteten in vielfältigen Rot-, Gold- und Brauntönen. Von den höhergelegenen Räumen des Palastes aus konnte man über die Stadt hinaus bis zu den Feldern blicken; im Osten schimmerte das Wasser so blau wie der Himmel, und im Norden, Süden und Westen war das Land wie von einem wundervollen Stickwerk überzogen: Gold und Braun, Hafer, Weizen, Gerste und Roggen, durchsetzt mit den krausen Flecken immergrüner Bäume und kurzgeschorener Weiden.

Die Zeit verging für Leron wie in einem Traum köstlicher Kurzweil. Er hatte sich nie im Leben so glücklich gefühlt. Nie zuvor hatte er die ungeteilte Zuneigung eines Menschen gespürt. Er nahm seine Pflichten und Ratsversammlungen freudig auf sich, weil jede Trennung eine Wiedervereinigung nach sich zog.

Der karabdinische Sommer dauerte bereits einige Tage an, als Odric sich endlich verabschiedete und Kerys, wie geplant, zurückließ, damit er mit weiteren Neuigkeiten nachfolgen konnte, wenn die Boten aus Rym Treglad und der Wüste erst eingetroffen waren. Am Abend nach Odrics Abreise gelang es Sibyl, Kerys ein wenig aus seinem mürrischen Schweigen herauszulocken, und als sie beim Essen zusammensaßen, begann er plötzlich die Geschichte seines Unglücks zu erzählen, wobei er sich immer dann, mitfühlende Unterstützung heischend, an Sibyl wandte, wenn er ins

Stocken kam. Es war kaum glaublich, daß sie beinahe gleichaltrig waren.
Kerys berichtete, wie er und sein jüngerer Bruder Varys auf dem Weg nach Vahn, wohin sie durch Bodrums unerbittlichen Befehl gerufen worden waren, zufällig mit Odric zusammengetroffen waren. »Wir haben uns so furchtbar gelangweilt«, erklärte er und fuchtelte mit dem Messer in der Luft herum, während er nach Lerons Empfinden geradezu unglaubliche Mengen Nahrung für einen so schlanken Burschen in sich hineinstopfte. »Es war so schön, ihn wiederzusehen. Selbst, als er nur unser Lehrer war, damals in Mindo'ila, war er immer nett zu uns, machte lange Spaziergänge mit uns, lehrte uns auf der Baraka zu spielen, zu angeln und sogar bei Regen Feuer zu machen. Und als wir herausfanden, daß er auch noch unser Halbbruder war, wollten wir nicht mehr von ihm fort. Und darum fällt es mir so schwer, seinen Verrat zu verstehen.«
»Verrat? Das ist ein hartes Wort.«
»Aber es ist die Wahrheit!« Kerys strich sich das lange schwarze Haar aus der Stirn zurück und blickte trotzig darunter hervor. »Wie sollte man es sonst nennen? Sie war mein, und er hat sie mir weggenommen.«
Sibyl hob zweifelnd die Braue. »Odric? Bist du sicher?«
»Natürlich bin ich sicher. Es kam so. Ich begegnete Kalla eines Tages auf dem Markt. Ich trug ihr den Korb nach Hause, und eines führte zum anderen...« Leron unterdrückte ein Lachen, und Kerys bedachte ihn mit einem finsteren Blick. »Es war nichts dergleichen. Das habe ich auch versucht, ihrem Vater zu erklären. Wir haben uns nur im Garten unterhalten. Er sagte, das wäre schön und gut, aber er würde die Hunde auf mich hetzen, wenn ich mich noch einmal blicken ließe. Also mußte ich mich in der folgenden Nacht heimlich mit ihr treffen. Wir wollten ihren Vater nicht erzürnen. Das versteht ihr doch, oder?«
Sibyl und Leron nickten ernst, und Leron fragte: »Und in der Nacht darauf?«
»Na ja, natürlich wieder heimlich.« Er grübelte schweigend.

»Dann hat Varys alles verdorben. Odric erkundigte sich eines Abends nach dem Essen, wo ich sei, und Varys hat es ihm einfach so gesagt. Man könnte meinen, er hätte seinen Verstand nicht beisammen. Er hätte irgend etwas erfinden können, wenn er nur ein bißchen nachgedacht hätte. Ich habe ihm natürlich eine ordentliche Tracht Prügel verpaßt, als ich es erfuhr, aber da war das Unglück schon geschehen.«
Sibyl sah ihn verwundert an. »Du hast deinen Bruder verprügelt? Magst du ihn denn nicht?«
»Ob ich ihn mag? Ich liebe ihn mehr als irgend jemanden auf der Welt, außer vielleicht Kalla und Odric. Aber er hätte schlauer sein müssen. Und Odric auch. Ihr werdet es nicht glauben, aber er ging geradewegs zu Kallas Vater und entschuldigte sich für mein Benehmen! Entschuldigte sich! Als ob ich ein Kind wäre! Und erklärte, er würde dafür sorgen, daß ich mich in Zukunft anständiger benehme! Und versprach ihm, daß er uns beaufsichtigen würde, wenn Kalla uns mit dem Einverständnis ihres Vaters wieder besuchen dürfte!« »Und durfte sie?«
»Ja, später. Aber wenn Kalla kommt, ist Odric immer dabei, und sie verbringt mehr Zeit mit ihm als mit mir! Er spielt und singt, und sie lacht und tut so, als wäre ich überhaupt nicht vorhanden. Ich habe sie zuerst gefunden. Es ist ungerecht.«
Sibyl hatte gerade ihren Becher angesetzt, und als sie seine letzten Worte hörte, verschluckte sie sich und stellte ihn auf den Tisch zurück. »Du hast sie gefunden? Hatte sie sich denn verirrt?« Kerys sah verwirrt auf und warf Leron einen hilfesuchenden Blick zu, doch Leron lachte über Sibyls Antwort. »Sag mir, wie alt ist diese Kalla?« erkundigte er sich schließlich.
»Fast sechzehn.«
»Ist es nicht verständlich, daß ein Ki- ein Mädchen von sechzehn Jahren jemanden wie Odric anziehend findet? Er ist immerhin der Herrscher von Treclere, älter, interessanter. Vielleicht hat sie dich eher in einem – einem geschwisterlichen Licht betrachtet.«
»Im Garten hat sie sich nicht geschwisterlich benommen.«
»Ach ja, als ihr euch – unterhalten habt.«

Kerys ging nicht auf diese Bemerkung ein. »Außerdem«, fuhr er fort, »ist es jetzt wieder genau dasselbe.«
Sibyl betrachtete ihn mit freundlicher Miene. »Mit Liniris, meinst du?«
Kerys' Züge verfinsterten sich wieder, und er säbelte wütend an seinem Fleisch herum. »Warum kann er mich nie in Ruhe lassen?«
Leron lächelte ihm zu. »Ehrlich gesagt«, versuchte er, den Jungen zu trösten, »glaube ich nicht, daß Odric dir jemanden wegnehmen will. Aber du kannst nicht immer die anderen verantwortlich machen, wenn das Interesse eines Mädchens sich einem anderen zuwendet. Jeder hat das Recht, seine eigenen Entscheidungen zu treffen.«
»Aber wenn ich sie doch zuerst gefunden habe...«
»Sie ist kein Territorium, das du für dich beanspruchen kannst! Sie hat ein eigenes Leben gehabt, bevor sie dich kannte, und wird auch weiterhin eines haben.« Kerys fiel, verunsichert, aber nicht gewillt, irgendwelche Zugeständnisse zu machen, in erbittertes Schweigen.
Nachdem er sich zurückgezogen hatte, erhob sich Sibyl, trat hinter Leron und legte ihm die Arme um die Schultern. »Du hast ein gutes Herz«, sagte sie, halb neckend, doch der Druck ihrer Arme war warm und angenehm. Er streckte die Hand nach hinten und zwickte sie ins Bein.
»Tatsache ist, daß ich im Augenblick voller selbstsüchtiger Gedanken stecke.«
»Warum gehen wir nicht irgendwohin, wo du sie mit mir teilen kannst?«
In der dunkelsten Stunde der Nacht wachte Leron auf. Hufschläge hallten deutlich von der Straße her, und dann klopfte jemand ans Tor. Danach war wieder alles still: nichts dringendes also. Er zog sich die Decke über den Kopf und überließ sich wieder dem warmen Universum des Bettes. Eine Weile schwebte er noch in der behaglichen, glückseligen Schwerelosigkeit des Halbschlafs, dann schmiegte er sich noch enger an Sibyl und schlief wieder ein.

Sibyl hatte es sich angewöhnt, früh aufzustehen und vor dem Frühstück einen Ausritt zu unternehmen. Als Leron später erwachte, war sie verschwunden, und es war keine Wärme mehr in dem eingedrückten Kissen neben seinem. Er beugte sich aus dem Fenster und hielt eine Weile lang Ausschau, ob er eine Spur von dem weißen Pferd unten in den Feldern entdecken konnte. Vielleicht war sie schon heimgekehrt. Er kleidete sich an und eilte hinunter, um zu frühstücken.

An dem kleinen Feuer saßen weder Sibyl noch Kerys, aber eine vertraute Gestalt in braunem Samtgewand erhob sich lächelnd vom Tisch. Leron hatte die nächtliche Störung ganz vergessen. »Dansen!« Er durchmaß das Zimmer mit großen Schritten und legte dem anderen die Hände auf die Schultern. »Warst du das, der gestern nacht so spät noch angekommen ist?« Dansen schluckte das letzte Stückchen Brot hinunter und nickte. »Ich bitte um Verzeihung, daß ich nicht mit dem Frühstück gewartet habe, aber die Ereignisse der letzten Nacht haben mich heißhungrig gemacht.« Leron lächelte in seliger Erinnerung. »Mir geht es genauso. Ich werde mich zu dir setzen, und dann erzählst du mir, was geschehen ist.« Er schnitt sich Fleisch und Käse ab und forderte Dansen mit einem Nicken auf, zu beginnen.

»Zuerst, mein König, will ich Euch sagen, daß es uns allen gutgeht in Rym Treglad. Wie Ihr Euch vorstellen könnt, haben die Neuigkeiten von Eurer Machtübernahme die allergrößte Freude ausgelöst, und es wird Euch zweifellos interessieren, zu hören, daß sich zahlreiche Siedler entschlossen haben, in Rym Treglad zu bleiben und eine Kolonie unter der Schirmherrschaft Eurer Majestät dort zu gründen. Die Gründung dieser Kolonie und der Entwurf einer Verfassung sind die Dinge, die Gannoc dort festhalten; wenn diese Angelegenheiten geregelt sind, wird er als Euer Haushofmeister hierher zurückkehren und Euch in der Wahl eines Statthalters für Rym Treglad beraten.«

»Hat er keine Lust, selbst das Amt des Statthalters zu übernehmen? Es könnte keinen besseren geben.«

»Er hat vorausgesehen, daß Ihr ihm dieses ehrenvolle Amt anbie-

ten würdet und hat mich angewiesen, es in seinem Namen abzulehnen, weil er es, wie er sagt, vorzieht, Eurer Majestät zur Seite zu stehen.«
»So, wie ich es vorziehe, ihn an meiner Seite zu wissen. Nun gut, dann muß ich also abwarten, bis er mir seine Ratschläge unterbreiten kann. Wie ich höre, haben die Regenfälle eingesetzt?«
»Ja, und Mariti hat wieder Fische im Gartenteich. Sie hat Euch einen Brief geschickt...« Er nestelte in den Falten seines Gewandes und brachte einen zerknitterten Pergamentfetzen zum Vorschein, der mit krakeligen Linien und Tintenklecksen bedeckt war. »Ich habe ihre Hand geführt, aber sie hat die Feder gehalten, und beim Schreiben hat sie mir erklärt, daß sie Euch liebt und sich freuen würde, Euch bald wiederzusehen.«
»Ich ebenfalls.« Leron faltete das Pergament vorsichtig zusammen und steckte es in seinen Gürtel. »Und wie steht es mit dir?«
Dansen zuckte die Achseln. »Als Ajjibawr in Rym Treglad ankam, habe ich mit ihm über die Glasschmelzöfen gesprochen, und als sich unsere Wege gestern nacht durch einen glücklichen Zufall kreuzten, hat er mir berichtet, daß sich Herrard gegenwärtig im Süden aufhält, um die Arbeiten zu überwachen. Ich habe vor, ihn dort zu treffen und noch in diesem Winter die erste fertiggestellte Linse über das Meer zu bringen, wie ich damals sagte...«
Leron war plötzlich eiskalt ums Herz, und er ließ sein Messer sinken. »Gestern nacht? Das ist unmöglich. Der Karif ist tot.« Dansen sah ihn verblüfft an. »Tot? Im Gegenteil, er ist zu seinem Volk zurückgekehrt und gefestigter in seiner Macht als je zuvor. Dzildzil ist tot. Wer hat dir diese andere Nachricht überbracht?«
»Nachricht? Ich habe seinen abgetrennten Kopf mit eigenen Augen gesehen.« »Ich habe seinen Kopf gestern nacht sicher auf seinen Schultern gesehen. Warte – ich glaube, jetzt verstehe ich. Ich will dir erzählen, was passiert ist.«
Leron trank von seinem Bier und atmete tief durch, um seinen rasenden Puls zu beruhigen. »Erzähl' es mir«, bat er schließlich.
»Ich fuhr mit dem Schiff bis Sundrat, und dort besorgte ich für mich und meine zehn Begleiter Pferde aus den Stallungen Eurer

Majestät, um das letzte Stück des Weges an Land zurückzulegen.« Er errötete. »Ich fühle mich auf dem Wasser noch nicht recht wohl. In Sundrat wurden wir vor diesem Hauptmann Gwillam und seinen Männern gewarnt, und man riet uns, auf der Hauptstraße zu bleiben und nur bei Tage zu reiten. Daran hielten wir uns, bis wir in der Nähe von Tredana waren, und dort wurde ich von einer törichten Ungeduld ergriffen, meine Heimat wiederzusehen, und meinen Begleitern erging es ebenso. Ungefähr zehn Meilen nördlich von hier, in dem Tal, in dem die Straße zwischen hohen Felsen liegt und auch bei Tage so dunkel ist, wie in der Nacht, wurden wir überfallen.«

Leron schlug mit der flachen Hand auf den Tisch. »Das ist unerhört. Ist jemand verwundet worden?«

»Der junge Alric, Gannocs Neffe, wurde von einem Speer in der Schulter getroffen. Aber der Zusammenstoß hat mehr Lärm angerichtet als Schaden, und dieser Lärm hat unsere Retter herbeigelockt, denn durch einen glücklichen Umstand befand sich Ajjibawr mit seinen Leuten, die ebenfalls auf Eure Nachricht hin nach Tredana unterwegs waren, ganz in der Nähe, und die Schurken ergriffen die Flucht vor der Übermacht der Karabdu. Dieser Gwillam ist, wie Ihr Euch sicher erinnert, ein alter Feind von Clerowan, und nachdem wir miteinander geredet hatten, stellte uns Ajjibawr einen kleinen Trupp zur Verfügung, der uns zu den Stadttoren begleiten sollte und verfolgte mit den übrigen Männern die Banditen. Er läßt Euch ausrichten, daß er spätestens morgen hier eintreffen wird.«

»Du hast mir noch nicht erklärt, wieso ich seinen Kopf hier auf dem Boden gesehen habe.« Dansen runzelte die Stirn. »Ich fürchte, daß damit das Schicksal des armen Osmin aufgeklärt ist. Er wurde von Rym Treglad aus in den Süden geschickt, um Euch zu unterstützen und etwas über den Verbleib von Sibby herauszufinden. Ich fürchte, er ist mit seinen Männern Gwillam in die Hände gefallen. Habt Ihr Euch den Kopf genauer angesehen?« Leron starrte finster auf seinen Teller. »Natürlich nicht. Ich habe ihn fortschaffen und begraben lassen. Er hatte blonde Haare und blaue

Augen.« Er verbarg das Gesicht in den Händen. »Du hast recht. Es muß der arme Osmin gewesen sein.«
Dansen beugte sich zu ihm hinüber und legte ihm sanft die Hand auf den Arm. »Ihr scheint nicht erfreut über die Auferstehung eines Freundes. Ist Sibby hier?«
»Ja, sie ist hier«, entgegnete Leron schroff. »Wir sind verheiratet, und heute morgen ist sie ausgeritten. Wenn sie zurückkommt, kannst du ihr die freudige Nachricht überbringen.«
Dansen seufzte voller Mitgefühl. »Ich verstehe. Aber, mein König...«
»Dansen, bitte! Ich brauche beim Frühstück keine philosophischen Gedanken.«
Leron erhob sich und trat ans Fenster, wo er mit der Faust gegen die steinerne Brüstung hieb. Sein Magen hatte sich zusammengekrampft. Eine Weile herrschte Schweigen, dann rief Dansen plötzlich aus. »Ausgeritten? Außerhalb der Stadt? Das ist ganz sicher gefährlich. Gwillam könnte sich in der Nähe herumtreiben. Ich bezweifle, daß der Karif viel Glück hatte mit seiner Verfolgungsjagd, bei der Dunkelheit, die gestern nacht herrschte.«
Leron wirbelte herum. »Du hast recht. Ich muß die Wachen ausschicken – nein, ich muß selbst hinausreiten.« Er klingelte nach den Dienstboten, und als der Kammerherr erschien, fragte er ihn eilig aus. »Wie lange ist es her, daß die Königin ausgeritten ist? War sie allein?«
Der Mann dachte nach. »Es müßten jetzt drei Stunden sein, Herr. Und der junge Edelmann aus Treclere war in ihrer Begleitung. Sie sagten, sie wollten am Strand reiten, Sire, im Norden der Stadt, wo er angenehm und flach ist.«
»Wenigstens ist sie nicht allein. Aber der Strand im Norden. Das ist nicht allzuweit von der Stelle entfernt, an der ihr in Schwierigkeiten geraten seid.« Er wandte sich wieder an den Kammerherrn. »Ich brauche mein Pferd in zehn Minuten, außerdem die Kavallerie des Hauses und sechs Männer von der Palastwache.«
Dansen stand vom Tisch auf. »Es ist bestimmt nicht so ernst,

mein König. Meine Worte waren unüberlegt. Es ist ja heller Tag jetzt...«

»Aber am Strand ist es einsam, und der Weg dorthin ist abgelegen. Und welches Opfer könnte geeigneter sein für einen Geiselnehmer als die Königin von Tredana? Abgesehen davon war sie noch nie so lange fort, wenn sie in aller Frühe ausgeritten ist. Eineinhalb Stunden, nie länger...« Dansen folgte ihm, als er durch den Hof rannte, auf dessen anderer Seite sie von der Wache und der Kavallerie, die eben aufsaß, erwartet wurden. Zwei Männer hielten den kleinen braunen Hengst, Lerons derzeitiges Lieblingspferd, denn er war voller Temperament und verärgert, daß man ihn von seinem Kornfutter weggeholt hatte. Das Tier wieherte laut und versuchte ihn abzuwerfen, als er sich hinunterbeugte und Dansen die Hand auf die Schulter legte. »Hoffen wir, daß das alles unnötig ist. Bis später...«

Er riß das Pferd auf den Hinterläufen herum, dann donnerte der ganze Trupp über den gepflasterten Hof hinaus, die Wachsoldaten in strenger Formation um ihn herum, der Hauptmann dicht an seiner Seite. Während sie durch die Straßen der Stadt ritten, erklärte Leron dem Hauptmann den Grund des Unternehmens, und dieser klapperte mit dem Schwert in der Scheide. »Wir haben manch eine Rechnung mit Gwillam zu begleichen. Meine Männer werden sich freuen, ihm zu begegnen.« »Hoffen wir lieber, daß unser Ausflug überflüssig ist.« Der Hauptmann nickte ehrerbietig, aber in seinen Augen lag ein verlangender Ausdruck, und er ließ seinen Schwertgriff nicht los.

Es war noch früh am Morgen und still in den Gassen. Die Straße, die nördlich von der Stadt wegführte, lag verlassen da, und auf dem harten, staubigen Belag konnte man nicht viele Spuren erkennen. Sie nahmen den kürzeren Weg zum Strand durch den Wald, den Sibyl, wie Leron wußte, eingeschlagen hatte und stießen auf den Sandstrand. Hier waren die Hufspuren der beiden Pferde deutlich zu erkennen. Sie hatten die hochgelegene Flutlinie überquert und waren dann im festen, feuchten Sand in einen leichten Trab gefallen. Einmal war eines der Tiere durch das Wasser gestapft, und die Spuren waren verschwunden. Ein andermal waren sie im Galopp davongeprescht. Leron ließ seinem Roten die Zügel, und gemeinsam galoppierten sie auf den gebogenen Streifen zu, hinter dem mehrere Meilen Sandes gut überschaubar vor ihnen liegen würden. Als sie die Biegung erreicht hatten, zügelte Leron sein Pferd abrupt. Weit vor ihnen waren Gestalten am Strand zu erkennen: ein starker berittener Trupp. Die Waffen der Männer blitzten in der Sonne, und Seidenfahnen flatterten in der Meeresbrise. Die Karabdu. Das war fast noch schlimmer als Banditen. Schamröte stieg ihm ins Gesicht bei der Vorstellung, was Sibyl wohl davon halten würde, daß er so kopflos hinausgaloppiert war. Aber es war zu spät zum Umkehren. Sie waren bereits gesehen worden. Er fiel in einen leichten Trab und versuchte, in Gedanken eine vernünftige Begrüßungsrede zu entwerfen.

Als sie näherkamen, ritt ihnen jedoch niemand entgegen, mit Ausnahme eines Wachpostens, der sie erkannte und dem Posten, der näher bei der Hauptgruppe Stellung bezogen hatte, ein beruhigendes Zeichen mit der Hand gab. Und als sie noch näher heran waren, sah er, daß der Karif von seinem goldfarbenen Pferd abgestiegen war und daß eine Gestalt vor ihm im Sand lag. Unter den Pferden gab es viele graue, aber kein einziges weißes. Krank vor Sorge trieb er sein Tier weiter. Jetzt erkannte er, daß die am Boden liegende Gestalt Kerys war, der von einem der Karabdu am Aufstehen gehindert wurde; sein Kopf war mit einem weißen Tuch verbunden, und man hatte ihm den Stiefel aufgeschlitzt, um seinen dick angeschwollenen Knöchel freizulegen.

Als Ajjibawr Leron entgegenblickte, zogen sich zwei tiefe, scharfe Linien von der Nase zu den Mundwinkeln. »Nun, Leron von Tredana«, sagte er mit einem verächtlichen Zug um die Lippen, »du bist also wieder einmal zu spät gekommen. Ich hoffe, du paßt auf dein Reich besser auf als auf deine Frau.«

Leron ballte wütend die Hände. Er zügelte sein Pferd und ließ es seitlich tänzeln. »Was ist hier passiert?«

»Nichts von Bedeutung. Deine Königin ist in Gefangenschaft geraten, und man hat ihren Begleiter tot geglaubt und am Strand

liegengelassen. Kein Grund, dein Frühstück so hastig zu verlassen.«
Leron wollte sein Schwert aus der Scheide ziehen, in der unbestimmten Absicht, Ajjibawr auf der Stelle niederzuschlagen, aber seine Finger zitterten, und seine Augen waren tränenblind, so daß er sie einen Moment lang mit der Hand bedecken mußte. Plötzlich trat Ajjibawr zu ihm und legte ihm die Hand auf den Arm. »Mein Freund«, sagte er mit veränderter Stimme, »mein Freund, vergib mir. Ich war die ganze Nacht im Sattel und habe diesen Schurken gejagt. Ich wollte nicht so unfreundlich sprechen. Wir werden ihn gemeinsam finden, und Sibyl wird nichts passieren. Er würde es nicht wagen, ihr ein Leid zuzufügen.«
Leron nickte und legte Ajjibawr, immer noch im Sattel zusammengesunken, die Hand auf die Schulter. »Weiß Kerys irgend etwas, das uns weiterhelfen könnte?«
»Wir werden sehen. Er ist gerade zu sich gekommen.« Leron schwang sich vom Pferd, und sie knieten neben dem jungen Mann nieder.
Er war sehr bleich, wollte aber unbedingt aufstehen und griff ängstlich nach Lerons Hand. »Ihr seid hier! Oh, mein König!« Und dann brach er in Tränen aus.
Kerys war keine große Hilfe. Der Angriff war zu plötzlich und unerwartet erfolgt, und er war beinahe sofort bewußtlos geschlagen worden. Es war kurz nach ihrem Eintreffen am Strand geschehen, die Spur war daher schon alt, und da die meisten der Männer, die sie überfallen hatten, zu Fuß gewesen waren, würde es nicht einfach sein, die Fährte zu verfolgen. Ajjibawr blickte zur nächsten Baumgruppe im Westen hinüber. »Dort beginnen dreißigtausend Hektar dichter Wälder! Clerowan fand sie sehr nützlich zu seiner Zeit. Es wird nicht leicht sein, ihnen dort zu folgen.«
Leron legte Kerys den Arm um die Schultern und half ihm auf die Beine. Das Tuch rutschte ihm vom Kopf und enthüllte eine tiefe Wunde mit zerfetzten Rändern. Ajjibawr drehte vorsichtig den Kopf des jungen Mannes zur Seite, um sich die Wunde ge-

nauer anzusehen. »Ich habe schon einmal eine ähnliche Verwundung gesehen«, sagte er. »Wie hat man dich niedergeschlagen?«
Kerys, der noch ganz benommen war, lehnte sich schwer an Leron und versuchte, seine Gedanken zu sammeln. »Es war eine Kette«, sagte er schließlich. »Es war ein großer Mann mit einer Kette bei ihnen, und er hat sie mir ins Gesicht geschlagen, bevor ich eine Bewegung machen konnte.«
»Ah«, sagte Ajjibawr und wandte sich mit einem bittern Gesichtsausdruck an Leron. »Ich muß mich bei dir entschuldigen, mein Freund. Daß dieser Mann noch in Freiheit ist, muß ich meiner eigenen Sorglosigkeit zuschreiben. Ich hatte drei Gefangene in meiner Gewalt, Dzildzil, Dastra und diesen Mann in ihrer Begleitung, den Kämpfer mit der Kette. Sie konnten fliehen, und meine Männer brachten nur Dzildzil zurück. Es scheint, als hätten sich die falsche Königin und ihr Begleiter mit Gwillam zusammengetan.«
Kerys unterbrach ihn. »Aber sie kannte ihn. Sibyl – ich meine, die Königin. Sie nannte ihn beim Namen und versuchte, ihn zu schlagen.«
Leron beruhigte ihn und hielt ihn fest, während ihm einer der Karabdu einen festen Verband um den Kopf legte. »Ich weiß, wie es ist, Kerys«, sagte er. »Ich habe diese Kette auch schon zu spüren bekommen. Einer seiner Namen ist Arleon, und er ist ein ebenso gefährlicher Mann, wie es der erste Arleon war.«
»Sie nannte ihn Michael.« »Ja, das ist sein zweiter Name.«
Auf ein Zeichen Ajjibawrs hob einer seiner Männer Kerys vor sich auf das Pferd. Dann wandte sich der Karif an Leron. »Wir sollten nach Tredana zurückreiten und uns dort beratschlagen. Wenn wir zwischen den Bäumen herumstolpern, liefern wir ihnen nur noch mehr Geiseln in die Hand. Wir werden unsere Pläne entwerfen, während wir ihre Forderungen abwarten.«
Leron zögerte, die Hände an den Zügeln. »Wir sollten dennoch einige Männer ausschicken ...«
Ajjibawr senkte seine schweren Lider und schüttelte den Kopf. »Das wäre Handeln ohne Sinn und Ziel. Sie wissen, wer ihre Ge-

fangene ist und werden versuchen, es sich zunutzen zu machen. Sie wissen, daß sie sich selbst schaden, wenn sie ihr etwas antun.«

Leron wußte, daß der Karif recht hatte und stieg schweren Herzens wieder in den Sattel. Als sie den Strand entlangtrabten, mußte er unwillkürlich über die Schulter zurückblicken, aber der aufgewühlte Sandstreifen war menschenleer, und zwischen den Bäumen war es dunkel und still.

Als sie zusammen durch die Straßen der Stadt ritten, blieben die Menschen stehen und bestaunten mit offenem Mund die wilde Pracht der Karabdu, ihre buntflatternden Gewänder, ihre geschmückten, quastenbehangenen Pferde mit den stolzen Köpfen, ihre großen, seidenen Fahnen in leuchtendem Scharlachrot und Türkis. Leron bemerkte die Schaulustigen kaum. Er und Ajjibawr ließen ihre Männer im Hof zurück, und gemeinam gingen sie ins Haus. Dort kam ihnen Dansen entgegen, und Ajjibawr begrüßte ihn herzlich, doch Dansen konnte ihren Gesichtern ansehen, was geschehen war. Kerys wurde unter lauten Protesten weggetragen. Sein Knöchel mußte gerichtet und geschient werden. Die drei Männer begaben sich in den kleinen Speisesaal, in dem das Essen noch auf dem Tisch stand.

»Du hattest ganz recht«, sagte Leron mit einem leichten Zucken in den Mundwinkeln. »Ich habe mein Frühstück verlassen. Willst du mir jetzt Gesellschaft leisten?« Ajjibawr ließ sich schwer auf die Bank fallen und strich sich mit der Hand über die müden Augen. Er ließ sich Wein und Brot geben, und während er aß, berichtete Leron Dansen, was sie wußten.

»Ich verstehe nicht ganz«, sagte Dansen schließlich. »Wer ist dieser Arleon? Wie ist er zu dem Namen gekommen?«

Leron zuckte die Achseln. »Ich weiß es nicht genau. Jedenfalls ist er aus Sibyls Welt, stammt aber, genau wie sie, aus unserer ab. In einem Haus, das seiner Familie gehört, fand Sibyl beim ersten Mal den Weg hierher; ich nehme an, daß seine Familie auf jene Überlebenden zurückgeht, die nach der Zerstörung des Alten Treglad verschwanden, zu der Zeit, als der erste Arleon seine Wanderun-

gen begann. Es gab in seiner Familie einige, die, den Berichterstattern zufolge, mit den Spaltern des Tempels gemeinsame Sache machten. Hieß es nicht, daß Simirimia Verbindung zur Anderwelt hatte? Vielleicht haben sie dort mit wohltönender Stimme gesprochen, die Anhänger dieser neuen Arleons.«
»Sibyl weiß nichts davon?« »Nichts genaues. Und ich glaube auch nicht, daß Michael sich seines Erbes bewußt war.«
»Ein schändliches Erbe. Wie ist er hierhergekommen?«
»Er ist ihr gefolgt.«
Leron ging nicht näher darauf ein, aber Ajjibawr seufzte. »So kann also auch ein Kind von achtzehn Jahren eine Vergangenheit haben, die es verfolgt.« Er ließ sich zurücksinken und zog bedächtig seine Schnupftabakdose hervor. »Ich glaube«, sagte er, »daß dieser Arleon ein gefährlicherer Mann ist als Gwillam. Gwillam war recht gerissen, aber ich kann mir nicht vorstellen, daß er sich in die Gunst einer Königin einschmeicheln, ihr vor einer tausendköpfigen Menge zur Flucht verhelfen, sicher bis in die Wüste eindringen und dort seinen bewaffneten Wächtern entkommen könnte, um sich dann einer flüchtigen Bande von Gesetzlosen anzuschließen, und all das in wenigen Wochen. Wenn dieser Mann Gwillam aus seiner Stellung verdrängt, werden die Gesetzlosen zu einer nicht zu unterschätzenden Kraft.«
Dansen nickte. »Und er wird einen hohen Preis für die Herausgabe der Königin verlangen. Wollen wir hoffen, daß Gwillam die Kontrolle über ihn behalten kann.«
Ajjibawr nahm eine Prise, nieste und rieb sich nachdenklich mit dem Handrücken die Nase. »Als erstes werde ich dafür sorgen, daß keine Truppe die Wüste durchqueren kann.« Er warf Leron einen Blick zu. »Hast du genügend Leute, um Villavac zu halten? Gut. Wir werden im Süden und im Norden Fronten bilden. Ich bin sicher, daß die Banditen versuchen werden, sich nach Westen durchzuschlagen, wo sie zu den Truppen von Vahn stoßen würden. Sie haben keine Freunde mehr hier, auch nicht im Osten und im Süden. Ich werde auch Odric benachrichtigen lassen, daß seine Kundschafter südlich von Treclere die Augen offenhalten sollen.

Ich werde Boten über Land schicken, und du kannst unsere Bemühungen noch verdoppeln, indem du Kerys mit dem Schiff zurückkehren läßt.«

Dansen ergriff das Wort. »Karif...« Ajjibawr trommelte ungeduldig mit seiner Tabaksdose auf den Tisch. »Ich habe mein Versprechen, das ich dir gab, nicht vergessen. Ich werde die Männer, die Rassam unterstützen, nicht abziehen. Du wirst deine Linse bekommen, und zwar schnell. Es wäre gut, wenn du sie bald erprobst, denn möglicherweise werden wir noch vor dem Frühjahr in einen offenen Krieg mit Vahn verwickelt. Ich fürchte zwar nicht um das Wüstenland, wohl aber um die Küstengebiete, wenn ihr Vahn ohne Schiffe und Verteidigungswaffen gegenübersteht.«

Dansen nickte. »Genau das waren meine Befürchtungen. Mit Eurer Erlaubnis«, hier wandte er sich Leron zu, »werde ich die erste fertiggestellte Linse nach Melismala bringen und sehen, wie wir dort damit zurechtkommen. Ich kann lange vor dem Frühjahr zurück sein.«

Leron nickte ihm düster zu. »Ist das alles, woran du denken kannst?«

Dansen schüttelte den Kopf, und in seinem freundlichen Gesicht stand Besorgnis. »Leron, mein lieber Herr, nein, nein, nein. Aber es ist der einzige Weg, auf dem ich helfen kann. Wollt Ihr, daß ich der Verbrecherbande nachjage? Ich werde es machen, wenn Ihr es von mir verlangt. Aber was sollte ich tun, wenn ich sie erwischen würde?«

Leron mußte gegen seinen Willen lachen, und er streckte die Hand über den Tisch nach Dansens aus. »Ich bin sicher, dir würde etwas einfallen. Aber du hast natürlich recht. Unsere Abwehrkräfte gegen Vahn zu stärken, ist die größte Hilfe, die du uns geben kannst. Verzeih mir.«

»Da gibt es nichts zu verzeihen. Ihre Sicherheit liegt mir ebenso am Herzen. Und im übrigen weiß ich, wie mir zumute wäre, wenn es um...«

Ajjibawr hob mit verblüffter Miene den Kopf. »Wenn es um wen ginge?«

Dansen senkte errötend den Blick. »Eine Dame, die du nicht kennst.« Ajjibawr nickte nachdenklich und senkte wieder seine schweren Lider, um seinen Augenausdruck zu verbergen. »Ja, das kann uns allen passieren.« Bei seinen nächsten Worten blickte Leron überrascht auf. »Ich muß umgehend in die Wüste zurückkehren. Meine Frau ist krank, und ich möchte nicht länger fortbleiben, als unbedingt nötig.«
Während Leron noch damit beschäftigt war, das Gehörte zu verarbeiten, entstand unten im Hof eine Unruhe. Die Tür öffnete sich, bevor sie das Fenster erreicht hatten, und der Kammerherr stand mit einem diskrekten Räuspern im Rahmen. »Ein Bote, Herr...«
Leron blickte neugierig auf und sah weiter hinten im Gang den Hauptmann der Palastwache, der einen Gefangenen mit eisernem Griff an den Armen festhielt. Es war derselbe Mann, der den Kopf überbracht hatte, diesmal schreckensbleich. Er schluckte nervös, als er vor Leron stand, und als Ajjibawr sich ebenfalls zu ihm umdrehte, stockte ihm der Atem, und er versuchte, zurückzuweichen. Der Hauptmann stieß ihn nach vorn. »Sag dein Sprüchlein auf«, grollte er, und der Gefangene verbeugte sich bebend vor ihnen. »Ich bin geschickt worden...« Ajjibawr lächelte bedächtig und legte Leron die Hand auf die Schulter.
»Geschickt? Ich glaube, das richtige Wort ist geopfert.«
Der Bandit warf Leron einen schutzsuchenden Blick zu und senkte nervös den Blick, als er in seinen Augen kein Mitgefühl entdecken konnte. »Ich bin mit einer Botschaft geschickt worden.«
Lerons geballte Fäuste entspannten sich. »Von Gwillam?«
»Gwillam hätte mich nicht hierher zurückgeschickt. Nein, nicht von Gwillam. Er ist tot, und wir haben einen anderen Anführer.«
Leron seufzte. »Welche Botschaft läßt Arleon uns also überbringen?«
Der andere zuckte zusammen und pfiff zwischen zusammengepreßten Zähnen. »Ihr kennt Arleon also? Dann wißt Ihr ja, daß er meint, was er sagt. ›Hände weg‹, sagt er, ›ich will keine Schwierigkeiten, sonst stirbt eine Frau dafür.‹«

Leron ballte wieder die Fäuste. Plötzlich riß sich der Kerl los und warf sich vor ihnen auf den Boden. »Er hat mich gezwungen, zu kommen. Er wird mich umbringen, wenn ich zurückgehe. Ich hatte nichts damit zu tun. Laßt mich hierbleiben.«
Ajjibawr stieß ihn mit dem Fuß an. »Warum ist dein neuer Hauptmann so erpicht darauf, dich loszuwerden?«
Es trat ein langes Schweigen ein, und schließlich murmelte er: »Ich habe einen Irrtum begangen.«
Leron stieß ein bitteres Lachen aus. »Und nun bittest du uns um Gnade.« Er wandte sich an Ajjibawr. »Sein Irrtum bestand darin, daß er uns Osmins Kopf als deinen brachte. Bis zum heutigen Morgen hielten wir dich alle für tot.«
Dieses eine Mal war es um Ajjibawrs Ruhe geschehen. Er sah Leron an, dann beugte er sich hinunter, zog den Banditen auf die Füße und rüttelte ihn an den Schultern. »Was ist aus den Männern geworden, die mit Osmin ritten? Lebt einer von ihnen?« Der andere schüttelte den Kopf und stöhnte auf, als Ajjibawr ihn gegen den Hauptmann schleuderte, der ihn wieder an den Armen packte.
»Hat Arleon uns noch etwas Aufschlußreicheres ausrichten lassen?« erkundigte sich Leron. Der Gefangene blickte nervös auf und antwortete: »Er läßt Euch nur warnen, er hätte immer ein Messer bereit, und Ihr sollt keine Tricks versuchen. Aber ich kann Euch seine Pläne verraten! Sie ziehen in den Westen, nach Vahn...«
»Auf welchem Wege?« Der Bandit schüttelte den Kopf, und Leron wandte sich an Ajjibawr. »Wir erfahren nichts, was wir nicht ohnehin schon wüßten.«
»Nichts von augenblicklichem Nutzen, das ist wahr. Aber ich habe hier den Mörder meines Schwertbruders vor mir. Wirst du ihn mir überlassen?«
»Selbstverständlich, aber...«
»Diesmal wird kein Irrtum geschehen. Dzildzil hat viel Kummer verursacht, bevor er wieder ergriffen und getötet wurde. Ich mache denselben Fehler nicht zweimal.« Er wandte sich an den

Hauptmann. »Bring den Gefangenen hinunter und binde ihm die Arme. Ich treffe dich im Hof.« Der Hauptmann verneigte sich und zog den unglücklichen Mann hinaus.
Ajjibawr hob die Braue, als er die Verwunderung in Lerons Miene sah. »Hältst du es für gnädiger, zu warten? Oder für sicherer?« Leron schüttelte den Kopf. »Das Schwert ist schnell. Schneller, als er es verdient. Es ist ja nicht das erste Mal, daß ich einem Mann den Kopf abschlage.« Dansen hob die Hand zum Protest, doch Ajjibawr fuhr ihn böse an: »Vielleicht solltet ihr mir beide unten im Hof zusehen. Es könnte eine Kunst sein, die ihr in nächster Zukunft noch braucht.«

LANDSTREICHER-BALLADE
von Odric
geschrieben in Tredana

Ein Tippel-Tappel, Schammel-Schummel,
Börsen-Mopser ritt ohne Arg,
sah 'nen Steuereintreiber hoch zu Roß,
sah das Geld, das er bei sich verbarg.

»Ach, weh mir«, sagte da der Mopser,
»Beraubt bin ich von meinen Werten allen.«
Der Steuereintreiber mit scharfem Blick
sagt': »Wo hat man dich denn überfallen?«

»Bei den drei Bäumen dort im Tal,
gibt's Schrecken ohne jede Zahl.
Halt an dein Pferd, steck weg den Ring,
und verbirg, was du hast, dein Geld zumal.«

»Ich fürchte nichts«, sagt da der Mann,
»Das Geld steckt in meinem Stiefel, schau.
So manchen Trick kenn ich vom Sammeln
in dreißig Sommern streng und schlau.«

»Dreißig Sommer streng und schlau?
Wohl denn«, sagt der Tippel-Tappler galant,
»So ist's jetzt Zeit für einen Tausch – dein Geld,
dein Pferd und den Ring will ich haben an deiner Hand.«

Der Tippler sagt: »Meine Kleider sind neu,
ich tausch sie für deine Lumpen zerschlissen.
Deine alten Stiefel sehn gewichtig aus
und mehr will ich nicht wissen.«

»Hör und lerne«, sagt der Tippler,
»Geheimnisse teile mit keinem.
Lieb deinen Bruder, wenn du mußt,
doch dein Leben vertraue nicht einem.«

III

Sibyl genoß ihre Ausritte am Strand, aber an diesem Morgen tat sich ihr altes Pferd schwer, und sie zügelte es besorgt. Es war begierig, weiterzulaufen, aber sein Atem ging heftig, und sein Hals glänzte vor Schweiß. Mit einem Ruf an Kerys schwang sie sich aus dem Sattel und lockerte die Gurte des Tieres. Silber rieb mit schäumendem Maul seinen knochigen Schädel an ihr und stand dann schnaubend still, während sie ihm den Hals tätschelte und seine Fesseln befühlte.

»Ich bewege ihn nur ein bißchen ohne Last«, erklärte sie Kerys und führte Silber zum Wasser. Sie hatte die ersten Schaumkronen noch nicht erreicht, als sie plötzlich ein Geräusch hinter sich hörte, und als sie sich umdrehte, sah sie, wie Kerys von zwei in Leder gekleideten Männern aus dem Sattel gezerrt wurde. Sie faßte die Zügel, um wieder aufzusitzen, doch der gelockerte Sattel rutschte zur Seite. Hastig schob Sibyl ihn hoch und riß an den Gurten, aber bevor sie sie festziehen konnte, wurde sie an den Armen gepackt. Sie riß sich los und zog die Reitpeitsche unter dem Steigbügelgurt hervor. Als sie sich dem nächststehenden Mann zuwandte und ihm ins Gesicht sah, stockte ihr der Atem.

»Michael?« rief sie ungläubig aus. Er packte sie am Handgelenk und zwang sie, die Finger zu öffnen, so daß die Peitsche zu Boden fiel. Er grinste und hielt ihre Arme so, daß einer seiner Begleiter sie fesseln konnte. »Hast du vielleicht Paul Newman erwartet?« Er lachte, dann bemerkte er plötzlich, daß Kerys sich aus dem Griff der beiden Männer wand. Mit ein paar schnellen Schritten lief er über den Strand, riß eine Kette aus seinem Gürtel und versetzte dem Jungen einen so harten Schlag ins Gesicht, daß er bewußtlos zu Boden stürzte. Er packte Sibyl am Arm, befahl einem der Männer, die beiden Pferde mitzubringen, und dann tauchten sie schweigend in den Wald ein. Sibyl ließ sich ein paar Meter taumelnd mitziehen, dann riß sie sich los und versuchte, zum Strand zurückzulaufen. Michael holte sie mühelos ein und versetzte ihr einen Schlag ins Gesicht. Es war ein unkluger Schritt, und er erkannte es augenblicklich, denn sie spreizte die Beine entschlossen und sah ihn mit gebleckten Zähnen an. »Ich weiß nicht, was zum Teufel das alles zu bedeuten hat«, sagte sie, »aber wenn du mich haben willst, wirst du mich tragen müssen.« Michael stieß einen unwilligen Fluch aus, dann hob er sie ohne allzu große Anstrengung hoch und warf sie bäuchlings auf den Rücken von Kerys' Pferd. Bevor sie ihren Weg fortsetzten, wurden ihr auch die Fußgelenke gebunden.

Sibyl kam kurz der Gedanke, sich den Weg einzuprägen, den sie zurücklegten, doch hilflos, wie sie auf das Pferd gebunden war, konnte sie kaum den peitschenden Zweigen ausweichen, geschweige denn, auf den Weg achten. Als sie bei einer Lichtung anlangten, war ihr Gesicht mit blutigen Kratzern bedeckt, und ihr war schwindlig und übel. Außerdem bebte sie vor Zorn, und sobald sie auf die Füße gestellt wurde, fuhr sie herum und wäre gefallen, hätte Michael sie nicht mit hartem Griff am Arm gepackt.

In der Mitte der Lichtung wurden sie von einem untersetzten, älteren Mann erwartet, der bei ihrem Anblick erfreut grinste und Michael zunickte. »Du hast mir also die Königin gebracht, wie du geprahlt hast. Ich hätte nicht gedacht, daß du es schaffst.« Michael zuckte die Achseln. »Es war nichts.«

Die Augen des alten Hauptmanns verengten sich. »Aber du wirst eine Belohnung erhalten, als wäre es etwas, keine Angst. Was sind das für Pferde?«

Einer der Banditen antwortete: »Karabdinische Pferde. Das weiße gehörte der Königin. Wir dachten, du würdest sie auch haben wollen.«

Er verstummte unter Gwillams verächtlichem Blick. »Was soll denn ein Gesetzloser mit einem weißen Pferd anfangen? Es würde ein hübsches Ziel abgeben. Aber dennoch ...«

Dann trat er zu Silber und legte ihm die Hand an den Hals. Der alte Hengst straffte sich stolz und zog schnaubend die fremdartigen Gerüche ein. »Wir versuchen es mit ihm. Hilf mir aufsitzen: Die alte Wunde tut heute weh.«
Ein junger Mann half seinem Hauptmann auf das Pferd, und weil er ihn stützte, verrutschte der lockere Sattel nicht. Gwillam rückte sich bequem zurecht und gab dem Pferd einen Schenkeldruck. Das alte Tier war müde, dennoch bäumte es sich, zitternd vor Anstrengung, gehorsam auf. Gwillam begann wütend zu fluchen; der Sattel kam ins Rutschen, löste sich dann, und Gwillam stürzte zwischen die Hinterhufe des Pferdes. Als er fiel, strauchelte Silber und trat sich von den Gurten frei. Ein Hufschlag hatte Gwillam an der Schläfe getroffen, und er lag reglos am Boden. Ein betroffenes Schweigen hatte sich über die Lichtung gesenkt, während Silber sich schüttelte und auf dem Boden nach Gras zu suchen begann. Die Tannennadeln brachten ihn zum Niesen, und Sibyl lachte.
Michael eilte zu Gwillam hinüber, prüfte seinen Atem und seinen Puls und richtete sich dann auf. »Er ist tot«, verkündete er. »Wenn jemand von euch einen anderen zum Anführer wählen möchte als mich, soll er es gleich sagen.« Einige der Männer sahen erst Sibyl verstohlen an, dann Michael. »Was ist mit ihr?« erkundigte sich einer, und Michael lachte.
»Du Idiot«, sagte er, »sie ist unser sicheres Geleit. Tredana wird uns kein Haar krümmen, solange sie in unserer Gewalt ist.«
»Und die andere Frau?«
Michael lachte wieder. »Sie wird eine großartige Wächterin abgeben.«
Michael kannte Sibyl zu gut, um sie zu unterschätzen. Er vertraute nicht auf Stricke, sondern befahl einem der Männer, schwere Ketten zu bringen, um ihr damit Hände und Füße zu fesseln. Ein kleines Feuer brannte bereits, und einer der Banditen fachte die Flammen mit einem Blasebalg an und hämmerte die Kettenglieder zusammen. Sie ließen ihr weniger als einen Meter Spiel zwischen den Füßen und nicht viel mehr als einen halben zwischen den Händen.

Der Schmied schüttelte den Kopf, während er seine Arbeit tat, doch Michael wies ihn barsch zurecht. »Wenn du irgendwelche Fragen hast, schicke ich sie nach Tredana, und dich mit ihnen. Das erinnert mich an etwas...« Sein Blick wanderte suchend über die Bande, dann rief er einen Mann zu sich, den Sibyl mit Abscheu erkannte. »Du bist derjenige, dem dieser kleine Fehler unterlaufen ist?« Der Mann nickte nervös. »Ich schicke dich mit einer neuen Botschaft nach Tredana, und vier von den Männern werden dich begleiten und aufpassen, daß du auch wirklich in die Stadt gehst, wie befohlen. Ich würde dir nicht raten, zurückzukommen.«

»Aber, Herr, Clerowan...«

»Ja, eben. Du Idiot, kannst du einen Mann nicht vom anderen unterscheiden? Oder streitest du ab, daß es Clerowan war, der uns gestern nacht verfolgt hat? Vielleicht hat er ja einen Zwillingsbruder?« Einige Männer schüttelten den Kopf. »Das war Clerowan, ganz sicher, Karif, oder wie immer er sich jetzt nennen mag.« Sibyl, die gerade ihre schweren Ketten untersuchte, blickte auf. Die rauhen Glieder der groben Fesseln scheuerten bei jeder Bewegung, und ihre Gelenke schmerzten bereits. Sie sah den Verbrecher an, und ihre Augen wurden schmal. »Wenn du dich geirrt hast, und Clerowan ist noch am Leben, dann kannst du sicher sein, daß er sich deinen Kopf holt, wenn nicht um seinetwillen, dann für mich. Diese Botschaft kannst du ihm von mir überbringen, wenn du willst.«

Der Mann, der ohnehin schon totenbleich war, hob abwehrend die Hände, doch Michael gab ihm kurz seine Anweisungen und überließ ihn dann der Gnade seiner Begleiter. Dann trat er zu Sibyl und hob, befriedigt über ihr Gewicht, die Kette zwischen ihren Handgelenken an. »Du hast also auch diesen Karifen auf deiner Seite. Das muß ich dir lassen, du arbeitest ziemlich schnell. Und dazu noch Königin von Tredana!«

»Das ist sie nicht!« Dastra schob sich zwischen den Männern hindurch und baute sich theatralisch, die Hände über dem wogenden Busen verschlungen, vor ihr auf. Die einfache Lederkleidung stand ihr gut, und sie strahlte in unveränderter Schönheit. Sie musterte Sibyl, die ihre gefesselten Arme hob, um sich das trocknende Blut aus dem Gesicht zu wischen, verächtlich und trat noch einen Schritt näher. »Sie ist eine schmutzige kleine Fremde, die vom ersten Augenblick an versucht hat, mich aus meiner Stellung zu verdrängen. Nun werden wir erleben, daß sie ihr gerechtes Schicksal erfährt.«

Sibyl richtete sich unter Schmerzen zu ihrer vollen Größe auf und blickte auf Dastra hinunter. Sie verzog spöttisch den Mund. »Ich weiß, daß ich nicht so sauber bin wie gewöhnlich, aber klein scheint mir wenig angemessen.«

»Wahrhaftig, du bist groß wie ein Pferd. Lerons Geschmack scheint bedauerlich nachgelassen zu haben.«

Sibyl lachte auf, und ihr Blick wanderte zwischen Michael und Dastra hin und her. »Michaels ebenfalls«, bemerkte sie schließlich und überließ es ihm, diese rätselhafte Bemerkung zu erklären.

Ihr wurde nicht lange Ruhe gegönnt. Die Bande blieb nie lange an einem Ort, und ihre Hauptschwierigkeit bestand darin, ihre Gefangene aufs Pferd zu heben, ohne ihr die Fesseln abzunehmen. Schließlich setzte Michael sie im Damensitz darauf, und sie klammerte sich unbeholfen mit dem rechten Knie hinter dem Sattelknauf fest. Vielleicht würde sich ihr bald eine Gelegenheit bieten, jemandem die zusammengeketteten Hände um den Hals zu legen. Vorzugsweise um Michaels. Aber sie konnte noch eine Weile warten: offensichtlich bestand im Augenblick keine Gefahr. Sie konzentrierte sich darauf, den Rhythmus der Schritte ihres Tieres mit ihrem unnatürlich verrenkten Rückgrat und den Beinen auszugleichen. Es war schwierig und außerordentlich unbequem, und sie wunderte sich darüber, daß es Menschen gab, die freiwillig in dieser Haltung ritten. Beim ersten Halt hatte sie die Eingebung, ihre linke Hand im Staub zu wälzen, um das Funkeln ihres Ringes zu dämpfen. Lerons Ring.

Sie bewegten sich auf gewundenen Pfaden durch den Wald. Zuerst war sie völlig verwirrt, doch allmählich kehrte ihr Orientierungssinn zurück, und sie begann zu ahnen, in welcher Himmelsrichtung sie sich, von der Stadt aus gesehen, befanden. Sie ritt im

hinteren Teil des Zuges auf Silber, und es hielten sich nur zwei Männer an ihrer Seite, von denen einer ihre Zügel führte. Die Pferde setzten über einen abgebrochenen Ast, der den Weg versperrte, und sie wurde nach vorne auf Silbers Hals geschleudert. Das brachte sie auf einen Gedanken, und als sie das nächste Hindernis vor sich auf dem Weg sah, bereitete sie sich angespannt darauf vor. Silber setzte zum Sprung an, Sibyl warf sich nach vorn und zog ihm das schwer beschlagene Zaumzeug über die Ohren. Als die oberen Riemen ihm in die Augen fielen, warf er den Kopf hoch, schüttelte den Biß ab und machte einen Satz zur Seite. Sie trieb ihn mit der einen freien Ferse an und versuchte, ihn mit den Händen an seinem Hals zu lenken. Aufgeregt schnaubte er, schwenkte herum, sprengte dann plötzlich zwischen den beiden nächsten Pferden hindurch und streckte sich im vollen Galopp. Sie konnte nichts weiter tun, als sich im Sattel zu halten. Sie duckte sich tief über seinen Hals, um den tiefhängenden Zweigen auszuweichen und feuerte ihn mit Zurufen zu noch größerer Schnelligkeit an. Plötzlich kam er schliddernd zum Stehen, und seine Vorderläufe knickten so plötzlich unter ihm ein, daß sie zu Boden gestürzt wäre, hätte er nicht den Kopf hochgerissen. Ihr Orientierungssinn hatte sie gut geführt: Vor ihnen lag die Straße. Oder, genauer gesagt, unter ihnen. Ein felsiger Abhang fiel fast zehn Meter tief steil zur Straße ab. Sie klammerte sich unter Tränen der Wut und Enttäuschung an Silbers Mähne, als ihre Verfolger sie umringten.
Michael sagte kein Wort, sondern packte sie an den Haaren und schüttelte sie so heftig, daß sie glaubte, ihr Genick müsse brechen. »Wenn du so was nochmal versuchst«, drohte er ihr, »wird dich niemand wiedererkennen, solltest du jemals nach Tredana zurückkommen.« Sie unterdrückte eine Erwiderung und wandte stolz den Kopf ab. Ein Seil wurde um Silbers Hals gebunden, und wieder trabte Sibyl in der Reihe hinter den anderen her.
Die nächsten Tage ihrer Gefangenschaft waren erfüllt von dem unbändigen Wunsch, zu entkommen, doch sie wurde beständig streng bewacht, und es ergab sich nicht einmal im entferntesten

eine weitere Möglichkeit zur Flucht. Am ehesten wurde sie noch annähernd allein gelassen, wenn Dastra sich damit vergnügte, sie zu verhöhnen. Anfangs versuchte sie, Sibyl zu zwingen, sie zu bedienen, doch die saß nur ruhig da und hörte nicht auf sie oder hob die Hände und ließ vielsagend die Ketten klirren. Dastra brannte darauf, Einzelheiten über Sibyls Beziehung zum Karifen und ihre Heirat mit Leron zu erfahren, und es bereitete Sibyl Vergnügen, ihre Fragen so lakonisch zu beantworten, daß die andere vor eifersüchtiger Neugier fast verging. Einmal vergaß sich Dastra so weit, daß sie einen Suppenteller nach Sibyl warf. Da ihre Ketten sie daran hinderten, rechtzeitig auszuweichen, war hauptsächlich ihre Schulter von dem rasch nachlassenden Schmerz der Verbrennung betroffen. Michael ohrfeigte Dastra, und Sibyl beobachtete mit Abscheu, daß Dastra angesichts dieser Zurschaustellung männlicher Gewalt affektiert lächelte. Michael schien immer weniger beeindruckt von ihrem gezierten Benehmen und begann schon bald, immer häufiger mit abschätzenden Blicken zu ihr hinüberzusehen. Zum erstenmal gesellte sich zu ihrer andauernden Wut und Enttäuschung ein Gefühl tiefen Unbehagens.

In Ketten, ständig bewacht, zählte Sibyl die Tage in dem zunehmenden Bewußtsein ihrer Hilflosigkeit. Nach außen bewahrte sie ihre Gelassenheit und brachte Dastra damit zur Raserei, doch innerlich grübelte sie unaufhörlich über eine Möglichkeit zur Flucht nach. Sie bewegten sich beständig in westlicher Richtung, dessen war sie sicher, zogen so an Tredana vorüber und näherten sich dem Gebirge, hinter dem Villavac lag. Einst hatte sie Leron in Villavac aus dem Gefängnis befreit. Sie wollte jetzt nicht an Leron denken – es gab ihr ein Gefühl der Traurigkeit und Hilflosigkeit, und sie benötigte ihre ganze Energie. An den ersten Abenden hatte sie versucht, sich damit zu trösten, daß sie die Kräfte, die sie an Bord des Schiffes entdeckt hatte, spielen ließ, aber die Ketten hatten ihren Mut gedämpft, und die Fähigkeit, ein Lagerfeuer heller aufflammen zu lassen, schien ihr ziemlich lächerlich. Das Problem wird sein, dachte Sibyl, Michael dazu zu bringen, daß er sich in das Feuer stellt, während ich mich auf meine Kräfte konzentriere. Sie lachte laut auf bei dem Gedanken und erschreckte die anderen damit. Dann ließ sie sich vornüber sinken, legte den Kopf auf die Knie und versuchte sich vorzustellen, wie die Karabdu die Banditen jagten. Sie würden geritten kommen und die Männer mit ihren Schwertern in Stücke hauen. Sie spreizte ihre gefesselten Arme und spannte die Kette mit einem Ruck, eine Angewohnheit, die den dicken Schorf an ihren Handgelenken abplatzen ließ. An vielen Abenden bluteten die Wunden, und sie schlief mit Blutgeschmack im Mund ein.

Eines Abends, als sie, so weit abseits von den anderen wie möglich, an einen Baum gekauert vor sich hin döste, hörte sie einen vertrauten Namen, der sie aus ihrer Teilnahmslosigkeit aufrüttelte. »Wir müssen uns vorsichtiger bewegen«, sagte Michael. »Es heißt, daß dieser Glisser, dieser alte Königstreue, der unter Ddiskeard geächtet war, sich hier herumtreibt. Er kennt diese Gegend gut. Vielleicht hat er Nachricht aus Tredana erhalten und hält nach uns Ausschau. Wir müssen dicht zusammenbleiben und bereit sein, unsere Geisel zu benutzen, wenn nötig. Diese Schiffe aus Vahn können jetzt nicht mehr allzu viele Meilen vor uns liegen.«

Ein anderer schüttelte den Kopf. »Es ist noch eine Woche oder mehr bis zu diesem Meeresarm.«

»Nun gut, eine Woche. Das ist keine Ewigkeit. Wenn wir sehr vorsichtig sind, schaffen wir es. Wir sind schließlich auch bis hierher gekommen.« In dieser Nacht ließ er jedoch mehr Wachposten aufstellen als gewöhnlich.

Glisser! Sibyl lehnte den Kopf an den Baumstamm und schloß die Augen. Seltsam genug, sich diesen vierschrötigen, polternden Mann als Gesetzlosen vorzustellen. Wie froh er sein mußte, daß er sein Land wiederhatte. Er hatte Herrards prachtvollen Hund gekauft. Sie hatte vergessen, sich nach dem Hund zu erkundigen, als Leron ihr von Herrard erzählt hatte. Leron. Ihre Augen füllten sich mit Tränen, und sie ließ unter leisem Schluchzen den Kopf auf die Schulter sinken. Und wie durch ein Wunder war da plötzlich ein Hund, zuerst mißtrauisch, leckte er ihr schon bald über das tränenfeuchte Gesicht und jaulte leise. Sie hob die Hände, und als die Ketten klirrten, erschrak der Hund, schmiegte sich aber gleich wieder an sie und stieß sie mit der Nase am Hals an. Als sie ihn umarmte, zuckte er nicht mit der Wimper. »Wer bist du?« fragte sie, und der Hund drückte sich dichter an sie. »Bist du nirgends zu Hause?«

Er setzte sich auf und sah sie mit leicht zur Seite geneigtem Kopf an. Sein kurzes Fell schimmerte gelb im Feuerschein. »Süßmaul?« fragte sie zögernd. Der Hund klopfte mit dem Schwanz auf den Boden und verzog das Maul zu einem ermutigenden Grinsen. »Süßmaul! Oh, mein Gott!« Sie zermarterte sich das Hirn nach einer Möglichkeit, eine Botschaft zu senden, und plötzlich fühlte sie den Glasring an ihrem Hals. Ungeschickt in ihrer Hast, löste sie die Lederschnur und gab Süßmaul ein Zeichen. Er legte sich hin, blickte sie erwartungsvoll an und legte den Kopf auf die Seite, so daß sie das Andenken an seinem Halsband befestigen konnte. Als das geschehen war, schmiegte sie ihr Gesicht an seinen Kopf, und er leckte sie wieder mit leisem Jaulen.

Plötzlich trat ein Funken von Schalkhaftigkeit in die Augen des Hundes, und er schoß wie der Blitz in die Mitte des Lagers, wo er sich beim Feuer ein Stück Brot vom Boden schnappte und in der Dunkelheit verschwand, während die Männer erbost Steine nach ihm warfen. Sie lachte über seine ausgezeichnete Darbietung eines streunenden Hundes, wurde aber gleich wieder ernst bei der Überlegung, ob jemand die Bedeutung des Ringes verstehen würde. Immerhin würden sie wissen, daß er von jemandem stammte, der mit den Karabdu in Verbindung stand, einem Freund und hilflos dazu. Vielleicht hatte Süßmaul aber auch seine eigenen Methoden, Botschaften zu überbringen. In dieser Nacht schlief sie wesentlich besser als gewohnt, ahnend, daß Hilfe unterwegs war.

BRIEF
von Glisser, vorläufiger Statthalter von Villavac
an den König

Herr:
Wir haben überall an den Straßen Männer postiert, wie Ihr es befohlen habt und darüber hinaus unsere vertrauenswürdigsten Kundschafter in Begleitung der im Spurensuchen geübtesten Hunde in die Wälder und Berge geschickt. Wenn die Gesetzlosen, von denen Euer Botschafter sprach, sich im Umkreis von fünfzig Meilen um die Stadt aufhalten, könnt Ihr versichert sein, daß sie aufgespürt und ergriffen werden.
Und da es die erklärte Absicht Eurer Majestät ist, jede Möglichkeit von Gewaltanwendung und Blutvergießen zu vermeiden, solange sich die Geisel in der Gewalt der Banditen befindet, würde ich davon abraten, Karabdu an der Suche zu beteiligen, aber es wird natürlich so geschehen, wie Eure Majestät befehlen.
Im Vertrauen also auf unseren bevorstehenden Erfolg, beschließe ich diesen Brief und hoffe, Euch bald Nachricht von einem solchen Triumph geben zu können.

IV

Wenn wirklich Hilfe unterwegs war, so ließen sie sich Zeit damit. Eine Woche verging nach Süßmauls Erscheinen im Lager, und Sibyls Stimmung schlug von Hoffnung in Niedergeschlagenheit und wieder in Hoffnung um. Sie hatten Villavac hinter sich gelassen und bewegten sich nun am Rande der Gebirgsausläufer dahin; bald würden sie die Sumpfgebiete erreichen und konnten dem Flußtal in südwestlicher Richtung zu dem Meeresarm folgen, wo Vahn, wie Michael hoffte, immer noch einen Flottenstützpunkt unterhielt. Sibyl bereiteten die Ketten jetzt etwas weniger Schwierigkeiten, aber ein beständiger Schmerz in den Schultern und im Kreuz quälte sie, und der dumpfe Zorn, der in ihrem Innern tobte, machte es ihr fast unmöglich, einen klaren Gedanken zu fassen. Sie war inzwischen so schmutzig, daß es ihr Unbehagen bereitete, und das steigerte nur ihre Wut. Ihre Kopfhaut juckte, und ihre Kleider stanken. Sie hatte Dastras früheres hochmütiges Angebot, ihr zu helfen, ausgeschlagen, aber als sie jetzt den Fluß erreichten, konnte sie sich leichter überwinden, ihren Stolz zu unterdrücken, und sie nahm ruhig an.

Der Abend war frostig und das Wasser kalt, aber nie war ihr Waschen als etwas Köstlicheres erschienen. Sibyl strauchelte bei dem Versuch, auf dem schlüpfrigen Untergrund der Felsen im Wasser das Gleichgewicht zu halten, und es verursachte ihr eine Gänsehaut, die schmutzigen Kleider wieder über ihrem nassen, sauberen Körper zu schließen. Dastra half ihr grob, den langen Rock aus grobem Leinenstoff wieder zu gürten. Ein Glied von Sibyls Fußkette verfing sich zwischen den Steinen, und sie rutschte wieder in dem etwa wadentiefen Wasser aus. »Halt mich bitte fest«, bat sie, »ich möchte mir die Haare naß machen.« Während sie unbeholfen in die Knie ging und sich bemühte, den Kopf unterzutauchen, hielt Dastra sie an der Hand. Doch plötzlich gab Dastra ihr absichtlich einen Stoß, so daß sie vornüber auf die Hände fiel und sich das Gesicht an den Felsen unter der Wasseroberfläche aufschürfte. »Wasch deine Kleider auch, wenn du schon dabei bist«, sagte Dastra und stieß sie mit dem Fuß zurück, als sie versuchte, aufzustehen. »Wir möchten doch nicht, daß die Königin von Tredana schmutzig ist.« Drei- oder viermal gelang es Sibyl fast, auf die Füße zu kommen, doch jedesmal nutzte Dastra ihren unsicheren Stand, um sie wieder ins Wasser zurückzustoßen. Die Ketten hatten sich völlig um ihre Füße verwickelt.

Endlich mußte sie einen Moment lang den Kampf aufgeben und Atem schöpfen, und sie blieb ausgestreckt, den Kopf knapp über der Wasseroberfläche, liegen. Dastra trippelte vorsichtig über die Steine näher und holte wieder mit dem Fuß aus, diesmal nach Sibyls Kopf. Es war zu dunkel, um allzuviel zu erkennen, aber Sibyl spürte den Fuß kommen und schnellte herum, um den Tritt mit den Händen abzuwehren. Die kurze, lockere Kette schlang sich um Dastras Knöchel, und Sibyl machte eine halbe Drehung mit den Händen, zog die Kette fest an und riß Dastra von den Füßen. Sie fiel mit einem lauten Klatschen ins Wasser, aber Sibyl erstickte ihren Schrei mit den Händen. Dann hatte Sibyl sie an den Haaren gepackt und schmetterte ihren Kopf gegen den felsigen Flußboden, bevor sie ihre Wut beherrschen konnte. Glücklicherweise milderte das Wasser die Wucht des Schlages, und Dastra schien nicht tot zu sein. Jedenfalls aber war sie bewußtlos. Mühsam kletterte Sibyl ans Ufer und zog Dastra hinter sich her aufs Trockene. Dann bückte sie sich, um die Kette zwischen ihren Beinen hochzuheben und eilte über den glitschigen Felsboden flußaufwärts davon, wo ihre unsicheren Schritte keine Spur hinterließen.

Sie legte unter verzweifelter Anstrengung eine so große Strecke wie nur möglich zurück, doch bald klapperten ihre Zähne heftig, und sie strauchelte immer häufiger, weil ihre Füße so taub waren, daß sie den felsigen Untergrund nicht mehr unter den Sohlen spürte. Als sie wieder einmal einen Sturz mit den Händen abfing, waren auch ihre Hände gefühllos geworden, und sie schnitt sich die Handflächen auf, ohne etwas davon zu spüren. Erst am Blutgeschmack in ihrem Mund, als sie in ihre Hände hauchte, um sie zu wärmen, spürte sie die Wunde, und dann konnte sie ihre Ränder auch mit der Zunge fühlen. Sie blickte sich verzweifelt um und sah im schwachen Mondlicht schimmernde Felsen vor sich in der Mitte des Flusses, der an dieser Stelle schmaler wurde. Zweimal rutschte sie in tiefere Rinnen, in denen die Strömung reißend war, doch die Felsen umgaben sie von allen Seiten, und schließlich gelang es ihr, sich zur Flußmitte hinzuarbeiten und von da aus ans andere Ufer. Hohe Bäume neigten sich in bizarren Winkeln über das Wasser, ihre Wurzeln von dem wieder breiter werdenden Fluß untergraben, und es gelang ihr, sich in einen davon hinaufzuziehen. Sie fand eine Astgabel, die groß genug war, daß sie sich darin zusammenkauern konnte und schwebte so gefährlich über dem Wasser. Mit einem bitteren Auflachen legte Sibyl ihre Handfessel um einen kurzen Ast und ließ sich mit ihrem ganzen Gewicht hineinfallen, so daß sie im Schlaf nicht vom Baum stürzen konnte. Lange kauerte sie zitternd und unter Schmerzen in der kalten Nachtluft, doch endlich fiel sie in einen leichten Schlaf.

Beim ersten Morgengrauen war sie wieder wach. Die Bäume waren vom Lärm der Vögel und kleinen Tiere erfüllt, die mit ihrem Gemurmel den neuen Tag begannen, aber sie konnte keine menschlichen Stimmen hören. Ihre Haare und Kleider waren noch feucht, ihr Hals schmerzte, und sie fühlte sich schwach und benommen. Sie beugte sich über das Wasser und lauschte mit angehaltenem Atem. Keine Stimme, kein Fußtritt, keine näherkommenden Geräusche. So weit ihr Auge reichte, lagen die Flußufer verlassen da. Mit steifen Gliedern löste sie ihre fühllosen Hände von ihrem Halt und kletterte vom Baum. Ihre Fußketten verfingen sich in den Wurzeln, und sie fiel auf die Knie, und plötzlich war sie wie von Sinnen vor hilflosem Zorn, schrie und fluchte ohne Rücksicht auf den Lärm, den sie damit verursachte, riß mit den Händen an dem Metall und mühte sich, die Beine zu spreizen. Sie konnte mit einemmal den Fuchs verstehen, der sich die Pfote abbiß, um freizukommen; sie hätte ein Messer gegen das eigene Fleisch gerichtet, hätte sie nur eines gehabt. Zusammengekauert biß sie auf die grob zusammengefügten Kettenglieder, und erst der Schmerz, den das Metall an ihren Zähnen verursachte, brachte sie wieder zu Verstand. Sie wischte sich mit dem Ärmel über das Gesicht und machte sich gebückt, um die Ketten vom Boden fernzuhalten, wieder auf den Weg.

Der Wald lichtete sich und wich bald flachem, fruchtbarem Schwemmland, das unter ihren Schritten federte. Vor ihr auf den Feldern weideten zwischen den Getreidegarben Schafe, die sich träge und in zufälligen Grüppchen über das weite, ebene Land bewegten. Unglaublich, daß die Zivilisation so nah war. In der Ferne richtete sich eine kleine weiße Gestalt, die sie für ein Schaf gehalten hatte, auf dünnen Beinchen auf und hob einen Stock. Es war ein Junge in einem schweren wollenen Umhang, und das zottige Etwas an seiner Seite war sein Hund. Dankbar stolperte sie über die endlose, beschwerlich weiche Weide auf ihn zu.

Als sie zum viertenmal auf die Knie fiel, sprang der Hund plötzlich los und kam geradewegs auf sie zugerannt. Er stellte sich ihr mit gesenktem Kopf und entblößten Lefzen in den Weg. Sie hob beruhigend die Hand, doch der Hund knurrte, und seine kleinen gelben Augen verengten sich. Er hatte einen mächtigen Nacken und war um einiges größer als ein Schaf. Er ließ sie nicht aus den Augen, und sie stand geduldig still und wartete auf den Jungen, der barfuß auf sie zugerannt kam und seinen Stock in der Luft schwenkte. Die Sonne war aufgegangen, und sie spürte, wie ihre Kleider zu dampfen begannen.

»Geh weg, geh weg«, hörte sie den Jungen im Näherkommen schreien. Er konnte nicht älter als neun Jahre sein. »Geh weg, sonst hetze ich Wolf auf dich.« Wolf knurrte leise und voller Vorfreude. Der Junge blieb, den Tränen nahe, ein paar Meter hinter seinem Hund stehen und fuchtelte mit seinem Stock in der Luft herum. »Geh weg und laß meine Schafe in Ruhe.« »Ich will ihnen ja nichts tun«, sagte sie freundlich. »Mir ist kalt, und ich habe Hunger. Ich würde deinen Schafen nichts tun – ich kann ihnen gar nichts tun.« Sie breitete ihre hilflos gefesselten Hände aus und erkannte im selben Augenblick ihren Fehler.

Seine schwarzen Augen weiteten sich begreifend, und als er sie jetzt genauer betrachtete, sah er auch die Ketten an ihren Füßen. »Du bist böse«, sagte er endlich. »Von wo bist du geflohen? Ich werde meinen Onkel holen. Er wird schon mit dir fertigwerden. Er ist stark. Du bist ein böser Mann.« Sibyl schüttelte den Kopf. »Ich bin nicht böse. Und ich bin kein Mann. Ich bin eine Frau, und ich bin vor ein paar bösen Männern geflohen.« Der Junge betrachtete ihre groben Reithosen und den langen Rock, ihr kurzes Haar und das schmale, zerschundene Gesicht. »Du bist ein böser Mann und ein Lügner«, sagte er schließlich, »und mein Onkel wird dich schon zwingen, die Wahrheit zu sagen.« Er wandte sich an seinen Hund und befahl: »Paß auf ihn auf!« Der Hund legte sich gehorsam, mit einem leisen kehligen Grollen, auf die Erde. Dann sah der Junge Sibyl wieder an. »Beweg dich lieber nicht, bis ich zurückkomme. Wenn du es doch tust, wird es dir leid tun!« Er machte kehrt und rannte davon, und seine Schritte machten glucksende Laute auf der saftigen, überschwemmten Wiese.

Sibyl straffte sich, und augenblicklich richtete sich der Hund auf und zeigte sein prachtvolles Gebiß. »Hör mal«, versuchte sie ihn zu besänftigen, »ich will es mir nur ein bißchen bequemer machen. Versuch du, da zu bleiben, wo du bist und rühr dich nicht.« Der Hund machte einen Schritt vorwärts und ließ sich dann behäbig wieder ins Gras fallen. Er hatte kein einziges Mal den Blick von ihrem Gesicht genommen, und sein Hecheln wurde von einem leisen Knurren begleitet. Die Minuten vergingen, und Sibyl überkam wieder ein Gefühl der Benommenheit. Es gab keinen Zentimeter an ihrem Körper, der ihr nicht unerträglich weh tat. Sobald sie versuchte, das Gewicht auf ein Bein zu verlagern, begann das andere heftig zu zittern, und der Hund, der jede kleine Veränderung sofort wahrnahm, knurrte sie warnend an. Der Morgennebel hatte sich mittlerweile im Sonnenschein aufgelöst, und ihre Kleider waren zumindest trocken, aber dar-

unter bebte sie am ganzen Leib vor Kälte. Sie konnte sich kaum noch auf den Beinen halten und schwankte. Augenblicklich erhob sich der Hund. »Wolf«, sagte sie, und er blickte sie aufmerksam an. »Wolf, wenn ich ein Gewehr in den Händen hätte, würde es mir das größte Vergnügen bereiten, dir eine Kugel in den Schädel zu jagen. Wenn du nur verstehen könntest, was ich sage.« Sie sprach sehr ruhig und leise, und der Hund blinzelte sie lauschend an. Ihr fiel ein, daß sie eigentlich mit einem Hund hätte fertigwerden müssen, da sie doch den Kapitän der *Damar* mit Flammen zurückgetrieben hatte, aber es war kein Funken Kraft mehr in ihr, nichts als eine furchtbare Erschöpfung. »Weißt du, Wolf«, sagte sie schließlich, »wir machen das ganz verkehrt. Hunde sind angekettet. Nicht Menschen. Wollen wir tauschen?« Wolfs Aufmerksamkeit wurde kurz abgelenkt, und Sibyl erkannte endlich zwei kleine Gestalten, die sich von ferne näherten.
Als der Junge und sein Onkel noch ungefähr zwanzig Meter entfernt waren, ließ sie sich endlich erschöpft zu Boden sinken, und der Mann rief, wie sie gehofft hatte, den Hund zurück, bevor er sich auf sie stürzen konnte. Dann klopfte er seinem Neffen auf die Schulter. »Das ist ja wirklich erstaunlich. Du hast also die Wahrheit gesagt. Ein entsprungener Gefangener auf unserer Weide.« Er ließ den Blick über das Land schweifen und schüttelte den Kopf, als hätte sich seine Meinung darüber grundlegend geändert. »Nun, jetzt wissen wir, daß wir die Geschichten glauben können, die die Männer heute morgen von einem großen Kampf unten am Fluß erzählt haben. Mein Herr wird uns reichlich dafür belohnen, wenn wir den hier zurückbringen.« Das Kind packte seinen Stock mit beiden Händen und stützte sich, die Haltung seines Onkels nachahmend, darauf. »Aber was sollen wir mit ihm machen? Auf dem Hof sind heute alle fort.« »Wir bringen ihn direkt zum Haus meines Herrn. Warst du noch nie da? Es ist nichts Besonderes, aber du kannst es dir ruhig mal ansehen, bevor du noch älter wirst. He, du. Steh auf. Und denk nicht, ich wüßte nicht, wie man das hier benutzt.« Damit zog er ein rostiges Messer aus dem Gürtel und hielt es Sibyl vor die Nase. »Wohin bringst du mich?« »Zu

denen zurück, denen du entsprungen bist. Zu meinem Herrn, Glisser, und seinen Leuten.«
Sibyl richtete sich mühsam auf. »Glisser? Du kennst ihn? Ist er hier in der Nähe?« »Jawohl, und diesmal wirst du ihm nicht entkommen. Einer der Männer hat etwas von Hunderten von Kerlen von deiner Sorte gesagt, die sie heute nacht gefangen haben. Und Hunderte sind getötet worden, nach allem, was er sagt.« Er hob die Hand. »Nicht, daß Glisser dich töten wird, das glaube ich nicht. Es heißt, daß diese Karabdu die meisten Männer getötet haben. Mit Schwertern. Aber Glisser führt hier die Amtsgeschäfte, und er wird dich gerecht behandeln. Und jetzt komm schon.« Sibyl streckte ihm die Hände entgegen. »Glaubst du wirklich, diese Wunden habe ich mir in einer Nacht zugezogen? Ich trage diese Ketten seit Wochen. Ich war eine Gefangene der Gesetzlosen. Ich bin ihnen entkommen, und ich bin froh, daß ich Gelegenheit haben werde, Glisser zu sehen.«
Der alte Mann blinzelte sie mißtrauisch an. »Das mag schon sein. Wir werden es sehen, wenn wir ankommen. Aber versuch nicht, mich hereinzulegen. Ich kenne deine Sorte.« Er schickte den Hund mit einem knappen Befehl zu der Schafherde zurück, dann faßte er den Jungen bei den Schultern, winkte Sibyl, vorauszugehen, und sie setzten sich, stromaufwärts der Richtung des Flusses folgend, in Bewegung. Das Gehen fiel ihr nach wie vor schwer, aber während sie sich vorwärts schleppte, frohlockte sie innerlich. Süßmaul hatte ihre Botschaft überbracht, wie sie gehofft hatte. Ausgerechnet in dieser Nacht hatte sie aus dem Lager fliehen müssen. Was hatte Glisser geglaubt? Hatte Michael ihm erzählt, daß sie geflohen war, oder hatte er vielleicht abgestritten, daß sie je dagewesen war? Wie sie Michael kannte, hätte es ihm ähnlich gesehen, wenn er behauptet hatte, sie würde an einem anderen Ort gefangengehalten, um auf diese Weise noch um ihr Leben zu schachern, wenn sie längst nicht mehr in seiner Gewalt war. Und auch die Karabdu waren dort gewesen. Es gab viele Stämme. Es mußte nicht unbedingt Ajjibawrs gewesen sein. Zum erstenmal seit Wochen machte sie sich Gedanken über ihr Aussehen. Muß ziemlich

schlimm sein, wenn es ein Kind so erschreckt, dachte sie. Sie schritt mit neuem Schwung aus, und schließlich erreichten sie einen schmalen Pfad. Hier erlaubte ihr der Schäfer, sich eine Weile auszuruhen, und sie ließ sich dankbar zu Boden sinken.
Er betrachtete sie jetzt mit etwas freundlicherer Miene und mußte wohl erkannt haben, wie erschöpft sie war, denn er händigte dem Jungen sein Messer aus und setzte ihr seinen kleinen Weinbeutel an die Lippen, damit sie trinken konnte. Sie dankte ihm und richtete sich langsam wieder auf. »Glisser wird dich großzügig belohnen«, sagte sie, ohne ihre Worte weiter zu erläutern. Als sie ein Stück weitergegangen waren, drangen aus der Ferne Hufschläge an ihre Ohren, ein Reiter in gestrecktem Galopp. Dann sahen sie ein dunkelbraunes Pferd, das an der Spitze des Hügels vor ihnen auftauchte und sich, mit dem ganzen Schmuck der Wüste behangen, rasch näherte. Der Hirte schüttelte den Kopf und brummelte vor sich hin: »Ich bin froh, wenn diese Fremden wieder nach Hause zurückgehen.« Als das Pferd noch näher heran war, sahen sie das blonde Haar des Reiters in der Sonne glänzen. Eine Wegsenke verdeckte ihn für kurze Zeit, und dann war er fast über ihnen. Er riß heftig an den Zügeln, und das Pferd blieb so abrupt stehen, daß er gegen seinen Hals prallte. Es war Michael, und er grinste breit.
Er zog sein Schwert und begrüßte den Schäfer würdevoll, konnte es sich aber nicht verkneifen, sich insgeheim an Sibyls Gesichtsausdruck zu weiden. »Du hast unseren Gefangenen also in gutem Gewahrsam«, sagte er. »Du hast der Krone heute einen guten Dienst erwiesen. Und jetzt nehme ich dir eine Last ab.« Der Schäfer dankte ihm, schüttelte aber abwehrend den Kopf. »Ich bringe ihn zu meinem Herrn«, erklärte er. »Mir ist wohler dabei, wenn ich ihn eigenhändig bei Glisser abliefere.«
Michael lächelte liebenswürdig. »Der ist ein Gefangener des Karifen. Ich bin ausgeschickt worden, nach ihm zu suchen und ihn, wenn möglich, zurückzubringen.« Er zog sein Hemd am Hals ein Stück herunter und enthüllte eine klaffende, blutende Wunde. »Jetzt sieht er ganz sanft aus, aber er hat mir diesen Schlag ver-

paßt, als er weglief. Ein wahrer Teufel, sonst hätten wir ihn nie so angekettet.« Der Schäfer nickte. »Das würde es erklären, aber dennoch...« Michael zog eine kleine Geldbörse aus dem Gürtel und beugte sich vom Pferd herunter. »Es gibt natürlich eine Belohnung.« Der Schäfer starrte erfreut auf die Münzen.
Sibyl hob bittend die Hände. »Von Glisser erhältst du eine bessere Belohnung, wenn du mich zu ihm bringst. Dieser Mann lügt. Er gehört nicht einmal zu den Karabdu.« Der Schäfer zuckte die Achseln. »Hell genug ist er.« Sibyl stampfte wütend auf. »Wer hat je von einem Karabdu gehört, der nicht einmal reiten kann? Er hopst auf dem Pferd herum wie ein Mehlsack. Er lügt. Glaub mir, Glisser wird dich großzügig belohnen.«
Michael lehnte sich lächelnd zurück. »Er ist ein gefährlicher Krieger für einen so jungen Mann. Er weiß, daß es ein langer, schwieriger Fußmarsch ist bis zu Glisser und hofft auf eine Möglichkeit, unterwegs zu fliehen. Du wirst es nicht bereuen, wenn du ihn mir übergibst.« Er schwang sich steifbeinig aus dem Sattel und näherte sich Sibyl mit ausgestreckten Händen. »Komm jetzt mit.«
Sie wich vor ihm zurück. »Wag es nicht, mich noch einmal anzufassen.«
»Ein bißchen zu stolz gesprochen für einen in deiner Verfassung. Weißt du, ich glaube, du wirst dich nicht weiter zu erkennen geben wollen. Irgendwie siehst du nicht danach aus.« Er lächelte dem Schäfer zu und zuckte die Schultern. »Ein furchtbarer Lügner obendrein.«
Sibyl drehte sich um und versuchte, wegzulaufen, aber Michael holte sie mühelos ein und drückte ihr so lange die zusammengeketteten Hände an den Hals, bis sie kraftlos in seinen Armen zusammensackte. Der Schäfer half ihm, sie quer über den Rücken des Pferdes zu legen, und Michael stieg hinter ihr in den Sattel.
»Wenn du Glisser siehst«, sagte er im Davonreiten, »dann darfst du nicht vergessen, ihm zu erzählen, daß du geholfen hast, den Gefangenen in Ketten wieder einzufangen. Er wird wissen, wen du meinst und dir eine zusätzliche Belohnung geben.« Darauf lachte er und galoppierte, immer noch kichernd, den Weg hinunter.

Sibyl war krank geworden, bevor sie den Meeresarm erreichten, und Michael trug sie an Bord des Schiffes aus Vahn. Sie hörte nicht, mit welchen Argumenten er den Kapitän überzeugte, jedenfalls setzte das Schiff schon bald darauf die Segel; und als sie später, von Übelkeit und Hustenanfällen geschüttelt, in ihrer winzigen Kabine lag, erfuhr sie, daß Michaels Glück ihn offensichtlich doch nicht verlassen hatte, denn die kleine Flotte hatte eigentlich den Plan gehabt, noch früher aufzubrechen, aus Angst, in diesem engen Meeresarm von Odrics Streitkräften abgefangen zu werden. Jetzt befanden sie sich sicher an Bord des Schiffes, und Michael hätte ihr ohne weiteres die Ketten abnehmen lassen können, aber er tat es nicht. Wäre es Sibyl möglich gewesen, ihn noch mehr zu hassen, dann wäre dies ein Grund gewesen. Anfangs war sie jedoch zu schwach, um irgend etwas, und wäre es Haß, zu empfinden. Sie hustete, bis sich Blut in ihrem Mund sammelte, und selbst der einfache Vorgang des Atmens bereitete mehr Mühe, als ihr wert schien. Sie lag in der stickigen Kabine, glühend vor Fieberhitze, aber der Becher mit Wasser, der neben ihrer Koje stand, schien ihr zu weit weg und zu schwer zum Heben zu sein; sie sah ihn nur begierig an und schlief dann ein, ohne zu trinken.

Auf diese Weise verging eine Woche oder mehr, bis sie eines Morgens erwachte und, ohne darüber nachzudenken, versuchte, aufzustehen. Sie war beinahe zu schwach, um sich aufzusetzen, fühlte sich aber andererseits wieder so normal, daß sie laut auflachte vor Erleichterung. Offensichtlich wünschte man, daß sie gesundete, denn als ihr Appetit zurückkehrte, wurden ihr ausgezeichnete Speisen geschickt, ebenso wie warmes Wasser und milde Seife, damit sie sich waschen konnte. In einem rätselhaften Anfall von Schuldgefühl oder Mitleid brachte Michael ihr ein sauberes Hemd, dessen Ärmelnähte aufgetrennt waren, half ihr beim Baden und Umziehen und nähte die Säume mit Leinenfaden in großen Stichen wieder zu. Obwohl sie vor jeder Anspielung auf ihre frühere Vertrautheit zurückschreckte, war ihr Verlangen nach sauberen Kleidern doch stärker, und Michael half ihr schweigend

und ging hinaus, sobald sie angezogen war. Als sie mit Mühe ihr strähniges Lockenhaar auskämmte, blickte sie ihre Erscheinung mit gerunzelter Stirn an und drehte den Spiegel zur Wand.
Über ihrer Koje befand sich ein kleines Bullauge, das Sibyl mit Gewalt aufklopften mußte, da es offenbar schon seit vielen Jahren nicht mehr geöffnet worden war. Die kalte, herbstliche Meeresluft strömte in den Raum, sie ließ sich dankbar auf das frisch bezogene Bett fallen, zog eine Wolldecke bis zum Kinn und döste ein. Das Meer war in novemberliches Grau gehüllt, Meer und Himmel in der Farbe vollkommen aufeinander abgestimmt. Sie ließ ihre Gedanken wandern und begann, im Geist die Tage und Wochen zu zählen. Es gab einige Lücken, Zeiten, deren sie sich nicht mehr genau erinnerte, dennoch mußte es nach ihrer Rechnung Mitte November sein. Gegen Ende September war sie nach Sundrat gekommen, Mitte Oktober hatte sie geheiratet. Wie lange war sie nun schon in Ketten? Drei Wochen, vier? Dann mußte es schon auf Ende November zugehen. Die glücklichen Oktobertage schienen Monate zurückzuliegen. Wenn sie nur eine Möglichkeit gefunden hätte, Leron eine Nachricht zukommen zu lassen – eine politische Geisel mußte doch einen Brief schicken können. So viele Wochen – er mußte zumindest wissen, daß sie am Leben war und heimkehren würde. Sie drückte den Ring an ihr Gesicht, atmete tief die saubere, salzige Meeresluft ein und schlief dann einige Stunden lang durch.
Im Schlaf befand sie sich in einem düsteren, dicht bewachsenen Traumwald. Auf ihren Schultern lag ein schwerer Umhang, dessen einer Zipfel um ein schlafendes Kind gehüllt war, das sie in den Armen hielt. Der Wald war ihr vertraut, dennoch hatte sie sich verirrt, und die Angst, die ihr die Kehle zuschnürte, ließ die Bäume noch drohender und dunkler erscheinen. Plötzlich teilte sich vor ihr das Gebüsch, und ein Mann auf einem weißen Pferd tauchte darin auf: ein präraffaelitischer Ritter in rotem Samt, mit blondem Haar und einer langen, geringelten Feder am Hut. »Hast du dich verirrt?« fragte er, worauf sie, unfähig zu sprechen, nur nickte. Er nahm seinen Hut mit galantem Schwung ab und zog ein

zusammengefaltetes Pergament daraus hervor. »Eine Karte des Waldes«, erklärte er würdevoll. »Damit wirst du den Weg hinausfinden.«
Sie nahm das Papier freudig entgegen und hielt dann, von Sorge getrieben, inne. »Wirst du sie nicht selbst brauchen?« fragte sie, doch er schüttelte den Kopf und setzte den Hut wieder auf.
»Nein«, sagte er, »ich kenne stets meinen Weg.« Damit lenkte er sein Pferd herum und verschwand wieder zwischen den Bäumen.
Die Bilder waren so lebensnah, daß Sibyl mit geballter Faust erwachte und erstaunt war, nichts darin zu finden.
Sie seufzte ungeduldig. »Wenigstens muß ich nicht dieses verdammte Kind mit mir herumtragen«, sagte sie sich, während sie die Beine aus dem Bett schwang. Dann zögerte sie und preßte unwillkürlich die Hand auf den Bauch. Wieder zählte sie die Wochen, und diesmal kauerte sie sich zusammen, schlang die Arme um die Knie und weinte leise und verzweifelt. Welche andere Erklärung konnte es geben? Sie war nicht einfach nur ein paar Tage überfällig – es waren jetzt schon sieben oder acht Wochen. Schließlich faßte sie sich jedoch und wusch sich das Gesicht. »Wenn du da drin bist«, sagte sie, an ihren Bauch gewandt, »dann mußt du das Leben wirklich lieben, daß du das alles aushältst. Wir für unseren Teil hier werden tun, was wir können, um auf dich aufzupassen.« Sie trat wieder an das Bullauge und blickte über das eintönige Meer hinaus, und dabei stellte sie fest, daß sie sich plötzlich nicht mehr so allein fühlte.
Wie gewöhnlich aß sie allein und ungestört in ihrer Kabine, aber später am Abend klopfte es an ihre Tür, und gleich darauf trat Michael ein. Sie blickte vom Bett auf, wo sie, in ihre Kissen gestützt, unter dem offenen Bullauge lag. »Warum machst du dir die Mühe, zu klopfen? Oder ist das dein Ersatz für den Posaunenstoß? Es ist schwierig, heutzutage gute Posaunen zu bekommen.«
Michael blickte weniger selbstsicher drein als gewöhnlich, und er hob die Hand. »Ach, komm schon, Sib –« »Wohin? Zum Tanzen vielleicht? Schwarze Fliege und Ketten? Ich habe eine bessere

Idee. Du spielst Alexander, den Beherrscher der Welt, und ich bin Diogenes. Auf diese Weise habe ich die Gelegenheit, zu dir zu sagen: ›Geh mir aus der Tür.‹«

»Sib, ich versuche...«

»Was ist los? Auf Griechisch muß es wohl besser klingen. Alexander war beeindruckt.«

Michael runzelte die Stirn, dann hob er entschuldigend die Hand. »Wenn du nur ein bißchen vernünftiger wärest, wäre das alles nicht notwendig.«

»Du meinst, dann hätte man mich nicht zu entführen brauchen? Das hätte mir einer früher sagen sollen.« Er ballte die Hände und stieß einen unterdrückten Fluch aus, nahm aber dennoch ihr gegenüber Platz, ohne ihr zu drohen, und wartete, bis sie still war.

»Also gut, Michael, sprich. Du siehst hier wieder dein ursprüngliches Gefangenenpublikum vor dir.«

»Sib, begreifst du denn nicht, welche Möglichkeiten wir hätten, wenn wir zusammenarbeiten würden? Wir wissen so viel. Sie kämpfen hier noch wie im Mittelalter. Schwerter, Pfeil und Bogen und so ein Zeug.«

»An deinem Hals wurde ein Schwert recht wirkungsvoll erprobt.«

Michael betastete den dicken Schorf. »Das war dein Freund, der Karif. Wäre ich nicht gestolpert, hätte es meinen Kopf erwischt.«

»Vielleicht beim nächsten Mal.« Mike warf ihr einen finsteren Blick zu. »Komm schon, Sib. Verstehst du denn nicht? Wir könnten Schießpulver herstellen...«

»Und Dampfmaschinen und B-15-Bomber? Zu schade, daß nicht einer von uns Physik studiert hat, dann könnten wir aufs Ganze gehen, ein Atom spalten und fertig. Und wie willst du das Schießpulver machen? Da mußt du den Salpeter aber von vielen Höhlenwänden kratzen, bevor du eine Patronenhülse voll hast. Und ich war in Werkkunde nicht besonders gut. Die Drallrillen in meinen Gewehrläufen könnten ein bißchen schief ausfallen.« »Wir würden zuerst eine Kanone bauen, um sie zu erschrecken. Vielleicht eine Granate oder eine einfache Bombe. Ich wette, daß es irgendwo Erdölvorkommen gibt...«

»Wenn das so ist, dann benutzt es wahrscheinlich ein Bauer, um die Hufe seiner Tiere damit einzureiben, und ich kann nur sagen, bravo, ich hoffe, daß ihm niemals eine andere Verwendung dafür einfällt. Weißt du, ich kann verstehen, daß dir dein Motorrad fehlt, aber was zum Teufel willst du mit Bomben?« »Es wäre so einfach, niemand würde es erwarten. Denk doch an die Macht...«

»Ich hatte große Macht in Tredana, und Bomben standen auf der Liste meiner Interessen nicht gerade an der Spitze. Motorräder auch nicht. Und da wir schon von Motorrädern sprechen, wie bist du mir hierher gefolgt?«

Michael schüttelte den Kopf. »Ich habe keine Ahnung. Ich habe mich betrunken und wollte einen Kopfsprung von der Weeks-Brücke machen. Wahrscheinlich bin ich dann hinuntergefallen. Ich kam im Wasser wieder zu mir, aber es war nicht der Charles. Es war Salzwasser, und ich habe das Land in der Nähe von Sundrat erreicht. Wie war es bei dir?«

»Beim erstenmal drang ich in das Haus deines Onkels in West Newton ein. Es war versiegelt worden, nachdem diese Leute daraus verschwunden waren. Damals wußte ich das noch nicht. Und als ich zurückkam, vergaß ich, daß ich hiergewesen war. Wußtest du, daß dein Name ein Name aus dieser Welt ist?«

»Arleon?«

»Ja. Es war ein Arleon, der vor Tausenden von Jahren Tredana gegründet hat. Er floh aus dem ursprünglichen Treglad und machte unterwegs Halt in Vahn. Einige Mitglieder seiner Familie verschwanden damals. Vielleicht sind sie in unsere Welt herübergekommen. Er war ein skrupelloser Schuft.«

Michael lachte. »Und ein erfolgreicher dazu. Das ist wirklich interessant. Ich glaube, ich werde das Michael fallenlassen müssen, und nenne mich von jetzt an nur noch Arleon. Es wird Bodrum beeindrucken.«

Er räkelt sich und stand auf. »Uns bleiben noch ein paar Tage, bis wir Vahanavat erreichen. Denk über mein Angebot nach.«

»Du hast mir noch keins gemacht.«
»Ach, komm schon. Du weißt, was ich meine. Wir müssen hier zusammenhalten. Ich bin bereit, diesen ganzen Leron-Quatsch zu vergessen – natürlich mußt du die Königin von Tredana spielen, solange dieser Bodrum in der Nähe ist, aber wir werden ihn bestimmt bald los.«
Sibyl schob die Decke weg und stellte die Füße auf den Boden. Die Ketten schleiften laut klirrend über die Schiffsplanken. »Du bist bereit, es zu vergessen? Leron ist mein Ehemann.«
»Na schön, ist er eben dein Mann. Das Heiraten geht hier ziemlich unförmlich vonstatten, habe ich bemerkt.«
»Es gilt für das ganze Leben.«
»Selbst, wenn der Karif in der Nähe ist?«
Sibyl errötete und blickte zu Boden. »Du vergißt, daß ich Gelegenheit hatte, mich ein bißchen mit ihm zu unterhalten, bevor er die Geduld verlor.«
Michael strich sich vorsichtig über den Hals. »Er muß wirklich ein guter Freund Lerons sein, daß er so erpicht darauf ist, seine Frau zu retten.«
»Das ist er auch.« »Also schön, lassen wir es dabei. Aber wenn du schlau bist, denkst du ein bißchen weiter.«
Sibyl klirrte ungeduldig mit den Ketten. »Vergiß nicht, die Tür zuzuschließen, wenn du hinausgehst.«
An dem Tag, als sie in den Hafen einliefen, drehte Sibyl den Wandspiegel wieder herum. Ihr Anblick war nicht gerade ermutigend, hatte sich aber eindeutig erheblich verbessert. Sie bürstete ihr Haar, bis die schwarzen Locken glänzten, dann kniff sie sich in die Wangen, damit sie sich ein wenig rot färbten. Die Schatten unter ihren Augen waren fast verschwunden. Der Ring an ihrem Finger funkelte, und sie richtete sich stolz auf, lachte aber gleich darauf in hilfloser Bitterkeit auf, als ihr Blick auf die Ketten fiel, die selbst in diesem matten, unebenmäßigen Spiegel deutlich zu erkennen waren.
Sie war bereit, als Michael an die Tür kam, um sie zu holen und entzog ihren Arm heftig seinem Griff. »Wir wollen es nicht über-

treiben«, sagte sie. »Ich denke, die Ketten sprechen deutlich genug.« Ein Boot war schon an Land vorausgeschickt worden, und am Kai stand wartend der Haushofmeister, fremdartig und prachtvoll mit seinem hohen Fellhut, den goldenen Ohrringen und den herrlich reichbestickten Gewändern. Hinter ihm erstreckten sich die niedrigen, weißen Dächer von Vahanavat, hier und da vom Grün einer Baumkrone unterbrochen. Die Luft war kalt und trokken, die Erde unter ihren Füßen braun.
Sibyl reckte mit einem Schaudern das Kinn höher. Der Haushofmeister musterte sie scharf, und sie erwiderte seinen Blick mit verächtlich heruntergezogenen Mundwinkeln. Er wandte sich an Michael. »Ihr werdet erwartet. Folgt mir bitte.« Er sprach kurzangebunden, und als sie ihm zum Palast folgten, schloß sich ihnen eine Wache oder Eskorte von sechs Männern an. Als sie durch das hohe Bogentor schritten, schlich sich ein befriedigtes Lächeln in Michaels Züge. Sibyl schauderte erneut. Sie hatte keine Ahnung, was sie erwartete.

BRIEF
von LERON, König von Tredana und Gebieter von Rym Treglad
an BORDUM VIII, König von Vahn

Hauptsächlich schreibe ich Euch, um Euch zu informieren, daß mein verräterischer Vetter und Euer ehemaliger Verbündeter Ddiskeard nicht mehr ist. Ich habe den Thron meines Vaters bestiegen und bin in ein Bündnis eingetreten mit Odric von Treclere und dem Karifen aller Karabdu, von dessen Rückkehr man Euch ohne Zweifel bereits informiert hat. Wir suchen keine Auseinandersetzung mit Vahn, hegen aber auch keine Freundschaft für Euer Land.
Ich schreibe Euch daher außerdem, um Euch zu informieren, daß die Königin von Tredana, meine Cousine und Gattin, auf schändliche Art und Weise von einem Verbrecher entführt worden ist, der die Absicht kundgetan hat, sie als Geisel nach Vahn zu bringen.

Wenn er dieses Vorhaben ausführt, fordere ich Euch auf, für ihre Sicherheit, Bequemlichkeit und umgehende Heimkehr zu sorgen. Wir werden uns für jede Hilfe, die wir von Euch erfahren, dankbar erweisen, jeden Schaden, der ihr jedoch zugefügt wird, werden wir tausendfach vergelten.

V

Bodrum VIII., König von Vahn, empfing sie in seinem Arbeitszimmer, einem behaglichen, großzügigen Raum, hoch über dem Haupthof des Palastes. Die Decke war mit Schiffsszenen auf hoher See in gedämpften Rottönen und Kobaltblau bemalt, die Wände waren in den Zwischenräumen zwischen den hohen, rechteckigen Fenstern, durch die der kalte Wind hereinstrich, mit schmalen Intarsienstreifen verkleidet. Das Sonnenlicht bildete bereits gelbe Felder auf dem glänzend polierten Steinboden.

Bodrum hatte Karten vor sich auf dem massiven, geschnitzten Tisch ausgebreitet und maß mit einem Messingzirkel Entfernungen ab, als sie hereingeführt wurden. Er schickte die Wachen mit einem ungeduldigen Winken hinaus, trat vor und streckte Sibyl, ohne Michael die geringste Beachtung zu schenken, huldvoll die Hand entgegen. Völlig überrascht griff sie, ohne nachzudenken, danach, und die kleinen Augen des Königs weiteten sich vor Entrüstung. Er schnalzte mit den Fingern und befahl dem Haushofmeister: »Schick sofort nach dem Schmied.«

Als der Haushofmeister hinausgegangen war, führte Bodrum, der Michaels Anwesenheit noch immer nicht zur Kenntnis genommen hatte, Sibyl zu einem tiefen, weich gepolsterten Sessel und bat sie, Platz zu nehmen. Eine schwere Samtdecke hing über der Armlehne, und Sibyl breitete sie dankbar über ihre Knie. »In Eurer Kammer gibt es natürlich ein Feuer«, bemerkte er, »aber zuerst müssen wir diese Fesseln entfernen. Wir hatten bis heute keine Ahnung von Eurer Anwesenheit in unserem Reich. Gerade erst ist eine Botschaft aus Tredana eingetroffen, und wir hatten noch keine Zeit, sie zu beantworten. Ist dieser Mann der Gesetzlose, der in der Botschaft erwähnt wurde?«

Sibyl nickte. Bodrum wandte sich um und musterte Michael. Der König war, wie Odric, weniger als ein Meter achtzig groß, hatte aber kräftige, breite Schultern und war von massigerem Körperbau als sein Sohn; Bart und Haar waren von intensiverem Kastanienbraun, und sein Mund war kleiner und markanter. Durch die Fell- und Samtgewänder, die er so zwanglos trug, wirkte er massiger, und Michael richtete sich gerade auf, als er ihm gegenüberstand, obwohl er größer war.

»Ich bin derjenige, der die Königin von Tredana als Geisel hierhergebracht hat. Mein Name ist Arleon.«

»Meiner ebenfalls«, entgegnete Bodrum. »Aber wir rühmen uns hier nicht dieser Verbindung.«

Der Haushofmeister kehrte im Gefolge des Schmieds und zweier Diener, die den kleinen Amboß trugen, zurück. Der Schmied war ein kleiner Mann mit außergewöhnlich muskulösen Armen. Er erwog mit ernster Miene und ohne Zeichen von Verwunderung das Problem, das sich ihm bot, dann trennte er erst rasch und gekonnt die Ketten in der Mitte durch und danach mit größerer Vorsicht die Hand- und Fußschellen. Funken stoben von seinem Meißel auf, als der Hammer in rhythmischen Schlägen darauf niedersauste. Als er sein Werk beendet hatte, sammelte er ruhig seine Werkzeuge und die zertrennten Ketten auf, verneigte sich und ging wortlos hinaus.

Jetzt nahm Bodrum Sibyls Hand und beugte sich höflich darüber. »Wir werden morgen früh eine Antwort nach Tredana losschikken, und Ihr könnt nach Belieben Eure eigenen Botschaften hinzufügen. Ohne Zweifel waren die vergangenen Wochen anstrengend für Euch. Wir werden unser Geschäft mit diesem Mann zum Abschluß bringen und uns die Freude machen, heute abend mit Euch zu speisen. Man wird sich um alles, was Ihr benötigt, kümmern.«

Sibyl hatte sich die wundgescheuerten Handgelenke gerieben, jetzt breitete sie vorsichtig die Arme weiter aus, doch als sie die Spanne überschritt, die ihr die Kette gelassen hatte, durchfuhr ein scharfer Schmerz ihre Schultern. Sie nickte, und Bodrum zog sie auf die Füße, indem er dem Haushofmeister ein Zeichen machte. »Die Königin von Tredana ist unser Gast. Sorg dafür, daß sie alles hat, was sie wünscht oder braucht.« Noch halb benommen, folgte Sibyl dem Mann, ohne Michael im Hinausgehen noch eines Blikkes zu würdigen.

Der Raum, zu dem sie geführt wurde, war warm und gemütlich, und vom Fenster bot sich ein schöner Blick auf den Hafen. Im Kamin flackerte ein munteres Feuer, das Bett war mit üppigen Kissen und warmen Decken ausgelegt; auf einem Tisch neben dem Feuer standen Speisen und Früchte und je ein Krug Wasser und Wein. Auf einem anderen Tisch war ein *Das verschollene Schloß*-Brett ausgelegt, und daneben lag eine mit Seidenbändern geschmückte Baraka. Ein Mädchen, das auf dem Boden neben der Tür saß, wurde ihr als ihre Zofe vorgestellt, und auf Anweisung des Haushofmeisters nahm sie ein Töpfchen Salbe vom Tisch und begann, Sibyls Hand- und Fußgelenke damit einzureiben, sobald sie allein waren. Das Mädchen zeigte sich erfreut, daß Sibyl kein Bedürfnis nach Schlaf zeigte und führte ihr Kleider vor, unter denen sie ihre Garderobe für den Abend auswählen sollte. Sie begriff Sibyls unbändiges Gelächter nicht.

Der Gegensatz zu den vergangenen Wochen war so absurd, daß auch das Lachen es nicht angemessen ausdrücken konnte. Sibyl verstummte wieder und wählte wortlos ein Gewand in gedeckten Farben aus. Das Mädchen zog ein langes Gesicht, und mit einem Schlag erwachten Sibyls Lebensgeister wieder. Sie hatte keinen Grund zur Bescheidenheit; sie hatte sich diese Gefangenschaft nicht ausgesucht. Sie überlegte noch einmal, und diesmal fiel ihre Wahl auf ein hellrotes Kleid mit grüner und goldener Stickerei. Dann lehnte sie sich auf ihrem Stuhl bequem zurück, um sich die Haare frisieren zu lassen. Das Mädchen war vollkommen in ihre Arbeit vertieft, und Sibyl träumte, im Wohlgefühl der leichten, aufmerksamen Berührung, vor sich hin. Sie gestattete dem Mädchen, ihr die Lider mit Khol zu färben und wählte aus den ihr dargebotenen Düften eine leicht säuerliche Chrysanthemenessenz. Als ihr der runde Messingspiegel vorgehalten wurde, damit

sie sich begutachten konnte, weiteten sich ihre Augen vor Zufriedenheit. Das war nicht das Gesicht einer erschöpften Gefangenen, sondern das stolze Antlitz einer Königin.
Inzwischen war der frühe Abend hereingebrochen, und das Mädchen half ihr beim Ankleiden. Ihre Glieder waren entsetzlich steif, aber sie fühlte sich angenehm leichtfüßig, nun, da sie von den schweren, schleifenden Ketten befreit war. Obwohl es ihr Schmerzen bereitete, hob sie die Arme über den Kopf und streckte sich, während das Mädchen das Kleid zurechtzupfte. Jetzt fühlte sie sich der Aufgabe gewachsen, mit Bodrum zu verhandeln und seine Bedingungen in Erfahrung zu bringen. Der abendliche Speisesaal war noch leer, als sie hineingeführt wurde, doch Bodrum erschien kurze Zeit später. Er wies den Diener zurück und schenkte ihr eigenhändig Wein ein. Darauf nahm er, seinen Kelch in den Händen, ihr gegenüber Platz und beugte sich aufmerksam vor.
»Jetzt«, sagte er, »ist Eure Erscheinung, wie sie immer sein sollte, die Königin von Tredana in Gestalt wie im Geiste.« Daß ihre geheimen Gedanken so ans Licht gebracht wurden, ließ Sibyl erröten, und sie wäre ein Stück zurückgewichen, hätte er nicht mit so leiser Stimme gesprochen, daß sie gezwungen war, dicht bei ihm zu verharren. Seine Augen waren von einem hellen Rotbraun und blickten so tief in die ihren, daß sie ihnen unwillkürlich auswich. »Fürchtet Euch nicht vor uns«, sagte Bodrum freundlich. »Wir sind nicht wie dieser Schurke Arleon. Wir wissen, welche Ehre Eurer Stellung gebührt.«
Sibyl sah zu ihm auf. »Ich habe keine Angst«, sagte sie, nicht ganz wahrheitsgemäß. »Aber ich würde gerne wissen, wie meine Stellung hier zu verstehen ist.«
Bodrum zog besorgt die Stirn in Falten und beugte sich noch näher zu ihr hinüber. »Die Rolle einer Geisel im Krieg ist eine sehr unangenehme, eine, die den Stolz des Bewußtseins trübt. Wir werden dafür sorgen, daß Euch das Leben so angenehm wie möglich gemacht wird, bis die Bedingungen Eurer Rückkehr völlig geklärt sind. Ihr habt von unserer Seite kein Leid und keine Er-

niedrigung zu befürchten. Es bedarf lediglich Eures Ehrenwortes, weiter nichts.«

»Meines Wortes?«

»Daß Ihr keinen Versuch macht, zu fliehen.«

Sibyl, das Gewicht der Ketten gewohnt, hob die Hände höher, als sie beabsichtigte. »Ich kann mein Wort nicht geben«, sagte sie. »Ich bin keine Kriegsgefangene. Ich bin gewaltsam entführt worden und habe keinen sehnlicheren Wunsch, als nach Hause zurückzukehren.«

Bodrum trank aus seinem Becher, dann beugte er sich wieder schwer vor. »Das ist nur zu verständlich«, sagte er liebenswürdig, »aber Ihr müßt uns glauben, wenn wir Euch versichern, daß Ihr schneller und sicherer nach Hause zurückkehrt, wenn wir diese Dinge auf politischem Wege lösen. Eure Stadt hat um Eure Herausgabe nachgesucht, wir werden unsere Bedingungen nennen; sie werden erfüllt werden, und Ihr seid frei. Wir herrschen jetzt seit siebenundvierzig Jahren und kennen uns in diesen Dingen bestens aus. Ihr braucht keine Bedenken zu haben, uns Euer Wort zu geben.«

Unsicher, was sie darauf erwidern sollte, nahm Sibyl einen durstigen Schluck aus ihrem Kelch. Bodrum lächelte ihr zu. »Wir werden Euch heut abend nicht drängen. Morgen können wir uns weiter über dieses Thema unterhalten. Wir wollen jetzt essen, und danach werden wir Euch unsere Nachricht aus Tredana zeigen.«

Sie aßen schweigend. Bodrum sprach nur, wenn er sie nötigte, mehr zu essen oder sie bat, eine weitere Spezialität aus Vahn zu kosten. »Ihr dürft nicht mehr so mager sein, wenn Ihr nach Tredana zurückkehrt«, sagte er, »sonst wird man dort schlecht von uns denken.« Die Speisen waren gut, und Sibyl aß mit Vergnügen. Sollte das wirklich das Ungeheuer von Vahn sein? Mit seinem stets zum Lächeln geneigten Gesicht und seiner sanften Stimme erinnerte er sie immer mehr an Odric. Nur blickten seine Augen ernster.

Als die Tafel abgeräumt war, reichte Bodrum Sibyl eine Schale mit getrockneten Früchten und Nüssen und ließ ihren Kelch auffüllen.

Dann zog er ein zusammengefaltetes Pergament aus den Falten seines Gewandes. »Als wir die Botschaft erhielten, waren wir aufs äußerste verwundert. Doch kurz darauf erfuhren wir von den umwälzenden Ereignissen in Tredana und der Wüste: wir waren uns der Existenz einer neuen tredanischen Königin nicht bewußt und viel weniger noch ihrer Anwesenheit als Geisel in unserem Reich.«

Sibyl entfaltete Lerons zornigen Brief, und als sie ihn ins Licht hielt, bebten ihre Hände. Er war kurz und bündig, und sie liebkoste heimlich mit den Fingerspitzen den Schriftzug seines Namens, während sie wieder zu Bodrum aufsah. »Ich kann dem, was der König geschrieben hat, nichts hinzufügen. Sicher ist es möglich, die Sache anders zu schlichten als durch Krieg.«

»Das ist auch unser Wunsch. Wir haben darum gebeten, daß ein Vertreter des Königs gesandt wird, damit wir die Angelegenheit persönlich besprechen können. Wenn Ihr unterdessen unserer Bestätigung Eures Wohlbefindens eine Nachricht hinzufügen wollt, werden wir dafür Sorge tragen, daß der Brief zuverlässig überbracht wird.« Ein stiller Diener trat aus einem dunklen Winkel des Raumes und brachte Feder und Pergament.

Sibyl machte sich keine falsche Vorstellung bezüglich der Geheimhaltung dessen, was sie schreiben würde, und sie zögerte einen Augenblick. Allzu große Ausführlichkeit würde sicher keinen Vorteil bringen: entweder erzählte man die ganze Geschichte oder nichts. Sie wählte den einfacheren Weg.

Liebster,
Der Weg hierher war anstrengend, aber in Vahn bin ich sicher und wohlauf, wenn ich auch erst wieder glücklich sein kann, wenn ich nach Tredana und in deine Arme zurückkehren darf.
Sibyl

Bodrum bedachte die Kürze ihrer Nachricht mit einem beifälligen Nicken, und er lächelte, als sie den Brief mit Wachs versiegelte. »So ist es gut«, sagte er. »Nun muß man sich in Tredana keine

Gedanken über die Ernsthaftigkeit unserer Forderungen machen.« Er erhob sich. »Morgen werden wir uns ausführlicher unterhalten. Sollte irgend etwas fehlen, das zu Eurem Wohlbefinden notwendig ist, so zögert nicht, es unseren Dienern mitzuteilen.« Er entließ sie mit einem Lächeln, das sich nicht in seinen ernsten Augen widerspiegelte, und Sibyl ging hinaus. Er hatte Lerons Botschaft nicht zurückgefordert, und als sie sich zur Ruhe begab, lag der Brief unter ihrem Kissen, und sie hatte die Hand fest darum geschlossen.

Am nächsten Tag erwog Sibyl kurz, Bodrum ihr Wort zu geben, wie er es von ihr gefordert hatte, aber sie konnte nicht. Bodrum nahm ihre Weigerung mit höflicher Gelassenheit auf und erklärte ihr, daß es in diesem Fall notwendig sei, sie zur Mandelinsel zu bringen. Gleichzeitig versicherte er, daß es ihr dort, trotz der größeren Sicherheitsvorkehrungen nicht an Bequemlichkeit fehlen würde. Die Mandelinsel war ein kleines Felseneiland mit einer kleinen Hafenmole und einem Strand. Den größten Teil der Insel nahm eine beeindruckende Festungsanlage mit vier Türmen, die die Ecken markierten, ein. Die Mauern umschlossen einen offenen, mehrere Hektar großen Park. Sie wurde in einem kleinen Ruderboot hinübergebracht und vom Haushofmeister in einem Raum mit hoher Decke untergebracht. Der westliche Turm wurde ihr uneingeschränkt überlassen, und ein Dienstbotenstab stand ihr zur Verfügung. Außerdem hatte Bodrum veranlaßt, daß drei karabdinische Stuten auf die Insel gebracht wurden, die nun ihrem Zeitvertreib dienten; im Park gab es einen weitläufigen Reitplatz mit Zielpfosten für das Reiterspiel Zir-i-bala. Außerdem weilten in der Burg Musikanten, und es gab eine Baraka und eine Harfe, für den Fall, daß sie selbst spielen wollte.

Lange versuchte Sibyl, sich davon zu überzeugen, daß es noch Herbst war, aber eines Nachts setzte leichter Schneefall ein, und sie konnte sich nicht mehr selbst täuschen. Der Schnee bedrückte ihr Gemüt, und einige Tage lang zog es sie häufiger als gewöhnlich auf die Turmspitze hinauf, von wo aus sie gebannt die kalten grauen Wellenkräusel beobachtete, die tief unter ihr gegen die Felsen schlugen und sich brachen. Eines Tages, als sie sich weit über die Brüstung gebeugt hatte und in die Tiefe blickte, fing sich plötzlich ein Sonnenstrahl in den Diamanten ihres Ringes und blendete sie fast mit seiner berstenden Farbenfülle. Sie richtete sich auf und zog sich, erbost über ihre eigene Schwäche, von der Mauerbrüstung zurück. Bald würde eine Botschaft eintreffen.

Der Winter dauerte schon einige Wochen an, als Bodrum zur Insel kam, um dort einige Zeit zu verbringen. Es war sein beliebtester Zufluchtsort vor der Stadt, wie er erklärte, ursprünglich ein Sommerpalast, aber auch im Winter ein angenehmer Aufenthaltsort. Er stand mit Sibyl auf der Spitze des Turms, und sie blickten beide gen Osten.

»Die Gebirgspässe sind eingeschneit«, sagte er. »Niemand kann den Karseni-Paß überschreiten, bevor das Wetter umschlägt. Zweifellos wird der Bote, den wir beide erwarten, eintreffen, wenn die Straßen wieder frei sind.« Er seufzte. »Wie immer die Nachricht aus Tredana lautet, in jedem Fall wird es im Frühjahr zum Krieg mit Treclere kommen. Dort gibt es einen, der behauptet, unser Sohn zu sein und der unsere Schiffe überfällt und unsere Kaufleute ausplündert. Man kennt ihn in Tredana, wie ich gehört habe.«

»Ja«, sagte Sibyl. »Wir kennen Odric.«

Bodrums Brust hob sich unter einem weiteren tiefen Seufzer, und er winkte ihr, ihm ins Innere des Palastes vorauszugehen. In ihrem Gemach angekommen, wartete er, bis sie es sich am Feuer bequem gemacht hatte, dann ließ er sich zu ihrer Rechten nieder und stützte den Kopf in die Hände. »Was man dort nicht weiß«, sagte er nach einer Weile, »ist, daß dieser selbe Odric mit seinen eigenen Händen die beiden jungen Prinzen von Vahn, die innigst geliebten Söhne unseres Leibes, ermordet hat.«

In seinen Augen schimmerten Tränen, und Sibyl legte ihre Hand auf seine. »Nein, nein, da irrt Ihr Euch. Ich habe Kerys mit eigenen Augen in Tredana gesehen. Er ist wohlauf und sprach auch von Varys.« Bodrum drückte ihr die Hand, dann ließ er sie los und legte sie vor die Augen.

»Das war nicht Kerys, sondern irgendein Schwindler«, erklärte er schließlich. »Es haben uns unwiderlegbare Beweise ihres Todes erreicht.«
Sibyl sah ihn voll Sorge und Entsetzen an. Sicher, sie hatte Kerys zuvor erst einmal gesehen, und das lag Jahre zurück. Aber Odric hatte doch keinen Grund für eine so raffinierte Verstellung. Er war ihr Freund – und was war mit seiner Mutter, die Bodric grausam ermordet hatte, als Odric noch ein kleines Kind gewesen war? Sie hatte die Geschichte mehr als einmal gehört. Unsicher rieb sie sich die vernarbten Handgelenke. »Welches Interesse sollte Odric daran haben, jemanden Kerys' Rolle spielen zu lassen?«
Wie so oft, beantwortete Bodrum eher ihre Gedanken, als ihre Worte, und seine Stimme war dabei noch leiser als gewöhnlich. »Sein Haß auf uns reicht viele Jahre zurück«, berichtete er. »Einst war er gern gesehen in Vahn und beliebt wegen seiner Kunstfertigkeit mit Stimme und Baraka. Aber er war von niedriger Geburt, seine Mutter eine Dirne, die man eines Tages ermordet mit ihrem letzten Liebhaber fand. Das ließ ihn nicht in Ruhe, bis er eine Geschichte von einer heimlichen, höheren Geburt erfand. Und nichts Geringeres hätte es getan als die Behauptung, daß sein Vater der König von Vahn sei. Ich zweifle nicht daran, daß er selbst mittlerweile an diese Geschichten glaubt.« Bodrum stieß ein bitteres Lachen aus. »Und um seine Ansprüche zu sichern, hat er diejenigen ermordet, die die rechtmäßigen Erben des Thrones waren.« Hier schlug er die Hände vors Gesicht, und seine Schulter zuckte unter Sibyls tröstender Hand. Eine Weile herrschte Schweigen, dann schüttelte er den Kopf und erhob sich. »Es tut uns leid, daß wir Euch in Eurer eigenen Schwermut mit unserem Kummer behelligt haben«, sagte er. »Wenn Ihr uns heute abend bitte entschuldigen würdet...« Hastig wandte er sich ab und ging hinaus.
Am nächsten Tag schien die Sonne, und die Luft war kalt und klar. Sibyl nutzte das Wetter und begab sich nach dem Frühstück auf den Reitplatz. Während sie mit der kastanienbraunen Stute ein paar einfache Übungen wie Kreise, Kehren und Zügelwechsel

machte, erschien Bodrum an der Umzäunung. Er lächelte beifällig. »Eure Fertigkeit steht Euch gut. Ebenso wie Eure neue Erscheinung. Der König von Tredana wird nicht so unzufrieden mit uns sein, wenn Ihr zurückkehrt. Er wird sehen, daß hier liebevoll für Euch gesorgt wurde.« Er sprach mit tiefer Aufrichtigkeit, sein Gesicht nur wenige Zentimeter von Sibyls entfernt. Sie errötete und steckte mit ihrer verlegenen Nervosität das Pferd an, das gereizt zur Seite tänzelte. Bodrum schickte sich an, zu gehen, doch zuvor berührte er leicht ihren Umhang. »Ich werde veranlassen, daß man Euch einen roten schickt. Das steht Euch besser als dieses triste Grün.«

Nach Bodrums Rückkehr in die Stadt wurde Sibyl von Unruhe ergriffen. Die anderen Türme der Festung dienten hauptsächlich der Aufbewahrung von Vorräten, nur gegenüber im Ostturm hatte Bodrum noch Wohnräume einrichten lassen. Doch in den Mauern selbst gab es eine Vielzahl kleiner Räume, die sie erst zum Teil erkundet hatte. Sie zog den Umhang fest um sich, stieg die schmale Treppe hinunter in die Innenkorridore und -räume, dann wieder hinauf auf die breite Brustwehr. Die meisten Räume waren still und leer, und der Staub lag überall in dicker Schicht; in einigen hatten Vögel ihre Nester in die Winkel gebaut. Aber in dem nordöstlichen Mauerstück befanden sich Möbelstücke, die ihr Interesse erregten, und man hatte eine gute Aussicht über das schmale Stück Meer zum Land hinüber. In einem Raum stieß sie auf einen Tisch und Stühle, wunderbar verziert mit geschnitzten Drachen und Ungeheuern, und Sibyl brachte einige angenehme Minuten damit zu, mit der Hand über das Holz zu streichen und die komplizierten Bögen und Schwünge der Schnitzereien zu bewundern. In der gegenüberliegenden Wand befand sich eine schwere Holztür anstelle eines offenen Bogenganges. In der Annahme, daß die Treppe zur Brustwehr dahinter lag, schlenderte sie hinüber und drehte an dem Messingknauf. Sie war überwältigt von der Üppigkeit des Raumes, der dahinter lag, und während sie noch in der Tür stand, wurde sie von einem tiefen, finsteren Gelächter begrüßt.

Sibyl war offensichtlich weiter gewandert, als beabsichtigt, bis zu

Bodrums Gemächern im gegenüberliegenden Turm. Der Raum konnte keinem anderen gehören. Wieder ertönte das drohende Lachen, und als sie den Kopf hob, sah sie sich einem riesigen grünen Papageien gegenüber. Er hing unbekümmert kopfüber an seiner Stange, die Augen auf einer Höhe mit ihrem Gesicht, und während er sich wieder aufrecht auf die Stange setzte, lachte er ein drittes Mal, ohne merklich den scharlachroten Schnabel zu bewegen.

Es war niemand sonst im Raum. Sibyl schickte sich hastig zum Gehen an. Der Vogel reckte den Kopf mit verblüffend langem Hals aus den eingezogenen Schultern hoch. »Du kannst nicht gehen«, sagte er ruhig und musterte sie eindringlich mit einem glänzenden Auge. Dann rieb er seinen Schnabel an der Stange und fuhr mit noch sanfterer Stimme fort: »Du kannst nicht, kannst nicht, kannst nicht fort. Nie wieder, nein, nein, nein. Aha!« Der Vogel machte einen kleinen Hüpfer und schüttelte seine Flügel, um die Federn zu glätten. »Du mußt dir etwas besseres einfallen lassen, meine Liebe«, flüstert er vertraulich, um gleich darauf in einen lauten herzzerreißenden Schrei auszubrechen, der in heftiges Schluchzen überging. Er ließ sich wieder kopfüber von der Stange hängen und breitete die Flügel aus. »Zwing mich nicht, das noch einmal zu tun«, sagte er mit boshaftem Grinsen, und ein Kichern gluckste tief in seiner schillernden Kehle. Er kicherte immer noch, als Sibyl die Tür hinter sich schloß und den Weg zurückeilte, den sie gekommen war.

Am nächsten Tag traf ein roter, pelzbesetzter Umhang ein, wie Bodrum versprochen hatte. Aus Langeweile hatte Sibyl begonnen, sich mit dem Spiegel zu beschäftigen, und nun gab sie der Versuchung nach, die Wirkung des neuen Kleidungsstückes zu begutachten, indem sie sich vor dem Spiegel drehte und wendete, um in seiner kleinen, matten Fläche ein zusammenhängendes Bild zu erhalten.

Als sie sich von der Seite betrachtete, konnte ihr nicht entgehen, wie rund ihr Bauch geworden war. Sie legte behutsam die Hand darauf und zählte im Geist die Monate. Vier, nein, fünf. Wie, um

ihre Gedanken zu beantworten, regte sich etwas unter ihrer Hand, und sie drückte mit dem Finger auf die Stelle. Wieder spürte sie die Bewegung und lachte voller Freude auf; es war wirklich, es war da und bewegte sich völlig eigenständig.
Die Woche, die nun folgte, war die kürzeste und glücklichste in der ganzen Zeit ihrer Gefangenschaft. Sie verdrängte jeden Gedanken an den Papageien aus ihrem Kopf und unternahm keine Erkundigungsgänge mehr durch die Festung. Als Bodrum der Insel wieder einen Besuch abstattete, wirkte er müde und sorgenvoll, dennoch entging ihm Sibyls Aussehen nicht, und er machte ihr liebenswürdige Komplimente dafür. Sie speisten gemeinsam zu Abend, und erst, als sie damit fertig waren, legte er eine Dokumentenmappe auf den Tisch und öffnete sie zögernd.
»Wir wollten das Thema nicht vor dem Abendessen anschneiden«, sagte er. »Und wir wollten Euch auch nicht die Laune verderben. Es ist jedoch ein Bote eingetroffen, und seine Botschaft muß überbracht werden.«
Das Kind bewegte sich ganz leicht, und Sibyl legte in schlimmer Vorahnung die Hand aufs Herz. Bodrums flinken Augen war es nicht entgangen. »Fühlt Ihr Euch wohl?«
»Ja. Ich – ich erwarte ein Kind.« Bodrum seufzte, dann überflog ein Lächeln sein Gesicht. »Wir werden Tredana davon unterrichten. Vielleicht erweicht diese Neuigkeit das harte Herz des Königs.«
»Was meint Ihr damit?«
Bodrum deutete auf die mitgebrachten Papiere. »Es ist keine Nachricht dabei, die direkt an Euch gerichtet wäre. Ich habe eine Kriegserklärung erhalten und die Ankündigung eines Unterhändlers. Tredana macht kein Angebot als Gegenleistung für Eure sichere Heimkehr, sondern der König schreibt, indem er den Karifen ankündigt, sei von seiner Seite Ausreichendes für Euch getan: der Karif soll den Preis für Euch bezahlen, den er für angemessen hält.« Sibyl erhob sich mit bebenden Knien. Bodrum gab ihr, das Gesicht mitleidig verzogen, den Weg frei, und Sibyl verabschiedete sich mit einem tränenblinden Nicken, als sie an ihm vorübereilte.

Nach diesem Ereignis schlief Sibyl einige Tage lang schlecht. Sie aß keinen Bissen; der kleinste Schluck Wasser oder das winzigste Bröckchen Brot verursachten ihr Übelkeit, und sie wanderte entweder ruhelos in ihrer Kammer auf und ab oder saß untätig und mit trockenen Augen am Fenster. Den Ring, der Lerons Mutter gehört hatte, hatte sie gleich in derselben Nacht wütend ins Feuer geworfen, und als sie nun nervös die Hand an den Mund preßte, vermißte sie seine Form, war aber zu stolz, in der Asche danach zu suchen. Nicht lange danach ließ Bodrum ihr mitteilen, daß der Karseni-Paß frei war und der Karif im Laufe des folgenden Monats mit seinen Männern eintreffen würde, um Verhandlungen zu führen. Wenige Tage später kam er zu einem kurzen Aufenthalt auf der Insel und redete mit größter Liebenswürdigkeit auf sie ein. Er drängte sie, etwas zu essen und gab seinen Dienern entsprechende Anweisungen; dann bat er sie, sich etwas Warmes anzuziehen und führte sie, wie schon einmal, zu einem Spaziergang auf den Turm.

Es war kalt, aber die Kälte war nicht unangenehm; der Himmel war ruhig und das Meer grau und vollkommen glatt. »Die längste Nacht ist vorüber«, bemerkte er nach einiger Zeit. »Bald wird Euch auffallen, daß die Nachmittage heller werden und die Morgendämmerung nicht mehr so spät heraufzieht.« Sie nickte wortlos, aus Angst, daß ihr die Stimme versagen würde. »Es ist möglich«, fuhr er nach einer kurzen Pause fort, »daß der Karif keine Anstrengung unternimmt, Euch auszulösen. Diese Angelegenheit ist für die Karabdu nicht von Bedeutung.« Sie nickte wieder.

»Wenn Vahn Euch nicht als Geisel für sich beanspruchen kann, wäre es vielleicht möglich, daß wir Euch dazu bewegen können, in einer angeseheneren Stellung hierzubleiben?« Er ergriff ihre Hände. Er war nur wenige Zentimeter größer als sie und sah ihr jetzt tief in die Augen. Sie wandte den Blick ab.

»Ich verstehe nicht«, sagte sie. Da ließ er ihre Hand los, hob ihr Kinn und drückte den Mund auf ihre Lippen. Einen Augenblick lang war sie so überrascht, daß sie sich nicht bewegen konnte, dann wich sie sachte zurück und schüttelte den Kopf. »Bitte«, sagte sie, »das ist unmöglich.«

Sein Bart war weich und warm, und ihr Herz hämmerte wie wild. Bodrum sah sie traurig an. »Wart Ihr unglücklich hier?« Sie schüttelte den Kopf. »Nein, das ist es nicht. Aber ich kann mein Wort nicht brechen. Ich kann nicht Tredanas und Lerons Feindin werden.«

»Tredana zeigt weniger Treue zu Euch.« Er wischte ihr die Tränen, die ihr aus den Augen stürzten, mit einer Hand ab, und sie mußte an sich halten, um sich nicht einfach in seine warmen, starken Arme fallen zu lassen. »Wenn Ihr hier oben weint, werdet Ihr in der Kälte zu Eis erstarren«, sagte er. »Also gut, wir werden Euch nicht drängen. Aber vergeßt unser Angebot nicht.« Sie schüttelte den Kopf und ließ sich von ihm hinunterführen.

In dieser Nacht hielt sie ihr Kopfkissen umklammert und weinte Stunden, wie es ihr vorkam, bis das Kissen so naß war, daß sie es zu Boden schleuderte. Sie wollte Leron mit bloßen Händen den Hals umdrehen, aber sie wollte auch, daß er sie wieder liebte, und die widerstreitenden Gefühle lähmten sie. In der Zeit, die ein Bote brauchte, um hierherzukommen, hätte Leron sich ebensogut selbst auf den Weg machen können. Es hätte sein Kuß auf ihren Lippen sein können. Sie hätte ausgelöst werden können, und sie hätten sich heute nacht wieder warm unter einer Decke aneinanderschmiegen können. Statt dessen lag sie allein im Bett und weinte sich die Seele aus dem Leib. Was für ein Vergnügen würde es sein, ihn ebenfalls leiden zu lassen: sie würde sich rächen, und wenn es ein ganzes Leben dauerte.

In ihrem unruhigen Schlaf träumte sie, daß sie versuchte, die Burg zu verlassen. Sie kam bis zum Tor und drückte dagegen, aber es war verschlossen, und als sie sich mit aller Kraft dagegen stemmte, glaubte sie, Bodrums weiche Leibesfülle zu spüren, die sich an sie preßte, und sie erwachte voller Entsetzen. Es dauerte einen Augenblick, bevor sie sicher war, daß sie sich allein im Raum befand. Ein schwacher Lichtschein ging von der knisternden Glut im Kamin aus, und ein schmaler Streifen Mondlicht fiel durch das Fenster herein. Sie setzte sich auf und zog sich die Decke bis zum Kinn. Was war los mit ihr? Bodrum war ihr einziger Freund. Am

Nachmittag hatte sie sich nicht gefürchtet. Aber jetzt, die Erinnerung an den Traum noch gegenwärtig, ließ sie der Gedanke an seine Umarmung erschaudern. Das Gefühl wollte nicht weichen, und schließlich stieg sie aus dem Bett und hüllte sich in die Decke ein. Etwas hatte die Geborgenheit ihres Bettes zerstört.

Sibyl trat ans Fenster. Draußen war es gerade so hell, daß das Wasser im Mondschein glitzerte und jede kleine Welle wie ein Schattendreieck aussah. Das Licht fiel auch auf den Rand des Spielbretts. Vor Wochen hatte sie an einem Nachmittag hier am Fenster einige Partien mit Bodrum gespielt. Sie hatte beinahe vergessen, daß sie seine Gefangene war. Damals hatte er ihr vieles aus der Geschichte von Vahn erzählt und sich gefreut, als sie einmal gewonnen hatte.

An etwas, das er damals gesagt hatte, erinnerte sie sich, so entspannt und arglos sie auch gewesen war. Sie hatte ein Spiel unnötig nach seiner Belagerung verloren, und sie hatten beide gelacht, als sie die Figuren neu aufstellte. Doch dann hatte er ihr plötzlich einen scharfen Blick zugeworfen und mit nüchterner Stimme gesagt: »Es ist gut, daß Ihr jetzt wißt, daß wir nicht Euer Feind sind. In zukünftigen Jahren werdet Ihr lernen, daß es so etwas wie Feinde nicht gibt, ebensowenig wie Freunde.« Er hatte ihren Versuch, Einwand zu erheben, unterbrochen. »Wir hätten nicht erwartet, daß Ihr es jetzt schon versteht. Aber wenn Ihr älter werdet, werdet Ihr nicht um die Erkenntnis herumkommen, es sei denn, Ihr schließt die Augen. Wenn Ihr gelernt habt, nicht nach Feinden zu suchen, wird es Euch an Freunden nicht fehlen; wenn Ihr gelernt habt, nicht nach Freunden zu suchen, müßt Ihr nicht ihren unvermeidbaren Verlust betrauern.«

Genau unter ihr brach ein Schatten durch die Wellen hoch und fiel wieder zurück. Etwas Großes – Wal, Hai, Delphin? Unter ihren Augen schnellte wieder etwas in die Höhe, und ein leises Klatschen war zu hören. Es war nicht weit entfernt von dem kleinen Balkon, der vor dem untersten Raum im Turm herausragte. An Schlaf war nicht zu denken, und ihr war nicht danach zumute, über Bodrum nachzugrübeln. Sie zog ihren roten Umhang über ihr Nachtge-

wand und band ein Paar warme Fellschuhe zu. Leise bewegte sie sich über den Steinboden, um die Zofe nicht zu wecken, die im Vorzimmer schlief.
Es war anders als im Traum: die Außentür war nicht verschlossen. Sie tastete sich Halt suchend an der Wand entlang, als sie die gewundene Steintreppe hinunterstieg. Der Raum im Erdgeschoß wurde im Winter nicht benutzt, da es zu kalt und feucht darin war, aber auch seine Tür war nicht abgeschlossen. Zwei Türen zu beiden Seiten des niedrigen Kamins aus behauenem Stein führten auf den Balkon hinaus. Trotz des Umhangs zitterte sie ein wenig, als sie auf die Plattform dicht über dem Wasser hinaustrat. Hier, im Schatten des Turms, war es dunkler, und sie konnte kaum etwas erkennen. Dann hörte sie wieder ein klatschendes Geräusch, und einen Augenblick lang zeichneten sich die Umrisse eines Delphins vor dem dunkleren Wasser ab. Es folgte ein dumpfer Schlag, und ein zweiter Delphin schnellte mit einem fiepsenden, schnatternden Laut in die Höhe.
Offensichtlich warfen sie sich gegen irgendeinen Teil des Turms. Sie beugte sich vor, konnte aber nicht erkennen, was sie taten. Plötzlich blitzte ein schwacher Lichtschein auf dem Wasser auf, und sie erspähte einen kurzen Augenblick lang ein Gitter im Stein, das vom Meerwasser umspült war. Vielleicht warfen die Küchenangestellten am Abend die Abfälle hinaus, und die Delphine wurden dadurch angelockt. Sie wandte sich um und wollte wieder in ihr Zimmer hinaufsteigen, als ein weiteres Geräusch sie zusammenfahren ließ: ein Schrei, schrill wie das knatternde Fiepsen der Delphine, aber langgezogen, melodisch, von tiefem Leiden erfüllt. Es kam aus der Richtung des Gitters in der Mauer. Sie hielt den Atem an und beugte sich weit über das Wasser hinaus. Wieder ertönte der Schrei, noch höher und in noch drängenderem Schmerz. Gleich darauf folgte das entsetzliche Lachen eines Mannes.
Sie erstarrte vor Schreck. Was machte der Papagei im Keller? Es war unverwechselbar sein Gelächter. Schliefen Vögel nicht eigentlich in der Nacht? Leise durchquerte sie den Raum und trat in den

Hof hinaus. Im Schatten der Mauern schlich sie sich voran, bis sie den Eingang zur Küche erreicht hatte. Unter einer Tür fiel ein Streifen rötlichen Lichts vom beständig brennenden Kochfeuer heraus, aber die Treppe, die in den Keller führte, lag vollkommen im Dunkeln. Geräuschlos, zitternd in der schneidenden Kälte der Nacht, stieg sie nach unten. In dem kleinen Keller blieb sie stehen und lauschte. Zwischen den Mehlsäcken konnte sie trippelnde Mäusefüße hören, und von links drang das leise Klatschen von Wellen an ihr Ohr. Sie ließ ihre Finger über die Mauer gleiten und stieß auf eine Öffnung. Sie führte in einen Gang, der stockfinster war, jedoch breit und hoch. Als sie hineinging, konnte sie das Meer riechen, das Wasser von Ferne hören. Sie tastete sich vorsichtig voran, bis die Mauern wieder unter ihren Fingern zurückwichen, gerade rechtzeitig, denn vor ihr im Gang flackerte ein Lichtschein auf. Sie wich in die kleine Kammer zurück, unmittelbar bevor zwei verhüllte Gestalten mit kleinen Laternen vorübergingen. Ihr Herz schlug rasend, und sie verharrte mehrere Minuten lang vollkommen reglos. Dann trat sie wieder in den dunklen Gang hinaus und folgte ihm bis zum Ende.

Dort war es ein wenig heller, denn durch das Doppelgitter fiel Mondlicht von draußen herein. Das innere Gitter, das das Ende des Ganges versperrte, war mit Bolzen und Ketten gesichert. Das äußere Gitter war kleiner und nur in der Mitte verstrebt. Das Meerwasser wurde hereingespült und bedeckte den Boden der kleinen Zelle über einen Meter hoch mit kaltem, schwarzem Wasser. An der Oberfläche trieb eine helle Gestalt, von einem feinen Haargewebe umgeben. Sibyl trat an das Gitter und umfaßte es mit den Händen; es war unangenehm kalt. Während sie dort stand, wurde das äußere Gitter von einem verzweifelten Schlag erschüttert. Die Delphine waren wiedergekommen.

Die im Wasser treibende Gestalt hob das Gesicht, wandte sich aber beim Anblick Sibyls, die in Umhang und Kapuze gehüllt da stand, wieder ab. Dann sprach das Wesen mit weiblicher Stimme: »Töte mich, wie du es mit den anderen getan hast. Von mir wirst du nie etwas erfahren, das für dich von Nutzen wäre.« Die dunklen

Schlitze an ihrem Hals bebten deutlich sichtbar. Sibyl drückte ihr Gesicht an die Gitterstäbe. »Gehörst du zu den Dylalyr? Warum bist du hier?«
Das Wesen öffnete die Augen und versuchte, sich auf die Knie aufzurichten, aber ihr Körper war von Schlägen gezeichnet, und es war sehr schwach. Es zog sich aus dem Wasser hoch und näherte sein Gesicht Sibyls. Es schien noch zarter und zerbrechlicher zu sein, als Leron ihr berichtet hatte, und das Sprechen bereitete ihm Mühe. »Wer bist du?«
»Ich komme von Tredana«, erklärte Sibyl. »Dort habe ich von den Dylalyr gehört.«
»Bist du auch eine Gefangene?«
»Eine Geisel, ja. Warum bist du hier? Weiß Bodrum davon?« Beim Klang seines Namens warf das Seewesen verzweifelt den Kopf zurück. »Er hat mein Volk vor meinen Augen vernichtet. Aber grausamer noch, er läßt mich ihnen nicht in Frieden folgen.«
»Was ist geschehen? Führt ihr Krieg gegeneinander?« Das Wesen antwortete nicht, sondern beugte sich im Wasser über sein offensichtlich verletztes Handgelenk und wiegte sich vor Schmerzen. »Sie werden mir jeden Knochen aus dem Leibe reißen, und ich werde ihnen doch nichts verraten. Das ist Bodrums Einfall. Sag ihm, daß das Bündnis siegreich sein wird, und daß Vahanavat über seinem Kopf in Flammen stehen wird.«
Ihr zartes Handgelenk schien gebrochen zu sein, und sie krümmte sich vor Schmerz. Sibyl konnte nur mit Mühe Tränen des Mitleids unterdrücken. »Bitte«, sagte sie, »vielleicht kann ich dir helfen. Ich bin Sibyl, Lerons Frau. Du kannst mir vertrauen.«
Das Seewesen betrachtete sie aufmerksamer. »Wenn du Sibyl bist, habe ich durch Dansen von dir gehört. Mein Name ist Arrod.«
»Arrod! Leron hat von dir gesprochen. Wie kommt es, daß du hier bist?«
Arrod hielt sich mit der unversehrten Hand an dem Gitter fest und versuchte, sich näher heranzuziehen, wich aber zurück, als Sibyl Anstalten machte, ihr zu helfen. »Faß mich nicht an. Ich kann die

Berührung nicht ertragen.« Sie kauerte sich an das Gitter. »Ich wurde als Gefangene von Melismala hierher gebracht, im Laderaum eines Schiffes aus Vahn. Wir hatten eine große Schlacht. Spricht man nicht davon in Vahn?«
»Ich weiß es nicht. Ich bin auch eine Gefangene in dieser Burg.«
»Ich verstehe. Es war euer Dansen, der Melismala die Kraft gab, Paradon zu widerstehen; wir zerstörten ihre Schiffe, als sie sich sammelten, um die Insel zu vernichten. Viele Schiffe brannten, und wir litten nicht, daß diejenigen, die darin gesegelt waren, aus unserem Unterwasserreich an die Luft nach oben gebracht wurden. Es herrschte große Freude in Melismala, und wir unter Wasser waren ebenso froh wie die Menschen oben.«
»Wie kommt es, daß du hier bist, wenn ihr die Schlacht gewonnen habt? Geht es Dansen gut?«
Arrod begann zu weinen, ein trauriger, pfeifender Laut. Sie hatte ihre langen weißen Arme um die Knie geschlungen, das Haar trieb, ausgebreitet im Wasser, um sie herum, und ihre verletzte Hand hing kraftlos herunter. »Ein Schiff von Vahn, das für Paradon bestimmt war, überraschte uns, als wir ahnungslos unseren Sieg feierten. Es blieb keine Zeit, die Waffe einzusetzen. Sie wagten nicht, dem Ufer nahezukommen, aber sie nahmen viele meiner Leute gefangen, denn sie wußten, daß wir sie nicht mit unseren Händen bekämpfen können. Dann brachten sie uns hierher, damit der König von uns erfahren konnte, wie es dazu kam, daß Melismala die Flotte von Paradon zerstörte; und damit er sich an unserer Vernichtung ergötzen konnte.«
Ihre Stimme wurde zu einem Flüstern. »Das Schlimmste ist, daß Dansen sich gerade darauf vorbereitet hatte, in unser Unterwasserreich zu kommen, was manchen Menschen, die die Gefahren des Andersartigen nicht fürchten, möglich ist. Als wir ergriffen wurden, kehrte er an die Luft zurück und versuchte, uns zu folgen. Kein Mensch kann eine zweite Reise in die Unterwasserwelt wagen. Wir werden uns dort nie wiedersehen, selbst wenn ich am Leben bleibe.«

Sibyl rüttelte zornig an den Gitterstäben. »Ich verstehe das nicht alles, aber im Augenblick ist keine Zeit. Wenn du frei wärest, könntest du dann in deine Heimat zurückkehren? Sind die Delphine dort draußen deine Freunde?« »Die Mahiva warten draußen auf mich, um mich nach Hause zu bringen. Aber ich kann nicht entkommen. Ich werde hier sterben wie die anderen und kann nur hoffen, daß es bald sein wird.«

Sibyl zog noch einmal mit aller Kraft an den Gitterstäben, aber sie lagen eng beieinander und waren fest verankert. Das äußere Gitter war wesentlich schwächer und nur mit einer Querstrebe befestigt, aber sie konnte es nicht erreichen. In hilfloser Wut sprengte Sibyl in Gedanken die Querstrebe, und sie schien sich tatsächlich ein wenig zu bewegen, obwohl es auch an dem Schaukeln des Lichtscheins auf dem Wasser gelegen haben mochte. Sie legte die Hände vor die Augen und versuchte, sich auf die Kraft zu konzentrieren, die sie bei früherer Gelegenheit an sich erfahren hatte, und sie drückte in Gedanken mit aller Kraft gegen das Gitter. Diesmal hörte sie das scharrende Geräusch einer Bewegung. Sie verstärkte ihre Anstrengung, bis ihre Schultern bebten und Schweiß auf ihr Gesicht trat.

Arrod stieß einen leisen Schrei der Verwunderung aus, und als Sibyl aufblickte, sah sie, daß die Querstrebe zur Seite geglitten war und das Gittertor sich ein Stück geöffnet hatte. Arrod versuchte, es weiter aufzuziehen, aber es war schwer und überstieg ihre Kräfte bei weitem. Sie brachte laute, eigenartige Töne hervor, worauf die Delphine wieder auftauchten. Sie warfen sich triumphierend gegen das Gitter und schoben es immer weiter zurück, bis der schmale Spalt sich weit genug geöffnet hatte, um Arrods Körper hindurchzulassen.

Liebevoll umdrängten sie sie unter Glucksen und Zirpen. »Ich muß jetzt fort«, sagte sie, an Sibyl gewandt, »aber die Dylalyr vergessen nicht. Verzweifle nicht, Vahn wird Tredana nicht mehr lange belagern. Dansens Waffe wird dieses Reich niederbrennen. Bald wirst du frei sein, so wie ich jetzt.« Damit verschwand sie in der Dunkelheit, und die kleine Zelle war leer. Sibyl zitterte; sie bemerkte erst jetzt, daß sie schweißgebadet war. Eine so große Anstrengung, nur um einen kleinen Riegel zu bewegen. Aber immerhin standen ihr die Kräfte zur Verfügung, wenn sie ihrer am dringendsten bedurfte.

Sibyl hüllte sich fester in den Umhang und eilte durch den Gang zurück. Von dort aus gelangte sie unbemerkt die Treppe hinauf und in ihre eigene Kammer zurück. Sie hängte den Umhang in die nachwirkende Wärme des erloschenen Kamins und säuberte sich rasch mit einem Schwamm und kaltem Wasser. Dann kniete sie auf dem backsteinernen Kaminsims nieder und tastete mit den zitternden Fingern in der noch warmen Asche herum. Der Ring war schwarz und so heiß, daß sie sich daran verbrannte, aber als sie ihn abwusch, sah sie, daß er unversehrt war, und die Diamanten blitzten hell im langsam dämmernden Morgenlicht. Sie küßte ihn und streifte ihn wieder über den Finger; als sie einschlief, hatte sie ihn an die Lippen gedrückt, und ihre Hand ruhte behaglich unter ihrem schlafenden Kind.

An diesem Tag bekam sie Bodrum nicht zu Gesicht, doch am darauffolgenden ließ er sie zu sich kommen. Er empfing sie überaus zuvorkommend und hielt ihre Hand ein wenig länger als üblich, während er ihr tief in die Augen sah. Seine Augen zeigten Spuren von Erschöpfung. »Wir werden morgen mit dem Karifen zusammentreffen«, sagte er endlich. »Er scheint der Ehrenhaftigkeit von Vahn nicht zu trauen, denn er kommt mit einer Armee. Dennoch hat er uns versprochen, sich hier unter vier Augen mit uns zu treffen. Wir werden bald wissen, ob es weitere Nachricht aus Tredana gibt.« Sibyl entzog ihm ihre Hand. »Wird es mir gestattet sein, mit ihm zu sprechen?« »In der Zukunft, selbstverständlich. Morgen wäre es nicht richtig. Wir werden ihn von Eurem Wohlbefinden in Kenntnis setzen, keine Sorge. Habt Ihr Euch schon Gedanken über meine Worte gemacht?«

Sibyl setzte sich, schlang ihren Rock um die Knöchel und verschränkte abwehrend die Arme über dem Bauch. »Ich habe mir Gedanken gemacht«, erklärte sie bedächtig. »Und ich bin zu der Erkenntnis gekommen, daß Ihr sehr wenig von mir wißt.« Bodrum hob abwehrend die Hand, aber sie schüttelte den Kopf. »Nein, ich glaube, das wird Euch interessieren. Vor dem Tode von Simirimia von Treclere war Vahn bei weitem nicht so mächtig wie jetzt; es war, soviel ich weiß, ein Lehnsstaat. Ich bin Simirimias Tochter.«

Diesmal zeigte sich Bodrum wirklich überrascht, und seine roten Lippen zuckten in den Tiefen seines Bartes. »Wir hatten gehört, Ihr wäret eine Cousine des Königs.«

»Auch das. Mein Vater Armon war der Zwillingsbruder von Leriel, Lerons Mutter. Durch ihn stamme ich von einem alten Priestergeschlecht von Treglad ab.« Sie erhob sich und trat ans Fenster. »Gewisse Kräfte habe ich von meiner Mutter geerbt und bessere noch von meinem Vater, denn das Geschlecht von Armon und Leriel hatte die Gabe hellseherischer Träume. Letzte Nacht sah ich im Traum Schiffe von Vahn, die den tredanischen Hafen belagerten, und ich sah auch Flammen über Vahanavat. Glaubt Ihr, daß ich mich in meinen Visionen täusche?«

Bodrum erbleichte kaum merklich, doch als er zu ihr trat, lag ein Lächeln auf seinem Gesicht. »Wir träumen oft in Gleichnissen. Wie deutet Ihr Euren Traum?« Als er eine Hand auf ihren Arm legte, erbebte sie. Er drehte sie zu sich um, aber trotz seiner steten Wachsamkeit entging ihm der veränderte Ausdruck in ihren Augen. »Vielleicht waren es die Flammen der Leidenschaft«, sagte er schließlich und schlang seine massigen Arme um sie. Das Entsetzen des nächtlichen Alptraums wurde Wirklichkeit in seinem weichen, schweren Körper, der sich an sie preßte. Sie wehrte sich nicht, aus Angst, er würde sie nur noch fester an sich ziehen, doch sobald sich seine Lippen von den ihren gelöst hatten, machte sie sich frei. »Nein, mein König«, sagte sie mit ruhiger Stimme. »Ob die Nachricht aus Tredana nun günstig oder grausam ist, ich habe keinen anderen Wunsch, als meiner Stadt und meinem König treu zu sein.«

»Sie scheinen nicht zu wünschen, daß Ihr zurückkehrt.«

»Ich wünsche es in jedem Fall.«

Er schüttelte den Kopf und faßte sie wieder bei den Armen. »Ihr werdet glücklicher bei uns sein.« Er schlang noch einmal die Arme um sie, und diesmal konnte sie sich nicht beherrschen und sträubte sich heftig. Seine mächtigen Arme hielten sie mühelos gegen ihren Willen, und sie spürte ein Lachen tief in seiner Brust. So mußte er gelacht haben, als er Arrod das Handgelenk gebrochen hatte: es war der Ton, den sein Papagei so gut kannte. Doch als er sprach, klang seine Stimme so gütig wie immer, und sie erkannte, daß er die Tiefe ihrer Abneigung noch nicht begriffen hatte.

»Habt keine Angst wegen des Kindes«, sagte er. »Ich bin ein geduldiger Mann und kann ein paar Monate warten.« Als er diesmal seine Lippen von ihr löste, rang sie nach Atem. »Sollen wir den Karifen morgen von unseren glücklichen Plänen in Kenntnis setzen? Man wird der Neuigkeit in Tredana mehr Glauben schenken, wenn sie aus seinem Munde kommt.«

Sibyl konnte nur mit Mühe der Versuchung widerstehen, sich den Mund mit der Hand abzuwischen, und sie machte sich frei. »Ich kann mich nicht so schnell entscheiden.« Er runzelte ungeduldig die Stirn, doch gleich darauf lächelte er wieder. »Also schön, wir werden mit dem Karifen sprechen und in Erfahrung bringen, welche Neuigkeiten er zu berichten hat. Aber wir werden ihn auf die bevorstehende Veränderung vorbereiten.« Er neigte mit einem freundlichen Lächeln den Kopf und entließ sie. Als sich die Tür zwischen ihnen geschlossen hatte, wischte sie sich erst mit der Hand, dann mit dem Ärmel über das Gesicht, und als sie draußen in dem eisüberzogenen Hof stand, spie sie obendrein aus. Als sie jedoch die Treppe zu ihrem Raum hinaufstieg, lag ein Lächeln auf ihrem Gesicht. Sie konnte den Weg aus dem Wald noch nicht recht vor sich sehen, aber zumindest waren die Fallen darin leichter durchschaubar geworden.

Am nächsten Morgen war sie früh auf den Beinen, um die prachtvolle Ankunft der karabdinischen Armee mitanzusehen. Sie zog vor den Toren der Stadt auf, fast hundert Männer jedoch begleiteten den Karifen an den Strand. Dort standen ihre Pferde still, und ihre Fahnen hingen ruhig in der kalten Winterluft. Eine hochgewachsene Gestalt in Weiß stieg von einem goldbraunen Pferd und schritt auf das wartende Boot zu. Das rotbestickte Kopftuch verbarg sein Gesicht, aber es war unverkennbar Ajjibawr. Sie lehnte sich gegen die Brustwehr des Turmes, und ihre Hände zitterten.

Er bestieg das Boot allein, nur begleitet von Bodrums Männern, und sie sah voller Unruhe zu, wie es um die Turmecke außer Sicht glitt. Was, wenn Verrat geplant war? Eine Stunde verging, eine zweite, und während sie noch wartete, um die sichere Rückkehr des Karifen mitansehen zu können, hörte sie Schritte hinter sich. Sie drehte sich um und sah Bodrum vor sich, in den Augen ein triumphierendes Leuchten. »Unsere ersten Gespräche haben einen günstigen Verlauf genommen«, sagte er. »Seht, er kehrt zum Ufer zurück, und sein Scheitel ist ein klein wenig gebeugter als zuvor.« Sibyl folgte seiner Hand mit den Blicken und sah das Boot, das mit einem unbewegten Karifen in der Mitte zum Festland zurückkehrte.

»Wie lautet seine Botschaft?« erkundigte sie sich, und Bodrum lächelte, indem er ihr die Hand auf den Arm legte, nachdenklich. In diesem Augenblick konnte sie seine Gedanken so deutlich lesen, als wären sie auf Papier gedruckt. Sie wich zurück, und ihre Nasenflügel bebten vor Zorn. Sie hob drohend die Hand. »Ihr wagt es, mit meinem Leben zu schachern? Ist das Eure Auffassung von Ehrgefühl?«

Bodrum sah sie mit verwundert aufgerissenen Augen an. »Wollt Ihr es bestreiten?« rief sie. Unter ihnen erreichte das Boot jetzt das Ufer, und der Karif zog sich kraftlos auf sein Pferd. Sibyl sah ihm nach, dann wandte sie sich wieder dem immer noch schweigenden Bodrum zu. »Ihr habt ihm gesagt, daß sich die Königin von Tredana und ihr ungeborener Erbe in Eurer Gewalt befinden und daß sein unverzüglicher Aufbruch der Preis für unser Leben ist. Leugnet Ihr das ab?« Bodrum antwortete nicht. »Sprecht nur, Ihr sagt mir nichts Neues. Ich kann die Worte in Euren Gedanken hören.«

Sie begriff erst, als sie es sagte, daß es die Wahrheit war. Eine

zornige Handbewegung von ihr ließ Bodrum einen Schritt zurückweichen; als sie den Kopf hochwarf, machte er einen weiteren Schritt zurück. »Und dann habt Ihr die Stirn gehabt, ihm zu sagen, daß das nächste Kind, sollten wir am Leben bleiben, Eures sein würde. Narr, Ihr habt Eure Chance vertan. Ihr werdet Eure Zukunft neu überdenken müssen.«
Bodrums anfängliche Bestürzung war dem Zorn gewichen, und er packte sie am Handgelenk. »Kommt mit nach unten«, sagt er grob, »dann gebe ich Euch einen Vorgeschmack auf Eure Zukunft.«
Sie riß ihre Hand los und lachte ihm ins Gesicht. »Ich habe Euch nie mein Wort gegeben«, sagte sie, »und jetzt werde ich fliehen.«
Er streckte die Hand nach ihr aus, doch sie sprang leichtfüßig auf die niedrige Mauerbrüstung. Das Wasser schien sehr weit entfernt, aber der Turm konnte nicht mehr als vier oder fünf Stockwerke hoch sein. Fünfzehn Meter höchstens. Und wenn sie es nicht überlebte, so hatte Bodrum wenigstens keine Geisel mehr. Er griff nach ihrem Fußgelenk. Sie befreite sich mit einem Ruck und taumelte an den Mauerrand, von wo sie sich kräftig abstieß, um nicht auf die Felsen zu prallen. Die Zeit stand still in der Winterluft; dann schlug das Wasser rauschend über ihr zusammen und schloß seine dunkle, schweigende Tür über ihrem Kopf.

BRIEF
von BODRUM VII.
an ORLOS, Admiral der Flotte von Vahn
an Bord der *Sembat* im Hafen von Vahanavat.

Derjenige, der diese Botschaft bei sich trägt, trägt auch den Namen Arleon, und keineswegs zu Unrecht. Er war an Land von Nutzen für uns, und wir hegen die Hoffnung, daß er sich auf See als ebenso nützlich erweisen wird.
Setzt ihn ein, wie es seinen Fähigkeiten entspricht und wundert Euch nicht, wenn er in kurzer Zeit in hohe Stellung aufsteigt. Un-

serer Ansicht nach ist er von größerem Nutzen als Befehlshaber, denn als Befehlsausführender.

BODRUM VIII.

Eigenhändig ausgefertigt und mit seinem Siegel versehen auf der Mandelinsel, am heutigen 12. Tag des ersten Monats im 47. Jahr seiner Herrschaft.

Das verschollene Schloß

I

Der rasende Fall setzte sich unter Wasser fort, und eine Welle von Eiseskälte umfing sie, als sie unterging. Schließlich verlor der Schwung ihres Falls an Kraft, und sie stieß sich wieder nach oben. Sie konnte ihre Arme und Beine vor Kälte kaum noch bewegen, und das Wasser in ihrer Lunge hinderte sie am Atmen. Die Luft brannte auf ihrem Gesicht, während sie mit ersticktem Keuchen gegen den Sog ihrer schweren Kleider ankämpfte. Mit qualvoller und zunehmender Trägheit trat sie ihre leichten Schuhe ab, deren Gewicht war nichts gegen das ihrer weiten, schweren Röcke, die jetzt schlimmer waren als Ketten an ihren Füßen. Sie konnte die Arme in den weiten Ärmeln nur mit Mühe bewegen, machte aber dennoch ein paar kraftlose Züge auf das Ufer zu. Es war zu weit, zu kalt, zu schwer: Sie teilte noch einmal das Wasser mit den Armen, dann schloß sie die Augen, als sie wieder nach unten gezogen wurde.

Als ihr das Wasser in Mund und Nase drang, öffnete sie die Augen und kämpfte sich noch ein paar Meter weiter. Plötzlich, sie konnte es nicht glauben, tauchte vor ihr im Wasser der Kopf eines Pferdes auf, ein schäumender, gelbbrauner Kopf mit schwarzgeränderten Ohren und rollenden Augen, ganz offensichtlich kein Seepferd, sondern ein Landtier, das man in das fremde Element gezwungen hatte. Es stieß mit seinen strampelnden Hufen gegen ihre Beine und zog sie nach unten, doch in diesem Augenblick griffen starke Hände nach ihrem Kleid und zogen sie an die Wasseroberfläche. Sie klammerte sich an dem verzierten Sattelknauf fest, und der Reiter verlagerte sein Gewicht, so daß er sie, als die wild austretenden Hufe des Pferdes auf Sand trafen und sie aus den Wellen auftauchten, vor sich in den Sattel ziehen konnte.

Befehle wurden laut, und ein schwerer Umhang wurde über sie geworfen, der sie vor der schneidenden Kälte schützte; dann zog der Reiter sie fester in seinen Griff und preschte im Galopp durch die Reihen der Karabdu zurück. Im Lager wurde sie von einem anderen Mann aufgefangen, dann schwang sich der Karif vom Pferd, nahm sie wieder in die Arme und trug sie in sein Zelt. Dort zog er sein Messer aus dem Gürtel und schnitt ihr steifgefrorenes Kleid auf. Er ging dabei so rasch und unpersönlich zu Werke wie ein Pferdeknecht im Stall und rieb sie dann kräftig mit einer Decke ab. Sie setzte zum Protest an, als das Blut in ihre Arme und Beine zurückkehrte und wollte sich freimachen, doch er hielt sie unbeirrt mit einer Hand fest und setzte seine Arbeit fort, bis sie trocken war. Dann nahm er eine dickere, wattierte Decke und hüllte sie darin ein. Sie rollte sich, noch immer zitternd und zähneklappernd darin zusammen, und er verließ für kurze Zeit das Zelt.

Bald darauf kehrte er in hastig übergeworfenen und am Hals noch offenstehenden Kleidern mit einer kleinen Tasse in den Händen zurück. Er setzte sich neben sie und stützte mit einem Arm ihren Kopf, damit sie trinken konnte. Der süße Kaffee brannte auf ihren frostkalten Lippen. Schließlich sagte er: »Langsam. Wir haben noch mehr Kaffee im Lager, wenn nötig.«

Sie lachte, ein angespanntes Lachen, und ließ den Kopf an seine Brust sinken. Er stellte die Tasse ab und legte beschwichtigend die Arme um sie. Sein seidenes Hemd war weich und strömte einen sauberen Geruch aus; aber als das Gefühl allmählich in ihren Körper zurückkehrte, zog sich Sibyl verlegen zurück und hüllte sich fester in die Decke. Ajjibawr lächelte. »So«, bemerkte er, »wie es scheint, hast du es überlebt.«

»Ich dachte nur an Flucht. Ich vergaß, wie kalt es sein würde.«

»Ja. Ich gehe auch nur im Hochsommer ins Wasser.«

Ein spöttisches Grinsen überzog die straffe Haut an seinen Schläfen mit einem Netz von Fältchen, und Sibyl schlug die Augen nieder. »Danke.«

»Das war nichts. Ich bedaure nur, daß ich Bodrums Gesicht nicht sehen kann, wenn er es erfährt.«

»Er weiß es bereits. Er war mit mir auf dem Turm. Ich hatte einen furchtbaren Zorn auf ihn.« Ajjibawr nickte und nahm eine Prise Schnupftabak aus einer großen Dose auf dem Boden. Sibyl streckte sich auf ihren Kissen aus. Allmählich wurde ihr wieder warm, und sie lauschte behaglich dem vertrauten Geräusch seines Niesens. Ajjibawr rieb sich nachdenklich den Nasenflügel. »Was hat dich so erzürnt?«

Er hörte ihrem Bericht aufmerksam zu und nickte, sich immer noch mit dem Handrücken gedankenverloren die Nase reibend, von Zeit zu Zeit. Während sie ihm ihre Erlebnisse der vergangenen Monate erzählte, nahm sie jede Einzelheit seiner Erscheinung mit von Anteilnahme geschärftem Blick in sich auf. Sie konnte sich nicht erinnern, ihn je so erschöpft gesehen zu haben. Die Schatten unter seinen Augen hoben sich erschreckend dunkel von seiner hellen Haut ab; in seinem blonden, aus der hohen Stirn zurückweichenden Haar waren mehr weiße Strähnen als sie je bemerkt hatte. Auch saß er nicht so ruhig und gelassen da wie sonst; seine kräftige Hand spielte nervös mit dem Deckel der Tabaksdose, schnappte ihn auf und zu, auf und zu. Dennoch hörte er ihr aufmerksam und ohne Kommentar zu, bis sie bei ihrem Zusammentreffen mit Arrod angelangt war.

»Ich kann nicht alles erklären«, sagte er, »aber ich kann dir davon berichten, wie Dansen mit der Waffe in See gestochen ist. Als ich Tredana verließ, war noch nicht bekannt, ob sie sich als wirksam erweisen würde oder nicht. Wir müssen Leron sofort benachrichtigen.« Sibyl spürte, wie ihr die Röte in die Wangen stieg, und sie schob den Arm über den Bauch. »Ich muß ihm auch eine Nachricht schicken.«

»Ja. Geht es dir gut?« Diese Frage stellte er mit leiser Stimme, in der die Aufforderung mitschwang, ihn anzusehen, doch sie wandte den Blick ab. »Ja. Mir geht es gut.«

»Das freut mich.« Er sprach jetzt mit förmlicherer Stimme, und als sie wieder aufblickte, lag keine Spur von Vertraulichkeit in seinen Augen.

Er erhob sich und deutete auf den Vorhang. »Du kannst den hinteren Raum haben. Wir sind ein Kriegstrupp und können uns keiner großen Annehmlichkeiten rühmen. Es ist zwar wahr, daß der Tayyib seine junge Frau mitgebracht hat, aber er lebt nach eigenen Gesetzen. Für den Augenblick kannst du dir von meinen Kleidern nehmen, was dir gefällt; für die Zukunft werde ich versuchen, einen Jungen mit schmaleren Schultern aufzutreiben, der dir ein paar Sachen leihen kann.« An der Zeltwand lehnte einer von Ajjibawrs Sätteln, und die Dokumentenmappe, die daran befestigt war, stand ein Stück offen. Er zog einige Papiere hervor und schüttelte einen kleinen, mit rotem Wachs versiegelten Brief daraus frei, den er ihr reichte. »Ich habe ihn nicht mitgebracht, weil ich es für besser hielt, erst mit Bodrum zu sprechen und seine Pläne in Erfahrung zu bringen. Es ist klar, daß er die Botschaft nicht weitergegeben hätte, genausowenig wie den Brief, den Leron vor einiger Zeit geschickt hat. Ich werde dich allein lassen, damit du ihn ungestört lesen kannst. Vor dem Zelt wartet ein Diener, der dir helfen wird, wenn du etwas brauchst.«

Er ging mit einem Nicken hinaus, und Sibyl blieb mit dem Brief in der Hand zurück. Sie rückte dichter an die kleine Messinglampe und zog die Decke fester um sich. Es hatte also eine andere Botschaft gegeben. Wie hatte sie Bodrum nur glauben können? Sie erbrach das Wachssiegel und faltete das steife Pergament. Sie las den kurzen, liebevollen Brief mehrere Male durch und drückte ihn an ihr Gesicht. Als sie in erleichtertes Schluchzen ausbrach, strampelte das Kind in ihr heftig, und seine scheinbare Ungeduld brachte sie wieder zum Lachen. Bald würden sie zu Hause sein.

Es kam ihr unangemessen vertraulich vor, in Ajjibawrs Kleidern zu kramen. Als sie die kürzeste Tunika überstreifte, die sie finden konnte, umhüllte sie der angenehme, vertraute Duft, und sie fühlte sich sicher und geborgen. Aber wie irritierend männlich, daß es keinen Spiegel gab. Der, den sie schließlich fand, war klein und nur für die Rasur gedacht. Die Rasiermesser, die in derselben Hülle steckten, waren so beängstigend scharf wie Waffen. Sie konnte sich Ajjibawr nicht mit einem Bart vorstellen. Er gehörte zu den Männern, die so aussahen, als wären sie von Natur aus glattrasiert. Auf der *Damar* hatte er, kaum aus der Bewußtlosigkeit erwacht, darum gebeten, rasiert zu werden. Eine plötzliche Welle der Zärtlichkeit erfaßte sie, und sie schloß hastig das Rasieretui und zog eine Wolljacke über, um hinauszugehen.

Die Sonne stand hell und gelb am Himmel, aber die Luft war dennoch schneidend kalt; Sibyl war es rätselhaft, wie sie es geschafft hatte, sich an einem solchen Tag ins Meer zu stürzen, gleichgültig aus welchem Beweggrund. Sie fühlte sich jetzt wunderbar warm und trocken. Nicht weit entfernt stand Ajjibawr, vertieft in eine eingehende Unterhaltung mit einem kräftig gebauten, älteren Mann, der für einen Karabdu ausgesprochen dunkelhäutig war und angegrautes, schulterlanges Haar hatte.

Sein Blick fiel zuerst auf sie, und er verneigte sich würdevoll. »Die Königin von Tredana ist willkommen bei uns. Die Karabdu fühlen sich geadelt durch ihren Aufenthalt in ihren Zelten.« Ajjibawr warf ihm einen spöttischen Blick zu und ergänzte: »Du könntest noch hinzufügen, daß es leichter für uns ist, mit Bodrum fertigzuwerden, nachdem er uns nicht mehr mit einer Geisel erpressen kann. Sibby – das ist der Mekrif vom Stamme der Tayyib, Adaba, ein alter Freund und manchmal treuer Untertan.«

Sibyl lächelte. »Ich habe schon viel vom Tayyib gehört. Ich hatte einen wesentlich älteren Mann erwartet.« Adaba grinste erfreut und wandte sich Ajjibawr zu. »So sprichst du also hinter meinem Rücken. Mein Karif, dem mein ganzer Gehorsam gehört.«

»Sprich nicht zu freizügig über all den Gehorsam, der mir gehört, sonst fordere ich ihn am Ende ein.« Sein Blick wanderte an Adaba vorbei, und er lächelte. »Deine Leibwache kehrt zurück.«

Adaba fuhr erfreut herum und eilte der Gruppe junger Männer entgegen, die gerade angekommen waren und ein Stück weiter entfernt absaßen. Ihr Anführer war von mittlerer Statur und schlank, hatte helle, kurze Locken und wache, blaue Augen. Er reichte einem der anderen sein Schwert hinunter und auch die Zügel, blieb aber im Sattel sitzen. Adaba trat neben das Pferd und streckte dem Jüngling die Arme entgegen, worauf dieser den al-

ten Mann um die Schultern faßte und sich herunterheben ließ; als er den linken Fuß ungeschickt aus dem Steigbügel zog, hing das Bein kraftlos herunter. Sibyl beobachtete neugierig, wie Adaba seine Last bequemer in den Armen zurechtrückte und sich dann zu ihnen umwandte. Ajjibawr, der hinter ihr stand, sagt leise:
»Jetzt wirst du Shadith, die Frau des Tayyib kennenlernen. Er schwört, daß sie seine letzte Frau sein wird, und ich glaube, in diesem Punkt lügt der alte Wolf zur Abwechslung einmal nicht. Ihre Geschichte wird dich interessieren.«
Als sie nur noch ein Stück entfernt waren, setzte Adaba Shadith ab und stützte sie, einen Arm um ihre Schultern gelegt. Sie hinkte auf den Karifen zu und machte eine tiefe Verbeugung. Eine Narbe hob sich leuchtendrot von ihrer glatten weißen Stirn ab. Mit noch leiserer Stimme fuhr Ajjibawr fort: »Auch sie ist von Arleon gezeichnet. Ebenso wie dein junger Begleiter Kerys. Aber Kerys wurde nur bewußtlos geschlagen. Shadith traf auch ein Messer in den Rücken, und du siehst das Ergebnis. Ihr linker Arm ist ebenfalls getroffen.«
Sibyl lächelte Shadith zu, die ihrem Blick mit nervösem Stolz begegnete. Sie gab einen gutaussehenden Jüngling ab, und es schien Sibyl unvorstellbar grausam, daß ein so junger Mensch für den Rest seines Lebens verkrüppelt war. Sibyl streckte ihr die Hand entgegen. »Bitte«, sagte sie, »wenn du Zeit hast, möchte ich mich gerne einmal mit dir unterhalten. Es gibt so vieles, das ich wissen muß, wenn ich mich eine Zeitlang bei euch aufhalte.« Shadiths Gesicht wurde von einem Lächeln überzogen, und sie sah plötzlich völlig verändert aus: überhaupt nicht mehr wie ein Junge. »Es wird mir eine Ehre sein«, sagte sie, und dann führte Adaba sie, den Arm immer noch um ihre Schultern, fort.
Ajjibawr schüttelte den Kopf. »Sie wird nie lernen, allein zurechtzukommen, wenn er nicht aufhört, wie eine Glucke um sie zu sein.«
»Würdest du in einem solchen Fall nicht auch Teilnahme zeigen?«
»Ich würde sie auf andere Weise zeigen. Ich bin nicht so sentimen-

tal.« Sibyl nickte und schauderte im Wind. »Ich denke, ich werde mich ein bißchen ausruhen. Hat Bodrum schon eine Nachricht geschickt?«

»Es erreichte uns eine, als du noch im Zelt warst. Eine Einladung, morgen am Strand unter der weißen Flagge zu verhandeln. Heute halten wir die Augen offen, kämpfen aber nicht. Du tust gut daran, jetzt zu ruhen, morgen findest du vielleicht keine Gelegenheit dazu.«

Erfüllt von einer eigenartigen Unzufriedenheit, ging Sibyl langsam zu dem Zelt zurück. Im Innern war es ein wenig wärmer, und im hinteren Raum hatte man eine kleine Feuerschale entzündet und die Kissen einladend aufgeschüttelt und zwei Decken, eine aus Wolle, eine aus Rotfuchsfellen, darüber ausgebreitet. Ajjibawrs persönliche Habe war zum größten Teil in den kalten Vorraum hinausgebracht worden; nur ein geschnitzter Holzkamm und ein paar Kleidungsstücke waren zurückgeblieben. Es roch jetzt nach Holzkohle im Zelt. Sibyl fühlte sich mit einem Mal sehr einsam. Sie schmiegte sich unter den Decken in die Kissen und fiel kurz darauf in einen tiefen Schlaf der Erschöpfung, aus dem sie erst am Abend erwachte.

Nach dem Abendessen lehnte sich Sibyl zurück und lauschte verwundert Adabas Erzählung von dem weiblichen Banditen, der Frau, die ihn aus Dzildzils Gewalt gerettet hatte; er beendete seine Geschichte, indem er beschrieb, wie sie den Kopf des Heiligen Vorlesers auf einem Pfahl zur Schau gestellt hatten. Die Selbstverständlichkeit, mit der Adaba seine Rachetat beschrieb, gab Sibyl das Gefühl, eine völlig Fremde unter diesen Menschen zu sein. Von allen Zuhörern war sie die einzige, die der Geschichte nicht von Anfang bis zum Ende folgen konnte, ohne Fragen zu stellen, nur sie machte sich Gedanken über die unausgesprochenen Geschichten, die unterschiedlichen Ansichten und die Widersprüche, die auch in der scheinbaren Gerechtigkeit lagen. Ajjibawrs Profil im Schein des Lagerfeuers wirkte so geradlinig und kompromißlos wie Adabas Erzählung. Wenn irgend jemand mit den Schwierigkeiten des Lebens außerhalb der Wüste verhaftet war, dann hätte

er es sein müssen. Aber er war noch härter als Adaba: Adaba war sentimental.
Am nächsten Morgen weckte sie Ajjibawrs Berührung in ihrem Gesicht. Sie lächelte liebevoll und offen zu ihm auf, ohne nachzudenken. Er zog sich errötend zurück. »Was ist los?« fragte sie. »Ist es schon spät?«
»Nein«, entgegnete Ajjibawr, »aber ich dachte, es würde dich interessieren, daß Odric mit einer Armee eingetroffen ist. Und es würde mich nicht wundern, wenn wir mit Vahn im Krieg wären, bevor der Tag zu Ende geht.«

Odric hob sie hoch in die Luft, wirbelte sie herum und tätschelte ihr dann vertraulich den Bauch. »So, so«, sagte er. »Da haben wir also nicht nur Tredanas Königin, sondern auch den Thronerben unter unserer Obhut. Ich habe gehört, daß Bodrum dich nicht freiwillig herausgegeben hat.« Ajjibawr, der mit angespanntem, müdem Gesicht neben ihnen stand, lachte bei diesen Worten auf. »Sie hat sich selbst auf höchst dramatische Weise befreit.«
Odric legte einem Jüngling die Hand auf die Schulter und zog ihn nach vorn. »Ich muß dir meinen jüngsten Bruder, Varys, vorstellen. Er reitet als Knappe mit mir, obwohl ich es vorgezogen hätte, er wäre sicher zu Hause in Treclere geblieben.« Varys sah Kerys außerordentlich ähnlich; er errötete leicht und flüsterte mit unhörbarer Stimme, als er Sibyl vorgestellt wurde. Sibyl begrüßte ihn mit einem freundlichen Lächeln, dann warf sie Odric einen besorgten Blick zu. »Wo ist Kerys? Wie schwer ist seine Verwundung? Ich dachte, er hätte sich inzwischen erholt.«
Odric zupfte gereizt an seinem Bart. »Jedenfalls gut genug, um wegzulaufen, der törichte Kleine. Ich hatte gehofft, ich würde ihn hier bei euch finden, aber wie ich sehe, muß ich ihn weitersuchen.«
»Er ist weggelaufen? Warum?« Odric zuckte die Achseln und runzelte die Stirn. »Varys weiß es besser als ich, und er weiß wenig genug. Ich vermute, es war Eifersucht, unbegründete, wie ich hinzufügen möchte.«

»Immer noch dieselbe Geschichte?« Odric nickte.
Odric überließ es Varys, sich um sein Pferd zu kümmern und den Lageraufbau für seine Männer zu überwachen und folgte Ajjibawr und Sibyl in ihr Zelt. Sie schickten nach Adaba, und als er eintrat, begrüßte Odric ihn herzlich. »Ich hatte gehofft, dich hier zu treffen. Wir haben eine kleine Angelegenheit miteinander zu regeln. Einige Kaufleute meiner Stadt haben anscheinend eine Eselskarawane am Rande der Wüste verloren, und ich dachte, du hättest sie vielleicht gesehen. Sie hatten drei Ladungen Safran und fünf Ladungen Indigo dabei.«
»Das waren deine Männer?« Adaba hob verwundert seine struppigen Augenbrauen, und seine Augen waren voller Unschuld unter ihren schweren Lidern. »Sie sind bei meinem Erscheinen so eilig davongelaufen, daß ich sie für Räuber gehalten habe. Je drei Ladungen Safran und Indigo?«
»Fünf Indigo, ach ja, und noch eine mit Henna. Du hast sie also gesehen?«
»Sie ist unberührt und an sicherem Ort, mein König.« Er sah Ajjibawr aus den Augenwinkeln in das ernste Gesicht. »Und du wirst sie vollständig zurückerhalten.«
Ein unterdrücktes Lachen drang grollend aus Odrics Brust. »Ich muß mich bei dir bedanken, daß du sie so gut bewacht hast. Nun, wann treffen wir mit Bodrum zusammen?« Ajjibawr ließ klickend den Deckel seiner Tabaksdose aufspringen und wieder zuschnappen. »Wir treffen uns zur Mittagsstunde allein, unter der weißen Flagge, am Strand gegenüber seiner Festung.« Er berichtete Odric in kurzen Worten die Ereignisse der vergangenen Tage, einschließlich der Niederlage der Flotte von Paradon, von der Sibyl durch Arrod erfahren hatte. Odric schüttelte den Kopf. »Der Herrscher hat seine Streitkräfte sehr weit verstreut. Er hat Schiffe vor Tredana und Sundrat und vor den Dörfern im Süden jenseits der Wüste, und eine ganze Flotte liegt hier im Hafen. Er scheint nur ein sehr kleines Heer an Land gelassen zu haben.«
»Ich nehme an, daß er nie erwartet hätte, von zwei Heeren angegriffen zu werden. Wahrscheinlich hat er nur deine Armee erwar-

tet, und auch das nicht so bald. Die Karabdu waren ihm bis vor kurzem treu ergeben. Die Ereignisse haben sich überstürzt und seine Schwächen zutage gebracht.«

»Weiß er von Dansens Glas?«

»Ich bin sicher, er hat von seiner Wirkung gehört, weiß aber nichts Näheres darüber. Vielleicht hat ihn das zu einem überraschenden Angriff gegen Tredana veranlaßt.«

»Dann sollten wir ihn vielleicht bedrängen und die Stadt belagern; er wird die Belagerung nicht sinnlos in die Länge ziehen, da er jederzeit mit seiner Flotte entkommen kann. Und wenn wir uns hier an Land erst einmal fest verschanzt haben, ist Vahn eine Macht ohne Küstenbasis.«

»Hat Leron gesagt, wie seine Pläne in dieser Hinsicht aussehen?« erkundigte sich Sibyl. »Er konnte keine Pläne machen«, entgegnete Odric, »da er Bodrums Bedingungen für deine Herausgabe nicht kannte. Aber er ist mit uns einer Meinung, daß Vahn zerstört werden sollte.«

»Sehr gut. Ich werde in seinem Namen sprechen, und ich erkläre mich mit euren Plänen einverstanden.«

Unvermittelt erhob sich Ajjibawr, schlug den Eingang des Zeltes zurück und blinzelte in die Sonne. »Ich breche besser bald auf, die Sonne steht fast am höchsten Punkt, den sie in dieser Jahreszeit erreicht.« Gleich darauf brachten zwei Pferdeknechte Donnerblitz herbei, der so frech und vorwitzig mit den Füßen und den Zähnen war wie immer. Ajjibawr betrachtete ihn prüfend. »Es scheint, daß keiner von uns durch das gestrige Bad Schaden gelitten hat.« Er schwang sich, den Bissen des Tieres ausweichend, in den Sattel, und Donnerblitz tänzelte ein paar schnelle Schritte zurück. Plötzlich warf Ajjibawr Odric einen Blick zu. »Hat sich der Alte so weit erholt, daß du ihn mitbringen konntest? Gut. Erzähl es der Königin.« Er nickte ihm förmlich zu und galoppierte davon, um zu seinem Begleittrupp zu stoßen.

Sibyl sah Odric erwartungsvoll an. Er legte den Arm um sie und drückte sie liebevoll. »Als der Karif und Glisser die Verbrecherbande überraschten, entdeckten sie dein Pferd. Das Tier, das vor

Jahren dem Karifen gehörte. Es lahmte so, daß er es damals nicht mitnehmen konnte, und darum ließ er es bei mir zurück und bat mich, es für dich mitzubringen, wenn möglich, denn er war trotz unserer Enttäuschung überzeugt, daß du am Ende befreit werden würdest.«

Odric nickte Varys zu, worauf der Junge davoneilte und bald darauf mit dem alten Pferd zurückkehrte, das wohlgenährt und selbstzufrieden an der Leine hinter ihm her trottete. Er rieb seinen Kopf an Sibyl, und sie mußte ihn wegschieben, um nicht umgeworfen zu werden. Als sie ihm einen Kuß auf die Nase drückte, schüttelte er den Kopf und knabberte vorsichtig an ihr. Odric lachte. »Ich muß gehen und mich um die Unterbringung meiner Männer kümmern.«

»Odric – was ist aus meinem Ring geworden, den ich an Süßmauls Halsband befestigt hatte. Hat Glisser ihn behalten?« »Glisser? Nein. Er hat ihn dem Karifen gegeben. Er muß vergessen haben, ihn dir wiederzugeben.« Er hob zum Abschied die Hand und ging mit Varys davon. Sibyl schlang die Arme um Silbers Hals und drückte das Gesicht an seine wohlduftende Flanke, die mit dem dicken, weichen Fell des Winters bedeckt war.

Beim Klang von Hufschlägen wandte sie sich um und sah Shadith, die allein herangeritten kam. Ohne sich nach Hilfe umzusehen, stemmte sich Shadith mit ihrem steifen Bein im Steigbügel ab, schwang das gesunde Bein vor sich zur anderen Seite, streifte dann den Steigbügel mit der Hand ab und glitt wie aus dem Damensitz vom Rücken des Pferdes. Auf der Erde angekommen, hinkte sie um das Pferd herum, hielt sich an seinem Sattelknauf fest und ging an seiner Seite auf Sibyl zu. Das Pferd, das an diese Prozedur gewöhnt war, hielt geduldig an und blieb bewegungslos stehen. Shadith blickte sie unsicher an, und Sibyl lächelte ihr aufmunternd zu. »Du kommst gut zurecht, auch ohne den Tayyib.«

»Es ist nicht so schwer. Ich brauche keine Hilfe.« Ein kurzes Lächeln flog über ihre Züge. »Aber es macht ihm Freude.« Sibyl seufzte. »Du hast Glück.«

»Ja«, sagte Shadith, und ihre Antwort kam so ungestüm, daß Sibyl

verwundert aufblickte und sah, daß die andere verlegen die Augen niederschlug.
Shadith sprach mit sehr leiser Stimme. »Macht es dir etwas aus, daß du ein Kind erwartest?« Sibyl lehnte sich an Silber und rieb ihre Wange an seiner weichen, zottigen Schulter. »Nein. Ich hatte es nicht geplant oder gewollt. Aber es ist nicht so schlimm, wie ich gedacht hatte. Mir geht es gut. In mancher Hinsicht besser denn je. Aber es macht mir andererseits auch wieder Angst, und darum denke ich nicht soviel darüber nach, wie ich vielleicht sollte.«
Shadith erschauerte leicht. »Ich denke oft daran. Ich habe noch nie vor etwas Angst gehabt. Aber ich will niemals ein Kind haben. Nie. Ich will so bleiben, wie ich bin und mit der Leibwache reiten. Ich würde mich eher töten, als Mutter zu werden.«
Sibyl hob protestierend die Hand. »Das meinst du doch nicht ernst.«
»Doch, es ist mein Ernst. Du bist der erste Mensch, dem ich es je erzählt habe. Ich hätte nicht heiraten dürfen.« Sie sah Sibyl in die Augen und schüttelte den Kopf. »Nicht, daß ich ihn nicht liebe. Ich würde freudig für ihn sterben. Aber ich will nicht wie die anderen werden. Ich will nicht im Zelt bleiben und Kinder hüten und nicht mehr mit ihm ausreiten können. Nie. In dieser Hinsicht möchte ich nie eine Frau sein.«
Zögernd sagte Sibyl: »Es gibt Möglichkeiten, eine Schwangerschaft zu verhindern. Man kann die Tage zählen –« Shadith lachte zornig auf. »Frag meine Mutter, die achtzehn Kinder geboren hat. Sie hat uns beigebracht, wie man die Tage zählt. Die fünf von uns, die noch am Leben sind, wissen soviel, wie sie wußte und auch, wie wenig es ihr genützt hat. Ich dachte, du weißt vielleicht etwas anderes.« Sibyl schüttelte den Kopf. »Nichts, was uns hier etwas nützen würde.« Shadith blickte sie neugierig an. »Wird dein Mann sich andere Frauen nehmen?«
»Nein.«
»Ist er nicht böse, daß dies nicht sein Kind ist?« Sibyl spürte, wie ihr Gesicht flammend rot wurde, und ihre Antwort kam gepreßt. »Warum sagst du das?« Shadith errötete ebenfalls und blickte zu

Boden. »Es tut mir leid. Ich dachte, man hätte darüber geredet. Als Ajjibawrs Frau starb, war die Rede davon, daß er sich eine andere gesucht hätte.«

Die unerwartete Rückkehr von Ajjibawr und seiner Eskorte ersparten Sibyl weitere Bemerkungen. Shadith lächelte verlegen. Sie stieg von der falschen Seite in den Sattel und beugte sich hinunter, um den herunterhängenden linken Fuß in den Steigbügel zu schieben. Sie hob die Hand zum Gruß und lenkte ihr Pferd aus dem Weg, als der Karif herankam und absaß. Odric folgte ihm im Galopp dicht auf den Fersen und schwang sich, bei ihnen angekommen, aus dem Sattel. »Du kommst so schnell zurück!« rief er aus. »Ist Bodrum nicht zu dem Treffen gekommen?« Auf eine Kopfbewegung Ajjibawrs hin nahmen ihm zwei Pferdeknechte die Zügel von Donnerblitz ab und führten dann, auf ein weiteres Zeichen hin, Silber ebenfalls an der Leine fort. Der Karif wartete, bis Odric und Sibyl das Zelt betreten hatten, dann folgte er ihnen und ließ die Eingangsplane hinter sich zufallen. Er hielt eine kurze Pergamentrolle in der Hand, die er Odric vor die Füße warf. »Es würde uns nichts einbringen, wenn ich den Wust seiner Bemerkungen wiederholen würde, denn sie waren ebenso widerwärtig wie bedeutungslos. Diese Botschaft bringt die Sache eher auf den Punkt.«

Odric hob das Pergament auf und überflog seinen Inhalt. Er nickte ein paarmal und blies seine Backen auf. »So, so, ›er, der sich mein Sohn nennt‹ soll sich vor den Folgen einer offenen Auseinandersetzung hüten und seine ›unvermeidliche Niederlage‹ beschleunigen, indem er diese Herausforderung annimmt? Wann hat je ein Mensch in starker Stellung einen anderen zum Zweikampf herausgefordert? Daß er diese Herausforderung überhaupt ausspricht, zeigt uns seine Schwäche.«

»Ich habe ihm gesagt, ich würde die Nachricht überbringen, hielte es aber für unwahrscheinlich, daß es der König von Treclere nötig hätte, seine Person durch einen Zweikampf in Gefahr zu bringen, angesichts der Stärke unserer verbundenen Streitkräfte.«

»Was hat er darauf gesagt?«

»Daß wir unseren Männern mehr vertrauen würden als uns selbst. Er hat es allerdings weniger höflich ausgedrückt.«
Odric lachte kurz auf, las die Botschaft noch einmal durch und reichte sie dann an Sibyl weiter. »Dann sind seine Streitkräfte also wirklich so schwach, wie wir angenommen haben?« Sibyl blickte von dem Brief auf. »Oder er möchte, daß ihr das denkt.« Ajjibawr sah sie fragend an. »Du kennst Bodrums Gedankengänge ein bißchen. Glaubst du, es ist ein Trick?«
»Ich weiß es nicht. Aber ich würde ihm nichts glauben, was er sagt, ohne alle möglichen Aspekte zu berücksichtigen. Er ist sehr schlau. Du sagst, er hat dich beleidigt?« Ajjibawr senkte die schweren Lider, und seine Mundwinkel zuckten kaum merklich. »In Taten.«
»Dann wollte er dich wahrscheinlich wütend machen, damit du nicht ruhig über die ganze Sache nachdenken kannst. Wenn wir uns auf einen Zweikampf einlassen, wann würde er dann stattfinden?« »Im Verlauf einer Woche ist die übliche Zeit.« »Vielleicht wartet er auf Truppenverstärkung und versucht, Zeit zu gewinnen.« Odric schüttelte den Kopf. »Die Regeln des Zweikampfs verbieten alle weiteren Kämpfe.«
Sibyl machte eine unwillige Kopfbewegung. »Sag das dem Heer, wenn es kommt und dich angreift. Mein Rat ist, greift morgen an, wenn ihr glaubt, den Kampf schnell für euch entscheiden zu können.« Ajjibawr lächelte. »Du sprichst wie der Tayyib. Du mußt dich mit Shadith unterhalten haben.« Sibyl errötete. »Wie dem auch sei, ich vermute, daß an deinen Worten etwas Wahres ist. Bedauerlicherweise ist eine Belagerung immer eine langwierige Angelegenheit und ihr Ausgang ungewiß, so stark wir auch sind und so schwach Bodrum sein mag. Bodrum könnte durch eine Belagerung ebenso Zeit gewinnen, wie durch einen Zweikampf.«
Sibyl warf Odric einen fragenden Blick zu. »Warum hat er dich herausgefordert und nicht den Karifen?« Diesmal war es an Odric, zu erröten. »Meine Liebe, ich bin ein Dichter und Sänger. Ich kann leidlich kämpfen, habe aber noch nie einem Mann im Zweikampf gegenübergestanden. Wie dünn Bodrums Heer auch sein mag, so

habe ich doch keinen Zweifel daran, daß er so manchen Krieger hat, der mir überlegen ist. Wohingegen der Karif längst nicht mehr die Köpfe zählt, die er schon genommen hat.«
»Ich habe ihm angeboten, die Herausforderung selbst anzunehmen«, bestätigte Ajjibawr, »wurde aber höchst unerbittlich zurückgewiesen. Entweder stellt sich Odric seinem Meisterkrieger, oder wir müssen angreifen. Ich schlage das letztere vor und bin darüber hinaus der Meinung, daß wir unsere Kräfte so stationieren, daß wir nicht aus dem Hinterhalt überrascht werden, sollte er wirklich noch Truppen erwarten.«
»Wie bald ist eine Antwort erforderlich?«
»Morgen.«
»Dann laßt uns heute noch weiter darüber nachdenken. Ich vermute, daß die Königin recht hat und daß Bodrum versucht, uns eine Wahl aufzuzwingen, die seinen eigenen Zielen dient. Wir wollen also nichts übereilen.« Damit schoben sie das Thema bis zum Abendessen auf.
Am Nachmittag war das Lager von gespannter Unruhe erfüllt. Manche Zelte wurden abgebaut und an anderem Platz wieder aufgebaut, Rüstungen und Waffen gereinigt und poliert, die Pferde gestriegelt. Es wurde reichlich gegessen, und der Geruch von gebratenem Fleisch hing, schwer und angenehm in der frostigen Luft, über dem ganzen Lager.
Odric, Ajjibawr und Sibyl nahmen das Abendessen gemeinsam im Zelt des Karifen ein. Beim Kaffee nach dem Essen schlug Odric eine Partie *Das verschollene Schloß* vor, und Ajjibawr willigte ein, offensichtlich nicht begierig, eine Entscheidung für den kommenden Tag zu treffen. Sibyl streckte sich, in einen Fellumhang gehüllt, behaglich auf den Kissen aus.
Ajjibawr zog Schildpatt und grübelte lange Zeit über seinen Eröffnungszug nach. Es war ein ungewöhnlicher Schritt, und Odric nahm die Herausforderung freudig an. Sie hielten sich mit einer raschen Aufeinanderfolge unbedeutender Scharmützel auf, bevor ihnen wirklich wichtige Gefangennahmen gelangen. Wie Sibyl erwartet hatte, erreichte der Karif als erster das Offene Spiel, und

eine Zeitlang durchschaute sie seine Strategie nicht mehr. Dann versperrte Odric ihm den Weg, und er führte eine ziemlich gewagte Würfelentscheidung herbei, die ihn wieder zurückwarf, wenn auch nicht hoffnungslos. Er richtete sich auf und nahm eine Prise Schnupftabak, während er das Spielfeld musterte. Odric schenkte sich noch einmal Kaffee in die kleine Tasse ein. »Es ist schon einigermaßen schwierig, von hier oben das Muster der Spielzüge zu überblicken«, bemerkte er schließlich. »Stell dir vor, wie kompliziert es für die Figuren wäre, wenn sie empfindungsfähig wären. Das Spielfeld würde ihnen wie ein riesiges, despotisches Reich vorkommen.«

Sibyl ließ sich von Ajjibawr eine Tasse Kaffee geben und sah zu, wie er zögernd eine Figur berührte. »Ich würde gern ein *Verschollenes Schloß*-Spiel sehen«, sagte Sibyl, »in dem jede Figur über ihre Schritte entscheiden könnte.« Ajjibawr lachte. »Man kann sich das Durcheinander auf einem solchen Brett vorstellen.«

»Ja«, sagte Sibyl, »es wäre genau wie im Leben.« Odric warf ihr einen scharfen Blick zu. »Du glaubst wohl nicht an höhere Mächte, die unser Leben lenken?«

»Welche höheren Mächte? Vazdz? Wenn er wie Simirimia ist, dann ist er keine höhere Macht, sondern lediglich eine mächtigere Macht. Wenn es höhere Mächte gibt, dann möchte ich wissen, was sie uns als Gegenleistung dafür bieten, daß sie uns unsere Freiheit nehmen. Und wenn es nur eine Frage der Kraft ist, dann können wir unseren Verstand dazu benutzen, unsere Schwäche in einen Vorteil zu verwandeln und am Ende zu gewinnen.«

Ajjibawr lächelte. »In der Wüste gibt es ein altes Märchen mit einer ähnlichen Moral, es handelt von einem Bäcker und sieben Riesen.« Sibyl lachte. »Bei uns gibt es auch solche Geschichten.« Ajjibawr blickte wieder auf das Spielbrett hinunter und schüttelte den Kopf. »Ich hätte lieber meinen Verstand benutzen sollen, als mich dem Zufall der Würfel auszuliefern. Ich glaube nicht, daß ich unserem Freund so leicht entkommen werde.« Odric seufzte. »Wenn es nur eine Möglichkeit gäbe, diese Moral auf Bodrums

Herausforderung anzuwenden. Wenn es um eine Ballade oder eine Lagerfeuergeschichte ginge, würde ich gewinnen, weil ich, wie ungeschickt auch immer, doch tugendhaft bin.«
»Ich kann dir aus eigener Erfahrung versichern«, warf Ajjibawr trocken ein, »daß Tugendhaftigkeit für einen Sieg im Zweikampf überflüssig ist.« Er lächelte gedankenverloren, und Sibyl starrte mit gerunzelter Stirn in den Kaffeesatz auf dem Boden ihrer Tasse. Bald danach entschuldigte sie sich und zog sich in den hinteren Raum zurück.
Dort schlief sie unverzüglich ein, lange, bevor die Partie beendet war. Es mußten die Geräusche von Odrics Aufbruch gewesen sein, die sie geweckt hatten, denn die Öllampe im anderen Raum flakkerte und ein kalter Windhauch strich durch die Vorhänge herein. Sie schmiegte sich tiefer unter die Decke und blickte ungesehen unter ihren wirren Haarsträhnen hervor. Aus dem Vorzimmer drangen leise, unbestimmbare Geräusche herüber, und einmal stieß der Karif einen unterdrückten Fluch hervor. Er hob den Vorhang zwischen den beiden Räumen und blieb, dunkel und gesichtslos gegen das Licht, im Eingang stehen. Er nestelte an seinem Hals herum und drückte einen Gegenstand an sein Gesicht, dann trat er rasch vor und legte ihn auf das Kissen neben Sibyls Kopf. Er zog sich wieder zurück, und der Vorhang fiel zwischen ihnen herunter. Im Halbdunkel streckte Sibyl die Hand nach ihrem Ring an seinem Lederband aus, und er war noch warm. Sie drückte ihn an die Lippen und weinte lautlos, und heiße Tränen liefen ihr über die Hand, bis sie endlich wieder einschlief.

Karabdinisches Epigramm
DER KRIEGER
(übersetzt von Rassam)

Besteigt der Krieger sein Pferd, so ist er von Herzen froh.
Sein Herz geht auf, wenn er blankzieht sein Schwert,
und es sirrt im Widerhall seines galoppierenden Pferdes.
Es erfreut ihn, das Klirren von Stahl auf Stahl zu hören,

und er ruft ›Aha!‹, wenn seine Feinde vor ihm fallen.
Blut um Blut schmeichelt seiner Ehre,
Verwundungen vergißt er nicht, noch Freundschaft.
Schwert und Speer, ein gutes Roß und sein Stolz
was mehr kann ein Mann sich vom Leben wünschen?

II

Kurz vor dem Erwachen hatte Sibyl einen kurzen, lebensechten Traum, in dem Odric, die Hände vors Gesicht geschlagen, in einem Sessel saß, und Tränen quollen durch seine Finger hervor. Als er sich zum Frühstück nicht einfand, kehrte die Unruhe des Traumes wieder, wenn auch das Bild selbst mittlerweile verblaßt war. Es erfüllte sie daher mit Erleichterung, als er, schwer im Sattel hin und her geworfen, ins Lager galoppiert kam. Ajjibawr blickte ihm lächelnd entgegen und forderte ihn auf, sich zu setzen und etwas zu essen: Im fahlen Morgenlicht wirkte der Karif angespannter und erschöpfter denn je.

Das Angebot, etwas zu essen, lehnte Odric ab, ließ sich aber dankbar Kaffee geben; er setzte sich an das niedrige Feuer und wärmte abwechselnd seine Hände, während er trank. »Du warst früh unterwegs«, bemerkte Ajjibawr nach einer Weile des Schweigens, und Odric nickte. »Das sagte auch der König von Vahn, als ich ihn zu einer Unterredung weckte.«

»Du hast mit Bodrum gesprochen?«

»Kurz. Ich bin mit seinem Meisterkämpfer zusammengetroffen und habe seine Herausforderung angenommen.« Ajjibawr setzte seine Tasse sorgfältig genau in der Mitte der Untertasse ab. »Ich kann nicht sehen, welchen Vorteil das für uns haben soll.«

Sibyls Hand hatte sich unwillkürlich um den Ring geschlossen, den sie wieder am Hals trug. Ajjibawr fuhr fort: »Ich gehe doch davon aus, daß es einen Vorteil hat?«

»Möglich. Ich habe ihm zugesagt, daß wir sein Land verlassen und seine Stadt nicht mehr behelligen, wenn ich verliere, daß aber die Grenzen der Wüste und Trecleres ihm ebenso verschlossen sein werden wie die Häfen an der Ostküste. Und für den Fall, daß ich gewinne, hat er zugesichert, daß die Stadt schnell und geordnet verlassen wird und die Tore noch am selben Tag für uns geöffnet werden.« Er zuckte die Achseln. »Wenn ich heute verliere, könnt ihr immer noch in allen Ehren im Frühjahr kämpfen; wenn ich gewinne, müssen wir vielleicht überhaupt nicht kämpfen.«

»Wir fürchten uns nicht vor dem Kampf. Und obwohl ich keinen Zweifel an deinem Mut habe, bin ich skeptisch in Bezug auf dein Können. Warum hast du dieses Risiko auf dich genommen?«

»Der Meisterkämpfer wirkt nicht besonders gefährlich. Er ist sehr schmächtig.«

»Ein um so größeres Ziel bietet sich ihm. Warum hast du angenommen?« Odric schüttelte den Kopf. »Ich habe keine ehrenhafte Möglichkeit gesehen, abzulehnen. Ich hatte nicht im Sinn, die Herausforderung anzunehmen, als ich zu ihm ging, um mit ihm zu reden. Ich bestand allerdings darauf, ihn heute zu sehen, für den Fall, daß Bodrum irgendeinen Hinterhalt plante, wie wir es gestern abend besprochen haben.«

Ajjibawr sagte nichts, aber seine dünnen Lippen waren fest zusammengepreßt. Sibyl hatte sich weniger gut in der Hand. »Odric, wie konntest du? Du weißt doch, wie sehnlich er sich wünscht, du wärest tot. Und was bringt dich zu der Überzeugung, daß er sein Wort hält, wenn du gewinnst? Warum setzt du überhaupt unseren Sieg so aufs Spiel?«

Odric sah sie erbost an. »Wem verdanke ich meine Herrschaft in Treclere? Meiner Geburt? Bodrum war in Treclere ein Vasall, nicht der Herr; und im übrigen hat er zwei weitere Söhne, deren Geburtsrecht er, im Gegensatz zu meinem, anerkennt. Ich verdanke meine Stellung einer Laune Lerons, einem Vorschlag, der von einem verängstigten und führerlosen Volk angenommen wurde. Bodrum mag ein Lügner sein, aber in einem hat er die Wahrheit gesprochen: ich habe nie die Rechtmäßigkeit meiner Stellung bewiesen.«

»Bis zum heutigen Tage hast du sie durch dein sicheres Urteilsvermögen bewiesen, aber jetzt bin ich mir dessen nicht mehr so sicher.« Ajjibawr erhob sich und ordnete mit übertriebener Sorgfalt die Falten seines Gürteltuches. »Ich bin versucht, dich in Fesseln legen zu lassen und im Lager festzuhalten, bis ich die Angelegenheit auf meine eigene Weise mit Bodrum geklärt habe.« Er sprach sehr leise, und als Odric zornig aufsprang, sah er ihm ruhig in die Augen und hob kaum merklich eine Braune.

»Das würdest du nicht wagen!«

»Du befindest dich im karabdinischen Teil des Lagers, und ich bin der Karif.« Odric stürzte vor, als wollte er ihn an den Schultern rütteln, doch Ajjibawr wich ihm mühelos aus, so daß er durch den Schwung seines eigenen Angriffs zu Boden stürzte. Dann bückte er sich und zog ihn auf die Füße. »Sag mir«, fragte er sanft, »glaubst du, daß du bis zum Mittag genug lernen kannst, um dein Leben zu retten?« Odric schüttelte beschämt den Kopf. »Nein«, sagte er endlich mit gepreßter Stimme, »aber ich kann nicht mehr zurück. Ich habe nach dem Köder geschnappt, den Bodrum für mich ausgeworfen hat, und nun sitzt der Haken fest in meinem Mund.«

»Wenn wir so tun, als würden wir uns untereinander bekämpfen, und ich nehme dich gefangen, kann niemand deine Ehre anzweifeln.«

»Niemand? Ich würde es wissen. Ich kann es nicht.«

Ajjibawr seufzte und blickte Sibyl zum erstenmal an diesem Morgen direkt in die Augen. »Du hattest recht«, sagte er. »Er ist so schlau, wie du gesagt hast. Nur scheint es leider so, als sei eine Warnung nicht genug gewesen.«

Die wenigen Stunden zwischen dem Frühstück und der Mittagsstunde vergingen in fruchtlosen Diskussionen mit Odric. Nachdem er es sich einmal in den Kopf gesetzt hatte, war Odric nicht mehr von seinem Entschluß abzubringen. In finsterer Resignation ließ Ajjibawr die Kunde im Lager verbreiten, und die Karabdu hielten sich, verwundert aber gehorsam, bereit zum Rückzug oder zum Kampf. Der Karif zog ruhig alle Möglichkeiten in Betracht und kümmerte sich ebenso gründlich um Sibyls Sicherheit und die seiner Männer wie um Odrics Rüstung und Waffen. Nur als er ihre Pferde holen ließ, griff Sibyl ein. »Vielleicht wäre es gut, wenn er auf Silber reitet.«

Odric, dem gerade ein Kettenhemd angepaßt wurde, lachte bitter. »Damit er mich umbringen kann wie den Räuberhauptmann? Ich versichere dir, die Entscheidung in diesem Kampf wird schnell genug fallen. Kein Anlaß, sie zu beschleunigen.«

»Das Pferd hat ihn nicht umgebracht. Es hat sich auf Kommando aufgebäumt, wie man es ihm beigebracht hat. Keines der jüngeren Pferde hier ist so gut dressiert. Er springt auf Befehl rückwärts und zur Seite und all das.«

Ajjibawr nickte nachdenklich. »Wenn Odric die Anweisungen lernen und richtig anwenden kann, wäre es vielleicht gut für ihn, wenn er das alte Pferd nimmt. Es war der Sprung eines Pferdes, der mir zum Sieg über den früheren Karifen geholfen hat. Es ist von sich aus dem Schwert ausgewichen und hat sich dann aufgebäumt, um meinem Schlag die volle Kraft zu verleihen. Und dieses Pferd war zu seiner Zeit auch sehr gut dressiert, wenn es auch viele Jahre her ist, daß es mich im Kampf getragen hat.«

»Ich habe in Tredana angefangen, mit ihm zu arbeiten.« Ajjibawr lächelte. »Wolltest du ihn im Zweikampf einsetzen?«

»Ich würde ihn heute selbst reiten, wenn du mich lassen würdest.« Sie lachte. »Obwohl ich vermutlich Schwierigkeiten hätte, eine passende Rüstung zu finden.« Odric blickte grimmig auf seinen eigenen Bauch hinunter, über dem sich der engmaschige Panzer spannte. »Nicht mehr als ich, meine Liebe. Bring dein Pferd her. Warum soll ich nicht vornehm zugrunde gehen?«

Ajjibawr erteilte mit ruhiger Stimme ein paar Befehle, und bald darauf führte ein Stallbursche Silber herbei, gesattelt und gezäumt, das Fell glänzend weiß und die Hufe schwarz geölt. Der Karif nickte. »Ich mag graue Pferde, aber es gefällt mir nicht, wenn sie weiß werden. Immerhin ist er sauber. Laß sehen, wie gut er sich an seine Lektionen erinnert.« Er legte dem Hengst die Hand auf den Hals, und Silber spannte ihn an, und seine Nüstern weiteten sich so, daß sich die Innenseiten fast berührten. Ajjibawr schwang sich auf seinen Rücken, und Silber bewegte sich zu nicht wahrnehmbaren Befehlen in den komplizierten Figuren des Kampfes. Sibyl vergaß die bevorstehende Begegnung, als Pferd und Reiter in einem weichen, mühelosen Seitwärtsgalopp vorüberflogen. Dann folgten Figuren, in denen mehr Kraft als Schönheit zum Ausdruck kam. Silber bäumte sich auf, schlug mit den Vorderhufen, trat mit den Hinterfüßen, sprang seitwärts und warf sich in der Luft herum. Als der Karif seinen Proberitt beendet hatte, standen sie ruhig da, Ajjibawr unbewegt, das alte Pferd außer Atem und schweißnaß, aber stolz wie eh und je.

Odric brach den Zauber, indem er kopfschüttelnd sagte: »Vielleicht wäre eine kleine Lektion im Gebrauch des Schwertes sinnvoller.« Doch Ajjibawr schwang sich aus dem Sattel und hielt ihm den Steigbügel. »Das Pferd erinnert sich gut. Ich werde dir sagen, was du zu tun hast, und, wichtiger noch, was du nicht tun darfst. Wenn er nur einmal auf deinen Befehl einen Satz macht, ist es vielleicht schon genug. Ich bezweifle, daß Bodrums Meisterkämpfer das erwartet, sicher nicht von dir.«

Während Ajjibawr seine Anweisungen mit geduldiger, ruhiger Stimme wiederholte, stieg die Sonne höher. Odric, der aufmerksam zuhörte, beherrschte schließlich einige der einfacheren Befehle. Er hatte noch nie zu Pferde mit dem Schwert gekämpft, und Sibyls Befürchtungen wuchsen beständig, während sie zusah, wie er sich abmühte, seine Waffe glatt aus der Scheide zu ziehen. Einmal verfehlte er Silbers Ohr um Haaresbreite, und Sibyl zuckte zusammen. Schließlich wies ihn Ajjibawr an, die Klinge in der Hand zu tragen und nicht den Versuch zu unternehmen, sie im Sattel zu ziehen.

Zu schnell stieg die Sonne dem Zenit entgegen, und es wurde Zeit, dem Meisterkämpfer von Vahn auf dem breiten Strand gegenüber der Mandelinsel entgegenzutreten. Ajjibawr überließ Adaba die Obhut über das Lager und begleitete Odric mit einer Leibwache von nur zwanzig Männern zu seinem Kampf. Varys ritt an Odrics Seite, und Sibyl trabte neben dem Karifen an der Spitze, obwohl der den ausdrücklichen Wunsch geäußert hatte, sie möge im Lager bleiben. Immerhin beleidigte er sie keineswegs mit einer frommen

Mähre: ihr neues Pferd tänzelte und brach zur Seite aus und versuchte, Donnerblitz in den Hals zu beißen, als er ihm zu nah kam.

Am Strand angekommen, zügelten sie ihre Pferde, und Varys folgte Odric auf das flache Transportboot, das dort wartete. Es war nur ein einziger Mann an Bord, der sie mit der Stange durch das flache Gewässer stakte, und dann trieb Odric sein Pferd entschlossen auf den schmalen Sandstreifen der Mandelinsel. Dort erwartete ihn der Meisterkämpfer von Vahn, etwas weiter hinten hatten Bodrum und seine Kavallerie Aufstellung genommen.

Wie Odric trug auch sein Gegner einen metallenen Helm mit schwerem Nasenschutz, der sein Gesicht verdeckte. Er wirkte sehr jung, saß aber selbstbewußt im Sattel; als Odric seinen schweren Säbel zur Begrüßung hob, zog der andere sein Schwert mit einer Bewegung aus der Scheide, die so vollendet schwungvoll war, daß selbst der Karif ihn darum hätte beneiden können. Die Klingen funkelten in der Sonne. Die widerspenstigen Pferde wurden in Zickzacklinien zurückgezogen, und dann galoppierten die beiden Gegner auf ein Nicken hin aufeinander zu. Der Meisterkämpfer schlug als erster zu, und Odric gelang es, das Schwert mit seiner eigenen Waffe abzuwehren, wobei es allerdings abrutschte und seine Schulter traf. Er riß sein Pferd herum, und Silber, der sich vergangener Kämpfchen erinnerte, brachte seine eigene Herausforderung hervor und biß das andere Pferd in den Hals. Es merkte nicht sofort, daß es nicht loskam, und der Winkel in dem es jetzt stand, blockte den nächsten Schlag des Meisterkämpfers ab. Odric traf den anderen an der Schulter, hielt das Schwert dabei aber so ungeschickt, daß es sich drehte, als es auf den Kettenpanzer prallte. Doch die Kraft seines mächtigen Armes reichte aus, den anderen im Sattel niederzudrücken. Dann lösten sich die Pferde voneinander und begannen wieder, sich zu umkreisen.

Sibyl konnte nicht verhindern, daß ihr die Tränen in die Augen stiegen, und ihr Magen krampfte sich vor Angst zusammen. Sie umklammerte mit einer Hand ihren Sattelknauf, beugte sich vor und warf dem Karifen einen Blick zu. Irgendwie hatte sie geglaubt,

Odric könnte gewinnen wie beim *Verschollenen Schloß*. Aber dort auf dem windigen Strand war es so offen und kalt und hoffnungslos, und die Sonne schien trostlos herunter. Ajjibawr begegnete ihrem Blick nicht; er saß selbst aufmerksam vorgebeugt im Sattel, hatte eine Hand zur Faust geballt und sog bei jedem Schlag hörbar die Luft ein, stöhnte bei jeder ungeschickten Bewegung auf.

Sibyl blickte wieder zu der Insel hinüber, und durch den Tränenschleier hindurch konnte sie undeutlich die beiden Kämpfenden erkennen, die dort aufeinander einhieben; die schwerfälligen, behäbigen Schläge Odrics standen in bitterem Gegensatz zu den flinken, geschickten Hieben seines Gegners. Nur der hervorragenden Qualität seines Kettenpanzers und Silbers schnellen Sprüngen war es zu verdanken, daß Odric den Kampf noch nicht verloren hatte. Einen Augenblick lang wichen die Pferde auseinander, und Sibyl betrachtete mit Entsetzen, daß Odric, dessen rechter Arm kraftlos herunterhing, das helle Blut selbst aus dieser Entfernung deutlich zu erkennen, das Schwert in die linke Hand genommen hatte. Jetzt prasselten noch mehr Schläge auf seine breiten Schultern herunter; er sank im Sattel zusammen und riß Silber zurück, und Sibyl hörte Ajjibawr an ihrer Seite laut aufstöhnen.

Odric drängte noch einmal erschöpft nach vorn, und der Meisterkämpfer aus Vahn richtete sich, jung und selbstsicher, in den Steigbügeln auf und hob das Schwert mit beiden Händen hoch über den Kopf. Die Klinge blitzte im Sonnenlicht auf, nicht mehr so glänzend allerdings wie zu Beginn, da es fleckig geworden war vom Blut, und der Meister ließ sie in tödlichem Bogen gegen Odrics Nacken niedersausen. Odric zeigte keine sichtbare Reaktion, doch Silber sprang zur Seite, wirbelte herum und stieg, alles ohne das geringste Zeichen von Seiten seines Reiters, senkrecht in die Höhe. Jetzt hatte Odric seine Gelegenheit, und er brachte seine Klinge mit einem unbeholfenem Schlag über dem Kreis, den das Schwert seines Gegners in der Luft beschrieben hatte, herunter. Mit der Wucht von Silbers Bewegung, der sich wieder auf alle viere fallen ließ, bohrte sich das ungeschickt linkshändig geführte Schwert ein Stückchen in den Nacken des anderen. Der Meisterkämpfer wurde im Sattel zurückgerissen und stürzte über den Rumpf seines Tieres zu Boden, während sein Schwert über den Kieselstrand davonrutschte. Die karabdinische Leibwache brach in Jubelgeschrei aus, und Varys trieb sein Pferd nach vorn, um seinem Bruder zu Hilfe zu eilen. Gleichzeitig trabte ein Reiter aus Bodrums Reihen heran, um nach dem gefallenen Meister zu sehen.

Sie trafen sich in der Mitte, und Varys nahm Silbers Zügel und half Odric beim Absteigen. Odric fiel schwer auf die Knie und löste den Helm des Gefallenen. Als er den Helm in der Hand hielt, verharrte er einen Augenblick lang reglos, dann schleuderte er ihn beiseite, beugte sich über seinen Gegner und hob den schlaffen Körper, ungeachtet seiner immer noch blutenden Schulterwunde, in seine Arme. Er erhob sich taumelnd, und sein Helm funkelte in der Sonne, als er verzweifelt den Kopf wiegte.

Der Reiter von der anderen Seite händigte Varys irgend etwas aus, dann machte er kehrt und galoppierte zu seinen Truppen zurück, die bereits den geordneten Rückzug antraten. Auf der anderen Seite der Insel hielten sich Boote bereit, sie aufzunehmen, und weiter draußen lagen Schiffe vor Anker. Mitten auf dem verlassenen Strand hatte Varys die Zügel des Pferdes fallengelassen und hatte sich an Odric gelehnt. Der Karif trieb sein Pferd an den Wasserrand, winkte den Bootsmann herrisch heran, und Sibyls Pferd folgte Ajjibawr klappernd auf das hölzerne Deck des Bootes. In der Ferne drehte sich ein Reiter, in dem Sibyl Bodrum zu erkennen glaubte, um, und sie spürte, daß er lachte, obwohl er viel zu weit weg war, als daß sie es hätte erkennen können. Die Reiter der Karabdu hinter ihr galoppierten bereits mit der Nachricht des Sieges zum Lager zurück.

Auf der Insel saß Ajjibawr ab, und Odric fiel, den Leichnam seines Gegners immer noch an die Brust gedrückt, laut weinend vor ihm auf die Knie. Er bedeckte die Augen mit seiner blutverschmierten Hand, und die Tränen quollen ihm durch die Finger hervor.

Ajjibawr beugte sich über Odric und löste sanft seine Finger. Dann hob er den toten Jungen auf. Sibyl sprang vom Pferd und trat zu Odric. Sie beugte sich über ihn und legte ihm die Hand auf die Schulter; er schlang seinen Arm um sie und drückte sein Gesicht in ihren Umhang. Es gab nichts, das sie hätte sagen können, sie strich ihm nur schweigend über das dichte, kastanienbraune Haar, und die Tränen liefen ihr aus den Augen, während er, an sie geschmiegt, schluchzte.

Schließlich löste sich Odric mit verlegener Miene von ihr und murmelte eine Entschuldigung, während Sibyl sich an Varys wandte, der bleich und mit zitternden Lippen neben ihr stand. »Kannst du seine Schulter verbinden, bevor wir ins Lager zurückkehren?« Varys nickte, trat mit tränenblinden Augen zu seinem Pferd, nahm seinen Umhang vom Sattel und riß ihn in Streifen. Odric ließ es betäubt über sich ergehen, daß man ihn auf die Füße zog und seinen Arm hochhob, um ihn zu verbinden.

Der Karif drehte sich zu Sibyl um und hob sie in den Sattel. »Laß uns zum Lager zurückkehren«, sagte er. »Varys wird seinen Bruder bringen.«

Sibyl deutete auf das Papier, das Varys ihm gegeben hatte. »Was ist das für eine Botschaft?«

»Sie ist von Bodrum. Er schreibt, daß er dein Lösegeld als bezahlt betrachtet.«

Sibyl und der Karif kehrten schweigend und in langsamer Gangart ins Lager zurück. Als sie sich die Tränen aus den Augen wischte, stellte sie fest, daß ihre Hand rot war von Odrics oder Kerys' Blut. »Warum?« stieß sie nach langem Schweigen hervor, und Ajjibawr antwortete, ohne sie anzusehen: »Warum Kerys gegen seinen Bruder gekämpft hat? Du hast gehört, was Odric erzählte. Es war Eifersucht zwischen ihnen. Zweifellos wußte Bodrum sie noch zu schüren.«

»Odric hätte ihm nie ein Haar gekrümmt. Er hat Kerys geliebt.«

»Und wenn Kerys nicht verrückt vor Eifersucht war, hat er Odric ohne Zweifel auch geliebt.«

»Dann ist also Liebe Eifersucht und Eifersucht Tod? Dann ist es schon besser, allein zu bleiben.«

»Es scheint so.« Diese letzten Worte sprach er mit einer solchen Bitterkeit, daß sie überrascht aufblickte, aber sein Gesicht war so verschlossen wie immer.
Im Lager ließ er sie allein und begab sich zum Tayyib, um die Einnahme der Stadt mit ihm zu besprechen. Als er sich viel später am Abend zu ihr gesellte, saß sie mit Varys in der Nähe von Odrics Zelt, in dem ihr Freund allein lag. »Die Stadt steht uns offen, wie Bodrum versprochen hat. Er hat jedoch weder Waffen noch Nahrungsmittel zurückgelassen. Das Getreide in den Lagerhäusern ist verdorben worden, die Fässer umgestürzt, und alle Vorratsgefäße zerbrochen. Innerhalb einer Woche wird eine Hungersnot ausbrechen.«
Varys hob zögernd den Kopf. »Wir hatten in Treclere eine reiche Ernte. Unsere Vorratskammern sind gefüllt. Vielleicht können wir die Küste mit Lebensmitteln versorgen.«
»Das wird notwendig sein. Ist Odric wach?«
»Er will niemanden sehen.« Varys sah mit großen Augen zu, wie der Karif mit entschlossen zusammengepreßten Lippen in das Zelt trat. Kurze Zeit später trat er wieder heraus und nickte Varys zu. »Odric möchte mit dir sprechen.«
Der Junge eilte ins Zelt, und Ajjibawr ließ sich neben Sibyl nieder und ließ, gegen alle Gewohnheit, den Kopf hängen und fuhr sich durch die Haare. »Es scheint, daß Bodrum endlich wenigstens eines seiner Ziele erreicht hat. Er war so schlau, wie du gesagt hast und noch viel schlauer, als wir ahnten.«
»Welches Ziel meinst du?«
»Er wußte, daß Odric niemals bereit sein würde, einen Thron zu besteigen, um dessentwillen er einen Bruder getötet hat.«
»Aber er konnte es nicht wissen. Wer würde ihm daraus einen Vorwurf machen?« Ajjibawr erhob sich müde, dann faßte er unvermittelt Sibyls Hände. »Ja, wer? Wer würde überhaupt einem von uns Vorwürfe machen? Und wer wartet schon darauf, daß man ihm Vorwürfe macht?« Er küßte ihre Handgelenke und legte ihre Hände dann in ihren Schoß zurück. Als er sich abwandte, um zu gehen, erhob sie sich und rief ihm nach: »Ajjibawr – ich möchte

nach Hause.« Er sah sie geduldig an und spreizte die Hände in einer Geste der Einwilligung. Dann breitete er die Arme ein wenig weiter aus, doch sie zwang sich, wohl wissend, daß sie darin willkommen sein würde, sich abzuwenden.

BRIEF
von BODRUM VIII., König von Vahn
an ARBAB, DALLAL, MIMBASH, SAHLAR, PADESHI, ZEHAR und MULKE, die sieben Kriegsherren von Paradon

BRÜDER IN VAZDZ:
Die Zeit naht, in der wir uns im Krieg zusammenschließen müssen, wie wir es im Handel getan haben, um Vazdz' Wahrheit und unsere Macht mit dem Blute der ungläubigen Völker zu verkünden. Umwälzungen auf dem Festland haben eine Legion von Ungläubigen bis an unsere Türen gebracht, und sie sind stark und von der Selbstgerechtigkeit des irregeleiteten Glaubens erfüllt.
Darum rufe ich Euch alle zum Heiligen Krieg auf, damit wir auf dem Lande wieder ebenso sicher sind wie jetzt auf dem Meer. Als Zeugnis lege ich eine Abbildung der Insignien meiner Macht bei.
Eigenhändig ausgefertigt und mit seinem Siegel versehen von Bodrum VIII., König von Vahn

III

Dieser Winter schien Leron der längste und kälteste seines Lebens. In dem Raum, den er mit Sibyl geteilt hatte, hielt er sich nur nachts auf; die Zeit, die nicht mit Arbeit angefüllt war, verbrachte er im Hause von Gannoc und Mara, das innerhalb der Palastanlagen erbaut worden war. Das alte Schlafgemach des Königs hatte er zumauern lassen.
Es war mehr als zwei Monate nach Sibyls Entführung und dem Aufbruch des Karifen in die Wüste, die düsterste Zeit des Winters, als ein Bote mit Sibyls kurzer Nachricht eintraf. Sein Schiff, ein Sklavenschiff wie die *Damar*, ging außerhalb des Hafens vor Anker, und er hatte eine beschwerliche Ruderpartie über das aufgewühlte Meer zu bestehen; dennoch lehnte er Lerons Angebot, weiter in den Schutz des Hafens hereinzusegeln, ab. Sibyls Brief war in eine Botschaft Bodrums beigelegt, die Leron und Gannoc lange prüften, bevor sie die Antwortbriefe schrieben.
Der Bote enthüllte ihnen beim Gehen, daß das Schiff Paradon anlaufen würde, bevor es heimkehrte, und ohne nachzudenken, sagte Leron: »Haltet euch von Melismala fern, wenn Ihr sicher nach Vahn zurückkehren wollt.« Der Bote sah ihn scharf an. »Was gibt es auf Melismala zu befürchten?« Leron machte eine unbestimmte Geste mit der Hand, und der Bote lachte. »Unser Kapitän steuert uns sicher durch jede Gefahr, da mache ich mir keine Sorgen. Die ganze Flotte beneidet uns um unseren Arleon.« Leron hatte sich bereits halb abgewandt; jetzt machte er wieder kehrt und trat zu dem Boten. »Euer Kapitän heißt Arleon?«
»Ja.«
»Dann kannst du ihm von mir sagen, daß ich ihn für mutiger halten würde, wenn er diese Botschaften persönlich überbringt.«

Als sich die Tür hinter dem Seemann geschlossen hatte, schlug Leron so heftig mit der Faust auf den Tisch, daß die Kerzen wakkelten und eine umfiel. Gannoc stellte sie umständlich wieder auf und wartete, bis der König aufgehört hatte zu fluchen. »Ich glaube nicht, daß es klug war, Melismala zu erwähnen.« Leron nickte beschämt. »Nein, es war ausgesprochen dumm. Aber ich glaube nicht, daß mir viel Glauben geschenkt wurde. Arleon! Wie er uns immer wieder verfolgt. Ich wünschte, ich könnte das Meer teilen und sein Schiff hineinschleudern.«

»Vielleicht erledigt Dansen das für uns mit seiner Linse.« Leron setzte sich und ließ den Kopf in die Hände sinken. »In diesem Fall wünschte ich, er würde meine Botschaften nicht bei sich haben.«

Er nahm Sibyls Brief heraus, um ihn noch einmal zu lesen, dann barg er ihn wieder unter der Tunika an seiner Brust. »Gannoc, wird diese verdammte Kälte denn nie aufhören? Ich habe noch nie einen so dunklen Winter erlebt. Es wird nicht einmal bis zum Mittag richtig hell.« Gannoc legte ihm gütig die Hand auf die Schulter. »Kommt in unser Haus, mein König. Dort ist es wärmer.« Leron schickte sich an, aufzustehen, dann rieb er sich die Augen. »Gannoc, wie kann ich hier sitzen und höfliche Botschaften hin und her schicken? Ich sollte in diesem Augenblick auf dem Wege nach Vahanavat sein.«

»Damit sie zwei Geiseln in der Hand haben? Nein, mein König, Ihr habt gut daran getan, den Karifen zu den Verhandlungen zu schicken.« Leron seufzte. »Möglich.« Er betastete den Brief in seiner Tunika. »Immerhin war sie wohlauf, als sie diesen Brief schrieb, und das ist weniger als einen Monat her.« Ein heftiger Schauder schüttelte ihn. »War der Palast immer so kalt im Winter?«

»Immer, mein König.«

»Seltsam, daß ich das nie bemerkt habe.«

Jetzt war es an Gannoc, zu seufzen. »Unserer eigenen Gefangenen ist es nicht entgangen. Wenn wir das Feuer so hoch brennen lassen würden, wie sie es verlangt, würden die Kamine abbren-

nen, obwohl sie aus Stein sind. Ich würde meinen, sie hätte sich in acht Jahren daran gewöhnen müssen.«
»Fühlt sie sich nicht wohl?«
»Sie hat uns die übliche Liste von Beschwerden geschickt. Die Kochkunst von Frau Gemarta behagt ihr nicht, ebensowenig die Einrichtung ihrer Gemächer; die Dienstboten sind unfreundlich, die Feuer armselig; das –« Leron hob die Hand. »Bitte, nicht mehr. Ich habe ebensowenig den Wunsch, von ihr zu hören, wie sie zu sehen. Schick ihr eine Sonderration Holz mit meinen besten Empfehlungen und ein paar zusätzliche Decken. Und noch ein Faß Dessertwein, damit sie nur ruhig ist. Aber sag ihr, daß ich immer noch zu viel zu tun habe, um sie zu empfangen.«
»Selbstverständlich, mein König. Wenn Ihr jetzt mitkommen würdet, findet Ihr es bestimmt in unserer Küche erträglich warm vor.«
Im Hof, der vom winterlichen Sonnenlicht durchflutet war, war es weniger kalt als in den dunklen Gängen des Palastes. Leron und Gannoc ließen sich einen Augenblick lang genüßlich von der Sonne bescheinen, bevor sie in das Gäßchen einbogen, das zu den Ställen führte. Eine Tür in der Mauer bildete den Eingang zu Gannocs kleinem Hof; eine dicke weiße Rauchsäule stieg aus dem dikken Schornstein seines weißgetünchten, spitzgiebeligen Häuschens.
Es ging zwei Stufen hinunter in die Küche, und Gannoc mußte Leron jedesmal daran erinnern, den Kopf einzuziehen unter dem schweren Balken, der den oberen Rahmen der Tür bildete. Die Küche hatte eine niedrige Decke, und sie war von der prasselnden Wärme des offenen Kochfeuers erfüllt. Nicht einmal der Steinboden war kalt. Die Wände waren weiß verputzt, die Stützbalken aus dunklem Holz lagen frei. An der Kamineinfassung aus Eichenholz hingen rußgeschwärzte Töpfe, und eine große Kupferwanne, die auf einer Seite der gemauerten Kochstelle eingelassen war, enthielt ständig kochendes Wasser, das aus einem kunstvoll gearbeiteten Hahn mit hölzernem Knopf abgelassen werden konnte. Es war eine Erfindung Dansens, nach dem Vorbild der Wasserspeicher in

der Wüste entworfen; Gannoc hatte das erste fertiggestellte Exemplar erhalten und war einigermaßen stolz darauf.
Beim Eintreten stieß sich Leron die Stirn und fluchte. Mariti spielte auf einer Decke am Feuer; als sie ihn fluchen hörte, blickte sie erfreut auf. Leron errötete bei der Erinnerung an einige der Sätze, die Mariti von ihm aufgeschnappt hatte. Heute sagte sie jedoch nichts, das ihn in Verlegenheit gebracht hätte, sondern rannte nur zu ihm hin und hängte sich an seine Beine. Er hob sie hoch, worauf sie zuerst ihrem Vater die Arme entgegenstreckte und ihn ein paarmal küßte und ihm dann wieder den Rücken zukehrte, um sich an Lerons Hals zu schmiegen. Ihre Mutter kniete am Herd und kämmte ihr frisch gewaschenes Haar in der Wärme des Herdfeuers aus. Es war so dicht und lang wie eh und je, doch das Schwarz war, wie bei Gannoc, von zahlreichen weißen Strähnen durchsetzt.
Sie lächelte ihm zur Begrüßung zu und stieß dann einen kleinen Schmerzensschrei aus, weil sich der Kamm in einem widerspenstigen Haarknoten verfangen hatte. »Setzt Euch. Der Gewürzwein steht am Kamin, und im Ofen ist ein geräucherter Schinken. Habt Ihr schon gegessen, mein König?« Leron schüttelte den Kopf und setzte sich auf eine hochlehnige Bank am Feuer. Mariti kletterte auf seinen Schoß und zupfte ihn an dem kurzen Bart, den er sich hatte stehenlassen, seitdem es am Morgen zu kalt geworden war für eine angenehme Rasur. Sie kicherte, als er leise aufschrie, wurde aber augenblicklich wieder ernst, als ihre Mutter ihr befahl, aufzuhören. Gannoc lachte und strich sich sinnierend über seinen eigenen Bart. »Wenn Ihr ein unsanftes Erwachen haben wollt«, wandte er sich an Leron, »solltet Ihr hier schlafen und Ihr würdet morgens das Kind nicht nur in Eurem Bett finden, sondern auch noch feststellen, daß sie versucht, Euch den Bart Haar für Haar auszuzupfen.« Mariti schlug die Augen nieder und rieb ihr Gesicht an Lerons Wange. »Dein Gesicht gefällt mir besser«, sagte sie so laut, daß ihr Vater es hören konnte. »Es ist weicher.«
Gannoc lachte über ihre Worte und trat näher ans Feuer heran. Er nahm Mara den Kamm aus der Hand, teilte das Haargewirr ge-

schickt in drei glatte Stränge und flocht sie rasch zu einem Zopf. Ein Handtuch hing zum Wärmen am Feuer; er wickelte es ihr um den Kopf und stopfte den dicken Zopf darunter fest. Mara lachte und ließ sich von ihm auf die Füße ziehen, dann umarmte sie ihn, bevor sie sich dem Schinken im Herd unter dem Kupferkocher zuwandte. Leron brannten Tränen in den Augen, und er schmiegte das Gesicht einen Moment lang an Mariti. Sie hielt ein paar Sekunden still, dann fing sie an zu zappeln und entdeckte ihre Strohpuppe auf der Bank. Sie legte sie ihm in den Arm, ihr gegenüber. Die Puppe schien einen außerordentlich ereignisreichen und anstrengenden Tag hinter sich zu haben, und während Mariti die verworrene Geschichte ausführlich erzählte, hörte Leron mit halbem Ohr zu und beobachtete dabei Mara, die still und zufrieden in ihrer warmen Küche hantierte. Der Wein wurde eingegossen, der Schinken angeschnitten und ein frischer Laib Brot gebrochen.

Nach dem Essen saß er, die schlafende Mariti auf dem Schoß, behaglich am Feuer. Gannoc blieb auch noch ein Weilchen sitzen, dann stand er auf und streckte sich. »Ich muß mich um Eure Anordnungen in Bezug auf Dastra kümmern«, sagte er. »Gibt es noch irgend etwas, das ich für Eure Majestät erledigen kann?« Leron schüttelte behutsam, um das Kind nicht zu wecken, den Kopf. Gannoc faßte Mara am Kinn und küßte sie; dann nahm er seinen Umhang von einem Haken neben der Tür und trat in die Kälte des Nachmittags hinaus.

Als er gegangen war, herrschte eine Weile Schweigen in der Küche, dann ergriff Mara mit leiser Stimme das Wort. »Habt Ihr schon mit Dastra gesprochen?«

»Nur, um ihr zu versichern, daß sie unter meinem Dach sicher ist. Ich hatte nicht den Wunsch, mehr mit ihr zu reden.«

»Das kann ich verstehen. Ich habe sie zweimal besucht, aber mit mir redet sie nicht viel. Aber sie hat im Laufe der Zeit Vertrauen zu einer der Zofen gefaßt, ein Mädchen, dessen Mutter früher für mich gearbeitet hat. Sie kam heute morgen ziemlich verwirrt zu mir und erzählte mir, was sie von Dastra erfahren hat.«

»War es etwas von Bedeutung?«
»Sicher. Von höchster Bedeutung ist die Tatsache, daß Dastra glaubt, ein Kind zu erwarten.«
»Dann bewahrheitet sich also Ginas' Prophezeiung.«
»In mehr als einer Hinsicht, mein König. Sie hat angedeutet, daß Euch mehr an ihrem Tod gelegen ist als jedem anderen.«
»Aus welchem Grund?« Mara lachte leise und senkte den Blick.
»Weil das Kind, das sie trägt, von Euch sei.«
»Niemand würde ihr das glauben.«
»Niemand, der Euch kennt, sicher. Ich habe Gannoc dennoch geraten, die Dienstboten regelmäßig auszutauschen, damit sie nicht allzu vertraulich mit ihnen wird. Es könnte Euch viel Kummer mit denjenigen ersparen, die Euch nicht so gut kennen. Dastra behauptet außerdem, man hätte bereits einen Anschlag auf Ihr Leben versucht.«
»Hier? Sie muß verrückt sein.«
»Nicht hier, sondern früher, bevor sie von dem Edelmann Glisser gefunden wurde. Sie sagt, Sibby habe, als sie sich beide in der Gefangenschaft der Banditen befanden, versucht, sie zu ermorden, und das wäre die Ursache für ihr zerschundenes Gesicht gewesen.«
»Gefangenschaft? Sie ist aus freien Stücken mit Arleon gegangen. Ich würde außerdem behaupten, daß er mehr mit dem Kind zu tun hat, wenn es ein solches gibt, als jeder andere in Tredana.«
Seine erboste Stimme weckte Mariti, und er wiegte sie wieder in den Schlaf. Mara drehte sich herum, um sich die andere Seite des Kopfes am Feuer zu wärmen.
»Wie lautete Bodrums Botschaft?«
»Sie war in einem merkwürdigen Ton gehalten. Als wäre die Königin sein Gast, nicht seine Gefangene. Und seine Forderungen sind sehr verschwommen. Ich habe ihn darauf hingewiesen, daß der Karif unterwegs ist, um in meinem Namen zu verhandeln und daß die Bequemlichkeit und Sicherheit seiner Geisel Vorrang vor allem anderen haben muß. Ich wünschte, ich könnte sie gegen Dastra austauschen.«

Mara lachte. »Sie würde sich nur allzugern austauschen lassen. Aber habt keine Angst. Man wird ihren Lügen keinen großen Glauben schenken. Und ich weiß, daß Sibby gesund zurückkehren wird.« Leron schloß die Augen. »Und was ist mit dem Rest von Ginas' Prophezeiung?«
»Was meint Ihr damit?«
»Sie hat Sibyl hierhergerufen, um zu verhindern, daß Dastras Kind das erstgeborene dieser Generation ist.« Mara sagte nichts darauf, und Leron öffnete nicht die Augen, um in ihren Blicken zu lesen. So vieles war bereits eingetroffen, daß ihn das auch nicht mehr überrascht hätte. Aber er fragte sich, ob Sibyl verstehen würde, warum er den Karifen gesandt hatte; und wie ihre Entscheidung ausfallen würde.

Sechs Wochen nach der Wintersonnenwende war es zwar noch nicht wärmer geworden, aber die Tatsache, daß die Tage wieder länger wurden, besserte Lerons Laune. Die Sonne schien jetzt so hell, daß es sich lohnte, die schweren Vorhänge, die die Fenster bedeckten, wenigstens bei Tage zurückzuziehen. Der drückende Staubgeruch verschwand allmählich aus Lerons Schlafgemach. Er nahm den Frühling vorweg, indem er die Vorhänge wechseln und waschen ließ, sehr zum Mißfallen der Dienerschaft, die sich mit den nassen, steifgefrorenen Woll- und Samtstoffen abplagten.
Eines Morgens machte Leron mit Gannoc einen Rundgang entlang der Brustwehr, um die Steine zu bezeichnen, die sich im Laufe des Winters gelockert hatten. Gannoc machte sich im Geiste Notizen über die notwendigen Reparaturen. »Bevor wir Rym Treglad verließen«, sagte er, »arbeitete Dansen an einer neuen Methode, Ziegel abzudichten. Ich frage mich, ob er eine Beschreibung des Materialgemischs dagelassen hat.« Leron beugte sich vor, um durch den Ausguck zu blicken. Er schob das braun gewordene Efeu zur Seite. »Vielleicht kannst du ihn heute abend danach fragen. Sieht das nicht aus wie sein Schiff?« Gannoc sah ihm mit zusammengekniffenen Augen über die Schulter. »Der Rumpf hat dieselbe Form, aber das Segel hat eine andere Farbe.« »Vielleicht ist es erneuert

worden. Würde ein Schiff aus Vahn so offen in den Hafen segeln?«
»Vermutlich nicht. Werdet Ihr mich zum Pier begleiten?« Leron nickte, und sie kehrten durch das Wohnzimmer zurück, unbekümmert um die Schmutzspur, die sie auf dem frisch gescheuerten Dielenboden hinterließen.
Eine kleine Gruppe von Wachsoldaten, die bereits auf die Ankunft des Schiffes aufmerksam geworden waren, stieß im Hof zu ihnen und folgte ihnen zum Kai. Dort legte soeben das erste Boot an, und eine vertraute Gestalt sprang das kurze Stück über das Wasser und kletterte behende auf den Pier. Es war Meladin, der Navigator, der sich entschlossen hatte, mit Dansen nach Melismala zu segeln.
Er ging vor Leron in die Knie und erhob sich dann, einige Papiere in der Hand. »Ich bringe Nachrichten von Talyas und dem Volk von Melismala. Sie sind durch Dansens Waffe von der Furcht vor Paradon befreit worden.« Leron nahm die Papiere und reichte sie an Gannoc weiter. »Was ist mit Dansen? Ist er in Melismala geblieben?«
»Nein, Sire. Er liegt krank an Bord. Es war nach dem Kampf –« Leron warf Gannoc einen Blick zu. »Laß eine Kammer herrichten. Ich werde helfen, ihn an Land zu bringen.« Er sprang in das Boot hinunter, Meladin folgte ihm, und gleich darauf wendeten die Ruderer den Bug zurück zu dem verankerten Schiff.
Unterwegs gab Meladin Leron eine kurze Beschreibung der Wirksamkeit von Dansens Linse und der vernichtenden Niederlage der Piraten von Paradon. »Wir befanden uns auf dem Heimweg und hatten Dansen auf seinen Wunsch hin zurückgelassen, und wir segelten hübsch vor dem Wind, als uns dieses Sklavenschiff aus Vahn begegnete. Wir konnten sehen, daß sie in einen Kampf verwickelt gewesen sein mußten, haben aber keine Spur von einem anderen Schiff entdeckt. Sie schickten Boote aus, uns zu entern, aber wir haben sie abgewehrt, und als wir unseren Weg fortsetzten, hörten wir ihn rufen – Dansen. Dort war er, im Wasser, und wir haben bis zum heutigen Tage keine Erklärung dazu von ihm gehört.«

»War er verletzt?«
»Nicht schlimm. Aber er hatte sich furchtbar erkältet, und das Fieber hat ihn bis vor ein paar Tagen nicht verlassen.«
Am Schiff angekommen, stieg Meladin als erster die Leiter hinauf und half dann Leron an Bord. Alles war in hervorragendem Zustand, und es roch angenehm sauber nach Salz und Pech. Die größte Kajüte befand sich im Heck und führte auf das Hauptdeck hinaus. Meladin deutete auf die Tür und blieb dann zurück; Leron bückte sich und trat durch die niedrige getäfelte Tür.
Die sieben kleinen Fenster waren weit geöffnet, und die Kabine hatte sich mit kühler Luft gefüllt. Eine kleine Lampe schaukelte an der niedrigen Decke. Die Einrichtung bestand aus einem Tisch, einer Truhe und einem Kojenbett. Dansen lag, entsetzlich abgemagert und bleich, mit dunklen Schatten unter den eingesunkenen Augen, unter den Decken. Leron beugte sich nieder und ergriff Dansens Hand. »Dansen, mein Lieber. Du bist zu Hause in Tredana.« Er wiederholte den Satz, doch es kam keine Antwort. Dann zuckten und flatterten Dansens Lider, und seine braunen Augen blickten, zuerst noch verständnislos, zu Leron auf. Er entzog ihm seine Hand und versuchte, sein zerzaustes Haar zu glätten.
»Mein König, vergebt mir. Ich wußte ja nicht. Wenn Ihr mir einen Augenblick Zeit laßt...« Er machte Anstalten aufzustehen, doch Leron legte ihm leicht die Hand auf die Schulter. »Bleib liegen und ruh dich aus. Es besteht kein Grund zur Eile.«
»Aber, mein König, es ist nicht recht ...«
»Bleib liegen und erzähl mir, wie es kommt, daß du hier bist. Meladin sagt, du wärest in Melismala zurückgeblieben. Wie bist du an Bord eines Schiffes aus Vahn geraten?« Dansen schloß die Augen und seufzte müde, dann drehte er den Kopf zur Seite. »Ich war nie darauf.« Tränen quollen unter seinen Lidern hervor, und er schlug eine Hand vors Gesicht. »Vergebt mir, mein König, ich bin ein wenig geschwächt.«
»Dansen, ich wollte dir keinen Kummer machen. Erzähl es uns später. Jetzt bringen wir dich erst einmal an Land. Bist du stark

genug, mitzukommen?« Dansen nickte kraftlos, und Leron trat zur Tür, um Hilfe herbeizurufen.
Trotz seiner Einwände, er könne sich anziehen und auf eigenen Beinen an Land gehen, wurde er von zwei Matrosen in die Mitte genommen und halb an Land getragen. Im Palast hatte Gannoc veranlaßt, daß eine kleine Kammer in der Nähe von Lerons Räumen gewärmt wurde, und dort steckte man Dansen unter ein Federbett, während Gannoc einen Diener nach einer Schale von Frau Gemartas heißer Gerstensuppe schickte. Dansen konnte nicht widerstehen, und mußte schließlich müde lachen, während sich Leron mit einem beifälligen Nicken am Fußende seines Bettes niederließ. »So ist es besser. Sorg dafür, daß er alles austrinkt, Gannoc...« Der Haushofmeister hielt Dansen mit entschlossenem Griff und zwang die Brühe hinunter. »Danach wirst du dich besser fühlen. Jedenfalls«, fügte Leron hinzu, »hat man das mir immer gesagt, als ich noch jünger war. Ich glaube sogar, Dansen, du selbst hast es mir einmal gesagt.«
»Dann habt Ihr also jetzt Eure Rache?« Dansen richtete sich in den Kissen auf und sah jetzt, rotwangig, zerzaust und mit entrüstetem Blick, schon wieder mehr wie er selbst aus.
»Mein lieber Dansen, du siehst, du hast mir die Tugenden der Zielstrebigkeit zu gründlich beigebracht. Zwanzig Jahre waren mir nicht zu lange, um auf meine Rache zu warten.« Dansens Miene wurde plötzlich ernst. »Ich hoffe, so lange muß ich nicht warten.« Leron und Gannoc sahen ihn erwartungsvoll an, und Dansen ließ sich in die Kissen zurücksinken. »Laßt mich damit beginnen, Euch zu sagen, daß meine Waffe so wirkungsvoll ist, wie ich gehofft hatte, allerdings noch furchtbarer, als es meine Erwartung war. Sie ist nicht leicht zu beherrschen. Doch mit ihrer Hilfe würde ich nicht zögern, den Moraganas oder dem großen Naqra selbst entgegenzutreten. Von den zehn Schiffen, die von Paradon geschickt worden waren, können nur drei zurückgekehrt sein, und sie waren versengt. Kein einziger Mann von Paradon setzte auch nur einen Fuß an Land.«
Leron deutete auf die Papiere, die in Gannocs Stiefel steckten.

»Das habe ich bereits von unserem Freund Talyas gehört. Er schwört ewige Freundschaft zwischen Melismala und Tredana. Hast du ihnen die Linse dagelassen?«

»Herrard überwacht gerade die Fertigung einer zweiten. Sie müßte bald aus der Wüste eintreffen. Indem ich ihnen die erste dagelassen habe, habe ich die Fortdauer ihrer Freiheit sichergestellt.« Er sprach mit leidenschaftlicher Stimme, und Leron hob besänftigend die Hand. »Ruhig, Dansen, wir kritisieren dich nicht. Es ist deine Erfindung, über die du nach Belieben verfügen kannst. Aber der Sieg über Paradon erklärt nicht, wie es kam, daß du aus dem Wasser gerettet wurdest und warum dich ein Schiff aus Vahn bedrohte.«

»Wenn Ihr Talyas' Botschaft gelesen habt, dann kennt Ihr auch den Brief, den ich durch Meladin überbringen ließ, als ich noch dachte, ich würde zurückbleiben.«

»Aber es steht nicht viel darin. Es ist nur von einem Abenteuer die Rede.«

»Einem beispiellosen Abenteuer. Ich habe es begonnen, doch es war mir nicht vergönnt, es zu Ende zu führen.« Er sank noch tiefer in die Kissen und schloß die Augen. »Es gibt eine Möglichkeit für die Schweren – so nennen uns die Dylalyr –, unter Wasser zu leben. Ein Vorgang, durch den die Lungen lernen, Wasser ebenso selbstverständlich aufzunehmen wie Luft. Aber die Anstrengung, die für unseren Körper damit verbunden ist, ist sehr groß. Ein Mensch kann eine Zeitlang unter Wasser leben und dann wieder an die Luft zurückkehren. Aber niemand hat je von einem gehört, der dann wieder unter Wasser gegangen wäre, ohne daß es seinen Tod bedeutet hätte. Ich bin den Dylalyr ins Wasser gefolgt. Das war töricht, ich weiß. Ich hätte nach Tredana zurückkehren und warten und mich ihnen später anschließen können, aber ich war zu ungeduldig. So ungeduldig, wie ich als Kind einmal war – und seither nie wieder. Ich erinnerte mich an Dinge, die ich längst für immer vergangen glaubte. Es ist bereits warm in Melismala, wußtet Ihr das? Eine merkwürdige Meeresströmung umgibt diese Insel, so daß es nie kalt wird. Die Strände sind wunderschön, und

die Bäume sind voller süß duftender Blüten. Ich habe Tredana vergessen, es tut mir leid.«
»Dansen, niemand würde dir einen Vorwurf machen. Du brauchst dich nicht zu entschuldigen...« Dansen lächelte. »Ich weiß. Dennoch hätte ich mich früher an meine Pflichten erinnern müssen. Aber ich war dort von einer Schönheit umgeben, die ich nie zuvor gesehen hatte – das Glück, von dem ich manchmal ein kleines bißchen erlebte, wenn ich las.
Zuerst ist es unter Wasser so, als würde man in dichtem Nebel leben – man sieht nur ein Stückweit, und die Finsternis des tieferen Wassers ist beängstigend. Aber dann lernt man, die Bewegung des Wassers, die empfindlichen kalten und warmen Strömungen, zu deuten. So frei muß sich ein Vogel fühlen, der nie auf der Erde gewesen ist.« Seine Züge entspannten sich, als er sich in der Erinnerung verlor.
»Die Fische, die wir Delphine nennen, heißen bei ihnen Mahiva, und es sind ihre Freunde. Sie spielen miteinander und jeder versteht die Sprache des anderen. Es war die Klage eines der Mahiva, die uns zur Wasseroberfläche trieb. Er war von einem Speer getroffen worden und ertrank im Meer in seinem Blut. Die anderen versuchten, ihn über Wasser zu halten – Ihr werdet Euch erinnern, mein König, daß der Delphin, ebenso wie der Wal, Luft atmet und darum nicht eigentlich als Fisch eingestuft werden kann?« Leron nickte ergeben, und Dansen lächelte. »Ihr erinnert Euch nicht, Ihr wart nie ein guter Schüler, wenn es um das Thema Meer ging. Nun ja – wir kamen an die Wasseroberfläche, und das war unser Unglück, denn dort war das Sklavenschiff aus Vahn, und es wurden Speere nach uns geschleudert, die viele Dylalyr und auch Mahiva töteten und verwundeten.«
Er strich sich mit der Hand über die Augen. »Sie ließen ein Boot zu Wasser und zogen einen verwundeten Dylalyr aus dem Wasser, den sie erbarmungslos töteten. Arrod hatte mich gewarnt, nicht an die Oberfläche zu gehen, doch ich vergaß alles in meinem Zorn. Ein Matrose hatte sie am Handgelenk gepackt, und ich versuchte, zu ihr zu gelangen, aber ein Speer traf mich am Kopf, und ich

verlor das Bewußtsein. Die Mahiva halfen mir, wie sie versucht hatten, Arrod zu beschützen, und bald darauf kam unser Schiff heran, und das andere segelte davon. Ich war so schwach von der Erschütterung, plötzlich Luft geatmet zu haben, daß ich weder rufen, noch meine Arme bewegen konnte, und ich wäre sicherlich ertrunken, wenn nicht Meladins scharfe Augen und Ohren gewesen wären.«

»Dann weißt du also nicht, was aus deinen Freunden geworden ist?«

»Sie sind auf den Meeresgrund zurückgekehrt, den ich wohl nie wieder sehen werde. Aber einige wurden sicher an Bord des Sklavenschiffes gebracht. Ich hoffe, sie hatten einen schnellen Tod.«

»Und Prinzessin Arrod?«

»Ich weiß es nicht.« Er wandte den Kopf ab und bedeckte wieder die Augen mit der Hand; seine Lippen zitterten. Leron erhob sich still und trat zu Gannoc. »Wir werden dich jetzt allein lassen. Du mußt dich ausruhen und etwas essen. Vielleicht erhältst du günstige Nachricht aus Melismala.« Dansen nickt, und sie gingen schweigend hinaus.

Es dauerte noch einige Wochen, bevor Herrard mit dem neuen Glas eintraf, und im Laufe dieser Wochen verbesserte sich Dansens Zustand zwar ein wenig, doch er schien bei allem, was er tat, eigenartig lustlos, so als könnte ihm nichts mehr Freude bereiten. Eine Zeitlang schien es so, als würde das Auftauchen seines alten Freundes ihn ein wenig aufmuntern, doch dann verfiel er erneut in seine Lethargie. Sie wurde abrupt unterbrochen, als sich am Horizont immer mehr Schiffe drohend versammelten. Erst eins, dann drei, dann sieben, und dann waren es zwölf Schiffe aus Vahn, alle weit draußen auf dem Meer. Nicht lange nach ihrem Auftauchen traf die Kunde von einem nächtlichen Überfall auf Sundrat ein, bei dem die Häuser in Brand gesteckt und Männer wie Frauen grausam ermordet worden waren. Leron ließ seine Kavallerie an der Küste aufziehen, um die Städte zwischen Sundrat und Tredana zu schützen, doch er mußte seine Truppen notwendigerweise zu weit auseinanderziehen, und die Überfälle ereigneten sich immer häu-

figer. Einige der Piraten wurden getötet, aber nicht genügend an der Zahl, um sie zu entmutigen.
Dansen betrachtete kopfschüttelnd sein Brennglas. »Sie haben die Neuigkeiten aus Paradon gehört und kommen nicht nah genug ans Ufer heran.« Er besprach das Problem mit Herrard, während Leron und Gannoc hoffnungslos die Verfassung ihres kleinen Heeres überprüften. Schließlich schickten sie wegen des Erwerbs von Waffen einen Boten in die Wüste, denn sie hatten die Absicht, alle Dörfer so weit wie möglich mit Waffen zu versorgen. Als der kleine Troß von Karabdu eintraf, schwer beladen mit glänzenden Schwertern und Speeren, Doppelbögen und Pfeilspitzen, war in ihrer Begleitung auch ein Bote aus Vahn, der die Wüste kurz vor Lerons Gesandtem erreicht hatte. Es war einer der zahlreichen Söhne des Tayyib, der den Zug anführte, und er lächelte Leron munter zu, während er das Auspacken und Zählen der mitgebrachten Ware überwachte. »Ich hätte Euch den Kopf des Hundes auf einer Lanze und seine Nachrichten in meiner Satteltasche mitgebracht, aber der Karif hat uns angewiesen, lieber dieses Gewürm zu schonen, als Vahns Zorn gegen die Geisel heraufzubeschwören.«
Leron atmete erleichtert auf und dankte ihm. Der Sohn des Tayyib ließ sich den Brief von dem argwöhnischen Boten geben und reichte ihn Leron, der ihn mit in den Palast nahm, um ihn dort ungestört zu lesen. Es war keine Nachricht von Sibyl dabei, und das Herz schlug ihm bis zum Halse. Der Brief von Bodrum war höchst eigenartig. Er mußte ihn mehrere Male lesen, bevor er einen Sinn für ihn ergab.

TREDANA:

Wir begrüßen die bevorstehende Zusammenkunft mit dem Karifen, und Ihr werdet unsere Neuigkeiten in Kürze durch ihn erfahren. Wir können uns nicht deutlicher ausdrücken, da uns kein Glauben geschenkt würde. Laßt uns aber soviel sagen, daß unsere Gefangene ihr Gefängnis keineswegs unangenehm findet. Bald werden Euch unsere Schiffe ihre Macht demonstrieren: Erkennt Vazdz' Macht an und die seines Dieners, des Königs von Vahn, dann gibt es keinen Grund mehr für einen Krieg. Unterwerft Euch unserem Willen, wie es unsere Geisel getan hat, und Ihr werdet Euch der Vorzüge unseres liebevollen Schutzes erfreuen.

VAHN

Später, als er Gannoc den Brief zeigte, schritt er wütend vor dem Kamin auf und ab. »Das ist unerhört. Was für ein Spiel spielt er? Was glaubt er, dadurch zu gewinnen?« Gannoc schüttelte den Kopf. »Es ergibt keinen Sinn für mich. Wenn er die Absicht hatte, sich die Königin in irgendeiner Weise zu Willen zu machen, dann hätte er den Karifen nicht aufgefordert, es zu bezeugen. Er muß wissen, daß Ajjibawr Euch keine falsche Nachricht überbringen würde. Warum ausgerechnet der Karif...«

Gannoc unterbrach sich errötend mitten im Satz, und Leron warf ihm einen durchdringenden Blick zu. »Zur Abwechslung einmal nicht sehr diplomatisch. Aber zutreffend, wie immer. Von allen Menschen ist der Karif derjenige, der diesem Unsinn am wenigsten Glauben schenken würde – auch wenn Bodrum das vielleicht noch nicht weiß.« Er setzte sich plötzlich und ließ den Kopf in die Hände sinken. »Gannoc, wird das je ein Ende haben? Wird es je wieder Frühling werden?«

»Der Frühling wird schon bald kommen, aber die andere Frage kann ich nicht beantworten, so gern ich das würde.« Er legte Leron tröstend die Hand auf die Schulter, dann ging er hinaus und überließ Leron seinen finsteren Gedanken.

Nicht lange darauf zeigten sich die ersten Vorboten des Frühlings: wildes Buschwerk, das an den Schloßmauern wucherte, überzog sich mit flaumigen gelben Blüten, und die ersten Blumen öffneten sich nach dem Schnee. Tredana blieb weiterhin unbehelligt, und die Überfälle entlang der Küste wurden weniger, so daß Leron zu vermuten begann, daß sie neue Befehle aus Vahn erwarteten.

Auch er wartete – auf Nachricht von Ajjibawr oder Odric, auf irgendwelche Neuigkeiten von der Westküste. Dann, eines Morgens, als er in seinem Arbeitszimmer beschäftigt war, kam Gannoc eilig herein, und ein breites Grinsen spaltete seinen lockigen schwarzen Bart. Er schlang seine Arme um ihn und drückte ihm schier die Luft ab. »Vahanavat ist gefallen! Bodrum ist auf der Flucht! Die Königin ist in Sicherheit!« Leron blickte ihn verwundert an, dann setzte er sich mit zitternden Knien. »Woher – wie hast du das erfahren?«

»Ein Bote des Karifen. Er hat zwei Pferde zuschanden geritten, um uns die Nachricht zu überbringen. Er selbst ist auch halbtot, obwohl er auf meine Frage nur geantwortet hat, er wäre scharfes Reiten gewöhnt. Aber hier, seht es Euch selbst an.« Leron strich die Papiere mit zitternden Händen glatt.

Der Karif beschrieb in seinem kurzen Brief, wie Bodrum aus der Stadt geflohen und daß sie in Odrics Namen von der Armee von Treclere besetzt worden war. Er kündigte warnend an, daß sich eine größere Seemacht unterwegs befand, um Tredana anzugreifen, doch Leron überflog die Einzelheiten, mit denen er sich später befassen würde. Er las dreimal die Passage, in der davon die Rede war, daß Sibyl sich in Sicherheit befand, dann wandte er sich ihrem zusammengefalteten und versiegelten Brief zu. Obwohl es ihn unbändig danach verlangte, ihn zu lesen, fürchtete er sich auch davor, das Siegel zu erbrechen, fürchtete sich, von ihrem sicheren Aufenthalt bei den Karabdu zu lesen. Er starrte minutenlang darauf, bevor er endlich das Siegel erbrach, und als er ihre Zeilen las, strömten ihm Tränen der Erleichterung aus den Augen, und er war dankbar, daß Gannoc ihn allein gelassen hatte. Er las den Brief noch einmal und steckte ihn zu dem anderen in seine Tunika, dann trocknete er seine Tränen, setzte eine beherrschte Miene auf und begab sich zu Gannoc, um Pläne zur Verteidigung gegen die neuerlichen Angriffe der Streitkräfte von Vahn zu machen.

Weniger als zwei Wochen später stand er allein im Garten und blickte auf den Hafen hinunter. Er beobachtete die Aufstellung von Dansens Linse auf einem kleinen, flachen Kahn. Als er

Schritte hinter sich hörte, drehte er sich nicht um, da er annahm, daß es einer der Diener sei. Dann spürte er eine zögernde Berührung am Arm, und als er hinunterblickte, sah er den Ring seiner Mutter an einer mageren, aber wohlbekannten Hand in der Sonne blitzen.

BRIEF
von ARBAB, DALLAL, MIMBASH, SAHLAR, PADESHI, ZEHAR und MULKE, den sieben Kriegsherren von Paradon
an BODRUM VIII., König von Vahn

BRUDER IN VAZDZ:

In Sorge vernahmen wir Eure Botschaft, doch freudig fügen wir Eure Insignien zu unseren und nehmen Euch in unsere Mitte hier. Wir teilen Euch mit, habt keine Sorge, in unserem Bund ist Kraft und Vazdz ist unser Speer und unser Schild. Das Orakel von Inivin hat gesprochen mit seinem Mund und gesagt, habt Geduld, beschwert nicht Euer Herz, Hilfe naht in größ'rer Zahl als je zuvor in dieser Welt vom Menschen gesehn, und mit seiner Hilfe und der des unsterblichen Vazdz können wir nicht fehlen in diesem unserem Unterfangen.
Zur Bekräftigung senden wir Euch unsere Insignien und Siegel.

IV

Lange bevor es hell wurde, lärmten die Vögel schon vor dem Fenster. Ein kalter, feuchter Wind, halb Winter noch, halb schon Frühling, fing sich in Stößen in dem offenen Fenster, und Sibyl sah den Atem vor ihrem Gesicht. Doch unter der Decke war ihr warm, und sie hatte keinen Grund, das behagliche Bett zu verlassen. Ruhig und vollkommen frei schwebte sie am Rande des Erwachens und spürte weder das Gewicht der Decken, noch den Druck von Lerons Arm und Schulter. Vor dem Fenster wurde es heller, das Morgengrauen drang in den Raum und warf seine Schatten hinter die Möbel. Sie erwachte allmählich ganz und nahm Lerons warmen Atem an ihrem Hals und die Falte des Kissens unter ihrem Kopf wahr. Dann begann auch Leron zu erwachen. Er streifte ihren Hals schlaftrunken mit den Lippen, und sie wandte sich ihm zu, um seine Liebkosung zu erwidern.

Am zweiten Morgen nach Sibyls Heimkehr gesellte sich Dansen zum Frühstück zu ihnen. Die Köchin Gemarta hatte eine verblüffende Vielfalt von Würsten und Brot, Backwerk und Eiern nach unterschiedlichster Art zubereitet. Dazu gab es karabdinischen Kaffee und das gewohnte Bier. Sibyl konnte sich nicht erinnern, jemals so viel am Morgen gegessen zu haben, und Leron, der sich ihrer Sorge darum bewußt war, zwickte sie, während er sich herüberbeugte, um sich nachzunehmen, in die füllig gewordene Taille. »Morgendliche Übungen halten dich schlank und beweglich«, flüsterte er ihr anzüglich ins Ohr, und sie errötete.

Dansen, der ihnen gegenübersaß, zerflückte umständlich ein kleines süßes Brötchen und aß es Krümchen für Krümchen. Seine bedrückte Stimmung ging Sibyl ans Herz. Sie hatte nicht mehr mit ihm gesprochen, seitdem sie ihn am Tage ihrer Ankunft um-

armt hatte, als er, Gannoc, Mara und alle sich zu ihrer Begrüßung versammelt hatten. Leron hatte ihr kurz von Dansens Rückkehr berichtet, und sie hatte, wenn sie überhaupt daran dachte, angenommen, daß sein Kummer von der Trennung herrührte.
Sie errötete wieder, diesmal aus Schuldgefühl angesichts ihrer selbstsüchtigen Haltung, und sie legte Leron die Hand auf den Arm. »Mir – mir ist gerade etwas eingefallen. Du hast noch nicht mit dem Karifen gesprochen, aber hast du – ich meine, die Berichte aus Vahn.« Leron sah sie verwundert an. »Ich glaube, du kennst alle meine Schritte der vergangenen eineinhalb Tage.«
Sibyl wandte sich an Dansen. »Dansen, es tut mir leid, aber ich hatte vergessen, daß du keine Möglichkeit hattest, es zu erfahren – es ist so lange her... Ich habe in Vahanavat mit Arrod gesprochen und ihr geholfen zu entkommen; sie muß inzwischen sicher in Melismala zurück sein.« Dansen ließ sein Brötchen fallen und sah sie sprachlos vor Erstaunen an. Von Gefühlen überwältigt, erhob sich Sibyl, ging um den Tisch herum zu ihm und drückte seine Schultern. »Die Delphine waren bei ihr, und sie sagte, sie würden sie sicher nach Hause bringen. Bodrum hatte sie in einer Wasserzelle unter dem Turm, in dem ich gefangen war, eingesperrt. Sie erzählte mir von ihrer Gefangennahme und sie sagte, daß das Schlimmste für sie war, dich verlassen zu müssen.«
»Das hat sie gesagt? Und es ging ihr gut? Bist du sicher?«
»Sie war leichtverletzt – aber ich bin sicher, sie ist unbeschadet in ihre Heimat zurückgekehrt.«
Er war so voller Freude, daß Sibyl es nicht über sich brachte, ihm alle Einzelheiten dessen, was sie gesehen hatte, wahrheitsgemäß zu erzählen. Sie konnte jedoch nicht umhin, ihm davon zu berichten, wie die anderen Dylalyl getötet worden waren. Aber Dansen war so benommen von dieser Erlösung, daß er nicht alles auf einmal aufnehmen konnte. Sie drückte ihn noch einmal, und er tätschelte ihr geistesabwesend den Arm. »Ich weiß nicht, was ich sagen soll«, meinte er, nachdem Sibyl ihren Platz an Lerons Seite wieder eingenommen hatte. »Ich hätte nicht so schnell verzweifeln sollen.« Plötzlich lächelte er, und in seinem müden Gesicht

vollzog sich eine erstaunliche Veränderung. »Ich glaube, ich werde ein bißchen von dieser Wurst nehmen, wenn es Euch nichts ausmacht«, bemerkte er, worauf Leron schweigend einen Teller füllte und ihm hinüberreichte.

Sobald sie ihr Mahl beendet hatten, machte sich Leron auf die Suche nach Gannoc, um die Pflichten wieder aufzunehmen, die er in den vergangenen eineinhalb Tagen aufgeschoben hatte. Sibyl sah ihm an, daß ihn der unnötige Kummer, den sie Dansen bereitet hatten, genauso bedrückte wie sie selbst. Sie verabschiedete sich für die wenigen Stunden der Trennung mit einem Kuß von ihm und ging allein in den Garten hinaus.

In der ersten Woche hielt sie sich oft im Garten auf, genoß das kalte Sonnenlicht und die ungestümen Frühlingsdüfte in der Luft. Es war wunderschön dort hinter den alten Steinmauern, friedlich und klar, und Sibyl verstand ihre eigene Unzufriedenheit nicht.

In Vahn hatte sie geglaubt, die Rückkehr zu Leron, der sie liebte, würde reichen, ihre Ruhe wiederherzustellen. Aber nun war sie hier und immer noch unzufrieden. Sie streifte ruhelos und unglücklich durch den Garten. Wie um alles in der Welt sollte sie ein Kind haben? Sie war selbst noch nicht richtig erwachsen. Bald würde da ein neues, eigenständiges Leben sein, ein Wesen, in dessen Erinnerung sie nichts als Mutter sein würde. Mutter! Sie war noch nicht bereit, auf ihr eigenes Kindsein zu verzichten. Wie so oft in letzter Zeit, begann sie zu weinen. Das war auch etwas, das sie nicht begriff. In den vergangenen Monaten war alles drunter und drüber gegangen. Fast achtzehn Jahre lang war sie ein selbstsicherer Mensch gewesen, der nicht weinte, und nun kam es ihr so vor, als wäre sie fast ständig in Tränen. Es gab ihr ein Gefühl hilfloser Erschöpfung.

Sie lehnte sich an die Mauer und hielt die Tränen zurück, aber die Niedergeschlagenheit, die ihr den Magen zusammenzog, wollte nicht weichen. Ich will kein Kind, ich will keinen Mann, ich will nicht einmal geliebt werden, dachte sie. Ich will einfach frei und unabhängig sein. Ein Freund hatte ihr das einmal gesagt, aber damals hatte sie ihm nicht geglaubt, und jetzt war es zu spät. Shadith

fiel ihr ein, und sie begann wieder zu weinen. Vielleicht bekomme ich einen ganzen Haufen Kinder und bin nie wieder frei. Der Gedanke war so schrecklich, daß ihre Tränen versiegten. Sie schlug schaudernd die Hände vors Gesicht, und in ihrem Kopf wiederholten sich unaufhörlich die Worte *zu spät, zu spät*.
»Was ist los? Weil dein Geliebter geht? Er kommt bestimmt einmal wieder vorbei, wenn du ihn darum bittest.« Sibyl blickte auf und sah sich Dastra gegenüber, die leise in den Garten gekommen war. Dastra deutete auf ihren Bauch. »Allerdings wartet er vielleicht lieber ein paar Monate.« Sibyl ballte die Fäuste, und Dastra wich ein Stück zurück. »Wovon zum Teufel sprichst du?« »Vom Karifen natürlich. Er kehrt in die Wüste zurück, als ob du das nicht wüßtest.« Sie zeigte zum Aussichtsfenster hinüber. »Seine Männer sind schon auf der Straße. Was wird Leron sagen, wenn dein Kind blaue Augen hat?« Ihre flinken Augen registrierten den Erfolg ihrer letzten Bemerkung, und ihre blassen Lippen verzogen sich zu einem Lächeln. Sibyl hob die Faust, und das Lächeln verschwand. »Hüte deine Zunge, sonst drehe ich sie dir um«, sagte sie. »Ich bin nicht so höflich wie Leron.« Sie wandte sich der schmalen Maueröffnung zu und blickte hinaus. Wie Dastra gesagt hatte, drängten sich die buntgekleideten Karabdu draußen auf der Straße. Ajjibawr war unter ihnen. Er ritt auf seinem glänzenden, goldbraunen Pferd, das Kopftuch war lose um seinen Hals geschlungen, und sein helles Haar schimmerte in der Sonne.
Sie drehte sich mit einem Seufzer wieder zu Dastra um. »Wenigstens gibt es in deinem Fall keinen Zweifel. Die Möglichkeit, daß dein Mann der Vater hätte sein können, ist ausgeschlossen.« Dastra riß die Augen weit auf, eine Angewohnheit, die sie gleichermaßen unschuldig wie schön erscheinen ließ, dann verengten sie sich ein wenig, und sie verzog spöttisch den Mund. »Vielleicht nicht – aber so manch einer ist der Meinung, daß es dein Mann hätte sein können.« Sie lachte laut über Sibyls Bestürzung, verschwand mit wehenden Röcken wieder im Gebäude und ließ Sibyl allein zurück.
Sibyl setzte sich auf die Bank unter dem Ausguck und lehnte den

Kopf an die Mauer. Mara hatte von Gerüchten im Palast gesprochen, war aber zu taktvoll gewesen, etwas Genaueres zu sagen. Der arme Leron. Er hatte so viele Probleme, von denen sie selbst nicht das geringste war. Was, wenn das Kind blaue Augen hatte? Vielleicht hätte sie bei Ajjibawr bleiben sollen. Er war so nah daran gewesen zu sprechen, und sie hatte ihm die kalte Schulter gezeigt. Aber was würde es auch nützen? Sie wollte ihm eher gleichen, als mit ihm zusammen zu sein. Stark, selbstsicher, unabhängig. Ihr Schicksal hatte sie schon eingeholt, sein Herz schlug leise unter dem ihren. Sie erhob sich seufzend. Sie hatte keine Wahl, also war es wohl das beste, sich mit Würde zu fügen. Vielleicht ließ sich Zufriedenheit erlernen.

Das Mittagessen nahm sie mit Leron, Gannoc und Ajjibawr ein. Der Karif sah ihr nicht in die Augen, sondern murmelte nur mit leiser Stimme ein höfliches Wort des Grußes. Leron führte sie zuvorkommend zu ihrem Platz und ließ seine Hände ein wenig zu lange besitzergreifend auf ihren Schultern ruhen. Sie wand sich unwillig los, haßte sich aber gleichzeitig für ihre Gefühle. Das Essen war fad, und das Mahl dauerte ihr viel zu lange. Sie entschuldigte sich anschließend unverzüglich und wies auf ihr Bedürfnis nach Ruhe hin. Ajjibawrs erstaunter Blick traf sie unvorbereitet, und sie errötete bei dem Gedanken daran, wie ungestüm sie nach ihrer Rückkehr aus Vahn mit den Karabdu geritten war.

Sie zog sich in ihr eigenes Gemach zurück, anstatt in den Raum, den sie mit Leron teilte und versuchte zu ruhen. Gerade, als sie beschlossen hatte, es aufzugeben und statt dessen einen Ausritt zu unternehmen, klopfte es leise an die Tür, und ein Diener trat auf ihre Aufforderung hin ein. Er hielt eine Nachricht in der Hand: Der Karif der Karabdu wünschte eine Unterhaltung unter vier Augen mit ihr, bevor er zu seinem Heer zurückkehrte. Sie nickte zustimmend, strich hastig ihr Kleid glatt und trat an den Kamin. Vielleicht würde die Wärme seines Feuers ein bißchen Kraft auf sie abstrahlen. Als sie seine Schritte hörte, drehte sie sich nicht sofort um. Ihr Herz begann wie wild zu schlagen, und sie verfluchte sich insgeheim selbst. Dann wandte sie sich um und bemühte sich, kalt zu lächeln.

Der Versuch war nicht von Erfolg gekrönt, denn Ajjibawr sah ihr direkt in die Augen, und sein Blick war kein bißchen kalt. Es war zu spät für eine Ausflucht. Sie wandte sich ab und blickte wieder in die Flammen. Ajjibawr trat näher und stützte sich mit einer Hand am Kaminsims ab. Beim Klang seiner Stimme fuhr sie zusammen: sie vergaß immer wieder, wie tief und ruhig er sprach. »Bevor ich in das Wüstenland zurückkehre, möchte ich dir einige Dinge sagen.« Sie nickte, ohne aufzusehen. »Du bist nicht mehr mein Gast, und ich habe dir gegenüber keine Ehrenverpflichtung mehr. Vielleicht können wir hier offen miteinander reden.« Sie nickte wieder und schluckte krampfhaft. Seine Hand bewegte sich ein Stück. »Kannst du mich nicht ansehen? Ich hätte mich längst entschuldigt für das, was auf dem Schiff geschehen ist, hätte ich das Gefühl gehabt, daß du es wünschst.«
Sibyl spürte, wie ihr die Tränen wieder in die Augen stiegen und wandte sich ab. Sie kämpfte gegen das Verlangen an, die Hände vors Gesicht zu schlagen, denn sie befürchtete, er würde es vielleicht als Aufforderung begreifen, sie zu trösten, doch er rührte sich nicht. Sie schniefte vernehmlich und wandte sich endlich zu ihm um. »Du verstehst nicht.« Ihre Stimme versagte, und Ajjibawr sah sie sehr freundlich an, immer noch, ohne eine Bewegung oder den Versuch, sie zu berühren. »Was verstehe ich nicht? Sei so gut und erklär es mir.« Sie schüttelte den Kopf. »Ich würde lieber in Ketten einem Bodrum ausgeliefert sein, als diese Entschuldigung zu hören. Bedauerst du es wirklich so sehr?« Um Ajjibawrs Fassung war es geschehen; er wandte sich ab und tastete nach seiner Tabaksdose. Sibyl lachte freudlos. »Willst du schnupfen oder antworten?« Er hielt die Dose in der Hand, ohne sie zu öffnen und sah sie hilflos an. »Wie könnte ich antworten?«
Sibyl lehnte die Stirn gegen den Kaminsims, bis ihr Gesicht vor Hitze schmerzte. »Ich dachte, nach Hause zu kommen, wäre die Antwort...« Sie schüttelte den Kopf. »Aber ich weiß nicht, was ich wirklich will. Ich glaube, es gibt keine Antworten.«
Endlich nahm Ajjibawr seine Prise; als er geniest hatte, hob sie den

Kopf und sah, daß er sie mit einem wehmütigen Lächeln ansah. »Es wird einige Antworten für dich geben, wenn die Jahre vergehen; aber die Fragen werden immer andere sein.« Sein Gesicht wurde wieder ernst. »Wenn es keine Enttäuschungen gäbe, könnte man ebensogut tot sein. Mein liebes Herz, ich bin nicht so jung wie Leron. Vielleicht war ich auch nie so jung wie er. Ich kann dich nicht mit Antworten beleidigen. Du würdest mir den Versuch nicht danken, wie gut die Argumente auch heute oder morgen klingen würden. Im Herzen sind wir alle allein. Selbst das Kind, das du trägst, ist allein, und wird seine eigenen Antworten finden müssen.«

»Es gibt eine Antwort, die ich nie aufrichtig werde geben können.« Ajjibawr nickte. »Ich weiß. Das Schicksal zeigt uns immer wieder seine Stärke und demütigt unseren Stolz. Aber sei versichert, es wird für dein Kind stets ein Heim in der Wüste geben, sollte eine solche Zuflucht je notwendig sein.«

Sibyls Knie zitterten, und sie setzte sich aufs Sofa und barg ihr heißes Gesicht in den Händen. Der Karif würde ihre Schwäche nicht ausnutzen. Er würde jetzt gleich höflich hinausgehen, und sie würde ihn nie wiedersehen, oder doch so lange nicht, daß es keinen Unterschied machte. Vielleicht würde sie sich später einmal verachten. Aber später war so fern. Sie streckte eine Hand nach Ajjibawr aus, und er ließ sich neben sie auf das Sofa ziehen. Als er saß, schüttelte er sachte den Kopf. »Liebste«, sagte er, »laß mich gehen. Wenn du mich bittest zu bleiben, wirst du mich hassen, weil ich darauf eingehe.« Sie schmiegte ihr Gesicht an seine Brust, wie sie es schon seit vielen Wochen hatte tun wollen.

Er hob ihr Kinn und küßte sie, dann schüttelte er noch einmal den Kopf. »Wenn wir schon verrückt sein müssen, gibt es doch keinen Grund, auch noch trübsinnig zu sein. Würde es dich zum Lachen bringen, wenn ich dir sage, daß ich beim Hereinkommen die Tür verriegelt habe?« Sibyl warf einen verblüfften Blick auf die verschlossene Tür. Sie begann unter Tränen zu lachen, und Lachfältchen zogen sich um Ajjibawrs Augen. »So ist es besser«, sagte er, indem er sie küßte, und sie erwiderte seinen Kuß; dann schloß sie die Augen und wartete darauf, daß er die Arme fester um sie schlang.

In der Woche, die auf Ajjibawrs Rückkehr zu seinem Heer folgte, vermehrte sich die Anzahl der Schiffe aus Vahn um die Flotte aus Vahanavat. Es waren jetzt zwanzig an der Zahl, vier davon so groß wie die *Damar*. Nur eines fiel Dansens Linse zum Opfer, ein kleines Schiff, das ohne Zweifel zur Erkundung so dicht ans Ufer geschickt worden war. Es näherte sich dem großen, niedrigen Kahn, auf dem die Linse nach Dansens Anweisungen angebracht war, und da es nicht auf Bogenschußweite herankam, sah seine Besatzung offenbar keinen Anlaß zur Sorge, sondern ließ es mit schlaffen Segeln und eingezogenen Rudern treiben. Als die Linse auf dem Kahn ausgerichtet wurde, flammten Lichtblitze auf, die selbst Sibyl, die aus der Ferne, hoch oben hinter den Zinnen eines Rundgangs auf der Burg zusah, grell erschienen. Leron stand an ihrer Seite, jedoch so fern, als hinge ein Schwert zwischen ihnen.
Ein hellroter Blitz peitschte über den trockenen, geteerten Rumpf des Schiffes aus Vahn, und Leron faßte unwillkürlich nach Sibyls Arm. Den Männern an Bord blieb nur noch Zeit zu springen, dann stand ihr Schiff in Flammen, und die Segel barsten in grellem Feuerschein, bevor sie zu einem dünnen, schwarzen Stangenskelett verblaßten, das langsam seitlich ins Wasser kippte. Der Kahn wurde jetzt schneller vorangetrieben, gedeckt von einer Truppe von Armbrustschützen am Bug, und die Besatzung machte sich daran, die Gegner aus dem Wasser herauszufischen.
Leron sandte Gannoc, sich um die Unterbringung der unwillkommenen Gefangenen zu kümmern und wandte sich an Sibyl. »Wenn sich dieser Arleon bei der Flotte befindet, wird er in der Lage sein, zu durchschauen, wie wir das Schiff zerstört haben?«
»Er könnte es herausfinden.« Sie sah zu, wie die schwarzen Trümmer im Wasser trieben und dann im ruhigen Meer versanken. »Vielleicht überrascht es ihn zuerst, aber der Gedanke wird ihm nicht allzu fremd sein. Ich bin sicher, daß er die Schiffe nicht mehr

in Reichweite kommen läßt. Wie lange können sie ihre Stellung dort halten?« Leron runzelte, die Arme auf der Brüstung verschränkt, die Stirn. »Die Schiffe von Vahn sind für viele Monate ausgerüstet. Und wenn sie die Küste weiter nördlich plündern, können sie sich auf unsere Kosten weiter verpflegen. Der Karif und seine Reitertruppen können die Küste im Süden sichern, aber ich fürchte für den Norden.«

Die folgende Woche brachte ihnen die Nachricht, die sie befürchtet hatten: Sundrat war angegriffen und der größte Teil der Stadt außerhalb der Mauern niedergebrannt worden. Sie brachte außerdem ein unter der weißen Flagge segelndes Boot in den Hafen, dessen Mutterschiff sich in sicherem Abstand auf dem Meer hielt. Sibyl war anwesend, als Leron den Unterhändler im Ratssaal empfing; auch Gannoc und Dansen waren gekommen. Der Seemann aus Vahn wartete mit über der Brust verschränkten Armen, bis Leron die kurze Botschaft gelesen und an Gannoc weitergegeben hatte. »Man bietet uns also an, uns friedlich zu ergeben? Das ist höchst großzügig vom König und seinem Admiral. Ich sehe allerdings nicht, wo er um die Macht, die er seiner eigenen, wie er sagt, hinzufügen wird, bitten will. Wenn er nach Paradon gesegelt ist, um dort Unterstützung zu finden, kann ich dir sagen, daß seine Reise umsonst ist. Sie fürchten unsere Macht und das mit Recht: sie haben mehr als ein Schiff verloren in den Flammen, die wir werfen können.«

Der Seemann zog verärgert die Brauen zusammen. »Der König ist nach Paradon gesegelt, aber nicht, um die Unterstützung Sterblicher zu erbitten. Er wird mit dem Herrn von Inivin sprechen, und dann werdet ihr sehen, was es heißt, uns herauszufordern!« Sibyl warf Gannoc einen fragenden Blick zu, und er flüsterte ihr leise ins Ohr: »Es heißt, daß Vazdz in einem Land namens Inivin lebt, im Südwesten der Insel Paradon.« Leron sah den Seemann an und lachte. »So, so, der mächtige Vazdz muß angerufen werden, Vahn wie ein Dienstbote zu Hilfe zu eilen? Wo hat er sich denn in den vergangenen Monaten versteckt gehalten, daß er die Neuigkeiten nicht vernommen hat? Sind seine alles sehenden Augen geschlossen und seine alles hörenden Ohren verstopft? Euer Vertrauen in Vazdz ehrt euren Glauben mehr als euren Verstand. Warte, ich werde dir eine schriftliche Antwort für deinen Admiral mitgeben. Dansen?« Dansen setzte sich, schob bedächtig seine Ärmel zurück und glättete dann das vor ihm liegende Pergament mit einer Hand. Leron verschränkte die Arme vor der Brust und lehnte sich mit dem Rücken an die Wand. Er sah müde und blaß aus, aber seine Augen funkelten lebhaft vor Zorn. »›Leron von Tredana sendet dem Lordadmiral von Vahn seine Grüße und rät ihm dringendst, sich die Abwesenheit und unzweifelhafte Flucht seines Königs zunutze zu machen und seine Flotte der Gnade Tredanas, Trecleres und des Wüstenlandes auszuliefern. Andernfalls sei er versichert, daß es für ihn an keiner Küste dieses Kontinents eine friedliche Landung geben wird.‹ Hast du das Wachs erhitzt? Sehr gut.« Leron beugte sich über den Tisch und drückte sein Siegel in das Wachs.

»Bring das deinem Kapitän«, forderte er den Seemann auf, der den Brief hochmütig in Empfang nahm. »Wenn die Moraganas eure Häuser niederbrennen und der Große Naqra euch in seinen Bauch hinunterreißt, werdet ihr euch wünschen, ihr hättet euch friedlich mit uns geeinigt.« Leron schüttelte den Kopf. »Das einzige, was brennen wird, sind eure Schiffe, und was den Bauch betrifft, so wird der eure nach Wasser und Nahrung schreien, wenn ihr noch ein paar Monate auf See seid.« Als der Seemann hinausgegangen war, wandte sich Leron mit gerunzelter Stirn zu den anderen um. »Nun, Dansen, sag an, müssen wir uns auf die Angriffe der Diener Vazdz' vorbereiten?«

Sibyl schüttelte fragend den Kopf. »Shirkah hat die Moraganas verwundet, aber sie sind nicht vernichtet. Was ist der Naqra? Ich dachte, es wäre nur eine Verzierung auf einem Spielbrett.« Dansen erklärte es ihr geduldig, indem er sich auf Erlandus berief, und Gannoc wanderte gereizt auf und ab. »Wenn diese Dämonen so mächtig sind«, sagte er schließlich, »warum hat Vazdz sie dann nicht schon längst geschickt, um uns zu vernichten?« Dansen zuckte die Achseln. »Möglicherweise ist die Welt größer, als wir annehmen. Vielleicht gibt es noch Länder jenseits von Paradon und

Melismala. Die Dylalyr glauben es jedenfalls. Vielleicht hat Vazdz seine Wesen anderswo benötigt. Bis vor kurzer Zeit hatte er sehr brauchbare Diener in seinen Königen Ddiskeard, Dzildzil, Gorga und Bodrum – was hätte unser Land Gräßlicheres gebraucht?«
Leron setzte sich auf die Tischkante zu Dansen. Sorgfältig jede Berührung mit Sibyl vermeidend, rieb er sich die Augen. »Es besteht also die Gefahr eines direkten Angriffs aus Inivin?«
Dansen kramte in seinen Papieren. »Es ist möglich, mein König. Ein Angriff, den ich nicht unterschätzen würde. Darüber hinaus gibt es etwas, das ich einmal gelesen habe –« Er errötete, und Gannoc kam herbei und stellte sich an seine andere Seite. »Wir warten, Dansen. Keine Röte der Bescheidenheit. Welcher neue seltsame Einfall ist das, mit dem du unserem langsamen Geist auf die Sprünge helfen willst?«
»Es ist kein Einfall – eigentlich nichts – ein ziemlich altes Gedicht – ich habe es vor Jahren zum erstenmal gelesen und einen Teil davon in meine Sammlung alter Weisheiten aufgenommen. Als ich gestern nacht noch einmal auf das gesamte Gedicht stieß, fielen mir einige Parallelen auf und ich schrieb es ab, um es euch zu zeigen.« Er zog den betreffenden Bogen heraus, überflog ihn und blickte mit glänzenden Augen auf. »Wie ich schon sagte, es ist sehr alt und die Herkunft unklar. Ich werde es näher erforschen, wenn ihr glaubt, daß es das verdient.«
Er räusperte sich und las:

»Ketten tragen sie statt Gold
mit Geiseln wird gehandelt.
Wenn die Ketten reißen und alle sind frei
Wird Land und Meer in ein Schlachtfeld verwandelt.
Mächte des Wassers und Mächte im Wind,
gemeinsam bedrohen sie das Mondenkind,
Flügel aus Kupfer, Zähne aus Bein,
Feuerauge, Herz von Stein,
Die älteste Leidenschaft all überall:
Doch wer von ihnen bringt den Turm zu Fall?

Ich fürchte, meine frühere Lesart war unvollständig. Jetzt, da ich den ganzen Reim vor mir habe, komme ich nicht umhin, die Übereinstimmung mit Ereignissen der jüngsten Zeit darin festzustellen.«

Sibyl beugte sich über den Tisch, und Leron wich ihr wieder aus. »Die ersten beiden Verse verstehe ich«, sagte sie, »und auch den dritten, wenn Vazdz Bodrum wirklich seine Helfer schickt. Aber was hat der letzte Teil zu bedeuten?«

»Ich glaube«, erwiderte Dansen, »daß es zum Teil eine Beschreibung der Dämonen ist, die Vazdz' Befehl gehorchen.«

»Und die Leidenschaft?« Leron stellte die Frage so heftig, daß die anderen zusammenfuhren: Sibyl wich verwirrt zurück. Dansen hob, ohne zu antworten, die Braue, und Sibyl trat ans Fenster, blickte in den Burghof hinaus und fragt sich, wie sie mit Leron reden sollte.

An diesem Tag ergab sich keine Gelegenheit; er hatte den ganzen Nachmittag zu tun und machte sich sogleich nach einem frühen Abendessen auf, um die Festungsanlagen an der Küste zu inspizieren. Sibyl wanderte ruhelos von Raum zu Raum und begab sich dann uneingeladen zu Mara hinüber, in der Hoffnung, daß etwas von ihrer Ruhe auf sie abfärben würde. Mara hatte Äpfel aus dem Vorratskeller heraufgeholt, die sie jetzt schälte und entkernte, um haltbares Mus daraus zu kochen. In der behaglich warmen Küche hing ein köstlicher Duft. Sibyl nahm verlegen Platz und übernahm das Schälen. Ihr kam es so vor, als würde ihr Schoß von Tag zu Tag kleiner werden, und das machte sie in vielen Dingen ungeschickt. Eine Weile arbeiteten sie schweigend. Dann nahm Mara den nächsten Teller mit geschälten Äpfeln, um sie zu vierteln und das Kerngehäuse herauszuschneiden und fragte mit einem Lächeln:

»Habt ihr euch gestritten?« Sibyl zuckte unentschlossen die Schultern. »Eigentlich nicht. Es ist kein Wort gefallen.«

»Das ist die schlimmste Art von Streit. Wirst du mutig sein, oder willst du warten, bis Leron den Anfang macht? Es könnte Wochen dauern.«

»Ich weiß nicht, was ich sagen soll.«

»Geständnisse sind nie angenehm. Aber es ist besser, auf sie zurückzublicken, als sie als Wolke über der Zukunft zu sehen.«

Sibyl rutschte mit dem kleinen, scharfen Messer aus und schnitt sich in den Zeigefinger. Sie schlug die Augen nieder. »Was ich zu sagen habe, würde ihn nicht sehr glücklich machen.«

»Ich glaube, das Warten macht ihn noch unglücklicher.« Sibyl legte den Apfel böse aus der Hand und stieß das Messer hinein. »Das Warten worauf? Wenn es doch jeder weiß, warum soll ich mir dann die Mühe machen, es ihm zu sagen? Sagt es ihm doch selbst.« Damit machte sie Anstalten, aufzustehen, doch Mara lief zu ihr und legte die Arme um sie. Sie war warm und weich, und Sibyl lehnte ihr Gesicht für einen Augenblick an ihre Brust und ließ sich trösten. Dann richtete sie sich auf und trocknete sich die Tränen ab. »Ich kann ihm nichts erklären. Ich verstehe es selbst nicht. Und du würdest es auch nicht verstehen.«

Mara lachte leise und setzte sich wieder ans Feuer. »Ich weiß nicht, warum Kinder immer glauben, sie seien die ersten Menschen, die leben. Wenn du so sprichst, erinnerst du mich an Mariti. Was sollte ich nicht verstehen? Ich bin fünfundfünfzig Jahre alt. Ich war nicht die ganze Zeit über in meinem Kämmerlein eingeschlossen. Fast dreißig Jahre lang habe ich allein gelebt. Glaubst du denn, ich habe nie in mein Kissen geweint oder daran gezweifelt, daß die Sonne je wieder aufgehen würde?«

Sibyl mußte gegen ihren Willen lachen und setzte sich wieder, aber sie brachte kein Wort heraus. Nach einer Weile des Schweigens begann Mara, zu erzählen, und die Erinnerung brachte ein Lächeln auf ihr Gesicht. »Eine Woche, bevor ich Gannoc heiraten sollte, entschied ich, daß ich es nicht konnte. Ich schickte ihm eine Nachricht und verließ den Hof. Dann ging ich zum Gut eines alten Freundes meiner Familie, dessen Sohn mich einmal geliebt hatte, als wir noch halbe Kinder waren. Wie frei ich mich fühlte. Ich ritt mit ihm aus, watete mit ihm durch Bäche, tanzte die Nächte durch und lachte den ganzen Tag. Und ich schloß auch meine Tür nicht ab des Nachts.« Sie sah Sibyls erstaunte Miene und lachte. »Du bist wirklich sehr hochmütig, wenn du glaubst, du hast Liebe und Schmerz erfunden.«

Sibyl errötete, und Mara fuhr mit ihrer Geschichte fort. »Dann erhielt ich eine Nachricht vom Hof. Von Gannoc. Er schrieb, er wolle mich nicht wiedersehen, aber die Königin sei krank und ob ich nicht kommen könnte, um bei ihrer Pflege zu helfen, er würde dafür sorgen, daß wir uns nicht begegnen. Ich kehrte zurück und war bei Leriel, als sie starb. Und dann begann der liebe Mathon, sich mir anzuvertrauen. Wie sehr er die Königin geliebt hätte, und wie schwer es ihm gefallen sei, das auszudrücken. Ihre Vertrautheit mit ihrem Zwillingsbruder, deinem Vater Armon, hatte ihn so sehr ausgeschlossen, daß er es kaum wagte, sie anzusprechen. Und dann war da der arme kleine Leron, so gut wie verwaist, da sein Vater ganz vergraben war in seine Sorgen. Leron hing mir am Schürzenzipfel, aber er brauchte auch Gannoc, der ihm fast ein besserer Kamerad war als sein Vater. Also trafen wir uns um des Prinzen willen. Aber wochenlang wechselten wir kein freundliches Wort miteinander. In diesen Wochen begann das Bild meines jungen Edelmannes zu verblassen, während ich in mein Kissen weinte und mir wünschte, Gannoc würde wieder mit mir sprechen. Aber weil ich es nicht sagte, mußten viele traurige, überflüssige Wochen vergehen.«

Sie lächelte sanft. »Gannoc hat sich am Ende als der Mutigere erwiesen.«

»Und er war nicht eifersüchtig?«

»Natürlich war er eifersüchtig. Aber er war derjenige, den ich heiratete. Und jetzt leben wir seit fünfundzwanzig Jahren zusammen, so daß ich annehme, daß die Eifersucht ein wenig abgeklungen ist.«

»Wenigstens warst du nicht verheiratet, als du weggelaufen bist.«

»Ich glaube, es spielt keine Rolle, wann man wegläuft. Es ist sicher wichtiger, daß du dich entschlossen hast, zurückzukommen. Du warst sehr jung, dich für dein Leben zu binden. Leron wird es

letztlich verstehen. Du weißt doch, daß er lieber sterben als dich verlieren würde.«
»Das weiß ich nicht.«
»Du bist alles, was er hat.«
Sibyl schloß die Augen und ließ sich auf der Bank zurücksinken. »Nicht einmal das Kind ist von ihm.«
»Es wird sein Kind sein, wenn es geboren ist. Ein Kind lebt in die Zukunft, um die Vergangenheit braucht man sich nicht zu sorgen. Und jetzt steh auf. Geh nach Hause.« Sibyl riß die Augen auf, und Mara lachte. »Es wird spät, und wenn du ihn zu Bett gehen läßt und so tust, als ob du schlafen würdest, wirst du eine weitere Nacht damit zubringen, dein Kissen zu hassen. Sprich heute nacht mit ihm und wach morgen glücklich auf.« Sibyl erhob sich, und Mara wickelte sie fest in ihren Umhang. Dann umarmte sie sie, küßte sie und umarmte sie noch einmal. »Du bist meine älteste Tochter, mein Lämmchen. Viel Glück.« Sibyl erwiderte ihre Umarmung und stolperte in die frische Nachtluft hinaus.
Im Palast war keine Spur von Leron zu entdecken. Sibyl hatte in ihrem gemeinsamen Gemach ein Feuer entzündet und setzte sich in ihrem langen Nachtgewand, ein Tuch um die Schultern gehüllt, davor. Die Scheite glühten und fielen auseinander, sie legte frisches Holz auf. Schließlich schlief sie in unbequemer Haltung im Sessel ein und erwachte später in einem kalten, dunklen Raum. Ein paar helle Funken glühten noch in dem fast erkalteten Kamin. Leron berührte sie an der Schulter; er war vollkommen angekleidet, und seine Hand war so kalt, als wäre er von draußen hereingekommen.
»Du solltest im Bett sein. Ich werde dich nicht stören.«
»In diesem Fall bleibe ich hier auf der Stelle sitzen.« Sie konnte sein Gesicht nicht erkennen, aber seine Verärgerung war spürbar.
»Ich verstehe dich nicht. Ich sehe keinen Sinn darin, wenn du nicht schläfst.«
»Ich habe geschlafen. Hier in diesem Sessel. Und ich gehe in kein einziges Bett in diesem ganzen Schloß, wenn du nicht auch darin liegst.«

»Was ist das für ein neues Spiel? Ich hatte in den letzten Tagen nicht das Gefühl, daß du überhaupt merkst, ob ich im Bett bin oder nicht.«

»Wirklich? Ich finde einen, der es schafft, acht Stunden stocksteif dazuliegen, ohne sich zu bewegen oder umzudrehen, durchaus bemerkbar.«

»Du wirst mich heute nacht nicht bemerken müssen. Ich kann im Nebenzimmer schlafen.« Sibyl zog sich hoch und tastete sich zu der Truhe am Fußende des Bettes. »Dann sagen wir uns besser jetzt Lebwohl.« Sie zog den Deckel der Truhe hoch und kramte in der Dunkelheit blindlings darin herum. »Kann ich in Villavac wohnen? Der Palast dort hat einmal der Familie meines Vaters gehört.«

»Du gehst nirgendwohin mitten in der Nacht.«

»Ganz sicher bleibe ich nicht hier.«

Sie begann wütend zu schluchzen, während sie ihre Kleider hervorzog. »Und deinen verdammten Ring kannst du auch wiederhaben.« Sie wollte ihn abziehen, aber ihre Finger waren geschwollen, und es gelang ihr nicht. »Ich schicke ihn dir. Was ist mit Villavac?«

»Wäre es nicht einfacher, in die Wüste zu gehen?« Leron erstickte fast an der Frage, aber er brachte sie heraus, und dann stand er da, und sein Atem ging schwer. »Ich will nicht in der Wüste leben. Wenn ich in der Wüste leben wollte, wäre ich nie nach Hause gekommen.«

»Ich dachte, du hättest deine Meinung geändert.«

»Das habe ich. Aber ich habe mich geirrt. Es tut mir leid. Es war dumm. Aber du hast nicht verstanden, wie groß meine Angst war. Du verstehst es immer noch nicht.«

Leron brach in höhnisches Gelächter aus. »Angst? Du solltest dir eine glaubhaftere Geschichte einfallen lassen. Ich habe noch nie gesehen, daß du vor etwas Angst hattest, nicht einmal als Kind.«

»Dann nehme ich an, daß du nicht sehr genau hinsiehst. Sonst wäre es dir vielleicht aufgefallen, daß ich Angst habe vor dem Verheiratetsein, und ich habe Angst davor, zu jemandem zu gehören, und ich habe sehr große Angst davor, dieses Kind zu bekommen, und ich habe Angst, vielleicht nie wieder frei sein zu können.« Als Leron wieder sprach, schwankte seine Stimme ein wenig, und er trat einen Schritt näher heran. »Warum solltest du vor all dem Angst haben? Das ergibt doch keinen Sinn.«

»Du hast Kerys einmal ein Kind genannt, als wir miteinander sprachen. Du hast dabei vergessen, daß wir im gleichen Alter waren.« Sie seufzte und zerrte halbherzig an ihren Kleidern. »Du hast mir wegen Villavac immer noch keine Antwort gegeben.«

»Das Schloß in Villavac ist nichts besonderes. Ich glaube, in Tredana könntest du glücklicher sein.« Er berührte sie zaghaft am Arm, und sie faßte seine Hand. Er hielt sie ganz fest, dann legte er ihr den Arm um die Schultern. »Verlaß mich nicht noch einmal«, sagte er leise, und sie schmiegte ihr Gesicht an seinen Hals und nickte. Dann hielt sie vor Schreck den Atem an, denn er hatte sich gebückt und sie, einen Arm unter ihren Knien, den anderen um ihre Schultern, hochgehoben und taumelte ein wenig. Leron lachte. »Eine ganze Familie ist viel schwerer als eine Ehefrau.«

Am nächsten Morgen lagen sie umschlungen im Bett und unterhielten sich, während der Tag heraufdämmerte, bis schließlich volles Tageslicht den Raum erfüllte. Doch ganz allmählich mischte sich ein merkwürdiger Geruch in den sauberen, salzigen Duft der Meeresbrise; anfangs nur ganz eigenartig, dann beunruhigend, schließlich fast ekelerregend, obwohl nur so schwach. Leron schälte sich widerwillig aus den Decken und ging ans Fenster, um hinauszusehen. Er stand vollkommen still, dann drehte er sich um und streckte eine Hand nach dem Bett aus. »Komm her«, sagte er mit seltsamer Stimme, und Sibyl nahm die Decke und hüllte Leron und sich hinein, während sie in der Kälte standen. Das Meer war ruhig mit kleinen Kräuselwellen, und die Flotte aus Vahn hielt sich weit außerhalb des Hafens auf, wenn auch näher als am Tag zuvor. Dahinter, im Norden, erhob sich ein dunkler Schatten am Horizont, der beständig anwuchs und bereits viel größer war als die Schiffe, obwohl noch soviel weiter entfernt. Der immer widerlichere Gestank wehte mit dem Wind vom Wasser herüber. Leron zog Sibyl an sich und hielt sie so fest in seiner Armbeuge, daß es schmerzte. »Ich fürchte, Bodrum hat das Bündnis geschlossen, das er gesucht hat.«

LIED
von ODRIC

Meine Finger, ungeschickt am Schwert
flink über die Saiten gingen,
Meine Zunge, der Gesetze nicht kund
wußte doch schön zu singen.
Fünfundzwanzig Jahre sang ich um Brot
und aß es ohne Leid:
Acht Jahre drauf mit der Baraka
bin ich zum Wandern wieder bereit.
Und laufe, bis die Berge sind
zwischen mir und meinen Sorgen,
heute frier' ich in kalter Luft,
doch die Sonne scheint mir morgen.

V

An dem Tag, an dem der Naqra am Horizont auftauchte, blieb der Himmel so dunkel wie im Morgengrauen. Ein bleierner Schleier verhüllte Wasser und Himmel, hinter dem die Sonne ein wässrig verschwommener Lichtfleck war. In diesem Zwielicht wuchs das Ungeheuer langsam als dunklerer Schatten; Wellen überfluteten den Strand, und der Himmel hallte wider von den Schreien der aasfressenden Seevögel. Der üble Geruch des Ungeheuers hing über der Stadt.

Die Leuchtfeuer an der Hafeneinfahrt loderten die ganze Nacht; und Leron erhob sich mehrere Male, um aus dem Fenster zu sehen und sich zu vergewissern, daß draußen noch kein Unheil losbrach. Er hielt auch das Feuer in ihrem Schlafgemach in Gang, um den schweren Fäulnisgeruch, der mit jeder Stunde zunahm, etwas zu mildern. Am nächsten Morgen war der Himmel noch dunkler als am Tag zuvor, eher braun als grau; und auch der Gestank und das Geschrei der Vögel hatte noch zugenommen.

Beim Frühstück schien es so, als hätte nur Sibyl in dieser Nacht geschlafen; sowohl Dansen als auch Gannoc zeigten Zeichen einer durchwachten Nacht. Dansen blätterte beim Essen irgendwelche Aufzeichnungen durch und schüttelte enttäuscht den Kopf. »Es ist nichts darin, mein König, überhaupt nichts. Der Naqra wird erwähnt, ja, aber es wird nicht einmal in Mythen angedeutet, wie er zu besiegen ist. Die Chroniken von Vahn, die Odric mir aus Treclere geschickt hat, beschreiben den Gestank als besonderes Merkmal. Ich glaube also, wir können nicht daran zweifeln, daß es wirklich der Naqra ist.«

Leron lächelte Sibyl zu, als sie ihm Bier einschenkte, und sie drückte seine Hand, bevor sie ihm seinen Becher reichte. »Ich habe

absolut keinen Zweifel daran«, sagte er. »Meinst du nicht, daß wir das Ungetüm mit deinem Glas erschrecken oder verwunden können?«
»Es ist möglich, obwohl alle Berichterstatter seine gepanzerte Haut erwähnen. Vielleicht könnte ich auf ein Auge oder das offene Maul zielen.« Gannoc unterbrach sich. »Wir haben Bogenschützen am Ufer postiert, die auch gerüstet sind, aufs Meer hinauszugehen. Jede Einheit ist mit pechgetränkten Pfeilen ausgerüstet. Vielleicht können wir es auch ohne Dansens Linse von unserem Ufer vertreiben.«
»Wie greift es an?« erkundigte sich Sibyl. »Was wird es uns antun?« Dansen warf ihr einen freundlichen Blick zu. »Niemand weiß es. Die es aus der Nähe mitangesehen haben, können nicht darüber berichten, weil sie es nicht überlebt haben. Selbst für die Dylalyr ist es ein Geheimnis, einer der Schrecken der Meerestiefen, in die sich das Seevolk nicht hinunterwagt.«
»Shirkah hat die Moraganas vertrieben. Vielleicht gelingt uns das auch mit diesem Ungeheuer.«
Leron brach bedächtig ein Stück Brot und versuchte, als er sprach, seiner Stimme einen beiläufigen Ton zu geben. »Ich denke, es wäre vielleicht gut, wenn wir den Palast in Villavac wieder beziehen. Ich habe mit Gannoc gesprochen, und er ist einverstanden, daß Mara dich dorthin begleitet, zusammen mit Mariti natürlich. Es muß noch viel darin gemacht werden, aber...« Sibyl warf ihm einen so empörten Blick zu, daß er unwillkürlich verstummte. »Wie kannst du auch nur eine Minute lang glauben, ich würde davonlaufen! Und welchen Schutz würde Villavac bieten, wenn Tredana fällt?« Leise sagte Gannoc: »Mir wäre es lieb, wenn meine Familie Euch dorthin begleiten würde.«
»Hast du schon mit Mara darüber gesprochen?« Er schüttelte den Kopf. »Ich nehme an, du wirst feststellen, daß sie ebensoviel Lust hat, zu gehen wie ich.« Ihre Miene wurde weicher. »Du solltest dich entscheiden, Leron. Erst sagst du, ich soll dich nie verlassen, und im nächsten Augenblick versuchst du, mich fortzuschicken.«

Ein dumpfes Grollen im Hafen ließ Lerons Erwiderung ersterben. Gannoc sprang auf und entschuldigte sich, um wenige Augenblicke später mit verblüfftem Gesichtsausdruck wiederzukommen. »Eine große Welle hat gerade Wrackteile eines Schiffes aus Vahn an Land gespült. Ist es möglich, daß sich das Ungeheuer gegen seine Meister gewendet hat?«
»Sie waren nie seine Meister«, entgegnete Dansen. »Sie haben den Naqra gerufen, aber Menschen können ihn nicht beherrschen. Vielleicht sollten wir nachsehen, was passiert ist.«
Am Strand herrschte ein Durcheinander von Soldaten und Schaulustigen, die sich alle um das Wrack am Strand geschart hatten. Sie machten dem kleinen Grüppchen aus dem Palast Platz, und der Wachhauptmann berichtete kurz das wenige, das sie bisher wußten. Sie hatten ein berstendes Geräusch vom Meer her gehört, danach war es kurz still gewesen, und gleich darauf war das Grollen gefolgt, und eine Sturzwelle hatte sich über das Ufer ergossen und den fauligen Klumpen an Land gespült, den sie jetzt vor sich sahen. Von dem Schiff war nichts Erkennbares übriggeblieben als ein paar zersplitterte Planken und der nasse Haufen Segeltuch, vermischt mit einem schwarzen, blutigen und faulig riechenden Schaum, der Fisch, Algen, Schiffsmöbel und gepanzerte Körperteile der unglücklichen Seeleute selbst zu enthalten schien.
Von allen Anwesenden schien Dansen am wenigsten beunruhigt. Er hielt sich mit dem Ärmelzipfel die Nase gegen den Gestank zu und erklärte: »Wir können hieran einiges über den Appetit des Wesens und damit seine Beschaffenheit erkennen. Ein Schiff am Tag stellt es vielleicht zufrieden, oder auch in einer Woche. Ich bezweifle, daß es an Land kommt, solange sich ihm auf dem Wasser leichte Beute bietet.« »Appetit?« fragte Gannoc. »Natürlich«, gab Dansen zurück. »Es ist doch offensichtlich, daß dies die Reste sind, die das Ungeheuer ausgespuckt hat, nachdem es das Schiff verschlungen hat. Die Dylalyr haben mir von Fischen erzählt, die sich auf diese Weise ernähren. Sie saugen alles wahllos in sich hinein, kauen darauf herum und drücken dann die unverdauliche

Masse mit einem mächtigen Schwall Wasser durch die Zähne hinaus.«
Er ließ den Blick noch einmal über das Wrack wandern. »Wenn das ein Maulvoll war, dann sind die Berichte über die Größe des Naqra nicht übertrieben.«
»Ich glaube, jetzt sehen wir, was mit der größten Gier in deinem Gedicht gemeint war«, sagte Sibyl. Leron, der ihr den Arm um die Schulter gelegt hatte, drückte sie an sich. »Wie groß auch seine Gier und sein Schlund sein mag«, sagte er, »es wird ihm vielleicht doch schwerer fallen, die Stadt niederzureißen, als wehrlose Schiffe zu verschlingen.« Dansen sagte nachdenklich: »Es gibt einige Fische, die auch an Land gehen können. Wir wollen hoffen, daß der Naqra nicht zu dieser Gattung gehört.«

Am Nachmittag klärte sich der Himmel allmählich auf – der Nebel zog sich aus dem Hafen zum Horizont hin zurück und gab zuerst den Blick auf die Schiffe aus Vahn frei, die ängstlich zusammengedrängt gerade außerhalb der Reichweite des Hafendammes vor Anker lagen, und dann auf den Naqra. Er war von dunkler Färbung mit unregelmäßigen weißen Muschelflecken, und der biegsame Schuppenpanzer schimmerte im mattgelben Sonnenlicht.
Wenn Leron an Seeungeheuer dachte, dann hatte er sie sich immer als knochige, pferdeköpfige Wesen vorgestellt, ähnlich den Verzierungen auf einem *Das verschollene Schloß*-Spielbrett. Dies hier glich seinen Vorstellungen ganz und gar nicht. Es war um vieles größer, aber auch weniger scharf umrissen, eine gewaltige Masse, die auf den Wellen schaukelte, am Kopfende um einiges höher als am Schwanzende, ein bißchen wie ein Wal, nur mehr als zehnmal so groß. Der mächtige Schwanz schwenkte langsam zur Seite, und eine Welle brach sich weiß schäumend an der Hafenmole. Der Leib des Ungeheuers schien nicht nur mit Schuppen, sondern auch mit Stacheln bedeckt zu sein, denn als es sich zur Seite neigte, hoben sich seine gezackten Umrisse dunkel vor dem Himmel ab. Als es den Kopf langsam aus dem Wasser hob, wich Leron unwillkürlich einen Schritt zurück, so fern es auch war. Der Kopf mit dem hohen

Schädel war eingerahmt von gewaltigen Flossen, die aussahen wie starre, scharfkantige schwarze Flügel, die Augen waren rund und gelb, und an den Winkeln des breiten Mauls standen je drei dicke, muskulöse Fühler wie Beine ab.

Dansen, der mit den anderen auf die Hafenmole hinübergewandert war, wies mit einem Kopfnicken auf die Schiffe. »Sie sind jetzt in Reichweite, mein König. Wir können sie niederbrennen, wenn Ihr es wünscht.« Leron schüttelte den Kopf, und Dansen seufzte, doch dann leuchteten seine Augen auf. »Ich könnte die Entfernung und die Richtung jetzt sehr gut einstellen. Wenn wir ihnen die Segel abbrennen, würden sie vielleicht Boote schicken und sich ergeben.« Sibyl warf ihm einen spöttischen Blick zu. »Und was hätten wir dann, um den Naqra zu füttern?« Dansen sah sie schokkiert an, doch Leron lachte. »Wir könnten die Schiffe mit Nahrungsmitteln beladen und hinausschicken, um ihn zu besänftigen, wie es die Menschen vor vielen Jahren zu tun pflegten. Aber selbst die Drachen in den westlichen Sumpfgebieten würden kaum eine Mahlzeit für den Naqra sein.«

Er nickte Dansen zu. »Ich glaube, du hast recht; die Leute aus Vahn würden sich ergeben, wenn wir ein bißchen Druck ausüben. Die meisten zumindest. Das Ungeheuer, das ihr König zu Hilfe gerufen hat, wird sie ganz sicher verschlingen, bevor es uns tötet. Sprich mit Gannoc. Wir müssen in den Zellen mehr Platz für Gefangene schaffen.« Dansen pflichtete ihm bei und fügte dann hinzu: »Ich bin der Meinung, wir sollten heute Platz schaffen, aber erst morgen handeln. Wenn der Naqra sich noch ein Schiff holt, werden sie unsere Bedingungen um so bereitwilliger annehmen.«

Am nächsten Morgen schien sich nichts geändert zu haben, und während Dansen auf dem Kahn arbeitete, glitt ein kleines Boot mit Nachricht von Leron durch den Hafen auf die Schiffe aus Vahn zu. Der Hafen lag ruhig da, als mit einem Mal der Naqra den Schwanz von einer Seite zur anderen schwenkte und den Kopf ins Wasser senkte. Die Vögel, die sich auf seinem Rücken niedergelassen hatten, stoben in lärmenden, dichten weißen Wolken auf und stießen schrille, gierige Schreie aus. Das Wasser um ihn herum geriet in Bewegung, und plötzlich sog er mit rasender Geschwindigkeit eine mächtige grüne Welle ein, die das äußerste der Schiffe aus Vahn mit sich riß. Es kippte zur Seite, so daß seine Segel beinahe das Wasser streiften, und dann legte sich einer der langen Fühler des Naqra schwer über den Rumpf, zerdrückte ihn und schob ihn in das gewaltige Maul. In der kurzen Stille, die darauf folgte, wurden die Schiffe aus Vahn heftig auf den schäumenden Wellen hin- und hergeworfen, und das kleine Boot mit Lerons Unterhändler hielt verbissen Kurs auf den Schutz der Hafenmauer.

Die Kiemen des Naqra hatten sich weit gespreizt, und die Fühler ragten aus dem Wasser. Er rollte mit den Augen, und dann öffnete sich sein großes Maul wieder, und er würgte aus den Tiefen seines gepanzerten Leibes einen zähen, blutigen Schaum in gewaltigem Schwall hervor. Diesmal wurden die zerfetzten Überreste gegen die Mole gespült, und die darauf folgende Welle rollte nicht ganz so hoch an das tredanische Ufer. Die Trümmer verschwanden rasch unter einer weißen, kreischenden Masse von Vögeln. Das kleine, von Leron gesandte Boot schwankte gefährlich, kenterte aber nicht, und als sich die Wellen allmählich wieder glätteten, setzte es seinen Weg über das Meer zu den Schiffen draußen fort.

Wie Leron vermutet hatte, stammte die Antwort, die er erhielt, nicht von Bodrum. Der König war noch nicht von Inivin zurückgekehrt. In seiner Abwesenheit führte der Lordadmiral Arleon das Wort, und das in außerordentlich hochmütiger Art. Leron kam der Gedanke, daß es ihm sein Schicksal erträglicher machen würde, zu wissen, daß Arleon im Bauch des Naqra umgekommen war, selbst wenn sie ihm alle über kurz oder lang dorthin folgen müßten. Sobald er die Antwort in Händen hielt, gab er Dansen ein Zeichen anzufangen, und in wenigen Minuten brannten die Masten von acht kleineren Schiffen wie Fackeln in hohen, geraden, leuchtenden Flammen. Die übrigen Schiffe verständigten sich durch Zeichen mit ihren kleinen Flaggen, die weiß in der Morgensonne wehten und entfernten sich in geschlossener Formation. Eines der vier großen Schiffe, die noch unversehrt waren, gehörte offensichtlich dem Lordadmiral, dessen Flotte jetzt nur noch aus insgesamt zwölf Schiffen bestand. Die Seeleute auf den beschädigten Schiffen ergaben sich bereitwillig, und von dem Naqra kamen an diesem Tag keine weiteren Bewegungen.

In den Mauern von Tredana gab es jetzt mehr als zweihundert Gefangene, von denen die meisten bald zu Befestigungsarbeiten im Hafen eingesetzt wurden. Es war keine strenge Überwachung notwendig, da der Naqra ein Feind war, der sie alle bedrohte. Am frühen Nachmittag, als die Sonne am stärksten war, machte Dansen den Versuch, seine Linse gegen das Ungeheuer zu richten, war aber schon vorher zu dem Schluß gekommen, daß sie zu klein war, um eine solche Entfernung zu überbrücken. Er schlug vor, die teilweise verbrannten und verlassenen Schiffe, die von Männern der Flotte laviert wurden, zu zerstören, aber Gannoc und Leron waren dagegen. Offenbar war es die Strategie des Lordadmirals, die leeren Schiffe zwischen die Flotte und das Ungeheuer zu bringen, und Leron war der Meinung, daß sie dadurch ebenfalls Zeit gewannen.

Dansen warf ihm einen zweifelnden Blick zu. »Vielleicht macht es das Ungeheuer nur wütend. Möglicherweise braucht es den Geschmack von Blut.«

»Du kennst diesen Arleon schlecht. Wenn diese großen Schiffe überhaupt von Sklaven gerudert werden, dann kannst du dich darauf verlassen, daß längst einige in den beschädigten angekettet sind. Das Ungeheuer wird sein Blut bekommen. Das ist auch ein Grund, warum ich sie jetzt nicht abbrennen möchte. Die Seeleute können wenigstens ins Wasser springen.«

In den nächsten Tagen holte sich der Naqra die fast leeren Schiffe, zwei am ersten, dann eins an jedem darauffolgenden Tag. Und er kam mit jedem Tag näher. Täglich wurde Holz auf den blutigen Schaum am Ufer geschichtet und angezündet, aber der Gestank wollte nicht weichen, es war der Geruch des Naqra selbst. Die Luft war stets vom Gezänk und Geschnatter der Vögel erfüllt.

Nach dem zweiten Tag wurde der Plan des Admirals erkennbar: Die beschädigten Schiffe als Köder zurücklassend, zog er seine zersprengte Flotte langsam Richtung Süden ab. Der Naqra schien es nicht zu bemerken, oder er kümmerte sich nicht darum. Jetzt, da er näher herangekommen war, waren die Einzelheiten seines gepanzerten Körpers deutlicher zu erkennen, und bei Nacht starrten seine großen gelben Augen wie Herbstmonde auf die Stadt. In den Stacheln, die aus seinen Seiten herausragten, hatten sich die Überreste vergangener Schiffbrüche und Zerstörungen verfangen, Gerippe von Schiffen wie Menschen, weiß verblichen und umwickelt mit Tauen und Leinwand und Algen. An dem Tag, als er das fünfte Köderschiff verschlang, war er nah genug heran, auch einen Teil der Hafenmole niederzureißen. Der Rest der Flotte war jetzt im Süden verschwunden.

Leron wanderte mit Gannoc über die Wallanlage, wie er es jetzt jeden Tag tat, und blickte in die beinahe menschenleeren Straßen hinunter. Gannoc seufzte. »Für Glisser in Villavac werden unsere Flüchtlinge ein Problem sein.« Leron lachte auf. »Ich beneide ihn um seine Probleme. Und den Landstreichern wird der Weg leichtfallen. Sie sind an das Wandern gewöhnt, und es würde mich überraschen, wenn Großmaul Dick nicht dafür sorgen würde, daß alles einen geregelten Verlauf nimmt. Er muß froh sein, daß er wieder eine Verwendung für seine Fähigkeiten findet.«

»Ich wäre glücklicher, wenn sich ihm ein paar mehr Leute angeschlossen hätten.«

»Ich ebenfalls.«

Gannoc blickte zu der zerstörten Mauer und dem Naqra hinüber. »Diese Mauer hat dem Ozean mehr als zweihundert Jahre unerschütterlich standgehalten.«

»Das wird sie auch wieder tun, und zwar genausolange. Wir wissen nichts davon, daß der Naqra auch an Land Schaden anrichten kann. Ich bin immerhin froh, daß die Flotte nach Süden geflohen ist und nicht nach Norden. Die Karabdu werden sie freudig in Empfang nehmen, wenn sie versuchen, an Land zu gehen. Arleons Kopf auf einem Speer aufgespießt zu sehen, würde mir jeden Tag versüßen, und wenn es mein letzter wäre.«

»Vielleicht fürchten sie die Karabdu mehr als den Naqra. Ist das

dort eines ihrer Schiffe, das zurückkommt?« Leron blickte blinzelnd in die Ferne. »Es sieht so aus, obwohl es mehr Tuch aufgezogen hat als zuvor.«
»Und um so schneller segelt. Seht, es nähert sich der Küste unterhalb des Hafens. Mit Eurer Erlaubnis werde ich einen Reiter hinschicken. Es bringt sicher eine Botschaft.«
Weniger als eine Stunde später hielt Leron die Botschaft in der Hand.

Die beiden Schiffe, die der Hafenmauer am nächsten sind, haben Öl geladen. Es liegt an Euch, ob sie Euch helfen, das Ungeheuer zu vernichten, oder ob sie Eure Strände mit schwarzem Schlick überziehen. Und von diesen Stränden könnt Ihr Eure Wachen abziehen, zumindest für dieses Jahr. Wir segeln nach Paradon und schließen uns dem König an.

»Die Neuigkeit wird den König nicht begeistern. Aber was ist das für ein Unsinn mit dem Öl? Es ist weder Gift noch eine Waffe. Wenn es Bier wäre, könnten wir hoffen, daß das Ungeheuer davon betrunken oder krank würde; aber Öl ist vollkommen harmlos.«
Sibyl, die es sich am Feuer bequem gemacht hatte, sah aus, als wäre sie eingenickt, doch bei den letzten Worten hob sie den Kopf. »Was für eine Sorte Öl würde ein solches Schiff geladen haben?«
»Schwarzes Öl aus der Erde. Es ist billiger als das Öl, das wir aus Bohnen pressen, und für die Bauern in vieler Hinsicht nützlich. Vielleicht wollten sie die Fracht nach Zanida bringen. Ich habe gehört, daß die Leute es dort für ihre Tiere benutzen, damit ihr Fell trotz der Kälte geschmeidig und gesund bleibt.«
»Und es brennt!« Leron zuckte die Achseln. »Nicht sehr gut.«
Sie sah erst ihn, dann Gannoc erstaunt an, dann brach sie in Gelächter aus. »Natürlich, ihr habt hier nicht die notwendige Hitze. Glaubt mir, es wird brennen, wenn ihr es heiß genug macht. Wenn Dansen die Schiffe anzündet, die Öl geladen haben, werdet ihr eine Fackel haben, die doppelt so hoch ist wie der Naqra.«
»Möglich. Aber wie würden wir den Naqra damit besiegen?«

»Wenn man den richtigen Zeitpunkt erwischt oder ihn in ein Ölfeld lockt...«
»In ein Ölfeld?«
»Das Öl brennt auch auf dem Wasser – es schwimmt oben. Wir könnten den Naqra von außen und innen mit Feuer eindecken. Sofern das mit der Älladung nicht gelogen ist.«
»Es ist eine sehr häufige Fracht.«
»Dann hofft er vermutlich, daß wir Erfolg haben. Um so einfacher ist seine Flucht nach Paradon.«
Dansen sah Sibyl mit aufmerksam zur Seite geneigtem Kopf an. »Wird Öl in deiner Welt als Waffe verwendet?«
»Gewissermaßen. Es ist ein Treibstoff. Es kann sehr leicht verdampfbar sein, aber dazu muß man es zuerst raffinieren.« Dansen nickte. »Ich würde gern ein paar Experimente machen.« Sibyl trat ans Feuer, um sich zu wärmen und fuhr sich müde mit der Hand über die Augen. »Ich wünschte, du würdest es nicht tun. Aber ich nehme an, es ist nicht zu verhindern.«
Leron begann, laut nachzudenken. »Wir können eine Mannschaft hinausschicken, die die Sklaven befreit, falls es an Bord welche gibt. Vielleicht können wir das Ruder eines Schiffes so festbinden, daß es auf das Ungeheuer zusteuert. Dann lassen wir es gegen den Naqra prallen, während er das andere einsaugt, entzünden beide, und schon haben wir innen und außen Feuer. Was haltet ihr davon?« Gannoc sagte nichts darauf, und Leron legte Sibyl die Hände auf die Schultern. »Was haben wir zu verlieren?« fragte er. Sie lehnte die Stirn an den Kaminsims und antwortete, ohne aufzublicken: »Alles.«

Am nächsten Morgen besetzte eine unerschrockene Mannschaft in aller Frühe eines der Schiffe aus Vahn. Sie befreiten die Sklaven, öffneten sämtliche Ölfässer, setzten Segel und banden das Steuerrad in der gewünschten Stellung fest. Als das Schiff auf den Naqra zuzutreiben begann, kletterte sie eilig von Bord und in die wartenden Boote. Drei Männer, die besten Schwimmer der Mannschaft, blieben an Bord und sprangen erst ab, als das Schiff nur noch we-

nige hundert Meter von den fauligen Stacheln des Ungeheuers entfernt war. Während sie auf die Boote zuschwammen, stieß das Schiff sachte gegen den Naqra, und seine Segel verfingen sich in den schroffen Stacheln. Im Vorübergleiten streifte es die große Brustflosse, und als das Ungeheuer in seiner Trägheit das Schiff bemerkte, drückten seine Flossen es mit ihren erwachenden Bewegungen noch tiefer in die Stacheln. Langsam sickerte das Öl aus dem Frachtraum und bildete dunkle Schlieren auf der in der Morgensonne gelb flimmernden Wasseroberfläche.
Obwohl es, gemessen an dem massigen Leib des Naqra, wenig Flüssigkeit zu sein schien, breitete sie sich allmählich immer weiter auf dem Wasser aus, und das Wasser, das bei jeder Bewegung des Naqra an seinen Seiten hochschwappte, begann schwarze Spuren auf seinen rauhen, mit Muscheln überzogenen Seiten zu hinterlassen. Als die Sonne höherstieg, war der dunkle Fleck auf dem Wasser deutlicher zu sehen, und die schwarzen Streifen auf den Seiten des Naqra wurden immer mehr. Etwas davon war offenbar in seine klaffenden Kiemen gedrungen, denn die Brustflosse begann zu flattern, und der gewaltige Kopf hob sich ein Stück aus dem Wasser. Das Ungeheuer drehte sich um, und infolgedessen wurde noch mehr Öl um seine Seiten gespült. Der Naqra hob die Fühler aus dem Wasser. Einer davon fiel über die Hafenmauer, die unter seinem Gewicht nachgab. Das breite, tiefsitzende Maul öffnete sich, und die Vögel stoben mit gierigen Schreien von seinem Rücken auf. Als der Naqra das letzte der Schiffe einsog, schwappte das ölbedeckte Wasser über seine Brustflosse und seine Fühler hoch. In ihrer neuen Stellung auf dem Burgwall enthüllte Dansen nervös die Linse und stellte die Entfernung ein. Leron und die anderen wichen zur Seite.
Das Schiff hatte jetzt schwere Schlagseite und war unmittelbar vor dem Maul des Ungeheuers. Dansen nahm genau Maß, und eine Flamme schoß aus dem Schiffsrumpf auf. Er hatte den Zeitpunkt gut gewählt, denn die mächtige Feuersäule, die Sibyl vorausgesagt hatte, barst genau in dem Augenblick los, als das Schiff unter dem knochigen Kieferbogen verschwand. Inzwischen hatte Dansen

seine Linse bereits auf das andere Schiff gerichtet, das halb verborgen war hinter den scharfkantigen Flossen, und es flammte nur wenige Sekunden später auf. Die Flammen leuchteten selbst vor dem hellen Himmel, als sich das Öl entzündete und eine Feuerwand an der Seite des Naqra aufstieg.

Einen Augenblick lang bewegte sich der Naqra nicht, sondern verharrte mit aufgerissenem Maul, die Flügelflossen halb gespreizt, die Fühler scheinbar entspannt. Dansen wandte sich den anderen mit einem Kopfschütteln zu. »Ich habe getan, was ich kann«, sagte er, »aber ich fürchte, es war nicht genug.« Dann brüllte das Ungeheuer auf, ein entsetzlicher Ton, der in den Himmel stieg und wie rollender Donner lange in der Luft schwebte. Bei dem Versuch, das brennende Schiff auszuspucken, sog der Naqra offensichtlich einen Teil des zweiten durch die Kiemen ein. Die Flossen standen jetzt leuchtend rot, teilweise hinter schwarzen Rauchschwaden verborgen, in die Höhe. Dem Naqra war es gelungen, das immer noch brennende Schiff aus seinem Maul zu entfernen, und er wand sich zur Seite, um das andere aus seinen Kiemenspalten loszumachen. Das Wasser brodelte jetzt, und das brennende Öl brach in kleine Flammenfelder auseinander, die das Meer in immer weiter werdendem Umkreis bedeckten. Der Naqra drehte sich um die Längsachse und tauchte das Schiff unter, doch die Flammen erloschen nicht. Und als er sich hin und her drehte, tauchte sein weicher, gefurchter Bauch auf, und das brennende Öl drang in die Ritzen seines Rückenpanzers ein. Er bäumte sich jetzt, die Fühler auf die Hafenmauer gestützt, aus dem Wasser auf und stieß wieder sein entsetzlich donnerndes Gebrüll aus. Dann ließ er sich so heftig ins Meer zurückfallen, daß die Wellen bis über die höchste Flutlinie schlugen. Wo das Wasser wieder ablief, war der Sand schwarz. Als der Naqra den Kopf noch einmal hochhob, war auch er mit einer schwarzen Schicht überzogen, und auf seinen gelben Augen hatten sich dunkle Schlieren gebildet. Sein Schwanz peitschte das Wasser, und er wandte sich schwerfällig, zuckend und sich windend, schwarz vom Öl und eine lebendige Fackel, dem Süden zu. Dann drehte er noch weiter ab, Richtung Osten, woher

er gekommen war, und ein Hieb seines mächtigen Schwanzes zerschmetterte die Hafenmauer von Tredana. Der Schwanz streifte in seiner Bewegung auch das letzte, vor der Küste liegende Schiff, dasjenige nämlich, das die Botschaft an Leron überbracht hatte, das Schiff des Lordadmirals Arleon, setzte es in Flammen und zog es unter Wasser, ohne es auch nur zu merken.
Ein letztes Mal brüllte das Ungeheuer auf, und der Ton hallte über die Stadt. Der Himmel über dem Hafen war schwarz, und es stank nach Öl und verbranntem Fleisch. Der Naqra zog sich unter furchtbaren Zuckungen zusammen, spreizte die Flossen und schloß sie wieder, hob geblendet den Kopf und tauchte unter. Das Meer war von einem Zickzackmuster von Wellen überzogen, die in verschiedene Richtungen strebten, dann lag es wieder geglättet unter dem Ölteppich da, um gleich darauf in neue Muster zu zerfallen. Die Flammen auf der Wasseroberfläche waren erloschen, aber das Wrack, das sich in den Kiemen des Naqra verfangen hatte, brannte trotz seiner Tauchmanöver immer weiter.
Bald war das Wesen weit vom Hafen entfernt und hob sich immer noch in gewaltiger Größe vor dem Himmel ab. Plötzlich tauchte es tiefer hinunter und verschwand in einem funkelnd aufsteigenden weißen Sprühnebel. Leron lockerte langam seinen krampfhaften Griff um Sibyls Arm und lächelte den anderen unsicher zu. Dansen war der erste, der seine Stimme wiederfand. »Das ist eine mächtige Waffe. Wenn wir damit den Naqra zurückschlagen können, was würden wir nicht alles gegen menschliche Heere ausrichten?« Sibyl hatte die Unterarme auf die Mauer gestützt und den Kopf müde hängen lassen; bei Dansens Worten richtete sie sich auf und sah ihn traurig an.
»Fällt Dansen dem Gelehrten keine weisere Bemerkung ein als diese? Könnt ihr denn alle nicht sehen, wie wir Michael in die Hände gespielt haben?«
»Arleon ist tot – sein Schiff ist gesunken.«
»Ob er tot ist oder nicht, er lacht zuletzt. Er war weniger als ein Jahr in dieser Welt und hat das Ende aller Dinge gesehen.« Leron legte ihr beschwichtigend die Hand auf den Arm, doch sie schüt-

telte ihn ab. »Wir sind Narren, ein jeder von uns. Und ich bin der größte, denn ich habe es besser gewußt. Begreift ihr denn nicht, was das bedeutet? Glaubt ihr denn, eure Feuer bleiben schön ordentlich nur zur Verteidigung zu Hause? Was ist mit dem Tag, an dem jemand anders eure Flotte und eure Städte in Flammen setzt oder euer Volk im Schlaf verbrennt? Wenn solche Geheimnisse erst einmal entdeckt sind, kann man sie nie wieder verhüllen. Jetzt könnt ihr Menschen töten, die ihr nie gesehen habt und selbst auch auf diese Weise den Tod finden. Ihr habt Michaels Botschaft gelesen. Der Rest der Flotte vereinigt sich mit Bodrum auf Paradon. Glaubt ihr, sie werden in einer friedlichen Bucht vor Anker gehen und fischen? Sie wissen um das Glas in Melismala. Irgendwann erfahren sie vielleicht die Sache mit dem Öl. Ihr könnt es nicht verheimlichen. Eines Tages wird es auf uns zurückfallen, nur viel schlimmer.«

Sie hielt inne, um Atem zu schöpfen und preßte instinktiv die Hand gegen ihren Bauch. »Dansen, nach allem, was du gelesen hast, mußt du wissen, daß meine Worte wahr sind. Unsere Kinder werden es erleben, auch wenn wir dann nicht mehr sind. Und sie werden uns dafür hassen, daß wir ihnen alle Chancen nehmen, noch bevor sie überhaupt angefangen haben zu leben. Wahrscheinlich wäre es besser gewesen, der Naqra hätte Tredana zerstört. Er wäre schließlich wieder verschwunden, wir wären zurückgekommen, hätten die Stadt wiederaufgebaut, und das Leben wäre so weitergegangen wie bisher. Aber jetzt wird es nie wieder so einfach sein. Es ist vorbei. Verdammt, warum versteht das denn keiner von euch. Das ist das Ende. Keine harmlosen kleinen Schwertkämpfe Mann-gegen-Mann mehr. Ihr seid jetzt auch mit im Bunde. Seht euch das an!« Sie deutete zum Strand hinunter, und die anderen folgten ihr, gehorsam wie bestrafte Kinder, mit den Augen. »Ihr werdet das schwarze Zeug nicht mehr aus dem Sand wegbekommen. Aber die vielen Meilen weißen Sandes sind längst nicht so verdorben wie die Zukunft.«

Gannoc zupfte nervös, eine Hand leicht auf Maras Arm, an seinem Bart. »Wir hatten keine andere Wahl.«

»Doch, das hatten wir. Aber wir wollten besonders klug sein, und jetzt bleibt uns keine weitere Wahl mehr. Darum geht es. Waffen über Waffen, und alles zur Verteidigung. Das ist die Pointe dieses besonderen Witzes. Wir sitzen alle mit drin. Ihr, ich, die Feinde, alle. Die Welt wird sehr klein werden. Zuert wird es Spaß machen, bis es zu eng wird. Und dann werdet ihr euch wünschen, ihr hättet ein Fleckchen, an dem ihr euch wieder vergraben könnt, wie in alten Zeiten.«

Sie trat zu Leron und nahm seine Hand. »Halt mich lieber fest«, sagte sie. »Ich habe das Gefühl, daß meine Zeit bald vorbei ist.« Sie schloß die Augen und ließ den Kopf an seine Brust sinken. »Vergiß mich nicht, wenn ich gehe«, sagte sie, und er umfing sie schützend mit den Armen. »Du wirst nicht gehen«, sagte er mit fester Stimme, »und es wird nicht schlimmer werden als zuvor. Du wirst sehen.«

Ihm gingen ihre Worte in den darauffolgenden Tagen und Wochen nicht mehr aus dem Kopf. Sie dagegen schien seltsamerweise nicht mehr daran zu denken. Sie bereitete sich mit Maras ruhiger Unterstützung auf die Ankunft des Kindes vor, überwachte einige Projekte in der Stadt, gab Ratschläge zur Säuberung des Strandes und beobachtete mit Interesse, wie die Hafenmauer wiederaufgebaut und die Fischereiflotte wieder zu Wasser gelassen wurde. Sie schwor, daß sie nie bei besserer Gesundheit gewesen sei und behielt die Gewohnheit bei, täglich einen Ausritt zu unternehmen; Leron bestand darauf, sie zu begleiten, gleichgültig, wie beschäftigt er war.

Innerhalb einer Woche nach dem Sieg über den Naqra brach Dansen nach Melismala auf. Nicht lange danach wurde das Wetter zusehends milder. Die Gärten um das Schloß leuchteten in gelben und roten Blüten, und an den Bäumen entfalteten sich die zarten grünen Blätter. Ein tiefer Friede senkte sich über die Stadt und hätte auch Lerons Herz ergriffen, wären Sibyls Worte nicht gewesen. Im letzten Monat wurde er von wachsender Unruhe heimgesucht. Mit jedem Tag wurden die Bäume voller, wurde die Luft wärmer und der Himmel blauer; in den Gärten blühten die Blu-

men jetzt rosa und rot, und die Nächte waren kaum kälter als die Tage.
In diesem Monat, dem ersten des Sommers, erreichte sie eine Nachricht aus Vahanavat, eine Botschaft von Kerys, dem König von Vahn. Er verkündete Frieden und Freundschaft zwischen den beiden Ländern und sprach auch stellvertretend für Treclere, das sich zur unabhängigen Stadt erklärt hatte, aber in bestimmten Punkten Vahn unterworfen war. Varys wußte nichts von Odric zu berichten, als daß er allen Ämtern abgeschworen und zu Fuß die Stadt verlassen hatte. Im selben Monat trafen auch Botschaften aus der Wüste und aus Zanida ein. In der Wüste gab es jetzt fünf Gebiete, von denen jedes einem Mekrifen unterstand und die dem Karifen untertan waren, jedoch mehr Unabhängigkeit besaßen als zuvor. Das Bündnis der Karabdu mit Tredana trug das Siegel eines jeden Mekrifen sowie das des Karifen.
Und es war in diesem Monat, daß Sibyl in aller Stille, an einem sonnigen Nachmittag, als Leron aus dem Palast fort war, ihre Tochter gebar. Gannoc empfing Leron am Tor mit der Neuigkeit, und er eilte besorgt die Treppe hinauf, sicher, daß in seiner Abwesenheit etwas schiefgegangen sein mußte; aber was er vorfand, war ein stiller, abgedunkelter Raum mit geschlossenen Vorhängen, Mara, die mit verschlungenen Händen am Fenster saß und Sibyl, die in einem frisch bezogenen Bett lag und ihre schwarzhaarige schlafende Tochter an der Brust hatte.
Sein Herz hämmerte vor Aufregung, und sie mußte es gespürt haben, denn sie schlug die Augen auf und lächelte, müde zwar aber voller Frieden. »Wie fühlst du dich?« erkundigte er sich. Sie lächelte und schloß wieder die Augen. »Gut. Aber ich glaube, ich habe noch nie im Leben so hart gearbeitet. Was hältst du von ihr?«
»Ich weiß es nicht. Ist sie hübsch?« Sibyl kicherte, und das Kind bewegte sich in ihren Armen. »Nicht schlecht für ein Baby. Sag schön Guten Tag, Herzchen.« Sie drehte das Kind herum, damit er das Gesicht sehen konnte, und es drückte seine Fäustchen gegen die Augen und schmatzte instinktiv mit den Lippen, als sie es

hochhielt und den schwankenden Kopf mit einer Hand stützte. »Sie ist dick, findest du nicht?« Leron streichelte mit einem Finger ihre Wange, und er hatte in seinem ganzen Leben noch keine so weiche Haut gespürt. »Nein«, sagte er, »sie ist vollkommen.«
Er hielt sie auch noch nach dem schwierigen ersten Monat, in dem sie zu jeder Stunde schrie und sich für nichts anderes interessierte als fürs Essen und Schlafen, für vollkommen. Im zweiten Monat begann sie seinen Glauben an sie zu belohnen, indem sie in einen berechenbaren Rhythmus vorgegebener Wünsche und Bedürfnisse fiel. Sie nannten sie auf Sibyls Vorschlag hin Tamaris, und sie erhielt diesen Namen, wie es Sitte war, im dritten Lebensmonat in einer öffentlichen Zeremonie, während derer sie unaufhörlich schrie. Dastras Sohn, der ein paar Wochen nach Tamaris geboren wurde, war ebenfalls ein gesundes Kind und so blond wie seine Mutter. Leron bekam ihn nur zweimal zu Gesicht, aber das reichte aus, um ihn davon zu überzeugen, daß kein Vergleich war zwischen einem haarlosen, rosafarbenen Baby ohne Augenbrauen und einem dunkel gelockten Kind mit goldener Haut und blauschwarzen Augen. Mara hatte erklärt, daß die Augen später braun werden würden, aber als Tamaris älter wurde, veränderte nur das rechte Auge seine Farbe und wurde braun, so dunkel, daß man den Übergang zur Pupille kaum erkennen konnte. Das linke Auge blieb dunkelblau, was ihrem Gesicht einen eigenartigen Zauber verlieh.
Leron hielt sie in den Armen, sooft es ihm möglich war. Er brachte sie hinaus an die frische Luft, und er trug sie im Palast herum, wenn er seinen Amtsgeschäften nachging. Sie schlief in seiner Armbeuge, wenn er den Ställen, den Soldatenunterkünften oder der Küche einen Besuch abstattete, und Sibyl erklärte lachend, sie hätte keine Einwände gegen ein zweites Kind, wenn es sie so wenig Zeit kostete. Sie ließ sich eine Schlinge anfertigen, in der sie Tamaris vor sich trug, wenn sie ausritt, und gemeinsam mit Leron suchte sie ein Pony aus, das für sie abgerichtet wurde, damit sie ihren ersten Unterricht darauf nehmen konnte, wenn sie ein Jahr alt war. Im dritten Lebensmonat besuchte Tamaris mit ihren El-

tern Villavac, und als der Sommer in den Herbst überging, brachten sie sie auch nach Sundrat, damit sie es sah, bevor die Straßen im Winter unpassierbar wurden.

Die Menschenmenge, die sie in Sundrat willkommen hieß, schien sie nicht im geringsten zu verwundern. Tamaris gähnte nur und schloß wieder die Augen. Leron hatte eine Abneigung gegen den Palast von Sundrat, der sich in den vergangenen Jahren im Besitz von Ddiskeards Familie befunden hatte, darum gab er Anweisung für die Benutzung des alten Gasthofs über dem Meer. Am ersten Morgen stand er, während Tamaris im Haus in den Armen ihrer Amme schlief, mit Sibyl im Hof, der hoch über dem Hafen lag; es war genau ein Jahr her, daß er zugesehen hatte, wie die *Damar* mit der Flut ausgelaufen war.

»Im letzten Jahr hat sich mehr ereignet als in den vorherigen acht Jahren zusammen.« Sibyl lachte. »Es hat ein ganzes Jahr gedauert, bis sich Ginas' Plan, uns in Sundrat zusammenzubringen, erfüllt hat. Hast du gehört, daß die Spieler heute abend hier sein werden? Sie kommen jedes Jahr im Herbst nach Sundrat. Wenn Ginas bei ihnen ist, sollte ich vielleicht versuchen, die harten Worte, die ich ihr gesagt habe, ein wenig zu mildern.«

»Du hast nicht mehr als die Wahrheit gesagt.«

»Es war weniger als die Wahrheit, dennoch möchte ich es ein bißchen versöhnlicher machen. Ich habe darüber nachgedacht. Sie hat die Schwierigkeiten heraufbeschworen, indem sie versucht hat, die Richtigkeit ihrer eigenen Prophezeiungen unter Beweis zu stellen. Michael wäre nicht hierhergekommen, wenn er mir nicht gefolgt wäre. Und von ihm hat Dastra das Kind. Es hätte natürlich alles auch anders geschehen können, aber es sieht doch so aus, als wäre Ginas ebensosehr vom Schicksal gelenkt wie wir anderen auch. Sie dachte, sie würde die Züge bestimmen, war aber auch nur eine Spielfigur.«

Sie hatten geplant, die Spieler am Abend zu besuchen, aber Ginas kam ihnen zuvor, indem sie die Wagen in den Hof des Gasthauses bringen ließ. Liniris weinte vor Glück, als sie Sibyl begrüßte und die wimmernde Tamaris an die Brust drückte. Ginas war still und gelassen, aber in ihren Augen lag ein Schimmer von Genugtuung. Als Sibyl sie verlegen begrüßte, neigte sie den Kopf, sagte aber nichts.

Darauf ging Sibyls Temperament mit ihr durch, und sie wiederholte Ginas die Bemerkungen, die sie zuvor Leron gegenüber geäußert hatte. Offenkundig hatte Ginas die Ereignisse der vergangenen Jahre noch nie in diesem Licht betrachtet, und während sie zuhörte, war sie bleicher als gewöhnlich. Am Ende hob sie langsam die Hand, so daß der Ring im Licht aufblitzte und ließ den Blick von Sibyl zu Leron und dann zu dem Kind wandern, das jetzt in Liniris' Armen schlief. »Diese Dinge entziehen sich unserem Begriffsvermögen«, sagte sie. »Es muß genügen, daß alles zur Zufriedenheit ausgegangen ist. Sibyl ist zu uns gekommen, wie es ihr bestimmt war, ob es mein Wille war oder nicht; und sie wird wieder fortgehen, wie es ihr bestimmt ist, ob ich es wünsche oder nicht.«

Bei diesen Worten erbleichte Sibyl und nahm Liniris, die ihrer Großmutter einen vorwurfsvollen Blick zuwarf, Tamaris hastig aus dem Arm. Leron versuchte, Ginas' Worte auf die leichte Schulter zu nehmen, aber Sibyl sah ihn an diesem Nachmittag immer wieder an und faßte nach seiner Hand, als wolle sie sich seiner Gegenwart versichern. Auch am Abend, als sie sich in dem von Fackeln erleuchteten Hof unter die Menge mischten, hielt sich Sibyl dicht an seiner Seite, und Leron hielt sie fest um die Taille.

Die Fackeln waren fast überflüssig, denn der Schein des Vollmondes überflutete den Hof. Zuerst sahen sie den Tänzern und Akrobaten zu, und Sibyl legte ihren Kopf an Lerons Schulter. »Was hast du heute morgen gedacht?« fragte sie so unvermittelt, daß Leron zusammenfuhr. »Wann?«

»Als du dich nach dem Aufwachen auf den Ellbogen stütztest und mich so lange ansahst.« Leron lächelte. »Ich habe mir dein Gesicht eingeprägt. In einem Jahr, vielleicht in zweien, habe ich alles im Gedächtnis. Ich bin ein langsamer, aber gründlicher Student.« Sie barg ihr Gesicht an seiner Schulter, und bald spürte er ihre war-

men Tränen durch den Stoff seines Hemdes. »Ich bin froh«, sagte sie schließlich mit erstickter Stimme. »Ich bin froh, daß du mich nicht vergessen wirst.«
Auf der Bühne hatte das Schauspiel begonnen, aber Leron war zu eingehend damit beschäftigt, Sibyl zu trösten, um aufmerksam zuzusehen. Die Darbietung war um eine Dämonenpuppe bereichert worden, einen Naqra, der mit Bühnenfeuer vernichtet wurde und sich zuckend über die Bühne wand. Er lenkte ihr Augenmerk darauf, um sie zum Lachen zu bringen, aber sie weinte immer noch in sein Hemd und weigerte sich, den spöttischen Versen zu lauschen, mit denen sich die Schauspieler nacheinander verbeugten, bevor sie die Bühne verließen.

Ich bin die Königin mit einer goldnen Krone;
wart auf des Königs Ruf in meinen Hallen:
Am Abend nehme ich dann meine Maske und verschwinde
und mache Narren damit aus euch allen.

Ich bin der König mit der goldnen Kron',
Auf meinen Ruf kommt jeder hier im Land.
Wer sich beklagt, den werfe ich in Ketten,
Und habe euch so sicher in der Hand.

Ich bin der Clerowan mit meinem Schwert,
ich hör' auf keinen Ruf, von wem er auch mag fallen:
Zum Fenster herein, hinaus aus der Tür,
und mache damit Narren aus euch allen.

Der Darsteller des Clerowan ging als letzter von der Bühne und verneigte sich mit einer schwungvollen Geste mit dem Schwert tief vor der Menge. Sibyl blickte immer noch nicht auf. Leron grub seine Hand in ihr weiches Haar und zog ihren Kopf fester an sich. Endlich begann sie zu schniefen und rieb sich mit dem Handrücken über das Gesicht. »Es tut mir leid«, sagte sie. »Können wir in den Gasthof zurückgehen?« Er nickte, und sie nahm plötzlich seine Hände und sagte: »Bitte, laß mich nicht los.«

Einige der Spieler veranstalteten einen Umzug durch die Stadt und versuchten dadurch, mehr Zuschauer zu ihren Vorstellungen anzulocken; Leron befand sich unvermittelt in einem noch dichteren Gedränge als zuvor. Ganz in ihrer Nähe schrie eine Frau auf, und Leron zuckte zusammen und nahm sie fester bei der Hand, aber es war keine Gefahr. Einige der Spieler hatten sich in Kostüm und Maske unter die Menge gemischt, und die Frau hatte sich vor einer Maske erschreckt, die sie beim Umdrehen plötzlich vor sich gehabt hatte. Leron lachte und redete Sibyl beruhigend zu, und sie lächelte nervös. Dann bahnte sich Liniris einen Weg durch die Menge, gesellte sich zu ihnen und nahm Sibyl an der freien Hand. Plötzlich tauchte die Drachenpuppe, von Tänzern getragen, auf und wand und schlängelte sich über den Köpfen. Alles wich zurück. Es war ein weitaus hübscheres Ungeheuer als der Naqra, mit silbern glitzernden Flügeln und rubinroten Glasaugen. Als sie in der Menge zurückgeschoben wurden, stolperte Sibyl und wurde von Lerons Hand losgerissen.
Als der Drache vorüber war, drängten die Menschen wieder vorwärts, und Lerons Herz hämmerte in böser Vorahnung, bis er Sibyls Hand wiedergefunden hatte. Er lief ein paar Schritte, bis sich an einer Stelle die Menge ein wenig lichtete, und hier blieb er stehen, um sie anzusehen. Es war Liniris' Hand, die er hielt. Er ließ sie verwirrt los und blickte sich suchend um. »Wo ist Sibyl?« rief er, doch sie sah ihn verständnislos an. »Sie war eben noch hier. Sie wird uns sicher gleich einholen.« Lerons Magen krampfte sich zusammen, als er in den weißen Vollmond aufblickte und dann den Blick über die dunkle, wogende Menge wandern ließ. Eines dieser Gesichter hätte ihres sein müssen, aber es war nicht so. Er drängte sich zu der Stelle zurück, an der sie gestanden hatten, doch die Sinnlosigkeit der Suche schnürte ihm die Kehle zu. Es war Vollmond über Sundrat, und ein ganzes Jahr war vergangen. Wie hatte er nur ihre Hand loslassen können, da sie ihn doch gebeten hatte, es nicht zu tun? Zweimal hatte er sie jetzt verloren, und es würde vielleicht kein drittes Mal geben.

Aus den
CHRONIKEN VON MELISMALA
Über Paradon

...eine weitere Besonderheit auf Paradon ist die Tatsache, daß die Herrscher der sieben Provinzen statt eines Titels den Namen ihres Amtsvorgängers annehmen. Daher gibt es seit fünfhundert Jahren oder mehr einen Arbab im Osten, einen Dallal im Nordosten, einen Mimbash im Norden, einen Sahlar im Nordwesten, einen Padeshi im Westen, einen Zehar im Südwesten und einen Mulke im Süden. Im Südosten liegt INIVIN.
Sahlar ist der Bewahrer des Orakels, und zu ihm begeben sich die anderen, wenn Gesuche an Vazdz gerichtet werden müssen. Mimbash und Padeshi stehen ihm zur Seite, aber Vazdz' Worte kommen ausschließlich aus seinem Munde. Padeshi befiehlt die Flotte und Mimbash das Heer; Dallal und Arbab sind das Steuerwesen und die Verteilung der eingetriebenen Steuern unterstellt, Mulke die Verwaltung der Getreidevorräte und des Viehbestandes, und Zehar unterliegt die Geschichtsschreibung. Zweimal im Jahr, zu Mittsommer und zu Mittwinter, versammeln sie sich und planen die räuberischen Überfälle und andere Schandtaten, die auf unserer Insel so gut bekannt sind.

Epilog

Selbst nachts war es im Krankenhaus nie ganz dunkel; die Flure waren in grünliches Licht getaucht, und in den Raum, dessen Tür offenstand, drangen die Gerüche und die Farben der Gänge. Als Sibyl endlich zu vollem Bewußtsein erwachte, tat ihr der Kopf weh. Sie hätte sich gern umgedreht, wäre nicht die Infusionsnadel gewesen, die in ihrem linken Handrücken steckte und mit Pflaster festgeklebt war. »Natürlich«, dachte sie, »ich bin gefallen. Aber ich brauche nicht länger hierzubleiben.« Von einer plötzlichen Unruhe ergriffen, versuchte sie, sich zu erinnern, wo sie war. Die hastige Überprüfung aller Orte, an denen sie möglicherweise eingeschlafen sein konnte, schloß nicht ein Bett in einem grünlich erleuchteten Krankenhaus ein. Sie versuchte, sich aufzusetzen, aber das, was ihr Erinnerungsvermögen trübte, was immer es sein mochte, machte sie auch schwindlig. Sie fiel zurück und war gleich darauf wieder eingeschlafen.

Die Krankenschwester, die sie weckte, war überaus verständnisvoll. »Das sind die Medikamente, Schätzchen. Machen Sie sich keine Sorgen. Nur eine kleine Gehirnerschütterung. Sie sind in ein paar Tagen wieder zu Hause, das hat der Doktor gesagt. Sie werden nicht einmal die Prüfungen versäumen. Immer dasselbe, nichts als Ärger, wenn Vollmond ist.« Sie begann, die Nadel von Sibyls Hand zu lösen. »Das brauchen Sie nicht mehr, sie können ein richtiges Frühstück haben. Wissen Sie was, ich möchte schwören, an dieser ganzen Astrologie ist etwas dran. Fragen Sie die Leute in den Krankenhäusern. Ständig Notfälle bei Vollmond. Sie hatten Glück, daß Sie sich nur den Kopf gestoßen haben. Es ist ein wahres Glück, daß Ihr Freund sich nicht umgebracht hat, als er mit dem Motorrad von der Weeks-Brücke gebraust ist. Und das ist noch lange nicht das Verrückteste, was an diesem Wochenende passiert ist. Was halten Sie von einem Omelett? Warten Sie, ich kurbele Ihr Kopfteil hoch.« Sie plapperte unaufhörlich weiter, während sie das farblose zellophanverpackte Frühstück aufdeckte. Dann eilte sie forsch ins nächste Zimmer weiter. Sibyl stocherte in dem gummiartigen Ei herum und faßte sich dann behutsam an die Stirn.

Ihre Erinnerung kehrte allmählich zurück. Sie mußte etwas tun – das durfte sie nicht vergessen –, das Stück. An ihrem Bett befand sich ein Fernsehschalter, und sie drückte darauf. Die großen Kalenderzahlen hinter dem Tisch, an dem die Vormittagsnachrichten verlesen wurden, zeigten, daß es einen Tag zu spät war. Die Premiere war gekommen und gegangen. Sie schob das Tablett mit dem faden Frühstück weg und legte sich in die Kissen zurück. Dann schloß sie die Augen. Das Deckenlicht war so hell, daß die Gegenstände im Raum an Tiefe verloren. Sie schaltete den Fernseher aus und versuchte, sich daran zu erinnern, was sie außerdem nicht vergessen durfte – war es ein Schiff? Auch etwas mit einem Pferd, einem bärtigen Mann und einem Baby. Sie preßte die Hände an die Schläfen und runzelte angestrengt die Stirn. Sie war fast eingeschlafen, als jemand leise an die Tür kratzte und eintrat. Sie blinzelte und versuchte, sich aufzusetzen, dann erkannte sie Michael und lächelte. Er hielt einen dicken Strauß gelber Chrysanthemen in den weiß bandagierten Händen und erwiderte ihr Lächeln mit einem seltsamen Glitzern in den Augen. »He«, begrüßte er sie, »sind wir Freunde?« Sibyl setzte sich auf, schüttelte den Kopf, um zu klaren Gedanken zu kommen, und streckte die Hand nach den Blumen aus.

»Natürlich«, sagte sie. »Was ist das für ein Gerede über die Weeks-Brücke?« Michael grinste und setzte sich zu ihr auf die Bettkante. »Nichts von Bedeutung. Hat nur bewiesen, daß Motorräder nicht schwimmen, das ist alles.« Er nahm ihre Hand und tätschelte sie. »Kleines, du hast mir wirklich Sorgen gemacht. Aber jetzt glaube ich, daß alles wieder gut wird.« Sibyl nickte und drückte ihr Gesicht in die Blumen, die einen leicht bitteren Duft ausströmten.

Ausschnitt aus den *Boston News*, Ausgabe vom Sonntag, dem 12. Oktober

Mr. und Mrs. William F. Barron aus Boston, Mass. und Palm Beach, Fla. haben die Ehre, die Verlobung ihrer Tochter Sibyl Tamara mit Michael Arleon, ebenfalls aus Boston, bekanntzugeben. Das Paar studiert im zweiten Jahr an der Harvard Universität im Fachbereich Geisteswissenschaften. Für die Hochzeit ist kein Datum festgesetzt.

Bitte umblättern:

Bibliothek der phantastischen Abenteuer

Eine Auswahl

Kingsley Amis
Der grüne Mann
Roman. Band 2717

Leslie Barringer
Gerfalke
Roman. Band 2741
Joris vom Felsen
Roman. Band 2743

Steven Bauer
Satyrtag
Roman. Band 2722

Pierre Benoit
Die Königin von Atlantis
Roman. Band 2720

Marcel Brion
Die Stadt im Sand
Roman. Band 2707

Maribelle Cormack
Stern unter Segeln
Roman. Band 2709

Lee Falk
Phantom
Roman. Band 2737

Elizabeth Goudge
Das kleine weiße Pferd
Roman. Band 2713

Arthur Lee Gould
Skandal in Bagdad
Roman. Band 2723

Henry Rider Haggard
Erik Hellauge
Roman. Band 2704

Peter Haining (Hg.)
Die Damen des Bösen
Band 2711

Thea von Harbou
Das indische Grabmal
Roman. Band 2705

Rudyard Kipling
Puck vom Buchsberg
Roman. Band 2724

Mary Mackey
Kornmond und Dattelwein
Band 2719

Abraham Merritt
Das Gesicht im Abgrund
Band 2727
Metallstadt
Roman. Band 2739
Der Mondteich
Roman. Band 2735
Das Volk der Fata Morgana
Roman. Band 2703

Wolfheinrich von der Mülbe
Zauberlaterne
Roman. Band 2738

Jessica Amanda Salmonson
Die scheue Schöne
Roman. Band 2736

Fischer Taschenbuch Verlag

fi 517/8a

David Henry Wilson

Ashmadi

Ein Märchen

Aus dem Englischen von Annemarie Böll
Mit 9 Federzeichnungen von
Claus-Dietrich Hentschel
253 Seiten, geb. und
als Fischer Taschenbuch Band 2742

»Die folgende Geschichte wurde mir von einem Mann diktiert, der unter dem Namen Robert bekannt ist. Wie es kam, daß er sich in meiner Obhut befand, wird sich am Ende der Erzählung herausstellen ... ich veröffentliche sie, weil ich sie für ein bemerkenswertes und wertvolles Dokument halte, mag sie nun wahr oder erfunden sein.« So beginnt ›Ashmadi‹, und Dr. Erasmus erzählt die phantastische Geschichte einer Ratte, die – statt zu jagen und zu fressen wie ihresgleichen – von dem Phänomen »Mensch« und »Menschenmacht« fasziniert ist. Sie will herausfinden, wie und warum der Mensch zur mächtigsten und gefürchtetsten Kreatur werden konnte. Sie will ihn studieren, seine Methoden erlernen – und ihn schließlich mit seinen eigenen Mitteln schlagen können ... Bei der Verwirklichung ihres Plans wird sie unversehens ins Aschenputteldrama mit einbezogen: Die Lichtfrau, die Ashmadi – eine Küchenmagd – mit schönen Kleidern zum Fest des Prinzen schickt, verwandelt die Ratte in Robert, den Kutscher, der sie zum Schloß des Prinzen bringt. Als Robert um Mitternacht wieder in eine Ratte verwandelt wird, kehrt sie zu ihresgleichen zurück – muß aber feststellen, daß sie die Rattensprache weder sprechen noch verstehen kann.

›Ashmadi‹ ist ein ergreifendes, spannendes und nachdenklich stimmendes Märchen über das Anderssein, über die Liebe, über Menschlichkeit und Wahrhaftigkeit.

Wolfgang Krüger Verlag

fi 1049 / 1

Ein herrlicher Katzenroman. Eine abenteuerliche Tiergeschichte. Eine wundersame Katzen-Kosmologie. Eine magische Fabel. Eine einzigartige Liebeserklärung an alle samtpfotigen, schnurrenden Vierbeiner.

Tad Williams

Traumjäger und Goldpfote

Roman. 381 Seiten, geb.

Fritti Traumjäger ist ein rötlich-grauer, tapferer, kluger und treuer Kater, voller Freiheitsliebe und tiefer Träume. Er lebt mit seinem Volk in einer Welt, die von mächtigen Katzengöttern und den »Großen« beherrscht wird, jenen sonderbaren, pelzlosen Wesen, die man Menschen nennt. Die Welt indes ist nach dem Mythos der Katzen von der Urmutter der Katzen Tiefklar geschaffen, die das Dunkel verbannte und die Zwei erschuf: Harar Goldauge und Fela Himmeltanz.

Tad Williams hat es nicht dabei belassen, die herkömmlichen Figuren der Fantasy-Welt in Katzenfelle zu stecken. Er leistet viel mehr: Seine phantastische Abenteuergeschichte ist mit größter Sensibilität aus der Katzenpsyche entwickelt: Er stilisiert die rätselhaften Pelztiere nicht und dichtet ihnen auch keine unglaubwürdigen magischen Eigenschaften an. Er erzählt packend und mit viel Witz aus der Katzenperspektive. Er schafft es, daß seine »Helden« Katzen bleiben, Tiere mit bestimmten Verhaltensweisen, und zugleich als scharf gezeichnete originelle Charaktere mit ihren spezifischen Schicksalen deutlich werden.

Wolfgang Krüger Verlag

fi 1050/1

FISCHER LOGO

FISCHER-LOGO-Leser sind: ■ ohne Berührungsängste vor dem Neuen ■ fasziniert, daß der Quantensprung so große Sprünge macht ■ Spieler und Denkspieler ■ Computerfans, naturwissenschaftlich orientiert, technologisch aufgeschlossen ■ interessiert an spannender wissenschaftlicher Belletristik und Phantastik.

Kompetente Wissenschaftler und Newcomer, die Fantasie und Wissen spielerisch verknüpfen, haben die Bücher geschrieben, die Sie lesen wollen:

Unterhaltungslogik: Mit Denkpirouetten, Paradoxien, Rätseleien und logischen Traumreisen werden Kopffüßlern die schönsten Fallgruben gebaut.

Computer-Denkspiele: Ein aktives und lehrreiches Vergnügen für alle, die sich mit ihrem Computer auf Entdeckungsreise ins Reich des Denkens und der Ästhetik begeben wollen.

Das spannende Sachbuch: In verblüffender, immer spannender ›Verkleidung‹ sind hier die facts ohne fiction der Naturwissenschaften präsentiert – für den Einsteiger offen, für den Profi fesselnder Lesestoff oder informativer Überblick.

Naturwissenschaftliche Belletristik: Romane und Erzählungen aus dem Reich der Naturwissenschaften – der Krimi, dessen Lösung in einer Mathematikaufgabe verschlüsselt ist, der Thriller über Kapitalverbrechen bei einem Physikerkongreß, der Roman vom Spion, der aus der Hypersphäre kam...

FISCHER TASCHENBUCH VERLAG

fi 1100/1a

CUM GRANO SALIS